천
일의
유
리

SEN´NICHI NO RURI
by Kenji MARUYAMA

Copyright © 1992 by Kenji MARUYAMA
Originally publishied in Japan by BUNGEI SHUNJU LTD., Tokyo
Korean translation rights arranged with Kenji MARUYAMA
through THE SAKAI AGENCY and BOOKPOST AGENCY

Korean translation rights © 2007 by Munhakdongne Publishing Corp.

이 도서의 국립중앙도서관 출판시도서목록(CIP)은
e-CIP 홈페이지(http://www.nl.go.kr/cip.php)에서 이용하실 수 있습니다.
(CIP제어번호: CIP2007000981)

천일의 유리 1

마루야마 겐지 장편소설 | 김난주 옮김

문학동네

나는 바람이다.

물거품 호수의 무한한 샘물에서 솟는, 온건한 사상과 늘 변함없는 마음을 지닌 이름 없는 바람이다. 나는 오늘도 또 온종일, 이 세상이 그런 것처럼 별 의미도 없이 호숫가를 따라 하염없이 빙글빙글 돌 생각이었다. 그런데 태양이 기우뚱 기울었을 무렵, 인간 한 명을, 긴 세월 모진 고생을 겪었으나 세상 물정에 통달하지 못한 사내를 어이없이 죽이고 말았다. 덧옷을 껴입고 털실로 짠 복대에는 손난로까지 품고 있던 그 낚시꾼의 낡아 문드러진 심장은 내가 몰아쉬는 숨 한 번에 딱 멈추고 말았다. 노인은 외마디소리도 지르지 못하고 맥없이 앞으로 고꾸라지며, 머리를 청렬한 물에 푹 담근 채 아무 이의 없다는 듯 미련없이 숨을 거두었다. 파릇파릇 빛나는 실잠자리가 그의 엉치뼈께에 머물고 날개를 접었다.

그 대신이라기에는 좀 뭣하지만, 얼마 후 나는 다른 한 생명을 구했다. 만약 내 마음이 세심하지 못하여 아주 조심스럽게 움직이지 않았더라면, 그 들새의 자그마한 몸뚱이는 분명 차가운 물 위로 떨어졌을 것이다. 굶주림과 추위로 생명이 꺼져가던 가엾은 어린 새는 행성의 표면처럼 구부러진 죽은 자의 등에 축 늘어진 몸을 기대고 있었다. 기운이라도 북돋워주려고, 나는 후 하고 숨을 몰아 불었다. 그러자 그것은 "아이 추워"라고 울며 마지막 힘을 짜내, 막 저세상으로 떠난 인간의 따스한 품으로 파고들었다.

하늘로 치솟은 첩첩한 산들이 붉은 단풍으로 활활 타오르는 10월 1일 토요일, 고즈넉한 황혼 무렵이었다.

10월 1일 토요일

나는 어둠이다.

산과 호수 그리고 정적과 권태의 시골 마을, 마호로 마을에 희로애락과 함께 내린 여느 때와 다름없는 어둠이다. 나는 천체의 하잘것 없는 광채와 싫증도 내지 않고 호숫가를 씻는 잔물결과 힘을 합하여, 낚시용 의자에 앉아 잭나이프처럼 몸이 반으로 꺾인 시체를 부드럽게 감싼다. 저주스런 새벽이 어스름한 그 모습을 드러냈을 때, 마비된 뇌 탓에 제멋대로 춤추는 육체를 지닌, 절반은 서글프고 절반은 우스꽝스런 동작으로 낮에는 빛을 밤에는 나를 휘저으며 도처에 타원형 은하 같은 소용돌이를 일으키는 소년 요이치가 소나무 숲에서 불쑥 나타난다.

요이치가 예사롭지 않은 할아버지의 모습을 발견하고 괴성을 지르자, 시신의 품으로 파고들어 스스로 목숨을 지킨 어린 새가 대답하듯 짹짹 우짖으며 누에콩 같은 모양의 머리를 세상을 향해 뾰족 내민다. 요이치와 어린 새의 눈이 마주치는 순간, 새는 새임을 잊고, 소년은 사람임을 잊고, 게다가 할아버지마저 잊고 만다. 요이치는 숨이 가물가물 꺼져가는 어린 새를 살며시 안아올려 넝마 같은 머플러로 조심스레 감싸고는 술 취한 사람보다 더 볼썽사나운, 그러나 결코 쓰러지지 않는 신기한 걸음으로 왔던 길을 되돌아간다.

그때 고독하기 그지없는 죽은 자는 마치 이 세상에서 할일을 다하기라도 한 듯 옆으로 푹 쓰러지며, 낚싯대를 뚝 부러뜨리고 나와 함께 이미 새벽 미명에 삼켜져 황금빛에 흐물흐물 녹기 시작한다.

10월 2일 일요일

나는 관이다.

보통 크기에 보통 가격인, 행복한 생애를 마감한 자에게나 어울릴 관이다. 나로서는 민물과 어린 새의 내음으로 가득한 그 시체를 열성적으로 환영하고 싶은데, 야트막한 외딴 언덕 꼭대기에 있는 집 한 채에 모인 사람들은 그렇지 않았다. 그들은 딱딱한 자갈로 내 뚜껑을 막무가내로 두드려 박더니, 훌쩍 아래층으로 내려가, 앞이 훤히 내다보이는 전망에 만족해하면서 먹고 마시며, 죽은 자를 언덕 기슭에서 기다리고 있는 영구차로 옮길 체력을 비축하기 시작했다.

불상을 모신 방에 홀로 남겨진 소년은, 흐르는 피를 멈추게 하려 손가락 끝을 날름날름 핥고 있었다. 자신의 의지와는 달리 돌풍에 휘날리며 서 있는 나무처럼 흔들흔들 움직이는 몸으로 자갈돌을 움켜쥐고 못대가리를 명중시키려 하지만, 애당초 소용없는 짓이다. 잠시 후 소년은 퍼뜩 생각이 떠오른 듯 점퍼 주머니에서 꺼낸 작은 새를 내 위에 살며시 올려놓았다. 모이는커녕 물조차 제대로 삼키지 못하는 그 어린 새는 이미 죽어가고 있었다. 그런데 보라, 새가 소년이 내민 집게손가락에서 스며나오는 빨간 피를 홀짝이고 있지 않은가.

그리고 아직은 가녀린 부리 끝에서 떨어진 피 한 방울이 내 얼굴에 조그만 얼룩을 만들었다. 하지만 장례식에 지장을 초래할 정도는 아니었다. 소년은 미처 알지 못했지만, 그 얼룩은 물거품 호수 모양을 하고 있었다. 나는 그 점을 다행스러워했고, 바라던 것이라고도 할 수 있을 최후를 맞이한 죽은 자 또한 그 점을 기꺼워하였다.

10월 3일 월요일

나는 새장이다.

오랜 세월 곳간 한구석에 처박혀 먼지를 뒤집어쓰고 있다가 느닷없이 햇빛을 보게 된, 골동품 신세에 가까운 새장이다. 소년은 나를 정성껏 물로 씻은 후 한 시간쯤 볕에 말렸다. 오후에는 살아 있는 새와 살아 있는 곤충과 살아 있는 물을 담아 이층 창가에 두었다. 그곳에서는 빛날 줄밖에 모르는 호수 전체와 아무래도 상관없는 마을의 북쪽 반 켠과 있다고도 없다고도 할 수 있는 현세의 삼분의 일 정도가 선명하게 내다보였다. 그리하여 나는 전통 깊은 공예품으로서, 지금은 거의 만들어지지 않는 옻칠한 새장으로서의 자부심을 순식간에 회복하였다. 동시에 그런 나에게 걸맞은 새인지 아닌지를 생각했다.

지난 백 년 동안 내가 받아들인 새는 울새와 진박새뿐이었다. 그 새들이야말로 진정한 관상용이었다. 그런데 이 새는 울새도 아닐뿐더러 진박새도 아니다. 그렇다고 내세울 만한 것이 전혀 없는 것은 아니었다. 다행히 깃털 전체가 칙칙하게 죽은 색은 아니고, 날개의 일부에 눈에 띄는 '파랑'이 한 줄기 시원스레 내달리고 있다. 하지만 그 파랑이 내가 기대하는 색으로 깊어갈 것인지에 대해서는 아직 뭐라 말할 수 없다. 만약 파랑이 감색을 초대하지 않고 감색이 유리색으로 성장하지 않는다면, 다시금 백 년분의 먼지를 뒤집어쓴다 해도 전혀 개의치 않겠다고 나는 생각하였다. "대체 넌 누구지?"라고 나는 물었다. 새는 아무 대답도 하지 않고, 도망가지 못하도록 다리를 비틀어 떼낸 거미를 잠자코 삼켰다.

10월 4일 화요일

8

나는 볼펜이다.

쓰기 위해서 사는 것인지 살기 위해서 계속 쓰는 것인지, 그 점을 아직 명확히 알지 못하는 소설가 사내가 애용하는 수성 볼펜이다. 그는 나를 수중에 넣었을 때, 잠시도 내 곁을 떠나면 안 돼, 라고 내게 말했다. 자기한테는 봐야만 하는 것이 무궁하고 그중에는 반드시 써두어야 할 것도 많다고 말했다. 정말일까.

이후 나는 줄곧 그의 곁을 따라다닌다. 집필 때는 물론, 그가 새끼곰을 꼭 닮은 삽살개에게 핸들을 쥐게 한 채 스쿠터를 타고 달릴 때나, 고뇌라고 할 만한 고뇌를 거의 모르는 아내와 단둘이서 조촐하나마 행복한 식사를 할 때나, 현실에 압도되어 정신없이 잠을 잘 때나…… 그리하여 지금 그는 수많은 물상(物象)과 생명 있는 자들이 신비롭게 구성하는 마호로 마을을 속속들이 관찰하며, 또 바람 한 자락 불지 않는 날에도 거센 바람 속에 서 있는 허수아비처럼 몸을 떨고 혼마저 떠는 소년과 그가 기르게 된 들새를 통하여 자신 안에서는 발견할 수 없는 정신의 궤적과 보편이란 해답을 찾으려 기도하고 있다.

이것은 야망이다, 라고 그는 내게 말했다. 무모한 짓이라고 나는 그에게 말했다. 그러나 그는 절대로 자신에게 부정이란 망치를 휘두르려 하지 않았다. 그는 하늘을 향해 퉷 하고 침을 뱉고서, 나를 꽉 쥔 손으로 싸구려 원고지를 힘껏 잡아당겼다.

10월 5일 수요일

나는 한숨이다.

벌써 십 년이나 마호로 마을의 도서관을 홀로 지키고 관리하고 있는 여자가 하루에도 몇백 번이나 몰아쉬는 한숨이다. 지금까지의 내 횟수를 모두 더하면 아마도 도서관에 비치되어 있는 책의 페이지 수 못지않을 것이다. 아니, 어쩌면 그 이상일지도 모른다.

그녀는 나와 함께 기다렸다. 오늘도, 내일도 기다렸다. 그녀는 기다림으로 살아왔고 그렇게 서른 살이 되고 말았다. 그러나 아무리 기다려도 그녀의 눈높이에 맞는, 애환을 같이 나눌 사내는 나타나지 않았다. 거의 읽히지 않는 책더미와 다들 아는 얼굴인 시골 사람들과 허망하고 덧없는 나날에서 그녀를 구해줄 만한 상대는 끝내 나타나지 않았다. 그리하여 해마다 내 횟수는 늘어나고 도서관을 이용하는 사람은 줄어갔다.

그때 그녀는 인기척을 감지하고 헝클어지지도 않은 머리칼을 매만졌다. 그러나 발소리의 뚜렷한 특징으로 누군지를 알고 나서는 혀를 끌끌 차며 표정을 풀었다. 그녀는 말도 제대로 못 하는 요이치에게 어렵사리 용건을 듣고는 높은 서가에서 꺼낸 무거운 조류도감을 테이블 위에 탁 올려놓았다. 그러고는 다시 읽다 만 연애소설의 세계 속에 잠기려 했다. 그러나 뜻대로 되지는 않았다. 도감과 일대 격투를 벌이는 소년의 신음 소리가 신경쓰여 도무지 견딜 수가 없었다. 그녀는 십 세기에 걸쳐 읽혀온 저속한 낭만주의 소설책을 거칠게 덮고는, "너, 침 흘려서 책 더럽히면 안 돼!"라고 날카로운 목소리로 동생을 나무랐다.

10월 6일 목요일

나는 구관조다.

닥스훈트의 얼빠진 목소리밖에 흉내낼 줄 모르는, 그 탓에 아무도 사주는 이가 없는 구관조다. 그런데 나는 오늘 이 애완동물 가게에 유령처럼 나타난 진귀한 손님의 말을 단번에 기억하고 말았다. 한 단어도 아니었는데, 나 자신도 놀라웠다. 게다가 나는 일을 거들기까지 했다. "이게 무슨 새?"라고 내가 반복하지 않았더라면, 아마도 가게 주인은 손님이 무슨 말을 하려 했던 것인지 평생 이해하지 못했을 것이다.

쉴새없이 움직이는 몸을 가진 소년의 손에서 멋진 새장을 받아든 가게 주인은 그 안에 들어 있는 새를 빤히 쳐다보았다. 그는 콧방울을 벌름거리며, "거 무슨 큰 새의 새끼 같은데"라고 말했다. 나는 "이게 무슨 새?"라고 다시 한번 물었다. 그러자 가게 주인은 나에게 처음으로 인간의 말을 기억하게 해준 소년에게 무슨 보답이라도 하고 싶어했다. 그는, 새에게는 구관조의 모이를 물에 비벼주는 게 제일이라며 그것을 한 상자 공짜로 주었다. 또 가끔씩 이걸 주면 기운이 날 것이라며 나도 아주 좋아하는 살아 있는 벌레 '밀 웜'을 한 갑 소년의 손에 쥐여주었다.

그러고 나서 가게 주인은, 이 새는 사육이 금지된 새니까 다른 사람이 봐서는 절대로 안 된다고 두 번씩이나 충고를 하며 새장 전체를 포장지로 싸주었다. 나는 돌아가는 소년의 등에다 대고 물었다. "이게 무슨 새?"라고. 그러자 가게 주인이 내게 말했다. "큰유리새에 비하면 너 같은 건 새 축에도 끼지 못해."

10월 7일 금요일

나는 비다.

때로는 구슬프게, 때로는 몽롱하게 내려 마호로 마을의 밤을 한층 현묘(玄妙)하게 하는 가을비다. 나는 물거품 호수의 수면을 휘젓고, 틈틈이 언덕을 기습해 생활에 지쳐 있음을 깨닫지 못하는 어머니의 눈을 뜨게 한다. 그녀는 먼저 지붕을 격렬하게 두드리며 "살아 있어봐야 아무 소용 없어!"라고 외치는 나를 감지하고, 이어 음산한 내 목소리에 살며시 일어선다. 그리고 천국으로 통할지도 모르는 경사 심한 계단을 올라간다.

이층 안쪽의 작은 방문을 살짝 연 그녀는 불을 켜놓지 않으면 잠을 못 자는 막내, 십 년 전 늙은 몸으로 낳은 탓에 뇌에 이상이 생겼다고 진단받은 후 그 누구보다 분방하게 살고 있는 아들의 자는 모습을 오랜만에 본다. 그러고는 내가 내는 소리에 맞춰 지저귀며 꼬리날개를 접었다 폈다 하는 작은 새에게 눈길을 빼앗겼다. 그녀가 흉물스럽도록 엉망인 모습으로 내게 덤벼들었던 것은 먼 옛날 일이다. 하늘도 무심하시지, 왜 이런 아이를 내게 주셨을까, 하는 그녀의 원망을 진지하게 들어주었던 것은 기껏 나 정도였으니까.

그녀는 살금살금 방으로 들어가, 잠에서도 구원받지 못하는 아들에게 이불을 덮어주고, 난입자에 겁을 먹고 날개를 파닥파닥거리며 우왕좌왕하는 새의 눈을 응시하고서 "이 아이를 너한테 맡길게"라고 속삭이듯 말한다. 나는 짬을 주지 않고 그 말을 감싸, 절반은 언덕 아래 깊은 땅 속에 스미게 하고, 나머지 절반은 물거품 호수를 향해 단숨에 흘려보낸다.

10월 8일 토요일

나는 풍토다.

마호로 마을에 사는 사람들을 마호로 사람답게 하는 마호로의 풍토다. 나는 애매함과 어중간함을 사랑하고, 도무지 뜻을 알 수 없는 이야기와 석연치 않은 설명들을 기꺼이 받아들인다. 그리고 나는 말과 행동을 조심하고, 건강을 염려하여 절식(節食)을 하며, 암암리에 중대한 결정을 내리고, 어중간한 입장을 엄수하려는 패거리들을 꺼린다.

나는 권문세가에 꼬리를 치고 뒤탈을 극도로 두려워하며 약자를 배려하는 마음에는 인색하고, 금전은 말할 것도 없고 시간을 헛되이 소비하는 데 명수다. 나는 늘 다른 고장에서 오는 수완가의 출현을 고대하며, 하잘것 없는 책략으로 상대방을 현혹하고 좌지우지하려는 자의 말을 마다 않고 따를 자세를 갖추고 있다. 나는 다 아는 사실에 의존하고, 허풍쟁이의 수상쩍은 논설에 금방 부화뇌동해, 스스로 결단을 내리는 일은 극히 드물다. 나는 언제나 이야기의 핵심을 피하여 말하고, 발생한 문제가 크면 클수록 비밀에 부치려 하고, 백일하에 드러난 비밀을 질리지도 않고 다시 은폐하려 한다. 그런 내가 온 정열을 기울여 사건에 부닥치거나 불합리한 처사에 용감한 태도로 맞서거나 불면의 노력을 계속하는 일이 가능할 리가 없다. 그런데도 매년 백 종류가 넘는 철새가 내 품으로 날아들고, 내 안에는 도처에 요이치 같은 소년이 있을 장소도 있다. 또 성격은 강인하나 무엇인가에 천착하기를 좋아하는 소설가도 나를 문학의 보고라며 값을 쳐준다. '당신 좋으실 대로'다.

10월 9일 일요일

나는 휘파람이다.

소년 요이치가 동이 트는 힘을 빌려 불어대는, 서툴다는 한마디로
는 치부될 수 없는 휘파람이다. 요이치는 결코 어제의 연장이 아닌 미
지의 오늘을 향해 나를 불어대고, 조심스럽기는 하나 확실하게 미쳐가
고 있는 이 세상을 향해 불어대고, 내력이 분명치 않은 새장의 새를 향
해 나를 불어댄다. 그러나 큰유리새는 응답하지 않는다. 누구 덕분에
목숨을 건졌는지 잘 알고 있으면서도, 지저귀기 위한 완벽한 기관과
필요한 힘을 예비하고 있으면서도 사람 앞에서는 완고하게 침묵을 지
킨다. 울어봐야 고작 짧은 재재거림 정도다. 그러나 분명 그 어린 새는
내게 담긴 순진무구하고 크디큰 자애로움을 이해하고 있을 것이다. 나
는 반짝반짝 빛나는 햇빛을 타고 저 멀리로 옮겨져, 죽은 자의 모습을
그리워하는 사람들이 우러르는 높은 산, 이승 산에 반사되어 다시금
언덕으로 돌아온다. 그리고 나서 나는 아직 이부자리에 들어 있는 요
이치의 가족, 그저 살아 있을 뿐인 부모와 누나 이 세 사람의 넓지도
좁지도 않으며 상처가 아물 짬이 없는 마음속으로 깊이깊이 침투한다.

"에그, 저 아이가 휘파람을 다 불게 되다니"라고 어머니는 울먹이며
말한다. 아버지는 "조용히 해, 안 들리잖아"라며 귀를 쫑긋 기울인다.
또 아침잠에서 깨어날 때마다 괜한 교태를 떠는 누나는 "파란 새가 날
아왔네"라고 중얼거리며 내 소리에 넋을 잃는다. 큰유리새는 물에 갠
모이와 꿈틀거리는 벌레를 번갈아 쪼며 나를 줄곧 무시하고 있다.

10월 10일 월요일

나는 소문이다.

방탕한 꽃집 아들이 어디선가 주워듣고 오고 이발소 아저씨가 흩뿌린, 나름대로 신빙성 있는 소문이다. 나는 기민하게 행동하여 불과 반나절 만에 마호로 마을의 구석구석을 다 돌았다. 사람들은 모두 "이런 조그만 마을에 그런 패거리들이 몰려오다니"라고 말하며 한결같이 낯을 찌푸렸지만, 자기들의 눈이 소년 요이치를 볼 때보다 한층 빛나고 있다는 것은 조금도 깨닫지 못했다. 그리하여 아무튼 호기심이 왕성하고 시간이 남아도는 자들은 안절부절 가만히 있지를 못하고, 진위 여부를 가려내기 위해 네온사인이래봤자 겨우 세 군데밖에 없는 읍내로 몰려나갔다. 그들은 완성을 거의 앞두고 있는 삼층짜리 검은색 건물을 올려다보면서 입을 모아 이렇게 말했다. "그냥 주상복합건물인 줄 알았는데." 그리고 그들은 무슨 일에든 아는 척 주절거리지 않으면 못 견디는 성격의 사내에게 설명을 듣고는 아연해했다.

사내는 침착을 가장하면서 이렇게 말했다. 도로에 면한 창문이 많지 않고, 있어도 그 크기가 지나치게 작은 것, 또 현관에서 곧바로 이층으로 올라가는 계단이 유달리 좁고 겁날 만큼 경사가 급한 것은 모두 항쟁에 대비하기 위한 구조이기 때문이라고. 이 땅의 소유자였던 젊은 채소 가게 주인은 덩치 큰 몸을 구부리며, 땅을 사들인 상대가 신분을 위장하고 정체를 밝히지 않았다고 변명하였다.

오늘밤 나는 최고의 술안주가 되어 마을 전체에 기묘한 활력을 불어넣었다.

10월 11일 화요일

나는 구두다.

굽이 다 닳아 끝내 발부리 부분이 쫙 갈라진, 그야말로 노동자의 것으로 보이는 구두이다. 음력 시월의 어느 따스한 오후, 나는 나보다 몇 배는 더 지친 보잘것없는 차림새의 사내와 함께 버스에서 내렸다. 그리하여 언덕 위의 집으로 돌아가기 위해 여느 때처럼 터벅터벅 걸음을 내디뎠다. 그때 그는 이제 내 수명이 다했음을 알아채고 멈춰 서서는, 오래도록 지갑 속에 간직해온 만 엔짜리 지폐를 떠올렸다.

도로를 끼고 바로 지척에 구두 가게가 있었다. 게다가 주인 여자가 가게 앞에 나와 서서, 색(色)을 밝히는 사내들에게 평판이 나 있는 애교를 떨고 있었다. 그녀는 언덕을 올려다보며 "매일 저런 데서 다니다 보면 구두가 그 꼴이 되는 것도 무리가 아니지"라며 내게 동정을 보냈다. 술살이 올라 피둥피둥한 사내는, 나이가 들어 다리가 약해지면 도저히 저런 데서 살 수 없겠지, 라며 쓸쓸히 웃었다. 그는 물이 새지 않는 신제품을 신고, 나를 옆구리에 끼고는 들뜬 기분으로 가게를 나섰다. 전에 없이 가벼운 발걸음이 따스하고 낙천적인 바람과 햇빛에 손짓했다.

그런데 그런 기분이 그리 오래 지속되지는 않았다. 사내는 나 말고는 무엇 하나 바꿀 것이 없는 자신의 입장을 깨달았다. 그 순간, 가발을 뒤집어쓴 그의 정수리에 혼기를 놓친 맏딸과 불치병으로 고생하는 맏아들과 삼 년 앞으로 다가온 정년퇴직이 푹 내리꽂혔다. 고달픈 역할에서 해방된 나는 종이봉투째 쓰레기통에 던져져, 대량 생산된 구두로서의 구두다운 일생을 마감했다. 사내의 발소리가 멀어지고, 귀뚜라미 울음소리가 들리기 시작했다.

10월 12일 수요일

16

나는 낙엽이다.

그리 붉지도 않고 그리 노랗지도 않은, 불멸 혹은 영원의 색으로 물든 낙엽 한 장이다. 나는 비열한 소리로 웃는 회오리바람에 날려 이승산에서 물거품 호수로 급강하한 후, 오류 강을 따라 미끄러져 돌아오지 않는 강의 다리 밑을 빠져나와, 냉혹한 상승 기류에 다시 또 날아올라 언덕 꼭대기에 다다랐다. 그리고 다 쓰러져가는 집의 이층 창문으로 날아든다.

본의 아니게 침입자가 된 나는 새장 속의 새를 놀래킨다. 그 녀석은 나를 참새나 혹은 저세상에서 온 사자쯤으로 생각한 모양이다. 큰유리새의 예사롭지 않은 날갯짓 소리에 소년이 태엽 감긴 장난감처럼 발딱 튀어 일어난다. 그가 당연한 일인 듯 바들바들 떨리는 마른 나뭇가지 같은 손가락으로 나를 잡는다. 그러곤 느닷없이 내게 싹뚝싹뚝 가위질을 하면서 애절하기 그지없는 노래를 흥얼거린다. 어린 새의 치밀한 신경이 팽팽하게 곤두선다.

소년은 필경 나를 새 모양으로 오려내고 싶었던 것이리라. 그러나 온몸으로 내달리는 끊임없는 경련 탓에 조금도 닮은 구석이 없는 형상이 되고 만다. 겉쪽은 카오스, 안쪽은 코스모스. 아니면 그 반대. 하지만 전체적으로는 그저 썩어가는 낙엽 한 장에 지나지 않는다. 그런데도 아직 살아가지 않으면 안 되는 소년은 만족한 미소로 나를 힐금 쳐다보고는, "날아라!"라고 말하며 손을 놓는다. 날 수 없는 나는 두꺼운 조류도감 한가운데 끼여 미라의 길을 걷는다.

10월 13일 목요일

나는 신목(神木)이다.

　다들 알고는 있어도 정식 명칭은 그닥 알려져 있지 않은 신사(神社), 거기에 정정하게 서 있는 신목이다. 신의 존엄성을 더럽히고 신의 거만함을 비웃는 불길한 바람이 부는가 싶더니, 아니나 다를까 내가 가장 두려워하는 인간, 옳고 그름의 구별을 모르는 마구잡이 소년 요이치가 또 어둠의 심연에서 나타났다. 그는 신사 입구의 기둥과 사자상과 손질된 나무와 석등에 삼가 조심스런 인사도 없이 성치 않은 몸을 부딪치며 경내를 가득 메운 물기 속을 헤엄을 치듯 다가왔다. 그러고는 여느 때처럼, 내게 무엇이 깃들어 있는지를 사람들에게 보이기 위한 굵은 새끼줄을 힘껏 잡아당겨 안전을 확인하고는 박쥐처럼 거꾸로 매달려 킬킬 웃었다.

　이어 요이치는 그 파렴치한 도구를 천천히 꺼냈다. 장엄한 아마비코 신사의 삼나무를 대표하는 나 정도의 거목이 그까짓 손으로 돌리는 드릴쯤에 시들어버릴 리는 없지만, 나무 그 이상의 나무임을 자타가 공인하는 나로서는 그런 짓에 인내심을 발휘할 수 없었다. 태어나면서부터 제약을 받고 있고 법으로 따져봐도 처분의 대상이 될 수 없는 상대라 해도 용서할 수 없었다. 뚫은 구멍에 침을 뱉고 오줌까지 갈겨대니 말이다. 오늘밤 나는 끝내 이제 혼쭐이 날 테니까 두고 보라며 그에게 저주의 말을 퍼부었다. 그러나 그때는 이미, 누구나 알고 있지만 이름은 거의 알려져 있지 않은 소년은 그 자리를 떠나고 없었다.

10월 14일 금요일

18

나는 분노다.

양지바른 툇마루에 드러누워 오수를 즐기는 사내의 가슴속에서 돌연 솟구친 분노다. 나는 의기충천하여 꿈의 껍질을 두들겨부수고 마음껏 발광을 하다 추태의 화살이 되어 사내의 입에서 타오르는 가을 속으로 날아간다. 그러나 향그런 낙엽을 빼곡하게 깔고 있는 산들은 시종 태연한 태도이고, 겨울을 나기 위해 더 깊은 연못으로 막 이동한 비단잉어는 하나같이 알미우리만큼 침착하다.

그런데도 나의 뒤죽박죽인 기분은 가라앉지 않고 빠른 속도로 부풀어올라 점차 표적을 좁혀간다. 나는 사내가 기나긴 십이 년 세월을 보낸 형무소 두 곳에서의 나날과 그 전후의 경위를 둘러싸고 격렬하고 애처롭고 어지러이 교차하고, 자책하는 마음의 힘을 빌려 그의 팔자 사나운 반생을 엄하게 질책한다. 그러자 지금은 불필요한 짜증도 부리지 않고 무슨 일에든 신중하고 마음을 굽히지 않는 사내가 자기도 모르게 소리를 지르려 한다.

하지만 그것도 연못 저편 자작나무 숲으로 곤약처럼 부들거리며 걷는 소년이 나타나기 전까지의 일이다. 조카의 발소리를 들은 사내는 벌떡 일어나, 정신없이 잠에 빠져드는 나이가 된 자신을 씁쓸해한다. 그리하여 갈 곳을 잃은 나는 처마 끝에서 어지러운 소우주를 형성하고 있는 모기 떼에 일단 휩쓸려들기는 했지만, 홀로 사는 숙부와 그가 생활고를 이겨내려 기르고 있는 색색가지 잉어를 만나기 위해 산을 넘어 찾아오는 소년의 제멋에 겨운 기척이 다가오자 조용히 기세를 잃어간다.

10월 15일 토요일

나는 일요일이다.

대개는 요행에 대한 예감만으로 끝나버리는, 아무 특별할 것 없이 평온한 공기만 떠다니는 일요일이다. 그런데도 나는 노을처럼 작렬하는 운동회의 불꽃놀이와, 결혼식장 앞에 핀 화사한 기모노들과, 드라이브에 나서기 위해 반짝반짝하게 닦인 승용차와 함께, 마음먹은 대로 활약할 기회 따위는 거의 없이 그저 빈둥빈둥 살아갈 뿐인 사람들의 마음을 들뜨게 한다.

요이치의 아버지는 친구가 낚은 빙어를 안주 삼아 아침부터 술잔을 기울이고 있고, 요이치의 어머니는 친정으로 향하는 시외버스에 몸을 담은 채 흔들리며 일상에서 벗어나고 있고, 요이치의 누나는 먼 타향에 있는, 지금은 이미 친구라고도 할 수 없는 지인에게 전화를 걸어 오늘도 변함없는 자신의 신세를 한탄하며 울적한 마음을 달래고 있다. 그들은 모두 완만하고 자유로운 시간의 흐름에 몸을 맡기고, 나를 둘도 없이 소중한 것으로 받아들이고 있다.

그러나 요이치만큼은 다르다. 나 따위는 전혀 안중에 없는 그는 지금 막 세상에 태어난 갓난아기처럼, 아니면 천 년이나 살아온 사람처럼, 시간과 공간을 무시하고 오로지 새장의 새에 몰두하고 있다. 그 큰 유리새는 새장에 갇힌 신세이면서도 요이치에 필적하리만치 무아의 경지를 터득하고 있는 듯이 보인다. 나는 양자의 마음을 들여다보려다가, 그림자와 어둠이 뒤섞인 바닥 모를 심연으로 끌려들어갈 것만 같아 황망히 뛰쳐나와서는 빛의 세계로 서둘러 도망간다.

10월 16일 일요일

20

나는 황혼이다.

위협적인 빛과 색을 방출하며 물거품 호수로 밀려온 동시에 쓸쓸한 그림자를 뿌리는 황혼이다. 잠시 후 나는, 반나절이나 아무것도 먹지도 마시지도 않고 같은 벤치에 앉아 볼 것이라고는 물밖에 없는 산 위 호수를 바라보고 있는 노인에게 선택을 재촉한다. 집으로 돌아가든지 아니면 죽을 때까지 여기에 있든지, 라고. 그러나 그는 이미 징황하게 같은 말을 되풀이할 기력도 없다. 한창 젊은 시절에는 활달하고 부지런하고 말도 잘하던 남자였다.

나는 조금은 말투를 누그러뜨려, 아무리 기다려봐야 오늘은 백조가 날아오지 않을 것이라고 말해준다. 그러자 허공으로 눈길을 돌린 노인의 맥빠진 탄식 두셋이 모래사장으로 구른다. 그리고 그것은 시력을 잃은 그의 눈으로는 도저히 식별할 수 없을 만큼 먼 호수 한가운데로 물결을 타고 밀려간다. 그리하여 잠시 후에는, 친구가 내세에 무사히 도착했음을 알리는 물결이 다시 발치에 와 닿는다.

나는 알고 있다. 그가 저렇게 기다리고 있는 것은 마호로 마을의 한겨울을 아름답게 수놓을 후조도 아니고, 마지못해 그를 데리러 올 가족도 아니라는 것을. 그렇게도 죽고 싶은가, 낚싯대를 드리운 채 숨을 거둔 친구가 그리도 부러운가, 하고 나는 묻는다. 그러곤 물과 대기와 여기저기 떠다니는 거역하기 어려운 절실함을 꼭두서니빛으로 물들이고, 이어 핏빛으로 물들인다. 그리고 나서는 내게 바싹 기대어오는 구질구질한 노인을 뿌리친다. 그는 여전히 벤치에 앉아, 한결 애틋한 심정에 젖는다.

10월 17일 월요일

나는 달이다.

이승 산과 마호로 마을을 비추며, 물거품 호수와 오류 강에 반사되어 흔들리는 두둥실 선명한 달이다. 나는 영원한 때의 흐름을 따라 하염없이 미끄러지면서, 짐짓 약은 체하는 유성의 무리를 견제하고, 병든 자와 나이든 자를 모욕하고, 냉담하게 처세하고 싶어하는 사람들의 마음을 부드럽게 쓰다듬고, 과년한 아가씨들이 행복을 향하여 풍기는 아무 득도 없는 방향을 한층 강렬하게 하고, 하루하루 아무런 변화도 보람도 없는 사람들의 인생을 따스하게 지켜본다.

나를 경원하며 멀리하려는 사람은 없다. 그러나 나로서도 어찌할 수 없는 사람이 두엇 있다. 한 사람은 이 일대에서는 흔히 볼 수 없는 큰 키에 길쭘한 얼굴의 청년. 또 한 사람은 이미 나와는 친숙한 사이인 소년 요이치. 평범할 수 없는 이 두 사람은 지금, 인기척이 뚝 끊긴 호숫가 오솔길을 제각각 휘청거리며 걷고 있다. 나는 싸늘한 밤기운을 막는 두터운 가죽 점퍼와 법률을 무시하는 문신도 개의치 않고 겨울바람이 휘몰아치는 상대방의 가슴속을 훤히 꿰뚫어보고 있는데, 그 청년은 나를 힐긋 쳐다보지도 않는다. 한편 요이치는 부탁도 하지 않았는데 열심히 내 쪽을 올려다보며 숨기고 싶은 나의 뒷면까지 보려고 한다. 하지만 요이치는 나를 다른 별들과 구별도 차별도 하지 않고 또 쌍방을 동일시하지도 않는다.

그 두 사람은 내 바로 아래에서 스쳐 지나간다. 청년이 "이 꼴도 보기 싫은 녀석"이라고 중얼거린다. 필시 요이치를 두고 하는 말이리라. 요이치는 "죽여도 살아남을 거야"라고 중얼거린다. 아마 그 건달을 두고 하는 말이리라.

10월 18일 화요일

22

나는 새벽이다.

은밀하게 마호로 마을로 스며든, 이렇다 하게 내세울 것도 없는 새벽이다. 나는 밤사이에 정화된 신선한 대기에 듬뿍 빛을 부여하고, 각양각색의 동식물들에게는 내일로 이어지는 용기와 오늘 숨이 끊어질지도 모른다는 공포를 부여한다. 그러곤 아직도 골목길에 숨어 배회하려는 어둠의 잔당을 몰아내고, 묘지 한구석에서 꾸물거리는 귀신들의 피비린내나는 한숨을 쫓아내면서 차근차근 아침을 맞을 채비를 한다.

그리고 나는 언덕 위 어느 집에서 기르고 있는 새를 위하여 지저귈 기회를 마련해준다. 오늘은 무슨 일이 있어도 기어이 지저귀게 하리란 기세로, 빈틈없이 음미한 자극적인 빛을 한 줄기 그 큰유리새의 푸른 혼에 직접 쏟아붓는다. 큰유리새는 너무도 눈부신 빛과 가슴이 콩콩거리는 설렘에 어찌할 줄을 모르고 우왕좌왕할 뿐이다. 내가 몽환 같은 자기 몸을 믿으라고 부추기자 새는 부리를 빠끔 연다.

이렇게 최초의 지저귐이 시작되었다. 물론 있는 대로 목청을 돋울 수 있는 장성한 새가 되기에는 아직 갈 길이 멀지만, 화려함에는 결코 뒤지지 않는다. 제법 미덕을 지닌 새다. 다만 유감스럽게도 그 소리를 들은 것은 나뿐, 새의 주인인 소년은 새장 쪽으로 머리를 두고 깊은 잠에 빠져 있다. 그의 가족들도 아직 자고 있다. 나는 큰유리새의 지저귐을 기회로 야금야금 기세를 높이며 하늘 높이 퍼져, 별 어려움 없이 하루의 임무를 시작한다.

10월 19일 수요일

나는 사진이다.

마호로 읍사무소의 로비를 장식하는, 최대한으로 확대된 사진 한 장이다. 경비행기에서 찍힌 내 안에는 육십 년 전 이 고장의 풍경이 담겨 있다. 이곳을 방문하는 주민들을 모두 우선 빛바랜 내게 눈길을 고정하고 엄연히 실물로 존재하는 과거의 시간을 돌아본다. 용건을 잊어버릴 정도로 늙어빠진 노인네들은 한결같이 이렇게 중얼거린다. "세월이 가면 나이를 먹는 법이군"이라고. 그러곤 가까이에 있는 젊은이를 붙들어 한바탕 청춘 시절을 자랑하다가, 한참 이야기를 하는 도중에 불쑥 넋빠진 표정으로 어깨를 축 늘어뜨리고 가혹한 처사가 기다리는 육십 년 후로 다시금 돌아온다. 또 젊은 혈기는 어디다 내동댕이쳤는지 패기 하나 없이 약아빠지기만 한 요즘 아이들은 나를 힐긋힐긋 쳐다본 후, "쳇, 예나 지금이나 똑같잖아"라고 들으란 듯 중얼거리고, 쾌활하기는 하지만 어딘가 냉담한 목소리로 마호로 마을의 육십 년 세월을 비웃는다.

그래도 사람들은 내 안에서 온갖 발견을 해왔다. 이를테면 불이 난인가, 발호하는 군벌, 무리를 이룬 물파초, 고취되는 전체주의, 밤낮으로 가업에 종사하는 코흘리개 어린아이. 그리고 오늘도 새로운 발견이 있었다. 물거품 호수의 북쪽 구석에 뚝 떨어진 점처럼 비치는 그림자, 소년은 그것을 보고 새를 닮은 인간의 주검이라며 큰 소리로 떠들어댔다. 그러나 뇌를 좀먹어가는 중한 병을 앓고 있으니만큼 소년의 발견은 실소로 치부되고 말았다. 나 자신도 판단을 내리기 힘들었다.

10월 20일 목요일

24

나는 보트다.

물 말고도 대량의 허무를 넘치도록 채우고 있는 물거품 호수의 수면을 물결에 밀리는 대로 떠다니며 홀로 감상에 젖어 있는 보트다. 이렇게 벌써 사반세기 이상이나 헤매다니고 있는데 나를 알고 있는 자는 거의 없다. 반세기 동안이나 보트 대여업을 하고 있는 사내조차 나를 모른다. 하긴 그도 그럴 것이다. 나는 한낮과 달이 뜬 밤에는 물새밖에 접근하지 못하는 갈대숲 깊은 곳에 잠겨, 빛을 지나보내고 어둔 밤에만 배회하므로.

오늘밤 나는 오랜만에 호숫가를 떠났다. 나는 물 한가운데로 나아가 따스한 액체와 싸늘한 기체 사이에 몸을 두고, 무(無)로 통하는 칠흑 같은 공간을 향수하며 오로지 깊은 상념에 잠겼다. 내 수명은 이제 얼마 남지 않았다. 언제 침수해도 이상하지 않을 정도로 바닥의 판자가 썩어 있으므로. 날이 밝을 때면 이미 호수의 저 깊은 나락에 가라앉아 있을지도 모른다. 그렇게 되기 전에 꼭 하지 않으면 안 될 일이 한 가지 있다.

호숫가에 쭈그리고 앉아 나를 지그시 내려다보는 소년, 요이치의 미칠 듯한 기분을 다른 사람은 몰라도 나는 이해한다. 그것은 구원을 바라는 눈길이다. 어떻게든 그를 도와주고 싶다. 그러나 내가 할 수 있는 일이란 요이치와 함께 물 속으로 뛰어들어, 사방에서 평온한 샘물이 솟아오르는 모래밭에 살며시 누워 물보다 차가운 해골로 변하는 것뿐이다. 그러나 요이치는 내가 내미는 죽음의 우대권은 본 척도 하지 않고 힘차게 지나가고 말았다.

10월 21일 금요일

나는 나뭇잎 사이로 비치는 햇살이다.

좀처럼 사람이 찾아오지 않기에 언제까지고 싱그런 모습을 간직하고 있는 잡목림 사이로 소리 없이 내리는 햇살이다. 나는 짙은 색으로 물든 나뭇잎 사이를 헤치고, 푹신푹신하게 쌓인 낙엽과 미미한 햇살도 놓치지 않는 야무진 무당벌레를 따스하게 감싸고, 갈대류의 울음소리를 한결 명랑하게 만든다. 그리고 상대방의 나이에 걸맞은 육체와 우둔한 혼을 서로 꼭 껴안는 남녀의 드러난 엉덩이를 종이처럼 하얗게 비춘다.

남자는 바지를 무릎까지만 내리고, 여자는 치마와 스타킹을 한쪽 다리에 걸친 채 언제 나타날지 모르는 타인에 대비하고 있다. 그러나 두 사람의 경계심은 이미 말도 안 되는 도취로 변해 있다. 그런 탓에 부스럭부스럭 다가오는 요란스런 발소리를 듣지 못하고, 파국을 짊어진 위험한 관계는 끝내 제삼자에게 목격되고 만다.

여자는 발악하는 자궁의 외침을 포기하고, 남자는 물건을 미처 빼지도 못하고 뒤를 돌아본다. 그들을 내려다보는 소년의 얼굴에는 표정 하나 없다. "이애라면 괜찮아"라고 여자가 말하고, 남자는 "그렇지, 지나가던 개가 본 거나 다름없으니까"라며 다시금 뭉글뭉글한 허리에 팔을 감는다. "잘 봐둬, 넌 평생 가야 한 번도 못 해볼 일이니까"란 목소리를 뒤로하고 요이치는 어슬렁어슬렁 길을 걸으며 성기가 부딪치는 소리를 입으로 흉내낸다. 요이치는 새를 닮은 인간의 시체를 찾으러 숲속을 헤치고 들어가고, 나는 그 뒤에 우왕좌왕하다 뜬구름에 지워진다.

10월 22일 토요일

나는 뇌다.

비록 조금 마비되긴 했지만 요이치를 요이치답게 하고, 요이치란 자아의 기댈 언덕이 되어주는 아름다운 뇌다. 진짜 부모까지 요이치의 감정이 둔하다고 오해하는 까닭은 손발이나 안면 근육의 움직임이 제멋대로인데다, 그런 병에 걸리지 않은 인간의 표현과는 매우 거리가 멀기 때문이리라. 혹자는 내가 희열이란 감정밖에 지니고 있지 않다고 믿으며 질시하기도 하는데, 그야말로 터무니없는 오해다.

나는 불안과 슬픔도 제조할 수 있고 분노를 불러일으킬 수도 있다. 나는 요이치가 살아 있다는 최대의 증거인 비애의 눈물을 마르게 하는 짓 따위는 절대로 하지 않는다. 그리하여 요이치는 나 이외의 어떤 척도 갖고 있지 않다. 그는 마음 그 자체인 내게 상대가 자신과 같은 부류에 속하는지 아닌지를 판단하게 한 후, 내가 제시한 대답에 즉시 반응한다.

나는 마호로 마을을 구성하고 있는 모든 것을 용인하고 받아들인다. 이곳에 요이치의 친구가 아닌 것은 하나도 없다. 언어에 크게 의존하지 않는 요이치는, 가령 길바닥에 굴러다니는 자갈에게도, 아직 의미를 알 수 없는 소리밖에 지를 줄 모르는 젖먹이에게도, 개 세계의 말밖에 모르는 개에게도 생각하는 그 이상을 전달할 수 있다. 낯을 가리지 않는 나는 타인의 가슴속을 성큼성큼 밟고 들어갔다가, 때로는 질타를 당하고 풀이 죽어 물러나온다. 나는 지금까지 스스로 자신의 정체를 밝히려 시도한 적은 한 번도 없다. 그러나 앞으로는 어떨지 모르겠다.

10월 23일 일요일

나는 행글라이더다.

정수리로 불어오는 바람에 흔들리는 소년이 있는 언덕 주변을 하염없이 맴도는 적갈색 행글라이더다. 나를 구름 한 점 끼지 않은 마음과 고도의 기술로 조종하고 있는 것은 겨우겨우 혼자 힘으로 생활하고 있는 젊은이다. 이 고장 사람이 아니다. 그는 우연히 이곳을 지나가다 날고 싶어진 것이다. 처음으로 나를 본 사람들은 입을 딱 벌리고 있다.

방심은 금물이다. 돌발적인 하강 기류가 나를 때려눕히려 노리고 있다. 내 바로 아래에서는, 알몸을 드러낸 바위가 낙하물을 산산조각 내기 위해 이빨을 갈고 있다. 그리고 내 바로 위에서는, 해발 수천 킬로미터를 날아온 철새 떼가 아직 미숙하기만 한 나의 활공에 냉소를 퍼붓고 있다. 주변에는 꽃가루와 먼지 말고도 부유물이 있다. 새의 날갯짓을 열심히 흉내내는 소년의 뜨거운 소망이 내 뒤를 좇고 있다. 이참에 할말은 분명히 해두자. 사람은 새가 될 수 없다. 그러나 나를 좇아다니는 그 소년은 들은 척도 하지 않는다.

호수를 내려다보고 있는 젊은이, 지상에서는 평범한 나날밖에 보내지 못하는 젊은이, 그는 감동하여 "나는 새다"라고 크게 소리친다. 나조차 입에 담지 않는 당치 않은 그 말이 우둔한 소년의 귀에 닿았다. 따끔한 맛을 보여주어야겠다고 생각한 나는 그로서는 감당하지 못할 복잡한 기류 속으로 돌진한다. 호수가 있으니 나도 그리 큰 손상은 입지 않을 것이고 젊은이도 심한 상처를 입지는 않을 것이다. 소년의 소망이 아직도 내 뒤를 좇고 있다.

10월 24일 월요일

나는 무지개다.

물거품 호수와 이승 산을 이으면서 마호로 마을에 걸쳐 있는, 아무런 저의 없는 무지개다. 한없는 삭막함을 감춘 싸늘한 비가 그치고 얼마간 가능성을 품은 밝은 빛이 다시 지상을 뒤덮는다. 그리고 아무리 세월이 흘러도 정의의 대도를 걸으려 하지 않는 자와 만년의 절조를 지키지 못할 성싶은 자가 사뭇 눈부시다는 듯 얼굴을 찡그리고 나를 올려다본다. 다른 사람들도 나를 알아채고는 비록 몇 초 동안이나마 가슴속 응어리를 잊지만, 곧 원래대로의 생활로 돌아간다.

그래도 나의 핵심에 다가와 기회를 엿봐서 내 밑을 뚫고 지나가려고 이례적인 시도를 한 사람이 둘 있다. 한 명은 만물과 친분을 나누고 있는 저 소년 요이치, 또 한 명은 정년퇴직 후 호숫가의 별장에 은거하며 여생을 보내고 있는 전직 대학교수. 요이치는 몇 걸음도 채 걷지 않아 소용없는 일이라는 것을 직감하고는 큰유리새가 기다리는 언덕 위의 집으로 돌아간다.

그러나 전직 대학교수는 절대로 포기하지 않는다. 아내의 충고를 무시하고 자기 소유의 보트에 올라탄 그는 소매를 걷어붙이고 열심히 노를 젓는다. 과학자도 경제학자도 아닌, 같은 고전을 몇 번이고 펼쳐놓고 읽는 문학인 그는 내 안에서 눈요깃거리 이상의 진리를 예감하고, 죽음을 초월하는 그 무엇인가가 실재하는지 확인하기 위해 제 주제도 모르고 내 쪽으로 점차 다가온다. 내 안에 필시 문학에도 철학에도 없었던 무엇이 있을 것이라 믿고 돌진해온다.

10월 25일 화요일

나는 우유다.

오랫동안 정전이 되었던 탓에 다 상해버려 이제는 마실 수 없는 마호로 산(産) 우유다. 그런데 요이치가 떨리는 양손으로 병을 잡더니, 사레가 들리지 않도록 조심스럽게 나를 꿀꺽 삼키고는 반을 남겨 창가에 두었다. 더러운 위장으로 흘러들어간 내가 이틀 동안 폭발적으로 늘어난 생명을 위협할지도 모르는 잡균을 마구잡이로 퍼뜨리는 한편, 병에 남은 나는 햇볕을 듬뿍 흡수하여 한층 더 위험한 독을 제조하느라 여념이 없다.

나는 생각했다. 나야말로 요이치처럼 팔불출에다가 나약해빠진 인간에게 어울리는 음료가 아닐까. 가치 없는 자와 가치 없는 나, 부정적 요소끼리 손을 잡고 사이좋게 사라진다면 그것이야말로 이치에 맞는 도태가 아닐까. 새삼스레 말할 필요도 없는 일이지만, 그것은 요이치 자신을 위한 일이며 나아가서는 요이치의 가족을 위한 일이기도 하다. 그러나 그럴듯한 생각이라고 말해준 것은 청청한 달빛뿐이었다.

그때 갑자기 내 옆에 있던 새장 속의 새가 울었다. 정성을 다한 그 울음소리는 요이치의 눈을 적시고, 눈물 이상의 눈물이 한 방울, 병 안으로 똑 떨어졌다. 그러자, 보라. 내가 만들어낸 유독하고, 이 세상을 부정하는 잡균들이 모조리 사멸하는 것 아닌가. 게다가 결코 본의는 아니었는데, 나는 순식간에 요이치의 내장을 깨끗이 정화하고, 쇠퇴 일로를 걷고 있는 근육에 양분을 보충하여, 적어도 앞으로 천 일은 살 수 있는 몸으로 변하게 하였다.

10월 26일 수요일

나는 정분(情分)이다.

의지할 데 없는 두 사람의 노인을 전쟁 전부터 단단히 붙들어매놓고 있는 정분이다. 운이 따르지 않아 다복한 생애를 보낼 수 없었던 두 사람은 지금, 소일거리로 키운 국화를 안주 삼아 잔을 주거니받거니 하며 달콤한 술에 취해 한껏 기를 펴고 있다. 수고를 아끼지 않고 일하며 눈앞에 있는 사실들을 분명하게 인정하고, 즐기기는 하여도 음험한 짓은 하지 않는 그들의 나날은, 마호로 마을을 대표할 만하다고 나는 확신한다.

그들은 지나간 날을 그리워하지 않는다. 원망에 찬 말도, 망상에 젖는 일도, 앞을 내다보며 재빨리 손을 쓰는 처사도, 필요 이상 사태를 휘젓는 일도 하지 않는다. 그것이 그들의 입장이다. 지금까지 그들은 그들 나름으로 본분을 다해왔지만 지나친 독단에 빠진 적은 단 한 번도 없다. 그렇다고 세인의 말에 순응하며 목숨을 연장한 것도 아니다.

두 사람은 잎사귀에 가려 보일락 말락 하는 감을 세며, 오랜 세월에 걸쳐 터득한 국화 기르는 기술에 대해 두런두런 이야기한다. 두 사람 사이에 십몇 년에 한 번꼴로 생긴 불화는 세월이 모두 씻어가버렸다. 지나가는 사람들은 입을 모아 단아하게 핀 굵직굵직한 꽃과 나를 칭찬한다. 수면을 떠다니는 물체는 죽은 자의 넋을 태우고 싶어하는 보트인데, 아직 두 사람의 눈에는 띄지 않는다. 지나가는 사람들의 발길도 뜸해진 무렵, 그럭저럭 오늘 하루를 열심히 산 요이치가 나타나 나를 힐긋 쳐다보며 내일 쪽으로 슬금슬금 사라진다.

10월 27일 목요일

나는 문이다.

미적 감각은 부족할지 모르나 든든하다는 점에서는 마호로 마을에서 제일가는 문이다. 나는 지금 막 현관에 달려 그 유별난 빌딩을 완성시켰다. 겉모양은 평범하기 짝이 없지만, 그러나 내 안쪽으로는 두꺼운 강철판이 두 겹이나 덧붙어 있다. 나를 곁눈질하며 재빠르게 지나가는 마을 사람들의 눈에는 호기심과 공포심이 알알이 박혀 있었다. 그것이 내가 노린 바였다.

읍사무소의 느림보 차임벨이 정오를 알릴 무렵, 나를 제작해달라고 마을 공장에 의뢰했던 세속에 물든 사내 셋이 어마어마하게 큰 승용차를 타고 나타났다. 언뜻 보아 거친 외모에, 눈에 띄지 않게 소형 무기까지 휴대한 그들은, 새끼손가락이 없는 주먹으로 나를 툭툭 두드리며 꼼꼼히 살펴보고는 안쪽에 두 군데나 달려 있는 빗장이 확실하고 신속하게 제 기능을 발휘하는지 면밀히 조사하였다. 그리고 그냥 젊기만 한 것이 아니라 상큼한 풍모에 키도 훤칠한 한 청년이 "시험 삼아 한번 쏴볼까"라고 말했다.

하지만 그날 밤 나를 조준하여 발사된 총탄은 한 발도 없었다. 세 명의 사내는 오늘부터 빌딩 식구가 되었고 마호로 마을의 주민이 되었다. 나는 한없는 잠재력을 지닌 그들의 세계와, 기댈 곳이라곤 법밖에 없는 뭇사람들의 세계를 반듯하게 갈라놓았다. 밤이 깊어 나타난, 불치병 덕분에 두려움을 모르는 소년이 길에서 주운 분필로 내 위에 낙서를 했다. 치졸한 그 그림은 새 같기도 하고, 또 해골 같기도 했다.

10월 28일 금요일

32

나는 밭이다.

등뒤로 광활한 산줄기를 거느린 이승 산의 북동쪽, 즉 물거품 호수를 향해 부채꼴로 펼쳐져 있는 보리밭이다. 지금 내 위에서는 근처 선사(禪寺)에서 자학적인 나날을 보내고 있는 스님이 일하고 있다. 지금껏 그들은 그야말로 눈물겨운 노력으로 나를 잘 보살펴주었다. 그러나 나는 알고 있다. 나를 상대로 땀을 뻘뻘 흘리고 있을 때도 그들의 마음속에 있는 것은 그들 자신뿐이라는 것을. 언제나 자기 일만으로 벅찬 무능한 그들은 몇 년이나 괭이질을 하면서도 흙이 무엇인지를 모른다. 보리는 오히려 손을 대지 않는 편이 잘 자란다는 것을 모른다.

나는 이따금 그래가지고서야 어떻게 도를 닦겠느냐고 그들에게 충고한다. 그러나 그들은 하나같이 귀를 기울이지 않는다. 그래서 나는 오늘, 할 수 없이 소년 요이치의 힘을 빌렸다. 요이치는 낙석처럼 느닷없이 나타나고, 한번 나타났다 싶으면 도저히 피할 길이 없다. 오늘 요이치는 높은 데서 낮은 데로 갈지자로 뛰어다니며 수확 직전의 보리를 마음껏 짓밟고, 막대기를 핑핑 휘두르며 나를 쓰러뜨리고, 스님들의 짐짓 통달한 척하는 미끈미끈한 얼굴에 흙탕물을 튀기고, 햇볕을 물리칠 만큼 암울한 괴성을 지르고, 그래봐야 헛일이란 의미의 웃음을 흩뿌리며 수행에 관한 빼어난 한 말씀을 남기고, 도저히 병자라고는 생각할 수 없는 무지막지한 기세로 뛰어내려간다. 그런 요이치를 막을 사람이 있을 턱이 없다.

10월 29일 토요일

나는 혐오다.

이 세상을 향하여 툭 튀어나온 젊은 임부의 배에 깃들어 있는 해소할 길 없는 혐오다. 그러나 아이를 갖기 전의 그녀는 나 같은 것과는 거의 인연이 없는 성품 고운 사람이었다. 그런데 어찌된 셈인지 태아의 현저한 발육과 더불어, 영양가 높은 음식과 함께 점차 나를 섭취하게 되었다. 나는 날마다 팽창하여 어둠의 힘을 길러갔다.

그리하여 오늘, 날카로움을 더한 나는 가을바람에 흔들리는 부드러운 햇살 속을 좌우로 비틀거리며 걸어가는 소년의 가냘픈 등을 목표삼아 화살처럼 일직선으로 튕겨나갔다. 그러나 표적이 한시도 쉬지 않고 흔들리는 까닭에, 몇 번을 시도해도 끝내 빗나가고 말아 슬쩍 긁힌 생채기 하나 내지 못했다.

무방비 상태로 드러난 소년의 혼은 지금 여름 태풍에 절반은 무너진 집의 주변을 돌고 있다. 포기한 임부는 그야말로 생생한 현실 덩어리인 자신의 배를 한 번 쓰다듬고는, 마을 병원으로 통하는 언덕길을 지겹다는 듯 올라갔다. 조금 올라가다가 다시 걸음을 멈춘 그녀는, 바람을 이끌고 밤이고 낮이고 마을을 배회하는 소년을 정말 알미워서 못 견디겠다는 듯 힐끗 쳐다보고는, 무겁고 낮은 목소리로 "내 자식이었다면 살려두지 않았을 거야"라고 중얼거렸다. 갈 곳을 잃은 나는 일단 태아의 텅 빈 뱃속으로 파고들었다. 앞쪽에 있는 병원은 끝내는 죽음에 이를 분위기로 충만해 있었고, 뒤쪽 폐가(廢家)는 소년에게 암울한 미래를 약속하고 있었다.

10월 30일 일요일

나는 의수다.

버섯 따기에 관한 한 견줄 자가 없다고 일컫는 남자, 그의 왼팔을 보조하는 구식 의수다. 그는 누가 뒤쫓아오고 있지는 않은지 종종 뒤돌아 확인한 뒤 자기만의 비밀스런 산으로 들어갔다. 그리고 색깔과 모양이 인간의 뇌를 닮은 잎새버섯을 발견하고 허리를 구부렸을 때, 바로 옆에 해골을 둘둘 휘감은 독사 한 마리가 보였다. 한 번 휘두르면 머리를 두동강낼 수 있는 낫을 갖고 있었지만, 그는 무슨 까닭인지 나를 사용하여 공격하였다. 세모꼴 머리에 필살의 이빨이 전혀 통하지 않는 나의 치명적인 일격을 당한 그 죄 없는 생물은 결국 혼절하고 말았다.

남자는 버섯을 한아름 껴안고 콧노래를 흥얼거리며 산을 내려갔다. 도중에 그는 계곡에서 독사의 피가 묻어 있는 나를 떼내어 흐르는 물에 담가놓고는 자신은 흔들다리 옆에서 낮잠을 청했다. 나는 실망했다. 벌써 오랜 세월 왼팔 역할을 열심히 수행했는데, 그는 나보다 낫을 소중히 여기는 것이다. 가능하면 이대로 흐르는 물에 몸을 맡기고 어디론가 멀리 가버리고 싶은 심정이었다.

그런데 마침 그곳을 지나가던 소년은 나를 더없이 소중하게 다루어주었다. 온몸이 쉴새없이 떨리는 그 기묘한 소년은 모래에 비벼 나를 정성껏 씻어주고, 자기 셔츠로 내게 묻은 물기를 닦아 양지바른 바위 위에 살며시 올려놓은 후, 소리 없이 사라졌다.

10월 31일 월요일

나는 버스다.

관광객을 한 명이라도 늘리려는 궁여지책으로 올봄부터 운행을 개시하게 된 한 보닛형 버스. 오늘도 나는 마호로 마을의 단풍 고갯마루를 넘으려 한다. 여느 때와 마찬가지로 승객은 적어서 고작 두 명뿐이다. 그런 탓에 낡아빠진 것이나마 격식을 갖추어 유니폼을 차려입은 운전사와 차장은 나사가 죄 풀려 있다.

떠돌지도 않는 소문을 하루 세끼 밥보다 좋아하는 차장은 제일 뒷자리에 진을 치고 앉아 있는 남녀의 대화에 귀를 기울이고 있다. 그러나 마냥 젊기만 한 — 기껏해야 열일고여덟이나 됐을까 — 그들에게 심각한 화제가 있을 리 없으니, 사랑 때문에 줄행랑을 친 한 쌍이란 것을 미처 눈치채지 못하고 있다. 그러나 무수한 종류의 인간을 나르는 나는 이미 알고 있다. 이 사람들은 궁지를 모면하는 데 능란하고, 딱히 목표하는 바가 없어도 살아갈 수 있는 그런 부류다. 그런데 그들은 골동품 같은 내가 무척 마음에 드는 눈치다.

그리고 두 사람은 가슴께에 심장보다 한결 큰 똑같은 새 배지를 달고 있다. 배지의 파란 새는 날개를 접은 채 한껏 입을 벌리고 이 세상의 변화무쌍함을 노래하고 있었다. 낙조에 반짝이는 물거품 호수가 시야에 들어오자 두 사람은 천진난만한 환성을 지르며, 여기가 좋겠다, 라고 소리친다. 터미널에 도착한 두 사람은 차장이 가르쳐준 여관으로 발길을 돌리고, 어느 만치 걷다가 나를 돌아다보고 손을 흔든다.

11월 1일 화요일

나는 찻잎 줄기*다.

여느 때 같으면 못 보고 지나쳤을 만큼 작은, 희망을 내일로 이어주는 일 따위는 도저히 불가능한 찻잎 줄기다. 나를 알아본 요이치의 어머니는 마치 복권에라도 당첨된 듯 흥분하여 식구들에게 보여주었다. 그러고는 "이제는 무슨 좋은 일이 생겨도 벌 받지 않겠지"라고 말했다. 그러자 요이치의 누나는 "좋은 일이 뭐가 있겠어요"라고 내뱉듯 말하고는 몸단장을 시작했다.

요이치는 부엌에서 큰유리새에게 줄 모이를 비비고 있었다. "지금까지도 별 어려운 일 없이 잘 지내왔잖냐"라고 요이치의 아버지가 지방 신문의 삼면 기사를 읽으며 말했다. 누나는 "정말 그렇게 생각하나요?"라고 말하고는, "멍청하긴"이라고 혼자 중얼거리며 제 손으로 싼 도시락을 들고 직장으로 나갔다. "당신은 낙관적이라서 그렇다니까"라고 어머니가 말했다. 언덕을 달려오는 찬바람이 언덕길을 내려가는 누나의 발소리를 지웠다. 아버지는 "그렇게 일일이 미신을 믿어서야 어떻게 살겠어" 하고 타박하더니, "그럼 이제 슬슬 나가볼까"라고 중얼거리며 화장실에 들어갔다. 나에 관한 이야기는 그것으로 끝이 났다.

어머니가 남은 차와 함께 나를 마셨다. 나는 조촐한 아침식사와, 부서진 비애 조가리와, 허망한 바람이 꽉 들어찬 위장 안에서도 애써 수직으로 서 있었다. 잠시 후 요이치가 주전자를 엎는 바람에 뜨거운 물이 손가락 끝에 살짝 닿았다. 요이치가 자지러지는 소리를 지르는 바람에 나는 옆으로 쓰러지고 말았다.

11월 2일 수요일

---

* 차를 마실 때 찻잔에 찻잎 줄기가 수직으로 서 있으면 길조라는 풍습이 있다.

나는 퇴폐다.

마호로 마을 전체를 뒤덮고 있는, 과도적인 현상과는 달리 만성적이고 도무지 퇴치할 길 없는 퇴폐다. 마을을 활성화할 새로운 전기를 마련하자는 자도 없고, 하루 온종일 조그만 행복을 기다리며 사는 사람들의 수도 점차 줄어들어, 지금은 오로지 나의 독무대다. 사람들은 이미 앞날을 걱정하지 않고, 어려움에 처해 있다는 자각조차 갖고 있지 않다. 기다림에 지친 그들은 발이 저려 옆으로 앉든가 아니면 널브러져 있을 뿐이다.

나는 그런 그들을 확실하게 침식해간다. 이미 그들에게는 사태의 난이(難易)를 불문하고 몸으로 부딪칠 기개 따위는 없다. 이 고장에 불멸의 위업을 이루겠다는 높은 이상을 품고, 학식 풍부한 인물을 지향하고, 팔심을 자랑하던 젊은이가 살았던 것은 먼먼 옛날 일이다. 이대로 그냥 방치했다가는 큰일나겠다고 걱정하는 사람조차 없다.

태어난 지 이십여 년이 지나, 부모보다 큰 체구에 뼈가 우드득거릴 만큼 성장한 젊은이가 어른이 되기를 거부하고 있다. 사내들은 염치도 모르고 자궁으로 회귀하고 싶어한다. 그리고 여자들은 억제할 수 없는 본능에 올라타 몸부림치고, 내게 도전하였다가 무참히 부서지고 만다.

오늘, 언덕 위에서 사는 큰유리새가 내게 말했다. "너는 이런 시골에나 어울리는 싸구려 퇴폐야"라고. 그야말로 가장 퇴폐적인 말투로 멋들어지게 지저귀었다.

11월 3일 목요일

나는 술집이다.

내장처럼 꾸불꾸불한 막다른 골목에 위치한, 술은 소주, 안주는 마른안주밖에 없는, 시골생활에 외로움을 느끼는 사람들을 위한 술집이다. 나 없이는 일주일도 견디지 못하는 사내들이 오늘밤도 또 자신과 남을 비웃으며 생각나는 대로 마구 지껄여댄다. 느닷없이 온화한 웃음을 지우고 분노에 차서 소리치는 자, 과거의 유일하고도 소중한 경험을 몇 번이고 우려먹는 자, 의기소침하여 어리숙한 연기를 하염없이 계속하는 자, 후회의 노래를 멍하니 읊조리는 자, 공을 세울 기회가 없음을 한탄하다 바닥에 벌렁 쓰러지는 자.

나는 그런 그들을 깊이 사랑하고 또 동시에 혐오하고 있다. 그중에서도 그야말로 지방 공무원 타입의 얼굴과 매사에 마지못해 응낙할 듯한 인상에, 누가 보아도 가발을 썼다는 것을 한눈에 알 수 있는 남자가 그랬다. 이 남자의 가슴속에 똬리를 틀고 있는 것은 대책 없는 체념과 치유되기 어려운 위약함이다. 그는 그가 껴안고 있는 불행과 함께 술친구들의 사랑을 받고 있다.

그 불행이 괴상하기 짝이 없는 발소리를 내며 내 쪽으로 다가온다. 무언가가 픽 하며 부딪치고, 문짝이 잘 안 맞는 문이 간신히 열리고, 늘 몸이 흐느적흐느적하는 소년이 싸늘한 공기와 함께 안으로 들어온다. 안에 있던 사람들은 일제히 입을 다문다. 눈을 감는 자도 있다. 그리하여 그 아비와 아들이 술집을 떠나자, 나는 후, 하고 안도의 한숨을 내쉰다. 남은 손님들은 아직도 침묵을 지키고 있다.

11월 4일 금요일

나는 들개다.

밤낮 없이 마호로 마을을 어슬렁거리는 탓에 소년 요이치와 마주치는 일이 다른 어느 누구보다 많은 들개다. 몸집이 작아 밥값도 적게 들고, 쓸데없이 왕왕 짖어대지도 않는데, 끝내 나는 집개가 되지는 못했다. 곰곰이 생각해보니 하얀 털과 검은 털의 배합이 아무래도 불길한 인상을 주는 까닭이 아닐까 싶다. 하기야 그 덕에 나는 인간의 손에 길러지는 개와 개를 기르는 인간에 비해 몇 배나 되는 자유를 손에 넣을 수 있었지만.

그렇기는 해도 내 자유의 크기를 진정으로 알아주는 것은 요이치 한 사람 정도였다. 적어도 나는 요이치가 나를 알아주고 있음을 충분히 이해하고 있었다. 다른 인간들은 모두 인간 이외의 아무것도 아니었지만, 요이치만은 달라 보였다. 그는 인간이면서 동시에 인간 이외의 모든 것이기도 하였다. 그러나 우리는 늘 서로를 의식하는 나머지 말없이 스쳐 지나가기만 했다. 가끔 눈길이 마주치곤 하면 우리는 눈이 부실 만큼 자유로운 자신들을 새삼 깨닫고, 겸연쩍고 비하하고 싶은 마음에 잰걸음으로 서로에게서 멀어진다.

그런데 오늘 우리는 나뭇잎 사이로 보이는 달의 힘을 빌려 대화를 나누었다. 나는 우리는 결국 버려진 신세가 아닌가란 의미로 "멍" 하고 한 번 짖었다. 그러자 요이치는 우뚝 멈춰 서서는, 돌아보며 이렇게 말했다. "그래도 외롭지는 않아."

11월 5일 토요일

나는 죽음이다.

방금 전까지 이 세상에 존재한다는 환희와 한계 속도에 도전한다는 도취감을 만끽하고 있던 인간을 기습한 죽음이다. 나는 지금, 아직도 엔진이 붕붕 돌아가고 있는 최신형 오토바이와 체온이 급속도로 떨어지고 있는 젊은이와 함께, 수확의 계절이 끝난 지 오랜 논 한귀퉁이에 나동그라져 있다. 사방을 메우고 있는 것은, 11월이라고는 여겨지지 않을 만큼 따스한 햇살 아래 흐드러지게 피어 있는 하얀 자운영이다. 헬멧 안 머리통은 돌 위에 내던진 수박처럼 으깨어져 붉은빛으로 물들어 있다.

얼마 지나지 않아 아무리 사소한 비극에도 파리처럼 꼬여드는 무리가 강둑 위로 모여든다. 처음 그들은 나의 생생함에 압도되어 내게 굴복하고 만다. 그러나 얼마 안 있어 그들은, 나를 두 눈으로 지켜본 덕분에 자신의 하잘것 없는 생을 재인식하고 단번에 마음이 풀어진다. 그러고는 실로 상쾌한 충일감을 느끼며 호흡과 고동이라는 당연한 생리 작용을 자각한다. 이어 그들은 내게 풋풋한 애정을 품고, 그 어처구니없는 결말을 무모하고 일말의 가치도 없는 만용 탓으로 돌리고 깨끗이 정리하고 만다. 그리고 한눈에 병자라는 것을 알 수 있는, 한 시대 전 상상 속의 우주인처럼 전신을 비틀거리며 걷는 소년이 나타나자 그들은 왠지 마음이 무거워져, 저마다 가슴속으로 이렇게 중얼거린다. "차라리 죽는 편이 나은 인간도 있군." 오토바이에서 새어나온 가솔린에 불이 붙어, 나와 젊은이는 불덩어리.

11월 6일 일요일

나는 라디오다.

순전히 운이 좋아 지금까지도 애용되고 있는, 광석 검파기를 사용한 라디오다. 옛날 이야기를 그다지 좋아하지 않는, 특히 군대 시절의 이야기는 절대로 하지 않는 사내와 함께 나는 격동의 몇 년을 살아왔다. 과거에 그는 무슨 축하 선물로 훨씬 성능이 좋은 라디오를 두 번이나 받은 적이 있었다. 그러나 그는 두 대를 모두 손자에게 주면서까지 나를 버리지 않았다.

그래서 나는 그에 대한 최소한의 예의로, 죽거나 헤어져 멀어진 친척과 전우의 목소리를 닮은 정겨운 목소리만을 고르고 강조하여 그의 마음속 깊은 곳으로 흘려보냈다. 끝내 가족들에게 버림받은 그가 상심하여 물거품 호수의 바람조차 닿지 않는 산허리에 자리한 양로원으로 거처를 옮긴 후로, 우리는 마음까지 나누는 친구가 되었다.

주위 사람들이 어떻게 보든 뭐라고 하든, 현재의 그는 행복 그 자체이다. 하룻밤 자고 나면 내가 정성껏 들려준 뉴스를 하나도 남김없이 잊어버리는 덕분에 그는 아침마다 신선한 충격을 음미할 수 있을 것이다. 실제로 그는 오늘도 감탄의 환호성을 질렀다. "뭐라고! 천황이 죽어간다고!"라고 소리를 지르더니, "나는 아직 이렇게 살아 있어!"라고 외쳤다. 그후 두 시간쯤 지나 그는 또 "조용히 해. 큰유리새가 우짖는 소리야!"라고 외쳤다. 하나, 천황의 죽음 건은 차치하고 파란 새의 저 저쿰은 나와는 무관한 일이다.

11월 7일 월요일

나는 추방이다.

원숭이 한 마리가 집착하는 견고한 지조, 그것이 직접적인 원인이 되어 이승 산의 야생 원숭이들 사이에서 일어난 추방이다. 지혜로운 어미 원숭이가 이끄는 한 무리와, 성질이 괴팍하기로 유명한 원숭이 한 마리 사이에 끼인 나는 오늘 마침내 불똥을 튀겼다. 그리하여 줄을 지어 앉은 음험한 자들은 원숭이로 살아야 하는 본령을 재삼재사 벗어났다는 이유로, 살아 있는 일개 존재로서 충분한 가치가 있으며 개성도 강한 그 원숭이와 헤어지기로 한 것이다.

나는 전통에 빌붙은 원숭이들의 힘을 빌려, 입장이 불리한 그 원숭이에게 '버린 자식'이란 낙인을 찍고, 두 번 다시 이승 산에 발을 들여놓아선 안 된다는 뜻을 엄중하게 전달했다. 처벌의 직접 원인이 된 행위는 인간처럼 두 다리로 서서 걸으려 시도했다는 것이었다. 그러나 용감하고 격분하기 잘하고, 그러면서도 성격은 명랑한 그놈이 내 말을 얌전히 받아들일 리가 없다. 바라던 바라는 말을 내뱉는가 싶더니 단호한 태도와 말투로 반론을 펼쳤다. 언제까지고 원숭이로 만족하는 생활에 안주하는 어리석음과 위험성을 사리정연하게 논하고, 원숭이를 초월하는 의의에 대해 당당하고 적절하게 설파했다. 험악한 공기가 흐르고, 양자는 증오심에 불타오르다 일촉즉발의 위기를 맞았다. 그 소년이 나타나지 않았더라면 무슨 일이 벌어졌을지도 모른다. '버린 자식'은 몸짓이 원숭이를 닮은 소년의 뒤를 따라 산을 내려갔다. 원숭이들의 조롱 섞인 비난이 골짜기 사이사이로 메아리쳤다.

11월 8일 화요일

나는 그림엽서다.

기념품 가게에서 판매되는, 물거품 호수를 중심으로 한 풍경 사진이 찍혀 있는 인기 없는 그림엽서다. 다른 고장 사람들의 눈이 나를 어떻게 평가하는지는 몰라도 이 고장 사람들의 평가는 실로 한심한 것이었다. 사진이 진짜 풍경보다 아름답지 않게 보이는 것은 어찌된 영문이냐고 투덜거리는 자도 몇 명 있었다. 읍장은 심지어 "이래가지고서야 그저 아무 데나 있는 웅덩이나 별다를 게 없잖아"라는 말까지 했다.

나를 칭찬한 사람들은 고작 요이치의 가족 정도일 것이다. 하기야 그들의 집이 언덕과 함께 정면에 자리하고, 게다가 호수면에 둥실 떠 있는 것처럼 찍혔기 때문일 테지만. 계절마다 변하는 빛이 넝마 같은 집을 저택으로 둔갑시키고 있었다. 그 사진에서는 일락의 나날마저 느껴진다. 아직 아무도 알아채지 못했지만 언덕길을 타박타박 걸어가는, 지금보다 어린 시절의 요이치 뒷모습이 희미하게 찍혀 있기도 하다. 요이치의 모습이 하늘을 나는 새를 닮은 까닭은 아마 코트 자락이 바람에 펄럭이는 탓일 게다.

또 소나무 숲 너머 길에 있는 버스 정류장에서, 생활고 때문에 다른 고장으로 떠나는 누나와 그녀를 배웅하는 동생이 이별을 아쉬워하며 껴안고 우는 모습이 조그맣게 찍혀 있다. 꽃으로 장식한 식탁을 둘러싼 신혼부부와, 물놀이로 한때를 보내는 노파와, 호숫가의 여관 '삼광조(三光鳥)'에 투숙한 손님의 모습도 찍혀 있다. 그렇게 나는 마호로 마을을 어딘가 청춘을 유혹하는 지형으로 포착하고, 훗날 국가주의에 흡수될 것이 뻔한 마이홈주의를 보는 사람이 금방 알 수 있도록 비춰내고 있다.

11월 9일 수요일

나는 온천이다.

수량이 지나치게 적은 탓에 아무도 돈 되는 일로 연결시키지 못하는, 이승 산 기슭에 자리한 온천이다. 올 한 해의 일을 전부 끝낸 후에 계곡에서 반나절이나 수고하여 구멍을 파고 나를 만든 것은, 풍문에는 전혀 아랑곳하지 않는 네 명의 농부였다. 알몸이 된 그들은 마음도 몸도 죄다 내게 맡기고 싸들고 온 싸구려 술을 홀짝홀짝 마시다, 취기가 돌자 "어차피 농부 같은 건 말이지"라고 평소와 다를 게 없는 불평을 늘어놓다가, "아니, 차라리 마음이 편해 좋아"라는 또 뻔한 자랑으로 옮겨갔다.

그 동안 나는 그들의 몸 마디마디에 스며 있는 통증을 녹이고, 얌전하게 있기만 하면 별탈 없다는 썩어빠진 근성과 뼛속까지 눌어붙어 있는 사대주의를 흙냄새 나는 땀과 함께 쥐어짜내려고 분발했다. 그런데 내 뜻대로 잘 풀리지는 않았다.

너무 오래 몸을 담그고 있어 탈진한 친구를 둘러메고 그들이 돌아간 후, 이번에는 이 고장에서는 소설가란 사실이 거의 알려지지 않은 사람이 불쑥 나타났다. 그는 데리고 온 삽살개를 내 안에 담가 쓱싹쓱싹 씻으며 시종 "참 더러운 물이로군"이란 말을 연발했다. 그러고는 발조차 담그지 않고 목욕 수건으로 둘둘 만 개를 껴안고 돌아갔다. 그 후에는 소년 요이치가 나타났다. 그는 높은 바위에 서서 작은 새의 지저귐 같은 기성을 발하더니, 갑자기 나를 향해 오줌을 싸댔다. 울컥 화가 치민 나는 당분간 온수를 뿜지 않기로 했다.

11월 10일 목요일

나는 문장(紋章)이다.

마호로 마을 사람 전원에게 '죽어봐야 본전'이란 비장한 각오를 알리기 위하여 삼층짜리 거무튀튀한 건물을 장식하고 있는 문장이다. 나는 서슴없이 세상을 거역하고 정면으로 법률에 대항하는 표식이며, 무난한 일상을 거부하고 상식이나 양식과는 거리가 먼 자세를 과시한다. 그리고 나의 휘하에 모여드는 남자들에게 무엇보다 뻔뻔스러운 책동가가 되라고 부추기고, 도저히 인간의 소행이라곤 여겨지지 않는 일을 실행하도록 명하고, 실수를 절대로 용납하지 않으며, 적대관계에 있는 교활한 일파의 얼굴을 항상 주시하지 않으면 안 된다고 경고한다.

나는 달리 갈 곳이 없어 내 밑에 모여드는 사내들의 편의를 총력을 다하여 도모할 수밖에 없다고 설득하고, 그 어떤 수단을 써서라도 외부자를 매몰차게 다룰 것을 거듭 주지시키며, 늘 상황을 보고하라고 엄격하게 요구하고, 다달이 상납금을 잊지 말고 내라 말하고, 결속을 굳히기에 게으름을 피워서는 안 된다고 목청을 돋우어 말한다. 나는 그들 한 명 한 명에게 위급한 상황에 처하면 앞뒤 가리지 말고 도망칠 것이며, 무슨 일을 당해도 입을 열지 않는다는 맹세를 강요한다. 나는 모든 분쟁에 해결을 촉구하는 명쾌한 결단을 내리고, 망설이는 조직원에게는 필요악으로 성립된 당당한 현실임을 강조한다. 즉, 빛에 대해서는 그림자, 상수에 대해서 하수라는 확연한 견해를 보인다. 내가 반사하는 양광을 되받아 반사할 수 있는 사람은, 지금으로선 불치병에 걸린 자의 진면목을 발휘하고 있는 소년 단 한 사람뿐이다.

11월 11일 금요일

나는 사마귀다.

가을도 어언 끝 무렵에 이르렀는데, 아직 죽지 않고 가물가물한 숨결을 유지하고 있는 사마귀다. 봄부터 여름까지, 나는 물거품 호수 주변에서 나 스스로도 황홀할 만큼 화려한 시위운동을 펼쳤다. 그런데 교미를 할 만한 상대는커녕 미미한 연정을 보내는 상대조차 한 번도 만나지 못했다. 그 대신 여러 천적들의 습격을 받아 간신히 목숨을 건지거나 한 고비를 넘기면 또다른 고난이 기다리는 수난도 겪지 않고 무사히 계절을 넘겼다.

지금 생각해보면 나는 그저 이 세상을 살았을 뿐이었다. 그냥 살아 있는 것만으로 자족의 심경에 도달할 수 있는 풀무치가 나를 비웃었다. 이런 나날은 이제 진력이 난다. 그리고 이쯤에서 스스로 막을 내려야겠다고 생각했다. 그러나 이미 때는 늦어, 고통이 심한 날개를 아무리 퍼덕거려도, 교통량 많은 도로와 뱀도 한입에 삼킬 수 있는 커다란 곤들매기가 득시글거리는 계곡으로 날아갈 수가 없었다. 엉금엉금 기어 호숫가의 오솔길까지 가는 게 고작이었다. 나로서는 충분히 타이밍을 맞춰 자갈길로 날아갔다고 생각했다. 그러나 실패로 끝났다. 그 소년의 걸음걸이가 좀더 정상적이었다면, 최소한 술주정뱅이 정도였다면 지금쯤 나는 납작하게 짜부라져 물로 돌아가 있을 것이다. 소년의 비뚤비뚤한 발소리가 멀어지면서 키들키들대는 웃음소리로 변했다.

11월 12일 토요일

나는 쾌청한 날씨다.

일 년에 한 번, 아니 어쩌면 십 년에 한 번 있을까 말까 한 완전무결한 날씨다. 바람은 살랑거리지도 않고 기온은 성큼성큼 상승하여 태양에 따스함을 구하는 생물들은 봄처럼 설렘을 느끼고, 마호로 마을 전체가 천국 같은 생기에 감싸여 있다. "이런 날에 죽다니 어떻게 된 거 아니야?"라고 서늘한 눈매의 경관이 큰 소리로 말한다.

그러나 나는 그렇게 생각하지 않는다. 결혼이나 출산, 혹은 출가하기에도 물론 어울리는 나이지만 이런 유의 죽음에도 잘 어울릴 것이다. 오늘 아침, 아득하게 높은 하늘을 차지하고 있던 나를 알아본 그녀는, 날달걀을 깨뜨려 밥에 비벼 먹고는 단벌 외출복을 꺼내 단장을 하고 자전거를 타고 집을 나섰다. 도중에 그녀는 자신을 위해 파란 꽃을 사들고, 그 다음에는 호숫가의 소나무 숲으로 가만가만 들어갔다. 그리고 준비해온 부드럽고 튼튼한 노끈을 반듯하게 가지가 뻗은 소나무와 자신의 목에 감고, 내가 뿜어내는 전락(轉落)의 광휘를 가슴 가득 들이마시고는, "아아, 날씨가 너무 좋다"라고 중얼거렸다. 그러고는 말이 끝남과 동시에 디딤대를 대신한 자전거를 걷어찼다. 이렇게 하여, 오늘이 삼십 년 생애 가운데 처음으로 그녀의 바람이 이루어진 날이 되었다.

언덕 위의 집에서 달려내려온 여인은 처자식이 있는 사내와 정을 통하고 있던 친구에게 매달려 울부짖었고, 끝내는 나에게 온갖 원망을 퍼부어댔다. 그러나 나는 전혀 동요하지 않고, 밤의 장막이 내린 후에도 한 조각 구름과 한 조각 감상조차 허락하지 않는다.

11월 13일 일요일

48

나는 거울이다.

마호로 마을이 마을 사람들의 차림새 향상을 도모하기 위하여 전화 부스의 삼면에 부착한 등신대 크기의 거울이다. 그로부터 벌써 사 년이나 지났는데 나는 아직도 제구실을 못 하고 있다. 거리를 지나는 사람들이 하나같이 나를 들여다보기는 한다. 그러나 그들의 목적이란 내세울 것 없는 자신을 가볍게 재확인하는 정도에 불과하다.

여인네들은 변함없이 냉혹한 현실의 흐름에 초조해하고, 사내들은 짐작보다 심한 피로의 깊이를 깨닫고는 일그러진 미소를 띠고, 어린애들은 원숭이에 뒤질세라 원시적이고 거리낌 없는 자기주장을 반복하고, 노인네들은 등뒤에서 히죽히죽 웃고 있는 죽음의 그림자를 보고는 잰걸음으로 물러나고, 개들은 자기 영역을 침범하는 적을 만난 것으로 착각하고 공격 태세를 갖춘다. 그리하여 지금 나는 오히려 사람들이 기피하는 물건이 되어가고 있다.

그러나 소년 요이치만은 다르다. 그는 내 앞을 지날 때마다 멈춰 서서는, 무언가 묻고 싶은 듯한 눈길을 내 안의 자신에게 쏟는다. 그러면 요이치의 전신은 점차 격렬하게 요동하면서 때로는 화산의 용트림을 떠올릴 만큼 움직임이 고조되어 나 또한 함께 흔들흔들 요동하곤 한다.

오늘밤, 요이치는 마침내 해서는 안 될 질문을 내게 던졌다. 내가 충실히 재현한 요이치를 가리키며 "너는 누구지?"라고 물은 것이다. 물론 나는 대답하지 않았다. 대답할 수가 없어서, "너야말로 누구지?"라고 되물었다.

11월 14일 월요일

나는 노래다.

마호로 마을이, 당시에는 인기 있던 작사가와 지금도 여전히 수완 좋은 작곡가에게 거금을 투자하여 만들게 한 〈마호로 마을의 노래〉다. 읍사무소에서는 삼천 장의 레코드를, 마을 주민을 비롯해 술과 음식으로 대접하지 않으면 안 될 이해관계에 있는 타지 사람들에게 배포했다. 그리하여 〈오두막집〉이란 차임벨 소리 대신 내가 정오의 시보를 알리게 되었다. 그러나 반년도 채 지나지 않아 다시금 차임벨이 부활하였고, 그해 여름 마호로 마을을 휩쓸고 지나간 태풍과 함께 나는 깨끗이 잊혀지고 말았다.

그런데 오늘, 방금 전 느닷없이 나는 마치 비를 맞고 십 년 동안의 가사 상태에서 깨어난 사막의 생물처럼 숨을 되찾은 것이다. 잡다한 사고가 두서없이 소용돌이치고 있는 요이치의 푸르께한 잿빛 뇌 속에서, 나는 아무런 예고도 없이 돌발적으로 재생되었다. 잿빛이 거의 대부분을 차지하고 있던 깃털 전체에 푸른빛이 감돌기 시작한 큰유리새의 유리*빛 지저귐에 자극을 받아서가 아니었을까.

문득 내 소리를 들은 요이치의 누나는 놀라 울음을 그쳤다. 결혼도 하지 못하고 소나무 숲에서 죽어간 친구를 슬퍼하며, 그녀와 비슷한 처지에 놓여 있는 자신을 슬퍼하는 눈물을 거둔 것이다. 그녀는 자기 귀를 의심하면서 동생의 방을 들여다보았다. 내가 틀림없이 요이치의 입에서 흘러나오고 있음을 안 그녀는 부엌으로 가 날달걀을 깨뜨려 밥에 비벼 꾸역꾸역 먹고는, 두 시간 늦게 출근하였다. 천천히 언덕길을 내려가며 그녀 역시 나를 반복하였다.

11월 15일 화요일

---

* 瑠璃, 검푸른 빛을 띤 보석의 일종.

50

나는 공기다.

이승 산에서 정화되어 물거품 호수에서 적당한 습기를 머금은, 이 상적으로 배합된 공기다. 오늘도 또 나는 인구 동태 조사 따위를 할 필요도 없는 마호로 마을의 팔천여 주민과 그 밖의 생물에게 최상의 산소를 공급하기 위해 조심스러운, 그러나 끊임없는 대순환을 조용하고도 엄숙하게 펼치고 있다. 단숨에 이 세상으로 고개를 내민 태양이 순연한 빛의 화살을 잇달아 쏘아대며 나에게 다채로운 빛을 선사한다. 그것을 신호로 사람들은 짐승의 잠에서 깨어나 나를 가슴 가득 들이마시고, 가슴속에 응어리진 잔인하면서도 도저히 남의 일 같지 않은 악몽의 잔해를 토해내고, 단번에 현실로 돌아온다.

그러고서 나는 지칠 대로 지쳐 마호로 마을로 날아드는 철새를 위하여, 날개에 쌓인 피로를 조금이나마 덜어주려고 남으로 향하는 한 줄기 안정된 흐름을 형성한다. 또 나는 식물과 동물을, 동물과 광물을, 광물과 식물을 단단히 엮고 액체와 고체를 융화시키기 위하여, 삶과 죽음을 구별하지 않게 하기 위하여 중개역을 수행한다.

그리하여 나는 언덕 집에 사는 가족들에게 언제 죽어도 아쉬울 게 없다고 여기는 소년과, 이미 그의 생명의 일부가 되어가는 작은 새, 새장 속에 있으면서 무한한 우주를 장악하고 있는 큰유리새를 위하여 잡균을 죽이고, 독을 제거하고, 울적한 기분을 몰아내는 힘을 은닉하고 있는 오존을 듬뿍 내린다. 요이치란 소년은 결코 나를 더럽히는 아이가 아니다.

11월 16일 수요일

나는 구스다마*다.

마호로 마을의 읍사무소 정면 현관을 장식하다가 지금 막 망가진 달갑지 않은 구스다마다. 나는 여직원이 잘게 썰어놓은 색종이와, 거짓말하는 버릇이 있는 조수가 불어놓은 풍선과, 새하얀 비둘기와 함께 권력의 악취를 고적대의 머리 위에 슬쩍 뿌린다. 그러나 사람들의 반응은 뜻밖에도 시큰둥하여, 공용차에서 내린 마라톤 선수는 그만 눈을 내리깔고 말았다. 지금까지 그는 몇 번이나 명성을 날렸음에도 결국 올림픽 메달을 손에 쥐고 고향으로 금의환향하지는 못한 것이다.

몇 년 동안이나 고향 사람들의 지나친 기대에 시달렸던 그는 지금 말할 수 없이 지쳐 있다. 이미 그는 성패의 열쇠를 거머쥘 수 있는 기본 조건마저 잊어버렸다. 노력의 소산이었던 그의 자신감도 지금은 크게 흔들리고 있다. 내 바로 밑으로 다가온 그는 내가 묵직하게 늘어뜨리고 있는 종이테이프 다발을 왼손으로 젖히고, 오른손을 내밀어 읍장과 마음에도 없는 악수를 나눈다.

그때 내가 풀어놓은 새하얀 비둘기 한 마리가, 마라톤을 시작하지 않았더라면 지금도 버스 터미널에서 청소부 노릇을 하고 있었을 청년의 머리에 앉는다. 오로지 그 한 가지 일로 온화한 분위기가 그 일대를 감싼다. 사람들은 손뼉을 치며 기뻐하고, 아직 기대를 걸어도 좋을지 모르겠다는 의미의 웅성거림이 퍼져간다. 그러나 그 비둘기가 병 때문에 달리기 따위 엄두도 못 내는 소년의 머리로 옮겨앉자 모처럼의 떠들썩한 분위기가 찬물을 끼얹은 듯 사그라지고 만다.

11월 17일 목요일

---

* 藥玉, 색종이를 접어 공 모양으로 엮어 장식실을 드리운 것.

52

나는 못난 소리다.

하루에도 몇 번이나 불치병에 걸린 자식을 가진 어머니의 답답한 가슴속을 질러가는 못난 소리다. 그녀가 눈에 보이지 않을 만큼 빠른 속도로 조작하는 구식 계산기 소리에 맞춰 기세등등하게 튀어나온 나는 마호로 마을에서 제일 오래된 슈퍼마켓 안을 날뛴다. 그리하여 나는 비웃음 사이를 헤집고 돌진하여, 같은 부모 처지에서 내 이야기에 귀를 기울여줄 만한 상대를, 혹은 나 따위 황송할 만큼 훨씬 굉장한 비극을 짊어지고 있을 법한 어머니를 열심히 찾는다.

그러나 어떤 손님이든 지갑을 꼭 쥐고는 그만저만한 행복의 영역에 몸담고 있고, 생선을 고르며 품평하는 날카로운 눈길은 오늘을 사는 즐거움을 만끽하며 번들번들 빛나고 있다. 할 수 없이 나는 그녀에게로 되돌아가 나오는 대로 위로의 말을 건넨다. 물론 말이나 표정에는 안 드러나지만, 실제로는 모든 어머니가 통곡을 해도 모자랄 슬픔에 몸이 찢기는 아픔을 견디고 있다고 그렇게 말한다. 그러나 내가 무슨 말을 한들 그녀의 마음은 뒤숭숭할 뿐이다. 자식에 대한 편파 없는 애정의 배분, 그런 배려는 이미 사라져버리고 없다.

이윽고 그녀는 좋지 않은 예감에 짓눌리는 어깨를 느끼며 뒤를 돌아다본다. 가게의 안과 밖을 가르는 두꺼운 유리에 일그러진 얼굴을 납작하게 갖다대고 연체동물처럼 몸을 뒤틀고 있는 아들의 모습이 그녀의 눈에 들어온다. 가게 점장이 눈을 치켜뜨고 빨리 어떻게 좀 해봐, 라고 눈짓하고 있다. 나는 마른침과 함께 이내 꿀꺽 삼켜진다.

11월 18일 금요일

나는 북쪽이다.

다들 마음 어느 한구석에서는 기피하는, 동쪽도 서쪽도 남쪽도 아닌 북쪽이다. 많은 사람들은 어둡고 불길하고 별볼일 없는 일들은 모두 내게서 비롯하는 것이라고 믿고 있다. 그러나 내가 마호로 마을에 보내는 것은 고작 겨울바람 정도이고, 재난이라 할 만한 일을 초래한 적도 거의 없다. 밤낮을 가리지 않고 유해한 연기를 뭉글뭉글 토해내는 공장은 마을 남쪽에 있었다. 또 옛날에 물거품 호수 주변의 산들을 훑고 지나갔던 불길은 서쪽에서 번지기 시작했었다. 그리고 남자란 남자는 죄 군인으로 키우지 않고는 못 견디게 만든 끔찍한 힘은 동쪽에서 우르르 몰려온 것이었다.

그런데도 사람들은 여전히 나를 죽음의 방향이라고 일방적으로 단정지으려 한다. 내가 아무리 찬바람을 사용하여 이의를 제기해도 상대조차 해주려 하지 않는다. 산 자는 내게 다리를 향하여 자고, 죽은 자는 막 사고능력을 상실한 머리를 내 쪽으로 향하고 눕는다. 이제부터 내가 보내려 하는 두 종류의 백조를 기억해주었으면 한다. 눈보라가 선사하는 일가의 단란을 그들이 잊어서는 곤란하다.

지금 이 마을에서 나를 차별하지 않는 유일한 사람인 소년 요이치는 내 주장을 휘파람으로 대변하고 있다. 나는 이쪽으로 오라고 요이치에게 손짓한다. 방황하는 보트를 네게 보낼 테니 그것을 타고 오라고 말한다. 그런데 원래는 남쪽에서 겨울을 보내야 할 파란 새가, 속아서는 안 된다고 법석을 떤다.

11월 19일 토요일

54

나는 불꽃이다.

제정신으로는 말하기 어려운 정념과 견줄 사람 없는 솜씨에 선동되어 어둠으로 흩어지는 용접용 불꽃이다. 사내는 오늘밤도 교각용 정육면체 철강재를 뚝 절단하여 장작용 난로를 만들고 있다. 오 년 전 생일날, 비 내리는 어둑어둑한 아침에 그는 불현듯 내게 매료되었다. 넋을 잃고 장작불을 빤히 들여다보던 그의 눈이 이상할 정도로 빛나더니 결단의 음성이 커다랗게 뛰쳐나왔다. 그리하여 그는 용접공 자격증을 땄고 주위의 맹렬한 반대에도 불구하고 회사를 그만두었다. 오늘 서른다섯 살이 된 그가 만드는 난로는 나날이 품격을 더해가고 있다. 수공예품을 능가할 만큼 아름답다고 감탄하는 자도 생겨났다.

그러나 수입의 증가로는 이어지지 않아 겨우 한 사람 입에 풀칠할 수 있을 뿐이었다. 아내는 그런 그를 버리고 달아난 지 오래다. 그는 혼자가 되었지만 그래도 나와의 인연만은 끊지 않았다. 그의 가장 큰 관심사는 난로의 완성도가 아니라 어디까지나 나 자체였다. 낮에는 자고 밤에만 일하는 것도 햇빛의 방해를 받지 않고 마음껏 나를 음미하고 싶기 때문이다. 그는 내 안에서 활로를 발견하고, 조금도 뽐내지 않고 나를 접하며, 내게 빠져들어 나로 만족하고 있다.

울타리 너머로 나를 응시하는 눈이 있다. 한 여자가 정신없이 나를…… 아니 내가 비추어내는 남자를 쳐다보고 있다. 그녀 곁에는, 기묘하다기보다는 기괴하다고 표현하고픈 소년이 흔들흔들 서 있다. 소년은 어서 집으로 돌아가고 싶어 누나를 조른다. 그러나 남자에게 넋을 잃은 여자는 언제까지고 움직이려 하지 않는다.

11월 20일 일요일

나는 다리다.

마호로 마을을 출입하기 위해서는 반드시 건너야 하는, 철근 콘크리트로 세운 무미건조한 형태의 다리다. 정식 이름이 있는데도 사람들은 모두 나를 '돌아오지 않는 다리'라 부른다. 내가 완성되었을 당시 사람들은 꿈 같은 환상을 품었다. 다리가 처음 개통된 날에는 와병중이던 읍장까지 무리하게 참석하여, 나를 통해 얻을 수 있는 수많은 이익에 대해 역설하였다. 군대 시절밖에 기억하지 못하는 이 명물 노인은, "이런 다리라면 아무리 큰 전차라도 지나갈 수 있어"라고 백 번이나 말했다.

그날로부터 벌써 십이 년이란 세월이 흘렀다. 하지만 마호로 마을은 여전히 구태의연한 마호로 마을에 지나지 않는다. 내 위로 운반되는 이익이나 문화는 내 아래를 흐르는 오류 강의 물과 마찬가지로 그저 지나갈 따름이다.

오후가 되자 염문이 끊이지 않는 읍장이 측근을 데리고 나를 방문했다. 그리고 그는 이렇게 말했다. 마을의 활성화를 위해서는 무엇보다 앞서 이 다리를 좀더 훌륭한 다리로 재건하지 않으면 안 된다고. 그러나 경리과 직원은 "그런 돈이 어디 있다고"라고 홀로 중얼거리고, 비서는 "이전 읍장도 똑같은 말을 했는데"라고 낮은 소리로 말했다. 아무리 세월이 흘러도 출세를 못 하는 평직원은 킥킥거리며 몰래 웃고는, 불어오는 세찬 바람에 머리칼이 날리지 않도록 주의하면서 바위투성이 강바닥을 쭈뼛쭈뼛 들여다보았다. "죽기에는 안성맞춤이로군"이란 그의 혼잣말이 나를 전율케 했다. 축 늘어진 그들의 발소리가 멀어져갔다.

11월 21일 월요일

56

나는 그림자다.

귀갓길을 서두르는 노동자들이 자갈길에 떨구는, 길고도 수심에 찬 짙은 그림자. 나를 족쇄처럼 끌면서 신통치 않은 얼굴로 걷는 그들 중에 그럴싸한 인물은 단 한 명도 없다. 장래가 촉망되는 자, 누군가를 거침없이 쏘아볼 수 있는 기개를 지닌 자, 아내의 폭언에 정색을 하고 반론할 수 있는 자, 그런 사나이는 없다. 있을 턱이 없다.

그들은 자진하여 무언가를 묻는 일이 없고, 물의를 빚는 일도 없으며, 돈을 물 쓰듯 하는 일도 결코 없다. 그들은 부가된 하루의 일을 척척 말끔하게 처리하고, 한숨을 돌리며 담배를 피우고, 거의 매일 똑같은 점심을 먹는다. 집으로 돌아가는 길에 그들은 근무중에 생긴 이런저런 응어리를 엷은 증오심을 담아 내게 던져버리고, 자기 집 현관문을 열고 들어설 때면 반주나 저녁밥, 목욕과 어린 자식들과의 싱거운 대화, 텔레비전과 섹스, 그런 것들을 기대하는 남자로 돌아가 있다.

그러나 모두가 하나같이 그런 건 아니다. 개중에는 너무도 쓸쓸한 내 모습을 깨닫고 크게 당황하는 자도 있다. 한번 그렇게 느끼기 시작하면 한없이 우울해지고, 한없이 위축될 수밖에 없다. 그러나 아무튼 오늘 나는 지력이 쇠한 경작지를 덮은 포복성 넝쿨처럼 끈질기게 마호로 마을의 대지를 포착하고 있다. 소년 요이치에게 밟혀도 눈썹 하나 까딱하지 않는다.

11월 22일 화요일

나는 엷은 웃음이다.

그런 눈으로밖에 세상을 볼 수 없는 키가 큰 청년, 그의 입가에 늘 달라붙어 있는 엷은 웃음이다. 나는 벌써 독일산 고급 승용차와 함께 마호로 마을을 세 번이나 돌았다. 그렇다고 유난히 재치 있는 이 남자가 그저 드라이브를 즐기거나, 호사스럽고 새하얀 자동차를 자랑하기 위하여 돌고 있는 것은 아니다. 막 이사 온 이 동네의 지리를 확실하게 머리에 집어넣어, 추월을 하거나 당할 때에 대비하기 위함이다.

그리고 또 한 가지 목적은 세상 물정에 어두운 시골 사람들에게 법률 밖에서 사는 자들이 어떤 인간인지를 알게 하는 것이다. 동네 사람들은 먼저 자동차에 눈을 부릅뜨고, 그러고 나서야 간신히 나를 알아채고는 낭패스러워하고, 절대 거짓 위협이 아닐 것이란 압박감을 느끼며 우물쭈물한다. 탁발중인 수도승의 무리조차 그랬다. 그들은 눈길을 돌리고 길을 비켜준다.

청년은 주유소에 들른다. 싹싹한 주인이 재빨리 뛰어나온다. 조직원은 은혜라도 베푸는 듯한 말투로 말한다. "가능한 한 자네 주유소를 이용하지"라고. 그 다음 대사는 내가 이어 읊는다. "우리가 누구인지는 알고 있겠지?"라고 겁을 주자 효과는 적중하여 그 자리에 있던 사람들의 몸이 일제히 경직된다. 그러나 연체동물처럼 몸을 움직이는 소년만은 다르다. 비틀비틀 걸어온 소년은 뚫어져라 빤히 쳐다보며, 나를 흉내내려 제대로 다물어지지도 않는 입술을 열심히 비튼다.

11월 23일 수요일

58

나는 헤드라이트다.

겉은 고물차지만 속내는 풀옵션으로 다 갖춘 개조차의 헤드라이트다. 나는 강렬한 빛과 무지막지한 속도로 밤과 분별을 찢어발기고, 잠잠하게 거드름을 피우고 있는 마호로 마을에 통렬한 공격을 가한다. 그리고 나는 어디선가 느닷없이 튀어나와 도로 한가운데에서 웅크리는 고양이를, 택시로 착각하고 손을 흔들며 가까이 다가오는 술주정뱅이를, 어디에다 갖다 버리려고 어둠을 틈타 죽은 개의 시체를 나르는 부자를, 덜 마른 여자의 속옷을 몰래 훔쳐오는 남자를, 성별조차 가늠할 수 없을 만큼 늙어빠진 기생을, 또 이 자동차를 허둥지둥 모는 중년 남자의 비극을 또렷하게 비춘다.

딸이 목을 맨 이래 꼼짝 않고 틀어박혀 지내면서 하루에도 몇 번씩 책상에 엎드려 우는 남자가, 있는 돈을 다 털어 나이에 전혀 어울리지 않는 자동차를 구입한 것이다. 그는 표지판도 신호도 무시하며 질주한다. 한 번도 브레이크를 밟지 않으며, 뒷바퀴를 보란 듯이 굴려 위험한 모퉁이를 돌고, 돌 때마다 나타났다가는 사라지고 사라졌다가는 나타나는 소나무 가지에 매달려 있는 딸의 환영을 향하여 무모한 몸짓을 감행한다. 그것도 눈을 감고서 말이다.

이윽고 나는 내 쪽으로 성큼성큼 다가오는 물거품 호수의 잔물결을 비추며 마지막 순간을 각오한다. 그는 정말 죽을 작정이다. 노 젓는 이 없는 낡은 보트가 저편 호숫가 기슭으로 접근하고 있다. 그때 어딘가 새를 닮은 소년이 내 앞을 지나간다. 급브레이크를 밟아 간신히 위기를 모면한다. 덕분에 나는 호수 바닥을 비추지 않아도 되었다.

11월 24일 목요일

나는 잔디다.

물거품 호숫가를 아름답게 수놓고 싶었는데 끝내는 뿌리조차 내리지 못한 잔디다. 내년 봄에는 일부분밖에 싹을 틔우지 못할 것이다. 사람들은 모두 싸늘한 가을 날씨 탓에 말라버렸다고만 생각하고 있다. 그래도 아직 나는 사람들을 가까이 모으는 매력을 조금은 갖고 있다. 지금 젊은 남녀 한 쌍이 이 추운 하늘, 내 위에서 정답게 서로에게 기대어 있다. 세찬 바람으로 들쭉날쭉 쥐어뜯긴 수면은 전례를 따라 겨울의 도래를 예고하고, 가벼운 기분으로 사랑의 줄행랑을 친 젊은이와 아가씨를 힐책한다. 이 두 사람 사이를 인정하고 버팀이 되어주고 있는 것은 지금으로선 나뿐이다.

두 사람은 오늘, 보증인 없이도 빌릴 수 있는 집을 겨우겨우 찾아내 여관을 나섰다. 방금 전까지 두 사람은 숙박비를 물고 났더니 한 푼도 남지 않았다는 둥 내일부터 당장 일자리를 구해보아야겠다는 둥 그렇고 그런 대화를 나누었었다. 그러나 지금은 잠자코 마호로 마을의 기우는 해를 하염없이 바라보고 있다. 손으로 짠 한 쌍의 스웨터의 가슴께를 장식하고 있는 큰유리새 배지는 빨간빛도 금빛도 아닌 색의 빛을 띠고, 사람의 언행을 일일이 비난하고 싶다는 양 이빨을 드러내놓고 있다.

마침내 여자는 언덕 위의 집 한 채에 눈길을 고정하고는, "저런 집에서 한번 살아보고 싶다"라고 코맹맹이 소리로 말한다. "그러면 좋겠지"라고 남자는 애써 기운을 차려 말한다. 배지에 새겨진 새가 지저귄다. 아니, 지저귀고 있는 것은 언덕 위 집의 큰유리새다.

11월 25일 금요일

나는 벤치다.

일 년 내내 게이트볼 경기장의 한구석에 방치되어 있는, 비애로 가득 찬 소박한 벤치다. 눈에 띄게 녹이 슨 내 위에는 지금, 늙어서 체중이 부쩍 줄어든 네 명의 노인이 빈약한 엉덩이를 걸치고 있다. 반나절을 질질 끌던 시합이 끝난 지 오래지만 그들은 집으로 돌아가려 하지 않는다. 그렇게 하여 오늘 하루를 조금이라도 연장하려 한다. 그렇게 해서라도 가족들의 마음 부담을 조금이라도 덜고 싶어한다.

마호로 마을에 하염없이 몰입해 있는 그들은 빛나는 잔조를 받으며, 세상의 정에 기대려는 기분을 무마시키고 있다. 머지않아 그들의 수심에 찬 눈길은 오류 강이 일으키는 바람에 떠밀려 몸을 뒤트는 듯한 걸음걸이로 다가오는 소년에게 쏠린다. 그 소년이 세상의 온갖 고통을 한몸에 짊어지고 있다고 생각한 그들은 가엾은 마음에 그를 불러 세우고는 조금씩 자리를 좁혀, "잠깐 쉬다 가려무나"라고 말한다.

소년은 멈춰 서서 죽음의 그림자가 짙게 드리워져 있는 그들의 모습에 주춤주춤하면서 바로 내 끄트머리에 앉는다. 내가 삐걱 하고 소리를 지른 까닭은 소년의 몸무게가 뜻밖에도 무거웠기 때문이다. 그러나 실은 체중 때문이 아니다. 혼의 무게가 심상치 않았다. 두번째 삐걱거리는 소리에 놀라, 네 명의 노인이 일제히 일어난다. 그 바람에 나는 균형을 잃고 소년과 함께 뒤집힌다. 노인들이 소년보다 먼저 나를 일으켜 세운다.

11월 26일 토요일

나는 인상이다.

마호로 마을로 터전을 옮기고 부지런히 소설을 쓰고 있는 사내가 본 소년의 첫인상이다. 나는 점차 쾌유될 가능성이 있는 병자가 아니고 보기 싫게 불거져나온, 누가 봐도 명백한 잉여물이다. 나는 항상 상대를 가리지 않고 도움을 바라는 자이고, 동료들 사이에서 추방된 자이고, 그냥 존재하는 것만으로도 타인의 마음의 영토를 잠식하는 자다. 나는 울적한 불만을 단박에 녹이고, 하잘것 없는 성공에 도취하여 턱도 없는 소리를 지껄이는 자를 따갑게 질책한다.

나는 하나뿐인 소중한 생명이며, 또 처음부터 시궁창에 버려진 목숨이다. 나는 이 세상에 반대한다고 외칠 자격이 충분하다. 그러나 나는 누군가의 어떤 우둔한 짓도 비난하지 않고 경멸하는 일도 없다. 나는 가깝고 멀고를 따지지 않고 누구와도 어울리며, 나날의 운명을 당연한 듯 감수한다. 그러나 한편으로는 그 정반대이기도 하다. 나는 섣불리 앞날을 비관하는 자도 아니고, 과거를 돌아보며 지나치게 후회하는 자도 아니며, 무턱대고 두려움을 느끼는 자도 아니다. 아니 그 반대일지도 모른다. 나는 그저 유약한 아동이 아니고, 빈사 상태에 놓인 유인원도, 태엽 감는 유골도 아니다. 나는 결코 첫인상이 나쁜 놈도 아니고, 사람들 속에서 창피를 당하는 일에 익숙한 어린애도 아니다. 나는 많은 사람들은 단번에 평화롭게 하는 분위기를 갖고 있다. 하지만 또 그 반대일지도 모른다. 나는 산다는 권리를 향유하며, 살아가는 자로서의 미미한 긍지를 보유하고 있다. 그러나, 그……

11월 27일 일요일

나는 밤바람이다.

어지러울 정도로 급변하는 산이 많은 고장 특유의 기압과 격렬한 기온의 낙차로 인해 느닷없이 발생한 밤바람이다. 최신 기상 정보도 출현을 예상하지 못한 나는 우선 물거품 호수의 물을 구석구석까지 파도치게 하고, 이어 호숫가의 나무들을 괴롭히고, 그러고는 단숨에 마을을 덮친다. 가로수에 끈질기게 남아 있던 마른 잎들을 한 장도 남기지 않고 날려보내고, 죽은 가지는 흔들어 떨어뜨리고, 분만실에서 터져나오는 첫 울음소리를 지면에 내동댕이치고, 며칠 후면 개점할 약국의 간판을 쓰러뜨린다.

그러나 그 이상의 피해를 줄 수는 없다. 아무런 전조도 없이 찾아든 나 때문에 놀라 잠에서 깬 사람들과 짐승들은 곧바로 죽음에 상당하는 깊은 잠에 빠져든다. 자신을 잃은 나는 서둘러 언덕으로 달려올라가 남은 힘을 쥐어짜 고스란히 소년 요이치의 집에 쏟아붓는다. 넝마 집이 흔들린다. 요이치가 벌떡 일어나 머리맡에 있는 새장을 껴안는다. 새는 겁을 먹고 퍼덕퍼덕 소동을 피운다. 나는 기회를 놓칠세라 맹공격을 가한다. 그러자 요이치는 큰유리새를 벽장 속 깊은 곳에 숨긴 후 창문을 활짝 열고 소년이라 여겨지지 않는 눈빛으로 나를 매섭게 쏘아본다.

그렇게 우리는 한동안 대치한다. 이미 요이치는 과거의 요이치가 아니다. 내가 위협하는 정도로 손을 쓸 수 없을 만큼 혼란을 일으키는 겁쟁이가 아니다. 요이치의 후견자는 파란 새다. 그 녀석이 지저귐으로 반격하며 요이치를 옹호한다. 나는 기가 질려 물러나고 만다.

11월 28일 월요일

나는 연못이다.

품에는 얼룩 하나 반점 하나 없고 산뜻한 모양의 비단잉어를 껴안고, 등에는 비단잉어를 문신한 남자를 수면으로 비추고 있는 산속의 연못이다. 나는 오전에는 감옥에 있던 때의 그의 모습을 비추고, 오후에는 피묻은 칼을 지니고 아비규환의 저잣거리를 날뛰던 당시의 나날을 비추었다. 그렇게 그는 불쌍한 조카가 놀러 오면 언제라도 상대가 되어주려고 반나절이나 나를 바라보며 지냈다. 그사이 힘이 다하여 물로 추락한 잠자리의 수는 이루 헤아릴 수가 없다. 그러다 이 부근 산에 아직 살아남은 마지막 잠자리를 내가 부드럽게 받아들였을 때에야 방문객이 나타났다.

그러나 나타난 것은 조카가 아니라 만나고 싶지 않은 옛 친구였다. 집이었다면 그는 틀림없이 문전박대를 당했을 것이다. 하얀색 외제차에서 내린 사내는 이마에서 턱으로 일직선으로 흐르며 얼굴을 딱 둘로 나누고 있는 흉터를 손가락으로 더듬으며 이렇게 말했다. 묘한 인연으로 이 동네에서 살게 되었다고. 그리고 나서 그는 새끼손가락이 양쪽 다 뭉텅 잘린 개의 형상을 한 얼굴의 사내와, 키가 훌쩍 크고 요기(妖氣)가 떠도는 청년을 소개하고는, 인사차 들른 것뿐이라고 말한 후 곧바로 돌아갔다. 키 큰 청년이 "저런 놈의 어디가 그렇게 굉장하단 말입니까?"라고 투덜거리는 소리가 내 위로 미끄러져 요이치 삼촌의 귀에 닿았다. 잠시 후 그는 점퍼와 속옷을 벗고 등을 내게로 향했다. 먹이를 기대하고 부상한 잉어가 서둘러 깊은 곳으로 가라앉았다.

11월 29일 화요일

나는 소화전이다.

짙은 색으로 다시 칠한 지 며칠 되지도 않는데 여전히 눈에 띄지 않는 소화전이다. 그래도 나는 고독하지 않다. 술주정뱅이들은 내게 찰싹 달라붙어 자기 속을 털어놓고 싶어하고, 풀어놓고 기르는 개들은 앞을 다투어 나에게 오줌을 갈겨대고 싶어하고, 들에서 자라는 소년 요이치는 내 머리를 한 번 쓰다듬지 않고는 절대로 그냥 지나가지 않는다. 은빛으로 반짝이는 백발의 노파는 아침저녁으로 내게 말을 건다. 아무도 그런 그녀를 눈치채지 못하는 까닭은 그녀의 허리가 지독하게 굽어 얼굴 위치가 내 높이와 거의 비슷하기 때문이다.

노파가 하는 말은 언제나 똑같다. "수고가 많구나"라는 말뿐이다. 그러나 그녀가 나의 본래 역할을 이해하고 있는지는 상당히 의심스럽다. 지금까지 몇 번이나 우편물을 억지로 집어넣으려 한 것이 그 증거다. 그런가 하면 길 잃은 아이로 오인받은 적도 있었다.

오늘, 노파는 내 앞에서 요이치와 마주쳤다. 열심히 나를 쓰다듬고 있는 요이치에게 노파는 "너, 얘 친구니?"라고 물었다. 그러자 요이치는 온몸의 경련을 입술에 집중하여 더듬더듬, 친구 아냐, 라고 대답하고는, "이건 나야"라고 말했다. 하지만 가는귀먹은 노파에게는 정확하게 전달되지 않았다. 그녀의 귀에는 그냥 소화전이라고만 들렸다.

요이치는 차가운 바람을 맞으며 거리를 질러갔다. 남겨진 노파는, 나를 품안에 꼭 껴안고 자는 어머니로 둔갑하였다.

11월 30일 수요일

나는 책이다.

마호로 마을 도서관에 있는, 대부분 출판된 후 읽히지 않은 수만 권의 책이다. 나는 중력에 따라 책꽂이와 마룻바닥과 벽기둥과 대지를 아무 의미도 없이 누르는 나날을 반복하고 있다. 딱 한 사람 애호가라 해도 좋은, 마음 내키면 몇 번이고 나를 독파하는 대출 담당 여자도 요즘은 전혀 나를 상대해주지 않는다. 하루 종일 창 밖만 내다보며 한숨만 내쉬고 있다. 그 눈이 포착하고 있는 것은 나를 능가하는 허상이다.

그는 어느 날부터인가 나에게 바라던 한 조각 꿈을 포기하고, 그토록 열중하던 연애소설에서도 손을 떼고 말았다. 그렇다고 사방에 널브러져 있는 현실에 흥이 깨져 모든 걸 체념한 것은 아니다. 이를테면 싫어도 살지 않으면 안 되는 퇴색한 일상을 정면으로 돌파하자는 각오를 단단히 한 것도 아니고, 이를테면 화창하게 갠 날에 미련 없이 목을 매단 친구의 방식을 모방하고자 뜻을 정한 것도 아니다.

즉 내 안에서만 경험했던 낭만이란 것을, 또는 늘 타인의 신상에만 일어나던 운모(雲母)처럼 눈부신 변화를 드디어 그녀 자신이 경험하게 된 것이다. 한숨을 쉴 때마다 그 예감은 강해지고 그녀의 가슴속은 용접용 불꽃과 함께 사는 난로장이 사내로 차오른다. 애처롭게 튀어오르는 불꽃은 내가 비집고 들어갈 틈을 주지 않는다.

12월 1일 목요일

나는 첫눈이다.

예년보다 두 주일이나 빨리 내린, 그리고 지난 이백 년 동안 내린 눈 중에서 가장 얌전하게 내리는 첫눈이다. 마호로 마을에서 나의 존재를 깨달은 자는 언덕 꼭대기에서 매의 매끄러운 비상을 내려다보며 새가 될 날을 꿈꾸는 소년 요이치와, 이승 산의 선사에서 수행에 열중하고 있는 승려들뿐이었다. 나는 독선적인 득도를 향해 무턱대고 좌선의 나날을 거듭하는 승려들의 어깨로, 그리고 가슴속으로 내렸다.

나 때문에 승려들의 마음은 크게 요동질하였다. 지금까지 해온 모든 노력이 물거품으로 돌아가지 않을까 하는 불안이 뭉클뭉클 고개를 쳐들었고, 그것은 곧 짜증으로 발전하였다. 상체가 흔들흔들 흔들리기 시작했다. 그러나 열아홉 명의 승려는 재빨리 죽비로 나를 쫓아내고, 뇌파의 형태를 원래대로 가지런히 정리하고 자신의 절반을 되찾아 무로 돌아갔다. 그런데 아직 경험이 부족하여 새로운 하루가 찾아들 때마다 고뇌만 깊어가는 스무 명째 젊은 승려는 내게 덜미를 잡히고 말았다. 그는 늘 품고 있던 의혹에 멱살을 꽉 잡혀 격렬한 초조함에 휘둘렸다. 얼마 안 있어 그는 무섭고 두려운 마음으로 산중에 난잡하게 내팽개쳐져 있는 자신을 깨닫고는, 이것은 수행도 아무것도 아니라고 생각한다. 그 동요는 암만 죽비를 휘둘러도 진정되지 않았다.

한편 요이치는 그저 천진난만하게 나를 바라보며 깡충깡충 뛰어오르고, 단순하며 동요하지 않는 하늘을 향해 떨리는 팔을 한껏 벌리고 괴상한 소리를 내질렀다. 나는 터무니없이 강한 그의 신기(神氣)에 질려, 그만 녹아 사라지고 말았다.

12월 2일 금요일

나는 싸움이다.

여느 때는 평온하게 살아가는 마호로 마을에 가끔씩 발생하는 요란스런 싸움이다. 한낮의 대로에서 나는 느닷없이 행패를 부린다. 두 사람 사이에 오해가 있었던 것은 사실이지만, 그래봐야 고작 서로 의견이 다른 정도다. 몹시 기분이 언짢았던 모양이다. 나이를 먹은 만큼 먹은 그들이 두세 마디 욕설을 내뱉는가 싶더니 이내 치고 받고, 그러고는 끝내 맞붙고 말았다. 코피를 흘리며 길바닥에 뒤엉켜 구르는 꼴이 어딘가 쥐들의 혈투를 닮았다.

모여든 동네 사람들과 지나가던 사람들은 말리기는커녕 나를 구경한다. 너무도 험악한 분위기라 손쓸 엄두조차 못 내는 것도 아니고 싸움에 휘말리고 싶지 않은 것만도 아니다. 아무래도 내가 그들의 잠들어 있던 무언가를 두드려 깨운 모양이었다. 그들은 자신의 가슴속으로 불그죽죽한 화염덩어리가 활활 타오르는 것을 느끼며, 그것을 마치 성적 쾌감인 양 조금이라도 연장시키려 한다. 평소에는 조금도 눈에 띄지 않는, 털이 얼룩덜룩한 개가 나를 에워싸고 빙빙 뛰어다닌다. 그리고 배회가 생의 전부인 병든 소년은 팔딱팔딱 즐거워하며 막 부러져 튕겨나온 피묻은 앞니를 서로 빼앗으려 개와 티격태격한다.

그때, 삼층짜리 거무튀튀한 건물에서 키 큰 청년이 나타난다. 단지 그가 나타난 것만으로 나는 안색이 창백해진다. 덩달아 피범벅이 된 두 남자도 서로 멀리 떨어지고 구경꾼들도 뿔뿔이 흩어진다.

12월 3일 토요일

나는 전기담요다.

추위에 약한 새와 고독에 약한 소년을 위하여 벽장 깊은 곳에서 꺼낸 전기담요다. 요이치는 새장을 껴안고 내 안으로 파고들어가 최고의 희열을 음미한다. 요이치에게 나의 따스함은 진정한 행복이다. 요이치는 참지 못해 환희의 괴성을 지르고, 자각적 증후를 잊는다. 큰유리새도 덩달아 "아아, 이제 살았어"라며 울고, "이제 죽어도 한이 없겠어"라고 지저귄다.

실제로 위험했던 것이다. 요이치가 애완동물 가게 주인의 충고를 며칠만 늦게 들었더라도 큰유리새의 깃털은 점점 더 빠져나가 지금쯤은 되돌이킬 수 없는 상태가 되었을지도 모른다. 내 품에서 체온을 되찾고 단숨에 식욕까지 되찾은 파란 새는 요이치의 손바닥에서 꿈틀꿈틀 싱싱하게 살아 움직이는 오동통한 벌레를 받아, 그것을 횃대에서 이리 내치고 저리 내친 뒤 한입에 삼키고는, 한결 격조 높은 목소리를 낸다. 그 무엇에도 비유할 수 없는 그 소리는 언덕 위에 고상한 이념의 성과 끔찍한 악의 댐을 건조해간다.

고독을 떨궈낸 요이치는 밤참인 빵을 우적우적 한입 가득 우물거리고 있는데 그 절반은 입 밖으로 흘러떨어진다. 침식과 인고를 함께하는 둘은 서로 눈과 눈을 마주하고 속내를 털어놓는다. 요이치는 말한다. 넌 나의 병간호를 받으며 죽는 거야, 라고. 그러자 큰유리새는 똑같은 말을 고스란히 요이치에게 돌려준다. 그러고서 그들은 언덕에 부딪쳐 흩어지는 바람 소리와 나의 온기에 싸여 잠에 빠져들고, 마음의 음영을 교묘히 피해 내일로 향한다.

12월 4일 일요일

나는 크레인이다.

고작 일반 주택의 지붕을 올리기 위하여 아침 일찍부터 현장에 파견된, 아무리 파란만장한 인생이라도 들어올리고 마는 대형 크레인이다. 모여든 관계자는 나의 눈부신 활약에 넋을 잃고 있었다. 비교적 조그만 집이었기에 일은 예정 시간의 절반에 끝나고 말았다. 이거야 집보다 저 기계가 더 멋지군, 하고 셋집만 전전하는 누군가가 중얼거렸다. 흔히 듣는 험담이지만 그럴 때마다 나는 득의만면하여 가슴을 쫙 편다.

감격한 나머지 눈물을 머금은 것은 그 집에서 살게 된 젊은 신혼부부가 아니라, 두 사람의 미래를 믿고 자금을 전액 출자한 양가의 부모들이었다. 그러나 그들은 전혀 모르고 있었다. 준 것보다 빼앗은 것이 더 많다는 것을. 그리하여 젊은 두 사람은 목적의 절반과 꿈의 절반을 잃게 되었다. 아무리 얘기해도 말귀를 못 알아듣는 두 사람은 어린애나 다름없다.

다시 내가 나설 차례가 되었다. 내 힘을 빌려 지붕 위에 선 젊은 부부는 홍백색 찹쌀떡과 오 엔짜리 동전이 들어 있는 주머니와 우월감을 흩뿌리며 킬킬 웃었다. 세상을 마음껏 얕보는 카랑카랑하고 높은 웃음소리 아래로는 내게 매달려 새를 연기하고 싶어하는 소년과 검은 삽살개를 데리고 있는 남자가 볼썽사납게 땅바닥을 기며 하늘에서 내려오는 싸구려 물건들을 혈안이 되어 그러모으고 있었다. 지붕 위의 두 사람에게 내가 은밀하게 보내는 "너희들 오래가지 않을 테니 두고 봐"란 말은 공중을 뚫고 사라져버린다.

12월 5일 월요일

나는 편지다.

사무친 마음에 쓰지 않고서는 견딜 수가 없는데 무슨 말을 어떻게 써야 할지 몰라 내던져진 편지다. 오전 내내 말을 빙빙 돌려 열 몇 줄에 달하는 문장을 만들었지만, 이리저리 자리가 뒤바뀌다가 결국은 전부 버려지고 말았다. 친구도, 아는 사람도, 얼굴을 아는 사이도 아닌 상대방의 마음을 내게만 의존하여 끌려고 생각한 자체가 애당초 무모했던 것이다. 중학생이나 고등학생이라면 몰라도 서른 살이나 된 여자가 할 짓이 아니다.

하지만 그 남자가 머리에서 떠나지 않는 요이치의 누나는 결코 포기하지 않았다. 그녀는 여전히 이용자가 없어 휑한 도서관 한구석에서 차갑게 식은 도시락을 먹고, 석유난로에 끓인 따스한 물을 마시며 아직도 나를 만지작거린다. 그녀는 이따금 언덕 위의 자기네 집을 올려다보며, 눈 쌓인 언덕길을 오르내려야 하는 나날의 끔찍함에 얼이 빠질 뻔하다가, 다시 정신을 차리고는 새로운 문장에 도전한다.

그러다가 그녀는 옳거니 하고 좋은 생각을 떠올렸다. 책에서 실마리를 찾아내자고. 예를 들어 용접에 관계된 책이나 장작 난로에 관한 내용이 실려 있는 책에 나를 살짝 곁들이면 그리 부자연스럽지는 않을 것이라고 생각한 것이다. 그리고 그녀는 저녁나절까지 여기저기 책꽂이를 뒤졌다. 그러나 그런 유의 책은 한 권도 보이지 않고, 해가 저물자 나는 허허로운 종이 쓰레기가 되어 서른 살 여자의 한숨 속으로 내던져졌다.

12월 6일 화요일

나는 만남이다.

학교 옥상에서 여학생들의 자지러지는 웃음소리가 넘쳐날 무렵, 소년 요이치를 찾아온 어지러울 정도의 만남이다. 오늘 나는 항상 지구의 회전에 맞춰 현재를 사는 요이치에게 물거품 호수의 주인이라고 할 수 있는 담수어를 소개하였다. 먼저 호수 한가운데를 향하여 하염없이 뻗어 있는 썩어가는 구름다리의 끄트머리까지 요이치를 나아가게 한 다음, 달콤한 말로 구둣주걱만한 비늘에 덮여 있는 거대한 잉어를 꾀어내었다. 겨울잠을 중단하는 한이 있어도 봐둘 만한 가치가 있는 아이가 있다고 속살거리자, 잉어는 만약 거짓말이면 가만있지 않을 거야, 라고 중얼거리면서 천천히 수면 위로 떠올랐다.

요이치는 뜻하지 않은 사건에 나자빠질 만큼 놀라기는 했지만, 상대의 비할 데 없이 장엄하고 거대한 체구에 감동받아 그 자리에 우뚝 섰다. 한편 잉어는 요이치의 흐물흐물한 몸에서 심상치 않은 기(氣)가 전류처럼 생생하게 흐르고 있음을 인식하고, 백 년 남짓 살면서 이제야 비로소 대등하게 사귈 만한 인간을 만났다는 기분이 들었다. 둘은 보편의 물과 대기를 뚫고 잠시 서로의 가슴속을 들여다보았다. 그 동안 물결은 잠잠했고, 나는 새는 공중에 정지하였다.

이리하여 요이치의 떨리는 뇌는 언제라도 거대한 잉어를 불러낼 수 있는 힘을 갖추게 되었다. 또 씨름꾼보다 배 둘레가 큰 야생 잉어의 몸통에는 앞으로 천 년은 더 살 수 있을 강직한 힘이 팽팽하게 차올랐다. 잉어는 거대한 몸을 되돌려 깊은 호수 바닥으로 돌아가고 요이치는 팔이 떨어져나가라 손을 흔들었다. 그리고 나는 회심의 미소를 지었다.

12월 7일 수요일

나는 양지다.

아직도 겨울을 날 장소를 찾지 못해 헤매는 무당벌레를 유혹하고, 노인네들은 따스함에 저도 모르게 자기 이름을 까맣게 잊어버리게 만드는 양지다. 만든 지 오래지 않은 제방을 뒤로하고 오류 강을 앞으로 내다보면서 내게 병든 몸을 맡기고 있는 두 사람은, 오늘 조금 나았다가는 내일 다시 도지는 지병에 관해 한바탕 자랑을 늘어놓은 후, 죽어가는 천황을 화제로 삼는다. "꽤나 고통스러워하는 모양이야"라고 한 사람이 말하자, "깨끗하게 죽기가 미안한 건가"라고 또다른 한 사람이 말한다. 그러나 반짝반짝 빛나는 강물이 그들의 말을 성스런 경지로 옮겨다 놓는다.

그후 남방의 격전지에서 전쟁을 치른 그 두 병사는 이런 대화를 나눈다. 다들 죽어나자빠지는 때 죽지 않은 덕분에 살아가는 데 자신을 갖게 되었어, 여한이 없을 때까지 살고 싶구먼, 이라고 한 명이 말한다. 그러자 화려한 최후를 맞고 싶었던 다른 한 명이, 죽으려고 마음먹은 때 죽지 못했기 때문에 살아가는 데 자신을 잃었네, 라고 말한다. 나는 슬며시 그들 사이에 끼어든다. 지금까지 잘 살아왔으니 옛날 일은 아무려면 어떤가, 라고. 그런데 두 사람은 전쟁이 일어나게 된 원인과 그 책임에 대해 집요하게 언급한다.

그리고 두 사람은, 내가 죽어라 애를 쓰는데도 "추운걸"이라고 말한다. 제방 위를 부상병처럼 흔들흔들 걸어가는, 천황이란 말조차 모르는 소년이 내 노력을 방해하고 있기 때문이다.

12월 8일 목요일

나는 비녀다.

늙은 기생의 머리에서 기분좋게 흔들리는, 금과 은으로 작은 새를 무수히 새겨넣은 대모갑(玳瑁甲) 비녀다. 무사히 술자리를 끝낸 그녀는 마호로 마을의 적적한 한 모퉁이를 향하여 돌아간다. 언 손을 호호 숨으로 녹일 때마다, 또 한 걸음 내디딜 때마다, 나는 열다섯 마리의 새를 일제히 지저귀게 한다. 금과 은이 부딪치며 내는 유려한 소리는 그녀의 주름투성이 이마에 또렷하게 박혀 있는 점에 공명한다.

날아가는 새가 이마에 부딪쳐 그대로 달라붙었다고밖에 여겨지지 않을 만큼 모양이 생생한 점 덕분에 그녀는 그 나이가 되도록 일할 수 있었고, 생활비에 보태기 위해 나를 팔아먹지 않아도 되었던 것이다. 손님들은 모두 그녀의 얼굴에 날고 있는 새와, 그녀가 지은 그리 멋지다곤 할 수 없는 새 노래와 새 춤에 박수를 보내며 다음에도 또 자리에 불러내는 것이었다.

내가 아낌없이 쏟아놓는 지저귐에 이끌려 어디선가 소년 요이치가 나타난다. "또 보고 싶니?"라며 기생은 요이치를 가로등 아래로 데리고 가서는 나의 새와 이마의 새를 싫증나도록 보여준다. 요이치는 "큰 유리새네"란 말만 되풀이한다. 그러자 기생은 "무슨 소린지는 모르겠지만, 이 새도 같이 죽어준다니까 난 조금도 외롭지 않아"라고 말한다. 그녀는 전신주를 부둥켜안고 쇠약한 위가 소화시키지 못한 것을 울컥 토해낸다. 그런데도 요이치는 나의 청청한 지저귐에 넋을 잃고만 있다.

12월 9일 금요일

74

나는 장작불이다.

막다른 골목길에서 바람에 날려오는 낙엽이 쌓이기를 기다려 불을 지핀, 석양에 잘 어울리는 장작불이다. 나를 지키고 있는 것은 하얀 토끼를 연상시키는 소녀다. 또 눈먼 그녀를 지키고 있는 것은 여위어 피골이 상접한 늙은 누렁이다. 소녀는 열기와 냄새와 소리로 개보다 몇 배나 정확하게 나를 감지한다. 예를 들면 그녀의 어머니가 내게 파묻어놓은 감자가 어느 정도 익었는지도 잘 알고 있다.

그리고 나는 소녀가 발산하는 예사롭지 않은 온기를 느끼며, 파랗고 투명하고 향기로운 연기를 그녀의 운명이 흐르는 방향으로 똑바로 피어오르게 한다. 그녀를 보는 이들은 누구나, 그녀를 폭 감싸고 있는 육친의 자애로움을 또렷하게 느낄 수 있다. 감자가 익는 냄새를 맡고 어디선가 나타난 소년이 거의 버려진 존재라는 것도 명백하다. 그 소년이 다가오자 나는 단박에 온도가 떨어지고, 소녀는 재채기를 한다.

불행에 손짓하는 꼴로 몸을 뒤틀고 있는 소년을 수상히 여긴 개가 낮은 소리로 그르렁거린다. 소녀가 인기척을 느끼고, "안 돼"라고 개를 꾸짖는다. 개는 단번에 마음을 누그러뜨리고, "멍" 하고 부드럽게 한 번 짖고는 시력 없는 주인에게 경계할 필요가 없는 상대라는 뜻을 전한다. 그러자 소녀는 긴 막대기를 조심스레 움직여 나를 휘저으며 다 익은 감자를 꺼내, "먹어"라고 말한다. 소년은 낚아채듯 감자를 받아들고, 혀가 데는 것도 상관하지 않고 굶주린 개처럼 꾸역꾸역 먹어댄다.

12월 10일 토요일

나는 모순이다.

소년 요이치와 백조를 둘러싸고 생긴 사소한 모순이다. 동틀녘 이쪽으로 줄줄이 건너오는 대형 철새를 한 번이라도 보려고, 이웃 마을의 초등학생 떼거리가 물거품 호수로 몰려왔다. 아이들을 인솔해온 선생은, 마호로 마을을 마지막 목표로 하는 무리도 있지만 여기서 한숨 돌리고 다른 호수를 찾아가는 무리도 있다고 설명하며, 백조의 생명과 인간 생명의 무게에는 차이가 없다고 덧붙였다. 아이들은 그 이야기에 무척 감동했다. 그러나 바로 그 다음에 아이들 몇 명이 장난삼아 요이치를 밀쳤다.

그 장면을 목격한 보트 대여점 아저씨는 백조에게 모이를 주던 손을 멈추고, 약한 자를 못살게 군 아이들에게 따귀를 올려붙였다. 선생이 안색을 바꾸고 아저씨에게 덤벼들었다. 아이들에게 폭력을 휘두르는 인간이 백조를 사랑할 자격이 있느냐고 악담을 퍼부었다. 아저씨도 가만히 있지 않았다. 자연의 소중함을 가르치기 전에 약한 자를 어떻게 대해야 하는지를 가르쳐야 하지 않느냐고 반박하였다.

두 어른이 언성을 높이고 있는 사이에 성격이 거친 백조 한 마리가 여자아이를 부리로 쪼아 울리고, 요이치는 제빵업자가 날라온 빵 주머니에 갑자기 얼굴을 처박더니 부스러기를 흘리며 식빵을 베어 먹었고, 모이가 수북이 떨어져 있는 것을 알아챈 백조가 일제히 몰려들어 일대 소동이 벌어졌다. 그리하여 나는 풍선처럼 부풀어 하늘로 떠올라서는 휘이휘이 날아다니며 밀려오는 물결과 장난질을 하였다.

12월 11일 일요일

나는 여관이다.

오래 전부터 지금 그 자리에 간판을 내걸고 있는, 그러나 지금은 좀 괴팍한 여행자밖에 찾는 이가 없는 '삼광조'란 이름의 여관이다. 지금까지 나는 물거품 호수 위를 부는 사계절의 바람과, 호숫가에 서서 여수를 만끽하는 손님을 삼켰다가는 뱉어내고 뱉었다가는 다시 삼키며 대대로 여관의 주인과 그 가족의 생계를 뒷받침해왔다.

그러나 지금 나는 최악의 상태다. 하루가 멀다 하고 소방서로부터 불평을 듣는 나는 이미 담보물로서의 가치도 없다. 또 과로로 아이를 낳을 수 없는 몸이 되어 그 바람에 남편은 도망을 가고, 작년 어머니까지 돌아가셔서 홀로된 안주인은 마시지도 못하는 술을 마시며 내게 푸념을 늘어놓는 나날을 보내고 있다. 그녀는 바로 나 때문에 일생을 헛보냈다고 한다. 그래도 그녀는 나를 떠나지 않았다. 건물은 돈이 안 되어도 땅이나 정원의 나무는 팔 수 있다고 은행원이 집요하게 설득하였지만, 그녀는 그 말에 넘어가지 않았다. 그러고는 이렇다 할 대책도 없이 오늘에 이르렀다.

오늘 아침 안주인은 내 부지의 일부인 호숫가에서, 물과 뭍의 경계에서 아지랑이처럼 흔들리는 소년을 보았다. 나는 그를 알고 있는데 그녀는 모르는 모양이었다. 그녀는 소년에게 말을 걸었다. 들고양이를 길들일 때처럼 요이치에게 손짓을 하였다.

12월 12일 월요일

나는 허무다.

진흙으로 범벅이 된 눈 속에서 호시탐탐 습격의 때를 노리는, 한 점의 얼룩 없는 허무다. 나는 해가 뜨면 서둘러 일을 개시한다. 햇볕이나 바람의 방향, 기온 같은 외적인 조건 따위 전혀 개의치 않고 단숨에 마호로 마을로 달려간다. 내가 노리는 상대는 결코 버려진 자나 거듭되는 불행에 입도 벙긋 못 하고 주춤하고 있는 자나 중대한 실수를 저질러 앞날을 예측할 수 없는 자들이 아니다. 무심하게 생을 사는 자, 행복에 젖어 있는 자, 가치 있는 한때에 몸을 던지는 자, 늘 선견지명을 발휘해 행동을 취하는 자, 마음껏 재능을 발휘할 수 있는 자, 내 먹이는 그런 이들이다.

나는 황금색 빛을 한껏 머금고, 어쩌면 이 세상을 재단할 수 있을지도 모르는 소년 요이치와 함께 언덕을 내려가, 겨울 추위에 움츠리고 있는 마을의 이 거리 저 거리를 훑고 다니며, 늘어선 집들을 일일이 들여다본다. 그리고 아침 해를 보고 짝짝 손뼉을 치는 고집쟁이 노인에게, 그렇게 언제까지 태평스러울 수는 없을 것이라고 속삭인다. 이어 자신만만하고 생기가 흘러넘치는 산부를 뒤에서 슬쩍 껴안고는, 나란히 굳건한 모자의 마음에 동요를 불어넣는다. 그리고 해박한 지식을 이용하여 그 자리에서 고뇌를 털어버릴 수 있는 덕망 높은 인물을 붙들고는, 그 가슴에 부정이란 칼을 꽂고, 정말 지금 이대로 좋으냐고 힐문한다. 나는 꼬리를 내리고 도망치는 그들을 추격하고, 요이치는 그들의 등뒤로, "아아, 아아"라고 숨찬 목소리를 끼얹는다.

12월 13일 화요일

나는 쓰레기봉투다.

어둠 같은 색깔의, 그럴 마음만 있으면 죽은 인간이라도 쑤셔넣을 수 있는 비닐 쓰레기봉투다. 물거품 호숫가에 높이높이 쌓여 있는 우리는 마치 우주처럼 팽창하여 어젯밤 내린 눈에 묻혀 있다. 우리는 내용물에 대해선 서로 언급하지 않으려고 조심하며, 하나같이 한 시라도 빨리 처분되어 무(無)로 돌아가기를 바라고 있다.

그런데 날이 밝아 수면으로 백조의 울음소리가 미끄러지기 시작하자, 소나무 가지에서 까마귀 떼가 까맣게 날아내린다. 야만스러운 탐식가인 그들은 "자식, 니가 뭐나 되는 줄 알아?"라는 둥, "거드름 피우고 있네"라는 둥 욕지거리를 해대고, 부뚜막 같은 두꺼운 부리를 휘두르며 내 친구들을 하나하나 짓뭉개뜨리고, 오물을 노상에 마구 흩뿌린다. 까마귀 떼는 우리가 애써 감추고 있는 이미 소용없는 물건들, 오줌에 전 기저귀며 생리대며 피임구 따위를 가차 없이 드러내놓고, 마음껏 행패를 부리며 먹을 수 있는 것이 조금이라도 눈에 띄면 제대로 확인조차 하지 않고 삼켜버린다.

마침내 나도 그들에게 당하여 너덜너덜한 신세가 된 채 언덕 위의 집에서 버린 모든 것을 토해낸다. 왠지 우리는 그럴 필요가 전혀 없는데도 심한 수치심을 느낀다. 너무도 수치스런 나머지, 우리는 내용물과 아무 상관도 없다고 세상을 향해 외치고 싶을 정도다. 그러자 쓰레기를 닮은, 그러나 살아 있는 소년이 우리에게로 다가와 살며시 몸을 기댄다.

12월 14일 수요일

나는 보너스다.

요이치의 아버지와 요이치 누나의 마음을 예년처럼 설레게 하고, 일 년 동안 쌓인 피로를 말끔히 씻어내리는 연말 보너스다. 나는 일단 요이치의 어머니 손에 넘어가 지폐부터 동전에 이르기까지 반듯하게 상 위에 일렬로 놓였다. 언덕을 넘어가는 첫 계절풍이 그들의 집을 흔들흔들 뒤흔들고, 큰유리새를 침묵케 하였다. 이어 나의 용도에 관한 명목뿐인 가족회의가 열렸다. 아내는 남편의 "당신이 알아서 해"란 한마디를 기다리며, 벌써 반년 전부터 면밀하게 세운 계획을 일방적으로 공표하였다. 즉 필요한 경비를 제외한 나머지는 전부 정기예금에 넣는다는 것이 그녀의 유일한 결론이었다.

그런데 올해는 이의를 제기하는 자가 있었다. 큰딸이 느닷없이, 칠만 엔이나 하는 수제 장작 난로를 사고 싶다는 말을 꺼냈다. 그녀는 이번 겨울은 따뜻하게 지내고 싶어서 이미 예약까지 해두었다고 했다. 그리고 그것을 사는 일은 어쩌면 자신에게는 결혼 자금을 모으는 것보다 더 의미 있는 일일지도 모른다고 덧붙였다. 어머니는 석유난로로 충분하다고 말하고, 대체 어디서 장작을 구해올 거냐고 물었다. 큰딸이 "장작은 아무 데나 널려 있잖아요, 요이치한테 주워오라고 하면 돼요"라고 말하자 어머니는 "눈이 이렇게 많이 쌓였는데 어디서 주워오라는 거냐, 소갈머리 없는 것"이라고 쏘아붙였다. 그런 다음에도 두 사람은 나를 둘러싸고 옥신각신하였다. 그러나 아버지는 상관없다는 태도를 견지하고, 요이치는 콧바람으로 나를 날려보내려 애쓰고 있었다.

12월 15일 목요일

나는 고무장화다.

소년 요이치가 가족을 위하여 언덕 기슭까지 껴안아 나르는, 바닥에 스파이크가 박힌 고무장화다. 해질녘 내리기 시작한 함박눈이 벌써 복사뼈까지 쌓였다. 그러잖아도 제대로 걷지 못하는 요이치에게 눈 쌓인 언덕길을 내려가기란 실로 어려운 일이었다. 자칫하면 넘어지고 그럴 때마다 나는 내동댕이쳐지고, 다시 주우려다 또 넘어진다.

그래도 요이치는 결코 원망 섞인 말을 뱉지 않았다. 오히려 즐기고 있었다. 요이치의 누나가 통근용으로 사용하는 자전거나 전기와 수도 계량기가 들어 있는 오두막에 도착했을 때도 발랄했다. 요이치는 수건으로 나를 정성껏 닦아, 누나, 어머니, 아버지, 이렇게 집에 돌아오는 차례대로 나를 입구에 나란히 정리해두었다. 그러고는 혼자 신이 나서 내가 물개랑 닮았다고 중얼거리며 휘파람을 불었다.

오두막 밖에서 광란하는 흰 마녀가 요이치의 휘파람을 몰아가 짓찧었다. 그뿐이면 좋겠는데, 쓰잘데 없는 소리를 하며 요이치를 선동질하였다. 어머니도 누나도 너 같은 것한테는 아무 신경도 쓰지 않는다는 둥, 집이나 지키는 강아지 정도로밖에 여기지 않는다는 둥. 그러자 요이치는 키들키들 웃으며 내 뺨을 찰싹 갈겼다. 옆으로 쓰러진 나를 내려다보며, 그는 또 키들키들 웃었다. 그러고는 웃으며 내 목덜미를 부여잡더니, 못이 툭툭 튀어나와 있는 판자벽을 나로 탕탕 두들겨댔다. 축 늘어진 나는 오두막에 남았고, 그는 다시 큰유리새에게 돌아갔다.

12월 16일 금요일

나는 새털이다.

피와 살과 천 일의 수명과 함께 공중에 산화하여 설원으로 흩어진 개똥지빠귀의 털이다. 나는 입으로 새소리를 그럴듯하게 흉내내는, 머리 어디에도 가마가 없는 소년을 중심으로 깨끗한 원을 그린다. 나를 알아챈 소년은 우선 사냥꾼의 모습을 찾는다. 그러나 총을 거머쥔 사람의 모습은 어디에도 보이지 않는다. 애당초 총성 따위는 울리지도 않았다. 마침내 소년은 머리 위로 눈길을 돌린다. 그러나 날고 있는 먹이를 공중에서 포획한, 약육강식이란 명쾌한 논리를 지닌 매는 벌써 숲으로 사라지고 없고, 거기에는 생과 사의 선명한 자국조차 남아 있지 않았다.

소년은 실로 기묘한 일련의 동작으로 몸을 구부리더니 나를 집어올려, 정신 좀 차리라고 찬물을 끼얹는 편이 좋을지도 모를 눈동자를 불쑥 들이민다. 그 순간 나는 장중한 고독감에 가슴을 얻어맞는다. 그러고는 이해의 범주를 넘어서는, 미혹되지 않을 수 없는 불가사의한 힘을 느낀다. 우리는 거의 동시에 착각에 빠져 이해관계의 일치를 본다. 나는 소년으로부터 육체의 일부를 물려받고, 소년은 나에게서 날개의 원천을 얻으려 한다. 소년은 수십 개나 되는 나를 하나하나 주워 스웨터에 꽂는다. 그러고서 병자치고는 박력 있는 걸음걸이로 걷기 시작하였다. 점차 발걸음을 빨리 하여 한계에 도달하자 양팔을 세차게 내저으며 대지를 힘껏 걷어찼다. 그러나 오래도록 그를 무시해온 보잘것없는 육체로는 감당할 수 없는 일이었다. 나는 그의 혼조차 날려보내지 못한다.

12월 17일 토요일

나는 크리스마스 트리다.

순전히 장삿속으로 만들어져 마호로 마을의 상점가를 즐비하게 장식하고 있는 크리스마스 트리다. 하지만 적어도 그 크기에 있어서만은 어느 누구에게도 뒤지지 않을 자신이 있다. 다시금 눈이 내리기 시작한 산마을에 밤의 장막이 조용히 내리면, 나는 불을 켜고 욕망의 빛을 발한다. 그러면 시골 사람들이 나를 보려고 눈길을 뽀드득뽀드득 걸어 모여든다. 모두들 농담을 진지하게 듣는 우둔한 얼굴이다. 그런 그들의 손에 나는 아무 근거도 없는 한 조각 희망을 쥐여주고 돌려보낸다.

밤이 훌쩍 깊어지면 내 주변에는 사람 그림자 하나 없어지고 멀리서 쿨럭거리는 어린아이의 애처로운 기침 소리와 경문(經文)을 외는 노인의 목소리만 들린다. 그리고 그 소리가 끊길 무렵 한 쌍의 부녀가 나타나 내 앞에 선다. 아버지는 눈먼 아이를 위해 나를 실제 이상으로 미화하려 설명하고, 그녀를 목말 태워 은색 종이로 만든 종과 별, 호랑가시나무 잎을 손으로 만지게 해준다. 그런데 소녀의 마음은 무언가 다른 것으로 꽉 차 있는 듯 내가 파고들어갈 틈이 조금도 없다. 그녀가 꼭 껴안은 것은 결국 내가 아니라, 뒤늦게 따라온 누렁이였다.

그 부녀와 누렁이가 돌아간 다음, 마음이 완벽하도록 비어 있으면서도 종교적인 악취는 풍기지 않는 소년이 아름다운 싸락눈을 이끌고 나타난다. 그는 불쑥 수동 드릴을 꺼내더니, 그놈으로 내 배때기를 드르륵드르륵 파내기 시작했다.

12월 18일 일요일

나는 부엉이다.

귀기가 떠도는 밤의 정적 속에서 연일 울어대는 늙은 부엉이다. 그렇다고 내가 뭐 함부로 그렇게 음산한 소리를 내는 것은 아니다. 또 쉴틈도 주지 않고 밀려드는 고독을 견디지 못하고 어둠의 양감에 압도되어 징징 우는 소리를 하는 것도 아니다. 혹은 시력이 쇠퇴하여 먹이가 걸려들지 않는다고 투덜거리는 것도 아니다. 이래 봬도 나는 하룻밤에 들쥐 한두 마리는 통째로 삼킬 수 있고, 고독과 어둠 따위는 애당초 내 친구이며 내 일부이기까지 하다. 자손을 잔뜩 남긴 나로서는 이미 수컷의 환심을 사기 위해 울 필요도 없다. 또 여기저기 나무를 베어 동료들이 격감한 지금에 와서는 내 영역을 지킨다는 좁은 소견으로 울 필요도 없다.

이 세상에 대해 한마디 이론을 내세우기 위해 우는 건지 어떤 건지는 나 자신도 정확하게 알 수 없지만, 호숫가의 별장에서 여생을 보내고 있는 교수를 위해 우는 것만은 분명하다. 나는 그를 잠들지 못하게 하는 번민과 그의 마음에 한기를 몰고 오는 고뇌를 가라앉히려 울고 있다. 그는 어젯밤에는 정부의 어용학자가 되기 위하여 이런저런 획책을 도모했던 자신을 깊이 반성하더니, 오늘밤에는 그 입장에 서지 못한 자신을 몹시 서러워하고 있다. 내가 여느 때처럼 그의 마음을 누그러뜨리기 위하여 "이제 상관없는 일 아닌가"란 소리를 발하려 하자, 안면이 있는 소년 요이치가 불현듯 나타나 "그런 놈은 상관하지 마"라고 말한다.

12월 19일 월요일

나는 야망이다.

과거의 마호로 마을에서는 한 번도 존재한 적이 없을 만큼 강렬한 것인데도 당사자에게는 다반사에 불과한 야망이다. 내가 확고한 삶의 보람을 선사하고 수많은 행운을 가져다준 노인은 물거품 호숫가에 도착하자, 카폰이 있고 운전사가 딸린 차 안에서 이렇게 외쳤다. "봐, 아주 그럴싸한 언덕이잖나!"라고 말하고, "미니 후지 산이야!"라고도 말했다. 그는 또, "호숫가의 유연한 산들은 골프장에 최적이야, 아직 아무도 손대지 않은 땅이면 일대를 몽땅 사들여"라고 아무렇지도 않게 명령하였다. 빈틈없는 비서는 얼굴색 하나 변하지 않고 당장 필요한 절차를 밟겠다고 대답하였다.

그들은 차를 소나무 숲속으로 몰아, 인간 세상의 색으로 물든 수면과 그 위에 점점이 떠 있는 순백의 백조 떼를 잠시 바라보았다. 범인(凡人)과 그리 다르지 않은 풍모의, 그러나 지금껏 어느 누구의 의견도 참작하지 않고도 거듭되는 위기를 몇 번이나 헤쳐온 노인은 이렇게 중얼거렸다. "아직도 좋은 땅이 많이 남아 있군." 그 동안 나는 마치 적난운처럼 뭉글뭉글 부풀어 사업 성취를 위한 자신감을 북돋웠고, 해가 바뀌면 여든 살이 되는 남자의 수명을 한층 더 연장시켰다. 그때, 오싹오싹 스미는 한기를 가르듯 기묘한 소년이 나타났다. 그러자 나는 어찌된 영문인지 바짝 쪼그라들고 말았다. 하지만 재계의 거물이 손짓하여 다가온 소년이 비서의 손에서 만 엔짜리 새 돈을 받아들자, 그와 동시에 나는 다시 한없이 부풀어올랐다. 노인은 함박웃음을 짓고, 비서는 쓴웃음을 짓고, 소년은 차가운 웃음을 지었다.

12월 20일 화요일

나는 모자다.

챙이 좀 유별나기는 하지만 한없이 야구모자에 가까운 무늬 없는 모자다. 나는 돌풍에 휘날려 표면이 딱딱하게 언 설원을 구르다 다시 언덕 위로 날려갔다. 막 집을 나선 소년이 나를 주웠다. 소년은 나를 낚아채더니 집으로 가지고 들어가, 챙의 양끝을 싹뚝싹뚝 가위질하여 잘라냈다. 내 주둥이는 삼각자처럼, 혹은 새의 부리처럼 뾰족해졌다. 그리고 소년은 나를 자신의 가마 없는 머리에 얹고는 곧장 밖으로 뛰어나가, 기운 해를 등지고 발밑에 떨어져 있는 기나긴 자신의 그림자를 응시하였다. 그리고 그는 나의 각도를 이리저리로 바꿔, 가장 새에 가까운 모양의 그림자를 만들었다.

소년의 그림자는 새가 되었다. 그는 날카로운 부리를 휘두르며 가상의 벌레를 톡톡 쪼고, 잘 비빈 영양 만점의 모이를 꿀꺽 삼키는 몸짓을 몇 번이나 반복하고는, 물을 마시고 가슴을 떨며 우짖었다. 이어 그는 벼랑가 일 미터 정도 높이의 흔들바위로 힘들게 기어올라가 짧은 비상을 즐겼다. 육체가 공중에 머무는 한순간, 그는 떨어지는 것이 아니라 정말 날고 있었던 것이다. 두번째 비상을 시도하려는데, 호수에서 달려올라온 바람이 나를 날려버렸다. 소년은 나를 쫓아갔다. 벼랑 끝에서 나를 붙잡은 그는 잠시 막대기처럼 얼어붙어, 하얀 물결이 이는 호수와 빛이 소용돌이치는 벼랑 아래를 들여다보았다. 그러나 소년은 그쪽으로 비상하려고는 하지 않았다. 차가운 태양이 있는 힘을 다모아 내일로 기울어갔다.

12월 21일 수요일

나는 시클라멘이다.

　청청한 달이 둥실 떠오를 무렵, 버스에 흔들리며 눈 쌓인 마호로 마을에 들어선 빨간 시클라멘이다. 무정한 주제에 허영심은 많은 여자가 나를 옆구리에 끼고 아무 주저도 감회도 없이 타향에 슬쩍 발을 들여놓은 것이다. 마중나온 키 큰 청년이 짐은 이것뿐이냐고 묻자, 그녀는 "이것만 가져오면 되잖아"라며 풍만한 젖가슴을 살랑살랑 흔들어 보였다. 청년은 눈을 닮은 색의, 멋지지만 품위는 없는 차에 나를 태우고 달리기 시작하였다. 태평스런 그녀는 여전히 피로를 몰랐다. 그러나 나는 긴 여행에 지치고 따스한 공기와 신선한 물에 주려 있었다.

　여자는 콧노래를 흥얼거리며 창 밖을 내다보고 있었다. 그녀라면 설령 지옥이라도 적응할 테지만, 나는 그렇지 않았다. 이 고장은 나에게 맞지 않았다. 단지 추워서가 아니라 아무래도 순응하기 어려운 분위기가 여기저기에 떠다니고 있었다. 아직 일곱시밖에 안 되었는데 기척이 끊긴 거리는 나를 거부하고 있었다. 그리고 앞길을, 클랙슨 따위 아랑곳하지 않는 소년이 해파리 같은 움직임으로 꾸물꾸물 가로질러 갔다. "저 자식이"라고 청년이 중얼거렸다. 여자는 "뭐야 저거, 사람이야?" 하고, "이런 동네에서 장사가 돼?"라고 물었다. 소년은 멀어져 가고, 청년은 말없이 운전을 계속하고, 그 어떤 인연도 쉬 받아들이는 여자는 긴 담배에 불을 붙였다. 나는 꽃으로서의 의지를 일단은 화분에 봉해두기로 하였다.

12월 22일 목요일

나는 생일이다.

기억해주었다고 해봐야 딱히 이렇다 할 감개도 불러일으키지 않을 만큼 퇴색한 생일이다. 늘 그렇듯이 아직 날이 채 밝기도 전에 잠에서 깨어난 소설가는 나 같은 건 본 체도 않고 배부터 채우기 시작하였고, 필요한 만큼 위장을 채우고 나자 곧바로 큰유리새와 소년을 둘러싼 긴 이야기 속으로 파고들어갔다.

나로서는 그런 그에게 한마디 불평이라도 늘어놓고 싶어, 도대체 몇 살이 될 때까지 쓸 작정이냐고 물어보았다. 그러자 그는 정 떨어지는 말투로, 그만 쓰고 싶을 때까지, 라고 대답하였다. 나는 죽어서도 쓸 작정이지, 라고 되묻고, 보트 대여점 아저씨를 예로 들어, 그런 식으로 느긋하게 살 수는 없느냐고 비난하였다. 일 년에 한 번뿐인 생일이니 오늘 하루만이라도 쉬면 어떠냐고도 말해보았다. 펜을 내려놓고 지나온 세월을 조용히 돌이켜보는 것도 좋지 않으냐는 말도 했다.

도무지 말이 통하는 상대가 아니었다. 그는 오전 내내 소설을 쓰고는 어제와 다름없는 점심을 먹고 어제처럼 스쿠터에 새까만 개를 태우고, 마호로 마을의 사람들을 통하여 그 자신을, 그 자신을 통하여 타인을, 소년 요이치와 큰유리새를 통하여 이 세상을 알기 위해 밖으로 나갔다. 홀로 남은 나는 그의 등을 향하여 "그래서 어쨌다는 거야!"라고 소리를 질렀다. "어쩌기는"이라고 되받는 그의 아내.

12월 23일 금요일

나는 구실이다.

한 번도 말을 나눈 적이 없는 사내에게 다가가기 위해, 요이치의 누나가 한껏 지혜를 짜낸 끝에 간신히 생각해낸 구실이다. 마음을 굳힌 그녀는, 용접의 불꽃에 몸도 마음도 모두 빼앗긴 사내의 등뒤에서 말을 걸었다. 그러나 튀어오르는 불똥이 내는 소리와, 고작 장작 때는 난로를 만들면서 그렇게 몰입하는 집중에 방해를 받아 그의 귀에는 닿지 않았다. 이미 물러설 생각 따위 없는 그녀는, 울타리 틈새를 비집고 안뜰로 들어가 다시 한번 큰 소리로 "안녕하세요!"라고 말했다. 그래도 여전히 뜰로 들어선 그녀의 기척을 느끼지 못하자 이번에는 사내의 어깨를 툭 쳤다.

사내는 간신히 일하던 손을 멈췄다. 그러나 뒤돌아보려고 하지는 않았다. 드디어 내가 나설 차례다. 그녀는 떨리는 음성으로, 난로를 하나 만들어주었으면 한다고 말했다. 사내는 대답은커녕 일부러 찾아온 손님을 보려고도 하지 않았다. 약해져 붉은빛으로 변한 불꽃이 긴 침묵을 비추고 있었다. 마침내 요이치의 누나는 나를 부끄러워하고, 나를 생각해낸 자신을 부끄러워하였다. 이런 일을 계기로 교제를 두터이 할 수 있는 그런 손쉬운 상대가 아닌 듯싶었다. 마음을 고쳐먹은 그녀는, "언제라도 상관없어요"라고 말하고, 사내의 정면으로 돌아가 이름을 대려고 하였다. 그러나 사내는 "알았어"라고 한마디만 중얼거리고 단번에 산소의 양을 늘려 불꽃의 색을 파랑으로 바꾸고는, 다시금 불꽃이 아로새기는 세계로 몰입하였다. 나를 예찬하며 발걸음을 돌린 요이치의 누나는, 몇 번이나 몇 번이나 뒤를 돌아다보았다.

12월 24일 토요일

나는 케이크다.

다 팔리고 남은 탓에 반값이 되었는데도 여전히 살 사람이 나서지 않는 크리스마스용 케이크다. 빵 가게 주인은 혀를 끌끌 차면서 나의 목숨은 앞으로 한 시간뿐이라고 정했다. 그리하여 눈 깜짝할 사이에 오십구 분이 지나자 마침내 사형집행인이 유리 케이스를 열고 손을 내 쪽으로 뻗었다. 이젠 틀렸구나 싶은 순간에, 주인의 눈길이 쇼윈도 너머로 걸어가는, 파란 모자를 쓴 이상한 소년을 포착했다.

주인은 서둘러 나를 상자에 담더니 금색 별이 아로새겨져 있는 종이로 포장하고 리본까지 달아서는 밖으로 들고 나갔다. 만약 그대로 주인의 마음이 바뀌지 않았더라면, 나는 필시 마호로 마을에서 가장 크리스마스의 의의에 걸맞은 케이크가 되었을 것이다. 그런데 거리에 몰아치는, 다시 생각해보라는 북풍을 맞자마자 주인의 생각은 일변하였다. 그는 "버리려던 것을 남한테 주려 하다니"라고 자신을 책망하더니 다시 가게로 돌아가, 그런 생각을 빨리 했기에 망정이지, 하고 안도하며 나를 상자째 쓰레기통에 처박았다.

그런데 몇 분 후에 나를 사고자 한 손님이 가게로 들어왔다. 잠시도 가만히 있지 않는 몸을 지탱하기 위해 뒤틀리는 걸음걸이와 새에 가까운 목소리 때문에 나는 조금 전의 그 소년임을 알았다. 그 소년 뒤에서 "벌써 다 팔렸대"라고 말하는 것은 분명 소년의 어머니일 것이다. 그 손님은 아무것도 사지 못하고 다시 나가버렸다.

12월 25일 일요일

나는 파랑이다.

물색도 하늘색도 아니고, 슬픔의 색도 아닌, 파라니까 파랑이라고 밖에 달리 부를 길이 없는 파랑이다. 그러나 소년 요이치는 나를 유리색이라 혼자 단정짓고 큰유리새의 날개색과 똑같다고 믿고 있다. 그 스웨터를 누나가 짜기 시작했을 때 요이치는 주문을 달았다. 나 말고 색을 한 가지 더 섞어달라고 부탁한 것이다. 그러고는 큰유리새의 배를 장식하고 있는 하양을, 눈색도 아니고 구름색도 아니고 죽음의 색도 아닌, 나에게 곁들이기 위한 하양을 보여주었다.

누나는 알았다며, 머지않아 반드시 뜨게 될 연인의 스웨터를 위한 연습 삼아 굵은 하양실을 더 샀다. 오늘 완성된 스웨터를 몸을 비틀 대로 비틀며 껴입은 요이치는 새장을 옆에 놓고 거울 앞에 섰다. 천천히 양팔을 수평으로 유지하고 위아래로 흔들었다. 큰유리새도 함께 날갯짓을 하였다. 그러고서 요이치는 한층 카랑카랑하고 만족스런 소리를 내질렀다. 그러자 큰유리새도 자신의 존재를 과시하려는 양 힘차게 우짖었다.

그때 돌연 요이치 안에 생겨난 뜨거운 심정이 정전기가 되어 빠직빠직 내게로 전해졌다. 이미 나는 마호로 마을 어디에서나 볼 수 있는, 누구나 사 입을 수 있는 파랑이 아니었다. 나는 요이치를 날개치게 하고, 요이치를 지저귀게 하였다. 그러나 누나는 이렇게 말하며 못을 박았다. "분명히 말해두는데, 넌 날 수 없다구"라고. 요이치가 어떤지는 잘 모르겠지만 나는 일단 그 말을 들어두었다.

12월 26일 월요일

나는 달력이다.

마호로 마을을 선전하기 위해 읍사무소에서 제작하여 가가호호 나누어주었지만 평판은 그리 좋지 않은 달력이다. 할 수 없이 남은 것은 직원들이 자기 집으로 가져갔다. 가발 없이는 걷지 못하는 직원만은 무슨 까닭에선가 나를 마음에 들어하며 자기네 집 거실 벽에 걸었다. 그러나 그가 나를 마음에 들어한 까닭은 내년 계획을 세우기 위함도 아니고, 막연한 희망을 가슴에 품고 해를 넘기기 위함도 아니고, 세월의 무상함을 새삼 곱씹기 위함도 아니었다.

그의 데굴데굴한 눈동자는 나의 삼분의 이를 차지하고 있는 이 고장 출신의 트로트 가수에게 붙들려 있었다. 읍장은 그녀가 유명해지면 마호로 마을이란 이름도 세상에 널리 알려질 것이고, 그렇게 되면 관광객도 몇 배 몇십 배로 늘어날 것이라고 말했다. 이윽고 남자는 가발을 벗겨내면서, 히트곡이 나오면 좋을 텐데, 라고 중얼거렸다. 그의 아내가 곁에서 말을 거들었다. 설사 판매에 실패한다 해도 고향으로 돌아와주면 좋겠다고. "그렇게 참한 아가씨는 흔치 않은걸요"라고 그녀는 말했다. 남자도 고개를 끄덕였다.

그리고 두 사람은 자신들의 마음이 어느 틈엔가 제 자식에서 타인의 자식으로 옮아가 있음을 깨닫는다. 그러나 얼굴을 찌푸리지는 않았다. 두 사람은 다만 괄태충을 닮은 움직임으로 비탈진 계단을 내려오는 소년을 보지 않으려고 했을 따름이다. 화장실에 들어간 소년은 도저히 인간의 소리라고는 생각할 수 없는 괴성을 질렀다. 그 아이의 아버지와 어머니에게 나는 조용히 물었다. 요 모양으로 내년에도 또 살아야 할 이유는 무엇이냐고.

12월 27일 화요일

92

나는 귀뚜라미다.

툇마루 밑에 숨어들어, 목욕탕의 온기에 의지하여 조금이라도 더 목숨을 부지하려고 애쓰는 귀뚜라미다. 나는 그냥 살아 있기만 한 것이 아니라 아직은 울 수도 있다. 나는 스스로 생각하기에도 꿋꿋하게 살아 있는 자신을 위로하기 위해 울고, 그리고 매일 밤 오래오래 따뜻한 물에 몸을 담그고 있는 이 집 주인을 격려하기 위해서도 운다. 양식장에서 잉어 튀는 소리가 끊긴 이 계절, 내 역할은 아주 중요하다고 자부하고 있다.

혼자서 살 수밖에 없고, 그 생활이 제일 잘 어울리기도 하는 남자는 드디어 겨울에 갇혀, 사방을 둘러싼 산들로부터 물밀듯이 밀려오는 침묵의 파도에 점점 더 세상의 한귀퉁이로 쫓겨나간다. 오늘밤 그는, 다소 계획이 뒤틀린, 아니면 그렇게 될 수밖에 없었던 반생을 나무 욕조에 천천히 담그며, "아아, 문신 때문에 몸이 차가워져 안 되겠어"라고 신음하듯 말한다. 그러고서 그는 자신의 등에서 힘차게 요동하고 있는 비단잉어와 나를 위하여 평소 즐겨 부르는 노래를 흥얼거린다. 쉼 없이 들리는 눈 내리는 소리가 아닌 어떤 형용할 수 없는 소리가 함께 녹아들며, 얼어붙었던 지면 깊이 스며든다. 필시 오늘밤에도 그는 밤새 술을 마실 것이다.

"자, 이번에는 네 차례야"라고 남자는 나를 채근한다. 나는 바스락바스락 날개를 비벼 절절하게 가슴 저미는 노래를 부른다. 그러나 그렇게 오래가지는 못한다. 남자는 "오래오래 살아"라고 말하고, "나도 오래 살 테니까"라면서, 형무소에서 배운 노래를 다시 흥얼거리기 시작한다.

12월 28일 수요일

나는 얼간연어다.

호숫가의 별장에서 사는 전직 대학교수에게, 옛날 제자가 새해 인사차 소포로 보낸 본고장의 얼간연어다. 상자를 푼 교수 부부는 나를 보고는 자신도 모르게 감탄사를 연발하였고, 동시에 자신들이 아직은 잊혀진 존재가 아닌 게 다행스러워 목소리까지 떨었다. 그리고 두 사람은 저마다 나를 칭찬하고, 쓸 만한 생선을 구하기 어려운 마호로 마을을 헐뜯으며 즐거워하였다. 처마 끝에 매달린 나는 산마을의 건조한 공기에 싸여, 때로 불어오는 한풍에 천천히 몸을 회전시켰다.

교수 부부는 나의 가치를 정확히 이해할 뿐만 아니라, 나를 어떻게 다루어야 하는지도 잘 알고 있었다. 그러나 유감스럽게도 나를 먹을 자격은 없는 것 같았다. 숲과 호수 사이에 낀 길로 의지와는 상관없이 움직이는 몸을 가진 소년이 지나가자, 두 사람은 병이 가져다주는 공포를 떠올리고는 느닷없이 자신들의 건강을 염려하며 소금을 너무 많이 섭취하면 어떻게 된다는 등 두런거리기 시작하였다.

"아직 죽고 싶지 않아요"라고 아내가 말하자, "앞으로 한 십 년은 살아야지"라고 남편이 말했다. "십 년 후에는 먹고 싶어도 먹을 수 없을 거예요"라는 아내. "지금껏 많이 먹었잖아"라는 남편. 나로서는 "이렇게 된 바에야 먹고 싶은 것 실컷 먹고 얼른얼른 죽어야지"란 말을 기다렸는데, 끝내 들을 수 없었다. 점심 전에 나는 원래대로 상자에 담겨, 택배 트럭에 실려 흔들리며 어디 멀리로 여행을 떠났다. "당신네들은 벌써 죽어 있는 거나 다름없어." 내가 그들에게 내뱉은 말이다.

12월 29일 목요일

94

나는 외풍이다.

마호로 마을로 도망쳐온 젊디젊은 남녀가 빌린 허술한 집으로 쉴새 없이 불어드는 외풍이다. 뒤집힌 판자벽 틈새로 침입한 나는 다다미 여섯 조짜리 단칸방 안을 빙빙 돌아다니다, 찢긴 창호지문과 사잇문을 덜커덩 흔들어놓는다. 그리하여 나는 한 이불에서 자고 있는 두 사람을 감기에 걸리게 하고, 기회만 있으면 폐렴이라도 일으켜 굳은 약속에 금이 가게 하고, 끝내는 파국으로 유인하려 하고 있다.

그러나 좀처럼 뜻한 대로 되지 않는다. 두 사람은 변함없이 건강하기 이를 데 없는 잠과 비할 길 없는 길몽을 탐닉하면서 나 따위 상대조차 하지 않는다. 여름용 얇은 이불로는 추워, 나란히 스웨터를 입은 채 꼭 껴안고 있다. 그 스웨터의 가슴께에 심장을 보호하듯 붙어 있는 똑같은 배지는 큰유리새 모양이다. 그 여름새가 두 사람의 정열을 지탱하고 나를 물리치는 힘의 원천이다. 그런 가짜 새에게 져서는 안 되지, 하고 나는 요란하게 몸을 뒤튼다.

그러나 내가 열심히 내는 쓸쓸한 소리는 두 사람의 환락에 취한 꿈에 빨려들자마자 모두 파란 새의 지저귐으로 변하고 만다. 초조해할 것 없다. 올 한겨울 느긋하게 시간을 들여, 꿈에 젖어 있는 이 두 사람을 반드시 마호로 마을에서 쫓아내고 말 것이다. 그렇게 자신에게 굳게 맹세한 나는 먹다 남은 귤과 쓰다 만 편지 사이를 쓰윽 빠져나와 집 밖으로 나와서는, 다시금 스산한 숲속으로 흩어진다.

12월 30일 금요일

나는 종이다.

사람 없는 오래된 절에 있는, 미리 스위치를 눌러두기만 하면 시간과 횟수를 정확하게 지켜 울리는 전자동 종이다. 오늘 나는 평소와는 달리 자정이 조금 못 되어 제야를 알리기 위한 중후하고 엄숙한 소리를 마호로 마을로 보낸다. 그러나 내 구조의 비밀은 세상에 죄 알려지고 말아, 아무도 내 소리에 옷깃을 바로 여미지 않는다. 믿음 깊은 노인이나 세상 물정에 훤한 사내나 모두 나를 바보 취급하고 있다.

나는 시계처럼 사무적으로 일하면서 오히려 마을 사람들의 번뇌를 자극하여, 고마워해야 할 소리인데도 허망하게 한기 덩어리에 빨려들어간다. 그래도 내가 울리는 중저음에 공명하는 사람이 전혀 없는 것은 아니다. 이 마을에서 가장 별에 가까운, 풍광이 아름다운 땅에 사는 소년과 그의 친구인 파란 새가 내 소리에 어김없이 반응하고 있다. 소년의 요동하는 마음이 고조되어 한 방울 눈물이 되고, 큰유리새는 조그만 고개를 갸웃하고 "쓸쓸하네"라며 운다.

그런 그들이 가련하여 나는 고백한다. 나는 결국은 괘종시계와 마찬가지로 그저 기계일 뿐이니까 아무쪼록 가볍게 듣고 흘려버리라고 말한다. 그러고는 일부러 한 번, 즉 백아홉번째 소리를, 장치가 부서질 것을 각오하고 내 자신의 의지로, 고오오옹, 하고 낸다. 하지만 수를 상관하지 않는 그들이 나의 의도를 짐작할 리 없으니, 요이치와 큰유리새의 감동은 그대로 조용히 다음해까지 이어진다.

12월 31일 토요일

나는 소나무*다.

천황이 노쇠하여 죽어가고 있다는 이유로 느닷없이 현관 장식이 중지된 69은행의 소나무다. 아직 날도 채 밝지 않았는데 나는 뒤편으로 끌려가 빈 종이상자 더미에 내던져졌다. 이토록 무심한 처사를 당한 나는 한참이나 망연자실해서 비참한 시간을 보냈다. 널리 퍼져 있는 민주주의라는 뜬소문, 그 두세 가지가 마호로 마을을 스치고 지나갔다. 그러고는 갑자기 그 전쟁에 대해 말을 조심하는 분위기가 농후해졌다.

얼마 후 기운을 되찾은 나는 통분하여 분노의 불꽃을 태웠다. "이런 일이 세상에 어디 있어?"라고 외치며, 빈 종이상자에게 "너희들도 이런 취급을 당하고 가만히 있을 거야?"라고 물었다. 그러나 만들어질 때부터 자신의 신세를 충분히 알고 있는 순종적인 그들은 모두들 잠자코 소모품이라는 자신의 운명을 감수하고 있었다. 나는 참을 수 없어 마구 소리를 질러댔다. 나는 앞날을 살아갈 사람들을 축하하기 위해 있으며, 따라서 설사 어디의 누구라도 죽어가는 자가 그것을 방해할 이유는 없다고 말했다.

지쳐 포기하였을 무렵, 설빔이라고 하기에는 너무도 어설픈 청백(淸白)으로 통일된 옷차림을 한 소년이 다가왔다. 나는 부자연스런 몸의 소유자에게 아무런 기대도 하지 않았다. 그런데 그는 나를 껴안듯 질질 끌고서는 은행의 정면 현관까지 날라다 원래의 위치에 정확하게 다시 놓고는 아무 말 없이 봄 쪽으로 사라져갔다.

1월 1일 일요일

---

*정월 초하루 현관에 소나무를 세워 장식하는 풍습이 있다.

나는 술이다.

새해 연휴라 하여 아침 일찍부터 서슴없이 당당하게 마시는 약간은 고급스런 술이다. 어제부터 내내 나만 상대하고 있는 요이치의 아버지는 고타쓰*를 낀 채 끄덕끄덕 졸고 있고 지금도 취해 있다. 그러다 그는 불현듯 정체를 알 수 없는 허망함에 화들짝 눈을 떴다. 충혈된 눈을 뜬 그가 제일 먼저 생각해낸 것은 역시 나였다. 게게 풀어진 그의 술 취한 얼굴은 텔레비전으로 향하는 일은 있어도 가족으로 향하는 일은 없었다. 특히 요이치가 곁을 지날 때에는 거의 반사적으로 눈을 돌리고, 그 틈에 또 술 한 모금을 꿀꺽 마신다.

요이치의 어머니는 찹쌀떡을 굽고, 요이치의 누나는 다 구워진 찹쌀떡을 잘게 잘라 요이치의 목에 넘어가기 쉽게 하고, 요이치는 그 찹쌀떡을 열심히 입으로 쑤셔넣었다. 이제 성숙한 새가 되어 우짖는 요령을 터득한 큰유리새는 이층 방에서 마호로 마을을 향하여, "무서워할 것 없어"라고 노래하고 있다. 마침내 아버지가 아내와 누나의 눈길을 피해 아들의 입으로 술잔을 날랐다. 그러나 나는 요이치에게는 아무런 변화도 줄 수 없었다. 적어도 아버지가 기대한 것 같은 기적은 일어나지 않았다. 그러자 아버지는 "어차피 너는 태어났을 때부터 취해 있는 것이나 다름없으니까"라고 말했다. 그리고 나서 그는 허둥지둥 집을 나서는가 싶더니 늘 일정한 방향으로 떨어지는 해를 향해 웩웩 토악질을 해댔다. 나와 선혈이 물든 눈에 흥분한 요이치는 눈덩이를 뭉쳐 벼랑 아래로 던졌다.

1월 2일 월요일

---

* 앉은뱅이 밥상 모양의 난방기구.

나는 연이다.

물거품 호수의 그늘에서 발생한 어두운 바람을 한껏 받아 겨울의 가느다란 햇살과 함께 하늘을 나는 연이다. 새 모양으로 만들어져 파랑과 하양 두 가지 색으로만 칠해진 나는 인간의 수명보다 훨씬 긴 줄을 통하여 언덕 꼭대기에 서 있는 소년 요이치에게 정기를 부여하고 있다. 그리고 나는 원숭이를 그대로 빼닮은 요이치의 손을 통하여 혹성의 인력과 인간 세상의 흐름을 거역하는 사기(邪氣)를 마음껏 즐기고 있다.

이층 창가에서 나를 올려다보고 있는 새장의 새는 정열적으로 하늘을 향해 노래하며 날개를 퍼덕이고 있다. 밤을 지새워 나를 만든 남자는 얼음이 두껍게 낀 양어장 한가운데에 우뚝 서서, 내 실이 점점 더 많이 풀려 조카와의 거리가 조금이라도 줄어들기를 바라고 있다. 특별 허가를 받아 형무소 운동장에서 연을 날리던 추억이 그를 스치고, 등을 장식하고 있는 비단잉어를 꿈틀거리게 한다.

하지만 지금의 그에게는 내게 부탁할 게 아무것도 없다. 그는 완전한 자유 안에 있으며, 비단잉어의 성장에 따라 꿈이 이루어져가고 있으므로.

이윽고 요이치가 나를 손에서 놓는다. 이리하여 나의 책임은 아주 중대해졌다. 실이 끊어졌기에 보다 높은 곳을 지향해야 하는 나는 적어도 요이치나 요이치의 숙부 앞에서 볼썽사납게 추락할 수는 없었다. 요행히 그런 지경에는 빠지지 않고, 얄미울 정도로 멋들어진 조화를 부리는 천공의 중심을 향하여 나는 높이높이 날아오른다. 지금 요이치는 점 같은 존재다.

1월 3일 화요일

나는 자동판매기다.

오류 강을 뒤에 두고 도로가 앞에 보이는 곳에 덩그마니 서 있는, 고장을 모르는 자동판매기다. 낮이면 몰라도 이렇게 늦은 밤에 나를 찾아오는 사람이 있다는 것은 그리 흔한 일이 아니다. 시간관념이며 예정 따위가 아예 없는 소년 요이치가 또 나를 찾아왔다. 그는 나를 상대로 잘난 척하며 장황하게 큰유리새 자랑을 늘어놓고는, 늘 그런 것처럼 주머니를 홀딱 뒤집어 동전을 꺼냈다. 누구누구에게 받았다는 고액지폐는 버려버렸다. 요이치는 내 마음에 드는 손님이다. 그러나 나는 그를 특별취급해줄 만한 힘은 갖고 있지 않다. 깎아주는 것은 물론이고 더 맛있는 것을 권하거나 양을 늘려줄 수도 없다. 요이치가 뜨거운 컵라면을 껴안고 어둠에 싸인 벤치에 앉았을 때 보기 드문 손님이 나타났다. 내가 그를 기억하고 있는 까닭은 박박 깎은 머리와 거무튀튀한 옷 때문이다.

반년 전쯤에 나를 찾은 적이 있는 젊은 수도승은 이번에도 또 세 종류의 라면을 국물 한 방울 남기지 않고 해치웠다. 그것도 겨우 십여 분만에. "아, 맛있게 먹었다. 이런 게 인간이 먹는 음식이지"라고 말하고는 몰래 숨겨온 담배를 빠끔빠끔 피웠다. 그러다 눈앞에 있는 요이치를 발견하고는 깜짝 놀라 어쩔 줄을 모르고 이승 산의 선사로 통하는 언덕길을 허둥지둥 달려올라갔다. "아직 멀었군"이란 요이치의 중얼거림이 달빛에 녹아, 수도승의 뒤를 쫓았다.

1월 4일 수요일

나는 멧새다.

기세등등한 눈보라를 맞아 쫓기고 쫓기다 갈 곳을 잃은, 다 죽어가는 멧새다. 최초의 돌풍에 휘날려간 나는 순식간에 동료들을 놓치고 말아, 찾느라 우물쭈물하는 사이에 배가 몹시 고파왔다. 그러나 겨울 먹이를 조달하고 있는 인적 없는 들판에는 열매가 조롱조롱 달린 풀들이 하나 남김없이 눈에 묻혀 있었다. 할 수 없이 나는 평소에는 절대로 가까이 가지 않는 마호로 마을 쪽으로 날아갔다. 생각했던 대로 거기에는 먹을 만한 것이 얼마든지 있었다. 그러나 모두 까마귀와 참새가 차지하고 있어 섣불리 다가갈 수가 없었다. 마을의 질서에 자진하여 적응하고 인간에 순종하며 사는 새들에게 쫓겨 다시 물거품 호수 쪽으로 돌아갔을 때, 나는 또 강풍에 휘말려 이번에는 먼 상공으로 단박에 날려가고 말았다.

문득 정신을 차려보니 나는 언덕 꼭대기의 한 집 이층 창틀에 간신히 매달려 있었다. 이미 기진맥진하여 날 수 없어진 나는 유리창 너머를 보았다. 그 따스해 보이는 방에는 이 계절에 어울리지 않는 큰유리새가 있었다. 그놈은 자연계에는 없는 타락한 모이를 먹고 싶은 만큼 실컷 먹고, 살얼음조차 끼어 있지 않은 적당한 온도를 마음껏 마시고, 여름에 내질러야 할 소리를 한겨울에 흩뿌리고 있었다.

의식이 몽롱해졌다. 온몸을 뒤덮고 있는 눈조차 털어낼 수가 없었다. 저 혼자만 편안한 생활을 하고 있는 파란 새에게 나는 이렇게 말해주었다. 그래도 내 쪽이 낫다구.

1월 5일 목요일

나는 행성이다.

제 자신을 성찰하지 못하는 마호로 마을을 울퉁불퉁한 표면에 태운 채 싫증을 모르고 자전과 공전을 반복하는 물의 행성이다. 나는 광활하고 막막한 대우주를 날아다니는 중력파 사이를 헤치고 나 자신을 위하여 도는 자이면서, 동시에 그저 살아 있음에 환호하는 소년 요이치와 그의 한결같이 아름다운 큰유리새를 위하여 도는 자이기도 하다. 나는 이미 죽어버린 많은 별들에 둘러싸여, 마치 해파리처럼 현세의 한귀퉁이를 둥둥 떠다니는 살아 있는 별이며, 또 죽은 후에도 살아 있는 별들의 도움으로 이 세상에 엄연히 머무를 흔해빠진 별이다.

새해를 맞이하여 나는 요이치에게 이렇게 말한다. 아무것도 두려워할 필요가 없다고. 그러나 절대로 하늘의 도움 따위는 기대하지 말라고. 내가 빛나는 항성 주위를 돌고 있듯이, 너는 찬란한 푸른 새의 주위를 돌면 된다고. 내가 더이상 돌 수 없을 때까지 끊임없이 도는 것처럼, 너도 돌 수 없을 때까지 오로지 돌기만 하면 된다고. 그리고 나는 이런 말도 덧붙인다. 나나 너는 무의미하게 적멸이나 무(無)에 흡수되는 자가 아니다, 결코 그렇지 않다, 라고.

물론 대답은 없다. 큰유리새는 우쭐하여 지저귀고 있다. 요이치는 두더지가 무색하리만큼 기운차게 깨끗한 눈을 파내고, 부삽으로 내 표면을 얇게 떠서는 거기에 동사한 멧새의 사체를 묻고 있다. 그의 파란 혼을 둘러싸고, 살아 있음의 증거인 정동(情動)이 움직이고 있다.

1월 6일 금요일

나는 국기다.

깃대 끝에 까만 리본을 늘어뜨리고 읍사무소의 현관에서 일상을 뿌리치고 있는, 마호로 마을에서는 가장 큰 국기다. 작년의 오늘 같은 무미건조한 아침이 찾아온 지 얼마 안 되어, 읍장은 불편한 언덕 위에 사는 직원에게 전화를 걸어 나를 게양하도록 명령하였다. 명령을 받은 남자는 아침밥도 먹지 않고, 그러나 가발은 잊지 않고 쓰고서는 집을 뛰쳐나왔다. 그리고 삼십 분 후에는 불러낸 젊은 부하와 함께 지시받은 일을 늘 하던 대로 해치웠다.

전쟁을 모르는 부하가 말했다. "대체 이게 무슨 소동입니까? 인간 하나가 나이를 먹어 죽은 것뿐 아닙니까?" 그러자 조금은 전쟁을 알고 있는 그의 상사는, "나도 지금 죽을 지경이라고"라면서, 술을 너무 많이 마셔서 식도에 구멍이 뚫려 피까지 토한 일을 무슨 자랑거리라도 되듯 떠벌렸다.

나는 겨울에는 흔히 불지 않는 동풍을 받아 펄럭펄럭 나부끼며 길 가는 사람들에게, 늘 그저 따르기만 하는 국민들에게, 나를 향하여 가차 없이 책임을 추궁하기가 불가능한 인간들에게, "삼가 애도의 뜻을 표하라"고 목청을 돋우어 외쳤다. 못 들은 척하는 자들이 하도 많아 나는 한결 힘차게 펄럭이며, "도대체 누가 죽었는지 알기나 해?"라고 위압적인 고함을 질렀다. 바로 그 직후 나는 "죽은 건 바로 너야"란 비웃음에 찬 욕설을 들었다. 그리고 거만한 콧대를 납작 짓뭉개는, 민심을 교란하는 서풍이 불어와 나는 그만 깃대에 휘감기고 말았다.

1월 7일 토요일

나는 텔레비전이다.

천황의 죽음이 모든 채널을 점령하고 만 탓에 소년 요이치의 가족이 치를 떠는 텔레비전이다. 모든 방송국이 이날을 예기하여 미리 마련해둔 특별 프로그램을 내보내고 있다. 그리고 만에 하나라도 핵심을 건드리는 말은 내뱉지 않을, 미리 선별해놓은 안전한 문화인을 스튜디오에 초대하여, 죽음 이상이 되어버린 그 죽음에 한층 위엄을 더하기 위하여 장식적인 코멘트를 줄줄이 늘어놓게 하고 있다.

끝내 요이치의 누나는 "언제까지 저걸 내보낼 작정이람"이라고 내게 시비를 걸고는 비디오테이프를 빌리러 읍내로 내려갔다. 그리고 짓무른 위장에 약과 술을 번갈아 쏟아붓는 요이치의 아버지 역시 내가 수십 년 전의 황실에 관한 영상 자료를 보여줄 때마다 시비를 걸었다. 예를 들면, 어째서 소달구지가 아니고 마차냐고. 예를 들면, 어째서 일본 요리를 먹지 않고 서양 요리를 먹느냐고. 예를 들면, 무슨 이유로 양장을 하였느냐고. 예를 들면, 호화찬란한 의상을 걸치고 쉴새없이 휘황한 행사를 과시하고 싶어하는 것은 무슨 이유냐고. 그런 일에 현혹될 인간이 훨씬 많을 것이라고 얕잡아보는 거냐고.

요이치의 어머니가 "또 피를 토하겠어요"라고 남편의 과음을 나무라고, "그렇게 속절없이 굴다가는 죽을 때 고생할 거예요"라고 위협하였다. 이층 큰유리새가 빈정대는 투로, "몇 번이고 되풀이할 거야, 몇 번이고 되풀이할 거야"라고 울었다.

1월 8일 일요일

나는 식기다.

　개가 사용하는 것치고는 그런대로 쓸 만한 부류에 속하지만, 조금은 눈이 부실지도 모르는 스테인리스 식기다. 눈 내리는 오후, 여느 때처럼 길쭉한 입을 내게 처박고 있던 늙은 누렁이는 사료를 한 입 물 때마다 기운을 잃어갔다. 그런데도 내 바닥에 비치는 어린 주인의 천진한 미소를 보고 싶어 억지를 부려가면서 계속 먹었다. 그리하여 마지막 한 입을 넘겼을 때, 개로서는 길고도 행복했던 생이 어처구니없는 종식을 고하고 말았다.

　그러자 빛과 죽음을 아직 모르는 눈먼 소녀는 개의 상태가 이상함을 감지하고는, 철들었을 때부터 곁을 지켜주었고 어버이보다 더 정들었던 사랑하는 개의 이름을 몇 번이나 불렀다. 그녀의 부들거리는 목소리는 쌓인 눈에 흡수되어 어느 누구의 귀에도 들리지 않았다. 그런데 마침 뒷골목으로 접어든 소년만은 그 목소리를 알아들었다. 특징이 하도 많아 한 번 들으면 절대로 잊어버리지 못하는 발소리로 다가오는 상대가 누구인지를 안 소녀는 그쪽으로 손을 휘휘 저으며 도움을 청했다.

　소녀는 소년의 쉬지 않고 떨리는 몸에 꼭 매달렸다. 빛과 죽음을 아는 소년은 누렁이의 머리를 잡아 사체를 내게서 떼어내고, 이어 중요한 것은 개가 아닌 이것이라는 듯 나를 소녀의 손에 꼭 쥐여주었다. 화가 난 소녀가 내동댕이친 나는 더러운 물이 고여 있는 옆 도랑으로 굴렀다. 물에 잠겼어도 늙은 누렁이가 혓바닥으로 내게 기록한, 이 아이를 아무쪼록 잘 부탁합니다, 란 유언은 지워지지 않았다.

1월 9일 월요일

나는 빨래다.

영하 육 도의 바람에 휘날려 꾸들꾸들 얼어붙어서는 오히려 생생한 형태가 되고 만 언덕 위의 빨래다. 오전중에 얼마간 해가 비쳐 마르기 시작했는데, 오후에는 잔설이 흩뿌려 나는 다시 딱딱해졌다. 요이치의 어머니는 두 그루의 단풍나무 가지에 묶어놓은 나일론 끈에 나를 널며 이렇게 말했다. "읍내에 살았더라면 이런 넝마 같은 옷들은 도저히 내다 널지 못했을 거야."

일의 재개를 알리는 읍내 공장의 사이렌 소리가 마호로 마을의 하늘에서 요동하자 도시락을 손에 든 요이치가 집에서 나와 내 쪽으로 왔다. 아주 드문 일이기는 하지만 요이치가 큰유리새와 같이 점심을 먹을 수 없는 날이 있다. 오늘이 그런 날이다. 내 바로 아래 눈 쌓인 자리에 엉덩이를 깔고 앉은 요이치는, 곱은 손에 호호 입김을 불면서 반찬이라고는 조갯살찜과 매실장아찌뿐인 도시락을 먹기 시작했다. 이따금 그는 딱딱하게 뭉쳐 있는 나를 보고는, "몸을 좀 놀리면 어때"라고 말했다. 그래서 나는, "몸은 좀 가만히 놔두면 어때"라고 되받아주었다. 그가 말했다. "움직이지 않는 놈은 죽은 거야." 나는 말했다. "지나치게 많이 움직이는 놈도 살아 있다고는 할 수 없어."

그러자 이층의 큰유리새가 우리 사이에 끼어들어, 이 언덕 위에 살고 있는 것은 무엇이든 살아 있어, 라고 말했다. 요이치는 잠자코 도시락을 다 먹고 나서, 나를 슬며시 만져보고는 빈 도시락과 함께 싸늘하게 식은 몸을 파란 새가 기다리는 집으로 뒤뚱뒤뚱 옮겼다.

1월 10일 화요일

나는 비밀이다.

과연 언제까지 숨길 수 있을지가 의문인 아주 위험한 비밀이다. 겨울이 되어 숲속에서 만날 수 없게 된 두 사람은 여름철에만 이용하는 파란 지붕 별장을 무단으로 사용하고 있었다. 남자 쪽에나 여자 쪽에나 모텔 숙박료를 지불할 수 있을 정도의 여유는 없었다. 또 서로 가정을 갖고 있기 때문에 시간도 자유롭게 낼 수 없어, 불과 몇십 분인 점심시간에 모든 일을 해치우지 않으면 안 되었다.

그래도 두 사람은 내 덕분에 밀애관계를 유지하며 시름을 덜고 곤궁함을 견디고 단조롭고 따분한 인생을 분홍빛으로 물들일 수 있었다. 그러나 나를 지키기에 마호로 마을은 너무도 좁은 곳이었다. 두 사람이 별장에서 나와 차에 올라타려고 했을 때, 읍사무소의 경트럭이 모퉁이를 돌아 모습을 드러냈다. 갑작스런 상사의 출현에 두 사람은 숨을 죽이고 얼굴을 숙였다. 그러나 그런 정도로 상사의 눈을 속일 수는 없었다. 정사가 삽시간에 공포로 물들었다.

이렇게 하여 나는 더이상 숨길 곳 없는 사실이 되었다. 가발을 쓴 상사는 "난 모르는 일이야, 바보 같은 놈들"이라 중얼거리며 경트럭을 내몰았다. 상사는 조금은 질투심을 불태우기도 하다가 그들의 부주의를 따끔하게 혼내주어야겠다고 생각하고는, "난 모르는 일이야"라고 다시 한번 중얼거리고 담배꽁초와 함께 나를 창 밖으로 던져버렸다. 두 사람은 나를 지킬 수 있겠다 싶어 가슴을 쓸어내리며, 각자 자기 차를 타고 일터로 돌아갔다.

1월 11일 수요일

나는 토광이다.

농업 정책에 실망하고 앞날에 절망하여 마호로 마을을 떠난 농가의, 아직은 충분히 사용할 수 있는 토광이다. 작년 말 노부부는 가을에 수확한 햅쌀로 밥을 지어 먹고 내가 저장하고 있는 쌀까지 다 팔아치운 후, 조상 대대로 갈아먹은 전답을 등지고 모습을 감추고 말았다. 내 안에 분노며 서러움이며 원망이며를 가두어두고는 어디론가 정처 없이 떠나간 것이다. 야반도주나 다름없었다.

그리하여 뼛속 깊이 추위가 스미는 오늘밤, 중학교도 채 마치지 않고 가출했던 그 집의 다섯째 아들이 오 년 만에 내 앞에 섰다. 달랑 몸 하나로 귀향한 그는 아무도 없는 본채에도, 황폐할 대로 황폐한 경작지에도, 말라비틀어진 과수에도, 사방을 둘러싼 낙엽송 숲이 몰라보게 자란 것에도 놀라기는커녕 눈길조차 주지 않고 오로지 나만 쳐다보았다.

이 겨울, 스무 살을 맞은 젊은 그의 머리 위로 애처로운 파란 별이 휘익 흘렀다. 그러자 그는 느닷없이 소리를 내질렀다. 소리를 지르면서 온몸을 부딪쳐 무겁고 두터운 토문을 열어 어둠 외에는 아무것도 없는, 자손의 안전을 염려하는 영혼마저 흔적 없는 내 품으로 뛰어들었다. 그토록 탄탄한 나도 그 처절한 절규를 완전히 봉할 수는 없었다. 나를 관통한 그의 목소리는 숲을 뚫고 얼어붙은 물거품 호수에 부딪혀 언덕 위의 집 한 채에 닿았다. 그러고는 다시 그를 통렬하게 비난하는 큰유리새의 소리와, 인간의 아들이 내지르는 소리치고는 짐승 같은 목소리와 더불어 내가 있는 곳으로 돌아왔다.

1월 12일 목요일

나는 행운이다.

아무리 외떨어진 변방이라도 이십 년에 한 번 정도는 찾아오는, 그러나 대부분의 사람들은 평생 가야 제대로 붙잡기 힘든 행운이다. 불운과 마찬가지로 나의 출현 또한 갑작스럽다. 이번에 나는 우둔함 그 자체인 얼굴에 지금껏 좋은 일도 나쁜 일도 없었던 고등학생이 난생처음으로, 그것도 딱 한 장 산 복권에서 튀어나왔다.

그리하여 나는 불과 한 시간 만에 마호로 마을로 퍼져나갔다. 사람들은 제일 먼저 금액을 알고 싶어했고, 백만 자리를 넘지 않는다는 것을 알고는 일단 안심하고, 그들로서는 비교적 순순히 나를 받아들였다. 그 돈이 만약 집을 새로 지을 수 있는 금액이었다면 필시 무슨 화가 생겼을 것이다. 시샘의 과녁이 될 것임은 물론이고 요즘 들어 부쩍 늘어난, 사람들을 곤경에 빠뜨리지 못해 안달하는 무리에게 몰매를 맞는 봉변도 당했을 것이 분명하다. 적당한 액수는 나를 안전하게 보전하고, 암만 열심히 살아도 좋은 일 하나 없는 사람들을 낙담시키지 않고, 따뜻한 우유처럼 그들 안에 안착하였다. 또 대학에 진학하는 자금의 일부가 될 것이라는 소문도 바람직스럽게 받아들여졌다.

자식이 없어 대가 끊길 자도, 의사에게 전지 요양을 권유받은 환자도, 장사에 실패해 친구 집에 빌붙어 사는 사람도, 인간사의 신산을 겪은 자도 다들 울분을 터뜨리려 영문 모를 소리를 지껄이는 일은 없었고, 아무 내세울 것 없는 온통 파란 소년을 한 번 본 것만으로도 마음의 균형을 손쉽게 유지할 수 있었다.

1월 13일 금요일

나는 빚이다.

벌써 오랜 세월 호숫가의 여관 '삼광조'의 안주인을 위협에 노출시키고 있는 거액의 빚이다. 지금까지 나는 여러 번 충고를 하였다. 좀더 편히 살면 어떠냐고. 땅을 팔아 손을 털고 나면 당장에 해결날 일이 아니냐고. 그럴 때마다 안주인은 망설였다. 망설인 다음엔 항상, 나 따위 대수롭지 않은 금액이라고 고집스러운 태도를 견지하였다. 무슨 이유인지는 알 수 없지만, 몸과 마음이 바람에 우롱당하고 있는 듯한 그 소년이 놀러 올 때마다 그녀의 마음은 굳어지고, 그리고 어떻게든 해결이 나겠지 하는 방향으로 기울었다.

그러나 결국은 아무런 해결책도 없었다. 아무리 기다려도 '삼광조'에 투숙하고 싶어하는 여행자들은 나타나지 않았다. 다른 여인숙이 꽉 찬 날에도 손님은 찾아들지 않았다. 그리하여 오늘, 남자 세 명이 '삼광조'를 찾았다. 하지만 그들은 손님이 아니었다. 마호로 마을의 신참자, 여봐란듯이 새하얀 고급차를 몰고 다니는 저 꼴사나운 치들이었다. 그들은 나를 조속하게 갚도록 하게 해달라는 정식 의뢰를 받았다는 뜻만 고하고 그 이상의 채근은 하지 않았다. 키가 큰 청년을 남겨두고 나머지 두 사람은 곧바로 되돌아갔다. 남은 청년도 나에 대해서는 한마디도 하지 않고, 손님을 한 명 소개할 테니 당분간 머물게 해달라는 부탁을 하면서 지폐를 한 다발 놓고 돌아갔다.

저녁나절 '삼광조'를 찾은 방문객은 여자였다. 시클라멘 화분만 달랑 안고 있는 손님은, "잘 부탁해요"라며 고개를 꾸뻑 숙였다. 안주인은 나를 향해 코웃음쳤다.

1월 14일 토요일

110

나는 썰매다.

소년 요이치를 태우고 눈보라를 일으키며 언덕을 미끄러져내려가 형극(荊棘)의 길을 돌주하는 플라스틱 썰매다. 나는 나 혼자서는 절대로 낼 수 없는 속도를 즐기며 마치 말이라도 탄 듯한 기분인 요이치를 이참에 바꾸고자 생각한다. 경쟁이 격심한 이 세상에 기민하게 대처하는 자로 바꾸고, 맨주먹 빈손으로 살아가는 자로 바꾸고, 측은한 마음을 뿌리치는 자로 바꾸고, 사회의 안녕을 교란하는 자로 바꾸고, 덮쳐오는 재난을 사전에 감지하는 자로 바꾸고, 마호로 마을을 부감할 수 있는 자로 바꾸고자 한다.

그리하여 요이치는 속도가 빨라짐에 따라 한없이 새에 가까워지고, 내가 대지의 자그마한 혹에 올라서 공중을 날 때면 새의 눈으로 세상을 본다. 언덕 꼭대기에서 아들의 등을 힘껏 밀어주었던, 아직도 만족할 줄 모르는 아버지의 모습은 모든 것이 쓸쓸하기만 한 겨울 풍경의 일부가 되었다. 그는 모든 책임을 나한테 미루고, 요이치가 나무에 부딪혀 내장이 파열되든 목뼈가 부러지든 내 알 바 아니라는 듯한 태도로 결과도 보지 않고 잽싸게 집으로 돌아간다.

그러나 꿈틀거리는 요이치의 조악한 육체는 내게 착 달라붙어 울퉁불퉁한 비탈길에서도, 눈앞이 아찔할 정도로 빠른 속도에도 멋들어지게 순응하여, 물거품 호숫가에 산더미처럼 쌓여 있는 흙 섞인 눈에 폭 안겨 멈출 때까지 성가신 병을 잊을 수 있었고, 그의 진면목을 드러내는 우렁찬 목소리를 발할 수 있었다.

1월 15일 일요일

나는 네거리다.

마호로 마을의 중심을 이루며 끊임없이 보수 공사의 대상이 되는, 동서남북을 정확하게 가리키는 네거리다. 기압관계로 밤이 깊으면 기온이 사 도나 올라가 눈이 녹기 시작한다. 그리하여 사람들과 개가 죽지 않았다는 증거로 내 위에 남긴 발자국이 점차 형체를 잃어간다. 수증기는 안개가 되어 온 마을을 뒤덮고, 불빛이란 불빛을 모두 적시고, 결정적인 해결책이 없는 여러 가지 문제를 유야무야하게 만들고, 마을 사람들의 사소한 혼미를 아무튼 내일로 넘겨버린다.

이윽고 안개 속을 헤엄치듯 북쪽에서 나타난 것은 소년 요이치였다. 남쪽에서는 검정 삽살개를 데리고, 부득이한 사정으로 소설가가 된 남자가 다가온다. 또 서쪽에서는 '긍정'이 유연하게 근접하고, 동쪽에서는 박식한 체하는 표정의 '부정'이 육박해온다. 사자(四者)는 나의 꼭 한가운데서 서로 마주친다. 삽살개는 요이치에게 적의를 표하지만 개 주인은 속이 탁 트인 사람인 양 위선적인 호의를 표한다. 묻지도 않았는데 소설가는 변명하는 투로 다음과 같이 말한다. "딱히 쫓아다니고 있는 것은 아니야."

그러나 요이치는 재채기를 했을 뿐 아무 반응도 보이지 않고 발밑에 뒤엉켜 굴러다니는 긍정과 부정을 한걸음에 넘어 다시금 발길을 재촉한다. 쓰러지지 않는 것이 신기할 만큼 불안정한 발걸음을 가고 싶은 방향으로 옮겨놓는다. 소설가와 삽살개는 한 방 얻어맞은 듯한 얼굴로 우뚝 서서, 적막을 깨뜨리는 요이치의 휘파람 소리에 하염없이 넋을 잃고 있다.

1월 16일 월요일

나는 구름다리다.

물거품 호수의 남쪽 기슭에서 북쪽을 향하여, 어쩌면 내세를 향하여 뻗어 있는 것인지도 모를 긴 구름다리다. 나는 낡을 대로 낡아 이미 썩어가고 있다. 이 다음 한꺼번에 많은 양이 눈이 내린다면 틀림없이 기둥 몇 개는 뚝 부러지고 말 것이다. 그리고 파도가 거친 날에는 널빤지가 하나씩 떨어져나갈 것이다. 살아남을 길은 오직 하나, 호수가 온통 결빙되는 것인데 지금으로서는 그럴 가능성도 없다. 다음 한파가 기다려진다.

거리낄 것 없는 파도와 바람에 나는 쉴새없이 삐걱이고 있다. 파국을 암시하는 그 소리를 꺼려하여 백조들도 가까이 다가오려 하지 않는다. 하지만 물거품 호수를 잘 알고 있는 소년 요이치는 주저 없이 내 위로 뛰어올라, 위태롭기 짝이 없는 발걸음으로 나의 끄트머리까지 나아간다. 그는 도취된 얼굴로 지금 부는 바람의 정수리를 꼭 부여잡고, 두려워함 없이 빈틈없는 의견을 내놓는 바람에 귀를 기울인다. 나는 소년 요이치를 위하여 기둥 하나 판자 하나에 이르기까지 전신을 긴장시키고 버텨, 한창 성장할 나이인데 줄어드는 일은 있어도 절대로 늘지 않는 서글픈 체중을 받친다. 물거품 호수의 주인인 거대한 잉어가 진정한 인간이라고 인정하는 요이치를 이런 데서 죽게 할 수는 없었던 것이다.

이쪽을 향해 똑바로 돌진해오는 것은 아무도 탄 이 없는 보트다. 놈은 낮부터 요이치를 노리고 있다. 요이치를 수장하여, 그 혼을 어디론가 데려가고 싶어한다. 내게 부딪히고 싶을 텐데, 그러나 바람이 멈춰 더이상 내 쪽으로 다가오지 못한다.

1월 17일 화요일

나는 적의다.

사람 하나 다니지 않는 깊은 밤, 살벌한 한기와 함께 살금살금 마호로 마을에 기어든 적의다. 그리하여 나는 짙게 선팅된 둘러싸인 왜건 안에서, 두려움과는 무관하고 기분 나쁠 만큼 익숙한 태도의 패거리 손에서 이제 막 완공된 삼층짜리 검은색 건물 안으로 퍼진다. 그러나 강철제 반사회적 문이며, 상식을 초월할 정도로 두꺼운 콘크리트 벽이며, 그림자만 흡수하는 특수 판유리에 부딪혀 그대로 나동그라지고 만다.

내가 지탱하고 있는 남자들은 어둠에 뒤지지 않을 어두운 목소리로 서로의 감상을 말한다. 뜻밖에도 엄중하다. 예상외로 자금은 윤택하다. 만만치 않을 성싶다. 이어 그들은 무슨 좋은 수가 없을까 하고 지혜를 짜낸다. 아무 묘안도 떠오르지 않는 그들은 나를 그냥 놔둔 채 자동차의 방향을 바꾸어 조용히 마호로 마을을 떠나간다. 검은색 빌딩에 부착되어 있는 두 대의 방범용 모니터가 그 뒤를 쫓는다.

몸둘 곳을 잃은 나는 노상에 널브러져 급속히 얼어붙는다. 저편에서 멀쩡한 사람이라고는 하기 어려운 누군가가 다가온다. 나는 그가 나를 주워주길 바라며 열심히 몸부림친다. 그러나 그 소년 어디에도 내가 비집고 들어갈 틈은 없다. "그러고도 네가 사람이냐"라고 나는 심술을 부린다. 소년은 눈과 똑같은 숨을 토해내며 손과 발을 한껏 뒤틀어, 가로등 사이를 뚫고 지나쳐간다.

1월 18일 수요일

나는 우리다.

강철과 시멘트를 섞어 만들어진, 인간과 인간이 아닌 동물의 영역을 분명하게 가르는 튼튼한 우리다. 읍에서 운영하는 동물원, 내 속에서 태어나고 자란 기린은 적당한 빛을 발하고 있는 백열등 아래서 난방기구에 가장 가까운 철망에 그 거대한 몸을 갖다붙이고 있다. 무대에 올라선 여자 배우 못지않게 화려한 눈을 수심스레 깜박거리고, 장난기 어린 모양의 입을 우물거리며, 자신의 신세를 비관하는 일 없이 흐르는 시간 따위는 아랑곳하지 않고 느긋하게 몸을 풀고 있다.

묵직하고 당당한 불알은 지구의 인력에 지지 않고 팽팽하게 부풀어 있다. 거대한 몸집에 비해 조그만 뇌를 한가득 채운 티 한 점 없는 충족감이 마호로 마을에서 살기에는 지나치게 길지도 모를 목을 통하여 사지와 꼬리 끝까지 미쳐 있다. 기린은 내가 없어도 기린일 수 있지만 나는 기린이 없으면 내가 아니다. 나는 다른 동물의 크기에는 맞지 않는다. 내 역할은 기린을 돋보이게 하는 것이다.

그러나 소년 요이치만큼은 기린이 아니라 나에게 관심을 갖고 있다. 딱 한 번만이라도 좋으니 내 안으로 들어가고 싶어한다. 요이치가 이쪽으로 오고 있다. 여느 때처럼 사육사며, 사리에 통달한 사람이며, 나날이 늙어가는 남자가, "무슨 미친 짓이야!"라고 외치며 요이치를 꽉 껴안아 꼼짝 못하게 한다. 그 다음 이어지는 말도 여느 때와 똑같다. "안 그래도 넌 병에 갇혀 있는 몸이야. 이 우리 안에서 살아가기는 어려울걸."

1월 19일 목요일

나는 노쇠다.

강력한 한기 덩어리를 뒷방패로 하여 마호로 마을의 늙은이들을 위협하고 있는 노쇠다. 나는 유창한 말솜씨를 발휘하여 모든 것을 체념하라고 잠을 설치며 뒤척이는 늙은이들을 꼬드긴다. 존재하지도 않는 허황된 것을 찾아 각지를 떠도는 꿈 따위 이제 버리는 것이 어떻겠느냐고 말한다. 한창 재롱을 피우는 손자의 어린이날 선물을 마련하기 위해 먼 데까지 일부러 갈 필요가 뭐 있겠느냐고 말한다. 사소한 일에 투덜거리거나, 매번 일관성 없는 이야기나 장광설을 늘어놓지 말라고 말한다.

나는 쉬지 않고 지껄여댄다. 친구와 술을 마시며 날을 새운 것도, 후배를 이끌고 도와준 것도, 오래 살기 위한 묘책을 고안한 것도, 더이상 없는 좋은 돈벌잇감을 찾은 것도, 감당하기 어려울 것 같았던 일을 무사히 해낸 것도, 응분의 기부(寄附)를 했던 것도, 부하의 뒤치다꺼리를 한 것도, 다소나마 용모에 자신이 있었던 것도, 애써 젊고 힘차게 처신할 수 있었던 것도, 눈엣가시로 삼을 만한 상대가 있었던 것도, 뭐가 뭔지 모를 무언가를 내심 기다릴 수 있었던 것도, 가족 한 사람 한 사람의 마음을 헤아릴 수 있었던 것도, 수완을 한껏 발휘하여 수많은 난관을 하나하나 헤쳐나갈 수 있었던 것도, 세상의 눈길을 끄는 사건에 휘말릴 수 있었던 것도, 실언을 재빨리 수습할 수 있었던 것도, 하늘의 확답을 들은 듯한 착각에 빠질 수 있었던 것도, 이미 옛날 일이라고 말한다. 그리하여 내가 결론을 말하려는 찰나에, 소년 요이치의 새, 큰유리새가 탄력 있는 목소리로 이렇게 외친다. 마음을 단단히 먹고 죽음에 임하라고. 그 한마디를 깊이 새기고 눈을 감을 일이다.

1월 20일 금요일

나는 난로다.

튼튼하게 만들어진 만큼 무겁고, 무거운 만큼 어딘지 모르게 처량한 수제 난로다. 지금 막 완성된 나는 칼처럼 반짝반짝 빛나는 스테인리스 굴뚝과 함께 운반된다. 나를 만든 사내는 등에다 낡은 수건을 걸치고 나를 들쳐멘 후 자신의 몸에 단단히 이어묶고는 눈 내린 언덕길을 신중한 걸음으로 올라간다. 아직 조립하지 않은 굴뚝을 껴안고 사내의 뒤를 따르고 있는 여자는 "미안해요"를 연발하고 있다. 그러나 그녀의 목소리는 어쩐지 들떠 있다.

나는 사내의 등에 업혀 그의 등뼈를 삐걱이게 하고, 땀을 솟게 하고 호흡을 거칠게 하고, 더불어 그의 미래까지 짓뭉개려 한다. "이런 여자는 포기하지"라고 충고를 하고, "결과는 지난번 여자와 마찬가지야"라고 공갈을 한다. 그러나 사내는 조금도 흔들리지 않고, 미끄러지기 쉬운 비탈길을 한 걸음 한 걸음 확고하게 올라간다. 그 자신은 아직 깨닫지 못한 모양인데, 그는 나뿐만 아니라 이미 삼십 년이나 세상을 산 여자까지 짊어지려 하고 있다. 거대한 눈구름이 이승 산을 넘어 마호로 마을로 밀려오고 있다.

한편 여자는 여자대로 굴뚝뿐만 아니라 앞서서 뒤뚱거리며 걷고 있는 사내의 정체 모를 반생을 껴안으려 하고 있다. 두 사람은 한숨을 돌리려고 멈춰 선다. 아직 집은 멀고 벌써 엄살을 떨 높이도 아닌데 사내는 숨을 헐떡거리며, "힘들겠군요, 이런 데서 사는 것도"라고 말한다. 그 말을 받아 여자는 곧바로 "네, 정말 그래요"라고 말한다. 정말이지 딱 어울리는 한 쌍이다.

1월 21일 토요일

나는 손이다.

날마다 행복의 모양을 가다듬고, 밤마다 자기 형성을 계속하고 있는 젖먹이의 혼보다 부드러운 손이다. 그는 툇마루 양지바른 곳에 놓인 흔들침대 안에서 찬란한 잠을 자고 있고, 무슨 일이 있어도 어버이를 떠나지 않을, 어마어마한 악력(握力)을 숨기고 있는 나를 몽실몽실한 몸을 따라 좌우로 벌리고 있다. 모두들 나를 만지고 싶어한다. 근처에 사는 얼룩 고양이까지 나를 살짝이라도 만지고 싶어, 뜰에 풀어 기르고 있는 불테리아의 위협을 무릅쓰고 몰래 기어든다. 살짝 숨어들어온 고양이는 어항에 있는 붕어를 낚는 방법으로 나를 만지려 한다. 그러나 절대로 발톱을 세우지는 않는다. 그리하여 나는 고양이에게도 인간에게도 평등하게, 적어도 반나절은 푸근한 마음으로 지낼 수 있는 깊은 안식을 선사한다.

그런데 무슨 일이든 예외가 있는 법이다. 머리가 제멋대로 움직이기 때문에 늘 곁눈질을 하게 되는 그 소년, 나는 그가 싫다. 징글맞은 그가 지금 또 마당으로 무단침입하여 뜰을 가로질러 오고 있다. 신기한 것은 아킬레스건을 꽉 물어 빈집털이까지 꼼짝 못하게 한 불테리아*가 그만은 봐준다는 점이다. 소년은 유리문을 열고 망가진 로봇처럼 움직이는 팔을 내 쪽으로 살살 뻗는다. 간발의 차로 부엌에서 엄마가 뛰어나온다. 그녀는 눈을 치켜뜨고 소리를 질러대며 소년을 내몬다. 소년을 격퇴한 다음, 그녀는 몇 번이나 나를 씻고 알코올에 적신 탈지면으로 정성껏 닦아낸다.

1월 22일 일요일

---

* 불도그와 테리아를 혼합 교배시켜 만든 개의 품종.

나는 턱수염이다.

요이치의 숙부가 자신의 어두운 과거와 깊은 고독이 타인에게 발각되지 않도록 하기 위해 기르기 시작한 턱수염이다. 나는 얼굴의 절반을 가리고 처절한 고통의 삼분의 일 정도를 감췄다. 그러나 그는 쓸쓸한 눈 위로 한층 더 쓸쓸한 눈이 내려 쌓여도, 비단잉어의 월동용 연못이 얼어붙은 후에도 한 번도 읍내로 나가지 않았다. 언제나 집 안에 틀어박혀 있는 그는 쌀과 통조림, 싸구려 술과 땅굴에 저장한 채소, 그리고 종합 비타민제로 해를 넘기고, 꼭 쉰번째 설날을 넘겼다.

그는 열심히 나를 쓰다듬으며 자기 안의 무언가와 끊임없이 싸우고 있다. 어쩌면 자기 자신을 갉아먹는 언어를 찾고 있는 것인지도 모른다. 아니면 또 나를 가면 삼아 다른 인간으로 변신하려는 것인지도 모른다. 그렇지 않으면 내 안으로 매몰되어 자신을 지워버리려는 것인가. 하지만 나의 역량으로는 서슬 퍼렇게 고함이라도 질러주고 싶은 나날도, 그 훨씬 전 언덕 위의 집에서 보냈던 빛나는 나날도 다 묻어버릴 수는 없었다. 어쩌면 그는 내가 얼굴 밖으로 비어져나와, 등에서 기운차게 꿈틀거리는 무뢰한 비단잉어와 왼쪽 옆구리에 칼에 찔린 오랜 흉터를 가려주길 기대하고 있는 것일까.

그는 오늘, 집 주위에 쌓인 눈을 쓸고 목욕을 하기 직전 내게 진저리를 치며 마치 적을 대하듯 면도칼을 갈기 시작했다.

1월 23일 월요일

나는 봉제 인형이다.

이미 죽어 사라진 사랑하는 개 대신 눈먼 소녀에게 주어진 포근하고 부드러운 강아지 봉제 인형이다. 소녀는 기르던 개의 이름을 그대로 나에게 붙였다. 그러나 유감스럽게도 나는 그녀를 격려할 수도, 닥친 위험을 알려줄 수도 없었다. 그녀는 지금 죽은 친구의 환영을 좇아 나를 꼭 껴안고 오늘도 또 막다른 골목 끝에 웅크리고 앉아 물건처럼 꼼짝 않고 있다.

소녀의 하얀 얼굴과 하얀 손이, 마호로 마을에 쏟아지는 햇살과 마호로 마을에 부는 한풍을 똑똑히 감지하고 있었다. 그러나 그 누구보다 예리한 청각과 후각은 슬픔과 추억에 가로막혀 거의 정상적인 활동을 하지 않았다. 그런 탓에 아주 가까이 다가와 있는 나보다 불완전한 형태의 소년을 전혀 인식하지 못했다. 나는 그 녀석을 건방지고 아니꼽게 여겼다.

모든 것이 한순간의 일이었다. 소녀는 소리 지를 틈도 없이 나를 빼앗기고 말았다. 소년이 갑자기 빼앗고, 또 갑자기 준 것이다. 나는 소년의 손으로 옮겨가고, 눈보다 하얀 강아지가 소녀의 품에 안겼다. 소년은 큰길을 향하여 뛰기 시작했다. 그로서는 필사적으로 뛰는 것일 테지만 첫번째 모퉁이를 채 돌기도 전에 눈먼 소녀가 앞지르고 말았다. 소녀는, 정말 이 강아지 받아도 돼? 라며 확인하였다. 길에 버려져 있던 강아지라는 대답을 듣는 순간 소녀는 나를 잊었다.

나는 지금 쓰레기 소각장에서 불타고 있다.

1월 24일 화요일

나는 빙판이다.

포로로 지내며 시베리아의 겨울을 체험한 남자가 꽁꽁 얼어붙은 물거품 호수를 바라보며 추상하는 아득한 빙판이다. 내 앞에서 남자는 딱딱하게 얼어죽은 동료에게 새삼 조의를 표하고, 절대로 잊지 않겠노라고 가슴 깊이 새기겠노라고 맹세한 뼈에 사무치는 원한을 그리워한다. 지난 사십여 년 동안 그는 한 번도 울분을 시원스레 터뜨리지 못했다. 마음속 여한을 찔끔찔끔 흘리기만 할 뿐 아무한테도 보복을 한 적이 없었다.

그는 나라가 성장하는 기운에 취하여, 거짓 번영의 국물이라도 얻어먹으려 떠들썩하게 마호로 마을로 진출한 자들 중 한 명에 지나지 않았던 것이다. 아직도 그 전쟁의 진상과 진의는 다 파악되지 않았는데, 과거에는 신이었던 천황이 죽어서도 역시 신처럼 땅에 묻히려 하고 있다. 그리하여 틈만 있으면 뒤를 이을 다음 천황을 상징 이상의 지위로 끌어올려 덕을 보려 기도하는 패거리는, 국민들의 무지와 강한 자에 약한 습성을 악용하여 다시금 일개미의 사상을 심어놓기에 열을 올리기 시작하였다.

높은 사람의 말을 가벼이 믿고, 사설(邪說)에 귀를 기울이며, 공안을 해치고 싶어하지 않는 그런 무해한 성격을 자랑하는 사람들의 수는 늘어만 가고 있다. 몇십 년이 지나도 천박하고 성급한 국민성에는 아무런 변화도 없다. 자신의 내면과 나의 바깥에서 펼쳐지는 미개한 세상을 똑똑히 간파한 남자는, 부상병보다 한층 볼썽사나운 걸음걸이로 옆을 지나가는 소년에게 이렇게 말했다. "상관없어, 어떻게 되든 아무 상관 없다구. 나는 이제 얼마 안 있으면 뒈져버릴 테니까."

1월 25일 수요일

나는 충고다.

차가운 바람이 몰아닥치는 읍사무소의 옥상으로 부하를 불러낸 요이치의 아버지가 전에 없이 심각하게 전하는 충고다. 부하는 처음에는 시치미를 딱 떼며, 사람을 그렇게 의심하다니 너무하다고 말했다. 그래서 나는 몇 가지 증거를 들이밀었다. 밀회 장소와 시간에 대해 상세히 설명한 상사는 마지막으로, "그래도 부족하면 그녀를 이리로 나오라고 할까?"라고 다그쳤다. 부하의 얼굴은 점차 새파랗게 질리고 그 눈은 심히 동요하였다.

나는 계속하였다. 들키면 어떻게 되는지 알기나 하느냐고 묻고, 당장 관계를 끊으라고 호통을 쳤다. 부하는 어깨를 축 늘어뜨리고 고개를 숙였다. 그리고 커다란 덩치를 파르르 떨며 찔끔 눈물을 흘렸다. 그러나 뉘우치고 본디 마음으로 돌아갈 정도는 아니었다. 그런 눈치를 챈 상사는 고삐를 늦추지 않았다. "세상 사람들이란 타인의 그런 치정 관계를 재미있어할 분이라구" 하고 말하고, "실제로 나만 해도 절반은 재미로 여기고 있으니까 말이야"라고 말했다.

내가 마지막 카드로 삼은 것은 요컨대 하나의 행복이 초래하는 두 개의 불행이다. 두 가정이 다 파괴되는 것을 그렇게도 보고 싶은가, 라고 나는 말했다. 다음 인사 때 부서를 바꿔줄 테니까 그 기회에 관계를 청산하는 것은 어떤가, 라고 상사는 말했다. 말없이 고개를 끄덕이는 부하의 어깨에 손을 얹은 그는 "기분은 잘 알아"라고 말했다. "우리처럼 평범한 인생을 보내고 있는 사람들에게는 고작 그런 일밖에 낙이 없지." 그리고 이미 적잖이 나이를 먹은 두 사람은 그저 타성으로 하고 있는 오후 업무로 돌아갔다.

1월 26일 목요일

122

나는 경계다.

유상무상의 많은 것들이 모여 이루고 있는 마호로 마을을 복잡하게 나누고 있는 눈에는 보이지 않는 경계다. 나는 다스리는 자와 다스림을 받는 자를, 오동통 살이 찐 아기를 업고 바쁘게 움직이고 있는 젊은 아낙네와 교태가 몸에 배어 있는 매춘부를, 견인불발(堅忍不拔)의 정신으로 밤낮없이 면학에 정진하는 젊은이와 가문의 이름을 더럽히며 나쁜 친구의 하숙으로 굴러들어간 방탕한 자식을 구분한다. 그리고 나는 재잘재잘 잡담을 나누며 까르르르 웃는 여학생들과 이미 화젯거리도 다 떨어져 돈을 세는 낙밖에 없는 고집 센 노파 사이에 끼어든다.

또 나는 여름에도 봉우리에 눈을 얹고 있는 험준한 산악과 완만한 비탈에 채소밭과 목장이 펼쳐져 있는 저지대를 구분하고, 미숙해서 실수만 연발하는 청년과 일찍부터 장래가 촉망되는 혈기왕성한 젊은이를 구분하고, 민심을 파고드는 어설픈 미신과 세상의 뜬소문에는 눈썹 하나 까딱하지 않는 굳은 신념을 갈라놓는다.

그러고서 나는 조부모의 물심양면 정성 어린 원조에 만족하는 첩의 자식과 아무리 받아도 끊임없이 새로운 것을 원하는 정실 자식을, 늠름한 기개로 이 세상에 임하는 자와 교활하게 처신하며 불평등한 사회를 기민하게 헤쳐나가는 자를, 신생아의 팔락거리는 숨구멍과 죽어가는 노인의 희미한 심장의 움직임을, 잎새 끝에 매달린 이슬방울과 피임구에 앞길이 가로막혀 썩어가는 정액 한 방울을, 큰유리새의 푸름과 권력의 보랏빛을 단호하게 구분짓는다. 그러나 그런 나의 힘도, 오늘도 유유히 큰길을 활보하는 소년 요이치에게는 전혀 통용되지 않는다.

1월 27일 금요일

나는 비디오테이프다.

마호로 마을에 딱 한 군데밖에 없는 비디오 대여점의 선반 한구석
에서 내내 잠들어 있던 비디오테이프다. 장사 수완이 좋은 주인은 거
드름만 피우는 손님에게 이렇게 말하며 나를 추천하였다. "이 영화는
아는 사람만 아는 명화 중의 명화랍니다." 그러자 전직 대학교수라는
남자는 그 한마디에 나를 빌려 호숫가의 별장으로 갖고 돌아갔다. 나
로서는 최선을 다하여 구십 분 동안, 소리는 그렇다 치더라도 영상만
큼은 멋들어지게 보여주었다고 생각한다.

그러나 유감스럽게도 그는 나를 이해하지 못했다. 부인은 정직하고
냉철하게 진심을 말했다. "이게 무슨 명화라는 거예요. 썩은 여자 같
은 남자 이야기잖아요"라고 얼토당토않은 소리를 하였다. 그런데 말
솜씨가 좋은 남편은, 보통 사람은 이 영화의 훌륭한 점을 모를 거야,
라며 자기 나름의 그럴싸한 해설을 붙이고는, 그렇게 함으로써 자기
자신도 납득하려고 애썼고, 이 영화야말로 명실상부한 걸작이라며 나
를 열심히 치켜세웠다.

고전문학에 필적할 만한 작품이란 따위의 허풍까지 떨며 나를 다시
비디오 데크에 집어넣고는, 스스로에게 거짓말했다는 것조차 깨닫지
못하고 커다란 화면 앞에 길게 누웠다. 부인은 창 너머 눈 덮인 잡목
숲으로 눈길을 돌리고 이렇게 말했다. 어떤 영화든 어떤 문학이든, 들
새 한 마리분의 감동조차 주지 못하는걸요, 라고. 걸작 중의 걸작이라
면 큰유리새나 굴뚝새 정도는 돼야죠, 라고.

1월 28일 토요일

124

나는 눈길이다.

물거품 호수에서 시작하여 결국은 물거품 호수에서 끝나는, 낙엽송 숲속으로 나 있는 눈길이다. 밤에 내린 눈치고는 드물게 축축하여, 그 무게를 견디지 못하고 꺾인 나뭇가지가 내 위에도 무수히 흩어져 있다. 그러나 차분히 내려앉은 덕분에 그리 흉물스럽지는 않아 나는 여전히 아름다운 하얗을 유지하고 있다. 떠다니는 대기도 하얗고, 느릿느릿 흐르는 시간도 하얗고, 또 나를 따라 걷는 부자의 마음도 하얗다.

마치 음성 센서가 붙어 있는 장난감처럼 걸어가는 소년과, 그의 자유분방한 걸음걸이에 보조를 맞춰 걷는 그야말로 지방 공무원다운 풍모의 아버지는 겨울새의 경쾌한 지저귐에 귀를 기울이고 있다. 아버지는, "뭐니뭐니 해도 네 새가 최고야"라고 말한다. 그러자 그의 아들은 안 그래도 일그러져 있는 얼굴을 한층 더 일그러뜨리고 기쁨을 드러내며 양팔을 새처럼 퍼덕여본다.

그러고서 소년은 무슨 생각을 했는지, 불쑥 아버지에게 나에 대해 묻는다. 어디에서 어디까지를 길이라 할 수 있는지 내 너비를 묻는다. 아버지는 이렇게 대답한다. "네가 걷는 곳 모두 길이지." 그리고 이런 말을 덧붙인다. "다른 사람에게는 안 그렇겠지만, 네가 가는 곳은 어디나 다 길이야." 소년은 무슨 소린지 알겠다는 표정이지만 나로서는 그 무책임한 의견에 승복할 수가 없다. 할 수만 있다면 나는 소년에게 이렇게 말하고 싶다. "너의 아버지는 저렇게 듣기 좋은 말만 하지만, 실은 너를 버린 거나 다름없다구."

1월 29일 일요일

나는 립스틱이다.

시클라멘에도 잘 어울리고 그녀의 처지에도 딱 들어맞는, 불확정한 요소를 품은 립스틱이다. 연말연시 내내 호숫가의 여관 '삼광조'에 틀어박혀 있던 그녀는 오늘, 아직 조금도 모양이 흐트러지지 않은 입술에 나를 발랐다. 나는 거울 속의 그녀에게 말했다. 그렇게 방에만 처박혀 있지 말고 가끔은 바깥세상 구경도 하지그래, 라고.

그녀는 마호로 마을의 수준이 파악될 때까지 마을 이곳저곳을 돌아다녔다. 그리고 차가운 바람에 입술이 마르면 다시 나를 꺼냈다. 전봇대에 기대어 사람의 눈길 따위 전혀 개의치 않고 콤팩트를 들여다보았다. 나는 도톰하게 불거진, 그러나 품위를 겸비한 입술 이끝에서 저끝을 정성스레 더듬었다. 나 때문인지 아니면 나를 다루는 그녀의 우아한 몸짓 때문인지, 그녀의 요염한 자태 때문인지, 그녀는 갑자기 눈에 띄는 존재가 되었다. 산골 마을 사람들의 시선이 일제히 타향 사람인 그녀에게 쏠렸다. 그러나 그것은 불순분자를 쫓아내려 하는 눈길이 아니었다.

모두들 그녀가 보통 여자가 아니라는 것은 한눈에 알아차렸다. 보통 사내아이라고는 여겨지지 않는 소년을 데리고 있던 어머니는 눈부신 상대방을 좀더 자세히 관찰하기 위해 일부러 걸음을 멈추었다. 그리 행복하다고 할 수 없는 그 어머니는 나의 색깔 속에 그녀가 끝내 얻지 못한 모든 것이 들어 있음을 깨닫고서 넋을 잃은 채 쳐다보고 있었다. 그러나 창부인 그 여자는 소년의 파랑에 홀려 있었다.

1월 30일 월요일

나는 영정이다.

가슴이 찢어질 듯한 슬픔을 반사하는 금빛 찬란한 불단 앞에 이의를 제기한다는 의미로 세워놓은 영정이다. 해가 바뀌어도 아직 딸의 죽음을 믿을 수 없는 아버지는 쉴새없이 나에게 말을 걸면서 간신히 마음의 평형을 유지하고 있다. 그래도 일주일에 한 번씩은 어찌할 바를 몰라 우왕좌왕하고, 토요일 밤이 되면 무사하기 어려운 속도로 차를 내몰지 않으면 견디지 못한다. 그러나 대학생인 아들에게 잔뜩 기대를 걸고 있는 어머니는 이미 초연해져 있다. 그래서 죽은 딸의 친구가 분향을 하러 와도, 왜 하필 우리 딸이, 라는 안타까움에 휘둘리는 일은 없었다.

친구는 내 앞에 파랑 꽃과 하양 꽃을 놓고 조용히 두 손을 모은다. 호숫가의 소나무 숲에서 목을 맨 친구를 추억하기 위한 추억에 새삼 마음 아파하고, 울기 위한 손수건으로 눈가를 몇 번 꼭꼭 누른다. 그러나 오늘 그녀는 오래도록 훌쩍이지는 않는다. 금방 기운을 되찾은 그녀는 내게 이렇게 말을 건다. "난 잘될 것 같아"라고. 여전히 답답한 말투다. 장작 난로를 주문하고 돈을 지불한, 아직 그런 정도의 관계에 불과한 사내, 즉 전혀 남남인 사내에 대해 장황하게 말을 늘어놓는다. 마지막으로 그녀는 아무런 동요도 보이지 않고 의연한 나에게, 날 지켜봐줘, 도와줘, 라고 부탁한다.

그녀가 돌아가려고 자리에서 일어섰을 때, 파란 깃털이 하나 날아와 내 얼굴에 살풋 내려앉았다.

1월 31일 화요일

나는 퇴학이다.

이렇다 할 문제도 없는 아주 평범한 고등학생이 개인적인 사정으로 자청한 퇴학이다. 물론 부모님의 허락을 받았으므로 가정불화를 일으킬 성질의 것은 아니다. 교문을 나선 소년은 마음을 더욱 단단히 굳히려 하늘을 향해 두 주먹을 불끈 쥐고 두세 번 껑충 뛰고서 외친다. 뒤를 돌아다본 그는 거기에서 낭비한 시간의 쓰레기 더미를 본다. 그리고 그의 앞길에는 더 말할 필요도 없는 자유가 휘황하게 빛나고 있고, 그 눈부시게 빛나는 강렬한 빛은 한때의 편법이었는지도 모른다. 너무 서둘렀는지도 모른다는 불안을 깨끗이 씻어버린다.

순종하며 적당히 우수한 노동자가 될 청년을 선별하기 위한 장, 그는 자신의 의지와 결단으로 그곳을 뛰쳐나온 것이다. 단순히 낙오한 것인지 아니면 그 반대인지에 대해서는 나는 아직 뭐라 말할 수 없다. 다만 한 가지 분명한 것은 나로 인하여 세상이 그의 것이 되었다는 점이다. 이미 그는 자신의 직분을 다한다는 생각 따위는 할 필요가 없다. 지금 그는 외지로 떠나라고 마음 부추기는 말을 진심으로 받아들여, 하고자 마음만 먹으면 주검을 산과 들에 내던지는 모험도 얼마든지 할 수 있다. 그러나 그에게 마호로 마을을 떠날 마음은 애당초 없었다.

그는 불치병 덕분에 오히려 해방을 만끽하고 있는, 그 누구보다 자유로운 소년과 스친다. "너 같은 자식하고 같은 취급을 받는다니 그게 말이나 돼?"라고 그는 말한다. 그러자 소년은 싱긋 웃는다.

2월 1일 수요일

128

나는 메주콩*이다.

끝내 마호로 마을에 눌러살게 된 무뢰한 세 명에게 춘분을 빌미 삼아, 한껏 야유를 담아 뿌려진 메주콩이다. 어리석게도 그런 패거리에게 땅을 판 탓에 비난을 면치 못하는 신세가 된 채소 가게 주인은, 들으란 듯이 커다란 목소리로, "잡귀는 물러가라!"라고 외치며 도로를 끼고 맞은편에 서 있는 삼층짜리 검은색 빌딩을 향하여 나를 내던진다. 물론 한 알도 건물에 닿지 않고 외침 소리 또한 튼튼한 건축물 안까지 들리지는 않는다. 더구나 그 작자들은 지금 외출중이라 안에는 아무도 없다.

잠시 후 고급 외제 승용차가 돌아오고, 어디까지나 뒷골목 세계의 신념을 고수하는 세 명이 차에서 내린다. 그러자 채소 가게 주인의 목소리는 갑자기 쪼그라들고, "복은 들어와라"만 주절거린다. 두 남자는 강철로 제작한 문 너머로 사라지고, 홀쭉한 체격에 유행하는 양복을 쫙 빼입은 청년만 길을 건너 이쪽으로 온다. 주인은 부들부들 몸을 떨며 안절부절못하다가 가게 안으로 모습을 감춘다. 머리칼을 뒤로 싹 빗어넘긴 청년의 머리통이 처마 밑으로 들어서자, 그는 눈길을 마주하고 싶지 않아 뒤로 돌아서고 만다. 키가 훌쩍 큰 그 청년은 필요한 물품을 말하고는, 내게 쑥 얼굴을 들이민다. "춘분날 쓰는 메주콩이 이거요?"란 청년의 물음에 주인은 헤실헤실 웃으며 나를 듬뿍 봉투에 담아, 무슨 짓을 저지를지 모르는 상대방에게 주춤주춤 건넨다.

밤이 되자 나는 빌딩 창문에서 밖으로 내던져진다. 조직원들 또한 귀신을 꺼리고 복을 받고 싶어한다. 불행을 짊어지고 걷는 푸르디푸른 소년이 나를 주워 우물거린다.

2월 2일 목요일

---

* 일본에는 춘분날 콩을 뿌리며 복을 기원하는 풍습이 있다.

나는 산탄이다.

작렬하는 화약의 힘에 의지해 "죽여버릴 테다"라고 고함을 지르며 바람 속으로 튀어나가는, 약간 알이 큰 산탄이다. 한 치의 오차도 없이 표적을 향하여 피융피융, 포획물에 명중한 나는 깃털을 헤치고 살로 파고들어가, 혈관을 관통하고, 내장을 짓찢고, 손가락만한 영혼까지 깨부순다. 그리하여 나는 가련하다고 하면 가련한, 앞으로 몇 번이고 물거품 호수를 방문할 백조의 목숨을 실로 깨끗하게 빼앗고 만다.

나와 함께 흩뿌려진 굉음이 사냥 금지 구역의 희미한 어둠을 찢는다. 보트 대여점 주인이 혀를 끌끌 차며 서둘러 모터보트에 올라탄다. 그러나 얼음이 길을 막아 뜻대로 나아가지 못하고 우물쭈물하고 있는 사이에 밀렵꾼들은 도망치고 만다. 깊은 산속으로 도망친 남자는 내리는 별빛 아래 날이 선 나이프를 꺼내서는, 마치 부녀자를 능욕이라도 하듯 요염한 자태의 새를 해체하여, 불필요한 것은 묻고 살과 간장만 갖고 돌아간다.

밤이 깊어지자 그는 오늘도 비열한 사욕(邪慾)에 헤매고 있는 친구들을 불러모아 술잔치를 벌인다. 살의 절반은 소금구이가 되고 나머지 절반은 찌갯거리가 된다. 그들이 잔에 술을 부어 오지 않으니만 못 한 내일을 위해 건배를 하고 최초의 한 모금을 입에 머금은 바로 그때, 언덕 부근에서 새의 소리인지 인간의 소리인지 분간이 안 되는 괴성이 들려온다. 그러자 호수에서 끄덕끄덕 졸고 있던 백조가 일제히 울기 시작하고, 남자들은 두려움에 온몸을 추스르고, 밀렵꾼은 살에 박혀 있던 나를 깨물어 앞니가 하나 부러진다.

2월 3일 금요일

나는 배지다.

남자처럼 평평한 가슴을 지닌 아가씨의 스웨터를 장식하고 있는 파란 새 모양의 화려한 배지다. 그녀는 나를 끔찍이도 신뢰하고 있다. 그녀로 하여금 사랑의 도피행을 결심하게 한 것도 실은 나다. 마호로 마을에 살게 된 것도, 슈퍼마켓에서 일하게 된 것도 모두 내가 결정한 일이다.

직장에 갓 들어온 새내기인 그녀는 오늘 나 때문에 고참 선배에게 힐문을 당했다. 아무리 두터운 화장을 해도 생활에 찌든 피로를 감출 수 없는 선배는 맨얼굴로도 발랄하게 보이는 후배를 붙잡고, "그게 무슨 새지?"라고 물었다. 새의 이름을 까맣게 잊어버린 후배는 "아무튼 행복을 갖다주는 새래요"라고 대답했다. 그러자 선배는 심술맞고도 위협적인 말투로, "그래서 행복해졌어?"라고 윽박질렀다.

딱 잘라 "네"라고 대답한 후배는 부모의 불합리한 반대와 방해를 극복할 수 있는 남자를 만난 일이며, 산과 호수가 있는 동네에서 살 수 있게 된 일이며, 싼값에 집을 빌릴 수 있었던 일이며, 둘 다 일거리를 찾을 수 있었던 일을 예로 들었다. 선배는 나를 손에 들어 이리저리 들여다보고서는, "우리집에는 살아 있는 이 새가 있어"라고 말했다. 그녀는 내가 담고 있는 모든 것을 빨아들일 듯 손가락으로 만지작거리며, "하지만 행복은커녕 좋은 일 하나 없었어"라고 말했다. 후배는 선배의 목소리에 묻어 있는 암울함을 전혀 눈치채지 못하고, 실물은 아직 한 번도 보지 못했으니까 언젠가 꼭 보여줘요, 라고 빛나는 목소리로 당부하였다.

2월 4일 토요일

나는 성운이다.

자유를 찾아 광장으로 와와 몰려드는 군중처럼, 캄캄한 암흑의 공간에 붉은빛을 던지며 엄연하게 존재를 과시하는 뱀자리의 성운이다. 그러나 마호로 마을에서 나를 알고 있는 인간은 없다. 소용돌이 성운 M81을 알고 있는 자도, 나까지는 알지 못한다. 그 명성이 자자한 M81은 이 저주스런 은하에 대해서도, 이 아름다운 태양계에 대해서도, 이 싱그러운 행성에 대해서도 알지 못하니, 하물며 이 쓸쓸한 마호로 마을 따위 알 턱이 없다.

그러나 나는 잘 알고 있다. 마호로 마을에 한해서라면 어쩌면 많고 많은 뭇 신들보다 훨씬 더 자세히 알고 있을지도 모른다. 왜냐하면 소년 요이치가 기르고 있는 큰유리새가 마치 모스 부호처럼 미묘한 지저귐을 구사하여 방대한 양의 정보를 빛보다 빨리, 거의 순간에 내게 전달해주기 때문이다. 그리고 내 쪽에서도 내 어딘가에 있을 파란 새가 같은 일을 하고 있다. 즉 내 안에 마호로 마을이 있으며 소년 요이치가 있는 것이다. 뇌는 마비되었지만 그 혼은 투명하며, 그렇게 투명한 탓에 늘 혼탁해지고 마는 요이치의 나날은 나의 나날이기도 하다.

오늘도 나는 마호로 마을의 큰유리새에게 상세한 보고를 한다. 내쪽 요이치는 호숫가에 서 있기만 해도 물의 깊고 얕음을 정확하게 알수 있을 만큼 성장하였다는 뜻을 전하고, 그쪽 요이치는 어떠냐고 묻는다. 그러나 오늘따라 대답이 없다. 아무리 기다려도 대답이 없다.

2월 5일 일요일

나는 X선이다.

앞날을 기대할 수 없는 소년 요이치의 신체를 검사하고 더불어 그 상태까지 낱낱이 조사하는 X선이다. 그 아이의 혼은 큰유리새의 그것처럼 완벽하지만 애석하게도 혼을 담는 그릇은 취약하다. 원인이 규명되어도 치료법이 없을지 모르는 난치병에 전신을 침식당한 요이치. 그러나 그의 마음에는 병을 앓고 있는 사람들에게서 흔히 볼 수 있는 얼룩 하나 없고 한 점 구름도 없다. 기적적으로 완치될 수 있는 지름길을 찾느라 애태우지도 않는다. 그렇다고 요이치가 죽음에 이를 확률이 높은 병에 굴복하거나 비극적인 운명을 즐기고 있는 것은 아니다. 이 흔치 않은 병자에 대해 거기까지 알고 있는 이는 아마 나뿐일 것이다.

속수무책으로 뒷짐을 지고 있는 담당 의사가 알고 있는 것이래야 고작 병명 정도다. 요이치의 마음은 늘 밖을 향하여 열려 있다. 그리고 요이치는 자기 부모와는 비교도 안 되는 흡수력으로 삶과 죽음에서 유래하는 모든 감동을 유례가 없을 만큼 복잡하게 배열되어 있는 뇌세포에 하나하나 끌어들여, 그것을 최상의 양식으로 삼고 건강한 사람보다 몇 배 더 발랄하게 사는 원천으로 삼고 있다. 적어도 저번에 내가 조사한, 술을 과하게 마셔 피를 토한 그의 아버지보다 길고 깊이 살고 있다.

요이치의 추악한 꼴은 절대로 마음의 표정과 일치하지 않는다. 또 그가 접하는 사람들의 인간적인 수준을 시험하기 위한 것도 아니다. 신을 대신하여 내가 그 점을 보장한다.

2월 6일 월요일

나는 화재다.

낙엽송 숲과 산에 가로막혀 있는 탓에 아무리 격렬하게 타올라도 소동이 일지 않는 고독한 산불이다. 소방서에 신고되지 않았으니 어쩌면 방화일지도 모른다. 그러나 나는 마호로 마을의 중심가 부근에서 빈번하게 일어나는 원인 모를 화재 — 아직까지 큰불은 없었지만 — 와는 아무 관계도 없다. 다시 태어나 모든 것을 새로 시작하기 위해서는 그럴 도리밖에 없다고 마음을 굳힌 젊은이는 주인 없는 자기 집 본채에 백 엔짜리 라이터로 불을 질렀다.

장지문을 태우던 불이 천장으로 옮겨붙자 그는 잠자리로 사용하고 있는 토광으로 도망가 토문을 닫고 귀를 막았다. 소방서 직원이 나를 미처 보지 못하여, 울려야 할 종과 사이렌 소리는 아무리 시간이 흘러도 들리지 않았다. 그러자 그는 다시 밖으로 나가 어떻게 손을 댈 수 없을 만큼 기세등등하게 타오르는 나를 올려다보며 자기 자신도 이해하지 못할, 무슨 소린지 모를 말을 뇌까리기 시작했다. 처음에는 그저 고함을 칠 뿐이었는데 그 고함 소리는 마침내 손발의 움직임으로 표현되고, 그 움직임은 불꽃의 움직임에 동조하여 대들보가 꺾여 집 전체가 무너지고 불똥이 한꺼번에 튀어오를 무렵에는 의심할 여지가 없는 춤이 되고 말았다.

나를 보고 달려온 구경꾼은 딱 한 명뿐이었다. 그 소년 또한 춤추고 있었다. 춤추고 있다고밖에 형용할 길 없는 동작으로 움직이는 사지였다. 두 사람은 나에게 넋을 잃고, 나는 그들에게 흘러내리는 눈과 함께 마음껏 춤췄다.

2월 7일 화요일

나는 옹이구멍이다.

사람이 어쩌다 한 번 다닐까 말까 한 골목길과 치과 의사네 집 마당을 반듯하게 구분하는 판자 담에 난 옹이구멍이다. 내 안쪽으로는 돈을 잔뜩 처들인 일본식 정원이 있고, 저택 안에는 그림 속에나 등장하는 다복한 방들이 가득하다. 그리고 내 바깥쪽에는 염세의 원흉이 되기에 충분한 차가운 바람이 몰아치고 있다. 잠시 후, 게으름뱅이인 채로 나이를 먹어 지금도 기분이 내킬 때만 일하는 늙은이가 나타난다. 지금 그가 먹고 있는 바나나는 시장통의 과일 가게 앞에서 늙은이라고는 여겨지지 않는 민첩함으로 슬쩍한 것이다.

늙은이는 바나나 껍질을 담 너머로 던지고는 늘 하던 대로 충혈된 눈을 내게 밀어붙인다. 그 눈은 성공할 만하여 성공한 동창생을 질투하느라 한층 붉어진다. 이어 그는 나를 향하여 한참이나 오줌을 갈긴다. 하지만 그가 할 수 있는 짓은 기껏해야 거기까지다. 비참한 자신의 몰골에 한탄하는 일도 없이 그런 치졸한 행위에 만족한 그는 무슨 큰일이라도 해치운 듯 의기양양하게 물러간다.

얼마 후, 이번에는 소년 요이치가 불현듯 나타나 허리를 굽히고 나를 들여다본다. 그의 청결한 눈에 비친 광경은 부자지간의 돌발적인 싸움이다. 코밑수염을 멋들어지게 기른 아버지와 용모가 지나치게 수려하여 섬뜩하기까지 한 장남이 격렬하게 맞붙고 있다. 먼저 손찌검을 한 것은 아버지였다. 격투가 시작된다. 식탁이 뒤집힌다. 유리창이 흔들린다. 어머니와 딸은 말리지도 못하고 자지러지는 소리만 내지른다.

2월 8일 수요일

나는 덤프카다.

어둠을 틈타 마호로 마을의 공사장에서 지금 막 도난당한, 아무 특징도 없는 덤프카다. 나는 나처럼 어딘가에서 도난당한 듯한 승용차의 뒤를 따라 넓은 길을 열심히 달리다, 마을 어귀에 도달하자 갑자기 속도를 늦추고 천천히 중심부를 향해 간다. 전투복에 군화를 신은 삼엄한 옷차림의 사내는 신중하게 핸들을 잡고 주위를 살핀다. 그의 긴장이 그대로 내게도 전해지고 그의 시답잖은 고동이 내 진동과 겹친다.

승용차에서 보내는 지시가 무전기로 들어오자 나는 정지하고, 다음 지시로 조용히 후퇴하기 시작한다. 그리고 방향이 정해지자 그는 액셀을 힘껏 밟는다. 삼층짜리 검은색 빌딩이 점점 눈앞으로 다가온다. 나의 속도가 점차 빨라진다. 드디어 나는 짐칸으로 현관을 들이받고 강철판으로 보강된 문을 밀어 휘어뜨린다. 빌딩 전체가 흔들리고 엄청난 굉음이 울려퍼진다. 집집의 불이 켜진다. 운전석에서 펄쩍 뛰어내려 나한테서 멀어진 재빨리 승용차로 뛰어든다. 그들이 탄 승용차가 구불구불 눈길을 도망쳐간다.

그 밖에 아무 일도 없음을 확인한 후, 세 명의 조직원이 건물 밖으로 튀어나온다. 그들은 내가 헤드라이트로 비춘, 폭력과는 아무 인연도 없는 오늘밤의 대기처럼 청청한 소년을 적으로 오인하고 당황하여 내 밑으로 숨어든다. 다가오는 경찰차의 사이렌 소리에 소년은 원숭이와 똑같은 기성을 지르며 껑충껑충 뛰어오른다.

2월 9일 목요일

나는 빗자루다.

꽤나 정력적으로 마호로 마을을 돌아다녔는데도 마지막까지 팔리지 않은 한 자루의 빗자루다. 마음 편히 살고자 하는 남자는 내게 말했다. "한 자루만 메고 거리를 어슬렁거리자니 어째 좀 창피한데." 그렇게 말하고 얼음이 낀 물거품 호숫가에서 한숨을 돌리고 있는 그는 사람을 속인 꺼림칙함을 빌미 삼아 어떤 유의 쾌감과 함께 다음 고장으로 흘러가는 그런 남자는 아니었다. 호숫가에서 모이를 쪼고 있는 백조들은 지금껏 각지를 떠돌아다녔어도 조금도 세속에 물들지 않은 그의 눈을 경계하지 않았다.

마시다 만 뜨거운 커피를 다 마시려 상체를 쭉 뻗은 그의 눈 정면으로, 언덕 귀퉁이와 그 언덕 꼭대기에 있는 집 한 채가 들어왔다. 그리고 그곳에 반드시 무언가가, 다른 집에는 없는 무언가가 있을 것이라고 직감한 그는 가보기로 마음먹었다. 그리하여 그는 얼어붙은 언덕길을 고생고생하며 올라가, 가까이서 보면 그저 보통 집에 불과한 그 집 문 앞에 섰다.

그는 문을 두드렸다. 현관문은 잠겨 있지 않았다. 때마침 모두들 집을 비우고 있어 새만이 대답해주었다. 그런데도 그는 기대 이상으로 행복한 기분에 잠길 수 있었다. 그는 나에게 "고맙다는 표시로 널 여기에 두고 가야겠다"라고 말했다. 나로서는 당치도 않은 일이었다. 그는 발길에 휘감기는 눈을 헤치며 언덕을 내려갔다. 미지의 땅만 찾아다니는 그가 이 고장을 찾는 일은 두 번 다시 절대 없을 것이다.

그날 밤, 가족들 모두 이상한 일도 다 있다는 듯 나를 바라보았다.

2월 10일 금요일

나는 얼음이다.

십 년 만에 물거품 호수의 이 끝에서 저 끝까지 빈틈없이 덮은 경이로운 얼음이다. 지금까지 나는 물결이 일지 않는 음지에서 주눅들어 있었다. 그런데 올겨울에는 연일 계속되는 한파로 갑자기 기세등등해져 백조들의 둥지를 강탈할 만큼 성장하였다. 그렇긴 해도 아직 얼음판에 구멍을 뚫어 빙어를 잡거나 스케이트를 즐길 만한 두께는 아니다. '위험'이란 팻말이 호숫가 여기저기에 세워져 있다.

물거품 호수는 대량의 물과 수생 동식물의 생명을 은밀하게 안은 채 침묵하고 있다. 물결 소리가 빠진 바람 소리는 소년 요이치를 유혹하고, 언덕에서 내려온 그는 조금도 의심하지 않고 훌쩍 내 위로 올라탄다. 그는 대담한 걸음걸이로 땅을 걷듯이 내 위를 걸어다니고, 쒱 하고 미끄럼을 타기도 한다. 나는 삐직삐직 소리를 내며 경고했다. 너의 가벼운 몸이라면 몰라도 그 무겁디무거운 혼까지 지탱할 자신은 없어, 라고 말했다.

그러나 요이치는 내 말은 들은 척도 하지 않고 더 멀리 나아갔다. 아니나 다를까 찌지직 얼음에 금이 가고, 그것은 점점 퍼져나갔다. 하나 요이치는 무사했다. 물에 빠진 생쥐꼴이 되어 심장마비를 일으키거나 폐 한가득 차가운 물을 마시고 질식하는 그런 일은 없었다. 한겨울의 새로운 놀이에 충분히 만족하고 집으로 돌아가는 요이치를 향하여 나는 두어 마디 중얼거렸다. "너란 녀석은 참, 언제나 행운아라니까." 이어서 나는 낮은 소리로 이렇게 중얼거렸다. "한편 불운한 녀석이기도 하지."

2월 11일 토요일

138

나는 망원경이다.

천체와 지상을 두루 관찰할 수 있는 평범한, 그래서 싫증을 낸 주인에게 버림받은 망원경이다. 일터에서 돌아가는 길에 쓰레기 더미에서 나를 발견한 남자는 나를 주워 언덕 위의 집으로 가져갔다. 그리고 밤새 나를 손질해서는 날이 밝자 새것처럼 깨끗해진 나를 아들 방으로 가져갔다. 그는 얼어붙은 호수와 얼음판 한 구역을 차지하고 있는 알록달록한 물새를 보았다. 이어 제 나이도 잊고 가슴 설레며 사방팔방을 둘러보았다.

그러나 내가 어느 쪽을 향하든 거기에는 이미 질리도록 봐온 것이 있을 뿐이었고, 또 이제는 진절머리가 나는 그 자신의 오십여 년이 가로놓여 있을 뿐이었다. 시간 낭비라고 생각한 그는 아들에게 나를 양보하고, 아침술을 마시러 일층으로 내려갔다. 소년은 자신의 의지와는 무관하게 움직이는 자신의 몸을 짜증스러워하며 한쪽 눈을 간신히 내게 갖다대었다.

내가 포착한 것은 한겨울의 하염없는 잿빛 공간이었다. 새가 날고 있는 것도 아니거니와 구름이 흐르는 것도 아닌, 아무 특별할 것 없는 대기가 퍼져 있을 뿐이었다. 그래도 소년은, "우우, 우우" 하고 짐승을 닮은 소리를 연신 내지르고 발을 동동 구르며 즐거워해주었다. 곁에 있던 새까지 신이 나 지저귀기 시작했다. 푸른 새의 유려한 지저귐과 소년의 기성은 나를 통하여 힘차게 퍼져나갔지만, 마호로 마을 밖까지 다다르지는 못하고, 그들의 마음 밖으로 비어져나가는 일도 없었다.

2월 12일 일요일

나는 하모니카다.

아무 할 일도 없는 겨울을 그럭저럭 보내려, 기분이 울적해지는 회상에서 벗어나려, 요이치의 숙부가 부는 하모니카다. 내 소리는 깊은 눈에 스며들고, 두꺼운 얼음을 관통하여 양식장 바닥까지 도달해서, 엄선되어 지금에 이른 비단잉어를 부드럽게 감싼다. 나는 틈을 노리고 무겁게 짓누르는 먼 옛날의 사건을 물리치고, 그의 등에서 춤추는 비단잉어의 거친 마음을 가라앉히려 한두 시간 단조로운 선율을 반복한다.

지금 그가 뱉고 또 들이마시는 숨에 살의는 전혀 없고, 젊은 시절 무슨 수를 써서라도 끝장을 내고 싶어하던 들끓는 피의 요동도 느낄 수 없다. 빛을 잃은 태양이 서편으로 기울고, 마호로 마을은 해가 떨어지는 막막한 때를 기다리고, 그리하여 땅 깊은 곳에서는 계시적인 어둠이 솟아오른다. 밤이 나를 질책한다. 이제 그만 좀 하지, 라고 말한다. 그러나 그는 여전히 하모니카를 불고 있다. 알고 있는 곡을 빠짐없이 불고, 어설프게 기억하고 있는 곡도 불고, 끝내는 어둠의 심연을 향하여 끝없이 가라앉을 듯한, 즉흥적으로 지어낸 구슬픈 곡을 분다.

나는 그의 인간됨됨이를 얘기하고 고집스런 남자의 말로를 암시한다. 이윽고 모든 응어리가 풀리고 기분이 차분하게 가라앉자, 그는 나를 가만히 고타쓰 위에 올려놓고 방의 불을 끈다. 그가 소금에 절인 생선이라도 구워 한잔 할까 싶어 일어섰을 때, 지붕의 눈이 미끄러져 풀썩 떨어진다. 순간 그는 돌변하여 무슨 짓을 저지를지 모르는 남자로 돌아가고 만다. 재빨리 나를 거머쥔 그는 울분을 삭이려 몸가짐을 추스른다.

2월 13일 월요일

나는 풍선이다.

그래봐야 별볼일 없는 무슨무슨 기념행사 때 날렸다가, 지칠 대로 지친 채 산과 호수가 있는 마을에 간신히 도착한 파란 풍선이다. 나의 색은 물과도 하늘과도 큰유리새와도 다르다. 부력을 잃어가고 있는 나는 호숫가의 소나무 숲을 잠시 떠다닌다. 날랜 새가 나를 쫓아오고, 이제 젊다고는 할 수 없는 여자가 자전거를 타고 나를 쫓아다닌다. 그녀는 겨우겨우 나를 잡아서는, 자전거를 산기슭의 오두막에 갖다놓고 거기서 고무장화로 갈아신고 눈길을 걸어 언덕 꼭대기를 향해 올라간다.

여자의 목덜미에서 봄과 요행과 남자를 고대하는 열기가 스며나와 나의 기운을 북돋운다. 아니 어쩌면 고도가 더해짐에 따라 내려가는 기압의 영향인지도 모른다. 언덕 위의 집이 이제 멀지 않은 지점에서 그녀는 갑자기, 제멋대로 자신의 운명을 점쳐본다는 뜻을 담아 나를 풀어주기로 한다. 내가 언덕을 넘으면 길, 호수로 강하하면 흉.

나는 그녀의 체열과 지열이 데운 대기를 타고 상승하여 도깨비불 같은 모습으로 언덕 위의 집 쪽을 향하여 끌려간다. 이층 창문 안에서는 새장에 든 파란 새가 자랑스럽다는 듯 묘한 소리로 지저귀고, 그 옆에서는 파랑과 하양 스웨터를 입은 소년이 연체동물 같은 움직임을 반복하고 있다. 나를 알아본 큰유리새는 침묵하고 소년은 괴이한 일이라도 당한 듯한 표정을 짓는다. 그리고 나서 나는 언덕 정상을 수평으로 이동하여, 올려다보는 여자의 시야를 벗어난다.

2월 14일 화요일

나는 갈매기다.

눈보라가 몰아치는 밤, 해안선을 잃어 혼란에 빠지는 바람에 일대 비행을 감행하여 산골 마을로 날아든 갈매기다. 눈발이 그치고 바람도 잠들자 간신히 물기를 느끼고 한숨 돌리니 그곳은 바다가 아니라 찌꾀찌한 호수였다. 그리고 친구인 줄 알고 가까이 다가가본 것도 백조와 오리들이었다. 그들은 나를 얼빠진 놈이라고 비웃었다. 그렇게 신나게 비웃고는, "과연 여기서 제대로 살아갈 수 있을까?" 라고 비아냥거리고, 인간이 던져준 모이를 보란 듯이 덥석덥석 입에 물고는 내게는 한 토막도 나눠주지 않았다.

물고기는 얼음에 갇혀 있었다. 호숫가를 따라 한 바퀴 돌아보았지만 죽어나자빠진 작은 물고기조차 발견할 수 없었다. 이제 운명이 다했구나 하고 생각한 나는 차라리 후련한 기분으로, 눈의 무게에 짓눌려 내려앉을 듯한 다리 끝에 머물러 날개를 접었다. 그러자 까마귀들이 나를 죽이려고 몰려들었다. 그들의 부리에 짓찢겨 죽을 각오를 굳혔을 때, 소나무 숲속에서 인간치고는 어째 거동이 수상한, 그러나 인간임에 틀림없는 이상한 소년이 나타났다.

소년은 까마귀를 몰아내고 내게 손짓하였다. 평소 같으면 절대로 하지 않을 짓이지만 나는 모이를 얻고 싶은 일념에 훠이훠이 날아가 소년의 발치에 내려앉았다. 그러나 그는 아무것도 주지 않았다. 공연히 화가 난 나는 악의에 차서 말했다. "이 바다도 모르는 시골 촌뜨기가." 소년은 내게 물었다. "바다가 뭔데?"

2월 15일 수요일

142

나는 불꽃이다.

눈먼 소녀의 오통통한 볼이 감지하는, 그러나 이제 얼마 안 있으면 사그라질 양초의 불꽃이다. 가늘지도 굵지도 않은 양초는 그 앞에 서는 모든 이의 모습을 비출 만큼 투명한 파란 접시 위에 세워져 창가에 놓여 있다. 내가 이 세상을 향하여 발하는 열과 빠직빠직 하는 희미한 소리에는, 그녀가 무의식중에 염원하는 빛에 대한 애틋한 바람이 담겨 있다. 나는 어떻게 해서든 그 나이 또래의 아이가 감당하기에는 벅찬 그녀의 수심을 덜어주려 한다.

소녀의 보이지 않는 눈과, 무릎 위 하얀 강아지의 순진무구한 눈동자에는 각기 내가 선명하게 비쳐 있다. 그 네 개의 허상은 하나의 실상을 아득히 초월한 아름다운 것이지만, 그러나 소녀의 가슴에 맺혀 있는 상에 도달하기에는 한없이 멀다. 그리고 그것이야말로 그녀에게는 유일무이한 진정한 내 모습이다.

눈이 그치기 시작할 무렵, 들창 밖으로 애매모호한 소년의 얼굴이 불쑥 나타난다. 물론 그 눈에도 내가 비쳐 있다. 그러나 그의 눈 속의 나는 허상에도 못 미친다. 그럼에도 불구하고 실상보다 훨씬 생생한 것은 대체 어찌된 까닭일까. 강아지가 소년의 기척을 눈치챈 듯 꼬리를 흔들고, 이어 소녀가 몸을 일으킨다. 나는 마침내 힘을 다한다. 하지만 소년의 눈동자에 깃든 나는 다시금 격렬하게 뿌리기 시작한 눈 속에서 팔랑팔랑 흔들리며, 결코 사그라지지 않고 하염없이 나아간다. 마을 구석구석을 비추면서.

2월 16일 목요일

나는 캔버스다.

지금 한참 유화 물감이 덕지덕지 칠해지고 있는 불행한 캔버스다. 오랜 세월 각지를 정처 없이 흘러다니느라 정체가 불투명한 인물이 되어 반생을 보람 없이 무위(無爲)하게 살아온 자칭 화가가 물거품 호수의 겨울 풍경에 무척이나 감명받아 붓을 들었다. 그러나 도무지 결말이 나지 않는다. 내 위에 그려진 것은 아둔하게 태어난 자의 저열한 품성이며 어리석은 소인배의 사악한 정신이지, 예술의 정수를 보여주는 것은 아니었다. 그는 오늘 처음으로 그것을 인정하였다.

얼어붙은 수면으로 미끄러지면서 착지하는 백조를 그리려 했을 때, 당대의 예술가임을 자처하던 자부심이 크게 흔들렸던 것이다. 그럴 만도 했다. 지기 싫어하는 성질을 내세울 만큼 젊지도 않았다. 그는 붓을 꺾으며, "어차피 나 같은 놈은" 하고 중얼거렸다. 그런 그에게 나는 거짓 위로도 되지 못할 말을 하였다. 훨씬 더 한심한 인간들이 일류 화가로 자처하고 있지 않은가, 라고. 천장에 달려 있는 끈에 매달려 발바닥으로 물감을 짓이겨 황칠을 해놓고는 예술품이랍시고 구경꾼을 모으는 작품보다는 그나마 낫지 않은가, 라고.

그러자 그는, "그런 쓰레기 같은 놈들하고 나를 똑같이 취급하지 마!"라고 고함을 지르며 내게 눈덩이를 마구 던졌다. 곁에서 구경하고 있던 병든 소년도 그를 흉내내었다. 그러고서 그는 후세 사람들의 평가를 기다리겠다는 평소의 핑계를 잊어버리고 돌아갔다. 나는 말해봐야 소용없는 말을 하였다. 어째서 이 소년을 그리지 않느냐고.

2월 17일 금요일

144

나는 두통이다.

오랜만에 대량의 책에 에워싸인 전직 대학교수를 덮친, 그렇다고 신경쓸 만한 정도는 아닌 두통이다. 마호로 마을로 주소를 이전한 후 처음으로 이 도서관을 방문한 그는 그 내용의 충실함에 놀라움을 금치 못하며, "허허, 시골 도서관치고는 제법인걸"하고 중얼거렸다. 그러고는 예의 현학적인 태도를 회생시켰다. 이어 그는 어딘가 모르게 존재감이 희박한 담당 여직원한테 이용자가 거의 없다는 말을 듣고는, 무슨 까닭에선가 안도의 한숨을 후 하고 내쉬었다.

은퇴를 하고 도시에 있는 아파트를 팔아 산에 은거하고자 결정했을 때, 분명 그는 자신에게 이렇게 맹세했다. 두 번 다시 책을 손에 들지 않겠노라고. 앞으로는 타인의 말을 통하지 않고 현실을 직시하겠노라고. 내 자신의 눈으로 보고, 내 자신의 머리로 생각하겠노라고. 그 맹세를 그는 삼 년하고도 반년 만에 허물고 말았다. 도서관에 오기는 했지만 아직 책을 손에 든 것은 아니야, 라고 그는 말하며 창 밖으로 눈길을 돌렸다. 나는, 이렇게 많은 책에 둘러싸여 있으니 맹세를 깬 것이나 다름없지, 라고 말했다. "이제 도로아미타불이야"라고 경고를 하였다.

그런데도 그는 자리에서 일어나지 못하고 내 비아냥거림을 인내하며, 진품명품이라도 찾는 듯 미련 가득한 눈길로 책꽂이를 바라보았다. 그리하여 지금은 그 눈길을 일사불란하게 연애술 책을 읽고 있는, 이미 젊지 않은 담당 여직원의 옆얼굴로 돌리고 내게 말했다. "책도 그리 간단히 무시할 수는 없는 것이야. 책이 그녀를 구원하고 있지 않은가." 나는 그 말을 받아 말했다. 착각이나 도피는 진정한 구원이 될 수 없다, 라고.

2월 18일 토요일

나는 샌드백이다.

주문한 지 한 달 만에 마호로 마을의 주인에게 배달된 정식 샌드백이다. 아직 몸집도 엉성한 것이 덜 자란 소년은 나를 당장 천장에 매달고는 글러브도 끼지 않은 맨손으로 느닷없이 치며 덤벼들었다. 나는 지독하게 실망했다. 그는 주먹 쥐는 법조차 모르는 풋내기에, 더구나 그 정신은 스포츠와는 인연이 먼 썩을 대로 썩은 엉터리였다.

빈약한 주먹은 껍질이 벗겨지고 피가 스몄다. 그런데도 그는 나를 미친 듯 두들겨패, 마침내 손목을 양쪽 다 삐고 말았다. 그런데 그는 그 아픔을 잘못 해석하였다. 어쩌면 낙오한 것은 아닐까 하는 부담감과, 자기도 모르는 사이에 부모가 자기를 포기했음을 눈치챈 충격을 나를 죽도록 두들겨팸으로써 풀 수 있을지도 모른다고 그렇게 생각한 것이다. 늘 전전긍긍하는 주제에 게으르기 짝이 없는 아버지와, 무질서한 나날을 보내고 있는 어머니와 결별하여 생활할 수 있는 힘이 생길지도 모른다고 착각한 것이다.

그런 차에 마침 그곳을 지나가던 자야말로 좋은 화풀이감이었다. 얼토당토않은 재난이었다. 골치 아픈 병 때문에 똑바로 걷지도 못하는 소년을 한 방에 쓰러뜨린 그는 차고로 뛰어들어가 나를 꽉 껴안고는, "봤어, 지금?"이라고 소리쳤다. "봤어, 아까 그 모습이 진짜 나라고." 피해자인 소년은 잠시 후 일어나 아무 일도 없었다는 듯 다시 길을 걷기 시작했다.

2월 19일 일요일

나는 악몽이다.

이래도 무섭지 않으냐고 소년 요이치를 몰아세우는, 지금까지의 꿈 중에서 가장 지독하고 잔혹한 악몽이다. 나를 끌어들인 것은 턱에 난 찰과상이었다. 그러나 요이치 자신은, 알지도 못하는 불량소년에게 불시에 얻어맞은 펀치를 그 밖의 사소한 사건들과 마찬가지로 전혀 기억하지 못했다. "어떻게 된 거니? 그 상처는?"이라고 어머니가 묻고, "보나마나 넘어졌겠지"라고 아버지가 말하고, 그리고 끝이었다.

잠들어 있는 요이치의 내면에서 나는 요란법석하게 난동을 부렸다. 전신에 잿빛 흙탕칠을 하고, 입이 귀까지 찢어진 가면을 쓰고, 번쩍번쩍 빛나는 칼을 손에 든 야만인을, 나는 총동원하였다. 그들은 끔찍한 소리를 지르며 요이치를 위협하고, 그들이 충견처럼 조종하는 커다란 도마뱀은 긴 꼬리를 채찍처럼 휘두르며 요이치의 다리뼈를 부러뜨리려 하였다. 흔들바위가 있는 벼랑 끝으로 내몰린 요이치를 향해 그들은 이렇게 협박하였다. "네가 새라고 그렇게 고집을 피우니, 어디 한번 거기서 날아봐"라고. 나는 "너라면 충분히 날 수 있을 거야"라고 부채질을 하였다.

요이치는 몸을 뒤틀며 몸부림쳤다. 눈꺼풀 아래에서 눈알이 푸르르 떨었다. 그는 날아볼 심산이었다. 요이치는 일어났다. 그러고는 창 쪽으로 휘청휘청 걸어갔다. 그는 아직도 잠 속에 있었고 나의 조작에 따라 움직이고 있었다. 그런데 그 절호의 찬스에 방해꾼이 끼어들었다. 새장에 걸려 넘어진 요이치는 화들짝 정신을 차리고, 나는 큰유리새 자지러지는 외마디소리에 여지없이 당하고 말았다.

2월 20일 월요일

나는 법률이다.

현무암을 연상하리만큼 단단한 형사와, 삼층짜리 검은색 빌딩이 소굴인 조직원들 사이에서 종종 거론되는 법률이다. 그들은 지금, 덤프차가 뛰어들어 찌그러진 문을 대신하는 한층 견고한 문을 사이에 두고 나를 운운하고 있다. 그 옆에서, 나는 말할 것도 없고 자신이 병자라는 것조차 제대로 인식하고 있는 못하는 소년이, 위압적인 명령조와 오만방자하고 노골적인 말투가 난무하는 격렬한 논쟁을 새소리라도 되는 듯 듣고 있다.

무법자는 틀에 박힌 결사의 자유를 방패로 삼는다. 그에 대항하기 위하여 형사는 주차 위반과 노상 방뇨 등 경범죄를 일일이 열거하고 거창하게 나를 들먹거리며 이렇게 상대방을 위협한다. "하루 스물네 시간 쫓아다니면서 옴짝 못하게 해야 맛을 알겠나, 어?"라고. 조직원은 전화 한 통이면 달려올 고문 변호사 운운하며, 언제든 부탁드리겠다고 의연한 태도로 말을 받는다.

그러자 형사는 단박에 나를 내동댕이치고는 말투를 누그러뜨리며, "어차피 시작한 일이니 좀더 큰 도시에서 일을 벌이면 어떻겠는가. 조용히 이 마을을 떠나주면 좋겠군"이라고 간살스럽게 말했다. 그러나 조직원이 거주의 자유가 어쩌고저쩌고 하자, 그는 다시 나를 거머쥐고 휘휘 내둘렀다. 건물 뒤에 살며시 숨어 일이 어떻게 돌아가고 있는지를 지켜보는 사람들을 위해서라도, 내가 대체 누구 편인지 가르쳐주어야 할 것이다.

2월 21일 화요일

나는 석불이다.

오랜 옛날부터 길거리에 서 있는, 비바람과 햇빛에 지금은 거의 원래의 모습을 잃은 석불이다. 내 모습은 분명 사람을 닮았지만 한편 짐승을 닮기도 하였다. 어느 쪽이든 이렇게 상처를 많이 입었으니 이미 흔해빠진 돌덩이에 지나지 않을 만큼 가치가 형편없이 떨어졌다. 사람들이 잔뜩 자비를 기대하고 마지막 소원을 빌러 나를 찾아와, 꽃이며 동전을 바치던 것도 벌써 십 년이나 옛날 일이다.

옛날, 노인네들한테 소문을 듣고 자식의 건강한 성장을 빌며 몇천 번 몇만 번이나 내게 합장을 하였던 여자가 저편에서 다가온다. 결국 나는 그녀를 위하여 무엇 하나 해주지 못했다. 풍화하는 자신조차 어쩌지 못하는 내가 전문의도 손대지 못하는 기이한 병에 무슨 손을 쓸 수 있겠는가. 여자는 나를 보지 않으려 피해 지나간다. 그녀가 남긴 짙은 그림자가 잠시 내 위를 가렸다가 지나가, 나는 다시 햇살에 드러난다.

여자는 저만치 멀어져가다 체념에 찬 재채기를 한 번 한다. 그것이 원인이 되었는지 어쩐지는 모르겠으나, 그녀의 재채기 소리가 이승 산에 메아리쳐 물거품 호수에 반사되었을 때, 우지직 하는 기분 나쁜 소리가 들리는가 싶더니 나는 반쪽으로 갈라져 좌우로 천천히, 한쪽은 눈더미로, 한쪽은 흙탕으로 넘어진다. 탁발을 하고 돌아오는 수도승들이 나를 잇따라 밟고 지나간다. 여자의 모습은 사라지고 없다. 나는 지금 길의 일부다.

2월 22일 수요일

나는 전화 부스다.

오가는 사람의 발길이 드문 곳에 있어도, 조금은 모양이 낡았어도, 마호로 마을에서는 가장 이용률이 높은 전화 부스다. 오늘, 저 소년 요이치가 눈보라에 허둥지둥 내 품에 피난하였다. 나는 요이치를 보호해주었고, 요이치는 나를 위하여 휘파람으로 큰유리새의 지저귐 소리를 흉내내주었다. 그후 처자식이 있는 남자가 내게 와 역시 가정이 있는 여자를 불러내려 하였다. 하지만 상대방은 집에 없는지 결국 아무도 전화를 받지 않았다. 그 다음은 불량 여고생이 내 안에서 천박하게 옷을 갈아입었다. 속옷까지 전부. 그리고 노망이 들어서도 도벽을 고치지 못하는 노인이 나를 화장실로 착각할 뻔했다.

물거품 호수의 백조가 둥지에 깃들일 무렵, 얼핏 보기에 참한 청년이 나타났다. 이 마을에서 보지 못하던 얼굴이었다. 그는 수화기를 든 채 한참 생각에 잠겨 있다가 갑자기 몸을 웅크리고는 긴긴 한숨을 내쉬었다. 그는 거의 한 시간 동안이나 그러고 있다가 먼 곳에 있는 누군가를 불러냈다. 그는 가슴께에 붙어 있는 배지를 만지작거리며 투덜투덜 불평을 늘어놓았다. 못 견디게 외롭다고, 이런 시골에서 평생 살 수는 없다고. 속마음을 뻔히 알고 있는 상대방은 빠른 말투로 격려의 말을 보내고, 네가 반한 여자를 위해 힘을 내라고 말했다. 그러나 아무런 효과도 없었다. 동전이 다 떨어지자 그는 무릎을 껴안고 내 바닥에 한없이 쭈그리고 앉아, 밖으로 나가려 하지 않았다.

2월 23일 목요일

나는 기척이다.

대낮, 마호로 마을을 구성하는 집들의 현관으로 가슴을 쭉 펴고 당당하게 밀고 들어가는 죽음의 기척이다. 나는 눈을 반영한 은회색 바람의 부추김으로 채광이 좋지 않은 방에 누워 있는 죽을 날을 기다리고 있는 늙은 여자를 방문한다. 옛날에만 집착하여 새로운 것을 일절 받아들이지 않는 그녀의 인생은 이미 끝나 있다. 그러고 나서 나는 지금 막 칸막이 너머에서 토실토실 살이 찐 아이를 낳은 여자의 머리맡에 출현하고, 사업에 실패하여 절망에 빠져 있는, 복덕방을 물려받은 지 얼마 되지 않은 남자의 간담을 서늘하게 하고, 지독한 냄새를 풍기는 농약 덩어리를 손에 쥐고 망설이고 있는 수험생의 등을 떠밀고, 전쟁에서 쌓은 무공이 적이 되어 매일 밤 고통을 겪는 전직 군인을 위협한다. 인생살이 허망하고 어리석어서 어디 견딜 수 있겠어, 라고 나는 그들에게 말한다.

그러나 이렇다 할 성과는 없다. 그래서 나는 여느 때처럼 내가 믿고 의지하는 소년 요이치에게로 향한다. 청명한 달빛을 헤치고 산등성을 타고 단숨에 달려 올라간다. 눈으로 오히려 따스해져 있는 집 이층에서는, 요이치가 밝게 빛나는 전등불 아래서 애벌레라도 되는 듯 뒹굴고 있다. 그러나 매사에 집착하지 않는 이 소년의 그 어디에도 파고들 여지가 없다. 더구나 요이치의 큰유리새가 그 영롱한 지저귐으로 나의 접근을 저지하고 있다. 파란 새는 말한다. 이런 애한테 무슨 재미로 겁을 주니, 다른 사람한테나 가봐, 라고. 나는 훗날 다시 방문하기로 하고 일단은 물거품 호수로 물러간다.

2월 24일 금요일

나는 도망이다.

도망쳐봐야 뒤쫓아올 사람이라고는 당사자 자신밖에 없는 허망한 도망이다. 멀건 죽에 짠지뿐인 끼니도 그렇지만 무엇보다 이승 산의 추위를 견디지 못한 젊은 수도승에게 나는 이렇게 말한다. 이제 이걸로 끝이야, 라고. 양 손발이 모두 동상에 걸려 피부가 찢어지고, 피가 스미고, 그런데도 여전히 얼음보다 차가운 걸레로 긴긴 복도를 밀고 다니지 않으면 안 되는 그는 드디어 나의 의견을 전면적으로 받아들인다. 나는 이렇게 재삼 다짐한다. "여기는 자학을 취미로 아는 자들이 우글거리는 곳이야, 깨달음을 얻기 전에 지쳐 나동그라질걸, 좌선 따윈 그럭저럭 살아가지도 못하는 소심한 작자들이 생각해낸 얼버무림이라구."

그는 나에게 동의한다. 그리고 동료들이 잠들어 있는 틈을 타 잠자리에서 빠져나와 빈몸으로 뛰쳐나간다. 거기까지는 좋았는데 그 다음이 문제였다. 비타민이 극도로 부족해서 생긴 각기병 때문에 무릎에 힘이 빠져 아무리 애를 써도 더이상 눈길을 걸을 수 없었던 그는 절문 앞에서 맥없이 쓰러지고 만다. 그는 잠시 쉬고 나서 다리에 힘을 주려 한다. 그러나 아무리 애를 써도 일어날 수가 없다. 새벽녘이 되자 기온이 한층 더 떨어졌다. 동사하면 어쩌나 겁을 먹은 그는 힘을 내라고 격려하는 나를 뿌리치고 동료들에게 도움을 청한다. 그 볼품없는 목소리에 대답한 것은 어딘가에 있는 큰유리새뿐이었다. 이제 이걸로 끝이야, 라고 우짖는 소리가 들린다.

2월 25일 토요일

나는 시트다.

구깃구깃해져 땀과 침과 눈물과 정액과 음란한 정담으로 뒤범벅이 되었어도, 그래도 용서받지 못하는 시트다. 지금 내 위에는 중년의 여자가 어둠 속에서 광명을 찾는 자와 닮은꼴로 드러누워 있다. 그리고 그녀 위에는 심연을 향하여 하염없이 추락하는 자와 닮은꼴로 중년의 남자가 올라타 있다. 두 사람은 나보다 훨씬 얄팍한, 그러나 두 사람이 믿어 마지않는 연애란 착각에 빠져, 그저 빠져만 있는 것으로 지금 당장 매듭지어야 할 결론을 미루고 있다.

얼마 후, 두 사람은 즉효가 있는 독이라도 삼킨 것처럼 횡횡 신음하는 칼바람 같은 소리를 내지르고 전신을 격렬하게 떨며, 가족과 친척과 친구와 지기를 잊고, 정말 잊어버리고, 내 위에 뜨뜻미지근한 파국을 흩뿌린다. 그러자 남자의 몸에서 수차례 역경을 이겨낸 결의와 어쩔 수 없는 기분이 한꺼번에 빠져나간다. 자궁으로 그것을 감지한 여자는 버림받을지도 모른다는 두려움에 얼굴이 새파래져, 다시금 힘껏 남자에게 매달리며 어찌되든 상관없다는 체위를 취한다. 그러나 남자는 여자를 뿌리치며 상사가 해준 충고를 거듭 말한다. "아무래도 좋지 않은 일이야"라고 말한 그는 옷을 입고 밖으로 나간다. 여자가 황급히 그 뒤를 따른다. 열린 문으로 빛과 그림자를 뒤섞듯 걷는 소년의, 타인의 비리를 폭로하길 꺼려하는 발소리가 들어와 추잡해질 대로 추잡해진 내게 휘감긴다.

2월 26일 일요일

나는 환상이다.

이 광활한 우주를 빈틈없이 덮고 있는 암흑 물질이 전기적으로 약간 뒤틀린 탓에 시간의 틈새와 공간의 간격 속에서 튀어나온 환상이다. 오늘밤 나는 얼음이 반쯤 녹은 물거품 호수 바로 위에 출현한다. 나는 안개를 사용하여 키가 무진장하게 큰, 근처 언덕바지에 닿을 만큼 키가 큰 침엽수 세 그루와 그 아래서 말과 함께 쉬고 있는 나그네를 그렸다. 밤은 깊고 추위도 심했지만, 그래도 나를 목격한 자가 몇 명 있었다.

그런데 어찌된 셈인지 아무도 나를 있는 그대로 받아들이려 하지 않았다. 과거, 대륙의 한가운데에서 밤마다 악몽에 시달린 적이 있는 노인네들조차 나를 인정하지 않았다. 또 하루에 한 번은 백조를 구경하러 오는 문약(文弱)한 무리도, 드디어 내 머리가 이상해졌나, 라고 중얼거리며 그대로 돌아가고 말았다. 그리고 겨우내 물새를 보살피느라 여념이 없는 보트점 가게 아저씨는 모처럼의 경이로운 광경을 가물가물해진 눈 탓으로 돌리고 말았다. 갈지자걸음으로 언덕 위의 집을 향하는 읍사무소 직원은 나를 과음 탓으로 돌렸다. 그래도 그는 나무 아래 거대하게 자리한 나에게 손을 흔들며 객지에서 영면할지도 모르는 나그네의 입장을 부러워하였다.

정해진 속도를 무시하고 도로를 달리는 장거리 화물 트럭의 운전사들은 나를 새로운 수법의 광고 정도로밖에 여기지 않고 그대로 지나쳤다. 개중에는 나를 제대로 봐주는 사람도 있었지만, 그 남자는 "그래서 어쨌다는 거야"란 한마디로 치부하고, 끈질기게 밀렵의 기회만 노렸다.

2월 27일 월요일

나는 스키야키*다.

두 명의 여자와 한 명의 소년이 한 냄비에 젓가락질을 하며 뼛속 깊이 언 몸을 녹이는 스키야키다. 질 좋은 고기가 듬뿍 들어 있고, 파는 혀끝에서 살살 녹고, 맛도 더할나위없이 좋았다. 건너편 기슭에서 내 냄새를 맡고 호숫가의 여관 '삼광조'까지 찾아온 소년에게 안주인은 "들어와서 먹고 가"라고 말을 걸었다. 그리고 투숙이라고 하기에는 기간이 너무 길고, 식객이나 하숙생이라고 하기에도 어색한 여관의 유일한 손님, 하루 온종일 시클라멘을 바라보며 지내는 여자는 머뭇거리는 소년의 등을 방으로 떠밀었다.

두 여자는 몸을 비틀며 나와 격투를 벌이고 있는 기특한 소년을 찬찬히 쳐다보며 망이라고도 할 수 없는 조촐한 희망을 품었다. 요컨대 살기 위해서 본의 아니게 취한 음침한 수많은 행위에 파먹혀 가슴 여기저기에 뚫린 구멍이 일시적이나마 메워지는 듯한 기분이 들었던 것이다. 적어도 그 소년이 두 사람의 식욕을 감퇴시키는 일은 없었다.

"이전부터 생각했는데, 좀 신기한 아이야"라고 안주인은 말했다. "유독 이런 애들이 오래 살거든요. 세상은 참 불공평해요"라고 젊은 창부가 말했다. 그러고서 갑자기 기운이 난 두 사람은 소년에게 열심히 나를 권하고 맥주까지 먹였다. 세 사람은 나를 가운데 두고 친밀한 사이가 되었고, 기세등등해졌고, 또 인간으로서의 결격 사유도 메우게 되었다. 세 사람의 노랫소리가 물거품 호수의 얼음을 한결 푸근히 녹였다.

2월 28일 화요일

---

* 쇠고기를 파, 곤약, 두부 등과 함께 설탕과 간장 간을 하여 냄비에 끓여 먹는 요리.

나는 해골이다.

마호로 마을 중학교의 과학실 한귀퉁이에 매달려, 세상을 비관하며 고개를 푹 숙이고 있는 학습용 해골이다. 뒤틀린 얼굴을 유리창에 바싹 갖다대고 자못 흥미롭다는 듯 나를 응시하는 소년은, 휴교를 한 탓에 학교에 선생이나 학생이 없다는 것을 잘 알고 있다. 그는 바라보는 것만으로 만족할 수 없게 되자, 느닷없이 주먹으로 유리창을 부수고 뜻밖에도 기민한 동작으로 자물쇠를 열고는 대담하게 안으로 침입하였다.

그리하여 그는 빼곡하게 진열돼 있는 동물이며 식물, 광물 등의 표본에는 눈길도 주지 않고, 물결치는 듯한 전신의 근육을 움직여 나에게로 다가왔다. 그는 헤실헤실 풀린 말투로, "넌 누구니?"라고 내게 물었다. 나는 일부러 분통하다는 표정을 지으며, "난 바로 너야"라고 쌀쌀맞게 대답하였다. 과연 우리에게는 몇 가지 닮은 점이 있었다. 가령 흔들릴 때의 내 움직임은 그의 미치광이 같은 몸동작과 꼭 닮았다.

소년은 화가 치민다는 듯 혀를 차며, "네가 나라고, 그럼 이렇게 해주지"라고 말하자 기괴한 행동을 취하였다. 그는 나를 교정 한가운데까지 끌고 가서는 획 내팽개치더니, 쌓인 눈을 파기 시작했다. 그러나 파는 동안에 목적을 잊어버리고 만 그는 눈과 나를 구별하지 못하고, 나보다 훨씬 눈에 잘 띄는 하얀 까마귀를 좇아 어디론가 가버리고 말았다. 푸른 하늘 아래 큰 대자로 누운 나는 소년의 골격을 상상하며 키들키들 웃었다.

3월 1일 수요일

나는 문신이다.

몸은 야위었지만 키는 큰 청년의 등에서 직선과 곡선으로 서로 엇갈리는, 안광이 날카로운 매를 중심으로 하여 복잡기괴한 모양으로 새겨진 문신이다. 나는 아직 완성되지 않았다. 그러나 그는 자동차로 꼬박 하루면 갈 수 있는 호화로운 도시로 나갈 시간도, 견줄 자가 없을 만큼 솜씨가 좋은 문신사에게 지불할 돈도 있건만 언제까지고 나를 완성하려 하지 않았다. 그는 이런 생각을 하고 있다. 담력을 갈고닦아 스스로를 단련하면 내가 없어도 세상을 살아갈 수 있다고 믿고 있다.

그는 빛을 꺼려 어둠에 몸을 던진 자는 아니다. 그가 같은 일을 하는 동료들과 다른 점은 최악의 가정환경과 게으른 성격 탓에 세상의 뒷골목으로 내쫓긴 자가 아니라는 점이다. 그는 빛 속의 빛보다도 그림자 속의 빛을 진정한 빛이라 여기고 있다. 그는 굽힐 줄 모르는 의지의 힘을 한 점에 모아 미풍양속을 거부하고 악행을 선으로 여기며, 그 증표로 나를 업고 있는 것이다. 바로 그 점이야말로 그의 특징이며 그의 강점이다.

그런 그에게 나는 결코 파탄의 상징이 아니다. 진퇴양난의 궁지에 몰렸을 때 다시 일어서기 위한 편리한 소도구도 아니고, 비겁한 태도를 매몰차게 규탄하기 위한 것도, 혹은 야만스런 뒷방패로 삼기 위한 것도 아니다. 하물며 죽을 장소를 찾기 위한 지도도 아니다. 나는 공중에서 큰유리새를 낚아채는 매의 손톱처럼 숨죽여 등뒤로 다가오는 적을 배제하고, 정면에서 습격해오는 죽음을 당해도 어쩔 수 없는 호적수를 깨끗이 처리한다…… 아마도, 그럴 것이다.

3월 2일 목요일

나는 난반사(亂反射)다.

물거품 호수의 대기보다 투명한 물과 빠르게 녹는 얼음이 어우러져 만들어내는 바늘을 쏟아놓은 듯한 난반사다. 나는 아직은 여린 햇살을 내 마음대로 반사하며 물과 하늘 사이에 노니는 기체를 약동케 하고, 들떠 있는 백조와 백조를 구경하는 사람들의 마음을 휘젓는다. 호숫가 도로를 지나는 운전사들은 서둘러 선글라스나 선바이저로 눈을 가리고, 먼 하늘을 나는 고고한 맹수는 먹이의 그림자를 잃고 황급히 방향을 바꾼다.

그리고 눈이 녹아 질척질척한 언덕길을 내려오는 창백한 소년은 마치 수면 전체가 하나의 광원인 줄 착각하고 있다. 봄의 예언자이며, 겨울을 말살하는 자이며, 다른 일에는 일체 관여하지 않는 자인 나는 마을 사람들의 마음을 북돋우고, 겨울밤의 단란함이 퇴행적인 즐거움에 불과하다는 것을 가르치고, 근자에는 적자를 면치 못하고 있던 꽃가게의 판매고를 단숨에 끌어올리고, 보기에도 끔찍한 누군가의 죽음을 반짝반짝 빛나게 한다.

천장에 비친 나를 보면서 잠든 듯 적멸한 사람은, 일찍이 부를 축적하였다가 만년에는 영락의 몸이 된 마을의 명사다. 그는 천천히 자리에서 몸을 일으켜 호수 쪽으로 얼굴을 돌리고, 풀리기 시작한 동공 가득 나를 받아들이고, 그러고는 홀연 자신의 잘못을 깨닫는다. 그러자 갑자기 병세가 악화되면서 친구들에게는 인기 있던 그의 칠십팔 년 인생이 내게 부딪쳐, "잘된 일"이란 소년 요이치의 목소리에 감싸인다.

3월 3일 금요일

나는 머리카락이다.

아무렇게나 묶기만 해도 그녀의 내면을 단적으로 표현하는 머리카락이다. 조금은 가슬가슬하고 조금은 흰머리가 섞여 있고, 그닥 손질을 잘한 것은 아니지만 그래도 나는 계곡 사이를 흐르는 시냇물처럼 부드럽게 흐른다. 나는 상큼하게 뻗어 있는 그녀의 가녀린 목과 신기루처럼 덧없는 목덜미에도 잘 어울리고, 투박한 느낌의 스웨터에도 잘 어울린다.

나는 외모를 꾸미지 않고 타인의 미덕을 배울 줄 아는 그녀를 오랜 세월 지켜주었다. 그녀에게는 생의 전환기라 할 만한 것이 하나도 없었다. 그녀의 사십삼 년은 너무 일렀던 결혼과 성격이 내성적이었던 남편의 요절이란 비극마저 삼키고 살랑살랑 흘러, 돌이켜보아도 가슴에 사무칠 일이 없다.

그녀는 오늘, 열두 살 때의 그녀와 똑같은 기분으로 빛나는 호숫가에 홀로 서 있다. 나는 그녀에게 쏟아지는 햇살의 대부분을 흡수하여, 남은 생을 지금처럼 편안한 마음으로 살아갈 수 있는 힘으로 바꾸어 저장하였다. 그러자 모이를 던져 불러모은 것도 아닌데 백조들이 그녀 곁으로 모여들었다. 이어 건강한 어머니와 건강하지 못한 자식이 그녀 바로 뒤에서 걸음을 멈추었다. 어머니는 넋을 잃고 나를 바라보았다. 자식은 병 때문에 쉴새없이 움직이는 손을 내 쪽으로 뻗었다. 그 손을 어머니가 찰싹 때려 물리쳤다. 그러고서 어머니와 자식은 언덕 위의 집으로 돌아갔다.

3월 4일 토요일

나는 꽃샘바람이다.

마호로 마을에 분 꽃샘바람 중에서는 이른 편에 속하는, 그렇다고 이상할 것은 없는 꽃샘바람이다. 나는 거리를 기운차게 내달리며 북풍이 모아둔 먼지와 피로감을 날려보내고, 양지바른 강둑에 무리지어 사는 들꽃의 몽우리를 일제히 터뜨리고, 이승 산에서 동면중인 짐승들에게 행동 개시를 알리는 신호를 보내고, 물거품 호수의 어류와 물짐승들에게는 겨울 동안 소진한 정력을 회복할 계기를 마련해준다.

그리하여 나는 살아 있는 모든 생물에게 이 세상을 구가할 권리를 공평하게 나누어준다. 하루하루 병세가 악화되고 있는 입원 환자들 중에는 나를 환하게 웃는 얼굴로 받아들이는 순간, 필멸의 운명을 잊어버린 자도 있다. 얼어붙은 지반 때문에 난관에 봉착한 다리 공사는 간신히 궁지를 모면하였다. 시집온 지 얼마 안 되어 아이를 가진 여자는 다행히 유산 위험에서 벗어난다. 세상살이의 괴로움을 견디기 어려운 여자는 고향에 보내는 긴긴 편지를 쓰던 손길을 멈추고 매화꽃 노래를 읊조린다. 갑자기 수량이 불어난 골짜기의 노천탕은 모락모락 김을 피우며 사람들을 유혹하고 있다. 그리고 마호로 마을의 경제에 새로운 변수가 생길지도 모른다는 항간의 소문이 한결 무성해진다.

그리하여 하얀 눈에 갇혀 위축되어 있던 소년 요이치의, 의미도 목적도 없이 사는 타고난 유리빛 재능이 서서히 꽃을 피워간다. 또 어린 새에서 어른 새로 성장한 새장의 새는 봄의 지저귐으로 요이치의 혼을 한층 비약시키려 애쓰고 있다.

3월 5일 일요일

160

나는 자유다.

요즘 세상에 구걸을 하며, 그것도 지방만 돌아다니면서 사는 남자, 그런 괴짜를 그럭저럭 반세기 동안이나 따라다니며 떠나지 않는 자유다. 재계에 전후의 혼란기를 고마워하는 인사들이 많은 것은 드문 일이 아니지만 부랑자들의 세계에서는 아마도 그 혼자뿐일 것이다. 오늘날, 어떻게 일어났는지를 얘기하는 자가 거의 사라진 그 전쟁은 그의 집과 가족을 빼앗고, 희망까지 송두리째 빼앗아가고 말았다. 그러나 그런 일은 전쟁터에 나간 사람은 죽지 않고 후방에 있던 자가 죽는 경우처럼 당시로서는 흔해빠진 비극에 불과했다. 처음에 그는 오로지 먹고살기 위해서, 혹은 살아남았다는 것을 잊기 위하여 필사적으로 각지를 헤매다녔다. 그리하여 방랑의 세월을 거듭하는 사이에 나를 손에 넣은 것이다. 아니 우리의 만남은 단순한 야합인지도 모른다.

아직 남아 있는 눈 때문에 질척질척 걷기 힘든 산길을 넘어 오늘 아침 일찍 마호로 마을에 도착한 그는, 태양을 보고 대륙으로 돌아갈 날이 머지않았음을 알고 열심히 날개의 힘을 시험하고 있는 백조 떼를 한참이나 구경하고서는 배를 채우려 마을로 걸어들어갔다. 첫 모퉁이를 돌려 할 때 첫번째로 만난 사람과 그만 부딪치고 말았다. 벌렁 쓰러져 거북처럼 버둥거리는 소년의 눈 속에서, 그는 나 이상의 자유를 보았다. 쉴새없이 한눈을 파는 듯한 소년의 움직임이 병 때문이라는 것을 알자 부랑자는 그 냄새나고 더러운 몸으로 재정에 허덕이고 있을 마을을 압도하며 호탕하게 웃어젖혔다.

3월 6일 월요일

나는 풀이다.

식물에 조예 깊은 사람들조차 그 이름을 거의 알지 못하는, 그러나 아무 데나 흔히 돋아 있는 풀이다. 내 주위에는 여전히 더러운 눈이 드문드문 눈에 띄지만 이미 내리누를 만한 힘은 남아 있지 않다. 유연한 곡선을 이루고 있는 언덕 위를 천천히 흘러가는 것은 따스한 봄비를 내려줄 구름이고, 그 완벽한 언덕의 비탈면을 따라 느긋하게 올라가는 것은 새싹들의 움틈을 재촉하는 부드러운 바람이다.

이 겨울도 무사히 넘긴 나의 최종 목적은 그저 다만 살아남는 것이다. 그러니까 즉, 오로지 이 언덕을 뒤덮는 일이다. 언젠가 나는 반드시, 다른 땅은 몰라도 이곳만큼은 정복할 작정이다. 그리고 만약 가능하다면 언덕 꼭대기에 남아 있는 집 한 채까지 밀고 들어가, 거기서 구질구질하게 살고 있는 네 사람을 떨구어내고 싶다.

그들이야말로 나의 천적이다. 그들은 일 년 내내 나를 짓밟아 토막 내놓고 새싹들을 짓뭉개버린다. 그들만 없다면 불과 몇 년 안에 이 언덕은 내 차지가 될 것이다. 시간만큼은 얼마든지 남아돈다. 그들의 시간에는 한계가 있다. 실제로 작년 가을에는 할아버지가 사라졌다. 언젠가는 아버지와 어머니가 그 뒤를 따르게 될 것이다. 딸은 결혼할 수 있을지조차 알 수 없다. 아들도 성인이 될 때까지 살아 있을지 심히 의심스럽다. 요컨대 그들의 혈통은 끊어질 운명을 더듬고 있다. 이 언덕은 머지않아 내 것이 될 터이다.

3월 7일 화요일

나는 앵무새다.

마호로 마을에서 기르는 것들 중에서는 제일 크고 나이도 가장 많고 또 가장 박식하기도 한 앵무새다. 읍내 어귀 모텔 카운터에서 문지기를 하고 있는 나는 단골 여자 손님들의 목소리를 기억하는 데 시간을 아끼지 않고, 그들 목소리 대부분을 그대로 흉내낼 수 있다. 그중에서도 그리 복잡하지 않은 시간대에 바람처럼 놀러 오는 소년 요이치를 흉내내는 것이 내 십팔번 중의 십팔번이다. 목소린지 소음인지 구별이 안 되는 소리를 흉내내면 요이치는 손뼉을 치며 즐거워한다. 그런데 내가 요이치보다 큰유리새의 지저귐 소리를 잘 흉내내자 한동안은 모습을 보이지 않았다.

그런 요이치가 오늘 나를 만나러 왔다. 어디서 사는 유부녀인지 밀회를 즐기는 현장을 남편에게 덜컥 들키고 말아 웃지 않을 수 없는 소동이 벌어졌다가 잠잠해졌을 무렵, 불현듯 나타났다. 요이치와 나의 교제는 언제나 대등했다. 그는 나의 날개색과 광택을 칭찬하고, 나는 그 보답으로 파란 모자와 파란 스웨터와 파란 바지와 파란 신발이 파란 얼굴에 아주 잘 어울린다고 말해주었다. 그는 오늘, 큰유리새에 대해서는 한마디도 하지 않고 대신 두서없이 주절주절 떠들기 시작했다.

그리고 그 얘기에 흥이 난 나도 쓸데없는 말을 주절거렸다. 우리는 새로서 혹은 인간으로서 이 세상에 존재함의 옳고 그름을 논하고 골치 아픈 이치를 따져가며 실로 유쾌한 한때를 보냈다. 그러나 요즘 장사를 시작한 타지 출신의 창부가 색도(色道)에 정진하는 남자와 함께 들어오자, 요이치는 무슨 영문인지 허둥지둥 돌아가고 말았다.

3월 8일 수요일

나는 슬픔이다.

소년 요이치에게도 예외 없이 찾아들어, 막막한 앞길을 순간에 가로막는 진부한 슬픔이다. 나는 계단 중간쯤에 잠복하고 있다가 아직 세상을 조금밖에 살지 않아 나를 견딜 힘이 부족한 요이치가 몇 계단 올랐을 때 단숨에 습격하였다. 그러자 요이치는 올라가지도 내려가지도 못하고, 뭐가 어떻게 된 건지 전혀 영문을 모르는 채 떨리는 몸을 한층 더 부들부들 떨며, 끝내는 몸을 기억자로 구부리고 오전 내내 그런 꼴로 지냈다.

마침 아무도 도와줄 사람이 없는 이 기회에, 나는 인정사정 봐주지 않고 공격하여, 금과 백금마저 녹여버리는 왕수(王水)처럼 요이치의 그림자 청명한 가슴속을 진창으로 만들어놓았다. 요이치는 정오를 알리는 차임벨 소리에 매달리듯 울면서 계단을 겨우 다 올라가, 복도를 기어 간신히 자기 방으로 들어서서 어렵잖게 길들인 들짐승에게 도움을 청했다. 쏘아보는 큰유리새의 눈초리에 나는 그만 몸을 움츠리고 말았다. 그 지저귐 소리까지 들었다면, 나는 여지없이 물러나고 말았을 것이다.

그런데 어찌된 셈인지 그 파란 새는 나를 쫓아내려 하지 않고, 하염없는 침묵을 지키고 있었다. 요이치는 새장에 매달려 마구 울어댔다. 마침내 나는 한마디 소리조차 내지 않는 새의 의도를 눈치챘다. 요이치가 자신의 힘으로 나에게 대항하기를 끈질기게 기다리고 있는 것이었다. 그러나 요이치는 나를 이겨낼 수가 없었다. 나를 내몬 것은 울다 지친 후에 찾아든 잠이었다.

3월 9일 목요일

164

나는 눈사태다.

온밤을 계속해서 내린 따뜻한 눈 때문에, 이승 산의 남쪽 급사면에서 발생한 일회성 눈사태다. 나는 그다지 큰 규모는 아니지만 소리만큼은 굉장하여, 떨어지는 천둥 소리처럼 굉음으로 성장했는가 싶더니 마호로 마을의 새벽을 쩌렁쩌렁 흔들었다. 그 무시무시한 소리에 잠을 깬 사람들은 드디어 눈앞에 다가온 봄을 느끼고 순간 마음이 설렌다. 그러나 반면 마호로 마을로 삶의 터전을 옮긴 지 얼마 안 된 사람들은 지각의 변동을 연상하고 잠자리에서 벌떡 일어난다.

나는 수천 그루의 어린 나무를 넘어뜨리고, 부석돌을 휘감고, 주변의 기압을 얼마간 떨어뜨리며 골짜기를 달린다. 그리고 그 기세를 몰아 연못으로 뛰어들자 내게 눌린 물이 밖으로 철철 흘러넘친다. 만약 눈의 양이 지금의 배 정도였다면 피해가 막심했을 것이다. 내가 지니고 있는 힘으로는 도저히 연못 전체를 메울 수 없었고, 따라서 물 밑에 몰려 잠들어 있는 비단잉어를 연못 밖으로 몰아낼 수도 없다.

오두막이라 부르는 편이 어울릴 집에서 튀어나온 남자가 자신의 시야를 가로막은 나와, 내 뒤로 솟아 있는 준엄한 이승 산을 올려다본다. 그리고 정신을 가다듬은 그는 눈 때문에 수온이 급격히 내려가 혹 잉어가 떠오르지는 않을까 걱정하며 아직 물결이 가라앉지 않은 수면을 응시한다. 이미 단순한 눈덩어리에 지나지 않는 나는 물과 함께 슬픔 섞인 분노까지 빨아들인다. 이윽고 남자가 내게 말한다. "이왕 밀어붙일 것이면 나까지 한꺼번에 뭉개버리지."

3월 10일 금요일

나는 초조함이다.

번번이 요이치의 누나를 괴롭히고, 그녀를 당치 않은 행동으로 부
채질하는 초조함이다. 뒤집히기 직전의 작은 배처럼 불안정한 그녀는
내가 지시하는 대로 움직이고 있다. 그녀는 오늘도 찾는 이 없는 도서
관에서, 네 시간이나 들여 장황한 편지를 썼다. 그러고는 어떤 식으로
써도 뻔히 들여다보이는 작의가 신경쓰이고, 상대방의 마음을 끌 수
없음이 확실해지자, 집에서 싸온 도시락을 허겁지겁 먹으면서 불쑥불
쑥 얼토당토않은 소리를 지르기도 하고 〈마호로 마을의 노래〉를 부르
기도 했다.

그녀는 앉아 있는 의자를 팽이처럼 뱅글뱅글 돌렸다. 얼굴이 창문
쪽을 향할 때마다 그녀는 물거품 호수로 살금살금 다가오는 봄을 느끼
고, 그때마다 나에 휩싸였다. 내가 초대한 수습할 길 없는 혼란 탓에
그녀는 끝내 현기증을 일으키며 나동그라지고 말았다. 영화에서처럼
멋지게 쓰러뜨릴 작정이었는데 실패하여, 책상 모퉁이에 등을 쿵 부딪
힌 그녀는 잠시 숨도 제대로 쉬지 못했다. 그리고 뒤이어 시작된 지독
한 아픔을 견디지 못하고 바닥을 데굴데굴 굴렀다.

지금 기세등등한 나를 대적할 자는 없다. 나는 비참한 자신을 시들
어가는 꽃의 색에 견주며 아직도 도망치려 하는, 연애소설을 교과서
삼아 아직도 자신을 꾸미려 하는 여자를 마음껏 골려주었다. 그리고
나는 그녀에게 진실을 말해주었다. "지금까지 너에게 관심을 보인 남
자가 한 명이라도 있었던가?" 라고 묻고, "앞으로도 역시 절대 나타나
지 않을 거야" 라고 비아냥거려주었다.

3월 11일 토요일

166

나는 질투다.

소년 요이치와 그의 어머니가 집으로 데리고 온 손님 사이에서 격렬하게 불꽃을 튀기는 질투다. 타지 사람인 젊은 여자는 요이치가 기르고 있는 진짜 큰유리새를 보더니 나를 불태우고, 요이치는 요이치대로 그녀의 오른쪽 가슴을 장식하고 있는 파란 새 배지를 보고는 내게 닦달을 당한다. 여자와 함께 초대받은 남자는 새장을 보는 척하면서, 희귀한 생물의 형태라도 관찰하는 듯한 눈길로 요이치를 쳐다보고 있다.

그리고 요이치의 누나는 새 난로에 장작을 던져넣으면서 마호로 마을로 도망쳐와 눌러살게 된 젊디젊은 남녀를 힐금힐금 쳐다보곤 어디 흠잡을 데가 없나 살피고 있다. 여자는 남자의 귀에 대고 "나도 갖고 싶어"라고 속삭인다. 그러자 남자는 더 작은 소리로, "키우면 안 되는 새야"라고 말한다. 잠시 후 요이치는, 두 사람이 입고 있는 똑같은 스웨터에 머물러 있는 금속제 새를 번갈아 가리키며, "아아" "우우"라고 뜻도 모를 말을 열심히 내뱉는다. 하지만 그 자리에서 거래가 성립되지는 않는다. 양쪽 다, 배지와 큰유리새 모두를 소유하고 싶어하기 때문이다.

요이치의 어머니는 언덕 위의 생활이 정말 아름답고 멋지다며 거짓말을 한다. 요이치의 아버지는, "주소지는 옮겼나?"라고 묻고, 어느 틈엔가 내게 사로잡힌 요이치의 누나는, "당신들 정말 행복해요?"라고 두 번이나 묻는다.

손님들이 돌아가자 모두들 잠자코 큰유리새를 바라본다. 요이치는 나를 난로에 던져버린다.

3월 12일 일요일

나는 카메라다.

석양 속에서 잔잔하게 가라앉아 있는 호수를 향한 삼십오 밀리미터 전자동 카메라다. 이 당치도 않은 계절에, 이 당치도 않은 산동네로 신혼여행을 온 젊은 두 사람은, 서로 기념사진을 찍어주고서는 지나가는 소년에게 나를 건넸다. 건네줌과 동시에 부탁할 상대를 잘못 골랐다는 것을 깨닫지만 그 말고는 사람이 없었던 것이다. 두 사람은 한시도 가만히 있지 않는 소년의 몸 때문에 카메라가 흔들릴 것을 각오하고 내 앞에 서서, "그래그래, 거길 눌러"라고 말하고, "한 장 더 부탁해"라고 말했다.

소년은 세 번이나 셔터를 눌렀다. 그러나 내가 포착한 것은 제대로 내려앉지 못해 볼썽사납게 물에 곤두박질한 어린 백조와, 배를 띄우고 빙어잡이를 즐기는 외팔이 남자와, 결혼식 다음의 일은 아무것도 생각지 않는 남녀의 웃음에 눌어붙어 있는 일말의 불안뿐이었다. 두 사람은 소년에게 고맙다는 말을 하고, 말만으로는 부족하다 싶었는지 가지고 있던 귤을 봉투째 소년에게 건넸다.

두 사람은 사라지는 소년을 향해 손을 흔들었다. 소년은 호수를 떠나, 강줄기를 따라 어슬렁어슬렁 걸어가다 생각났다는 듯 돌아보고 손을 휘휘 저었다. "착한 아이야"라고 여자는 말했다. "응" 하고 남자가 대꾸했다. 그리고 소년의 뒷모습을 향한 나는, 이 여행에서 무엇보다 값진 기념을 멋들어지게 포착하였다. 두 사람은 마호로 마을의 그림엽서를 사가지고 저녁 버스에 올라탔다.

3월 13일 월요일

168

나는 낙서다.

도로 가에 있는 자동차 극장을 계절풍으로부터 지키고 있는 높은 담, 그곳을 빼곡하게 가득 메운 낙서다. 나는 개조한 자동차나 오토바이를 타고 수많은 밤을 통과한 젊은이들의 한없는 우둔함과 해소할 길 없는 울분을 여실히 말하고 있다. 나의 대부분은, 그야말로 박쥐 수준의 지능에 따랐을 뿐인, 아니면 청춘의 하찮음에 집착했을 뿐인 치졸한 것이다. 그러나 그중에는 고상한 시에 필적하고 시를 웃도는 순수한 것도 있다.

마음을 열고 나를 접하면 저절로 혼탁한 세상이 이해될 것이다. 그리고 담 전체를 캔버스라 여기고 나를 유심히 바라보면, 선배 제위의 눈치를 살피고 체제에 아첨을 떨며 국민적 예술가로서 발판을 굳힌 화가들의 그 어떤 작품도 근접할 수 없는 걸작임을 분명 깨달을 수 있을 것이다. 저항하지 않는 상대방의 멱살을 거머쥐어 담에 밀어붙여놓고 세 가지 색 스프레이를 뿌려 그린 작품, 즉 소년 요이치의 몸의 윤곽은 하늘이 내린 예술가라 한들 절대로 낳을 수 없는 미와 추, 선과 악, 철학과 사상을 선명하게 체현한 대걸작이라 할 수 있다.

내리는 비를 고스란히 맞고 있는 내 앞을 눈먼 소녀가 지나갔다. 그녀에게는 물론 무리였지만, 그녀가 데리고 있는 하얀 개는 내 안의 소년 요이치를 알아차리고, "멍" 하고 짖었다. 그러자 소녀는 내게 다가와 손가락으로 더듬더듬 요이치를 찾아내고는, "요이치네"라고 몇 번이나 중얼거렸다.

3월 14일 화요일

나는 자긍심이다.

기온의 상승과 나날의 성장에 따라 새장 속의 새가 빈틈없이 체득해가는 확고부동한 자긍심이다. 대부분은 파란색이고 일부분만 하얀 털로 뒤덮여 어른 새가 된 요이치의 큰유리새는, 아무도 없는 언덕 위의 집에서 봄바람과 봄을 재촉하는 물거품 호수의 빛을 받자 돌연 나를 자각하고, 자신이 그저 관상조가 아님을 분명히 인식하였다.

그러나 큰유리새는 새가 아니면 대체 무엇이냐는 자문은 하지 않았다. 티 한 점 없는 자신의 몸을 금이 간 유리창에 비추고는, 운동장 겸 공원에서 솟아오르는 고등학생들의 함성과, 일찌감치 옥토를 내달리는 경운기의 엔진 소리와, 다리 공사 현장에서 추락사한 남자를 운반하는 구급차의 사이렌 소리와, 갓난아기를 에워싸고 합창하는 일가족의 만세 소리와, 정부의 앞잡이로 순회 강연을 하는 어용 문화인의 실소를 금할 수 없는 이야기와, 그에 환호하는 몽매한 청중의 박수 소리와, 수성암 지층이 자신의 무게로 어긋날 때 생기는 낮은 소리와, 아직도 위정자의 양심 따위를 문제삼는 어리석은 국민의 한탄과, 태업권을 들먹거리며 사는 노동자에게 보내는 험담 잡언에 맞춰 전신을 파르르 떨며 현세의 정수를 드높이 지저귀었다.

나는 다 쓰러져가는 언덕 위의 집을 가득 채우고 밖으로 흘러넘친다. 그러나 나는 돌고 도는 공간으로 확산되어, 한낮의 천심에 반짝이는 유일한 광원체의 열기에 불타버려, 마호로 마을 사람들에게 아무런 영향도 주지 못했다.

3월 15일 수요일

나는 오열이다.

어제 형무소에서 출소하여 일 년 반 만에 고향으로 돌아온 여자가 터뜨리는 오열이다. 내 절반은 자동차를 운전하는 그녀의 남편이 받아주고, 나머지 절반은 아직 어둠 속에 가로누워 있는 마호로 마을이 받아들여준다. 여자는 힘들었던 나날에 대해서는 한마디도 언급하지 않고, 또 그녀의 남편도 그 일에 대해서는 묻지 않는다. 형무소 근처에서 하룻밤을 묵고 돌아갈 예정이었다. 그러나 그녀는 낮에 돌아가면 동네 사람들에게 얼굴을 보이게 되므로 싫다고 하였다. 심중을 헤아린 남편은, 우리에게는 다행히 자식이 없으니 어디 먼 곳으로, 아는 사람이 한 명도 없는 고장으로 이사 갈까, 라고 말했다.

그러나 그녀는 마호로 마을로 돌아가고 싶어했다. 안심하고 살 수 있는 곳이 달리 어디 있겠느냐고 말했다. 두 사람은 마시지도 먹지도 않고 밤새 달렸다. 그리하여 물거품 호수가 보이고, 이제 집까지 불과 몇 킬로미터밖에 남지 않았을 때, 그녀는 마침내 눈물을 흘렸다. 나는 그녀의 긴장을 부드럽게 풀어주며 이제 끝난 일이라고 위로하고, 그녀의 남편을 안심시켰다. 남편은 내심, 아내가 다른 사람처럼 변해 지금까지 둘이서 기초를 닦고 쌓아올린 모든 것을 내동댕이치는 그런 여자로 돌아오는 것은 아닌가 하고 걱정하고 있었던 것이다.

헤드라이트가 불쑥 노상으로 뛰어나온 소년을 비춘다. 급브레이크 소리가 체포당한 그날 밤으로 그녀를 단박에 옮겨다놓는다. 자동차 밖으로 내던져진 나는, 병에 지배된 소년 옆에 우두커니 서 있다.

3월 16일 목요일

나는 안개다.

물거품 호수에서 넘쳐나와 오류 강을 따라 마을 쪽으로 흘러가는 우유처럼 짙은 안개다. 나는 결코 밝다 할 수 없는 기존의 사실과, 퇴폐한 도의(道義)와, 크고 작은 허물을 덮어 숨기면서 마호로 마을의 새벽을 늦추고 있다. 나를 짓찢는 목소리와 소리, 신문을 배달하는 오토바이 소리와, 굶주린 개가 짖는 소리, 선사에서 울려퍼지는 종소리, 밤사이에 오줌을 싼 아이를 꾸중하는 잔소리 많은 어머니의 목소리 등, 온갖 소리가 언덕 꼭대기에서 천하를 흘겨보고 있는 소년 요이치의 귀에 닿는다.

요이치는 지금, 가족과 큰유리새가 잠들어 있는 집을 등지고 나를 내려다보고 있다. 분지 바닥을 메우고 조용히 흔들리는 나를 물이 아닌가 여기고 바라보고 있다. 예를 들면 산기슭에서 하얀 파도머리가 부서지고 있는 것으로 여기거나, 예를 들면 고갯마루를 오르는 트럭을 섬 그늘에 숨은 배로 여기고 있다. 혹은 이렇게 생각하기도 한다. 사람도 개도 모두 어류로 변했는지 모른다고. 앞으로는 다들 물 속에서 헤엄치며 살아야 할는지도 모른다고.

그때, 내 안에서 한 무리의 백조 떼가 날아오른다. 수천 마리 백조가 가지런히 열을 이뤄 저 멀고 먼 대륙으로 출발하는 것을 본 요이치는, 이번에는 나를 구름이라 단정하고, 구름 속에 사는 자들은 모두 새가 된다고 확신한다. 안절부절못하게 된 요이치는 백조의 날갯짓과 큰유리새의 지저귐 소리를 흉내내면서, 병자치고는 놀랄 만한 속도로 비탈길을 뛰어내려가 내 품에 안긴다.

3월 17일 금요일

나는 경고다.

읍사무소의 의뢰로 경찰이 삼층짜리 검은색 빌딩을 향해 발하는 노골적인 경고다. 사무실 개장이나 신축 축하란 명목으로 '단합대회'를 갖는 것은 자유지만, 이 마호로 마을에서는 절대 묵인할 수 없다. 그것이 나의 주지다. 나에게 돌아온 대답은 이런 것이었다. 전입신고를 했으니 엄연한 이 읍의 주민이며, 법률을 준수하고, 세금도 마땅히 내는 국민이 어디서 무슨 축하 모임을 갖든 무슨 상관인가. 말솜씨 능란한 조직원은 그렇게 역설한다.

물론 그런 정도의 약삭빠른 이치에 물러날 내가 아니다. 만약 어떤 식으로든 강행할 작정이라면 이쪽에서도 대응할 각오가 되어 있다고 말하고, 불러들인 여자로 무슨 일을 시작했는지 몰라서 하는 소리냐고 되묻는다. 그러나 상대방의 태도는 시종 변함이 없다. 그들 세 사람의 논조는 한결같고 결속도 단단하다. 그중에서도 긴 머리칼을 뒤로 싹 빗어넘긴 키 큰 청년은 마호로 마을의 요구를 깨끗이 거절하고 나를 향해 코웃음친다. 유감스럽기 그지없다.

담당 형사는 "마음만 먹으면 지금 당장이라도 체포할 수 있다"고 말하고, "시골 경찰이라고 얕보는 거냐, 할 때는 한다"고 말한다. 그러나 그들은 나 따위에는 콧방귀도 뀌지 않고, 쌍방의 대립은 한층 악화될 뿐이다. 자동차로 돌아간 형사는 뒷좌석에 웅크리고 있는, 늘 불리한 역할만 떠맡는 읍사무소 직원에게, 가발을 쓰지 않고서는 걸어다니지 못하는 남자에게 이렇게 말한다. "현행법으로는 이 정도밖에 할 수 없습니다. 읍장님한테 그렇게 전해주십시오."

3월 18일 토요일

나는 숯이다.

가마에서 꺼내 재를 뿌린 후 꼬박 하루 동안 식혀 완성된 고급 숯이다. 나를 조심스레 다루며 가마니에 집어넣고 있는 덩치 좋은 여자는 내 가루를 전신에 뒤집어쓰고 귓구멍까지 새카맣게 물들어 있다. 그러나 다음에 숯의 재료가 될 딱딱한 나무를 가마로 운반하고 있는 고집센 남편 쪽은 한층 더 시커메서, 마치 움직이는 어둠 같다. 밤낮으로 주색에 탐닉하여 재산이고 뭐고 몽땅 날려버린 이 남자와 지나치게 헌신적인 그의 아내, 두 사람의 생활을 뒷받침할 수 있는 것은 지금으로선 나뿐이다.

마침 선사에서 수행에 정진하고 있는 젊은 스님이 나를 가지러 온다. 그가 걸치고 있는 검은 옷은 노골적으로 나를 경멸하고 있다. 같은 검정이라도 너 같은 것하고는 수준이 다르다는 양 흘깃거리는 꼴이 아니꼬워서 볼 수가 없다. 나를 리어카에 실은 스님은 하늘 높이 치솟아 있는 이승 산을 올려다보며 긴 한숨을 내쉬고, 그러고는 물거품 호수 건너에 펼쳐져 있는 거리로 뜨거운 시선을 보낸다.

스님은 돌아가는 길을 잘못 들어선다. 절 쪽이 아니라 마을 쪽으로 내려가려 한다. 퍼뜩 정신을 차린 그는 당황하여 리어카의 방향을 튼다. 그러자 숯가마집 부부는 가마 속으로 뛰어들어가 키들키들 웃으며, "검정 옷만 입었다고 스님이 될 수 있다면 우리도 벌써 도를 텄겠네"라 말하고, 한층 소리 높여 웃는다. 그 웃음소리는 두터운 가마 벽에 가로막혀 스님의 귀에는 들리지 않는다. 하지만 산길에서 스님과 스친 창백한 소년의 귀에는 들린 모양이다. 소년은 큰유리새 흉내를 그만두고, 이번에는 천박한 웃음소리를 그대로 흉내낸다.

3월 19일 일요일

나는 수치다.

수치를 수치로 여기지 않는 젊은이가, 어떻게 처신해야 할까 궁리하다 비로소 깨달은 조심스런 수치다. 너덜거리는 걸레 뭉치 같은 차림새의 거지가 그가 보고 있는 앞에서 주운 빵을 흙도 털어내지 않은 채 입으로 가져갔다. 그리고 그가 먹다 남긴 것을, 거지 뒤를 따라온 꼭두각시 인형처럼 손발이 제멋대로 움직이는 소년이 주워, 벌레를 잡아먹는 새처럼 단숨에 꼴깍 위장으로 내려보냈다.

그 광경을 본 순간, 젊은이는 나를 느낀 것이다. 늙어 망령이 든 것도 아니고 병에 걸린 것도 아닌 사내가 언제까지고 친척집에 빌붙어 살고 있는 것의 의미를 깨달은 그는, 그길로 다시 불에 타 무너져내린 고향집과 토광밖에 남아 있지 않은 낙엽송 숲속으로 돌아갔다. 나는 그의 뒤를 쫓아가, 토광으로 숨어든 그를 신나게 모욕해주었다. 성장과 더불어 학업에 전념하고, 각기 정상적인 직장을 얻어 새로운 땅에서 열심히 살고 있는 네 명의 형제를 대신하여 이게 무슨 꼬락서니냐고 편잔을 주고, 제멋대로 집을 뛰쳐나가 제멋대로 돌아오더니 겨우 이 정도냐고 몰아붙였다.

그러자 그는 연기에 내몰린 너구리처럼 견디다 못해 토광에서 뛰쳐나오고 말았다. 그는 횡설수설 나를 향하여 뭐라 말하고는, 불탄 자리를 뱅뱅 맴돌며, 하늘 높이 나르는 종달새 아래서 끝내 춤을 추기 시작했다. 독을 삼키고 신음하는 자 같은 몸짓으로, '살아 있는 수치'를 즉흥적으로 춤췄다.

3월 20일 월요일

나는 거친 파도다.

물거품 호수에서는 십 년에 한 번이나 일까 말까 한 거의 비현실적인 거친 파도다. 나를 만든 주요인은 봄을 예고하는 강풍이 틀림없는데, 그러나 그게 전부라고는 할 수 없다. 돌풍이 수면을 뒤흔듦과 동시에, 무언가 터무니없이 거대한 힘이 마치 화산을 밀어올리는 마그마 같은 기세로 호수 밑바닥에서 솟아오른 것이다. 그것은 지진의 힘도 아니고, 인간이 운명을 조롱하며 즐거워하는 자의 존재를 구현한 힘도 아니다.

어쩌면 도래할 혼란의 시대를 암시하는 전조인지도 모르고, 아니면 다가오는 죽음을 감지한 물거품 호수가 몸통을 뒤트는 것인지도 모르겠다. 갑자기 솟구쳐오른 나는 주위의 산마저 무너뜨릴 위용으로 호숫가로 향한다. 물 위에 떠 있는 배 한두 척쯤은 가볍게 뒤집어버릴 수 있을 것이다. 그런데 나는 호숫가로 근접함에 따라 힘을 잃고, 부서지는 파도머리도 생각한 것만큼 거칠지 않았다. 나는 아직 호수에 남아 있는 백조를 쩔쩔매게 하지도 못하고, 낡은 구름다리를 짓뭉개지도, 오랜 폐단을 일소하지도, 목적 달성을 위한 가정(假定)에 따른 추론을 물리치지도, 그 어떤 시대에도 추세에 영합하는 인간들을 놀라게 하지도, 때로 벌레만도 못 한 취급을 받는 소년 요이치로 하여금 용단을 내리게 하지도 못한다.

그저 평범한 파도가 되어 호수 한가운데로 밀려나는 나를 따라와준 것은 언덕 꼭대기에서 시작된, 너무도 아름다워 오히려 허망하게 울리는 큰유리새의 지저귐과, 아무래도 상관없는 죽은 자들의 한숨.

3월 21일 화요일

나는 착각이다.

미미한 변동까지 예민하게 포착하는 이른 봄의 조용한 아침, 요이치의 누나를 꼼짝 못하게 하는 착각이다. 감기 기운에 찌뿌드드한 그녀의 머리는 나를 쉽사리 받아들인다. 지금 막 벨이 세 번 울렸다 뚝 끊어진 전화, 그녀는 그것을 그 남자가 걸다 만 전화라고 믿고 있다. 잘못 걸린 전화라고는 전혀 생각하지 않고 있다.

분명 어제 그녀는 그 남자와 거리에 서서 얘기를 나누었다. 그러나 별 대수로운 대화는 아니었다. 남자는 자기가 만든 난로의 상태를 물었을 뿐이었고, 그녀는 "네, 아주 좋아요"라고 대답했을 뿐, 다른 말은 전혀 나누지 않았다. 가끔은 도서관에도 와주세요라든가, 취미는 뭐예요라든가, 다음에 우리 마을에도 놀러 오세요라든가, 유감스럽게도 그런 대화의 진전은 없었다. 애써 화제를 만들려는 노력도 하지 않고, 두 사람은 그냥 미련 없이 남과 북으로 헤어졌다.

나는 그녀를 부추긴다. 인연이 있어, 말주변이 없어서 그렇지 실은 만나고 싶어해, 전화라면 자기 마음을 전할 수 있을 거라고 생각한 것이 틀림없어, 라고 속삭인다. 그가 망설이고 있는 것은 시간이 너무 일러서 부끄러운 까닭일 거야, 라고도 말한다. 나에게 그런 말까지 들어가면서 꼬드김을 당한 그녀는 서둘러 이부자리에서 빠져나와, 거울을 상대로 자신을 과대평가하고, 어떻게 하면 저 든든한 난로를 고장나게 할 수 있을까를 심각하게 고민하고, 평소보다 정성껏 화장을 시작한다.

3월 22일 수요일

나는 코 고는 소리다.

물거품 호숫가 빈 별장의 창문을 덜컹덜컹 흔드는, 반달곰의 대담무쌍한 코 고는 소리다. 넋을 잃고 내 소리에 빠져 있는 소년, 이 세상에서 가장 자유로운 그 병자는 익숙하지 않은 소리의 정체를 아직 모르고 있다. 그는 나를 봄의 떨림이라 착각하고 있거나 아니면 흙덩이나 암석이 살아 있는 증거로 알고 있는 모양이다. 소년은 두근거리는 가슴을 억누르며 조금씩 이쪽으로 다가와, 마침내 별장의 판자벽에 바싹, 자궁에 걸려 이 세상에 나오기를 거부했던 일그러진 귀를 밀어붙인다.

겨울잠에서 깨어난 반달곰은 거목의 뿌리둥치 구멍을 빠져나와 우선은 대나무 잎을 아작아작 씹어 먹고 뱃속에 차 있던 오물을 대량 배설하였다. 그리고 주린 배를 채우고자 위험하기는 하지만 손쉬운 방법을 선택하였다. 작년에 먹었던 음식찌꺼기의 맛을 떠올린 것이다. 그러나 음식찌꺼기는 어디에도 없었다. 그래서 곰은 별장으로 침입하여, 입을 피투성이로 물들여가며 통조림과 병조림을 닥치는 대로 해치웠다. 배가 잔뜩 부르자 흡족한 기분으로, 그만큼 잤는데도 또 잠이 쏟아지는지 총알에 짓뭉개지지 않은 쪽의 인간의 옳고 그름을 분별하는 눈을 감고는 다시금 깊은 잠에 빠져들었다.

창가에 쌓여 있는 장작더미에 기어오른 소년은 간신히 나의 정체를 알아챈다. 하지만 두려움에 오싹 떨지는 않고, 잠시 우스꽝스런 몸짓을 하고는 발소리를 죽여 소리 없이 돌아갔다.

3월 23일 목요일

나는 손수레다.

지금껏 축축한 적토와 메마른 공허 외에는 아무것도 나른 적이 없는 녹투성이 손수레다. 오랜 세월 나와 함께 힘든 일만 계속해온 사람은, 모두들 그를 조롱하여 신의 환생이라 일컫기도 하는 마호로 마을에서 다섯 손가락 안에 드는 괴짜다. 힘은 들어도 일의 내용은 간단하여, 담 밖에 쌓인 적토를 내게 싣고 평탄한 길을 이백 미터 정도 달려 담 안쪽에다 쏟아붓기만 하면 되는 그런 일이었다.

오후 다섯시쯤이면 적토 더미가 깨끗이 사라지고, 이튿날 아침 아홉시면 또 새로운 더미가 거기에 쌓여 있다. 말이 없는 그는 내게도 자기 본심을 털어놓는 일이 없었다. 이런 일을 어떻게 생각하고 있는지, 이렇게 보내는 나날을 어떻게 생각하는지, 타인의 노동과 비교해본 적은 없는지. 그는 나의 질문에 대답하지 않았다. 어쩌면 아무 말도 하지 않는 것이 사는 힘인지도 모르겠다. 그는 적토가 어디에 사용되는지조차 몰랐다.

그렇다고 딱히 이 남자가 소모가 심하여 감정이 둔해졌거나 뻐딱한 것은 아니었다. 성격이 배배 꼬여 있기로는, 오히려 그를 고용하여 몇십 년 동안이나 똑같은 일을 시키고 있는 남자 쪽이 한술 더 떴다. 오늘, 가발을 쓴 읍사무소 직원이 고등학교 시절의 반 친구인 경영자에게 물었다. 트럭 한 대만 있으면 한 시간이면 끝날 일 아니냐고. 경영자는 술냄새 풍기는 입김을 토하며 말했다. "저 녀석이 진짜 신인지 아닌지 확인하고 싶어서 말이야."

3월 24일 금요일

나는 땅거미다.

마호로 마을 사람 대부분에게 별 이렇다 할 일도 없었던 하루가 구름 긴 채 끝나고, 그 뒤에 물밀듯 찾아온 땅거미다. 누군가의 손이 평소처럼, 물거품 호숫가를 빙 둘러싼 가로등에 불을 켜자 나는 재 속에 묻혀 있는 불씨의 은근한 온기를 닮은 봄기운을 고스란히 인수한다. 집들이 줄줄이 들어선 거리에는 입을 유혹하는 술냄새와, 기대에 어긋난 무수한 결과들이 나뒹굴고 있다.

어디에선가 친구라곤 오직 나 하나뿐인 남자가 모습을 드러낸다. 나는 여느 때처럼 그에게 손짓하며 친절하게 맞아들인다. 그는 낮 동안에는 줄곧 집에 틀어박혀 있는 탓에 마호로 마을에서 가장 알려지지 않은 주민이다. 그는 가로등 아래에 설 때마다 지팡이로 지탱하고 있는 왼쪽 허벅지를 쓰다듬으며 지금도 거기에 박혀 있는 탄환을 확인한다. 그렇게 그는, 온 집을 다 태우고 저항하지 않는 사람들까지 몰살한 이방(異邦)에서의 나날과, 죽여도 아깝지 않을 자기 자신을 재확인한다.

몸은 그렇다 치고 혼은 이미 저승길을 걷고 있는 그를 향하여, 나는 가끔은 햇볕을 쪼여도 좋지 않겠느냐고 말한다. 옛날 일을 아는 사람도 얼마 남지 않았으니, 라고 말한다. 달리 해줄 말이 없기 때문이다. 그런 차에 마호로 마을 내에서는 읍장보다 더 유명할지도 모르는 소년 요이치가 다가온다. 요이치는 내게 파묻히려 하는 남자의 등을 조준하여 입으로 총소리를 퍼붓는다. 그러자 남자는 몸을 비틀거리며 내게로 쓰러진다. 그러나 그의 심장은 아직 멈추지 않았다.

3월 25일 토요일

나는 고향 생각이다.

호숫가의 별장지에서 조용히 여생을 보내려 하는 노부부의 마음을 거세게 뒤흔드는 예의 고향 생각이다. 전직 대학교수는 오늘, 조그만 화장실 창문으로 여울물에 떠내려가 익사할 것같이 걷는 소년의 뒷모습을 보았다. 그저 그뿐인데 그는 "난 이래 봬도 학자 출신이라구!"라고 느닷없이 외쳤다. 거의 동시에 수반에다 수선화를 꽂고 있던 그의 아내가 가위를 내던지며 말했다. "이제 지긋지긋해요, 이런 생활."

그리하여 또 내가 등장하게 되었다. 두 사람은 저마다 마호로 마을을 매도하였다. 여기는 전혀 문화적인 분위기가 조성돼 있지 않아. 싸늘한 산 공기는 오염된 도시의 공기보다 노화를 더 부추긴다니까. 제대로 된 상품 하나 없고. 정적도 도가 지나치면 유해하지. 눈 쓸기가 성가셔. 모두 다, 두 사람이 애써 피해왔던 화제뿐이다. 그리고 부부는, 번화하고 활기찬 도시에서의 생활을 진지하게 검토하였다. 그러면서 이제 자신들이 살 장소는 이곳밖에 없다는 것을 깨닫기까지 거의 반나절을 소비하고 말았다.

날이 저물어 기온이 한층 내려가자 두 사람은 과거 엄격한 가정을 꾸렸던 사람이라고는 도저히 생각할 수 없을 만큼 불안하고 음산한 표정으로 간단히 식사를 끝냈다. 아직도 내게 매달려 있는 아내는 딸네 집에서 같이 지내면 어떻겠냐며, "이 집 판 돈을 보이면 그리 싫은 내색은 하지 않을 거예요"라고 말했다. 그러자 남편은 "그 정도로 하지"라 말하고 나를 내몰았다.

3월 26일 일요일

나는 플랑크톤이다.

물거품 호수의 수온이 올라 움직임이 한층 활달해진, 눈부신 진화의 도상에 있는 동물성 플랑크톤이다. 해파리의 모습을 닮은 나는 아직 사용하지 않은 콘돔 같은, 혹은 상상력을 발휘하여 그린 외계인 같은 모양의 머리를 지니고, 긴 여러 갈래의 촉수를 흐물거리고 있다. 그러나 실제로 이것은 머리가 아니다. 나는 뇌세포 같은 무용지물은 하나도 갖추고 있지 않고, 또 앞으로 일억 년 후에도 갖출 생각이 없다.

따라서 나는 존재의 가치도 무(無)의 의미도 전혀 모르고, 실은 자신이 무엇인지도 잘 모르고 있다. 나는 나임을 알 수 없는 정도의 느릿한 속도로, 그닥 만족할 만한 수질은 못 되는 심야의 산 위 호수를 헤매고, 네온사인 비슷한 빛을 발하며 편안한 부유를 계속한다. 이런 나지만 생명에 필요한 조건은 모두 갖추고 있으며, 그리고 때로는 이 세상의 진수를 터득하는 순간도 있다.

나를 구성하는 원자가 하나하나 소우주이며, 나 자신은 그 전체를 아우르는 대우주라고 실감하는 순간이 분명 있다. 아무래도 상관없는 일이지만. 호수 바닥층에는 윤회의 저류(低流)가 흐르고, 수면을 어루만지는 대기층 속에서는 변화무쌍한 생물이 북적거리고, 그들 머리 위로는 때마다 자리를 바꾸는 별들이 반짝이고, 광활한 암흑 공간에는 별의 수를 웃도는 형이상학적 문제가 촘촘히 박혀 있다. 몸 전체가 파도처럼 요동치는 소년이 건너편 호숫가에 쭈그리고 앉아 나를 빤히 쳐다보고 있다. 수억 년의 간격 따위 아랑곳하지 않는 눈길로.

3월 27일 월요일

나는 거드름이다.

이러지도 저러지도 못하는 궁지에 몰린 남자가, 마지막 보루로 왕왕 사용하고 싶어하는 싸구려 거드름이다. 그는 지금 주문을 받은 것도 아닌데 자진하여 제작한 높이 이 미터짜리 새 난로를 앞에 두고, 슬슬 골동품으로서의 가치를 지니기 시작한 팔걸이의자에 의젓하게 앉아 있다. 그것도 그저 한숨 돌리고 있는 것이 아니다. 단 한 벌뿐인 양복을 차려입고 넥타이까지 매고 머리칼은 한가운데를 반듯하게 갈라 빗어넘겼다. 그리고 왼손에는 피우지도 않는 담배를 끼고 있다. 그런 모습으로 그는 미간을 찌푸린 얼굴을 거리로 향하고 어딘가 한 점을 지그시 노려보며, 예술가의 풍모에 가까워지려 하고 있다.

그로서는 이쯤이면 만반의 준비를 다 갖추었다는 속셈이리라. 이 정도면 이제 머지않아 나타날 도서관에서 일하는 여자의 마음을 단단히 붙잡을 수 있을 것이라 생각하고 있으리라. 회사를 그만두고 전혀 다른 성격의 일을 시작한 그는 처자식을 잃었을 뿐만 아니라 지금은 이상적으로 여기던 생활마저 잃어가고 있다. 따뜻했던 겨울 탓에 ― 마호로 마을은 추웠지만, 다른 곳은 예년보다 기온이 높았다 ― 난로는 예상보다 판매가 저조해, 끝내 주문하러 오는 상대가 한 명도 없었다. 다음달 전기료를 낼 수 있을지 의심스럽다. 비열한 심성이 꿈틀꿈틀 고개를 쳐들어 갑자기 눈빛이 변한 그는, 이 겨울 난로를 사준 여자를 생각해냈던 것이다. 바로 한 시간 전이었다. 그리하여 그는 지금 나와 함께, 헌신하는 타입에 틀림없을 여자를 이제나저제나 하고 기다리고 있는 것이다.

3월 28일 화요일

나는 일상이다.

길들기는 쉬워도 거취를 분명히 하는 데는 서투른 타율적인 사람들
이 조용히 생활하는 마호로 마을 구석구석을 덮고 있는 일상이다. 지
금은 내가 마호로 마을이고, 마호로 마을이 바로 나다. 내게 정면으로
이의를 거론할 만큼 의지와 힘을 지닌 자는 거의 없다고 해도 무방하
다. 독단이 주특기인 마을의 제일가는 경각자(警覺者)조차, 한 발 한
발 다가오는 봄 속에서 나에게 만족하고 나를 즐기고 있다.

그리하여 내게 싫증을 느끼고 넌더리를 내기 시작할 무렵, 주민들
사이에 귀천상하를 구별하는 기풍이 싹트고 구제하기 어려운 우둔한
중생의 악취가 코를 찌르기 시작한다. 그러나 별 대수로운 일은 아니
다. 마호로 마을 의회에서는 오늘도 여전히 의사의 원활한 진행을 도
모하기 위한 치사한 사전 교섭이 행해지고, 국면 타개를 모색하는 척
하는 일들이 횡행하고, 독지가가 거액의 금전을 기부하지 않는 이상
해결은 불가능하다는 결론에 도달하고, 사무를 간섭하는 방법에 관한
별볼일 없는 의견이 두셋 제출된다. 또 주목을 끌고 있는 삼층짜리 검
은색 빌딩 안에서는, 누군가의 눈초리 하나로 누군가의 목숨을 주저
없이 빼앗는 세 명의 남자가 술에 만취해 앞뒤를 못 가리고 있다. 들개
는 나에게 꼬리를 흔들고, 부업인 가내수공에 열심인 주부는 나를 향
하여 쓸쓸히 웃고, 위독한 상태에 빠진 노인네는 나에게 뒷일을 부탁
하고 목숨을 거둔다. 소년 요이치는 정오를 알리는 사이렌 소리에 맞
춰 어디선가 주워온 크기만 한 도자기 꽃병을 길바닥에 내동댕이치지
만, 내 웃음에 숨을 죽이고 만다.

3월 29일 수요일

나는 피아노다.

이 고장 양주 가게 주인이, 돈을 너무 많이 벌어들였다는 험담을 조금이나마 덜 듣기 위해 마호로 마을 중학교에 기증한 그랜드피아노다. 신학기가 며칠 남지 않은 오늘, 신임 음악 선생이 인사차 내게로 왔다. 그는 우선 제대로 조율이 되어 있는지를 확인하고, 전혀 어긋난 음이 없음을 알자 매우 흡족해하며 산동네의 봄에 어울리는 곡을 잇달아 연주하기 시작했다. 대단한 연주가였다. 적어도 내가 아는 한 그의 솜씨는 상당히 믿을 만했다. 그렇다고 시골 중학교에서 선생 노릇이나 하기에 아까울 만큼은 아니었다.

올봄 마호로 마을로 이사 온 그는 중앙과 지방의 현저한 차이에 놀라 성급하게 낙담한 나머지 의욕을 잃고 말았다. 그래도 따분함을 달래기에는 더없이 좋은 나를 만나 다소 기운을 되찾은 모양이었다. 그는, 너만 있으면 당분간은 견딜 수 있겠지, 라고 말해주었다. 그 점은 나 역시 마찬가지였다. 그의 심중을 헤아린 나는, 창문 너머에서 은빛으로 반짝이는 물거품 호수의 빛과, 꽃밭을 뒤집으며 비료를 주는 원예부 여학생들의 조잘대는 웃음소리와, 우열을 가리기 어려운 들새들의 지저귐 등등, 이 계절에 없어서는 안 될 마음이 사르르 녹아내리는 선율을 열심히 선사했다.

그런데 반짝반짝 윤이 나도록 닦여 있는 내 표면에 느닷없이 비친 소년이 모든 음을 뒤틀어놓고 말았다. "앗" 하고 낮게 소리친 선생은 곧추선 말 같은 자세로 꿈쩍도 하지 못했다.

3월 30일 목요일

나는 으름장이다.

한껏 멋을 부린 키 큰 조직원이 뒤를 돌아다보며 소설 쓰는 재주밖에 없는 사내에게 내뱉은 으름장이다. 비구름이 낮게 드리워진 늦은 오후, 마을 주차장에서 일어난 일이었다. 내 조준에 걸려든 상대는 그 순간 고개를 숙였다. 그러고서 그는 서둘러 검정 삽살개를 스쿠터에 태우고 도망치려 했다. 그런데 앞길을 막아선 청년은 중년 남자의 오른팔을 비틀고는, "왜 그렇게 힐끔힐끔 보는 거지?"라고 물었다. 당황하여 어쩔 줄 모르는 상대의 꼴과 꽁무니를 빼려고 하는 개를 보자 나는 점점 더 기고만장해졌다. 청년은 "왜 나를 따라다니는 거냐고?"라고 묻고, 마침 그곳을 지나가던 흐물흐물한 몸의 소년 쪽으로 턱을 치켜올리며, "저 녀석도 쫓아다니지?"라고 말했다. 사내는 싱긋 가짜 웃음을 띠고는, 자신이 하고 있는 일이 얼마나 특수한지를 설명하였다. 하지만 사과하는 것은 아니었다. 청년은 뒤끓는 마음을 억누르고 손을 내밀며, "피차 운명적인 장사를 하고 있군"이라고 말했다.

소설가는 깊이 머리를 숙이고, 소년이 사라진 길 쪽으로 스쿠터를 돌렸다. 그러나 막상 달리려고 하자 청년은 또다시 나를 내뱉으며, "쩨쩨하게 모텔 숙박비를 내라는 소린 하지 않겠지만, 이것만은 분명히 해두겠어"라고 말했다. 적인지 그렇지 않은 자인지 분별할 여유가 없을 때에는 주저 없이 사용하지, 라고 말하며 청년은 점퍼 앞섶을 열어 보였다. 살해에 필수적인 도구를 두 눈으로 똑바로 보지 않을 수 없었던 사내는, 두려운 나머지 이른 봄의 햇살 속으로 마구 스쿠터를 몰았다.

3월 31일 금요일

나는 이유식이다.

각종 영양소를 더도덜도 아니게 포함하고 있으며, 안전하고 맛도 좋고, 게다가 먹기도 쉬운 이유식이다. 마치 옥외에 안치된 불상처럼 어린이용 의자에 앉아 있는 유아는 어버이의 힘 따위 전혀 빌리지 않고 따스하게 데워진 나를 열심히 입으로 나르고 있다. 이건 아직 거의 누구에게도 알려지지 않은 사실인데, 그 아이야말로 마호로 마을에서 가장 어린 나이로 자립한 인간이다. 그러나 어머니조차 그 점을 깨닫지 못하고 있다.

이 괴짜 아이의 부모는 지금, 벽 하나를 사이에 둔 건너편에서 막 들어온 채소와 과일을 가게에 진열하고 있다. 식탁 위에서 새끼 얼룩 고양이가 나를 힐금힐금 탐내고 있다. 그러나 조금도 파고들 여지가 없는 그 아이가 고양이 따위에 당할 리 없다. 이유식을 먹으며 그는 모든 것을 주도면밀하게 관찰하여, 언젠가 도움이 될지 모르는 지식을 부드러운 뇌에 또렷이 새겨넣고 있다. 나를 한 모금 넘길 때마다 지각 있는 자로서의 엉뚱한 성격이 형성되어간다.

만약 가능하다면, 이 아이의 앞날을 지켜보고 싶다고 나는 생각한다. 명성을 날리는 자가 될 것인지, 철창에 갇히는 신세가 될 것인지, 아니면 둘 다가 될 것인지. 마침내 그는 나를 밀어내고 팔 상품이 아닌 과일을 조그만 손에 들고 맛있다는 듯 한입 베어문다. 그러고는 뒷문으로 말도 없이 들어온 소년에게 먹다 남은 나를 숟가락을 곁들여 권한다. 생의 고독함을 물씬 풍기는 소년은 잠자코 나를 입으로 가져간다.

4월 1일 토요일

나는 말다툼이다.

사랑의 도피를 하여 마호로 마을에 눌러살게 된 젊은 남녀가 잡목 숲속 셋집에서 마냥 주고받는 화려한 말다툼이다. 나는 지난 일주일 동안 내내 등장하였고, 더구나 나날이 격렬함을 더하고 있다. 그리고 끝내 두 사람은 오늘, 가슴에 달고 있던 배지를 떼어내고 말았다. 창으로 내던진 금속제 파란 새 하나는 집 밖에서 마치 새소리라도 되는 양 나를 듣고 있던 소년의 머리에 톡 부딪쳐 떨어지고, 또하나는 소년의 발치에 떨어졌다. 소년은 그것을 주워 가슴에 나란히 달고, 입으로 큰 유리새의 지저귐을 흉내내며 기분 좋게 돌아갔다.

그후 나는 한바탕 신나게 소동을 피웠다. 빠찡꼬 가게의 종업원이 되려고 이런 데 온 줄 아냐고, 어차피 일을 해야 한다면 자기가 하고 싶은 일을 고를 수 있는 도시로 가는 편이 좋지 않느냐고 말했다. 여자는 울며불며, 무슨 일이 있어도 나는 여기에 남겠노라고 고집을 피웠다. 그러다 일몰이 다가와 그곳이 아무런 연고도 친척도 없는 고장임이 분명해지자 풀이 폭 죽어, "이제 끝났지, 우리"라고 마지막 카드를 내밀었다. 어제까지만 해도 그 즈음에서 남자는 구원의 말을 꺼냈는데, 오늘 그는 욕지거리만 내뱉을 뿐이었다.

내가 파국을 준비하려 할 때, 터무니없는 방해꾼이 나타났다. 예의 배지가 둘 다 창문으로 날아든 것이었다. 두 사람은 당황하여 창 밖을 내다보았지만 아무도 보이지 않았다. 원래대로 파란 새를 가슴에 단 두 사람은 달콤한 카레라이스를 먹기 시작했다.

4월 2일 일요일

나는 옥새송어다.

물거품 호수에서는 가장 큰, 그러나 엄밀하게 말하면 둘째로 큰, 교활하기 짝이 없지만 통솔자로서는 적격인 옥새송어다. 나 정도로 성장하면 이미 블랙배스의 공격을 받는 일도 없다. 그런 나를 따르는 동료의 수도 결코 적지 않다. 오늘도 또 수하에 들어오고 싶어하는 자가 늘었다. 눈에 띄게 아름다운 것은 아니지만, 나보다 꼬리지느러미만큼 몸길이가 긴 '두목'이 죽어가고 있기 때문이다.

내 멋대로 할 수 있는 날이 드디어 눈앞에 다가오고 있었다. 나는 재빨리 '두목'을 대신하여 수많은 졸개를 거느리고 호숫가를 따라 시계방향으로 헤엄치기 시작했다. 내 자신이 오늘처럼 자랑스럽게 느껴진 적이 없었다. 수면에는 이동을 포기한 게으름뱅이 오리가 볼썽사나운 꼴로 뒤뚱뒤뚱 끈질기게 살아 있었고, 그보다 더 위로는 이 세상의 경계를 배회하고 있는 소년 요이치가 병으로 뒤틀린 얼굴에 여느 때 같은 희색(喜色)을 띠고 있었다. 그는 호수 바닥의 거대한 잉어를 집요하게 부르느라 헛고생을 하고 있었다.

그리고 나는 낚싯배 아래를 천천히 빠져나와 마음 내키는 대로 유유히 전진하였다. 호수를 한 바퀴 돌고 돌아와보니, 마침 숨을 거둔 '두목'이 거품처럼 떠오르는 중이었다. 나도 모르게 흥분한 나는 이제 이인자가 아님을 강조하고, 물거품 호수를 제압할 자는 나뿐이라고 호언장담하고, 옛 폐단을 시정하겠다는 약속을 어겼다. 그런 나의 입을 막은 것은 요이치 쪽으로 느긋하게 헤엄쳐가는 거대한 잉어였다.

4월 3일 월요일

나는 도로다.

마호로 마을과 세상을 연결하고, 잘못된 관념과 세인의 눈을 기만하는 정보를 밤낮 가리지 않고 나르는 낡은 도로다. 이제 슬슬 포장을 다시 할 시기에 있는 나는, 그러나 일몰을 앞두고 있는 이 시간만큼은 막 완성된 고속도로보다 멋지게 보일 것이다. 지금 나의 표면은 기우는 햇살을 받아 환히 빛나고 있다. 그 빛은 눈부신 미래를 예고하고 있는지도 모르고, 어쩌면 세계 각지에서 인위적인 핵분열이 거듭되는 시대의 도래를 암시하고 있는지도 모른다. 그리고 전후좌우에서 울려퍼지는 경적과 욕지거리 세례를 받으면서도 전혀 동요하지 않고 외줄타기를 하듯 중앙선을 휘청휘청 걸어가는 소년의 모습은, 돈을 벌기에 급급하고 가진 것이 많음에도 결국 헛된 꿈으로 생을 끝내는 많은 사람들의 운명을 표상하고 있는지도 모른다.

올해 첫 아지랑이를 피워올린 내 위로 왕성한 야심을 상투적인 수단으로 실현하고 싶어하는 자가 지나가고, 전 재산을 다 날리고서야 간신히 고향을 찾을 마음이 생긴 자가 지나가고, 불도에 매달릴 수밖에 없는 자가 지나가고, 아무리 기다려도 별을 볼 날 없는 그림을 껴안은 자가 지나가고, 순조롭게 끝난 결혼식에 만족하는 자가 지나가고, 정말 종적을 감추어버릴까 생각하고 있는 좀도둑이 지나가고, 반대파를 설복하도록 명령받은 자가 지나가고, 남이 눈치챌까 두려운 내용의 서류를 숨긴 자가 지나가고, "참으로 재미있는 세상이 아니냐"고 큰소리치는 자가 지나간다. 소년 요이치가 그들의 그림자를 밟으며, 눈에는 보이지 않는 불규칙한 발자취를 내 위에 남기고 당당하게 지나간다.

4월 4일 화요일

나는 설득이다.

읍장의 명령으로 요이치의 아버지가 호숫가의 여관 '삼광조'의 안주인에게 열심히 시도하는 설득이다. 경찰이 해야 할 일 아닙니까, 라고 요이치의 아버지는 말했다. 그러자 읍장은 "그러면 일이 시끄러워지니까 말이지", 말꼬리를 흐리면서 부하의 어깨를 탁 쳤다. 그러나 전과자 동생을 둔 읍사무소의 직원이 아무리 끈질기게 얘기해도 안주인은 완강하게 거부하였다. 나를 받아들이기는커녕, 오히려 안색을 바꾸며 반박하고 나섰다.

안주인의 논조는 대충 이랬다. 마호로 마을이 '삼광조'의 빚을 책임지고 변상해준다면 설사 전국의 악당이 밀고 들어온다 해도 내쫓을 자신이 있다. 그러나 그게 불가능하다면 마호로 마을의 적이라고 해서 투숙시키지 않을 수는 없다. "나도 먹고살아야 하잖아요"라고 그녀는 말했다. 가발 쓴 남자는 "그야 물론 잘 알죠"라고 하면서도 여전히 포기하지 않았다.

나는 이 고장의 평판을 추락시킨다는 읍장의 한탄을 그대로 전하고, 신변의 안전은 보장하겠다는 경찰서장의 말을 반복하였다. 그리고 아직도 출세에 미련이 남아 있는 남자는 몸을 숙여 바닥에 이마를 댔다. 그러나 무슨 짓을 해도 소용이 없었다. 여주인은 냉담하게 나를 물리치고는, 사실대로 털어놓을 수밖에 없다고 생각했는지 "실은 벌써 이걸 받았어요"라 말하며 휴대용 금고에서 빳빳한 현금 다발을 꺼내 보였다.

4월 5일 수요일

나는 책가방이다.

마호로 마을 제1초등학교의 신입생이 메고 다니는, 당사자보다 훨씬 눈부신 책가방이다. 내 안에 들어 있는 것은 교과서와 공책, 필기구뿐만이 아니다. 아득하고 무수한 희망과 최소한 자기보다는 나은 인간이 되어달라는 부모의 애틋한 바람과 과도한 기대가 촘촘히 박혀 있는 것이다. 나로서는 벌써부터 현실과 꿈의 차이가 어쩌니저쩌니 시시콜콜 잔소리를 하여 아이들을 주눅들게 할 마음은 딱히 없다. 뜻하는 바가 이루어지는 경우는 극히 드물다든가, 학교에서 가르치는 지식을 일일이 그대로 믿었다간 큰일을 당할 것이라든가, 두툼한 책을 하루에 독파한다고 해서 뛰어난 의견을 지닌 인간이 되는 것은 아니라든가, 친구를 위하여 앞장을 서거나 편견이나 속단을 없애려 노력하거나 선생의 가르침을 명심하는 어리석음, 그런 유의 충고는 언젠가 날을 잡아 적절히 해주자. 지금 주지시켜야 할 일은 넘어지면 다른 누구의 힘도 빌리지 않고 스스로 일어날 것, 그 정도다.

내 지나친 무게에 균형을 잃은 신입생이 픽 쓰러졌다. 그것도 진흙탕 위로 말이다. 지금까지 과보호를 받으며 자란 그 아이는 그저 울면서 도와주는 이가 나타나기를 기다릴 뿐이었다. 그런데 나타난 것은 병으로 학교에 갈 수 없는 소년이었다. 그 창백한 소년은 누가 어떻게 된 것인 줄 뻔히 알면서도 나를 꾹 밟고, 빛나는 자립의 길을 걸어갔다.

4월 6일 목요일

나는 벚꽃이다.

아는 사람은 한정되어 있지만, 마호로 마을에서 가장 먼저 피어 아름다움을 뽐내고 있는 연못가의 벚꽃이다. 바람과 햇살이 잔잔한 오늘, 겨울을 무사히 넘긴 비단잉어가 내 아래로 모여들었다. 그리고 그들은 꿈처럼 떨어지는 내 꽃잎과 함께 요이치의 삼촌이 상태를 살피며 던져주는 딱딱한 모이를 그 요염한 입으로 집어삼켰다. 등 전체에 춤추는 비단잉어를 문신한 사내는 혹 추위와 굶주림에 견디지 못하여 쇠약해진 잉어는 없는지 확인하고, 잉어 쪽에서도 자기들 주인의 그것을 확인하였다. 양쪽 다 이렇다 할 결함은 없었다. 연못 속에서는 여러 해에 걸친 노력이 결실을 맺고 있었고, 연못 밖에서는 독신 사내가 피를 보지 않아도 되는 나날에 심취해 있었다.

나로 말하자면, 피리새 떼에 입질을 당하기는 했지만 예년 못지않게 풍성한 꽃을 피우고 화려하게 치장한 여인네들처럼 수줍은 기분에 취해 있었다. 수면에 또렷하게 비친 나의 허상은 실상보다 몇 배나 찬란하고, 전과자의 허상은 실상보다 한결 자랑스러웠다. 그는 이미 경거망동을 삼가야 하는 사내가 아니고, 화가 치미는 대로 추태를 연출하는 인간도 아니고, 마호로 마을에 어울리지 않는 잡배도 아니었다. 그는 내 아래서 술을 마시고 곤드레가 되어 아무 데나 쓰러져 잠이 들었다가, 눈을 뜨자 새싹이 일제히 움터 가지 전체가 뽀얗게 떠 있는 자작나무 숲 저 너머로 큰유리새의 지저귐 소리를 듣고, 불쌍한 조카의 발소리를 듣는다.

4월 7일 금요일

나는 개미다.

어디서 어떻게 길을 잘못 들었는지, 나도 모르게 보트 대여점 아저씨의 벗겨진 이마로 기어올라간 개미다. 하지만 나는 당황하지 않았다. 이런 경우, 함부로 움직이지 않는 편이 좋다는 것을 잘 알고 있기 때문이다. 요즘 세상의 젊은이들 같으면 나처럼 침착하게 있지 못하여 단번에 맞아 죽을 것이다. 이래 봬도 나는 처세술에는 능하다.

다행히 아저씨는 잠들어 있었다. 백조가 떠나자 할 일이 없어진 그는 하루 온종일 호숫가 벤치에 앉아 꾸벅꾸벅 졸았다. 오랜 격무에 시달린 나는 그를 배우기로 하였다. 가끔은 쉬어야지 하고 생각했다. 미끄러지기 쉬운 두피를 통하여 밋밋하고 조용히 살아온 그의 수십 년 세월이 내게 전해졌다. 병약하여 생사의 고비를 몇 번이나 넘기면서 신 앞에 엎드려 고개 숙이는 도리밖에 없었던 그인데도 염세적인 뇌파는 거의 느낄 수 없었다. 지금의 그에게는 망설임도 없고 인간 세상을 의심하는 일도, 괴로운 신세를 탓하는 일도, 불쾌한 상대를 심하게 매도하는 일도, 자신의 깊은 고독을 깨닫고 안색을 달리하는 일도 없다.

나는 그의 머리 꼭대기에서 먼 호수 한가운데를 바라보고, 소슬바람에 빛나는 버드나무의 새순에 넋을 잃고 있었다. 수면에서는 줄줄이 엮인 보트가 일렁이는 물결에 흔들리고 있었다. 그리고 지면에서는 열심히 일하는 내 동료가 똑바로 걷지 못하는 소년의 걸음걸음에 무수히 짓밟혀 죽어가고 있었다.

4월 8일 토요일

나는 진흙탕이다.

봄 태풍이 마호로 마을의 교외에 남기고 간, 길 가는 사람들을 곤경에 빠뜨리고서는 숨어서 고소해하며 웃는 진흙탕이다. 그러나 이미 하늘에는 구름 한 점 없고 태양은 찬란하게 빛나 나는 머지않아 사라질 운명이다. 사람도 개도 모두 나를 피해 지나갔다. 애걸복걸에 능한 세일즈맨도, 오랜 세월 고역에 시달리고 있는 성격 좋은 데릴사위도, 술고래처럼 마셔대도 끄떡없는 덩치 큰 사내도, 아무리 떨쳐내려 해도 끈질기게 따라다니는 어두운 과거를 지닌 여자도, 이 세상을 저세상에 비유하는 낙천가도, 전국 각지를 떠돌아다녀도 무엇 하나 변하지 않는 거지도 바로 코앞에서 나를 피해갔다.

그런데 그렇지 않은 아가씨가 딱 한 명 있었다. 요양을 위해 호숫가 별장에서 홀로 지내고 있는 그녀만은 아무런 망설임 없이 내 쪽으로 똑바로 돌진해왔던 것이다. 완치되려면 아직 멀었지만 조금씩 나아지고 있던 그녀의 마음의 병은, 내가 그녀의 다리를 떠올리는 순간 원래 상태로 돌아가고 말았다. 온몸이 진흙투성이가 된 그녀는 간신히 일어나기는 했지만 흐르는 코피에 정신을 잃고, 무슨 생각을 했는지 이번에는 스스로 자기 몸을 내게로 던져 뒹굴뒹굴 구르며 몸부림쳤다. 그러고는 진흙색으로 물든 이를 드러내고는 미치광이 같은 표정을 짓고, 나를 수영장이나 되는 줄 아는지 허부적허부적 헤엄치기 시작했다. 사람들은 못 본 척 그냥 지나쳤다. 저 소년 요이치마저도, 알 수 없다는 얼굴로 재빨리 지나쳐갔다. 읍내 순찰을 돌던 경찰차 덕분에 나는 겨우겨우 그녀에게서 해방되었지만 광기만은 남았다.

4월 9일 일요일

나는 담소다.

요이치의 누나와 난로장이 남자 사이에서 술술 막힘없이 이어지는, 꿍꿍이속으로 가득한 담소다. 남자는 본격적으로 내리기 시작한 비를 헤치고 도서관까지 찾아갔다. 그러고는 "가끔은 감성도 닦아야지요"라면서 책꽂이 위쪽에서 두꺼운 미술책을 골라냈다. 책에 눈길을 주면서 그는 그녀에게 말을 걸었다. 그런 기회를 기다리고 기다렸던 그녀에게 상대방의 심중을 헤아릴 여유 따위 전혀 없었다. 남자의 목소리를 전신으로 덮어쓴 것만으로 정신이 아득해져, 아무튼 상대방의 환심을 사고 보자고 주절주절 떠들어댔다.

남자는 능구렁이였다. 적어도 그런 여자를 어떻게 다루어야 하는지는 숙지하고 있었다. 그는 자신이 어떤 식으로 보이고 어떤 식으로 여겨지고 있는지를 간파한 다음, 미리 준비한 대본에 따라 대화를 진전시키며 얼굴 근육을 조절하였다. 삼십 년 동안이나 이성을 접하지 못한 여자는 그런 남자의 화려한 연기에 흠뻑 도취된 나머지 주관에만 의존하는 성벽이 점점 강해지고 말았다. 마침내 그녀는 이상형에 가까운 남자가 빠른 속도로 접근하고 있다는 착각에 빠졌다. 나는 미처 삼십 분도 지나지 않아, 두 사람을 아는 사이에서 친구로, 친구에서 그 이상의 관계로 높여놓았다.

그러나 남자는 자기 속셈만으로 본심을 드러내는 바보짓은 하지 않았다. 적당히 물러날 때를 아는 그는 움찔움찔 다가가지도, 달콤한 말로 꼬드기지도 않았다. 그는 오늘중에 꼭 처리할 일이 있다고 거짓말을 하고 돌아갔다. 여자는 남겨진 나의 여운을 가슴 깊이 껴안았다.

4월 10일 월요일

나는 검은 양복이다.

호숫가의 여관 '삼광조'에 속속 찾아드는 외지의 남자들, 그들이 입고 있는 한결같은 검은 양복이다. 나는 가도를 따라 차례차례 진입해 들어오는 고급 승용차와 함께 마호로 마을의 양상을 크게 변화시키고 아름다운 봄을 교란하였다. 달려온 경관들은 개미 군단 같은 우리의 거취를 주목하고 포위하여, 주머니 속을 빠짐없이 뒤졌다. 몸싸움이 일어나고, 높은 언성이 오갔지만 더이상 크게 확대되지는 않았다.

공갈이란 수단을 써먹는 데 익숙한 남자들, 보통 사람들은 흉내도 못 낼 만큼 태도가 시건방진 남자들, 상부에서 부추겨대면 어떠한 횡포도 해치울 수 있는 남자들, 책략을 꾸며 일을 무마시키기에 능수능란한 남자들, 뭐라 형용할 수 없는 참상을 언제든지 만들어낼 수 있는 남자들, 끊임없이 의미심장한 눈길을 주고받는 남자들, 필요악을 끝까지 주장할 수 있는 남자들, 늘 자의적인 선택을 거듭한 결과 정상적인 일을 할 수 없게 된 남자들. 그들은 한가로운 날씨 아래에서 구경하러 주춤주춤 모여든 주민들에게 암흑세계가 엄존한다는 것을 과시한다. 나는 햇빛의 일부를 확실하게 흡수하여, 거기에 어둠을 닮은 공간을 만들고 공포를 뿌린다. 예의바른 대응으로 손님을 맞은 세 명의 조직원은 출석자의 머릿수가 예상외로 적은 것을 걱정하고 있다. 반면 그 수가 예상외로 많다고 여긴 형사는 무척 곤란하다는 얼굴로 가발을 쓴 읍사무소 직원에게 말한다. "이렇게 되면 이제 주민 운동을 일으키는 수밖에 없겠소."

4월 11일 화요일

나는 축의금이다.

삼층짜리 검은색 빌딩의 신축과, 그 안에 사무실을 차릴 수 있게 되었음을 겸하여 축하하기 위해 모이는 축의금이다. 겉모양만큼은 대담무쌍한 패거리가 점잖은 말투로 나를 내밀 때마다, 멀리서 그것을 바라보는 마호로 마을 사람들은 저도 모르게 주눅이 들어 한숨을 내쉬고, 새삼 선량한 주민의 입장을 생각하고 거기에 몸을 맡긴다. 그러나 뒷짐을 지고 있을 수밖에 없는 그들 어디에도 반사회적인 패거리를 제재할 기개가 없다.

형형한 눈초리를 한 키 큰 청년은 재빨리 천부적인 재능을 발휘한다. 그는 내 액수를 빈틈없이 방문록에 기재하여, 남의 눈에 띄지 않게 갖고 있는 수첩에 기록된 옛날 금액과 일일이 대조해가면서 자기들이 옳은 대접을 받고 있는지, 읍에 있는 다른 삼류 조직과 똑같은 취급을 받고 있는 것은 아닌지를 확인한다. 부하 여럿을 거느리고 거물인 양 거드름을 피우던 남자가 위엄스런 얼굴에 어울리지 않는 쨍쨍한 목소리로 이렇게 말한다. 깜빡 잊고 빈손으로 오고 말았다고.

그렇게 말하고 그는 입을 꾹 다문 채 피식 웃고서는 곁을 따르고 있는 가녀린 몸매의 여자에게 지갑을 꺼내도록 한다. 그가 소액권을 한 장 꺼내서는 책상 위에 휙 내던진다. 키 큰 청년은 머리를 꾸벅 숙이며 공손히 그것을 집어든다. 그러나 그 일행이 홍백색 장막 너머로 사라지자마자 그는 그 지폐를 내 안에서 꺼내, 마침 그곳을 지나가던, 파도와 바람처럼 끊임없이 몸을 비트는 병든 소년의 주머니에 쑤셔박았다.

4월 12일 수요일

나는 지저귐이다.

새장 안에 있으면서도 진리를 터득하여 이 세상의 진수를 꿰뚫게 될 수도 있는 큰유리새의 지저귐이다. 새장 밖으로 흘러나온 나는 인간으로서 거의 쓸모가 없는 소년 요이치의 육체에 흡수되어, 거기에서 순화되고 혹은 증폭되어 초록이 우거진 겹겹 산중에 삼켜졌다가, 4월의 빛에 들뜬 알록달록한 들새들로 인해 다시금 떠오른다.

그러고 나서 나는 기아에 허덕이는 곤들매기와 살무사의 독니에 물려 파닥거리는 들쥐에게 마지막 선언을 하고, 고행을 업으로 삼는 선승들의 마음을 뒤흔들고, 계곡의 맑은 물을 댄 밭에 올해의 풍년을 보장하고, 울창한 삼림을 구성하는 키 큰 나무들과 수초들의 성장을 도와준다. 이어 나는 마을로 내려가, 끙끙거리며 고뇌하는 귀머거리의 귀로 뛰어들어 그를 깜짝 놀라게 하고, 대수롭지도 않은 원망에 휘둘리고 있는 추녀의 마음을 조금이나마 어루만져주고, 돈을 마련하기에 고심하는 남자에게 묘책을 안겨주고, 연장자에 대한 경의를 잊지 않았던 성실한 청년에게 추태를 부리게 하고, 처우에 대한 불만으로 밤낮 술에 취해 사는 회사원의 마음을 다잡고, 어버이의 사랑에 굶주려 인생길을 망치려 하는 아가씨에게 각성을 촉구하고, 장남을 제치고 일가를 책임지고 있는 차남을 당황케 한다. 맛없는 반찬을 인내하며 달콤한 잠을 탐닉하는 혼기를 놓친 노처녀에게는 죽음을 망각하는 꿈을 꾸게 하고, 몸 어디에도 이상은 없는데 칭얼거리는 갓난아기에게는 방실방실 웃음을 되찾게 하고, 그리고 소년 요이치에게는 생이 무엇인지를 아주 조금 깨우치게 한다.

4월 13일 목요일

나는 뜰채다.

산란을 위하여 호숫가로 모여든 빙어를 떠올리기에는 올이 너무 성긴 뜰채다. 그렇다는 것을 미처 알지 못하는 소년 요이치는 파도가 날라오는 은색 물고기의 그림자를 볼 때마다 끈질기게 나를 살며시 펼친다. 그러나 내가 떠올리는 것은 잘린 물풀과 빛의 바늘 정도이다. 그런데도 요이치의 수렵 본능은 충분히 채워지고, 그의 가슴속에서 팔딱팔딱 뛰는 은비늘은 점차 늘어나 행복의 푸른 바람을 불러들인다.

나로서는 아무 물고기라도 좋으니 한 마리쯤 잡아보고 싶다. 그러나 황어는 잽싸고, 올해의 거처를 정하려 호숫가를 따라 회유를 시작한 잉어는 경계심이 많다. 요이치는 눈 녹은 물 때문에 곱은 손에 뜨거운 숨을 호호 불면서 한참이나 넋을 놓고 있다. 그럭저럭하는 사이에 나는 몰래몰래 우리 뒤를 쫓아오는 거대한 검은 그림자를 발견하다. 요이치는 아직 눈치채지 못했지만 그것은 분명 물거품 호수의 주인이라 불리는 저 요괴 잉어일 것이다.

그 녀석의 몸은 마호로 마을에서 제일 큰 투망에도 걸리지 않을 만큼 덩치가 커서 마치 보트만하다. 이윽고 그 녀석의 기미를 눈치챈 요이치의 몸이 화들짝 놀라며 얼어붙는다. 이어 요이치는 손뼉을 치고 감탄하면서, 내가 무리라고 제지하는 말도 아랑곳하지 않고 나를 그 녀석이 있는 쪽으로 살며시 내민다. 요이치를 본 거대한 잉어의 눈길은 한없이 부드럽고 자애로 넘쳐흐른다. 잉어는 내가 살짝 건드렸는데도 그 자리를 떠나지 않았다. 내 생애 최고의 날이다.

4월 14일 금요일

나는 정액이다.

젊고 건장한 남자의 씩씩한 물건에서 기세등등하게 뿜어나온 정액이다. 나는 대기중으로 허망하게 방출되지도, 고급 라텍스 주머니에 앞길을 가로막히는 일도 없다. 나는 풍만한 알몸으로 가죽 소파에 누워 있는 이성의 중핵을 향하여 마치 폭도로 변한 군중처럼 와와 밀고 들어가 야들야들하고 깊고 음탕한 기관의 마중을 받는다. 그러나 유감스럽게도 본래의 목적을 달성하지는 못한다. 기운이 모자라 새로운 생명에 불을 댕기지는 못하고, 그저 넘쳐흐르다 썰물처럼 물러날 수밖에 없다.

나를 거칠게 발사한 물건은 이미 나는 관계없다는 양 쪼그라들어 있고, 얼마 안 있어 나를 그대로 방치한 채 일상으로 돌아간다. 강력한 후원자를 잃은 나는, 이번에는 자궁의 기세에 눌려 모든 것을 이치로 따질 수 있을 듯한 빛의 세계로 밀려나오고 만다. 방바닥으로 추잡하게 흘러떨어진 나는 종이에 닦여 흡수된다. 여자는 우문을 연발하고, 남자는 명쾌한 해답을 회피하고 있다.

그러고서 나는 휴지와 함께 아무렇게나 창문 밖으로 내던져진다. 나는 죽음의 악취를 풍기면서도 봄의 돌풍에 날려, 이 세상에 존재하는 순간을 감사히 여기면서 마침내 호숫가에 나란히 놓인 벤치에 누워 콜콜 자고 있는 소년의 얼굴 위로 춤추듯 날아내린다. 나는 그 병든 소년에게 살며시 속삭인다. "넌 태어나지 않는 편이 좋았어."

4월 15일 토요일

나는 보자기다.

그늘에 널어 말린 생선과 소금을 뿌려 말린 생선을 꼭꼭 채워넣은 상자를 한 번에 다섯 개나 쌀 수 있는 당초무늬 보자기다. 아직 스무 살도 안 됐는데 나를 사용하여 행상을 하고 있는 처녀는 나와 다름없이 뼛속까지 생선 비린내에 절어 있다. 산골 마호로 마을에 바다의 선물을 가져와 팔러 다니는 사람은 그 처녀 외에도 있었다. 그러나 그녀만큼 젊은 사람은 없었다. 게다가 그녀처럼 장사할 마음이 없는 사람도 없었다.

그녀는 손님에게 고맙다는 말 한마디 하지 않을뿐더러 곰살맞게 웃는 법도 없었다. 그런데도 나쁜 인상은 주지 않고, 물건이 좋은데다 값도 싼 덕분에 잘 팔렸다. 저녁나절이 되어 물건을 다 팔고 나면 그녀는 빈 상자를 물거품 호숫가의 소각로에 던져놓고, 나를 조그맣게 접어 생선 판 돈을 주머니에 밀어넣고는, 마지막 버스를 타고 돌아간다. 다 팔지 못한 날에는 단골손님도 아닌데 무슨 사연인지 언덕 위의 집 한 채를 방문하여, 거저나 다름없는 가격에 두고 가기가 예사였다.

오늘도 그녀는 언덕 위의 집을 찾았지만 아무도 만나지 못했다. 그러나 그녀는 팔고 남은 생선을 상자째 현관 앞에 놓고는 나를 활짝 펼쳐 큰유리새의 지저귐을 싸, 그것을 생선값 대신 받아가지고 언덕길을 내려갔다. 버스를 기다리는 동안 그녀는 솔잎 바람을 맞으며 가지고 온 도시락을 먹고, 캔에 든 우롱차를 마셨다. 식사가 끝나자 그녀는 나를 머플러처럼 목에 둘둘 말고는 바닷가 마을로 돌아갔다.

4월 16일 일요일

나는 비행선이다.

선전 광고를 위해 제작되어 주요 도시를 날아다니는 소형 비행선이다. 비행 계획에 무리가 있었는지 아니면 조종사의 솜씨가 아직 미숙한 탓인지, 나는 정해진 코스를 크게 벗어나고 말았다. 그리하여 혼(魂)의 모습을 한 호수 바로 위에 접어들자 가스가 새는 것도 아닌데 고도가 점점 내려가기 시작했다. 아마도 산과 골짜기가 만드는 하강 기류에 휘말린 모양이다.

나를 본 시골 마을 사람들은 저마다 이렇게 외쳤다. "저것 봐, UFO야!" 나는 수면에 닿을 듯 말 듯 아슬아슬하게 비행하다 옆에서 불어오는 바람을 받고 다시금 높은 산 쪽으로 밀려올라갔다가 간신히 상승 기류를 타고 고도를 높였다. 적막한 산사에서 젊은 스님이 뛰어나왔다. 그는 나를 올려다보면서 아연한 얼굴로 어깨를 떨구었다. 내내 땅바닥을 기며 사는 인간으로 존재하는 한 진정한 깨달음은 얻을 수 없다는 생각을 굳힌 것일까.

만물을 이끄는 마력으로 나를 유혹한 큰유리새는 내가 언덕 위의 집 지붕을 스칠 듯 말 듯 지나갈 때, 돌연 이런 질문을 퍼부었다. 어째서 당신은 자기 자신을 위해서 날지 않는가. 나는 대답하였다. 새장 속에 갇힌 새에게 일일이 그런 설명을 할 필요가 어디 있느냐고. 그러고 나서 나는 정상적인 기류를 타고, 자동 조타기의 움직임에 따라 잔머리를 굴릴 필요가 없는 땅으로 향했다.

4월 17일 월요일

나는 그림 연극이다.

네거리 공원의 한귀퉁이에서 뚱뚱이 치과 의사가 취미 삼아 연기하는 그림 연극이다. 텔레비전이나 영화에 길든 어린아이들의 눈에는 오히려 내가 아주 신선하게 비치는 모양이다. 치과 의사는 그들의 얼굴이 적어도 브라운관이나 스크린을 대할 때보다 훨씬 더 빛난다고 말한다. 그가 스스로 붓을 잡아 제작한 고리타분한 이야기는 그의 가슬가슬한 목소리의 힘을 빌려, 선의 저력과 악의 말로를 빛과 그림자처럼 분명하게 어린 마음에 침투시킨다.

나는 부지런한 사람의 수고가 헛되게 끝나는 일이 없으며, 돈에 눈먼 자가 행복하게 된 경우가 없음을 가르치고, 강자는 늘 약자의 존재를 잊어서는 안 되고, 약자는 자신의 입장에 안주해서는 안 됨을 설파하고, 만 권의 책을 독파하는 것보다 한 권의 책을 쓰는 것이 고귀한 행위임을 강조한다. 그리고 나는 이 세상은 살 만한 가치가 있다고 단호하게 말한다.

마호로 마을의 어린아이들은 나의 의도를 정확하게 파악하고 감탄의 환호성을 지르며, 알사탕 대신에 충치를 예방해준다는 껌을 받아, 이미 만 번도 넘는 거짓말을 한 입에 쏙 밀어넣는다. 그런데 나에게 대들듯 웃는 소년이 한 명 있다. 이빨 따위 아무리 닦아도 소용없을 듯 무겁고 힘겨운 병에 걸려 있는 그 소년은 나를 가리키며 키들키들 웃는다. 치과 의사는 그를 약자의 무리 가운데 한 명이라 치부하고 불만을 삭일 수밖에 없다.

4월 18일 화요일

나는 탁발이다.

채 수줍음에서 벗어나지 못한 신참 수도승이 주저하는 탁발이다. 나는 활짝 핀 벚나무 아래서 시작되었는데, 오늘은 애당초 일이 잘 풀리지 않았다. 나로 인하여 그는 느닷없이 선배에게 꾸중을 들었다. "고맙다는 말을 해서는 안 된다고 그렇게 말했거늘 아직 모르겠나"란 말이 날아왔다. 그 다음이 또 안 좋았다. 거지와 충돌하고 말았던 것이다.

뒷모습이 표표한 마호로 마을의 그 신참자는 남의 집 현관 앞에서 동전을 받아들 때마다 꾸벅꾸벅 고개를 숙이고, 일부러 이웃집에 들릴 만큼 큰 소리로 인사를 하고 있었다. 선배 스님들은 태연함과 당당함으로 무장하고 그 거지를 몰아내려 했다. 양자의 차이를 세상에 똑똑히 알리기 위해서는 그 방법밖에 없었다. 그런데 그 거지를 본 젊은 스님의 마음에 의혹이 싹트면서 갑자기 마을 사람들의 눈길이 신경에 쓰이기 시작하였다.

그리고 아마도 새의 날갯짓을 흉내내고 있는 듯한 소년과 스쳤을 때, 젊은 스님의 눈에는 그 소년이 세상의 모든 것을 꿰뚫어보고 싱긋 웃은 듯이 보였다. 순간 그는 가슴에 비수라도 꽂힌 듯 우뚝 서서, 그대로 한 발짝도 움직일 수 없게 되었다. 스님은 뭐가 다르냐고 내게 묻고는, 한참이나 멍해 있다가 선배의 목소리에 정신을 차려 정반대 쪽으로 줄행랑을 놓았다. 오늘 내가 받은 시혜는 벚꽃 꽃잎 몇 장뿐이었다.

4월 19일 수요일

나는 뒷골목이다.

신에 견줄 만큼 웅장한 태양이 마호로 마을의 상공까지 올라왔는데도 여전히 그늘에 웅크리고 있는 뒷골목이다. 덕지덕지 덧댄 판자투성이의 보잘것없는 집들이 빼곡하게 들어서 있기는 한데, 내 어디에도 사람의 기척은 없다. 노인네의 기침 소리 하나 들리지 않는 하염없는 정적에 싸여 있다. 어쩌다 길을 지나는 들고양이조차 거의 울지 않는다. 또 비틀비틀 휘청거리는 걸음으로밖에 걷지 못하는 소년 요이치마저 내 구역을 지나 애완동물 가게로 새 모이를 사러 갈 때는 무슨 까닭인지 절대로 발소리를 내지 않고, 휘파람을 불기는커녕 혼잣말도 중얼거리지 않는다.

지금 막 요이치가 지나갔다. 전신주에 오줌을 갈긴 요이치에게 나는 이렇게 말했다. 여기는 네가 올 곳이 아니야, 여기는 삶을 포기했지만, 그렇다고 죽으려야 죽을 수도 없는 사람들만 모여 찍소리도 하지 않고 사는 곳이라고 말했다. 그러자 요이치는 여느 때와 달리 생각에 잠긴 듯한 표정으로 침묵하고 있다가 결국 아무 말도 하지 않고, 제 한 몸 지탱하기도 버겁다는 듯 한숨을 남기고 사라졌다.

그 희미한 한숨의 여운은, 머지않아 생생한 질감으로 물결처럼 퍼져나가더니, 이윽고 당당한 항변이 되어 여기저기에서 소용돌이를 일으킨다. 나는 내가 있는지조차 잘 모르는 이 마을 주민들에게 미칠 악영향을 염려하여 그 소용돌이를 물리치려 하였다. 그러나 때는 이미 늦어, 여기저기서 말소리와 웃음소리가 터지기 시작하고, 창문과 문을 여는 소리가 잇달았다.

4월 20일 목요일

나는 소다.

마호로 마을에서는 유일하게 개나 고양이처럼 길러지고 있는, 홀스타인종 수컷 소다. 내 주인은 내게서 고기나 우유, 혹은 송아지 같은 것을 전혀 기대하지 않았다. 간혹 어둠을 향하여 지금은 죽고 없는 형제의 이름을 큰 소리로 부르는 버릇이 있는 그는, 내 눈만 보아도 마음이 편해진다며 속마음을 털어놓았다. 그의 부인 역시 나를 상대로 속내를 털어놓았다. 그녀는 이렇게 말하며 내게 감사하였다. 남편이 앞뒤 가리지 않고 술을 퍼마시고 울고불고 하지 않게 된 것도, 가업에 정진하게 된 것도, 한탕주의로 돈을 벌어보자는 얘기에 솔깃해지지 않는 것도 다 네 덕분이라고 말했다. 아이가 없는 그들은 나를 위해 일부러 이승 산의 기슭으로 이사를 하여, 놀고 있는 땅을 빌려 널찍한 방목장까지 만들어주었다.

정말 나는 행복했다. 주인보다도 더. 더이상 바랄 것이 없는 나날이었다. 그런데도 나는 종종 일말의 회한과 함께 산을 바라보며 울지 않고서는 견딜 수 없는 밤을 보내곤 하였다. 그 소년이 깊은 밤을 틈타 찾아와주지 않았다면 도저히 견디지 못했을 것이다. 소년은 올 때마다 젖을 달라고 졸랐다. 무턱대고 거절할 수도 없어, 나는 아무것도 나오지 않는 유방을 물렸다. 나는 그가 바라는 사랑과 비슷하나 서로 다른 것을 주고, 그는 내 안에 쌓일 대로 쌓인 퇴영을 빨아내주었다. 그래서인지 소년의 몸이 좀 덜 떨리는 것처럼 보이기도 하였다.

4월 21일 금요일

나는 묘지다.

뒤켠 벼랑이 무너져내린 이래 찾는 발길이 뚝 끊어진, 매장된 사자와 함께 기억 속에서 사라져가고 있는 산속 묘지다. 나는 죽 비가 오지 않아 마른 논처럼 쩍쩍 갈라져 있고, 묘비 역시 남김없이 다 쓰러져 있다. 그리고 지금은 비 내리는 밤이 되어도 날아다니는 혼조차 없고, 존재와 무 사이에 서식하는 귀신들도 가까이 오지 않아, 소름끼치는 납량특집 한 편도 생겨날 여지가 없다.

오늘 오후, 이전부터 알고 지내는 소년이 찾아왔다. 그는 안 좋은 일이라도 있었는지 약간 부루퉁해 있었다. 요이치는 가슴을 앓아 기운을 잃은 사람처럼, 알게 모르게 봄날의 우수를 익힌 사람처럼 내 위를 싸돌아다녔다. 그러나 흑흑 울어대지는 않았다. 파도치는 몸을 어쩔 줄 몰라하며 4월의 저편을 넘겨다보다가 그 눈길이 발치로 떨어졌을 때, 요이치는 사람 뼈를 하나 발견하였다. 무덤 구멍에서 삐죽 튀어나와 있는 대장부의 대퇴골이었다.

요이치는 그것을 머리 위로 빙빙 돌리며 하늘을 쏘아보고 뭐라 중얼거렸다. 그러다 점차 바람의 속도가 빨라지자 흥분해서 말투가 격해졌다. 청청하게 빛나는 무한한 우주 그 자체를 향해 격렬히 짖어대는 그의 사변은, 옳기도 하면서 또한 터무니없는 것이기도 하였다. 나는 그에게 말했다. 이런 거다, 그래봐야 이런 거다, 라고. 그러자 그는 더욱 오기를 부리다가 이내 낭패한 기색을 보이며 눈을 내리깔았다. 머지않아 그의 말투는 술에 취해 혀가 꼬부라진 그의 아버지와 거의 구별할 수 없게 되었다.

4월 22일 토요일

나는 타이어다.

S자로 굽은 도로를 돌 때 트럭의 짐칸에서 떨어진 초대형 타이어다. 트럭은 내가 떨어진 줄도 모르고 그대로 달려가버리고 말았다. 한껏 튀어오른 나는 둑을 단숨에 달려내려가 언덕길을 데굴데굴 구르며 농익기 시작한 밤으로 헤치고 들어갔다. 마호로라는 시골 마을로 돌입한 나는 구르고 굴러 가혹하기 그지없는 현실이란 벽을 차례차례 파괴한다. 나는 인간의 본성은 선하다고 생각하는 낙관적인 노인의 곁을 스치고, 교사로서의 적성이 조금은 부족한 예술가 기질의 청년을 감동시킨다. 나는 논에서 개굴거리는 개구리를 침묵시키고, 무슨 일에든 관리연하면서 한시도 가발을 벗지 않는 사내를 떨게 만든다.

나는 한층 속도를 더하여 구른다. 나는 백인이 멋대로 조작한 신을 향하여 홀로 겸허하게 기도하는 여자에게 계시가 내렸다는 착각이 들게 하고, 창부들만 사는 싸구려 아파트의 문을 하나하나 두드리며 안에 여자가 있는지 없는지를 확인하는 호색한의 간담을 서늘하게 한다. 나는 경박한 기풍을 물리치는 대신 속박되지 않는 독립의 정신을 흩뿌린다. 나는 명예로운 자리에 앉는 일밖에 머리에 없었던 현학적인 남자의 반생을 유린하고, 훈장을 좋아하는 교육 관계자에게 민주주의의 진의를 명백히 하라고 다그친다. 그리고 나는 큰유리새의 희미한 지저귐 소리에 귀를 기울이며 황홀해하는 병자, 그 누구보다 이 세상에 길들어 있을지도 모르는 소년을 피하여, 가설해놓은 지 얼마 되지 않은 다리를 창부보다 먼저 건너려다 실패하여, 평원을 관통하여 대하로 흐르는 강으로 떨어진다.

4월 23일 일요일

나는 탄환이다.

마호로 마을의 고즈적한 봄날 초저녁, 느닷없이 회전식 대구경 권총에서 발사된 자포자기한 탄환이다. 충격파를 앞세운 나는 삼층짜리 검은색 빌딩을 향하여 똑바로 돌진한다. 뜻한 바대로 유리창에 명중한 두 발 중 한 발은 천장에 박히고, 다른 한 발은 튕겨 천박한 가죽 소파로 파고든다. 아주 마음에 드는 결과다. 그 자리에 있던 세 명의 남자는 일이 다 끝난 후에야 바닥에 엎드린다. 그리고 밖에서 급하게 시동을 거는 소리가 울림과 동시에 일어나 주춤주춤 창가로 다가간다.

세 남자는 헤드라이트도 켜지 않은 자동차가 깊은 어둠 속으로 달려가는 것을 바라볼 뿐, 반격도 추격도 하려 하지 않는다. 마침내 키 큰 청년이 소파에 뚫린 작은 구멍을 발견한다. 그는 손가락을 그 구멍으로 쑤셔넣고 짜부라진 나를 집어내어 동료들에게 보여준다. 흉터 있는 남자와 손가락 없는 남자의 얼굴이 공포로 부들부들 떨린다. 나로서는 직분을 다한 셈이다.

청년은 깔보는 듯한 몸짓으로 나를 창 밖으로 내던진다. 나는 평범한 금속 조각이 되어 떨어지고, 마침 내 아래를 걷고 있는 용모가 말할 수 없이 추악한 소년의 머리에 톡 부딪힌다. 그러자 그의 입에서 총성을 꼭 닮은 외마디소리가 튀어나오고, 이 집 저 집의 불이 켜진다.

한참이 지나 경찰차가 늘어진 사이렌 소리를 울리며, 법률이 만능인 사회는 아니라고 외치며 이쪽으로 달려온다. 나는 소년의 주머니에 자리잡고 현장을 유유히 벗어난다.

4월 24일 월요일

나는 앞치마다.

어머니의 역할에 간신히 익숙해진 여자의 급속하게 망가지고 있는 체형을 교묘히 감추는, 풍성하게 만들어진 앞치마다. 그다지 청결하다 할 수 없는 나를 양손으로 부여잡고 손수건 삼아 흐르는 눈물을 비벼 대고 있는 것은 어린 쌍둥이 형제다. 어머니는 자기 아들의 등을 자상하게 쓰다듬으며, "아무것도 아니야"라고 몇 번이고 거듭 위로한다. 그 "아무것도 아니야"는 몹쓸 병에 시달리고 있는 소년에게 그녀가 할 수 있는 최대한의 사과이기도 하다.

태어나서 그런 인간을 처음으로 본 쌍둥이는 겁을 먹고 쩔쩔매며, 그리고 뭐라 형용할 길 없이 복잡한 기분을, 즉 이 세상에 존재하는 슬픔을 체험한 것이었다. 나는 울먹거리는 형제의 따스한 눈물을 빨아들이고, 그런 사정도 모르고 히죽거리며 다가오는 소년으로부터 지켜준다. 어머니는 소년에게 몇 번이나 말한다. "이 아이들은 너 때문에 우는 게 아니야"라고. 그렇게 말하는 그녀의 눈은 역병신(疫病神)을 몰아내려는 거절의 빛을 열심히 발한다.

그러나 소년에게는 어머니의 말이 아무런 힘도 갖지 않는다. 똑같은 얼굴의 인간 둘이 나란히 있는 것이 신기하여, 그는 어머니와 아이들 주위를 맴돈다. 소년은 또 형제를 비호하는 내게도 흥미가 있는 듯 쌍둥이를 난폭하게 밀쳐내고 갑자기 얼굴을 들이밀더니 나를 사용하여 코를 푼다. 어머니는 푸르죽죽한 코를 보고는 비명을 지르고, 형제는 공포에 질린 나머지 우는 것도 잊고 망연자실이다.

4월 25일 화요일

나는 기둥문이다.

날씨가 좋은 날이면 노인네들의 드높은 얘기소리가 끊이지 않는, 가로대가 반듯한 기둥문이다. 내 밑을 지날 때마다 노인네들은 말싸움을 그만둔다. 현기증이 몇 번이고 계속된 후 병상에 드러눕거나, 뒤로 나자빠질 듯 격심한 고통 뒤에 죽는 종류의 고비에서 해방된 그들은, 나를 돌아보며 긴장을 풀고 혼자 싱글벙글 흐뭇한 표정을 짓는다. 그러고는 갑자기 굵고 거친 목소리를 내지르며, 노인성 치매도 당해내지 못할 만큼 뇌 깊은 곳에 또렷하게 새겨져 있는 오랜 옛 노래를 흥얼흥얼 읊조린다.

혹은 그냥 들어넘길 수 없는 자신의 독단을 신이나 부처님에게 마구 지껄여대며 죽음 따위가 다 뭐냐고 호언을 한다. 혹은 또 부정할 수 없는 증거를 하나하나 들이대며 힐문하는 며느리에게 전혀 기억에 없다고 시치미를 떼고, 그 분야에서는 나를 따라올 자가 없었다는 둥 허풍을 떤다. 젊은이를 능가하는 그들은 우스꽝스런 무늬의 기모노에 색깔이 선명한 띠를 두른 늙은 기생이 저쪽에서 다가오자 억지로 앞길을 가로막고서는, 어떤 늙은이는 약장수의 고함 소리를 그럴싸하게 흉내내 보이고, 어떤 늙은이는 힘은 약해졌어도 아직 빳빳한 털이 빽빽하게 자라 있는 팔을 휘둘러 보이며 추근댄다. 또 어떤 늙은이는 이 나이가 되었는데도 눈에 보이는 모든 것이 이다지도 아름다울 줄은 몰랐다면서 감격한다. 그런 차에 소년 요이치가 내게로 다가와 돌을 던지고 오줌을 내갈겨도 노인네들의 기묘한 앙양감에는 조금도 그늘이 생기지 않는다. 어째서일까, 라고 나는 자문한다.

4월 26일 수요일

212

나는 목련이다.

한 그루 나무에 흰색과 자색의 꽃을 함박 피운, 그럼에도 조금도 눈에 띄지 않는 목련이다. 그런데 지금 나는 전에 없이 주목을 받고 있다. 지난 몇십 년 동안 카메라의 앵글이 나를 향한 적은 단 한 번도 없다. 겨우내 꽃을 피웠던 시클라멘을 잠시 쉬게 하기 위해 내 뿌리께에 화분을 살며시 내려놓은 창부는 '삼광조'의 여주인에게 이렇게 말한다. "여기서 같이 사진 찍어요"라며, 물거품 호수를 배경으로 놓은 카메라 렌즈를 내 쪽을 향하게 하고 타이머를 맞춘다.

시클라멘 옆에 창부가 서고, 그녀 옆에 여주인이 나란히 서고, 놀러 온 소년 요이치가 두 사람 앞에 쪼그리고 앉는다. 수면이 반사하는 금빛은 화려하게 치장한 여자의 과거와 치부를 깨끗이 지우고, 게다가 소년의 병이 진전되는 것마저 막는다. 창부는 살다운 살이 붙어 있지 않은 요이치의 어깨에 손을 얹고, "좀 가만히 있을 수 없니, 초점이 안 맞잖아"라며 웃는다. 그러자 여주인은 "애한테 그런 말 해봐야 소용없어"라고 말하고 웃는다. 그리고 요이치는 그저 이유도 없이 재미있어 웃는다. 모두의 웃음소리에 이끌려, 당분간은 꽃을 피우지 않을 시클라멘도 웃고, 만개한 나도 웃는다. 우리는 행복에 젖어 있다. 자동 셔터가 내려올 때까지 우리는 봄의 햇살 아래 공평한 재판을 받는다. 전원이 무죄를 획득하고 찰칵 하는 소리와 함께 일제히 해방되자, 그 다음은 담소로 시간 가는 줄 모른다.

4월 27일 목요일

나는 목줄이다.

마호로 마을 제일가는 미녀와 마호로 마을에서 제일 영리한 개를 단단히 엮고 있는, 마호로 마을에서 제일 튼튼한 목줄이다. 우리 삼자의 결속은 굳건하여 벌써 십 년 동안이나 빈틈없이 유지되고 있고, 거기에 타인이 파고들 여지는 없다. 어디를 어떤 식으로 찾아봐도 자기에게 어울리는 남자는 찾을 수 없을 것이라는 그녀의 신념은 마흔 살을 맞은 지금도 전혀 퇴색하지 않았다. 또 나야말로 개중의 개, 개를 뛰어넘는 개라는, 혈통으로 뒷받침되고 있는 자부심도 변함없다. 그리고 양자를 단단히 연결하고 있는 나의 자긍심 역시 보통 이상의 것이다.

그런 우리가 늘 일정한 시간에 정해진 코스를 걸을 때나 바짝 긴장하고 앞으로 나아갈 때에 길을 비키지 않는 자는 없다. 흉포하기 짝이 없는 피에 의존하여 사는 들개나 나라의 법보다도 자신들의 법을 우선시하며 사는 세 명의 조직 폭력배와 악동들도 우리에게 대놓고 구시렁거리거나 놀리거나 돌멩이를 던지지는 못한다.

그러나 예외가 있다. 마호로 마을에 살면서도 거의 마호로 마을에 구애받지 않는 듯 보이는 저 소년 요이치가 그렇다. 오늘 요이치는 먼 길을 달린 말처럼 지쳐, 우리 앞에 오더니 벌렁 드러누워 쉬었다. 우리는 그를 피하여 지나가려고는 하지 않았다. 그러자 요이치가 개의 불알을 꽉 잡아, 나는 팽팽하게 당겨지고, 미인의 치맛자락은 휙 감겨올라갔다.

4월 28일 금요일

214

나는 낙엽송 숲이다.

마호로 마을의 북서쪽에 펼쳐져 있는 들새들의 완전무결한 왕국, 물거품 호수의 수면을 연둣빛으로 물들이고 있는 낙엽송 숲이다. 삼림을 조성한 그해에 버려지고 만 우리는 아무런 손질도 받지 못한 채 십오 년이란 세월을 견뎠다. 폭풍우에 부러지고 햇볕이 부족하여 말라죽은 가지가 뿌리 부근에 널려 있어 발 디딜 틈도 없는 형편이다. 그럼에도 나는 해마다 성장하여, 백 종에 달하는 들새들을 번식시키고 수십 종의 섬세한 야생화를 기르고 있다.

그리하여 나는 올해도 또 움트는 새싹의 아름다움으로 노부부를 꾀어내었다. "이런 게 바로 봄이지"라고 전직 대학교수가 말하자, "역시 계절의 여왕은 봄이죠"라고 그의 아내가 응수하였다. 두 사람은 얼레지꽃을 발견하고서도 꺾지 않고 그저 바라만 보았다. 그리고 그들은 마치 미리 약속이라도 한 듯 추억에 잠겼다. 아내는 사십 년 전의 맏아들을 떠올리며, 투정 하나 안 하고 얌전히 잠드는 아이였죠, 라고 말했다. 그녀의 남편은 삼십오 년 전의 맏딸을 떠올리며, 잘 웃는 아이였지, 라고 말했다. 그러나 딱히 새로운 이야기는 하나도 없었다. 나는 작년 여름에도, 그전 여름에도, 지금 하는 이야기와 똑같은 이야기를 들었었다.

정오를 알리는 라디오의 시보가 물결을 타고 우리가 있는 곳까지 들려왔다. 두 사람은 회상의 무게를 견디지 못하고 내 밖으로 나갔다. 내 옆으로 잡무에 쫓기는 가발 쓴 남자가 지나갔다. 한참 후, 뒤는커녕 앞도 제대로 보지 않는, 파란색을 좋아하는 소년이 찾아왔다.

4월 29일 토요일

나는 주스다.

형무소에서 출감하여 마호로 마을의 집으로 돌아온 여자가 갑작스레 좋아하게 된 달콤한 주스다. 지금 그녀와 나의 관계는 술고래와 술의 그것과 같다. 그녀는 한시도 나를 손에서 떼어놓지 않는다. 하루에 최소한 이 리터 정도는 마시지 않으면 편안히 잠들지 못했다. 그러나 아무리 그녀가 나를 사랑해주어도 나는 그녀의 병든 마음을 치유해줄 수 없었다. 마시면 마시는 만큼 그녀의 우울한 기분은 참담해질 뿐이었다. 그 마음은 하늘 아래 살 집 하나 없는 사람과 거의 다를 바가 없었다.

그녀는 낮에는 물론 밤에도 외출하지 않았다. 남편이 아무리 열심히 권해도 현관 밖으로 나서지 않았다. 그 탓에 동네 사람들 사이에서는 이러쿵저러쿵 말이 많았다. 자동차를 보기만 해도 거품을 물고 졸도한다는 둥, 좁은 곳이 아니면 살지 못하게 되었다는 둥, 피해자의 망령에 가책을 받고 있다는 둥, 그런 험담이 횡행하였다. 그녀의 남편은 웃음을 잃지 않고, 회사를 다니는 한편 시장도 보러 다니는 다망한 나날을 보내고 있다.

그리하여 오늘, 그는 그녀의 어린 시절 친구를 집으로 데리고 왔다. 자세를 가다듬고 앉은 그 여자는 옛 친구를 향하여, "무슨 그깟 일 가지고"라면서, 문어처럼 사지를 꿈틀거리는 아이를 거느리고서도 열심히 살고 있는 자신의 신세를 눈물로 얘기했다. 하지만 전혀 효력이 없었다. 옛 친구가 어쩔 수 없다는 듯 포기하고 돌아가자 불행한 여자가 나에게 말했다. "사람을 죽인 내가 어떻게."

4월 30일 일요일

나는 입자다.

사방 어디에나 있으며 마음 내키는 대로 날아다니는, 침착치 못한 원자핵의 입자다. 스스로도 넋을 잃을 만큼 아름다운 포물선을 그리기도 하고, 으쓱해질 만큼 완벽한 소용돌이를 만들기도 하면서, 나는 알 수 없는 곳에서 와 또 정처 없이 어딘가로 간다. 나는 빛과 어둠이 절묘하게 배분되어 있는 정연한 우주를 빈틈없이 조성하고, 시간의 흐름을 제어할 수 있으며, 존재가 존재임을 푸는 유일한 열쇠이기도 하다. 또 나는 사방이 녹음으로 둘러싸여 있기는 해도 현세의 모든 물상과 현상과 인과율을 남김없이 껴안고 있는 마호로 마을과, 전망 좋은 언덕 꼭대기에 사는, 마비된 뇌에 수천억 개의 항성의 빛이 새겨져 있는 소년 요이치와, 기이한 인연으로 그와 단단히 결속되어 있는 한 마리 큰유리새를 형성하고 있기도 하다.

거의 멈출 줄 모르는 나는, 정지했나 싶은 순간은 있어도 실제로는 쉴새없이 움직이고 있다. 움직임이야말로 나의 본질이며 내게 주어진 사명이다. 움직임은 변화를 낳고, 변화는 탄생과 사멸을 초대하고, 생과 사는 서로 의논하며, 손을 맞잡고 회전한다. 그리하여 회전은 행과 불행을 연결하고, 비극과 희극을 동일한 평면상에 늘어놓고 미소짓는다. 사건의 전말이라 할 만한 것은 하나도 없다. 따라서 태어남을 기뻐함은 어리석고, 죽음을 슬퍼함은 더욱 어리석다는 나의 설에 진지하게 귀를 기울이는 자는 없다.

5월 1일 월요일

나는 재능이다.

무슨 까닭에선가 자기 집에 불을 지르고 싶어하는, 아직 어린 조무래기들이 지니고 있는 천부적인 재능이다. 관계된 사람들은 누구 하나 나를 간파하지 못하고 있다. 왜 그런 짓을 했니, 라고 찡그린 얼굴로 묻는 사람들에게, 그는 어른 같은 말투로 논리정연하게 대답한다. 불을 지르는 방법에는 두 가지가 있음을 득의양양하게 설명한다. 라이터를 사용하는 방법과 향을 사용하는 방법의 차이에 대해서 조잘조잘 떠든다.

정신과 의사도, 교육자도, 경찰 관계자도, 그를 성격이상이라는 한 마디로 처리하였다. 그리하여 그의 부모는 겨우 육 년을 길렀을 뿐인데 일찌감치 자기 아이를 포기하고 만다. 아버지는 투기에만 열심인 별볼일 없는 인간이고, 어머니는 그런 남편에 맹종하는 짐승 같은 여자다. 그의 주변 사람들도 언제든 방화에 가담할 수 있는 기학성(嗜虐性)이 강한 패거리들이었다. 요컨대 그는 부모를 비롯하여 모든 어른과 끊임없이 대적하지 않으면 안 되는 입장에 있었으며, 라이터야말로 그들에게 대항할 수 있는 무기였던 것이다. 그런 처지가 그 안에 나를 기른 것이다.

오늘 나를 눈치챈 자가 있었다. 스쿠터에 새끼 곰 같은 검정 삽살개를 태우고 달리는 남자, 그는 타오르는 신문지를 판자벽에 갖다대려는 아이의 손에서 잽싸게 불을 빼앗았다. 그는 나에게 이렇게 말했다. "넌 라이터보다 펜을 쥐는 편이 낫겠어."

5월 2일 화요일

나는 선언이다.

마호로 마을 의회에서 채택된 결의 중에서 위세등등하게 뛰쳐나와 드높은 목소리로 복창된 폭력 추방이란 선언이다. 그럼에도 불구하고 미처 아무 대책도 마련하지 못한 사이에 내가 흐지부지 끝나버릴 것은 누가 보아도 명백한 일이었다. "그런 자식들은 인간이 아닌 짐승이다"라고 극언까지 한 읍장이나 그의 말에 찬동한 읍 의회 의원들도 그저 나를 머리 위로 드높이 올려 보였을 뿐, 결국 딱 부러지는 대책은 나오지 않았다. 스스로를 지키기 위하여 결연히 일어서자고 목청을 돋우어 말한 사람이 몇 있었지만, 총궐기대회를 열자든가, 자위단을 결성하자든가, 감시소를 설치하자는 등의 구체적인 이야기는 나오지 않았다.

나는 그저 세 군데, 그것도 보잘것없는 간판에 기록되었을 뿐이다. 가발을 쓴 읍사무소의 직원과 그의 부하가 나를 삼층짜리 검은색 빌딩 앞으로 운반하였다. "겨우 이런 식으로 문제가 해결될까요?"라고 부하가 물었다. "해결될 턱이 있겠어"라고 상사가 말했다. 그러나 막상 내가 근처 가로수에 묶여 걸리자, 예상과는 달리 공기가 팽팽하게 긴장되었다. 내가 홀로걷기를 시작한 것이었다. 그리하여 집집마다 불이 켜질 무렵이 되자, 조직원 세 명이 건물에서 나와 내 앞에 섰다. 그들과 대치한 나는 주민들이 내 편을 들어주고 있는지 아닌지를 확인하였다. 아니나 다를까, 내 쪽으로 얼굴을 향하고 있는 사람은 한 명도 없고, 모두들 보고도 못 본 척 재빨리 발길을 돌렸다. 하지만 세 명의 남자 역시 내게 손을 대지는 못했다.

5월 3일 수요일

나는 악천후다.

만반의 채비를 갖추고 흐드러지게 꽃핀 봄을 휘저어주려고 한껏 날뛰는 악천후다. 내가 저 먼 대륙에서 날라온 저기압은 마호로 마을에 도착하여 이승 산에 부딪히는 순간 이상발달을 꾀했다. 나는 왕벚나무빛으로 물들어 있던 온화한 날씨에 온통 먹칠을 하고, 가늘고 세찬 비를 마구 뿌리고, 물거품 호수의 수면을 요동케 한다. 그리고 나는 어디선가 들려오는 독경 소리를 날려보내고, 어디선가 들려오는 큰유리새의 지저귐 소리를 짓찢어놓고, 급조한 오두막을 산산이 부수어놓는다.

한참 후 호숫가에 사람들이 모여들고, 경찰차와 구급차가 달려온다. 사람들의 시선은 호수 한가운데 떠 있는 한 인간의 운명에 쏠려 있다. 나 때문에 구조선을 띄우기란 거의 불가능하다. "어떻게 좀 해봐!"란 외침 소리가 난무한다. 그러나 거친 물결에 휩싸여 있는 것은 나의 희생자가 아니라 나에게 도전하는 자이다. 잠시 후 사람들은 그자의 헤엄치는 솜씨에 감탄하고, 이어 그가 여자라는 것을 알고 경악한다.

그러나 진짜 놀랄 일은 그녀가 별장에서 혼자 사는 그 미치광이란 사실이리라. 무사히 호숫가까지 헤엄쳐나온 그녀는 거친 물결과 싸우느라 뒤틀린 수영복을 가다듬고 수면을 돌아보더니 나에게 대담한 미소를 던진다. 경찰관은 그저 어이없어할 뿐, 뭐라 한마디 주의도 주지 못한다. 그녀는 거친 물결보다 더 요란스럽게 몸을 흔들며 구경하던 소년의 머리를 슬쩍 쓰다듬어주고는, 성큼성큼 걸어 소나무 숲으로 모습을 감추었다.

5월 4일 목요일

220

나는 욕조다.

오랜 세월 혹사당한 탓에 온통 금이 찍찍 간 법랑 욕조다. 누가 먼저 들어가느냐는 딱히 정해져 있지 않다. 딸이 먼저 들어가는 경우도 있거니와, 아버지가 그런 경우도 또는 어머니가 그런 경우도 있다. 그러나 마지막에 들어가는 것은 언제나 요이치다. 이유는 그의 몸이 가장 더럽기 때문이다. 새로 받은 물이 단숨에 새카매지는 일도 그리 드물지 않다. 게다가 요이치는 종종 나를 화장실로 착각한다.

그런데 오늘밤 요이치는 물을 흙투성이로 만들거나 똥을 뿌직뿌직 싸지 않는다. 그렇다고 얌전하게 있는 것도 아니다. 요이치는 물을 끼없는 새를 흉내내고 있다. 힘들게 내 가장자리에 쭈그리고 앉더니, "쩍, 쩍, 쩍" 소리를 내면서 고개를 푹 숙여 물 한 모금 입에 물고는, 상체를 뒤로 휙 젖혀 그 물을 꿀꺽 삼키는가 싶더니 풍덩 뛰어든다. 그리고 내 안에서 두 팔을 날개처럼 퍼덕거리며 뼈와 가죽밖에 없는 빈약한 몸을 부들부들 떤다.

다시 내 가장자리에 앉은 요이치는 온몸을 흔들며 물방울을 털어내고, "쩍, 쩍" 하고 울고는 다시 내 안으로 몸을 던진다. 그런 흉내를 몇 번이나 되풀이하는 사이에 요이치에겐 날 수 있는 자신이 생겼다. 그러나 그때는 물에 너무 오래 있어 힘이 쭉 빠진 탓에 헤롱헤롱 취한 아버지처럼 픽 쓰러지더니 타일 바닥에 길게 늘어진다. 다행히 내 안으로 쓰러지지 않아 무사한 나는 안도의 한숨을 내쉰다.

5월 5일 금요일

나는 지붕이다.

인구의 유출을 다소나마 줄이려고 벌써 몇 년 전에 지어진 읍영 주택의 양철 지붕이다. 나의 색은 아직 내 아래 사는 사람들의 마음만큼은 바래지 않았다. 그리고 하늘에서 내려오는 다양한 유해물질을 하나 남김없이 막아주고 있기도 하다. 그러나 내 역할의 중대함을 알아주는 이는 누구 하나 없다. 아니 알아주기는커녕 모두들 내 존재 자체를 잊고 있다.

그런데 오늘, 다행히 텔레비전 안테나의 방향을 고치러 올라온 남자가 새삼스럽게 나를 알아보았다. 내 위에서 바라본 경치에 신선한 놀라움을 느낀 그는 두 시간이나 내 위에 머물러 있었다. 그는 마호로 마을을 빙 둘러싸는 산 능선의 아름다움에 감동하고, 빛나는 고층 기류의 복잡기괴한 움직임에 넋을 잃었다. 이어 그는 무위하게 보낸 하루하루를 자각하고, 원만치 않은 인간관계와 옹색한 나날에 넌더리를 내고, 이미 새로운 생활 따위 있을 수 없다는 것을 깨닫는다. 그는 쥐꼬리만한 돈을 내주고 인연을 끊은 전처의 쓸쓸하게 미소짓는 얼굴과 일찍 죽은 친구의 절절한 친절을 떠올리고는 그만 눈물을 흘렸다.

도무지 변명의 여지가 없는 그는 내 위에 누워, 일일이 헤아릴 겨를도 없는 실패와 후회에 싸여 아무리 생각해봐도 소용없는 생각에 잠겼다. 그러다 그는 저 건너 길에서 업이라 여기고 체념할 수밖에 없는 병에 걸린 소년이 지나가는 것을 보고는, 행복이란 만족에 있음을 깨닫고 어슬렁어슬렁 사다리를 내려와 다시금 내 아래서의 생활로 돌아갔다.

5월 6일 토요일

222

나는 신세타령이다.

난로장이 남자가 호수에 띄운 배를 노 저으며 요이치의 누나에게 들려주는 신세타령이다. 나의 절반은 새빨간 거짓말이고 나머지 절반도 진실이라 하기는 어렵다. 그는 칠칠치 못하고 무식한 마누라는 이제 정나미가 떨어진다고 말하고, 자신의 살림살이가 넉넉지 못한 것은 애써 숨기면서, 너를 알고 나니 용접하는 불꽃 속에서 새로운 빛이 보이는 것 같다고 주절거린다.

그는 거짓말과 거짓말에 가까운 말 사이사이로, 중요한 것은 오로지 사랑이라고 유창하게 역설한다. 지금껏 그런 유의 말을 듣기 위하여 살아왔다고도 할 수 있는 여자는, 손바닥을 물거품 호숫물에 담그고 주체할 수 없는 연모의 정을 다스린다. 그런 여자의 눈앞에서, 내가 나약한 성품에 약삭빠르고 돼먹지 못한 남자를 기개 있고 호방한 성격의 남자로 탈바꿈시켜놓는 것은 간단한 일이다. 여자는 남자의 그럴싸한 말투에 감탄하며 일일이 고개를 끄덕인다.

그러나 여자는 자기에 대해서는 한마디도 하지 않는다. 나이도, 지금까지 추근대는 남자가 한 명도 없었다는 것도, 남동생을 좀먹고 있는 병에 대해서도, 한마디도 하지 않는다. 그녀는 뱃전을 두드리는 물결 소리와 수면을 스치며 지나가는 바람 소리를 듣듯 나에게 빠져 있고, 그 눈길은 작년에 둘도 없는 친구가 목을 맨 숲 쪽을 향하고 있다. 남자는 드디어 말한다. 마호로 마을에 사는 남자에게는 마호로 마을 여자가 제일 잘 어울리는 것 같다고.

5월 7일 일요일

나는 선의(善意)다.

나이를 먹어가면서 못된 지혜만 터득한 노파가 외출할 때마다 노리는 타인의 선의다. 그녀는 자동차의 시동을 걸려는 자를 붙잡고는 사뭇 가련한 목소리를 쥐어짜내면서, 집이 바로 저긴데 갑자기 다리가 아파서, 라고 말한다. 그런 수법은 늘 잘 통하여, 그녀는 제멋대로 나를 불러내어 버스비도 택시비도 내지 않고 마호로 마을 어디든 갈 수 있다. 하기야 대부분의 운전자들은 그녀의 그런 수작을 알면서도 태워주는 것이지만.

오늘 그녀 앞에 이전부터 눈독을 들이고 있던 하얀색 외제차가 섰다. 하지만 그녀는 그 차를 타고 다니는 사람이 누구인지는 전혀 모르고 있었다. 삼층짜리 검은색 빌딩이 아지트인 키 큰 청년은, "좋아, 타요"라며 문을 열어주었다. 그러나 별볼일 없는 속임수라면 청년 쪽이 한 수 위였다.

노파는 자기 집이 가까워지자, "아이구, 고마웠수다"라고 말했다. 그러나 청년은 못 들은 척 그곳을 그냥 지나쳤다. 난동을 부리는 노파를 무시한 채 그대로 앞으로 달려 물거품 호수의 북쪽 어귀까지 가서는, 제 기분 내키는 대로 걷고 있는 창백한 소년을 보고서야 간신히 차를 세웠다. 그리고 그는 나와 함께 노파를 밖으로 내동댕이치고는, "조금 걸어줘야 건강에도 좋지"라고 말하고, 소년한테는 "넌 좀 그만 걸어야겠다"라고 말하고는 휑하니 사라져갔다.

5월 8일 월요일

224

나는 점보 여객기다.

매일 일정한 시간에 나타나 마호로 마을의 하늘을 서쪽으로 좍 갈라놓는 대형 점보 여객기다. 거의 매일 밤, 지대공 미사일처럼 원망과 한탄이 나를 조준하여 날아온다. 비행기 사고라는 재앙으로 막 대학을 졸업한 준재랄 수 있는 아들을 잃은 부부가 나를 향하여 원한의 화살을 쏘는 것이다. 그것은 기와지붕을 뚫고 날아와 정확하게 나를 맞힌다. 그럴 때마다 나는 휘청 흔들린다. 기장과 부기장은 산악지방 특유의 난기류 탓이라 여기고 익숙한 손놀림으로 비행을 계속한다.

그런데 오늘밤 그들은 하나같이 이해할 수 없는 체험을 하였다. 먼저, 레이더에 처참한 사고 현장이 영화보다 선명하게 비쳤다. 산맥의 능선을 타고 불타오르는 내 동료와 죽어가는 승무원과 승객들의 모습을 두 사람은 분명하게 보았다. 그들이 소리를 지르는 것과 동시에 나는 속도를 잃어 단숨에 고도가 떨어졌다. 그러다 그들의 귀에 꽂혀 있는 리시버에 작은 새의 울음소리가 흐르자, 나는 다시 냉정을 되찾고 평소의 안정된 운항으로 돌아갈 수 있었다.

하지만 큰유리새의 지저귐은 여전히 기내에 남아 있었다. 기장과 부기장뿐만 아니라 스튜어디스에서 삼백육십오 명의 승객꺼지 모두, 그 소리가 들리는 동안에는 미동조차 하지 않았다. 그들의 눈은 퀭하고, 삶의 옆자리에 있는 암흑의 세계를 엿본 그들의 눈동자는 다들 깨알처럼 조그맣게 얼어붙어 있었다. 기우는 이승 산을 떠나서도 한참이나 계속되었다.

5월 9일 화요일

나는 피하지방이다.

마호로 마을에 온 이후로 한층 투실투실해진 거지의 몸을 빈틈없이 덮고 있는 열등한 피하지방이다. 전입신고 따위와는 무관하게 살고 있는 그는, 늘 그러듯 자기 멋대로 이 마을을 현주소로 삼았다. 이 마을 사람들은 그에게 먹을 것이나 푼돈을 베푸는 것이 탁발승에게 시주하는 것과는 다른 기분이라는 것을 알고 있었다. 즉 거지에게서는 우월감이라는 보상을 얻을 수 있었던 것이다. 거지는 사람들이 주는 것 모두를 감사히 받아 뱃속에 쑤셔넣었다.

그리하여 오늘, 그는 걸을 때마다 숨이 차는 원인을 간신히 찾아냈다. 그는 소나무 둥치에 짧은 다리를 뻗고 앉아 셔츠 자락을 끌어올리고는 나를 멀뚱멀뚱 쳐다보면서 손바닥으로 탁탁 치고 꼬집었다. 나는 그의 목을 빙 둘러싸고 가슴과 배와 엉덩이의 경계를 없앴으며 허벅지를 뻐근하게 하였다. 허리와 무릎에 무지근한 통증을 안겨주었고 내장의 기능을 얼마간 저하시켰고, 특히 심장에 부담을 주었다.

그럼에도 그는 나를 어떻게 하려고는 생각지 않았다. "먹는 게 남는 거"라고 중얼거리면서, 뭉기적뭉기적 일어나 먼지바람을 피해 언덕 기슭 오두막집으로 굴러들었다. 그는 거기서 잠자던 소년을 두드려 깨워 "봐, 이렇게 살이 쪘어"라고 말하곤, 퉁명스런 말투로 새장에서 크는 새의 최후에 대해 말했다. "어떤 새든 결국은 투실투실 살이 쪄서 뒈져." 그러자 소년은 떨리는 손가락으로 나를 쿡쿡 찌르며, 누가 먹여살리느냐고 거지에게 물었다.

5월 10일 수요일

226

나는 흉상이다.

곰팡이가 슬지 말라고 봄 가을 두 차례 절 밖으로 바람을 쐬러 나가는 관세음보살의 흉상이다. 그렇다고 내가 애초부터 흉상으로 만들어진 것은 아니다. 두 번에 걸친 화재로 하반신이 시커멓게 타고 탄화(炭化)하여 부슬부슬해진 탓에 똑바로 서 있을 수 없게 되자, 민물고기를 보기 좋게 요리하는 주지승이 성급하게 배꼽 아랫부분을 보란 듯이 절단해버리고 만 것이다.

그후로는 뭣 하나 되는 일이 없었다. 태풍이 몰아쳐 본당이 절반이나 부서지자 주지승은 가족을 데리고 떠나버렸고 불도들도 얼씬하지 않았다. 또 불도들의 부탁으로 나를 관리하는 남자만 해도 실로 시답잖은 녀석이었다. 관리라고 해봐야 나를 계곡물에 던져넣고 걸레로 대충 먼지를 닦아내고는, 은행나무 아래 굴려두었다가 마르면 제자리에 갖다놓는 정도였다.

그리하여 오늘, 나는 끝내 버림받고 말았다. 남자는 나를 씻은 다음 볼일이 생각났는지 어디론가 휙 가버린 후 지금까지 나타나지 않고 있다. 내 머리에 앉은 파란 새가, "너는 이제 끝났어"라고 주저 없이 말했다. 그 날카로운 지저귐은 무수한 종류의 식물이 엉켜 사는 자연림에 울려, 단숨에 물거품 호수를 뛰어넘고 둥그스름한 언덕 꼭대기까지 퍼져나가 그곳 이층집에서 기르고 있는 큰유리새가 이어받았다. 큰유리새는 "드디어 너의 시대가 시작되었다"며 지저귀었고, 그 지저귐은 다시 내게로 돌아왔다.

5월 11일 목요일

나는 휠체어다.

전동식, 그것도 낮은 계단 정도는 쉬이 넘을 수 있는 최신형 휠체어다. 팔뚝이 허벅지보다 굵고 어깨와 가슴 근육도 역도 선수처럼 불끈불끈 솟아오른 청년은 마치 전투기라도 탄 것처럼 용감무쌍한 기분으로 나를 조종하면서, 어느 누구의 주장이든 개의치 않을 듯 무르익은 봄 속을 휙휙 가로지른다. 그는 모든 것을 체념하고, 염세주의에 기댈 수밖에 없는 그런 남자는 절대로 아니었다.

이미 그는 불상사를 당해 쓸 수 없게 된 두 다리분 이상의 충실감을 되찾은 상태다. 그리고 주위 사람들도 그가 잃은 것보다 얻은 것이 크다고 확신하고 있었다. 그 자신도 같은 생각이다. 그는 지금 마라톤과 농구로 다진 극기심과 불굴의 정신을, 아직 그런 힘을 터득하지 못한 마을 사람들 앞에서 이야기하기 위해 서둘러 마을 회관으로 가는 길이다. 그는 새 길을 닦는 데 평생을 바친 할아버지를 예로 들면서 자신의 끈기와 노력을 얘기할 작정이다. 여기저기서 귀에 익은 격려의 말이 들려온다. 그는 그가 들어서면 와, 하고 환성을 울리는 관중의 모습을 상상한다.

그런데 회관 앞에서 그가 도착하기를 기다리고 있던 읍사무소 직원이 가발에 신경을 쓰면서 나에 대해 뭐라 투덜거린다. 수동으로 바꾸면 안 되겠느냐고 한다. 나는 전동식이어서 설득력이 반감된다는 것이다. 청년은 무연한 표정으로 반론한다. "뭘 타고 있든 저는 접니다."

5월 12일 금요일

228

나는 구릉이다.

멋들어진 수목을 죄 벌채당하여, 끝내는 관목과 잡초밖에 남지 않게 된 구릉이다. 내 전체 모양은 풍만한 젖가슴처럼 매끈하고 풍요를 연상시키기에 충분하지만, 실제로 안에 담고 있는 것은 아무것도 없다. 싹이 트는 어린 풀 아래에는, 철분만 많은 흙과 나머지는 사연 있는 자들의 명부에 흔히 따라다니는 그런 유의 허망함뿐이다.

지금, 내 위에는 한낮에 나온 달이 걸려 있다. 그리고 그 하얀 달빛 바로 아래 산기슭으로 구불구불 나 있는 길, 트랙터가 지나가 울퉁불퉁해진 길 위에는 저 소년 요이치가 우뚝 서 있다. 내가 다른 사람일지도 모르겠다고 생각한 까닭은, 그의 몸이 조금도 흔들리지 않았기 때문이었다. 진열대에 나사로 꽉 고정되어 있는 박제처럼 전혀 움직이지 않는다. 요이치는 그 눈 속에 '무(無)'를 담고 떨리는 목소리로 희미하게 '허(虛)'를 말하고 있다. 언뜻 보기에 무슨 사정이 있는 듯하다.

나는 당사자가 아닌 바람에게 살짝 묻는다. 바람은, 요이치는 저렇게 해서 불쑥 되살아난, 어린 마음에도 슬픈 기억을 견디는 것이라고 넌지시 대답하고 지나간다. 견딜 만큼 견딘 요이치는 마침내 맨손으로 나에게 구멍을 판다. 이어 그의 부모가 오래 전에 뱉은 말을, "저앤 이제 틀렸어"라는 엄마의 말을, "안 되는 건 안 되는 거지 뭐"라는 아버지의 말을 그 구멍에 묻고 흙을 덮는다. 요이치의 외침 소리가 나에게 부딪쳐 메아리가 되고, 물거품 호수의 수면에 물결이 인다.

5월 13일 토요일

나는 낮잠이다.

이 풍진 세상을 피하여 이승 산으로 몸을 숨긴 노인이 주위에 아랑 곳하지 않고 코를 골며 탐닉하는, 죽음에 가까운 낮잠이다. 청청한 참 대나무 숲을 뚫고 쏟아지는 햇살이 점차 나의 깊이를 더한다. 그리하 여 나는 자기 소유의 대나무 숲에 자기 힘으로 지은 암자에서 잠자는 남자를 수십 년 전 과거로 되돌려놓는다. 그 과거의 시간에 있는 것은 사교성 많고 좌흥을 잘 돋우며, 그런 나머지 괴로운 지경에 몰려 세상 을 등질 수밖에 없었던 남자다.

하지만 지금 그는 사람들한테서 따돌림을 당하는 자가 아니다. 또 젊은 나이에 결핵으로 가슴을 앓아 툭하면 생사의 갈림길을 드나들던 자도 아니다. 혹은 골수에 사무친 원한을 배경으로 웅변을 토하는 열 혈한도 아니다. 위태로워진 지위 때문에 밤잠도 제대로 못 자던 때는 이미 과거다. 근무하던 회사가 불경기의 여파에 부도를 내어 반년 동 안의 노동이 허사가 되었던 것도 먼 옛날 이야기다. 시국에 대한 식견 으로 동란을 예견했지만 결국은 떠도는 길밖에 없었던 때는 더욱 먼 옛날 일이다.

불치병으로 세상에서 떠밀려나온 소년이 꼬불꼬불한 산길을 올라 와 그에게로 다가간다. 그는 툇마루에서 잠자는 노인네를 보고는 자기 도 그 옆에 몸을 누이고, 눈을 가늘게 뜬 채 코 고는 흉내를 낸다. 그러 자 보라. 늙은 몸을 짓누르고 있던, 나조차 어떻게 할 도리가 없었던 무거운 짐이 소년의 코 고는 소리와 스치는 대나무 잎 소리를 타고 어 디론가 멀리로 날아가버리는 것이 아닌가.

5월 14일 일요일

230

나는 입담배다.

짧은 머리에 키는 작아도 체구는 탄탄한 남자가 입에 물고 있는 굵은 입담배다. 큼지막한 얼굴, 특히 두툼한 입술 탓에 유난히 내가 어울리는 그는 한 시간 남짓이나 미행한 자동차를 따라 그 모텔로 들어갔다. 그리고 프런트에서 진부한 가설을 재잘재잘 떠들고 있는 파란 앵무새와 창백한 소년을 밀쳐내고, 오늘 첫 테이프를 끊은 손님의 방으로 성큼성큼 들어갔다.

그는 여자에게 돈을 주고 옷을 벗게 한, 일면식도 없는 피부가 하얀 남자에게 "당신한테는 볼일 없어"라고 말했다. 그러자 그 작자는 벗어던진 옷을 서둘러 그러모으더니 여자를 남겨둔 채 차를 타고 줄행랑을 쳤다. 여자도 도망치려 했지만 가녀린 두 팔이 동시에 비틀려 꼼짝할 수 없게 되었다. 남자는 커튼을 닫고 나를 재떨이 위에 놓았다. 그러고는 여자의 얼굴에다 베개를 밀어붙여 소리가 새어나오지 않도록 하고서는, 다시 나를 입에 물었다가 불이 붙어 있는 쪽을 여자의 젖가슴에 꾹 눌렀다. 몸부림을 치는 바람에 부러진 여자의 팔뼈가 살과 피부를 찢고 튀어나왔다.

남자는 말 한마디 내뱉지 않고 나를 다시 입술 끝에 물고는 방을 나와 소년과 앵무새 사이를 헤치고 건물을 빠져나가다가, 상황을 살피러 온 아줌마에게 험상궂게 지폐를 쥐여주고는 자기 차를 타고 사라졌다. 소년이 차창으로 내던져진 나를 주워 입에 물었다. "그만두지 못해!"라고 앵무새가 말했다.

5월 15일 월요일

나는 꽃이다.

아직 날도 밝지 않았는데 남몰래 물거품 호숫가로 옮겨진, 한 다발이 넘는 꽃이다. 나는 인간의 머리 모양을 닮은 초벌구이 꽃병에 가득 담겨, 호숫가 정면으로 보이는 곳에 덩그러니 놓였다. 태양이 솟았다. 하늘은 파랗고, 물도 파랗고, 언덕 위에서 들려오는 큰유리새의 지저귐은 한층 더 파랗다. 날마다 일과처럼 호숫가를 산책하는 사람들은 이미 나를 알아보았다. 그리고 내가 이 호수에 빠져 죽은 사람들을 위해 바쳐진 꽃이라는 것도 알고 있다.

그러나 그 이상은 아무도 모른다. 언제, 어디에 사는 누가 나를 갖다 놓는지, 그 사람의 슬픔이 어떤 것인지, 거기까지 아는 사람은 아무도 없다. 나 역시 상대가 누구든 내 주인이 누군지를 밝힐 뜻이 없다. 그때 나를 먹을 것으로 착각한 근시안의 거지가 나타났다가, 내가 뭔지를 알고는 황금빛 햇살 속으로 모습을 감추었다. 그 다음 인격이 청렴해 보이는 노신사가 나에게 묵례를 하고 조용히 지나간다. 뒤이어 나를 찾은 여자는 지칠 대로 지친 얼굴을 내게로 향하더니 느닷없이 적나라한 고백을 시작하였다. 남편이 아닌 이성, 그것도 처자식이 있는 남자와의 관계에 대하여. 태양이 점점 높아지자 엄마의 손을 잡고 하얀 강아지를 데리고 있는 눈먼 소녀가 향기만으로 나를 알아차린다. 엄마는 딸을 위해 나의 색에 대해 설명한다. 아마도 소녀는 상상할 수 있으리라. 나는 살아 있는 자들을 위한 의미 있는 하루를 보낼 작정이다.

5월 16일 화요일

232

나는 피리다.

어떤 초등학생이 하굣길에 오늘 막 배운 동요를 뻐드렁니 난 입으로 멋들어지게 불어대는 피리다. 학교에서는 딴짓을 하면서 걸어가지 말라고 그렇게 단단히 주의를 줬는데도, 그는 그런 주의 따위 새카맣게 잊어버리고 나에 몰두하고 있다. 바로 옆으로 엔진이 달린 흉기가 그러다 자멸할 속도로 팽팽 내달리는데도, 또 가끔씩 보도 밖으로 발을 헛디디는데도 전혀 개의치 않는다. 요란스럽게 울리는 경적 소리도, "죽고 싶냐, 이 꼬마 녀석이!"란 운전사의 성난 목소리도 들리지 않는다.

초등학생은 열심히 나를 불어대고 있다. 나를 통하여 몇 번이고 몇 번이고 되풀이되는 구슬픈 선율은 평생 잊을 수 없는 기억으로, 아직 어느 누구의 사상이나 철학으로도 오염되지 않은 싱그런 뇌에 깊이깊이 새겨진다. 그 선율은 앞으로 살아갈 그의 인생을 구원해줄지도 모른다. 먼지 같은 존재로 추락하려 할 때마다 가슴속에 되살아나, 특효약 이상으로 작용할 곡이다.

그가 어른이 되기 전에 나를 버린다 해도 내 소리까지는 버릴 수 없을 것이다. 내 소리는 여행길에 문득 고향을 들러볼까 하는 마음을 부추기고, 궁지에 몰렸을 때는 숨통을 트여주고, 아는 사람의 집에 눌러사는 것이 크나큰 수치임을 깨닫게 하고, 부를 쥔 자에게 아부하는 것을 징계할 것이다. 그러나 모든 자동차에게 브레이크를 걸게 하면서 태연자약하게 길을 건너오는 파란색 소년의 휘파람 소리에는 도저히 미치지 못한다.

5월 17일 수요일

나는 유람선이다.

올봄부터 물거품 호수에서 돈벌이를 하게 된 백조 모양의 중고 유람선이다. 나는 그저 빛날 뿐인 바람과 반짝이는 것밖에 모르는 물결 사이를 헤치고 창공을 향하여 날갯짓하는 흉내를 내면서 하염없이 수면을 미끄러져간다. 물음표처럼 구부러진 나의 너무 긴 목, 그 끄트머리에 해당하는 머리 부분에는 바다를 잊어가는 진짜 갈매기 한 마리가 가슴을 좍 펴고 앉아 있다.

그리고 내 몸통 안에는 마호로 마을의 불편한 여관에 나뉘어 묵거나, 마호로 마을의 텁텁한 도시락을 먹지 않고 기껏해야 반나절이면 떠나가는 관광객이 빼곡하게 들어차 있다. 그들의 반응을 제 눈으로 직접 확인하려고 손님들 사이를 헤치고 올라탄 나의 주인은 벌써부터 후회하고 있다. 정세를 잘못 판단하여 승산 없는 장사에 손을 댄 것은 아닌가 하는 불안감에 시달리고 있는 것이다. 내 힘만으로 단체 손님이 왕창 몰려드는 일은 절대로 없을 것이다. 그렇게 말한 것은 보트 대여점의 아저씨다.

그런데 오늘 나에게 올라탄 손님은 복에 겨운 사람처럼 얼굴에 웃음을 가득 담고, 사소한 발견을 거창하게 표현하여 늘 변함없는 일상에서 멋들어지게 탈출하고 있지 않은가. 있는 돈을 나한테 몽땅 퍼부은 주인도 그런 그를 눈치채고는, "하는 데까지 해봐야지"라고 스스로에게 말한다. 호수를 한 바퀴 돌고 내가 떠난 자리로 돌아오자, 손님들한테는 예의 소년 요이치조차 관광의 대상이 되어 있다.

5월 18일 목요일

나는 깁스다.

창부의 부러진 팔을 고정하고 더불어 그녀의 마음마저 안정시키는 영험스런 깁스다. 그러나 나는 나의 역할을 충분히 다하고 있다고는 할 수 없다. 또 호숫가의 여관 '삼광조' 여주인의 정성 어린 간병도, 그녀가 여기저기 돌아다니며 모아들인 시클라멘 화분도, 악덕으로 먹고사는 키 큰 청년의 복수를 하겠다는 다짐도, 큰유리새의 지저귐도, 결국 다친 그녀의 마음을 완전히 다독여주지는 못했다.

팔뼈, 그 다음에는 다리뼈, 심지어 목뼈까지 부러뜨릴지도 모른다고 창부는 생각했다. 그리하여 끝내 그녀는 울부짖으며 마호로 마을을 떠나겠다고 악을 썼다. 누가 옆에 있어주지 않으면 지금 당장 나가겠다고 소리를 질렀다. 여주인이 "내가 옆에 있잖아"라고 암만 말해도, 청년이 "내가 불침번을 설 테니까 걱정 마"라고 해도, 창부의 두려움은 가시지 않았다. 난감하여 어쩔 줄 몰라하는 여주인에게 창부가 이렇게 말했다. "요이치를 만나고 싶어." 그러자 "아니 그런 애를 왜?"라고 여주인이 물었다. 옆에서 청년도 물었다. "누구야, 그게?" 여주인이 설명을 시작하자 청년은, "아아, 그 녀석이라면 나도 알지"라고 자리를 박차고 뛰어나갔다.

삼십 분 후에 데리고 온 소년은 우선 나를 쓰다듬고, 이어 화상을 입은 창부의 젖가슴을 살며시 쓸어내렸다. 그리고 그는 잠자코 툇마루로 나가더니 나비를 쫓아 어디론가 가버리고 말았다. 잠시 후 내 안의 아픔과 혼란은 소리 없이 사라지고, 창부는 곤한 잠에 빠져들었다.

5월 19일 금요일

나는 그림자다.

물거품 호수의 북쪽, 뭍 쪽으로 깊숙이 파인 수면에 실물처럼 비쳐
있는 삼림의 그림자다. 백 년이나 된 큰 나무들이 빽빽한 그곳은 거의
바람의 영향을 받지 않는다. 덕분에 나는 반사하여 흩어지는 빛을 남
김없이 포착하여, 한 치의 어긋남도 없이 실물을 재현할 수 있다. 새의
깃털 하나, 풀 한 포기, 꽃가루 한 개에 이르기까지 정확하게 비추어내
고, 그리고 헛되이 끝날지도 모르는 전직 대학교수의 일생까지도 바르
게 비추어내고 있다. 게다가 실제 모습으로는 도저히 식별할 수 없는
것까지도 또렷하게 비추어내고 있다.

쓰잘데 없는 일로 이른 아침부터 부부싸움을 한 씁쓸함, 이 세상에
언제까지나 존재해야 하는 답답함과 쓸쓸함, 이 나이가 되도록 살아남
을 수 있었던 기쁨, 나는 이런저런 것들을 호숫가 무성한 풀숲에 쭈그
리고 앉아 꼼짝하지 않는 문학 노년생에게 보여준다. 그도, 그가 여기
까지 노 저어온 보트도, 이미 풍경의 일부로 화하여 화폭처럼 자리하
고 있다.

그는 마치 책인 양 나를 응시하고, 책에서는 절대로 얻을 수 없는 무
언가를 내 안에서 찾아내려 하고 있다. 그러나 지금으로서는 그게 잘
되지 않는다. 할 수 없이 나는 보통 때는 좀처럼 하지 않는 일을 한다.
마음속 깊이깊이 잠재해 있는, 아직 마르지 않은 욕망을 영상으로 보
여주려 하는 것이다. 그러나 다행스럽게도 그는 그것을 보지 않아도
좋았다. 숲속에서 불쑥 나타난 소년 요이치가, 자기 가슴속 따윈 들여
다보지 않는 그 소년이 나에게 돌을 던졌기 때문이다.

5월 20일 토요일

나는 우정이다.

소년 요이치와 새장에 갇힌 큰유리새 사이에 싹튼 따스한 우정이다. 그들은 이미 새를 키우는 주인과 새의 관계가 아니고, 또 단순히 그저 아는 사이도 아니다. 또 새의 입장을 동경하는 소년과 인간에게 길들지 않는 야생의 새란 인연도 아니다. 큰유리새는 요이치가 손가락에 올려놓고 내미는 모이를 삼킬 때마다, 개인으로서의 자아를 망각하는 지저귐을 되풀이한다. 그 소리를 들은 요이치는 자칫 둔해지기 쉬운 감각기관의 작용을 회복하여, 무미건조하고 자연스럽게 사는 나날에 자신감을 더한다.

내가 지금 이대로 유지된다면 그리 머지않아 양자가 흉금을 털어놓고 얘기하는 일도 가능할지 모른다. 나는 요이치를 한없이 넓은 하늘에 근접하게 하고, 큰유리새를 끝없이 펼쳐지는 대지에 가깝게 한다. 나로 인해 맺어진 양자의 보잘것없는, 그러나 그 무엇과도 바꿀 수 없는 앙증맞은 혼은, 지금 우주의 섭리의 틈바구니를 빠져나와, 파랑과 초록빛과 어둠, 음과 양, 질서와 혼돈, 조리와 부조리로 가득한, 탄식할 정도로 아름다운 이 하늘과 땅 사이를 자유자재로 오갈 수 있다. 그러나 당사자인 그들은 아직 나의 존재를 깨닫고 있지 않다. 서로가 나를 잃었을 때의 심각함을 아직은 이해하지 못하는 것이다.

오늘 큰유리새는, 마구 베어낸 결과 황폐해진 저 먼 산과 들, 마호로 마을 한귀퉁이에 있는 좁다란 취락에서 향응을 위해 죽임을 당한 가축을 생각하며 울고, 요이치는 그 지저귐 소리를 따라 휘파람을 불었다.

5월 21일 일요일

나는 작은 물고기다.

끊어진 물풀과 함께 물거품 호수의 새하얀 모래사장으로 내던져져 만신창이가 된 작은 물고기다. 거친 모래터에 수도 없이 패대기질을 당하여 숨이 끊어질락 말락 한 내가 거의 체념하고 있을 때, 좀 유별난 이가 나를 주워올렸다. 따스하고, 쉴새없이 바들바들 떠는 인간의 손이 나를 물에서 대기 속으로 옮겨놓은 것이다. 아마도 우리는 거의 동시에 연민의 정이란 것을 느끼지 않았을까. 어쩌면 쓸모없는 인간일지도 모르는 볼썽사나운 소년의 두 눈과 내 한쪽 눈이 딱 마주쳤을 때, 나는 분명히 그것을 느꼈다.

소년은 오른손의 운명선과 생명선 사이에 나를 올려놓고, 선량한 미소를 머금은 두 눈동자를 살며시 내게로 들이밀었다. 그러곤 잠시 후 내가 살아날 가망이 없다는 것을 깨달은 듯하였다. 소년은 나를 조심스럽게 잡고, 눈으로는 아무것도 감지할 수 없는, 그러나 열린 성격의 소유자인 소녀의 보드라운 손바닥에 올려놓았다. 그러자 곁에 있던 소녀의 어머니가, "으응, 그게 물고기야"라고 말했다. 소녀는 집게손가락으로, 이어 코로, 마지막에는 귀까지 사용하여 나를 알려 하였다. 그런 그녀를 위하여, 나는 최후의 힘을 짜내어 꼬리를 팔짝 움직였다. "앗" 하고 소녀가 소리를 질렀다. 얼굴 가득 행복이 번졌다. 그때 소년은 이제 목숨이 다했다는 것을 알고는 나를 호수로 던졌다. 공중을 날아가는 도중에, 어머니가 소년에게 "얘야, 고맙다"라고 답례하는 말이 들렸다. 나는 지금도 여전히 살아 있다.

5월 22일 월요일

238

나는 벼락이다.

봄기운에 들뜬 사람들의 간담을 서늘케 하려 올해 들어 처음으로 마호로 마을을 기습한 벼락이다. 내가 제일 먼저 조준한 곳은 언덕 위의 집 한 채였지만, 한껏 기세를 부리고 떨어졌는데도 어찌된 영문인지 만족스러운 결과는 얻지 못했다. 불길이 오르기는커녕 그 집에서 기르는 큰유리새는 오히려 환희에 차 드높이 우짖었고, 또 그 주인인 소년은 나를 향하여 손을 흔들기까지 하였다.

애가 탄 나는 다음으로 마을을 덮쳤다. 마이너스 전기를 있는 대로 다 방출하면서 사납고 오만하게 행동하였다. 최소한 전신주의 변압기 하나 둘 정도 파괴하지 않고서는 화가 풀리지 않을 것 같았다. 그런데 죄 허탕을 치고 말았다. 놀래키기는커녕 혼수 상태에 빠져 있던 환자는 내 덕분에 기적적으로 목숨을 건졌고, 성묘를 핑계삼아 게으름을 피우려던 남자는 내 덕분에 정신을 차리고 서둘러 집으로 돌아가서는 괭이를 쳐들고 죽자사자 일하기 시작한다.

어떤 일에든 양보를 모르는 고집쟁이가 되어 사람의 애정마저 기피하는 여자는 내 덕분에 연모의 정을 품게 되었다. 더구나 나는 인덕을 쌓는 일과도, 돈줄을 잡는 일과도, 가슴이 후련해지는 일과도 인연이 없이 늙어간 평범한 남자한테마저 얕잡히고 말았다. 그는 우산을 내 쪽으로 쑥 내밀고, 게다가 발돋움까지 하고서는 도발적으로 이렇게 외쳤다. "여기로 떨어져봐!" 이어서 "이 나이가 되도록 살았는데 이젠 무서울 거 없다고!"라고 말했다.

5월 23일 화요일

나는 도심(盜心)이다.

고향인 마호로 마을로 되돌아와 낡은 토광을 잠자리로 삼은 젊은이가 배고픈 나머지 억제하지 못한 도심이다. 치수 공사 중에서 일부러 제일 험한 일을 택한 그는 현장 감독이 자리를 뜨면 곧장 부삽을 내던지고 구멍 속에서 기어올라와, 시원한 바람이 부는 물거품 호숫가의 소나무 숲으로 들어갔다. 그곳에서는, 다른 사람은 몰라도 나만은 늙음의 추함을 보이고 있지 않다고 착각하고 있는 사람들이 모여 게이트볼에 열중하고 있었다. 그리고 거기에서 조금 떨어진 벤치에는 그들을 위해 마을에서 준비한 도시락이 산더미처럼 쌓여 있었다.

나는 젊은이를 충동질하였다. 저렇게 많은데 한두 개 없어졌다고 별일이야 있겠느냐고 말하고, 노는 노인네들보다 일하는 젊은이야말로 거르지 않고 먹어야 한다고 말했다. 내게 힘입은 그는 도시락을 하나 집더니 황망하게 소나무 숲을 뛰쳐나와, 오전 내내 팠던 깊은 구멍 속으로 뛰어들었다. 그러나 그는 그 도시락을 먹으려 하지 않았다. 보기만 해도 치가 떨렸다.

젊은이는 내 감언이설에 놀아난 자기 자신을 부끄러워하였다. 그렇다고 도시락을 제자리에 돌려놓을 용기는 없어, 마침 그때 구멍 속을 들여다보고 있던, 어떠한 죄라도 용서받을 수 있을 듯한 소년에게 주었다. "저기 가서 먹어!"라고 고함을 질러 소년을 쫓아보내고, 그는 나를 억누르기 위해 그 자리에서 '죄와 벌'을 춤추었다.

5월 24일 수요일

240

나는 내장이다.

마호로 마을의 밤을 미친 듯이 질주한 개조 자동차에 친 고양이가 선선히 드러내고 있는 신선한 내장이다. 이 구불구불한 길을 지나는 자동차는 이미 없고, 노면에는 부서진 깜박이등의 파편과 달빛과 나만이 기분좋게 흩어져 머지않아 찾아올 새벽을 향하여 독설을 뿜어대고 있다. 그리하여 마침내 태양이 고군분투하는 시간대가 다가와 밤의 신비로움이란 껍질이 벗겨지자, 매가 내 위를 선회한다.

매의 조소에도 굴하지 않고 사는 독수리의 수도 점점 늘어나 이윽고 그림자의 홍수를 만든다. 뜻하지 않게 맛난 먹을거리를 발견한 그들은 하늘에서 전선으로, 전선에서 지면으로 날아내려와 사방을 빈틈없이 둘러보면서 이쪽으로 다가온다. 바라는 바였다. 나는 그놈들의 튼튼한 뱃속으로 들어가, 그 날개를 움직이는 근육의 일부가 되어 하늘을 날고 싶다. 내가 이 지경에서 벗어날 수 있는 남은 기회는 그것밖에 없었다.

그런데 까마귀나 다를 바 없이 치욕 따위 아무렇지도 않게 여기는 독수리들은, 인기척이 느껴질 때마다 일제히 나로부터 멀어진다. 단순히 인간을 두려워하는 것만은 아닌 듯하다. 필시 나 따위에는 아무 흥미도 없다는 것을 보이고 싶어서이리라. 파란 모자를 쓰고 지나가던 소년이 단박에 맨손으로 나를 집더니, 발로 짓찧어 풀숲에 숨어 먹이를 향해 달려들 태세를 갖추며 우물쭈물하고 있는 독수리에게 던진다. 소년은 단호히 말한다. 자기 먹이를 먹는 데 부끄러워하는 새가 어디 있느냐고.

5월 25일 목요일

나는 화살이다.

인간의 솜씨라고는 도저히 여겨지지 않는 힘으로 하늘을 향해 휙 쏘여, 신의 영역으로 과감하게 돌진하는 한 개의 화살이다. 그저 장식품이 아닌 진짜 화살촉에는 맹독에 필적하는 정체 모를 분노가 듬뿍 발려 있고, 화살깃으로는 슬픔의 파란 날개가 사용되었다. 나는 생명을 생명이게 하는 대기를 가르며 만물의 은총인 비구름을 관통한다. 이미 나를 쏜 신관(神官)*의 모습은 보이지 않고, 아마비코 신사의 너와지붕도 보이지 않고, 어리석은 짓이라는 소리도 들리지 않는다. 여기까지는 지상의 소리 역시 하나도 닿지 않는다.

진통이 시작된 여자가 샌드백을 잡는 듯한 경악의 소리, 임종을 고해본 경험이 적은 의사의 어정쩡한 목소리, 어려운 사업을 성취하기 위하여 마지막 용단을 내리는 영세기업 경영자의 탁한 목소리, 그 어떤 목소리도 여기서는 들리지 않는다. 또 창조적인 견해로 단숨에 풍성한 논문을 썼지만 발표할 곳이 없는 전직 대학교수의 한숨 소리도, 옛날 이 일대는 반딧불이가 난무하는 아름다운 논이었다고 손자에게 얘기하는 늙은 농부의 쉰 목소리도, 예기치 않은 사고로 본의 아니게 시합에 출전하지 못하여 집으로 돌아와 실의에 빠져 있는 마라톤 선수의 성난 목소리도 멀기만 하다.

그러나 거기까지다. 얼마 후 나는 누군가의 억센 손에 잡혀 다시금 중력에 휘말리고, 납득할 수 없는 일투성이 마호로 마을로 되돌아간다. 나는 서서 오줌을 갈기고 있는 병든 소년의, 아마도 평생 써먹을 수 없을 성기를 아슬아슬하게 스치고, 괘씸한 행성의 표면에 꽂혀 파르르 떤다.

5월 26일 금요일

---

* 신사에 종사하는 사람.

나는 오프너다.

마호로 마을로 흘러들어와 소년 요이치와 친구가 된 거지가 평생을 소중히 여기고 있는 구식 오프너다. 그는 튼튼한 끈으로 나를 묶어 목에 걸고 다니면서, 잘 때도 절대 벗어놓지 않는다. 나는 지난 사십 여년 내내, 그에게 아직 일할 의지가 있었고 곤혹스런 표정을 잊지 않았던 시절부터 반짝반짝 손질되어, 한 군데도 녹슬지 않고 어떤 장신구보다 높은 긍지를 지니고 지내왔다.

내가 도구로 사용되는 기회는 좀처럼 없다. 지금까지 내가 연 통조림은 불과 열 개 정도일 것이다. 쌀이나 동전이라면 몰라도 통조림을 동냥해주는 사람은 그리 흔하지 않기 때문이다. 그리고 그가 받은 돈이나 주운 돈으로 통조림을 사는 때는, 살아오면서 겪은 무참한 기억을 떠올린 날이나, 그렇지 않으면 그 자신의 어처구니없는 부실한 행위를 자책하는 날로 정해져 있었다.

내가 얇은 금속 뚜껑을 천천히 열기 시작하면 그는 늘 그러듯 게슴츠레 눈을 껌벅이며 흘러나오는 콧물을 소맷자락에 비벼댔다. 그러고는 또 늘 그러듯, 결국은 전부 자기 혼자 먹을 텐데도 내용물을 정확하게 삼등분하여, 이 세상에 있을 리 없는 어린 남동생과 여동생에게 "자, 이제 먹을까"라고 말했다. 그렇게 말하고 그는 우선 일인분을 해치우고, "뭐야, 안 먹는 거야? 아깝잖아"라며 다시 일인분을 먹고, 나머지 일인분은 지나가는 요이치를 불러 억지로 먹였다.

5월 27일 토요일

나는 지력(地力)이다.

완전히 숙성한 부엽토와 닭똥을 듬뿍 섞어 뿌린 덕분에 훌륭히 원
상태를 회복한, 언덕 위 밭의 지력이다. 지렁이의 양은 단숨에 천 배로
늘어났고, 흙 속에 포함되어 있는 산소도 포화 상태에 달했고, 수분도
적당히 유지되고 있다. 씨앗이든 묘든 무엇이든 환영이다. 지금의 나
정도면 싸구려 채소 가게에는 절대로 진열될 수 없는 진짜 채소를 만
들어낼 수 있을 것이다.

그런데 어찌된 일인지 요이치의 아버지는 아무리 시간이 지나도 씨
앗을 뿌리려 하지 않고, 묘도 심으려 하지 않는다. 내게는 지금 잡초만
무성하게 자라 있다. 나는 코스모스 씨앗이라도 좋으니 좀 뿌려주었으
면 하고 생각한다. 그러나 그는 과거 그토록 열심히 일구었던 채마밭
은 거들떠보지도 않은 채 거의 무위한 나날을 보내고 있다. 그는 이제
더이상 누군가를 위해 살고 있지 않은지도 모른다. 가족을 위해서도,
어쩌면 그 자신을 위해서도.

일이 없는 오늘, 그는 지방 방송국의 프로그램까지 볼 수 있는 텔레
비전 앞에 드러누워 맥주를 마시고 있다. 그는 나날이 늙어가고 있다.
관철해야 할 뜻도, 이뤄내지 않으면 안 될 소망도 없던 그였지만, 그런
식으로 가다가는 만년을 실의 속에서 보내게 될지도 모른다. 사실은
모든 가능성을 내밀하게 갖고 있는 남자인데 자신도 모르게 지방 공무
원이란 틀 안에 꼭 틀어박혀 자신의 자질을 키우지 못하고 허송세월하
고 있는 것이다. 지금 막 나는, 이렇게 된 바에야 어디다 내놓아도 뒤
지지 않을 잡초나 키워주자고 마음먹었다.

5월 28일 일요일

244

나는 네온사인이다.

마호로 마을에서 가장 오래된, 그리고 가장 휘황한 빛으로 번쩍이고 있는 빠찡꼬 가게의 네온사인이다. 오늘밤도 손님으로 시끌벅적한 가게 밖으로 주인을 불러낸 키 큰 청년은 대뜸 담판을 지으려 달려들었다. 두세 마디 내뱉고 상대방이 만만치 않다는 것을 눈치챈 혈기왕성한 청년은, 주먹 한가득 움켜쥔 빠찡꼬 구슬을 갑자기 나를 향해 던졌다. 백 개는 맞았을 것이다.

나는 불똥을 튀기면서 깨져 여기저기 파편의 비를 뿌렸다. 단순하고 손쉬운 도박에 열중하고 있던 손님들은 누구 하나 바깥의 이변을 알아차리지 못했다. 주인은 거역해봐야 손해라고 생각하는 듯했지만, 청년의 말에 따르지는 않았다. 그는 팔짱을 낀 채 말없이 서 있었다. 청년은 원하는 대답을 들을 때까지 계속하여 빠찡꼬 구슬을 던질 셈이었다. 내 자랑거리인 하늘로 날아오르는 새빨간 용의 형상이 점차 일그러졌다.

헐렁헐렁한 셔츠를 세련되게 차려입은 비열한 청년은 주인에게 이렇게 말했다. "만약 다른 누가 이런 짓을 하거든 나한테 맡겨"라고. 그러나 그보다 두 배는 더 살았고, 더구나 두 나라에서 산 적이 있는 주인은 순순히 물러나지 않았다. 그는 말했다. "난 말이지, 이런 치졸한 짓은 수도 없이 당해봤거든"이라고 말한 뒤, "너 같은 놈들한테 줄 돈은 한 푼도 없어"라고 말했다. 나는 점점 더 모양이 일그러져 마침내 제 색을 잃고 용이 아닌 파란 새가 되고 말았다.

5월 29일 월요일

나는 너도밤나무다.

마호로 마을은 살아도 살아도 정이 들지 않고, 그렇다고 다른 곳으로 옮겨갈 마음도 없는 소설가가 정원수로 심은 너도밤나무다. 그는 산에서 파온 어린 나의 뿌리를 기름진 흙으로 감싸고, 강풍에도 견딜 수 있도록 대나무로 받침대를 세워주고, 아침저녁으로 물을 준다. 봉긋 솟아오른 내 새싹이 조금씩 잎 모양을 이루어가자 그는 아내에게 이렇게 말했다. "그놈이 큰유리새를 기른다고, 흠 나는 이 나무를 길러주지." 그러자 그의 아내는, "개는 어떻게 할 건데?"라고 물었다. 그러자 그는 대뜸 "개는 인간보다 오래 못 살잖아"라고 말하고, "이 나무는 삼백 년이고 사백 년이고 살아남을 거라고"라고 말했다. 그게 바로 일주일 전의 일이었다.

그런데 나는 오늘 죽어가고 있다. 지금까지 자기 집 뜰에다 나무 몇 종류를 심어 기른 그이지만, 나에 관해서는 초보자나 다름없었다. 오후가 되어 기온이 오르자 마지막 남은 한 잎이 말라 떨어졌다. 그는 매우 낙담하여 오래도록 내 앞에 쭈그리고 앉아 상념에 잠겼다. 그러고는 느닷없이 버럭 화를 내었다. 아마도 나 같은 나무에 뒷날을 부탁하려 한 자기 자신에게 화가 난 것이리라. 그는 아직은 몇 가닥 뿌리가 살아 있는 나를 단숨에 뽑더니 집 뒤켠으로 가지고 가, 실패한 원고를 태울 때 사용하는 소각로에 던져넣고, 석유를 뿌리고 불을 질렀다. 재로 변해가면서 나는 불꽃 터지는 소리를 이용하여 그에게 설법하였다. 몇백 년이고 살아남을 수 있는 작품을 남기라고 말했는데, 과연 그의 귀가 알아들었을지 어떨지는 미지수다.

5월 30일 화요일

나는 악의다.

야반도주를 하여 마호로 마을로 흘러들어온 젊은 남녀 사이에 생긴 심각하고도 심각한 악의다. 거의 동시에 나의 존재를 깨달은 두 사람의 얼굴은 점차 험악하게 변해간다. 서로 무슨 숨은 뜻이 있는 듯한 대화를 한참이나 주고받다가, 남자는 하늘을 향하여 긴 한숨을 쉬고 여자는 무너져가고 있는 벽에 기대어 처마에서 떨어지는 물방울 소리에 귀를 기울인다. 드디어 본격적으로 비가 내리기 시작한다.

두 사람이 가슴에 달고 있는 배지의 파란 새도, 이미 나를 콕콕 쪼아 삼킬 힘을 잃었다. 그리고 둘은 끝내 입에 담아서는 안 될 말을 하고 만다. 먼저 여자가 "자기 엄마한테로 돌아가지그래"라고 말한다. 그러자 남자는 "약혼자가 있다는 건 거짓말일 텐데"라고 말한다. 나로서는 그 한마디로 모든 게 끝났다고 생각했다. 그런데 어찌된 일인지 두 사람 다 빗속으로 뛰쳐나갈 기미를 보이지 않고, 문제가 어디에 있는지 찾아내려 하지 않았다. 게다가 그후 두 사람은 한밤에 어디선가 몰래 들고 온 텔레비전을 보면서 나를 제쳐두고 따뜻한 저녁밥을 먹기 시작한다.

두 사람은 엄청난 식욕으로 인스턴트식품만 잇달아 탐식하고는, 배가 한껏 부르자 다시 나를 둘러싸고 대치한다. 그러나 더이상 아무 말이 없고, 그 눈은 각지의 꽃 소식을 전하는 텔레비전 화면에 못박혀 있다. 그런 두 사람을 단단히 결속시키고 있는 것이 다름아닌 바로 나임을 안 것은, 비를 대신하여 달빛이 쏟아지는 관능적인 새벽녘이었다.

5월 31일 수요일

나는 푸른 들이다.

나무 그늘에서 쉬고 있는 소년 요이치의 눈앞에 펼쳐진 한 점 나무랄 데 없는 푸른 들이다. 걷다 지쳐 내 한가운데서 몸을 쉬고 있던 요이치는 향기가 흐드러지는 클로버 꽃에 묻혀, 높이 지저귀는 봄새들의 가는 숨결까지 예민하게 감지하고, 무수한 벌레들의 끝없는 욕망을 과대평가한다. 그리고 광활한 천지의 틈새마다 빈틈없이 들어차 있는 소립자 하나하나를 마음의 눈으로 포착하고, 또는 마호로 마을에 정착한 식물 위에서 생동하는 색채에 새삼 넋을 잃는다.

나는 바람과 빛의 힘을 빌려 요이치의 호기심을 한층 북돋운다. 정오를 지난 지금, 내 안에서 딱히 부당한 대접을 받고 있는 것은 하나도 없다. 닭살이 돋는 이야기도, 필설로 다할 수 없는 고통도, 남들보다 현저하게 뒤떨어지는 것도, 배척하지 않으면 안 될 것도 없다. 나는 중립적인 입장을 엄정하게 고수하며 그 어떤 자도 이단으로 여기지 않고, 나를 찾는 자 모두에게 일일이 방문의 뜻을 묻거나 집요하게 진의를 추궁하지 않는다.

수많은 곡절을 거쳐 형성된 나이기는 하지만 지금은 그저 명증한 이론하에 느긋하게 존재할 따름이다. 그리고 나는 울창하게 우거진 거목에 기대어 있는 요이치와는 막역한 사이다. 우리는 둘 다 퇴적암 속의 화석처럼, 또는 기침 소리 하나 내지 않는 회장의 청중처럼, 또는 경운기가 달리는 밭에서 풀풀 피어오르는 모래 먼지처럼 엄연히 존재하고 있다. 그래서 어쨌다는 거냐고 우짖어대는 새는 한 마리도 없다.

6월 1일 목요일

나는 포옹이다.

백주대낮, 마을 도서관의 한귀퉁이에서 오가는, 이미 젊지 않은 남자와 여자의 어색하기 그지없는 포옹이다. 서른 살이 되어서야 간신히 이성의 몸에 매달린 여자와, 아내가 자식을 데리고 도망친 후 일 년이 넘도록 자기가 만든 난로 외에는 두 팔로 안아본 적이 없는 남자는 각기 나를 통하여 운명에 몸을 맡겼다. 철재를 사용하는 일로 우람해진 남자의 팔이 상상했던 만큼은 굳어 있지 않은 여자의 등을 그러안자, 지금껏 활자의 세계 속에서나 그런 행위를 경험해본 여자는 거의 정신을 잃었다.

창 너머에서 반짝이는 호수의 저 한가운데로, 백조 모양을 본뜬 유람선이 하얀 항적을 남기며 달리고 있다. 또 자동차들의 왕래가 심한 도로에서는, 가벼운 접촉 사고를 일으킨 왜건의 앞 유리창이 깨져 그 자잘한 파편이 반짝반짝 흩어지는 중이었다. 그리고 여기에서 제일 가까운 버스 정류장에서는 무거운 몸으로 여행을 즐기는 어떤 여자가, 불치의 병에 걸려 말조차 제대로 하지 못하는 소년을 붙잡고 길을 묻고 있다.

나는 지금도 계속되고 있다. 여자는 자기도 모르게 흘러나온 눈물에 취하고, 남자는 자책감에 시달리면서도 더욱더 팔에 힘을 주었다. 그러나 두 사람의 입술이 포개지는 일은 없고, 마디진 손가락이 젖가슴과 만나는 일도 없었다. 마침내 나는 서서히 순화되어 흑심 따위 파고들 여지가 없어지고, 남자 역시 여자 이상으로 나에게 빠져든다. 이상적인 여자와 해후했는지도 모른다는 생각이 남자의 가슴을 수차례 스친다.

6월 2일 금요일

나는 큰유리새다.

처마 끝에 매달린 새장 속에 사는 큰유리새를 맹렬하게 공격하는 야생 큰유리새다. 마호로 마을로 날아오기까지 다소 힘들었던 나에겐 이미 날개의 힘도 다하여 누군가의 영역을 빼앗는 길밖에 없었다. 나는 한눈에 이 언덕이 마음에 들었다. 그러나 그 녀석은 그저 새장 속에 우두커니 앉아 있을 뿐 반격할 기미를 보이지 않았다. 그 탓에 멋들어진 날개털이 몇 개 빠져나갈 만큼 지친 나는 근처 단풍나무 가지에 앉아 한숨 돌리지 않을 수 없었다.

줄곧 나의 주장을 묵살한 그 녀석은, 잠시 후 아무 일 없었다는 듯 이렇게 말했다. "나한테 신경쓰지 말고 아무 데서나 둥지를 트는 게 어때?" 그러나 나는 모처럼의 제안을 그 자리에서 물리쳤다. 새장의 유무야 어찌되었든, 같은 공간에 큰유리새가 두 마리 동거한다는 말은 들어보지를 못했다고 말해주었다. 우리의 확연한 의견 차이는 앙칼진 지저귐 소리가 되어 언덕 전체로 울려퍼졌다. 그 녀석이 말했다. "그래도 내 자리를 차지해야겠다면 어디 죽여봐." 나는 되받았다. "너나 죽어."

서로 한 치의 양보도 없이 대치하다가 일몰이 다가왔다. 결과적으로 내가 물러나는 것으로 결착이 났다. 인간의 비호 아래 자라나서, 짝짓기도 못 하고 자손도 남기지 못한 채, 그저 살다가 죽어갈 뿐인 그 녀석은 마지막으로 이렇게 말했다. "나는 새를 초월한 새이니 동족으로 취급하는 것은 성가신 일이다." 나는 기껏 '동족의 수치'란 말을 남기고 그 자리를 떠났다.

6월 3일 토요일

나는 봄달이다.

마호로 마을 일대에 부드럽고 따스한 빛을 골고루 뿌리는, 아는 척
잘하는 봄달이다. 나는 지금, 야구 시합에서 근소한 점수차로 이겨 의
기양양한 표정으로 돌아가는 조무래기들의 등을 비추고 있다. 그들의
바짝 마른 목구멍에서 튀어나오는 드높은 웃음소리는 물거품 호수를
건너고 이승 산을 넘어 나한테까지 와 닿는다.

특히 9회 말에 역전 2루타를 친 요이치의 아버지 목소리는 전에 없
이 탄력이 있다. 요즘 들어 수심이 가득했던 그의 얼굴이 오늘은 몰라
볼 정도로 환하고, 두통의 원인인 언덕 위의 집으로 눈길을 돌려도 그
웃음은 일그러질 줄을 모른다. 이는 아마도 나밖에 모르리라. 마호로
마을에는 오늘 짜증나는 일이 한 가지도 없었던 것이다. 죽은 사람도
다친 사람도 없었고, 싸움도 말다툼도 없었고, 노골적인 질투도 악의
도 없었고, 악랄한 술수도 몹쓸 앙갚음도 없었다. 또 애인의 배신에 눈
물로 하소연하는 자도, 무심한 말 한마디에 고집스럽게 마음을 닫아버
린 자도, 부득이하게 의절한 자도 없었다. 내일이야 어떻든 오늘은 그
랬다.

마호로 마을에 사는 사람들은 모두, 쉬는 날인 오늘 하루를 주제넘
는 욕심 없이 분수에 맞는 생활을 하였고, 이를 바람직하다 여기고 곧
잘 웃었다. 그런 그들이 지금 나를 우러르며 천명을 순순히 받아들이
고 우매하게 사는 즐거움을 깨닫는다.

6월 4일 일요일

나는 담배다.

새빨간 립스틱을 칠한 도톰한 입술을 시원스럽게 부각시키는, 긴 종이로 둘둘 만 담배다. 그녀는 나를 한낱 장신구로밖에 여기지 않는다. 연기를 폐로 빨아들이지 않고 거의 토해내는 것이 그 증거다. 그녀는 거울 속에 있는 자신에게서 눈을 떼지 않고 등뒤 여자에게 말한다. "어때, 이렇게 피우는 게 훨씬 더 몸 파는 여자다워 보이지?"라고 묻고는, 부러지지 않은 손으로 나를 능란하게 다룬다.

그러자 '삼광조'의 여주인은 살이 겹친 턱 부근으로 쓸쓸한 미소를 띠고는, 먹으려던 양갱을 놀러 올 소년을 위해 남겨두려고 제자리에 집어넣는다. 그리고 그녀는 "그 손이 낫지 않으면 일하지 않아도 될 텐데"라고 말한다. 창부는 "어떻게 그럴 수 있겠어"라고 조용히 말하고, 소리 없이 나를 입으로 가져간다. 여주인은 얘기 도중에 벌떡 일어나 방을 나간 채 돌아오지 않는다.

말 상대가 없어지자 창부는 나에게 흥미를 잃고, 거북이 모양 재떨이에 휙 던져버린다. 그러고는 입 속에 고여 있는 연기와 함께 허영의 재와 범하기 어려운 기품을 토해낸다. 그것은 닳아빠진 다다미 위를 미끄러져 툇마루에서 정원으로 내려가, 땅에 이식되어 가을을 기다리는 시클라멘 옆을 지나, 호수가 뿜어내는 어둠에 삼켜진다. 남은 연기는 천장을 타고 계단을 올라가, 이층의 대연회실로 들어가서, 거기서 단순명쾌한 도박에 열을 올리고 있는 경박한 남자들이 토해내는 연기와 어우러져, 악의 소용돌이를 이룬다.

6월 5일 월요일

나는 빈 깡통이다.

다 비워진 동시에, 여름으로 돌진하는 태양을 향해 있는 힘을 다해 내던져진 콜라 깡통이다. 아직 장마철도 시작되지 않았는데 아침부터 후덥지근한 오늘, 하청받은 일을 하고 있는 읍내 공장으로 일하러 나간 청년은 지난달까지 일했던 빠찡꼬 가게를 곁눈질하며, 빨강과 하양으로 얼룩덜룩한 자동판매기에 동전을 넣는다. 그는 아침밥을 먹지 않아 후줄근한 위로 거품투성이 갈색 액체를 왈칵 쏟아넣고는, 이마의 땀을 손바닥으로 닦으면서 나를 던진다.

그것도 그저 휙 하고 공중으로 던지는 것이 아니다. 그의 내면에 웅크리고 있는 모든 힘과 증오를 오른팔에 실어 힘껏 하늘을 향해 내던진 것이다. 나는 빙글빙글 돌면서 상승하여, 쏟아지는 광선이며 열선이며, 또는 아등바등하지 말라는 큰유리새의 지저귐 소리를 물리치고, 일일이 열거하기도 구차한 그 자신의 변명을 걸어찬다. 그러나 이 세상을 지배하는 중력과 자본의 힘은 도저히 거역할 수 없어, 다시 돌아와 이른 시간부터 녹아 흐르는 아스팔트 위에 떨어져 데굴데굴 구르다, 개들이 밤낮으로 오줌을 싸지르고, 만취한 인간이 껴안고 토악질을 해대는 전신주에 부딪쳐 멈춘다.

그러나 그것으로 끝나지 않는다. 아직 마호로 마을에 정들지 못한 젊은이의 커다란 발이 육박해온다. 그는 나를 꾹 밟아 짓뭉개놓고는 하품을 한 번 쩍 하고, 가슴께에 단 파란 새 배지를 주머니에 쑤셔넣으며 사람을 사람이라 여기지 않는 직장으로 향한다.

6월 6일 화요일

나는 둥지다.

거대한 가문비나무 안에, 작은 나뭇가지와 마른풀과 비닐 끈과 과도한 기대를 교묘하게 얽어 만든 산비둘기의 둥지다. 불과 몇 분 전, 태양이 한 덩이 구름을 통과하는 동안에 파르스름하고 예쁜 알이 두 개나 내 안으로 잇달아 떨어졌다. 그 순간 어미 새의 신경은 날카로워져, 겉모습은 변화가 없어도 그 콩알만큼 조그만 혼은 새를 훌쩍 넘어서는 강한 것으로 돌변했다. 마음은 용맹해지고, 양보할 수 없는 주장이 생겨났다. 눈초리조차 아까와는 크게 돌변하였다.

그리고 잠시 후 산비둘기는 두려움에 떨었다. 걱정거리가 끊이질 않았다. 풀숲에서 기어나온 뱀이 올라오지는 않을까, 나뭇가지를 헤치고 습격하지는 않을까, 오랜 비가 계속되어 알이 부화하지 못하는 것은 아닐까, 부화를 한다 해도 아기 새가 체온을 유지하지 못하면 어쩌나, 거센 바람이 불어 나무가 부러지지는 않을까. 그러나 어미 새가 가장 두려워한 것은 때로 나를 들여다보러 오는, 인간치고는 동작이 기이한, 엉뚱한 대상을 보듯 사물을 보는 하잘것 없는 소년이었다.

아니나 다를까, 그가 다가왔다. 거의 매 순간 인상이 바뀌는 불가사의한 얼굴이 이쪽을 향하고 있다. 산비둘기의 불안의 무게로 알이 깨져버릴 듯하였다. 그런데도 어미 새는 도망치려 하지 않고, 상대방을 날카롭게 쏘아보고 있다. 그러자 그때, 소년이 한마디 툭 뱉었다. "살 놈은 살게 되어 있어." 분명 그렇게 말했다.

6월 7일 수요일

나는 포도주다.

호숫가 별장에서 은거하고 있는 전직 대학교수가 보트 위에서 혼자 즐기는 빨간 포도주다. 그는 로프를 잡아당겨 병을 물 속에서 끌어올리고, 알맞게 차가워진 나를 전용 잔에 따르고는 찔끔찔끔 마시기 시작한다. 보트는 바람 부는 대로 물결치는 대로 흔들리고 있다. 그의 여생 또한 그렇다. 박학다식한 그에게 나는 그저 단순한 술이 아니다. 그는 내 안에, 알코올 외에도 지성이나 문화 같은 것까지 녹아 있다고 믿어 의심하지 않는다. 즉 일본 술에는 그러한 것이 전혀 포함되어 있지 않다고 단정짓고 있는 것이다.

그 편견과 악습과 동경이 그를 행복하게, 또 불행하게 만든다. 그러나 당사자는 아직 그런 것까지는 깨닫지 못한다. 아니 깨달을 순간이 많았음에도 그것을 인정해버리면 자신의 인생이 거의 무의미해질 것이란 노파심에 부정하고 만다. 슬슬 취기가 돌자, 그는 나를 향해 이렇게 중얼거린다. 마지막 한 방울을 마시고 나면 죽어도 상관없어, 라고 진지하게 말하고는, 벌렁 쓰러져 죽은 흉내를 낸다. 그러나 잔을 쥔 손과 혀만은 살려둔다.

봄 운동회의 왁자지껄한 소음이 들린다. 유람선은 교성과 함께 느긋하게 수면을 미끄러지고 있다. 소나무 숲에서는 일찍부터 매미가 맴맴거리고, 언덕 위에서는 큰유리새의 우짖음과 그 소리를 흉내낸 휘파람 소리가 날아온다. 그런 것들을 다 담아 녹인 나인데, 나를 마시는 자는 알아차리지 못한다.

6월 8일 목요일

나는 희망이다.

그저 정신없이 황망하기만 한 나날을 보내고 있는 요이치의 어머니가 오랜만에 거머쥔 조촐한 희망이다. 그녀의 직장 동료가 나의 계기를 마련해주었다. 나와는 벌써 오래 전에 인연을 끊은 요이치의 어머니에게, 가슴에 큰유리새의 배지를 단 젊은 여자가 신문 기사를 오린 쪽지를 보여준 것이다. 요이치의 어머니는 그 기사를 몇 번이나 되풀이해 읽었다. 기적의 샘물을 단 한 모금 마시고 시력을 되찾은 맹인, 역시 그 물의 효과로 다시 걸을 수 있게 된 소아마비 소녀…… "세상에는 정말 신기한 일이 참 많네요"라고 동료는 말했다.

요이치의 어머니는 "하지만 이건 먼 나라 얘기잖아"라고 말했다. "암만 멀어도 달이나 화성 얘기는 아니잖아요. 가려고 마음만 먹으면 갈 수 있는 곳이라고요"라고 동료가 말했다. 아무튼 나는 일단 신문 쪼가리와 함께 지갑 속에 소중하게 간직되었다. 그리고 뜻밖에도 나는 저녁나절까지 버려지지 않았다. 그건 그 젊은 여자가, "아줌마네 집에는 진짜 파란 새가 있잖아요. 좋은 일이 있는 게 당연하지요"라고 하면서, "아무튼 좋은 징조가 아니겠어요?"라는 말을 했기 때문이다.

요이치의 어머니는 일을 마치고 언덕으로 올라갔다. 죽고 싶은 심정이었던 나날들이 아직 끝나지 않았음을 자각하면서, 내게 매달려 숨을 헐떡이며 언덕길을 걸었다. 그러나 집에 도착했을 즈음, 나는 이미 땀에 씻겨지고 없었다.

6월 9일 금요일

나는 굴욕이다.

몸은 그럭저럭 가혹한 수행에 익숙해진 젊은 중이 당하는 최악의
굴욕이다. 나를 팔매질한 키 큰 깡패는 금방 삼층짜리 검은색 빌딩 안
으로 들어가고 말았지만, 통쾌해하는 그 웃음소리는 여전히 중의 귓속
에서 요란스럽게 요동치고 있다. 그리고 나는 중의 등을 짓누르기 시
작한다. 나의 무게를 못 이긴 그는 더이상 걸을 수도 없어, 길 한가운
데서 허수아비처럼 우뚝 선 채 부들부들 몸을 떨면서 마호로 마을의
눈부신 아침을 쏘아보고 있다. 그 입에서는 신음 소리가 새어나오고
있다. 나를 부정하려 해도 언어가 없다.

그는 선배의 충고를 충실히 지켜, 검은색 빌딩 앞에만은 서지 않았
다. 여느 때처럼 그곳을 그냥 지나쳐 옆집으로 가려 할 때였다. 육중한
문이 열리는가 싶더니, 안에서 어깨에 힘이 잔뜩 들어간 경박한 자가
나타났다. 그는 "어이, 스님"이라며 젊은 중을 불러세웠다. 중은 못 들
은 척하고 지나치려 하였지만 이미 때는 늦어, 손발이 길고 몸통도 얼
굴도 긴 그 청년이 앞을 가로막고 있었다.

청년은 긴 머리칼을 빗으로 빗어넘기면서, 꾸깃꾸깃한 만 엔짜리
지폐를 꺼내 중의 손에 억지로 쥐여주고는, 이렇게 말했다. "너무 적
어서 미안하지만, 아무쪼록 이걸로 참된 인간이 되도록 해봐." 이어서
"최소한 우리 정도는 돼야지"라고 말했다. 지금, 중의 앞으로 마치 야
유하듯 지나가는 파란 뒷모습의 소년이 한층 더 내게 박차를 가한다.

6월 10일 토요일

나는 웃음소리다.

마음씨 고운 눈먼 소녀의 장밋빛 입술에서 터져나오는 해맑은 웃음소리다. 나의 가련함에 물거품 호수의 모래사장에서 놀던 사람들이 일제히 이쪽을 돌아보았다. 나는 크고 작은 다양한 모양의 고막을 진동시키고, 그들의 마음속 응어리를 지워버린다. 그리하여 부드러운 시선이 소녀에게 쏟아지고, 뒤이어 소녀가 짊어지고 있는 불행에도 집중된다. 내연생활을 하는 자도, 나잇값도 못 하고 시기와 질투에 불타는 자도, 친지를 잃은 지 오래지 않은 자도, 오랜 세월을 함께한 남편의 얼굴조차 알아보지 못할 정도로 노망든 자도, 너나할것없이 모두 싱글거린다.

나에게 원인을 제공한 것은 호숫가로 밀려오는 늘 보는 잔물결이다. 오늘 소녀는 처음으로 호수에 들어간 것이다. 물결이 두 발을 간질이자 소녀는 엄마가 있는 쪽을 돌아보며 웃고, 물방울을 튀기며 같이 뛰어다니는 하얀 개를 향하여 웃는다. 나는 살랑살랑 부는 바람을 타고 저 멀리까지 퍼져나간다. 나는 호숫가에 있는 별장에서 혼자 지리멸렬한 소리로 중얼거리고 있는 미친 여자를 침묵케 한다. 나를 포착한 미친 여자의 귀가 짐승의 귀처럼 피끗피끗 움직이더니 그 눈이 점점 맑아진다.

그리고 나는 먹을거리를 슬쩍한 고양이를 걷어차고 있는 거지의 때투성이 귀에도 가 닿는다. 동시에 그가 휘두른 발이 공중을 가른다. 이어 나는 언덕 위의 집으로 돌아갈 수밖에 없는 소년의 훌쩍거림을 거두어간다. 나는 또 덕망이 높다고 평판이 자자한 노승의 가슴속으로 숨어들어가, 먼 옛날 여자에게 처음 마음을 주었을 때의 추억을 되살려놓는다. 또는 마호로 마을 전체를 실물 크기의 모형으로 바꾸어놓는다.

6월 11일 일요일

258

나는 말이다.

사태가 이 지경에 이르도록 몰랐던 것이 실수지만, 마치 고양이나 개처럼 버려진 승마용 말이다. 무슨 사정인지 갑자기 주인은 나를 트럭에 밀어넣고 밤을 달려, 오늘 아침 이 호숫가에 도착하자 혹 보는 사람이 없는지 사방을 확인하고는 나를 풀어놓았다. 원래는 좀더 숲이 울창하고 널찍한 목장 같은 곳에 풀어주고 싶었던 모양인데, 찾아다니다 날이 밝자 할 수 없이 이곳으로 한 것이다.

나 없는 인생은 무의미하다고까지 말했던 주인인데, 한 번도 되돌아보지 않고 사라져버렸다. 나 역시 뒤쫓아가지 않았다. 나는 물결치는 호숫가에서 시원한 물을 마시고, 물가에 나 있는 향긋하고 달콤한 풀을 우물거렸다. 사람의 기척은 거의 없고, 들리는 것은 새들의 지저귐과 날갯짓 소리뿐이었다.

한참 후 자전거를 타고 순찰을 도는 경관이 근처를 지나갔다. 그러나 느긋하게 풀을 뜯고 있는 나를 조금도 의심하지 않고 그대로 지나가버렸다. 그리고 나서 나는 호숫가를 따라 나 있는 상쾌한 오솔길을 걸었다. 나는 아직 자신이 놓인 처지를 이해하고 있지 않았다. 앞일에 대해서 어느 누구의 훈시를 받지 않아도 된다는 것, 앞으로는 모든 일이 내 마음대로라는 것, 그것도 몰랐다. 모퉁이를 돌다가 나는, 돌풍에 흔들리는 풀을 닮은 소년과 마주쳤다. 그는 아까 나를 스쳐간 경관처럼 힐끗 쳐다만 보고는 지나쳤는데, 되돌아와 산 쪽을 가리켰다.

6월 12일 월요일

나는 식사다.

소년 요이치와 살찐 거지가 물거품 호숫가에서 보란 듯 펼쳐놓고 먹는 호화스러운 식사다. "자, 어디 한번 먹어볼까" 하고 거지가 말했을 때 요이치의 손은 이미 음식을 집고 있었다. 나는 그 동네 요릿집이나 식당 빵집의 뒤켠에서 그러모은 것이 아니었다. 또 누군가가 동냥을 해준 것도 아니고 훔쳐온 것도 아니었다. 아주 정상적인 방법으로 생긴 것이었다.

거지는 나를 위하여 저금통장을 헌 것이다. 그는 "나도 이런 거 갖고 있다고"라면서 우체국 통장과 싸구려 도장을 요이치에게 보여주었다. 그러나 요이치는 그것이 무엇인지를 이해하지 못했다. 요이치는 그 돈으로 산 십여 종의 도시락으로 구성된 나에게, 나무젓가락과 맨손을 번갈아 사용하며 도전했다. 거지는 말했다. "뭐 내 생일이라든가 그런 건 아니야. 가끔은 있는 돈 털어서 이러고 싶었어."

그러고서 거지는 자기가 멋대로 상석이라고 정한 자리에 의젓하게 앉아, 온몸을 기울이고 열심히 먹고 있는 요이치를 반찬 삼아 자기도 먹기 시작했다. 먹으면서 그는 들개를 관철하지 못하는 자신을 비하하기도 하고 자랑하기도 하면서, 앞뒤가 맞지 않고 그저 길기만 한 신변 이야기를 하였다. 요이치가 듣고 있지 않다는 것을 잘 알면서도 주절주절 늘어놓았다. 그리고 배가 부르도록 먹고 초대한 손님도 배가 찬 것을 보자, 나를 향하여 "너 같은 걸 위해 고생을 하다니 어림도 없지!"라면서 남은 나를 전부 호수에 던져버렸다.

6월 13일 화요일

나는 발바닥이다.

공원의 잔디를 기분좋게 밟으며 쉬지 않고 뛰고 있는, 죽음을 잊어버렸다고밖에 여겨지지 않는 노인의 발바닥이다. 나는 지금까지 광견병에 걸린 개의 꼬리를 밟은 일도 있거니와, 지진으로 참담한 피해를 입은 땅을 밟은 적도 있다. 또 고통스런 열과 기아로 픽픽 쓰러져간 전우들의 등을 밟은 일도 있고, 총검에 사살된 민간인의 내장을 밟은 일도 있다.

또 팽창한 권력에 굴하지 않는 반대론을 짓밟은 일도 있고, 반역자란 오명을 뒤집어쓴 체구가 당당한 남자의 검은 그림자를 밟은 일도 있다. 그런가 하면 태업전술이 실패하여 공동 투쟁의 전열이 흐트러진 조합의 전단을 밟은 일도 있고, 음으로 양으로 힘이 되어준 친구의 우정 어린 편지를 짓밟은 일도 있고, 처녀지를 개척하기 위하여 북쪽 땅을 밟은 일도 있고, 밤이면 밤마다 도깨비불이 돌아다닌다는 소문을 확인하려고 밤새도록 습지대를 밟은 일도 있다.

그리하여 나는 시대의 폐단에 대한 통감과 조금도 변하지 않는 사람들의 근성을 짓밟고, 마침내는 실정에 얽매인 판단과 결론을 주저없이 짓뭉개는 기술을 터득하였고, 썩어가는 풍습과 근절되지 않는 악습과 지나간 좋은 시절을 짓밟고서도 태연하게 지나갈 수 있는 수준까지 이르렀다.

나는 지금, 반세기 전과 똑같은 힘으로 지면을 차고, 침식 작용이 두드러지는 이 행성을 밟아다지고, 저편에서 종종걸음으로 달려오는, 도무지 병마를 이겨낼 수 있을 것 같지 않은 소년 요이치의 수심마저 밟는다.

6월 14일 수요일

나는 치어다.

거의 오백만 마리나 되는 치어 중에서 선별되어 살아남은 오십만 마리 중 한 마리로, 아직 운이 좋다고는 할 수 없는 비단잉어의 치어다. 등판에 빨간 비단잉어가 새겨져 있는 남자는 색깔과 모양을 기준으로 가려내고 남은 사백오십만 마리를, 늘 그렇게 하듯 미련 없이 처분한다. 근처 강과 호수로 방류하거나 수족관에 헐값으로 내다파는 것이 아니라 빛과 열밖에 흐르지 않는 강둑 아래 초지로 슬쩍 내다버린다. 무자비하기 그지없다.

비늘 하나하나 아래서 끓어오르는 듯한, 지금으로서는 달리 만들어낼 자가 없는 선명한 검정색을 조금이라도 오래 독점하기에는 그런 방법밖에 없다. 갑자기 물을 잃은 사백오십만 마리의 내 친구들은 공포에 떤다. 어떤 놈은 까마귀나 매의 먹이가 되고, 어떤 놈은 풀벌레들에게 쥐어뜯기고, 어떤 놈은 태양열에 타죽어간다. 죽음을 순순히 수용하는 놈은 없다. 다행히 그런 곤욕에서 벗어난 나는 그들의 마지막을 응시한다. 무정함이 나와 공존한다.

그렇다고 안심하기에는 이르다. 나의 성장 과정에 따라 그러한 선별 절차가 세 번 정도는 더 남아 있다. 밤새워 인정머리 없는 독재자를 연출한 남자는 지금, 사백오십만 마리의 참사와 오십만 마리의 공포 사이에서 고독한 몸을 잿빛 쑥밭 위에 축 늘어뜨리고 해방감에 코를 골고 있다. 볼품없는 그의 모습만 봐도 지금까지 몇 번인가 무참한 선별과정을 거쳤음이 틀림없다. 살아 있기는 해도, 그 역시 선별되지 못한 자이다.

6월 15일 목요일

나는 눈이다.

가난과 육친의 애정 결핍에서 오는 분노와 슬픔, 오로지 그것만으로 생을 살아온 불량소년의 찌를 듯한 눈이다. 내가 적극적으로 초점을 맞추는 것이 있다면 그것은 잠가두지 않은 채 방치된 자전거와 오토바이이며, 교칙에 위반되는 복장을 즐기는 여고생들이며, 동전이 남아 있을 법한 공중전화나 자동판매기다. 또한 최대의 관심사는 맥빠진 마호로 마을에 긴장감을 조성하는 삼층짜리 검은색 빌딩과, 거기서 먹고 자는 세 사람의 어른이다.

때로 나는 위기에 직면한 것도 아닌데 공포의 색을 띠고, 그 색이 한계에 달하면 돌연 분노의 색으로 변한다. 그 분노는 나를 통하여 레이저 광선처럼 일직선으로 발산되지만, 이 마을에 그것을 제대로 받아들일 수 있는 자는 거의 없다. 하기야 내가 역습을 당할 만한 상대에게 향한 적은 한 번도 없다. 그 덕분에 그는 지금까지 다친 데 없이 건재하다.

그는 고등학교에서 퇴학당한 후 어영부영 지내고는 있지만, 이렇다 할 범죄를 저지른 것은 아니다. 경찰 리스트에 올라갔다고 해서 당장 소년원에 보내지는 것은 아니다. 그러나 과연 지금 같은 상태가 언제까지 지속될지는 알 수 없다. 잠에서 깨어날 때마다, 깡패들을 볼 때마다, 나는 상대를 가리지 않고 쏘아보고 싶어지곤 한다. 그런데도 그 소년 요이치만은 예외라서, 그와는 몇 번을 마주쳐도 어찌된 일인지 전선으로 어지러운 하늘을 올려다보고 만다.

6월 16일 금요일

나는 쾌락이다.

목조 아파트의 방 한 칸을 담배 연기와 함께 가득 채우고 있는, 달리 어쩔 도리가 없는 싸구려 쾌락이다. 같은 직장 여자에게 남편을 빼앗긴 지 오랜 그 여자는 오늘도 자기만큼이나 뚱뚱한 남자를 끌어들였다. 그리하여 두 사람은 막무가내로 나를 주고받고, 억지 강탈전을 벌이며 나에게 탐닉하여 그르친 세상살이를 잊으려 한다. 그러나 아무리 좇아도 나를 잡을 수는 없다. 또 아무리 발버둥치며 나에게 변명을 늘어놓은들, 결국은 무의미한 짓이다.

한참이 지나 두 사람은 축 늘어져 몸을 떼어놓는다. 여자의 들뜬 목소리도, 남자의 우뚝 솟았던 짐승의 정신도, 부슬부슬 내리는 비에 빨려들어간다. 그런데도 두 사람은 아직도 나에게 미련이 남아 있다. 허심탄회하게 대화를 나누는 일 없는 두 사람은 여전히 말을 피하고 있다. 만날 때마다 뚱뚱해지는 이 남녀는 내가 사라진 다음에 오는 것을 두려워한 나머지 큰 접시에 담긴, 족히 오인분은 더 될 번들거리는 볶음밥을 안주 삼아 맥주를 벌컥벌컥 마신다. 하나 아무리 먹어도 아무리 마셔도 허전한 느낌은 가시지 않고, 창 밖에서 들리는 빗소리가 서서히 나를 공포심으로 바꾸어놓는다.

다시금 두 사람은 보는 것도 끔찍한 서로의 몸을 그러안고 추태를 부리고, 나를 끌어들이며 빗속으로 추락한다. 마침내, 우산도 쓰지 않고 오솔길을 걸어가는 소년이 부는 쓸쓸한 휘파람 소리에 두 사람 사이에 간격이 벌어지면서 나는 고통으로 모습을 바꾼다.

6월 17일 토요일

나는 장마다.

예년보다 빨리 온 탓에 그 방면에 탁월한 식견을 갖고 있는 자조차 알아차리지 못한 장마다. 나는 마호로 마을에 떠다니는 흙먼지를 잠재우고, 초목의 성장을 단숨에 재촉하여 재빨리 여름을 준비하고, 수많은 것들이 한데 엉켜 있는 정념을 가라앉히고, 입에 발린 말들을 쑥 들어가게 하고, 진취적 기상에 충만한 자의 기세를 꺾어놓는다.

그리고 나는 토광 속에서 기분 내키는 대로 생활하는 젊은이를 불과 반나절 만에 썩게 만든다. 그는 다른 사고방식이 있다는 것을 까맣게 잊어버리고 내 뜻에 휘말리고 조종되어 우울의 늪으로 빠져든다. 옛 사람들이 설파한 두세 마디 말에 매달리고, 확고한 신념을 지니고 산 두세 사람의 위인을 떠올려보지만, 결국은 아무 도움도 되지 않아 문을 꼭꼭 닫은 토광 속에서 해골처럼 뒹구는 길밖에 없다. 침식동굴 안에서 평생을 마치는 눈이 퇴화한 생물처럼, 그럼에도 살고 싶다는 바람에서 벗어날 수가 없다.

느닷없이 젊은이는 옷을 벗어던지고 팔굽혀펴기를 한다. 몸이 충분히 따뜻해지고 관절 마디마디가 부드러워질 때까지 계속한다. 이어 그는 목숨보다 무거운 문을 밀어젖히고, 내 안으로 뛰어들어와 팔짱을 끼고 하늘을 쏘아본다. 빗방울의 움직임을 알알이 관찰하고, 그것을 온몸의 움직임으로 표현한다. '비'를 춤추는 그의 혼은 은회색으로 물들고, 뒤이어 합세한 병든 소년의, 춤이라 하기에는 너무도 끔찍한 춤은 유리색으로 빛난다. 애석하게도 구경꾼은 나뿐이다.

6월 18일 일요일

나는 우산이다.

작은 새가 오밀조밀 달린 비녀를 꽂은 기생이 쓰고 있는 투명한 비닐우산이다. 그녀는 오늘밤도 손님의 무릎에 술을 쏟거나 노랫말을 틀리거나 끄덕끄덕 졸지 않고 무사히 그녀에게 걸맞은 일을 끝내고 집으로 돌아간다. 그녀는 택시비가 아까워 요정에서 나를 빌린 것이다. 그런 주제에 이렇게 투덜거렸다. "기생한테 이건 좀 너무하잖아" "옛날에는 어디를 가든 우산 하나 둘쯤은 반드시 준비되어 있었는데" "옛날 기생들은 쭈글쭈글한 할망구가 될 때까지 일하지 않았어"라고 말하는 하녀의 목소리는, 나를 세차게 두드리는 비에 가로막혀 그녀의 귀에 들리지 않았다.

그녀가 나를 사용하여 지키고 싶은 것은 늙어빠진 몸도 아니요, 전쟁 전 방탕한 생활로 신세를 망친 남자가 사준 기모노도 아니었다. 적시고 싶지 않은 것은 오로지 비녀였다. 나 역시 그 가치를 인정하지 않을 수 없다. 그녀가 발을 내디딜 때마다 금과 은으로 섬세하게 세공한 새가 서로 부딪쳐 영롱한 소리를 낸다. 그리고 그것은 새의 부리가 내 살을 콕콕 쪼는 소리와 어울려 진짜 큰유리새의 지저귐 소리처럼, 가진 것 없이 도망쳤고, 죽은 양딸의 시신에 매달렸고, 군인의 노리갯감이 되었던 먼 날의 추억을 털어낸다. 또 그녀의 이마를 장식하고 있는 날아가는 새 모양의 파란 멍자국은, 임시 비막이를 머리에 푹 뒤집어쓰고 앞을 걸어가는 소년 요이치의 암울한 앞날을 쫓아버리고 있다.

6월 19일 월요일

나는 택지다.

이전부터 읍사무소 직원이 눈독을 들이고 있는 비교적 조건이 좋은 택지다. 꼭 일백 평인 나는 한겨울에도 물거품 호수의 추운 바람이 몰아치지 않는 양지바른 곳에 있다. 길거리의 소음도 전혀 들리지 않고, 머지않아 마을 중심으로 통하는 길도 포장될 것이고, 수도나 전기도 쉬 끌어들일 수 있다. 게다가 파격적인 가격이다. 어디 나무랄 데 하나 없는데 뭣 때문인지 나는 좀처럼 팔리지 않는다. 부동산업자는 손님 하나 데리고 오지 않는다.

그리고 열심히 나를 보러 다니는 가발 쓴 남자는 생계가 여의치 않아 지금은 어쩔 방법이 없다. 주택 융자금이란 것에 비정상적일 만큼 공포심을 품고 있는 그는 나를 찾을 때마다 내 위를 걸어다니면서 한숨을 쉬고, 오로지 퇴직금이 나올 때까지 내가 다른 사람의 손에 넘어가지 않기를 기도할 뿐이다. 그는 아직 나의 존재를 가족에게도 알리지 않았다.

오늘, 일을 끝내고 돌아오는 길에 들른 그는 늘 하는 말을 하였다. "내가 살 때까지 기다려"라며, '파는 땅'이란 간판을 뽑아버렸다. 그런데 오늘은 혼자가 아니었다. 아들과 함께였다. 보통 아이들과는 상당히 모습이 다른 그 아이는 나를 보고 있지 않았다. 그 언덕 집을 사줄 사람만 나타나면 당장이라도 여기에서 살 수 있을 텐데, 라는 아버지의 말도 전혀 듣고 있지 않았다. 아버지는 아들에게 물었다. "어떠냐, 이렇게 환경 좋은 곳에 살고 싶지?" 그러자 소년은 명료하지 못하여 몹시 알아듣기 어려운 발음으로 내가 묘지 같다고 말하고, 언덕 쪽으로 몸을 돌려 걷기 시작했다.

6월 20일 화요일

나는 보리다.

나라 살림을 도맡은 자들이 쌀은 더이상 필요치 않다 하여, 어쩔 수 없이 경작된 보리다. 게으름을 피울 대로 피워가며 만들어진 나인데, 그럼에도 실로 잘 자라 지금은 황금빛으로 주위의 녹음을 제압하고 있다. 내 한가운데 팔짱을 끼고 서 있는 것은 볼썽사나운 허수아비가 아니고, 허수아비나 다름없는 인간도 아니다. 나를 일궈낸, 한참 사리에 분명할 나이인 이 남자는 위정자의 적당주의에 신물이 났을 텐데도 여전히 농업에 희망을 품고 있다.

남자는 나의 이삭을 훑어 한 알 입 안에 던져넣고는 살며시 씹어본다. 그리고는 빼도 박도 못 하는 자신의 입장을 깨닫는다. 은근히 화가 난 그는, 동쪽 하늘을 향하여 저주의 말을 퍼붓는다. 그는 사탕 발린 답변을 반복하고, 일관성 없는 말을 아무렇지도 않게 여기며, 최후의 순간에도 철면피를 관철하는 정치가와 관료 같은 소인배에게 아득하도록 오랜 시간을 순종해온 자신을 부끄러워하였다. 또는 나를 좀더 정성껏 키웠더라면 하고 후회하며, 여전히 부끄러움을 모르는 자들이 많음을 더불어 부끄러워한다. 그러나 때는 이미 늦었다.

나는 쏴아쏴아 불어오는 바람의 힘을 빌려 그에게 이렇게 말한다. 부끄러워할 뿐이라면 부끄러워하지 않는 편이 낫다고. 그러자 농부는 재빨리 사라진다. 그 다음에 찾아온 소년은 불치병에 걸린 몸을 내게로 내던지고, 병 때문에 오히려 날카롭게 단련된 정신을 나에게 맡긴다. 그는 호수에 이는 물결의 힘을 빌려 나에게 말한다. 네가 쌀이 아니란 것을 부끄러워하라. 나는 네가 원숭이가 아니란 것을 부끄러워하라고 되받는다.

6월 21일 수요일

268

나는 어둠이다.

실수로 사람을 치어 죽인 여자가 즐겨 몸을 숨기는, 가로등과 가로등 사이의 사각지대에 생긴 어둠이다. 그녀는 장마철이 되어서야 간신히 밖으로 나갈 수 있게 되었다. 쏟아지는 비로 몸을 가리고, 그럭저럭 나무문을 넘나들 수 있게 되었다. 그러나 낮에 나다니는 것은 아직 무리라, 동네 사람들이 조용히 잠든 깊은 밤에만 나간다. 그것도 멀리까지는 가지 못하고, 이전에는 그토록 좋아하였던 오류 강가에도 가지 않았다. 그녀는 오늘밤도 집을 나섰다. 그녀의 남편이 걱정되어 뒤를 쫓았다. 그녀는 자기 집에서 전신주 한 개 정도 되는 거리를 가늠하여 터벅터벅 걸었다. 그 눈은 퀭하고 아무것도 보고 있지 않았다. 밤에도 날아다니는 새가 그녀 옆을 스치고 지나갔다. 그녀는 갑자기 멈춰서 내 안에서 오래도록 꼼짝 않고 있으면서, 어둠이 되려 애썼다.

뒤를 쫓던 그녀의 남편은 쓰러져가는 블록 담 뒤에 숨어 그녀를 살폈다. 그는 아내가 아무튼 집 밖으로 나가게 된 것을 회복의 징조라고 생각하는 것 같았다. 그러나 나는 도무지 그렇게 생각할 수 없었다. 내 친구인 소년 요이치가 나무 다리를 건너왔다. 그때 그녀가, 마치 달리는 자동차에 몸을 던지듯 요이치 앞에 몸을 내던졌다. 요이치는 그녀의 엉덩이에 걸려 벌렁 나자빠졌고, 동시에 그녀의 남편이 절규하며 뛰어왔다.

6월 22일 목요일

나는 만화경이다.

소년 요이치가 누구의 도움도 받지 않고 주워모은 재료만으로 재빨리 완성시킨 파란 만화경이다. 나는 어린이 잡지에 실려 있는 그림 해설대로 만들어졌다. 단, 그의 독자적인 고안도 한 가지 첨부되었다. 요이치는 잘게 자른 색종이 외에도 저절로 떨어진 큰유리새의 날개를 내 안에 집어넣은 것이다. 겨우 그만한 일로 나는 기존의 만화경과는 아주 다른, 어린애 속임수 같은 장난감을 벗어났다.

요이치는 내 한쪽을 밤하늘로 향하고, 다른 한쪽은 오른쪽 눈에 바짝 갖다대었다. 나는 우선 연습 삼아 수많은 별들을, 스스로 빛나지 못하는 별까지 보여주었다. 이어 나는 내세의 문간에 망연히 서서 도무지 요령을 알 수 없는 대답만 반복하는 갖가지 신들과, 허둥지둥 소란을 떠는 재주밖에 없는 사람들과, 군생하는 풀처럼 억척스런 나날의 예측을 불허하는 앞날을 보여주었다.

그러고서 나는, 아직 얼마 살지도 않았는데 깊은 바다에 가라앉아 물고기의 밥이 된 우직한 어부와, 사소한 걱정거리가 도져 몹쓸 병에 걸린 여자의 한없이 어두운 표정과, 그 밖의 많은 사람들과 가축들이 껴안고 있는 고뇌를 형상화해 보여주었다. 요이치는 허와 실이 반반인 그러한 광경 속에서 본질을 통찰하는 본능을 갖고 있다. 그런데다 그것을 웃어넘길 수 있는 저력도 갖추고 있었다. 옆에서 큰유리새가 경고음을 발했다. 두 번 다시 보아서는 안 된다고 날카로운 소리로 우짖었다. 그러자 요이치는 나를 벽장 깊숙이 처박아넣었다.

6월 23일 금요일

나는 담쟁이덩굴이다.

눈으로 따라잡을 수 없을 만큼 빠른 속도로 모르타르로 바른 하얀 벽을 기어 세력을 뻗어나가는 담쟁이덩굴이다. 내 덕분에 이 싸구려 집은 그나마 품격을 갖추게 되었고, 더구나 나는 이 집에 살고 있는 사람에게도 품격을 선사하고 있다. 분재용이었던 나는 화분에서 지면으로 뻗어나오는 순간 활개를 치면서 불과 삼 년 만에 집 전체를 빙 둘러쌌고, 지금은 이층 창문에 도달하여 지붕까지 점거하려고 기회를 엿보고 있다.

만약 이 집 사람들이 오늘 내 안에 눌러살고 있는 뱀을 발견하지 못했더라면, 나는 필시 올해 안에 이 집을 송두리째 에워쌀 수 있었을 것이다. 은색으로 빛나는 길쭉한 죄 없는 생물을 향하여 이 집 사람은 "이 죽일 놈!"이라고 고함을 지르면서 몰아붙이더니, 꼬리를 파르르 흔들면서 한껏 위협하는 상대방의 몸을 전지가위로 싹둑 잘라버렸다. 그러고는 나를 향하여 "안됐지만, 저런 놈을 불러들이는 너도 살려둘 수 없지"라고 하면서 내 뿌리를 절단하고, 내 가지를 벽에서 박박 뜯어내더니, 전지가위로 싹둑싹둑 잘라버렸다.

그후 물살 급한 개울에 버려진 뱀이 어떻게 되었는지는 알 길이 없다. 그러나 나는 죽지 않았다. 남은 뿌리는 열심히 땅 속의 물을 빨아들였고, 뱀보다 부드러운 몸으로 직진하는 빛조차 흐물흐물 구부려버리고 말 듯한 소년이 뿌려준 소변도 빨아먹으며 새로운 싹을 준비하여, 저녁나절에는 그 소년이 부는 휘파람 소리 쪽으로 재생의 덩굴을 한 줄기 뻗기 시작했다.

6월 24일 토요일

나는 계율이다.

이승 산의 품에 안긴 산사에서 수행을 쌓고 있는 중들의 자립을 방해하고 있는 계율이다. 속세를 무상한 어떤 것에 비유하며 부정하고, 종교에 귀의하여 활로를 찾으려 날이면 날마다 바둥거리고 있는 그들은 가장 중요한 것을 잊고 있다. 자기를 자신이 만든 규칙으로 꼭꼭 조여매는 것이 얼마나 유해하고 위험한지 하루 빨리 깨달아야 할 것이다.

나에게 의존하고 있는 그들은, 지나치게 기댄 나머지 발생하는 고통에 만족하고 있다. 더할나위없이 위압적이고 그 누구보다 오만하고 가차 없이 몰아세우는 내가, 실은 그들의 정신을 노름과 여자에 빠져 있는 자들 이상으로 타락시키고 갈가리 찢어놓고 있다. 너무도 순종적인 그들은 아무런 의심도 품지 않고 그 몸을 나에게 내맡겨, 어리석은 혼을 저 높은 하늘로 날려보내고, 깨달음의 주변을 빙빙 맴돌면서 나락으로 떨어진다. 그들은 자신들이 이 세상에 존재함의 깊은 뜻을 깨달으려 하지 않고, 방황을 위한 방황과 희유하고 고행을 위한 고행을 만끽하고 있다. 그런 나머지 한번 나에게 버림받으면 부끄러운 죽음도 불사하곤 한다.

나는 그들의 왕성한 정열을 빼앗고, 지지 않으려는 불굴의 혼을 꺾어놓고, 자신들의 무력함을 마음껏 착각하게 만든다. 그들은 내가 한번 쏘아보기만 해도 오금을 펴지 못하고, 때로는 눈물을 줄줄 흘리며 소리내어 울기도 한다. 그런 정나미 떨어지는 울음소리에 답하여 소년 요이치의 큰유리새가 이렇게 우짖는다. 과감하게 죽어버리면 편해질 텐데, 라는 무책임한 우짖음을 이승 산에 퍼부어댄다.

6월 25일 일요일

272

나는 휴식이다.

예정보다 빨리 깁스를 풀어 '삼광조' 여주인의 손을 빌리지 않고도 목욕을 할 수 있게 된 창부의 편안한 휴식이다. 빛바랜 유카타*를 입은 그녀는 툇마루로 나가, 연일 내리는 비에 제멋대로 자란 정원수와 울음소리 같은 물결 소리를 내는 물거품 호수를 멍하니 바라보면서 바람을 쐬고 있다. 부러진 뼈는 두 번 다시 부러지지 않을 정도로 단단하게 붙었고, 부러졌을 때의 공포감도 반감되었다. 또 한 달에 한 번씩 마음을 흔들어놓는 피도 흘릴 만큼 다 흘린 뒤라, 그녀는 느긋하게 내품안에 잠겨 있을 수 있었다.

태생이 낙천가인 그녀는 어제 일은 꿈처럼 잊어버리고, 내일 일을 걱정하는 일도 없이 시원한 맥주 한 잔에 대담하게 마음을 풀어놓는다. 그녀는 병원에서 돌아오는 길모퉁이에서 맞닥뜨린 소년 요이치를 생각하며 혼자 웃고 있다. 가슴 부분만 하얗고 나머지는 전부 파란 셔츠를 입은 요이치는 그녀를 전혀 알아보지 못했다. 불러세웠는데도 휑하니 가버리고 말았다. 그녀는 요이치가 아마 새가 되어 있었기 때문이리라고 생각한다. 담 너머에서 호랑 줄무늬 아키타 견**이 왕왕 짖어대자, 요이치는 날갯짓하듯 위아래로 휘젓던 팔을 내리고 쏜살같이 도망쳤다.

창부는 허둥대던 요이치의 모습을 떠올리고 웃는다. 그 명랑한 웃음 속으로 키 큰 청년이 성큼성큼 헤치고 들어온다. "내일부터 일할 수 있겠어?"란 그의 질문에도 그녀의 웃음은 잦아들지 않고, 나 또한 아무 방해도 받지 않는다.

6월 26일 월요일

---

* 목욕 후나 여름에 입는 일본 전통의 겉옷.
** 아키타 현 특산의 일본 개. 투견, 경비견으로 유명하다.

나는 망령이다.

보이는 자에게만 보이는 애매한 존재가 아닌, 요이치 할아버지의 망령이다. 나는 깊은 밤이 아니라 이른 아침, 동이 틈과 동시에 출현하였다. 그러고 싶어서 그랬을 뿐 특별한 이유는 없다. 또 나 자신에게도 바람처럼 비처럼 이렇다 할 의미는 없다. 가족들이 염려가 되어서도, 언덕 집의 생활이 그리워서도, 살아 있는 자들을 놀래켜주고 싶어서 나타난 것도 아니었다.

내가 미끄러지듯 계단을 내려가니 모두들 대청마루에서 아침을 먹고 있었다. 살아 있을 때 내가 앉아 있던 자리에는 아들놈이 턱하니 자리하고 있었다. 옛날과 다름없는 가족 네 명이 나를 느끼고는 일제히 내 쪽을 보았다. 밥사발과 젓가락을 쥔 손이 동작을 멈추었다. 요이치의 손마저 떨림을 멈추었다. 그들은 놀란 나머지 소리도 지르지 못했다. 모두들 건강해 보였다.

그러고서 나는 큰유리새의 지저귐 소리에 떠밀려 대청마루를 쓱 가로질러, 현관까지 가서는 문을 열지 않고서도 밖으로 나갔다. 등뒤로 어쩔 줄 몰라하는 네 명의 기척이 느껴졌다. 나는 그들을 개의치 않고 빛 속을 지나, 흔들바위가 있는 곳까지 가서, 바로 아래로 내려다보이는 물거품 호수를 물끄러미 바라보고, 바라보는 사이에 낚시가 하고 싶어 낚싯대 던지는 흉내를 내었다. 튀어오르는 거대한 잉어가 보이고 뒤이어 물소리가 들리자, 나는 문가에 서 있는 네 명을 돌아보면서 요이치를 향해 손을 흔들었다. 그리고 벼랑 아래 소용돌이치는 빛 속으로 녹아들어 사라졌다.

6월 27일 화요일

나는 후각이다.

빛을 모르는 덕분에 어둠도 모르는 눈먼 소녀, 그런 그녀의 보통 이상으로 발달한 후각이다. 나는 웬만한 것은 정확하게 알아맞힐 수 있다. 예를 들어, 이쪽으로 불어오는 호수의 바람과, 그 애처로운 바람과 함께 다가오는 소년 요이치를 알아차린다. 좀더 가까이 다가오면, 요이치의 가슴을 한껏 부풀리고 있는 희망도 알아차릴 수 있다. 그리고 요이치의 얼굴에 가득한 해맑은 웃음까지 알아차릴 수 있다.

다른 사람은 몰라도 나는 알 수 있다. 골치 아픈 병에 침식된 요이치의 육체, 그것은 절대 사람을 속이기 위한 모습이 아니다. 또 이 세상을 속이기 위한 것도, 요이치 자신을 속이기 위한 것도 아니다. 그 모습이야말로 요이치 바로 그 자신이다. 도저히 어쩔 수 없다는 생각으로 그럭저럭 유지되고 있는 육체와, 그 육체에 깃든 순결한 정신, 그것이 요이치다. 다른 사람은 어쩐지 몰라도, 나는 그렇게 확신하고 있다.

더 나아가 나는 요이치 주변에서 얼쩡거리는 어른들의 일치하지 않는 언행을 알아차리고, 우정에 금이 간 자들의 답답함을 알아차리고, 승리의 기세를 몰아 상대방에게 더욱더 호된 타격을 주려는 얕은 수작을 알아차리고, 재고의 여지가 전혀 없는 결론을 알아차리고, 추측의 범위를 벗어나지 못하는 이론의 이면에 있는 것을 알아차리고, 권력과 돈의 힘에 시달려 돌변하는 태도를 알아차리고, 동료를 중상하는 자의 심중을 알아차린다.

이제 불과 십여 미터 정도 떨어진 곳까지 다가온 소년 요이치에게 눈먼 소녀는 "카레라이스 먹고 왔어"라고 말하고, 의기양양하게 작은 코를 실룩거렸다.

6월 28일 수요일

나는 결혼식이다.

사랑의 도피 행각을 벌인 젊은 남녀가 세든 집에서 올리는, 이 이상 간소할 수 없는 결혼식이다. 두 사람은 이날을 위해서 산 똑같은 티셔츠를 입고, 여자는 머리를 들꽃으로 장식하고 남자는 여느 때보다 정성스럽게 수염을 깎았다. 의미도 모르는 채 불러세워져 입회인 역할을 하게 된 소년은 하라는 대로 방 한가운데 서서 거친 파도처럼 몸을 비틀고 있다. 지금보다 더욱 깊고 단단히 맺어지고 싶은 두 사람은, 소년 앞으로 나아가 진지한 표정으로 갱지에 쓰인 맹세의 말을 읽어내려갔다. 소년이 방뇨를 하는데도 계속 읽는다.

파란 매직잉크로 씌어진 그 글에는 '변하지 않는'과 '평생'이란 단어가 두 번씩, '영원'과 '사랑'이란 단어가 각각 세 번씩 사용되어 있다. 큰유리새 모양의 배지가 반지를 대신하고 있다. 소년은 두 사람의 눈짓에 한 개를 남자에게, 한 개를 여자에게 건넨다. 두 사람은 금속 새를 서로의 가슴에 달아주고는 포옹하고 입술을 포갠다. 여자는 눈물을 흘리고, 그 기쁨의 눈물은 배지에 광택을 더해준다. 남자 역시 감개무량한 표정으로 울먹이고 있다.

그러고 나서 슈퍼마켓에서 팔고 남은 먹을거리를 적당히 담은 음식과 캔맥주뿐인 피로연이 시작된다. 남자가 말한다. "언젠가 제대로 된 예식장에서 다시 식을 올리자." 여자가 말한다. "난 이걸로 만족해." 나는 두 사람에게 잊지 말고 구청에 가서 혼인신고를 하라고 이른다. 술 취한 소년이 나를 위해 죽음의 노래를 불러준다.

6월 29일 목요일

나는 색채다.

꽃가게의 뒤켠 쓰레기장에 무질서하게 아로새겨져 있는, 퇴폐적이고도 환상적인 색채다. 기다리고 기다린 보람이 있어, 오늘 드디어 내가 자아내는 아름다움의 진수를 음미하고 이해해줄 자가 나타났다. 비극적으로 몸을 뒤트는 동작이 정형화된 그 소년은 벌써 한 시간 이상이나 넋을 잃고 나를 쳐다보고 있다. 그럴 만도 하다. 나는 그저 종류가 풍부한 정도가 아니다. 그 조화의 묘를 자신하고 있다. 부패로 치닫는 튤립, 사람 손처럼 생긴 터무니없이 크기만 한 열대 꽃, 허연 눈이 유난히 눈에 띄는 먹다 만 건어물, 압핀으로 등이 고정된 채 버려진 나비들, 뻘겋게 물든 게의 등딱지, 아직도 움직이고 있는 도마뱀의 꼬리, 뼛물을 완전히 우려낸 돼지 뼈. 색감이 풍부한 소년은, 균형 잡힌 나의 전체상을 유심히 바라보다가 감격한 나머지 내 안으로 휙 몸을 던졌다.

그리하여 소년은 나를 더욱 완전하게 만들려고 이쪽저쪽을 만지작거리고 자리를 바꿔놓기도 하면서 손질한다. 그런데도 만족스럽지 못한지, 끝내는 내 안에서 발버둥을 친다. 여전히 불만스러운 모양이다. 그는 자기를 많은 색 중의 하나로 보기를 잊고 있다. 내 생각에는, 그가 참가해준 덕분에 내가 어디 한 군데 나무랄 데 없는 미의 극치에 도달했는데 말이다.

그러나 쓰레기를 버리러 온 꽃가게의 젊은 여주인은 소년의 행위를 엉뚱하고 비정상적인 소행으로만 여기고, 비명을 지르며 뒷걸음질쳤다.

6월 30일 금요일

나는 구름이다.

마호로 마을 병원의 침대에 누워 있는 환자들이, 제각기 자기만 보고 있다 여기며 올려다보고 있는 구름이다. 나는 엷고 허망하고 그리고 쉴새없이 끊어지기도 하고 들러붙기를 되풀이한다. 환자들은 어찌된 셈인지 증상과는 별 관계 없이, 나이나 성별이나 고통의 정도에도 별 상관 없이, 모두들 나를 올려다보며 한결같은 자족의 경지에 달해 있다. 물론 그중에는 나에게서 화장터의 연기를 연상하는 자도 있고, 또 편안하고 영원한 내세를 뒤덮는 베일에 비유하는 자도 있다.

그런데도 여전히 그들에게서 절실한 슬픔은 찾아볼 수가 없다. 아마도 내가 그들 한 사람 한 사람에게, 그 어떤 것과도 바꿀 수 없는 시간의 흐름과, 거기에서 파생되는 운명이란 것을 아주 자연스럽고 시원스럽게, 한여름 바위 틈새로 솟는 샘물처럼 기분좋게 마시게 한 것이리라. 그들은 지금, 늘어난 하루해를 생각하며 청유(淸遊)하였던 하룻밤을 추억하고 있다. 그들은 지금, 세간의 신앙에 기대려 하지 않고, 좀더 나은 죽을 곳을 찾으려 바둥거리지도 않고, 나와 함께 천공을 떠다니고 있다.

나와는 면식 있는 소년 요이치가 병원 외벽을 손바닥으로 훑으며 지나가고 있다. 잠시 후 조그만 회오리바람이 생기고, 날갯짓 같은 바람소리가 각 병실의 창문을 가볍게 두드린다. 그러자 환자들 모두가 누구한테랄 것도 없이 "아직 죽지 않았어"라고 말한다. 그 쾌활한 목소리가 모여 생긴 새로운 회오리바람이, 내가 있는 곳까지 불어온다.

7월 1일 토요일

278

나는 지진이다.

물거품 호수의 지하 수십 킬로미터 지점에서 발생한, 아무한테도 피해를 끼치지 않는 가벼운 지진이다. 이백 년 전에 수도 없이 빈발하였던 이승 산의 작은 지진에 비하면 내가 방출한 에너지는 대수로운 것이 못 되었다. 아마 나는 지방신문의 한귀퉁이에 실리는 일도, 라디오나 텔레비전의 전파를 타고 동네를 날아다니는 일도 없을 것이다. 하물며 대지진의 전조라고 과대하게 선전되는 일도 없을 것이다.

물론 내 탓에 수면에는 높은 물결이 일었고, 그 물결은 몇 번이나 호숫가를 훑어내렸다. 하지만 도로가 물에 젖는 일도 없었고, 낡은 선창이 파괴되는 일도 없었고, 보트가 뒤집히는 일도 없었다. 윈드서핑을 즐기는 젊은이들을 잠시 환호케 하는 정도에 그쳤다. 그리고 주민들 대부분이 나를 느끼기는 했어도 무서워한 자는 한 명도 없었다. 무서워하기는커녕 모두들 가슴 설레었다.

요즈음 사건이 드물었던 것이다. 대사건에 굶주려 있는 사람들은 내가 차마 눈뜨고 볼 수 없는 참상을 빚어주길 기대하면서 허풍스럽게 몸을 휘청거렸다. 어떤 사람은 픽 쓰러져 보이기도 하였다. 그러나 미동조차 하지 않는 자가 한 명 있었다. 그 소년이 움직이지 않을 수 있었던 까닭은, 병으로 인한 몸의 흔들림과 내가 초래한 대지의 흔들림이 중첩되어 상쇄되었기 때문이다. 흔들림이 멎은 소년의 뇌리를 스친 것은, 호수에 머리를 처박고 죽은 그의 할아버지에 대한 기억이었다.

7월 2일 일요일

나는 비타민제다.

그저 살아 있는 것만으로도 피곤해하는 남자가 벌써 오랜 기간 복
용하고 있는 비타민제다. 칼슘과 마그네슘까지 포함되어 있는 최상의
품질인 나를 매일 아침 한 알씩 삼키는 그 남자는, 언덕 비탈길을 오르
내리는 나날과 키우는 보람도 없는 아이가 피로의 주요인이라 믿고 있
다. 그러나 실제로는 그렇지 않다. 대충이나마 방향을 정하여 살려 하
지 않는 그를 이 나이가 되도록 지탱해준 것은, 아무리 나이를 먹어도
결혼하지 못하는 딸과 정상적인 아이가 될 수 없는 골칫덩어리 아들이
었다.

나는 그에게 잠들기 전에 마시는 술이나 일어나서 마시는 물 한 컵
만큼의 가치도 없고, 그저 쓸데없이 오줌만 착색하고 있을 뿐이다. 그
런데도 그는 내 힘을 믿고 있으며, 믿음으로 하여 출근할 의욕을 얻고,
가장으로서의 위치를 겨우겨우 유지하고, 빠지는 머리칼의 수를 한두
오라기 줄이고 있다.

그런데 오늘, 그가 처음으로 나를 의심하였다. 먹기는 하는데 전혀
효과가 없어 출근하기가 성가셨다. 한술 더 떠서 평소 같은 생활을 계
속하기가 지겨워졌다. 즉 변화를 바라게 된 것이다. 하지만 그렇다고
달리 뾰족한 수가 있는 것도 아니고, 결국은 꾀병을 부려 쉬는 수밖에
없었다. 그러나 아들의 기척에 견딜 수 없어진 그는 나를 또 한 알 손
바닥에 올려놓고, 독이라도 되듯 단숨에 삼키고는 내리는 빗속을 뚫고
직장으로 향했다.

7월 3일 월요일

280

나는 개구리다.

며칠에 걸쳐 언덕을 올라, 드디어 목표하는 집에 도착할 수 있게 된 비색 개구리다. 왜 이 언덕을 오르고 싶었는지는 나 자신도 잘 모른다. 호숫가에서의 생활에 부자유스러움을 느꼈던 것도 아니다. 거기에는 물도 먹이도 이성도 충분하고, 또 적당한 자극을 제공해주는 적(敵)도 우글거리고 있다. 그리고 나는 그런 나날에 충분히 만족하고 있었을 터였다. 거짓말이 아니다.

그런데 어느 밤 갈대 잎에 앉아 한숨 돌리고 있던 내 눈에, 비에 가려서도 우뚝 서 있는 언덕과 그 꼭대기에서 불을 밝히고 있는 집 한 채가 들어왔다. 그 집을 물끄러미 바라보고 있는 사이에, 어떻게 된 일인지 내 안에서 불가사의한 힘이 솟았다. 그저 일개 양서류로 짧은 인생을 끝내고 싶지 않은 그런 기분이었다. 그렇게 생각한 나는, 동료한테 양해도 구하지 않고 당장 출발하였다. 주의에 만전을 기하면서 언덕을 오를 때의 충일감, 그건 정말 대단한 것이었다. 뱀도 새도 사지에 힘을 잔뜩 주고 의연하게 걸어가는 나를 건드리지 못했다.

언덕을 다 오른 나는 그 집의 벽을 기어올랐다. 이층 방에서 새어나오는 불빛에 모여든 모기를 몇 마리 해치운 다음, 창문 너머로 밤인데도 우짖는 새장 속의 새를 구경하였다. 새장 옆에는, 살아 있음이 유독 성가실 듯한 소년이 잠들어 있었다. 그때 파란 새가 나에게 말했다.
"이번에는 언덕을 내려가는 것이 목적이 되겠지?"

7월 4일 화요일

나는 빗소리다.

벌써 스무 시간이나 쉴새없이 내려, 마호로 마을 사람들의 가슴에 우둘투둘한 구멍을 뚫어놓고 있는 빗소리다. 모두들 내 탓에 말이 없어지고, 늘 아무 결실 없는 마을 의회의 논의마저 잠잠해지고 말았다. 나는 사람들의 썩어들어가는 뇌 속 깊이깊이 침투하여 앞서 한 말을 뒤집어놓고, 자기 자랑과 불평을 늘어놓고 싶어하는 엉킬 대로 엉킨 신경을 마비시킨다.

나는 마호로 마을에 사는 사람들에게 과격한 언동을 삼가고 속단을 벌하는 힘을 부여하고, 실은 절반이나 겨우 통용될까 말까 한 지식밖에 갖고 있지 않은 자기 자신을 깨닫게 한다. 나는 행동과 일치하지 않는 낭설에 꼬여드는 자를 주의하라 강조하고, 옛 지식을 지나치게 중시하는 위험성을 가르치고, 꼼짝하지도 않으면서 기회가 오기를 기다려봐야 아무것도 얻을 수 없다는 것을 깨치게 한다. 그리고 나는 패색 짙은 주부 배구팀을 방해하고서, 여름방학 때 떠날 여행의 일정을 짜면서 즐거워하는 고등학생들의 들뜬 마음을 깎아내리고, 병상에서 신음하는 자의 마지막 마음 기댈 곳을 무참하게 깨부수고, 누렇게 오염된 오류 강의 급한 물살을 헤엄쳐 건너려는 기세등등한 젊은이의 혈기를 빼앗고, 버려진 말의 콧등을 쓰다듬어주려고 언덕을 내려오는 소년의 걸음을 되돌려놓는다.

그러나 유감스럽게도, 그 소년과 터놓고 지내는 큰유리새만큼은 도무지 내 뜻대로 되지 않았다. 내 뜻대로 되기는커녕, 그 새는 내가 마호로 마을 구석구석에 퍼뜨려놓은 음의 기운을 양의 기운으로 바꾸어놓고, 죽음을 삶으로 여기게 하는 화려한 우짖음 소리를 사방 곳곳에 뿌려놓고 있다. 그리하여 우리의 힘 겨루기는 지금도 여전히 계속되고 있다.

7월 5일 수요일

나는 곰팡이다.

오랜 비와 높은 기온, 그리고 젊은이가 발산하는 땀 탓에 토광 속을 빈틈없이 에워싼 곰팡이다. 나는 또 이 토광을 잠자리로 삼은 젊은이의 몸 여기저기에도 피어 있다. 그는 오늘로 꼬박 이틀을 꼼짝도 하지 않았다. 바닥에 턱 누워 온몸의 관절이란 모든 관절을 구부리고, 습기 찬 무거운 마음까지 잔뜩 웅크리고 있다. 그렇게 그는 온갖 것을 질질 싸지르면서, 꼼짝 않고 있다.

그는 죽은 것도 아니고, 죽고 싶어하는 것도 아니다. 병에 걸린 것도 아니다. 그는 다만 움직이고 싶지 않고, 아무도 만나고 싶지 않고, 먹고 마시는 것도 싫고, 잠도 자고 싶지 않을 뿐이다. 그는 꼬박 이틀 동안 한곳에 누워, 또 한 사람의 자신과 자기 사이에 생긴 간격을 메울 노력도 하지 않고, 이 세상을 세차게 두드리는 빗소리에만 마음의 귀를 기울이고 시간을 보냈다. 앞으로 어떻게 살아가야 할지에 대한 문제를 숙고한 것도 아니고, 순수한 비합리주의에 경도해 있는 것도 아니었다. 점점 폭을 좁혀오는 나를 알아차리고서도 아무 반응을 보이지 않았다.

그리하여 한계에 도달한 그의 정념은, 주인의 의향을 무시하고 벌떡 일어나 저력을 발휘한다. 그는 기어서 토광 밖으로 나간다. 그는 흙탕 위에 벌렁 누워 모든 관절을 쫙 펴고, 입을 열어 산성비를 마시고, 지렁이처럼 온몸을 꿈틀거린다. 흙탕물은 나를 떨쳐내고, 빗물은 흙을 씻겨내고, 큰유리새의 우짖음 소리는 비를 정화한다.

7월 6일 목요일

나는 목욕 타월이다.

목욕을 끝낸 여자의 젖가슴과 치부를 한꺼번에 가릴 수 있는 노란색 목욕 타월이다. 어제와 마찬가지로 나는 그녀의 몸에 돋은 땀방울과 물방울을 빨아들이고, 하도 듣고 들어 이제는 질려버린 그녀의 자문자답과 어딘가 모르게 자포자기한 기분을 빨아들인다. 그러고서 그녀는 남편이 죽은 뒤로 한 번도 이성을 받아들인 적이 없으며 받아들이고도 싶지 않은 몸에다 나를 단단히 감고는 여자답지 않게 독한 술을 꿀꺽꿀꺽 마신다. 안주는 푸른빛 음산한 비뿐.

그리고 또 어제처럼 그녀는, 낡은 앨범을 끄집어내어 창가 불빛 아래서 들여다본다. 엄청난 수의 사진, 가족이 줄어들면서 종업원도 줄어들고, 종업원이 줄어들면서 '삼광조'가 기울어가는 세월을 여실히 말해주고 있는 많은 사진들. 여주인은 그 사진들을 바라보면서, 타인은 물론이요 자기 자신에게조차 절대로 나약함을 보이지 않는 얼굴에 조금씩 긴장을 풀어간다. 이제는 다시 돌아올 수 없는 나날들이, 더 물러날 곳 없는 사람들이, 나와 함께 그녀에게 속삭거린다.

오늘밤 '삼광조'에는 그녀 혼자밖에 없다. 비 때문에 손님도 없고 노름판을 벌일 수도 없다. 동거인이라고 해도 좋을 창부는 일하러 나갔고, 병마와 싸울 힘이 있는지조차 분명치 않은 병든 소년은 큰유리새에게 모이를 줘야 한다면서 방금 전에 돌아갔다. 물거품 호수를 때리는 비가 그녀도 때린다. 나는 그녀의 콧물을 닦아내고, 앨범 위로 떨어진 빗방울만한 눈물방울을 닦는다. 그러나 달을 가리는 비구름은 닦아낼 수가 없다.

7월 7일 금요일

나는 발소리다.

마치 일터에서 돌아오는 사람처럼 피로에 지친 몸으로 집에 돌아온 소년 요이치, 그가 계단을 오를 때 나는 무거운 발소리다. 뒤늦게 마호로 마을을 찾아온 유행성 감기 때문에 집에서 쉬고 있는 요이치의 어머니는 눅눅한 방바닥에 누워 지금까지 살아온 오십여 년 세월을 껴안고, 나에게 귀를 곤두세우고 있다. 그녀는 새삼 나의 깊은 고독을 느끼고 적지 않은 충격을 받는다. 동시에, 자식을 포기한 지 오랜 자신의 마음을 깨닫고는 아연해진다. 단숨에 열이 이 도나 올라간다. 기침 횟수도 갑자기 늘어난다.

요이치는 계단 중간에 웅크리고 앉아 숨을 가다듬는다. 그렇지 않으면 방으로 올라가지 못할 정도로 지쳐 있다. 태엽 감는 인형으로 변한 요이치에게 큰유리새의 격려 따위는 아무 도움도 되지 않았다. 오늘 요이치는 다른 날보다 세 배는 더 많이 싸돌아다녔다. 그러나 일부러 걸음을 멈추고 들여다볼 만한 사건은 없었다. 그가 진흙탕 속에서 본 것은 수습된 사태와, 낮의 햇살을 받아 죽은 밤새와, 지당한 처치와, 행위의 옳고 그름을 분별할 줄 알면서도 마음은 비뚤어진 사람들과, 흐드러지게 핀 국화꽃 정도였다.

모두가 비 때문이다. 비가 요이치의 하루를 망쳐버렸다. 요이치는 다시 계단을 오른다. 큰유리새의 절개 높은 지저귐 소리가 한층 활발해진다. 언덕을 콸콸 흘러내리는 물소리가 더욱 커진다. 요이치의 어머니가 귀를 막는다. 이어 마음도 닫는다. 그녀는 담요를 껴안고, 요이치는 새장을 껴안는다. 그리하여 나는 사라져버린다.

7월 8일 토요일

나는 낚시찌다.

젓가락보다 가느다란 리튬 건전지가 들어 있어 꼭대기가 빛나는 밤 낚시용 낚시찌다. 내가 희미하게 내는 빨간빛은 수면에 닿을락 말락 떠서 잔물결에 살랑살랑 흔들리고 있다. 그 빛이 수면에도 번져 있다. 그저 튼튼하기만 한 낚싯대를 잡고 있는 남자는 어둠에 완전히 녹아, 또는 물에 동화되어, 하룻밤 사이에 한 번 있을까 말까 한 가슴 설레는 태풍을 기다리고 있다. 그는 감동이 전류처럼 온몸을 짜릿하게 스치고 지나가는 그 한순간을 위하여 살아 있는 것이다. 그는 낚아도 좋고 안 낚아도 좋다는 식의 여유로운 취미생활을 즐기고 있는 것이 아니다.

그러나 나는 그에게 소갈머리 없는 대답밖에 하지 못한다. 지금껏 미끼를 몇 번이나 갈아치웠던가. 어디선가 비파를 퉁기며 결과를 우려하는 목소리가 물거품 호수의 수면을 타고 흘러내려온다. 경력을 사기 치는 것쯤 아무렇지도 않게 여기고, 일이 쌓이면 나 몰라라 내빼는 이 남자가, 나를 응시할 때만은 온 정성을 다하고 자기 잘못을 깨친다.

그 외에도 나를 응시하고 있는 자가 있다. 그 소년이다. 밤이 되어버린 소년은 내 흔들림을 따라 몸을 흔들고 있다. 어찌된 셈인지 그가 옆에 있으면 잉어가 다가오지 않는다. 방해하는 것은 아닌데, 그가 호숫가에 서 있는 밤이면 반드시 야생잉어 떼가 회유 코스를 바꾸고 마는 것이다. 그만 낚시를 포기한 남자가 이렇게 중얼거린다. "잉어까지 날 버리는 것인가." 그러자 소년이 말한다. "사랑마저 떠나버렸는가."

7월 9일 일요일

나는 분화(噴火)다.

목성의 위성 이오에서 일어나는 엄연한 사실로서 지금도 계속되고 있는 분화다. 행성 탐사선에서 보낸 전파에 실려 운반된 나는 판에 박은 듯 똑같은 컬러사진으로 지구 전 지역에 배포된다. 어쩌다 다른 별들과 함께 호화로운 사진집 한 권이 되어 마호로 마을의 도서관에서 비치된 나는 사소한 계기로 소년 요이치의 눈에 들게 된다. 남동생과 연인을 동시에 맞은 도서관 여직원은 다소 당황하고 있다.

난로를 만드는 남자는 요이치를 싫어하거나 멀리하지는 않는다. 보기 흉한 병자를 피하기 위하여, 나중에 다시 오겠다는 소리도 하지 않는다. 그는 요이치를 위하여 서가에서 여러 가지 책을 꺼내 보여준다. 요이치는 조류도감에는 이미 흥미를 보이지 않는다. 요이치의 누나는 동생이 진짜 새를 기르고 있기 때문에 그림이나 사진에는 관심이 없다고 남자에게 설명한다. 그것은 그녀가 연애소설을 읽지 않게 된 것과 똑같은 이치였다.

그러자 남자는 별에 관한 책을 펼쳐 요이치에게 보여준다. 그 순간 요이치는 "아아, 아아"라고 소리를 지르고, 오체를 비틀면서 기뻐한다. 그의 유난스런 기쁨은 사진 속의 나에 반사되어 마을을 탈출하고, 곡선을 그리며 이오를 향하여 암흑의 우주를 핑핑 날아, 진짜 나의 품에 안긴다. 그런데 공연히 웃어가며 남동생의 비위를 맞추고 있던 남자는 요이치의 "아아, 아아" 소리에 압도되어 쩔쩔매다가, 끝내는 더 이상 견딜 수 없어 "그럼 나중에"란 말을 남기고는 휑하니 돌아가고 말았다. 나는 요이치의 가슴에 깃들었다.

7월 10일 월요일

나는 자애다.

부화기에서 부화된 지 오래지 않은 새끼 오리에게 아낌없이 쏟아지는 어린 소녀의 자애다. 가슴 한귀퉁이에 처음으로 내가 싹튼 그녀는 지금, 드넓고 푸른 풀밭 한가운데 앉아, 구불구불 빛나며 흐르는 개울과, 아이의 성장에 필요한 모든 것을 갖추고 있는 자기 집 사이에서 트랙터 선전 노래를 흥얼거리고 있다. 여기에는 때를 놓쳐 대책을 세울 수 없는 것 따위 하나도 없다. 반면 사치스런 생활에 결여되어 있기 쉬운 따스한 조건은 모두 갖추고 있다.

그녀를 친엄마라 믿어 의심하지 않는 조그맣고 눈부신 생물들은 한데 엉켜 그녀의 무릎 위에 올라타고, 그녀의 손바닥에 있는 모이를 콕콕 쪼아먹고 있다. 그 수가 스무 마리라 많기도 하지만, 소녀는 그 한 마리 한 마리에게 나를 골고루 나누어준다. 인큐베이터 안에서 자란 그녀도 오리도 완벽하고, 쌍방의 생명을 유지하는 제 기관 제 기능의 작용도 완벽한 움직임을 보여주고 있다. 각자의 혼 역시 그렇다.

하지만 그녀나 오리나 아직은 모르고 있다. 모르고 있는 편이 낫다는 것을 모르고 있다. 거기에서 불과 백 미터도 떨어지지 않은 부화장에서는 그녀의 부모가 가려낸 수평아리를 펄펄 끓는 물에 휙휙 던져넣고 있다는 것을. 이백 미터 정도 앞에 있는 들길로 한눈에 불완전하다는 것을 알 수 있는 소년이 도살장으로 끌려가는 소처럼 느릿느릿 걸어오고 있다는 것을, 아직 모르고 있다.

7월 11일 화요일

나는 권총이다.

동남아시아 어떤 나라의 오지 모처에서 비밀리에 제조되어, 어선으로 밀수입된 다음, 돌고 돌다가 마호로 마을에 흘러들어온 회전식 권총이다. 삼층짜리 검은색 빌딩에서 먹고 자는 남자 셋은 각자 손에 나를 하나씩 쥐고 유심히 살펴보고 있다. 신의가 두터운 남자를 꿈꾸기도 하고, 불의의 습격을 위해 주도면밀한 계획을 짜기도 하고, 앙갚음을 염려하여 전전긍긍하기도 하면서, 밤새 엎치락뒤치락하는 그들에게야말로 나는 어울리는 존재다.

생각에 생각을 거듭한 그들은 나를 삼백 개의 탄알과 함께, 웬만해서는 발견되지 않을, 그러나 급한 일이 생길 때는 재빨리 꺼내 신속하게 대처할 수 있는 장소에 숨겼다. 그러고는 만에 하나 입수 경로를 추궁당하는 일이 있더라도 절대로 발설하지 말자고 서로 다짐한다. 그런데 잠시 후에는 분산시켜 숨기는 것이 안전하지 않겠느냐는 의견이 나와, 권총 한 자루와 탄알 백 개는 '삼광조'로 옮겨지게 되었다.

나를 품에 숨기고 하얀 양복 주머니 불룩하게 탄알을 담은 키 큰 청년은 가던 도중에 샛길로 빠진다. 호숫가에 차를 세우고 인기척 드문 산속에서 시험 삼아 나를 쏘아본다. 허풍스런 총소리에 간담이 서늘해진 그는 서둘러 그곳을 떠난다. 그는 차창 밖으로 나를 쑥 내밀고, 몸이 쉴새없이 움직이는 탓에 똑바로 조준할 수 없는 소년을 향해 몇 번이나 방아쇠를 당긴다. 만약 탄알이 들어 있었다면, 적어도 그중 한 발은 틀림없이 불치병을 날려버렸을 것이다.

7월 12일 수요일

나는 황량함이다.

벌써 몇 년 전에 벼락을 맞아 불탔고, 낙석에 가지가 둘로 쩍 갈라져 말라버리고 만 은행나무에 서린 황량함이다. 나는 잎이 한 장도 달리지 않은 황폐한 가지가 움켜쥐고 있는 장마철 하늘로 자리를 넓히고, 먼 곳으로 흘러가는 두꺼운 구름에도 영향을 끼치고, 마호로 마을을 여느 때와 같은 색조로 뒤덮기 시작한 어둠을 죽음의 방향으로 이끈다. 울 줄 아는 벌레는 나를 두려워하여 침묵하고, 날 줄 아는 벌레는 사지를 쭉 뻗은 채 꼼짝도 하지 않고, 균을 옮기는 벌레 역시 적당한 장소 어딘가에 몸을 숨기고 있다.

그리고 별나게도 나를 만나러 일부러 찾아온, 때로는 자기 자신을 벌레 취급하고 싶어하는 소설가 또한 나를 힐긋 보고는, 개를 데리고 오지 않은 것을 후회하면서 나의 핵심에 육박하는 언어를 발견해내기는커녕 꼬리를 감추고 도망쳤다. 그가 떠난 자리에는 훗날 필화 사건을 일으킬 법한 문장이 두세 줄 남아 있었다. 일반 독자의 반응은 별로 좋지 않은데다 이러쿵저러쿵 뜬소문이 많은 그의 등에다 대고 나는 "한참 멀었어!"라고 외쳤다.

그후 술을 마시게 된 이래로 만사에 성의가 없어진 남자, 마호로 마을의 읍사무소에서 사반세기를 일하고 있는 직원, 가발만 쓰고 있으면 벗어진 머리뿐만 아니라 벗어진 마음까지 숨길 수 있을 것이라 착각하고 밥 먹듯이 직무를 방기하는, 딸과 아들을 가진 아버지가 찾아왔다. 그는 얼토당토않은 의견을 잔뜩 토해내며 나에게 시비를 건 다음 싸구려 술냄새와 자조적인 웃음을 남기고, 그의 아들을 닮은 걸음걸이로 돌아갔다.

7월 13일 목요일

나는 비구름이다.

올해 처음으로 마호로 마을의 하늘을 뒤덮고, 소년 요이치를 매료하는 비구름이다. 내 위에서는 무엇이든 깨물어대는 태양이 번쩍번쩍 빛나고, 내 아래는 늘 변함없는 사람들의 삶이 있다. 대낮부터 한잔 걸치고 꽥꽥거리는 거지. 심혈을 기울인 작품을 태워버리는 노화가. 조직 폭력단의 앙갚음을 두려워하여 밤낮으로 전전긍긍하는 빠찡꼬 주인. 중소기업의 경영에 부심하는 이름뿐인 사장. 번뇌를 극복하려고 좌선을 계속하는 젊은 중. 겉만 번지르르한 거짓말로 싸구려 물건을 고가품인 것처럼 눈속임하는 방문판매원. 도야성이 현저하게 결여된 교육현장에 열심히 드나드는 기운만 왕성한 아이들. 자기 신세를 한탄하면서도 여전히 국수주의를 신봉하는 외팔이 남자. 남편이 소중히 여기는 꽃병을 깨뜨리고 놀라 비슷한 물건을 찾으러 상점가로 달려가는 유순한 아내. 반대파 의원의 미온적인 대책을 지적하면서 예산의 용도를 명시하라고 강경하게 요구하자 식은땀을 흘리는 읍장. 멀리서 찾아온 전우를 둘러싸고 회식을 즐기는 노익장들. 개한테 물린 상처를 응급처치하면서 투덜거리는 개 조련사. 어제 새벽에 발생한 화재의 원인을 분석 조사하고 있는 소방대원. 사정사정해서 데리고 온 며느리의 환심을 사려고 애쓰는 시어머니. 넋이라도 잃은 것처럼 퀭한 눈으로 걸어가는 으스스한 미친 여자. 이 세상을 간파하는 능력만큼은 입신의 경지에 들어서 있는 소년 요이치. 나는 그들 하나하나를 열심히 바라본다. 그리하여 나는 그들의 지고지순한 혼을 빨아들이고 부풀어, 늘 찾아오는 여름을 구성해간다.

7월 14일 금요일

나는 대마다.

허가를 받아 재배하고 있는 농가의 밭에서 날아온 씨앗이 산에서 싹을 틔운 목숨 질긴 대마다. 내가 흔해빠진 풀이 아니라는 것을 알아 차린 자는 지금까지 한 명도 없었다. 덕분에 나는 지난 몇 년 동안 그 저 평범한 풀로 지낼 수 있었다. 그런데 오늘, 이 고장 사람이 아닌 듯 한 젊은이가 찾아와 골짜기를 따라 죽 자라 있는 나를 보고는 기뻐 날 뛰었다. 그는 나를 뜯어 몇 번이고 몇 번이고 확인하였다. 그리고 나를 한아름 꼭 껴안고는 괴성을 질렀다. 그러다 정신을 차리고는 사방을 두리번두리번 살펴보았다. 그러나 움직이는 것은 들새와 물과 바람뿐, 사람의 기척은 없었다.

젊은이는 나에게 말했다. 너에게는 도무지 어쩔 도리가 없는 우울 한 나날들을 훌훌 날려보내는 힘이 숨어 있다고. 또 가슴에 달고 있는 파란 배지를 쓰다듬으면서, 이 보물 같은 산을 만난 것은 다 네 덕분인 지도 모르겠다고 말하고, 드디어 나에게도 행운이 찾아왔다고 중얼거 렸다.

불길한 예감이 들었다. 나를 쳐다보는 젊은이의 눈빛이 예사롭지 않았다. 이 골짜기에 사는 큰유리새가 일제히 지저귀며 경고했다. 그 러나 배지에 담긴 큰유리새는 모르는 척 침묵을 지키고 있었다. 그는 장소를 잊어버리지 않도록 사방을 찬찬히 확인하고는, 내 샘플을 주머 니에 집어넣고 산을 내려갔다.

7월 15일 토요일

나는 여름이다.

과열된 태양을 등지고 마호로 마을을 곁눈질하고 있는, 이미 모두가 인정하지 않을 수 없는 여름이다. 태만한 남쪽 나라, 그 먼 해상에서 준비된 시건방진 기압이 빠른 속도로 밀고 올라와, 지칠 대로 지친 장마 전선을 일격에 분쇄한다. 그리하여 나는 승전국에 패전을 강요당한 탓에 아직까지도 민주주의가 무엇인지를 이해하지 못하는 이 조그만 나라를, 섬나라 근성과 손을 잡고 완전히 뒤덮는다. 또 생활에 곤란을 겪고 있는 사람이 거의 없다는 것을 유일한 미덕으로 삼고 있는 이 시골 마을을 에워싸고, 때로는 풍속을 고스란히 비추어내는 산 위 호수의 수온을 단숨에 올려놓는다.

예년과 마찬가지로 앞으로 두세 달 정도 이곳에 머무를 나는, 껍질뿐인 나날을 보내기 위하여 먹고살며 그래도 오래 살기 위하여 애를 쓰는 우매하고 늙어빠진 자들을 축 늘어지게 만들고, 어이가 없어 뭐라 말할 수도 없는 어느 집 방탕한 자식의 무질서한 행동을 한층 더 자극한다. 나는 인간과 자동차의 물결에 짓밟히는 개미의 수를 단숨에 배로 늘리고, 지론을 고수하는 척하면서 훈시를 늘어놓는 처세에 능한 소인배들은 조소하고, 조상이 지방 호족이었다고 말하는 남자의 콧대를 꺾어놓는다.

그런 다음 나는 끔찍한 모습의 소년 요이치를 그 누구보다 생기 있게 만든다. 요이치는 올해도 나와 의기투합하여 잠들고 일어나기를 함께하고, 나를 향유하고, 나를 영양소처럼 흡수하면서, 새로운 만남과 발견을 찾아 구석구석 꿰고 있는 이 마을을 헤매다닌다. 시원한 바람이 옆에서 끼어들어 요이치에게 속삭인다. 내가 요이치의 병을 더욱 악화시킬지도 모르는데, 라고.

7월 16일 일요일

나는 텐트다.

우산처럼 눈 깜짝할 사이에 펼칠 수 있는 해바라기색 일인용 텐트다. 나를 산악 오토바이에 싣고 마호로 마을에 발을 들여놓은 침울한 표정의 중년 남자, 그는 어쩐 일인지 물거품 호숫가에 자리잡지 않았다. 거기에는 시원한 소나무 숲속에 캠프장이 있고 취사장과 청결한 화장실 같은 설비도 있는데, 그는 숲이 울창하고 깊은 이승 산으로 들어가 거대한 솔송나무 밑에다 나를 폈다.

그리고 그는 마음의 벗이라도 되는 듯 산악 오토바이에게 말을 걸면서, 산의 서늘한 공기와 공포와 고독이 몸을 저미는 하룻밤을 보냈다. 아침이 되어 어둠이 물러가자 그는 다른 사람으로 변한 자기 자신을 자각했거나 또는 착각하였다. 막 지은 밥에 날달걀을 얹어 먹고 있는 그의 눈앞으로 햇빛을 받아 유리색으로 빛나는 새가 날아왔다. 그녀석이 내 머리에 앉아 영롱한 소리로 우짖기 시작하자, 그는 갑자기, 이 세상에 머리를 싸매고 상심할 만한 일이 어디 있으랴는 생각을 하였다. 그 순간 그의 마음은 부풀어, 나보다 훨씬 더 크게 부풀어, 아득한 바다 같은 크기가 되었다.

배가 차자, 이번에는 자기 현시욕에 자극되어 나를 탁탁 접더니 산길을 날쌔게 뛰어내려왔다. 도중에 탁발에서 돌아오는 선승들의 무리를 만나, 제일 뒤에서 걷고 있는 젊은 중과 눈이 마주쳤다. 그러나 상대방이 먼저 눈길을 돌렸다. 중의 시선은 내 쪽을 향하고 있었다.

7월 17일 월요일

나는 빛이다.

마치 우주의 기원처럼 갑작스럽게 물거품 호수의 저 먼 수면에 출현한 한 덩어리 등신대 빛이다. 나 자신도 내 정체를 모른다. 어떤 현상인지 모르는 채 한낮의 대기를 능가하는 눈부심으로 빛나고 있다. 나를 알아차린 사람은 딱 두 명뿐이다. 그것도 신기하다 여기고 바라보는 것이 아니다. 한 차례 수영을 한 남녀는, 양철지붕처럼 뜨겁게 달궈진 모래사장에 너무도 젊어 원망스러운 몸을 옆으로 벌렁 뉘었다.

그리고 둘은 나를 바라보면서 간혹 말다툼을 한다. 여자가 이렇게 말한다. 우리끼리 즐기고 피우는 것은 좋지만 장사는 절대로 안 된다고 절절하게 말한다. 그러나 남자 쪽은, 건조 작업이 끝나는 대로 도시에 들고 나가 팔겠다고 주장한다. 그러다 잡히면 어떻게 할 것이냐는 여자. 친구들은 모두 입이 무거우니까 절대로 그런 일은 없을 것이라고 말하는 남자.

그러고서 둘은 새삼 나를 이상히 여긴다. "뭐지, 저게?"라고 궁금해하는 여자에게 남자는 "글쎄"라고만 대답한다. 나는 한층 더 빛을 더해, 모래 위에 접혀 있는 그들의 옷가지들과 거기에 달려 있는 파란새 배지를 빛나게 하고, 사는 일에 바빠 박복한 신세를 한탄할 틈조차 없는 소년의 휘파람 소리에 윤기를 더해준다. 여자가 나를 보면서 "어째 느낌이 불길하네"라고 말했다. 남자는 "그 반대야"라고 말하고, 가냘픈 여자의 몸에 팔을 두른다. 소년은 선창 끝까지 나가 똑바로 나를 쳐다보고, 그 산만한 두뇌로 나를 받아들여 짧은 순간이기는 하지만 자아를 확립한다.

7월 18일 화요일

나는 우물이다.

그 어떤 가뭄에도 절대 마르지 않는, 지금까지 농민들의 위기를 몇 번이나 구한 펌프식 우물이다. 그러나 관개용 수로가 완성되고부터는 아무도 나를 거들떠보지 않아, 지금은 그저 옥수수밭에 패어 있는 웅덩이로 전락하였다. 그렇다고 나를 이용하는 자가 전혀 없는 것은 아니다. 예를 들면 간혹 산에서 내려오는 길 잃은 원숭이. 그놈은 나를 어떻게 사용하는지를 알고 있을 뿐만 아니라, 내가 퍼올려주는 물을 잘 이해하는 자이기도 하다.

인간 중에서 나를 이용하는 것은, 머리통이 크고, 원숭이에 뒤지지 않을 만큼 무섭고, 부모와는 손톱만큼도 닮지 않은 소년 요이치다. 하지만 요이치는 원숭이가 하는 것처럼 나를 대하지는 않는다. 푹푹 찌는 무더운 날에도 나를 장난감처럼 여길 뿐 물을 마신 적은 한 번도 없다. 요이치는 나를 붙잡고 흐물흐물 앉거나, 또는 힘없이 고개를 숙였다가 어기적어기적 일어난다. 그뿐이다.

그리하여 오늘, 산속에 은거하는 인간을 닮은 짐승과 정신까지 이상하다는 오해를 사기 쉬운 원숭이를 닮은 인간이 내 앞에서 딱 마주쳤다. 절대 공존할 수 없을 것이라 여겼는데, 실제로는 그렇지 않았다. 요이치는 펌프질을 하고 원숭이는 물을 한껏 맛있게 들이켰다. 그러고는 둘이 광대짓을 해 보였다. 원숭이는 인간처럼, 인간은 원숭이처럼 흉내를 내고는 헤어져, 곧바로 원래 모습으로 돌아가 자신들의 영역으로 물러났다.

7월 19일 수요일

나는 선글라스다.

제작된 지 삼 년이 지나도록 바깥세상 구경 한번 못하고, 오늘 팔렸나 싶었는데 겨우 반나절 만에 내버려진 은색 선글라스다. 넉살 좋고 촌스런 여자들까지 유행에 뒤졌다고 하자, 그 자식은 나를 캠프장 옆 쓰레기통에 내던지고는 소음기를 뗀 오토바이에 훌쩍 올라타, 유유자적한 나날로 돌아갔다.

그런데 몇 시간 후 나를 구원해준 손길이 나타났다. 그 여자는 주위를 두리번두리번 살피더니 시침 뗀 얼굴로 나를 주워서는, 재빨리 가방에 넣고 자전거에 올라 뒤도 돌아보지 않고 쏜살같이 달아났다. 그러고는 엄청나게 많은 책으로 가득한 직장으로 뛰어들어갔다. 그녀는 화장실에 들어가, 마흔 살 노처녀가 될지도 모르는 자신의 앞날을 걱정하는 눈을 나로 덮었다. 그녀는 나를 통해 보는 자기 자신에게 기대한 것보다 크게 놀랐는지 당혹감을 감추지 못했다. 그러고는 잠시 후 입술에 나타나는 향락적인 분위기를 감지했다.

그 입술이 제멋대로 움직이는가 싶더니, 가슴속에 있는 말을 토로하기 시작했다. 그녀는 나의 힘을 빌려 하고 싶은 말을 다 털어놓고는, 자기가 무슨 말을 하고 싶었는지를 오성으로 이해하였다. 만약 연인과의 사이를 방해하는 자가 있다면 그자는, 강렬한 성적 매력으로 마음을 헤집는 다른 젊은 여자도 아니고, 그의 친척들의 쓸데없는 잔소리도 아니라, 바로 자기 남동생일 것이라고 확신하였다. 그런 생각을 한 잠시 후 그녀는 나를 벗어던지고 짓밟아버렸다.

7월 20일 목요일

나는 땀이다.

물거품 호숫가에 있는 숲속학교를 찾아온 젊은이들이 뿜어내는, 지방분과 긍정의 기운에 찬 땀이다. 그들은 밤에 있을 캠프파이어를 위해 자작나무 가지를 캠프장 광장에 높이높이 쌓아올리고 있다. 솔선하여 움직이고 있던 선생들은 벌써 지쳐, 지칠 줄 모르는 제자들을 위해 시원한 샘물을 종이컵에 따라주고 있다. 그 물을 꿀꺽꿀꺽 마시고 뜨거운 카레라이스를 몇 접시나 먹은 학생들은 오후에도 쉬지 않고 움직인다. 건강에 하자가 있는 자는 없다.

나는 앞으로도 얼마든지 자랄 수 있는 그들의 온몸에서 부정과 염세의 기운을 씻어내리고, 이 세상의 운명이란 것을 물리친다. 스스로 솔선수범하는 나는, 그들에게 살아가는 길이 어머니 뱃속에서 나오는 길처럼 오직 한 가지가 아니고, 그야말로 사람 수만큼 있다는 것을 깨우쳐준다. 또 노력 여하에 따라 몇 사람이라도 상대할 수 있는 역량을 갖출 수 있다는 것을 자각하게 하고, 신속하고 과감하게 행동해야 미래가 있다는 것을 이해시키고, 마음만 있다면 한 나라의 수장이라도 암살할 수 있다는 것을 가르쳐준다.

날이 기울고 밤이 찾아와 뜨거운 빛이 사라졌는데도 나의 기세는 조금도 위축되지 않는다. 젊은이들은 호수를 물들일 만큼 거대한 불길 주위에서 노래하며 기염을 토하고, 무슨 일이 닥쳐도 주저하지 않을 순수한 주장을 어두운 밤에다 쏟아놓는다. 대지를 뒤흔드는 그들의 함성이 언덕 꼭대기까지 울려, 오랜 질환으로 움츠러든 소년의 몸에도 나를 되살아나게 한다. 아니, 소년의 땀은 자면서 흘리는 식은땀이리라.

7월 21일 금요일

나는 비수다.

자전거 튜브를 잘라 손잡이를 잘라 둘둘 감은, 날 길이 약 삼십 센티미터짜리 비수다. 나는 과일깎기용으로 만들어지지 않았다. 오늘밤 나는 이 세상을 등진 남자 하나를 마구잡이로 찔렀다. 흉악범이 된 나의 주인은 막 목숨이 끊어진, 아직 온기가 남아 있는 시신의 후두부에 나를 깊이깊이 꽂은 채, 한동안 만면에 미소를 띠고 있었다.

그러나 나를 땀에 젖은 축축한 손으로 꽉 쥐고 정신없이 휘두른 남자의 모습은 이제 마호로 마을 어디에서도 찾아볼 수가 없다. 그것은 지극히 대범한 범행이었음에도 불구하고 제삼자의 눈에는 띄지 않았다. 얼굴에 흉터 자국이 일직선으로 나 있는 피해자의 눈은 가로등 빛에 천체의 빛까지 비추며 산 자의 눈동자보다 아름답게 빛나고 있다. 목걸이를 질질 끈 채 밤놀이에 정신이 팔려 있는 얼룩무늬 개는 피하지도 않고 그냥 지나치고 말았다.

삼층짜리 검은색 빌딩은 여름밤에 녹아들고, 노면으로 퍼져나가는 피는 아스팔트에 스며든다. 나의 끝은 뇌수에 도달하여, 죽은 자의 저주스런 과거를 빨아들여 무더운 대기 속으로 방출하고 있다. 절박한 분위기는 멀어지고, 소리 없는 번개의 수도 급속히 줄어들었다. 개의 뒤를 이어 찾아온 것은 소년이었다. 그는 달빛을 반사하며 번쩍이는 나를 보고 겁을 먹었다가 용기를 내어 가까이 다가와, 흔들리는 몸을 나에게 비쳐보며, 낙조 직전의 새의 날갯짓을 흉내냈다.

7월 22일 토요일

나는 기사다.

세간의 이목을 살피면서 사회주의를 넌지시 내비치는, 그리고 때로는 날조된 보도도 서슴지 않는 그런 신문에 실린 기사다. 지방판을 장식하는 머리기사, 그것을 뒷받침하는 나는 어느 것이나 어설프기 짝이 없다. 나는 마호로 마을에서 발생한 몇십 년 만의 살인사건을 사진까지 곁들여 상세하게 전하고 있다. 사진에는 간악한 삼층짜리 빌딩과, 그 입구 앞에 선 키 큰 청년이 찍혀 있다. 청년은 기자의 촬영을 저지하려고 카메라를 향하여 왼손을 쫙 펴 내밀고 있다. 항의와 격노와 허세가 뒤섞인 그의 얼굴이 경련을 일으키고 있다. 그럼에도 눈꼬리에는 억누를 길 없는 희열이 드러나 있다. 그 다음 살인의 대상은 자기일지도 모르는데.

청년 뒤에 또 한 사람이 찍혀 있다. 불치병 때문에 표정이 거친 바다처럼 뒤틀려 있는 소년의 한쪽 눈이 구경꾼들의 호기심을 간파하고 번쩍 빛나고 있다. 독자들은 내심 흠칫 놀랄 것이다. 그러나 전체적으로는 나에게 어울리는 맥빠진 사진이다. 그렇다고 나의 전부가 엉터리인 것은 아니다. 어조가 요란스럽기는 하지만 요점은 정확하게 집어놓았고, 표현이 충분하지 못한 것도 아니다. 이리하여 당한 쪽의 일당은 사명을 다한 셈이 된다는 견해가 실려 있으니 말이다. 즉, 그 사건으로 그들은 복수의 계기를 만드는 데 성공한 것이다. 그건 그렇고 사진 속의 소년은 조직원보다 한층 반사회적인 존재다. 그는 세간을 우롱하고 있다.

7월 23일 일요일

나는 은하수다.

마호로 마을의 문란한 밤하늘을 가로질러, 결코 세상을 싫어하지 않는 눈먼 소녀의 조용한 가슴속을 스치는 은하수다. 물거품 호수에 보트를 띄우고 시원함을 만끽하고 있는 아버지와 딸은 나에 관한 문답을 계속하고 있다. 꽃무늬 유카타를 입고 머리를 진짜 꽃으로 장식한 소녀는 이미 물이란 것을 몸으로 느꼈고, 또 강이 어떤 것인지도 눈 밝은 사람 이상으로 잘 알고 있다.

그러나 상대가 나이고 보면 그리 간단하지 않다. 아버지는 잘 알아들을 수 있도록 애쓴 나머지 이렇게 설명한다. 별이란 하늘에 피는 꽃 같은 것이라고. 그러자 소녀는 좋은 향기를 풍기고 봉긋하고 부드러운 것이 많이많이 흐르고 있느냐고 묻는다. 아버지는 "그래"라고 대답하고 "네 말대로야"라고 덧붙인다. 나도 만족스럽다.

그때 소녀의 귀가 다른 보트가 접근해오는 소리를 감지하고 아버지에게 주의를 준다. 아버지는 "음, 알고 있어"라고 말하고, 한쪽 노를 저어 썩어가는 보트를 떠내려보낸다. 소년의 손이 아무도 타지 않은 보트 바닥에 고여 있는 물에 비친 나에게 우연히 닿는다. "앗" 하고 그녀가 외친다. 그런 후, 처자식에게 버림받은 남자와, 서른 살이 되어서야 간신히 소설 속의 연애에서 벗어난 여자를 태운 보트가 소녀의 곁을 소리 없이 스쳐간다. 여자는 꽃다발을 안고 있다. 소녀가 좋은 향기가 난다고 말한다. 아버지는 노래한다. 내 쪽에서 바라보자니, 마호로 마을이야말로 은하수의 중심이다.

7월 24일 월요일

나는 뜨거운 바람이다.

오류 강을 거슬러올라 물거품 호수를 건너도 식지 않고 오히려 더한 열기를 띠는, 세상사에 밝은 뜨거운 바람이다. 내 탓에 마을의 기온은 쑥쑥 올라가고, 뒤이어 호수와 강의 수온도 올라간다. 그토록 강인한 여름새들도 일제히 물놀이를 시작하여, 여기저기서 물방울이 튄다. 대낮부터 아랫도리를 벗은 채 껴안고 있던 남자다운 남자와 여자다운 여자도 서둘러 몸을 떼어놓고, 집개도 들개도 긴 혀를 한껏 내밀고 헐떡거린다.

여느 때는 무뢰한이 횡행하는 큰길도 하얗게 빛나면서 잠잠하게 가라앉아 있고, 옛 친구의 얼굴조차 잊어버린 앞 못 보는 노파가 나무 그늘에 우두커니 앉아 있다. 산은 온통 쏟아지는 매미 울음소리에 덮여 있다. 그리고 군복을 입은 자신의 사진에 의지하여 소심하게 일흔다섯 생애를 산 노인이, 바닥에 편히 누워 있다가 잠시 후 생명을 다한다. 그는 전쟁 때문에 남국에서 잔인하게 살해한 사람들을 떠올리고 양심의 가책을 받는 일도 없이, 그렇다고 한때는 신으로 숭앙하였던 천황과 같은 해에 죽을 수 있음을 자랑스럽게 여기지도 않고, 점심시간이 될 때까지 한숨 잔다는 가벼운 기분으로 숨을 거두었다.

그리고 나는 이 마을에 사는 사람들의 교만한 마음을 누그러뜨리고, 과열된 경쟁을 단속하고, 인정머리 없는 행위를 벌하고, 많은 사람들을 태어난 대로의 우둔한 인간으로 되돌려놓는다. 이어, 녹아내리는 아스팔트 도로를 밟으면서 가고 싶은 쪽으로 가고 있는, 가마 없는 머리를 쉴새없이 흔드는 소년을 기습한다. 그러나 소년은 나의 공격을 보기 좋게 피한다.

7월 25일 화요일

나는 기대감이다.

잇달아 발생할 가능성이 아주 높은 참극에 대한 마호로 마을 사람들의 열렬한 기대감이다. 그들은 한결같이 씁쓸한 표정을 지으면서도 내심은 가슴 설레며 찌르고 때리는 난투극의 과정을 지켜보고 있다. 나는 이런 사건이야말로 근심걱정을 날려보내는 데는 좋은 약이라고 생각한다. 마을은 다시금 검은 옷을 입은 남자들과 그들이 타고 다니는 외제 고급 승용차와 시대착오로 넘치고, '삼광조'는 손님들로 북적거리고, 동원된 경찰들은 완전무장한 채 길모퉁이 도처에 서서 쓸모없는 땀을 흘리고 있다.

그리하여 나는 기뻐 날뛰는 소문과 함께 거의 한계까지 부풀어, 주민들의 일할 의욕을 빼앗고 있다. 학생들이 악에 물들어서는 안 된다고, 주의를 게을리 해서는 안 된다고 선생들에게 훈시한 고등학교 교장조차 내 유혹을 물리치지 못하고, 교육의 적이라 칭한 일패들을 이층에서 내려다보고 있다. 또 경찰과 힘을 합하여 순찰하는 읍사무소의 직원은, 머리통을 장식하고 있는 것을 내보이기 위해 머리를 빡빡 깎은 남자를 보고는 억제하기 힘든 혈기를 느끼고, 동시에 세상의 밝은 쪽에 있음이 얼마나 별볼일 없는 것인지를 깨닫고, 몇 번이고 자기 머리에서 가발을 벗겨내고 싶은 충동에 사로잡힌다.

양로원을 몰래 빠져나와 비합법적인 수단으로 호소하는 자들을 구경하러 온 두 사람은 지금은 완전히 나의 포로가 되어 있다. 나이를 먹을수록 점점 더 고집스러워지는 그들은 오래 살기를 잘했다며 고개를 끄덕인다. 이전에는 유랑극단의 배우였다고 자랑하는 한 노인이 "이번 여름은 재미있겠어"라고 젊어진 목소리로 말한다.

7월 26일 수요일

나는 양이다.

천혜를 입은 작업자들의 손으로 막 트럭에서 내려진, 얼굴만 검은 양이다. 드넓은 목장, 어린 풀들의 향긋한 내음, 넘치는 햇살, 산을 올라오는 상쾌한 바람, 대자연의 웅장함. 나는 잠시 어쩔 줄을 몰라 불안한 마음으로 그 자리에 우뚝 서 있다. 좀스럽고 성급한 농부는 "자, 너희 친구들 있는 데로 가"라고 말하고 돌아간다.

과연 나의 친구들이 태양 아래 한 무리 떼지어 있었다. 그들은 분주하게 눈짓을 주고받으면서 내 쪽을 살피고 있다. 나도 그들을 따라 한다. 그러나 아무리 생각해도 우리는 해방되어 있고, 아무리 보아도 자유가 넘치도록 흐르고 있었다. 우리를 감시하는 인간의 모습도, 인간의 앞잡이인 개들도 보이지 않았다. 좁고 더러운 축사에서 꿈에 그리던 광경이 지금 보란 듯이 내 눈앞에 있었다. 그 점을 확인하기 위하여 나는 우선 발치에 있는 파란 풀을 뜯어먹고, 당장 내달려보았다. 역시 내 생각이 옳았다. 나는 완전히 해방되었다.

나는 높은 곳을 향해 달린다. 그런데 어찌된 셈인지 친구들은 따라오지 않았다. 뛰어봐야 소용없다고 눈짓으로 알려주고 있었다. 그런데도 나를 달린다. 얼마 안 있어 나는 날카로운 철가시가 돋은 철조망에 가로막힌다. 철조망 너머에는, 바람에 흔들리는 방울벌레를 닮은 소년이 서 있다. 그는 "거기까지야"라고 나에게 말한다. 이어 이런 말도 한다. "하지만 실은 안심했겠지."

7월 27일 목요일

나는 구제다.

소년 요이치가 기르고 있는 큰유리새가 입신의 경지에 이른 지저귐으로 보여주는 구제다. 나는 언덕 꼭대기에서 마호로 마을에 사는 사람과 마호로 마을을 통과하는 사람들을 향하여 난잡한 사상을 소리 높여 외친다. 하늘의 뜻을 따르고, 하늘의 도우심을 믿으라고. 꾸짖음을 중히 여기고, 스스로 진리를 깨치라고. 욕심을 버리고 임할 것이며, 강자에게는 굴복하지 말라고. 또 그 이상의 실수를 범하지 말라고도 말한다.

그러나 무더위에 축 늘어져 있는 그들에게는 들을 귀가 없다. 나무 그늘에서 아이를 껴안고 누워 젖을 먹이고 있는 젊은 엄마의 가슴에는 여전히 격렬한 정념이 불타고 있고, 이익을 독차지하고 기지에 찬 부하의 간언을 계속 무시하는 중소기업의 경영자는 입버릇인 "말 안 해도 다 안다"는 말을 연발하고 있다. 감언이설에 넘어가 오류가 많은 설(說)을 그대로 믿은 나머지 대책이 없어진 미망인은 오랜 혼돈 속에서 헤어나기 위해 유사 종교를 추종하는 광신도가 되었다.

식견을 넓히려고 각지를 돌아다니며 방랑의 나날을 보내는 행려승은 우연히 같은 곳에 머문 행상하는 여인네에게 슬머시 말을 걸었다가 실패하고, 예의 자기혐오에 빠져 있다. 퇴직 후에는 문학 연구에 몰두하고 싶지 않다는, 그러면서도 열심히 책을 읽는 전직 대학교수도 아직 활자 밖에 있는 자신이 무엇인지를 모른다. 그리고 무거운 롤러를 끌면서 테니스 코트를 고르고 있는 여고생들은, 뚝뚝 떨어지는 땀과 발정의 증거인 웃음소리로 나의 충고를 일축한다. 하지만 그들의 그런 반응이야말로 실은 내가 가장 바라는 바이다.

7월 28일 금요일

나는 방패다.

법률과 상식의 테두리 밖에서 사는 사람들을 지키고 더불어 여론에 저항하는 힘을 지닌, 두랄루민이 아닌 강철제 방패다. 나와 삼층짜리 검은색 빌딩 사이에 허수아비처럼 서 있는 무장 경찰들은 무더위에 넌더리를 내면서도 기습에 대비하여 바짝 긴장한 채 눈을 부라리고 있다. 부자연스럽도록 천천히, 혹은 불필요할 정도로 빨리 접근해오는 자동차는 없는지 길 좌우를 지켜보고 있다. 또는 덮개 달린 트럭이나 덤프카, 포클레인 등에도 신경을 곤두세우고 있다.

앞으로도 사회로부터 배척당하는 일이 없을 마호로 마을 사람들, 그들은 삼엄한 경계에 만족하면서도 나를 가리켜 이렇게 말한다. 대체 누구를 지키고 있는 것인가, 라고. 그런 그들의 표정이 어딘가 온정의 손길을 호소하는 재난 지역 사람들의 얼굴을 닮았다. 즉 분노와 슬픔만으로 이루어져 있지 않은 것이다. 그리하여 밤이 되자, 한창 일할 나이의 술주정뱅이가 다가와, 내 방향이 뒤집힌 것 아니냐고 군소리를 해댄다. 그러나 나는 이미 굴욕에 길들어 있다. 밤이 더욱 깊어지자, 시골 사람치고는 닳아빠진 작부가 나타나 보란 듯이 빌딩 안에 있는 놈들이나 나로 몸을 가리고 있는 자들이나 어차피 같은 족속들 아니냐고 말하고, "세상이 다 그렇지 뭐"라며 공중목욕탕 쪽으로 간다. 내 앞 범죄현장에 바쳐진 꽃이 "맞는 말이지"라며 고개를 끄덕인다. 그리고 한 번 보면 잊지 못할 병든 소년이 다가와 나에게 개똥을 던진다.

7월 29일 토요일

나는 영구차다.

마호로 마을에도 없고 옆 마을에도 없는, 노송나무와 옻칠과 금박을 듬뿍듬뿍 사용하여 만들어진 호화찬란한 영구차다. 관계자는 내가 도착할 때까지 장례식을 연기하고, 드라이아이스와 방부제 주사로 죽은 자를 오늘까지 지탱시켰다. 아니, 어쩌면 그들은 그저 자기들의 세력을 하루라도 오래 과시하고, 적대관계에 있는 일당의 약을 올리기 위해서 그랬는지도 모른다. 어느 쪽이든 나와 나를 운전하는 남자는, 어떤 자를 옮기는지에 관해서는 지나칠 정도로 충분히 알고 있다.

그것은 내가 경험한 가운데 가장 이상한 장례식이었다. 나는 지금껏 자신이 사람들의 눈길을 끌리라고는 꿈도 꿔본 적이 없었다. 내 앞뒤로 조용조용 나아가는 배기량 큰 승용차에는, 부정을 일삼고 나쁜 일에 가담하기를 업으로 삼는 남자들이 타고 있고, 법이라는 이름하에 당당히 무기를 휴대할 수 있는 제복 차림의 남자들이 그 바깥쪽을 에워싸고, 더 멀찌감치서 요 며칠 사이에 품성이 거칠어진 주민들이 이 여론을 무시한 행렬을 지켜보고 있다. 원래가 선량한 마을 사람들은 평생 화젯거리가 될 광경을 제 눈으로 똑똑히 보아두려고 눈 하나 깜박하지 않았다.

그들 뒤에서 발돋움을 해가며 구경하고 있는 것은, 파랑과 하양 줄무늬 셔츠를 입은 사지가 부자유스러운 소년이었다. 또 그 소년의 등 뒤에는 언뜻 보아서는 서른 살가량의 남자가 검은 개를 데리고 있고, 그 작자의 색깔 있는 안경에는 내가 발하는 허무가 비쳐 있었다. 그의 등뒤로는 여름의 흉포한 빛이 있을 뿐이었다.

7월 30일 일요일

나는 긴장이다.

예측을 불허하는 첨예한 정세 속에서 끊임없이 방출되는 원시적인 긴장이다. 그러나 빛 좋은 개살구들만 모여 있는 마호로 마을 사람들은 나를 일종의 느긋함으로 받아들이고 있고, 내가 조금이라도 오래 지속되고 가능하면 보다 한층 고조되기를 은근히 바라고 있다. 지금으로서는 아직 그들의 기대를 저버린 것도 아니고, 그들의 대화를 중간에서 뚝 잘라버리는 짓도 하고 있지 않다.

마을 사람들보다 우선은 자기 자신을 위해 힘을 다하는 마호로 마을의 경찰은, 칼에 찔려 죽은 남자의 대대적인 장례식을 다른 곳에서 치르도록 할 묘안도 차선책도 결국은 생각해내지 못했다. 그들의 상부인 현경(懸警) 역시 이렇다 할 묘책을 갖고 있지 않았다. 한편, 어떻게 좀 다른 장소에서 해줄 수 없겠느냐, 그게 불가능하면 마을 바깥으로 나가서 해주었으면 하는, 마을 대표와 읍사무소 직원이 저자세로 내놓은 제안도 일축되고 말았다. 상대를 막론하고 요모조모 뜯어보는 키 큰 청년은, 허리를 구부리고 부탁하는 읍사무소 남자의 어깨를 툭툭 치면서 이렇게 말했다. "우리들한테 이러니저러니 잔소리할 틈이 있거들랑 좀더 나은 가발이나 찾아보시지"라고.

그 청년은 지금 고액의 부의금과 나를 두고 돌아가는 동업자들이 타고 갈 자동차를 관리하느라 여념이 없다. 큰길은 주차 위반 차량으로 가득한데, 경찰은 침묵으로 일관하고 있다. 영역 싸움의 소도구로 전락한 죽은 자의 그림자는 생전에 그가 가슴에 품고 있던 모순투성이 신념과 함께 소멸하였다.

7월 31일 월요일

나는 정적이다.

빛을 죄 빨아들이는 옷으로 온몸을 두른 남자들이 썰물처럼 사라지자, 다시금 마호로 마을을 감싼 정적이다. 나는 느지막한 오후가 되도록 몇 시간이나 마호로 사람들에게 더이상 아무 일도 일어나지 않을 것임을 가르쳤다. 사람들은 실망스러웠는지 중얼거림을 뜨거운 바람에 태워 날려보냈다. "그래봐야 결국 그놈들도 타산으로 움직이는 거지 뭐"라는 둥, "역시 목숨이 아까운 모양이지"라는 둥, "다들 죽어버리면 좋을 텐데"라는 둥.

그러고서 그들은, 내 탓에 더위가 평소보다 훨씬 더 견디기 어려워져 어쩔 줄 모르는 눈길을 저 먼 곳으로 던지고, 나른한 계절을 감당하지 못하여 시원한 음료수로 입막음을 한다. 특히 생활고에 신음하는 사람들의 실망이 컸던 것 같았다. 삼층짜리 검은색 빌딩 앞에 서서 폭력배들 간의 유혈극을 예방하는 경관의 수는 일거에 셋으로 줄어들고, 그중 한 명이 열사병으로 쓰러지자 끝내는 전원이 철수하고 말았다.

지금은 내가 큰길을 점령하고 있다. 막 시작된 8월마저도 나에게 복종하고 있다. 이제 길 가는 사람들에게도 자동차에도 의미는 없고, 공포의 대상이 될 만한 것도 하나 없으니, 모든 것이 그저 나를 통과해갈 뿐인 존재가 되었다. 비정상적이랄 만큼 지각이 발달한 그 소년 요이치조차 나를 어떻게 할 수 없었다. 그는 마을 여기저기서 주워들은 불평불만을 고슴도치처럼 중얼중얼 뇌까리며 지나간다. "뭐야, 이걸로 끝이야, 뭐야, 겨우 이걸로 끝이야 뭐야……"

8월 1일 화요일

나는 뻘건 불꽃이다.

엄청나고도 아름다운 폭발로 인해 높이 날아올라 부속 행성에 막대한 영향을 끼치고, 필터 달린 망원경으로 들여다보는 자에게 경외심을 품게 하는 항성의 뻘건 불꽃이다. 내가 방출하는 에너지의 극히 일부가 태양이 자랑하는 아들인 파란 별에 도착하여, 그리고 치켜올라간 눈에 땅딸막한 키에 속 좁은 사람들이 자랑삼는, 기절한 보리새우 같은 모양의 섬나라에도 도착하여, 그중 한 점에 지나지 않는 산 위 호숫가 마을에도 쏟아진다. 군중의 환호성과 들끓는 여론과 정세의 변화에 즉각 대응하는 조치와 정신없이 바쁜 나날과는 무관한 이 시골 마을에도 어김없이 쏟아진다.

그러고 나서 나는 얼빠진 사람들만 모여 사는 그 마을이 내려다보이는 세모난 언덕 꼭대기에 있어도 마을의 번잡스러움에서 결코 벗어날 수 없는 집 한 채와, 그 낡은 집에서 가슴 졸이고 애를 태우면서 살아가는 가족과, 그 가족이 행여나 자랑하지 않는 소년과, 그 소년이 사랑해 마지않는 큰유리새에게, 있는 그대로가 좋다, 그대로는 안 된다는 모순된 견해를 담은 뜨거운 힘을 보낸다.

오늘 나는 주운 망원경으로 아침해를 보는 소년의 아버지에게, 이제 마음을 바꿔먹겠다고 하는 맹세와 분발하여 개선책을 찾는 일의 어리석음과 허망함을 일깨워준다. 그러자 그는 "아아, 모든 것이 타버리고 있어"라며 작은 소리로 말하고, 이번에는 나를 향하여, "나 대신 아무쪼록 훨훨 타올라줘"라고 더 작은 소리로 중얼거린다.

8월 2일 수요일

나는 라디오 체조다.

벌써 그만둔 지 오랜 곳이 많다는데, 마호로 마을에서는 지금도 여전히 여름방학 내내 행해지는 라디오 체조다. 나는 건강한 자와 그렇지 못한 자를 엄격히 구분하여, 후자는 소외시키고 전자에게는 연대와 복종의 정신을 심는다. 나는 별로 깊이 생각지도 않고 내 아래 모인 사람들에게 암시를 건다. 그저 평범하게 끝이 나는 최후를 바람직하다 여기는 생애를, 무슨 일이 닥치면 기꺼이 나라에 바칠 수 있도록 유도한다. 즉 먼 것처럼 보여도 실은 코앞까지 닥친, 신으로 추앙받는 인간의 그림자에 엎드릴 수 있는 훈련을 지금부터 쌓게 하는 것이다. 그렇다, 이 또한 대중 조작의 일환이다.

나는 오늘도 또 그들을 부채질한다. 유사시에 대비하라 말하고, 고작 이 정도의 번영으로 나라의 운이 강성해졌다고 여기지 말라, 한 사람당 한 사람 죽이는 시대는 아직 끝나지 않았다, 발걸음을 맞추어라, 항상 만반의 준비를 하고 있으라고 말한다. 그런데 그 자리에 엉뚱한 방해꾼이 나타났다. 병 탓에 볼썽사나울 뿐만 아니라 국가에 보탤 아무 능력도 없는, 사회생활조차 만족스럽게 할 수 없고 권위가 뭔지도 모를 소년이 끼어든 것이다. 그는 질서를 무시하는 행동을 하고, 치안을 교란하는 소리를 내지르고, 명문가의 배경에 있는 것을 비웃고, 한 나라의 안위에 관한 큰일을 결정하는 것은 자기라고 분명하게 말한다. 그래서 나는 마을 사람 하나하나에게 충분히 주지시키려고 호령 사이사이로 이렇게 고함을 질렀다. "제대로 된 사람들은 너희들이지, 저놈이 아니야!"

8월 3일 목요일

나는 양산이다.

물거품 호수의 물과 빛과 노니는 자식을 지켜보는 어머니가 펴들고 있는 알록달록한 양산이다. 그녀들은 널찍한 모래사장에 물결 모양으로 죽 놓아둔, 젖어도 상관없는 의자에 묵직한 엉덩이를 걸치고 각기 자기 배에서 아프게 태어난, 그리고 아무튼 지금까지 탈 없이 자라온 사랑스런 아이를 자랑스러운 눈길로 뚫어지게 쳐다보고, 때로는 다른 아이들과 비교하여 뛰어난 점만을 찾아내기에 열중한다. 어처구니없는 짓이다.

그녀들의 고뇌는 끊이지 않는다. 남들 같거나 아니면 그 이상으로 자라날 자기 자식의 앞날에 도사리고 있는 온갖 고난과 장애를 벌써부터 걱정하고 있다. 걱정할 때마다 요동치는 뇌파는 마치 전파처럼 나를 통하여 눌은 냄새 나는 하늘로 제멋대로 확산된다. 그러자 강렬한 햇볕이 나를 통하여 그녀들에게 "걱정할 것 없다"고 거듭 설파한다. 하지만 나는 그뒤에 이어지는 말을 전하지는 않는다. 자랄 놈은 자라고, 자라지 못할 놈은 자라지 않는다, 는 허무에 기초한 자명한 이치를 나는 되받아치고 만다.

어미의 걱정과는 달리 빛나는 미래와 함께 밀려오는 파도를 껴안는 아이들은, 잡을 수 없는 무지갯빛 작은 물고기를 열심히 쫓아다니고, 또는 적당히 젖어 축축한 모래로 우주와 호사스런 생활을 쌓아올리려 한다. 소나무 숲을 빠져나와 집으로 돌아가는, 이제 어미의 입장에 싫증이 난 여자는 내 쪽은 돌아보지도 않는다. 하지만 언덕을 절반쯤 올랐을 때 갑자기 발길을 멈추고, 이쪽을 돌아보며 십 년 전 여름을 되새긴다.

8월 4일 금요일

나는 대형 낫이다.

두 종류의 숫돌과 예사롭지 않은 집중력으로 번쩍번쩍하게 갈린 풀 베기용 대형 낫이다. 길쭉한 구멍을 팔 뿐인 단순한 노동에도, 또 토광에 처박혀 먹고 자기만 하는 생활에도 염증이 난 젊은이는 새로운 직장을 찾아 뜻을 이룰 수 있을 법한 일거리를 얻었다. 그는 나를 어깨에 걸치고 산에 올라가, 가공 케이블을 이용하여 깊은 골짜기를 넘어 노송나무 숲을 헤치고 들어갔다.

처음 한동안 그는 선배가 풀 베는 모습을 지켜보았다. 그리고 조심조심 흉내를 내었다. 그러다 금방 요령을 터득하여, 누구에게도 지지 않을 기세로 나를 획획 내둘렀다. 나는 대나무를 베어내고, 화려한 색깔로 치장한 뱀의 모가지까지 싹둑 잘라내고, 작은 돌에 부딪쳐 불똥을 튀기고, 그의 땀과 생각하고 싶지 않은 과거를 잘라버렸다. 그리하여 채 한 시간도 지나지 않아 나는, 적어도 이 숲에서만은 생과 사를 가를 수 있는 권리를 쥐게 되었다. 지금 대놓고 나를 거역하는 자가 없다. 젊은이는 묵은 체증이 싹 가시는 듯한 느낌을 잃고 싶지 않아 한시도 손을 놓지 않았다. "어이, 젊은이, 너무 힘쓰면 금방 지쳐"라는 충고도 흘려듣고, 마음껏 나를 휘둘렀다.

그런데도 그는 피곤해하지 않고, 점심시간이 되자 주먹밥 삼인분을 해치우고, 동료들이 낮잠을 즐기는 동안에도 나와 함께 '살생'을 계속하였다. 나는 파란 새가 날아가다 떨어뜨린 꼬리털을 땅에 닿기도 전에 둘로 쫙 갈랐다. 그러자 골짜기 저편을 걷고 있던 파란 옷 입은 소년이 "악!" 하고 외마디 비명을 질렀다.

8월 5일 토요일

나는 불꽃놀이다.

물거품 호수의 한여름밤을 수놓는, 마호로 마을에 사는 사람들의 경지에 이른 체념을 단숨에 날려버리는 불꽃놀이다. 쏘아올리는 비용까지 포함하여 수천만 엔에 달하는 나는, 우선 만사의 시비를 물리치고, 무수한 종류의 과실을 불문에 부치고, 아무 재미도 없는 정론을 내세우는 자에게 역공세를 퍼붓고, 심각하게 발원하는 자를 바보 취급하고, 인생을 여행에 비유하고 싶어하는 자의 가슴속을 거칠게 휘젓고, 경묘한 말솜씨를 뽐내며 완곡하게 말돌리기를 즐기는 자를 엉터리 취급한다.

그리고 나는 체면만 차리고 소곤소곤 얘기하는 남녀의 등을 한껏 후려친다. 그러자 남자는, 용접 때 튀는 불꽃을 떠올리면서 열의에 찬 말로 바로 앞에 있는 여자를 꼬드기고 마지막 다짐을 한다. 요염한 자태는 아니더라도 내가 발하는 빛 덕분에 그런대로 예쁘게 보이는 여자는, 지어 입은 지 오래지 않은 유카타가 흐트러진 것도 개의치 않고, 음욕의 포로가 되기 위해 스스로 남자에게 몸을 맡긴다. 음탕한 몸짓에 보트가 흔들린다.

나는 두 사람의 첫 맺음을 성공시키기 위해, 무성한 갈대숲을 비추어 인기척 없는 곳으로 보트를 인도한다. 내가 말한다. "달리 무슨 할 일이 있겠는가"라고. 나는 남자를 위하여 여자의 희열에 찬 표정을 어둠 속으로 떠올려주고, 성기의 위치를 알려준다. 여자 쪽에는 평생 잊을 수 없는 하룻밤을, 삼십 년 동안 기다린 이 하룻밤을, 그녀가 독파한 그 어떤 소설보다 몇 배 아름답게 꾸며준다. 내가 터지는 소리에 맞추어, "아, 아, 아" 하고.

8월 6일 일요일

나는 기우제다.

뾰족한 묘책이 없는 농부들이 장난삼아, 그러나 사실은 절박한 마음으로 행하는 기우제다. 땀범벅이 되어 이승 산 꼭대기에 선 그들은, 날라온 장작더미를 높이높이 쌓아올려놓고 석유를 듬뿍 뿌린 후 불을 붙인다. 그리고 햇볕에는 미치지 못하는 불길 속에다 소금을 한 줌 던지고, 정종을 돌려 비의 신 따윈 뒷전으로 한 채 꿀꺽꿀꺽 들이켜고는, 취기가 돌자 거의 자포자기한 상태로 이번에는 투명한 불을 싸고 돌며 춤추고 노래한다.

조상 대대로 물려받은 논밭을 뒤집고 삼대째 습지를 간척하여 내한성 쌀과 채소에 관한 한 일가견을 갖고 있는 그들은 이제 선조들처럼 나의 힘을 믿지는 않는다. 이미 그들은 자신들에게 깃들어 있는 내적인 힘, 그 어떤 시대에도 살아남을 수 있는 힘을 믿고 있지 않다. 세상의 눈부신 변화에 움츠러들 뿐인 그들은 농업 정책에 비분강개하면서도 반격 한번 하지 않고, 변함없이 추악한 애국심을 고취하고, 권력과 유사 권력에 두말 않고 복종하고, 악정에 가담하여 결백한 척하면서 세금을 포탈하는 무리의 편을 들고 있다.

그때 하늘 한귀퉁이에서 그들을 질타하는 천둥 소리가 울린다. 소스라치게 놀란 그들은 진심으로 춤추고 진심으로 노래하고 진심으로 장작불을 지핀다. 나는 그들의 논밭을 흙탕물 바다로 만들어놓으려고 비구름을 여기저기서 그러모은다. 그러나 딱 한 방울이 언덕에 사는 소년의 이마를 적셨을 뿐이다.

8월 7일 월요일

나는 피라미드다.

소년 요이치가 거의 반나절 동안 전심으로 몰두하여 드디어 완성한
반역의 건조물, 모래 피라미드다. 그런데 뜻밖에도 만든 당사자는 내
가 무엇인지를 알지 못한다. 그는 누나가 무슨 속셈에선지 여행사에
주문한 팸플릿에 내 사진이 실려 있었다는 것을 벌써 까맣게 잊고 있
다. 지금 그는 내가 꼭대기에 집이 한 채 있는 맑고 아름다운 언덕이라
여기고 있다.

하지만 호숫가의 소나무 숲에서 성적인 캠프 생활을 즐기고 있는
젊은이들은 다들 나를 정확하게 이해하고 내 이름을 두런거린다. 그들
은 한 차례 수영을 하고, 모래사장에 누워 등을 말리고, 빛과 빛 사이
로 언뜻언뜻 보이는 그리 밝지만은 않은 미래를 들여다볼 때마다 얼굴
을 돌리고, 불안으로 가득한 눈을 나와 요이치에게로 돌린다. 그들은
아마도 곡선으로 움직이는 소년이 직선으로 이루어진 나를 만들었다
는 데 흥미를 느끼는 것이리라. 모두들 요이치의 솜씨에 혀를 내두르
고 있다.

요이치는 마무리를 하기 위하여, 높이 일 미터인 내 꼭대기에 색과
모양이 두부 비슷한 돌을 하나 올려놓는다. 집이라고 생각하는 것이리
라. 이어 그는 주의 깊게 내 위에 기어올라, 네모난 돌 위에 살며시 앉
아 큰유리새의 지저귐 소리를 흉내낸다. 그러고는 조심스럽게 일어나,
두 팔을 날개처럼 퍼덕거리며 단숨에 날았다. 얼굴이 먼저 착지한 그
는 코피를 흘리면서, 히죽히죽 안도 섞인 조소를 받으면서 언덕 위에
있는 집으로 돌아간다.

8월 8일 화요일

나는 오후다.

띈 현상 탓에 한층 무더워진 날, 사람들의 마음을 어지럽히는 나른한 오후다. 나는 마호로 마을을 에워싸고, 낮잠 자는 사람들의 수를 몇 갑절 늘려놓고, 도로의 교통량은 평소보다 두 배는 줄여놓고, 내친김에 저의나 잔술수의 수도 줄여놓는다. 그리고 반짝이는 물거품 호수와 그 주변의 굴절된 광경을 마치 유화처럼 색칠하고 있는, 여름철에만 개장하는 수상 레스토랑을 꿈 같은 현실 쪽으로 접근시킨다.

맑은 물이 일으키는 바람이 사방에서 자유롭게 드나들 수 있게 설계된 그 레스토랑에서는 손님들 흠잡기에 싫증난 종업원이 엷은 황색 벽에 기대어 수마와 싸우고 있고, 스테인리스와 알루미늄으로 가득한 주방에서는 말상인 요리사가 재료 다듬기를 끝낸 후 한숨 돌리고 있다. 고개를 많이 돌리지 않아도 호수의 삼분의 이가 훤히 보이는 창가 자리에 앉아 있는 딱 한 명뿐인 손님, 챙이 넓은 시원스런 모자를 쓴 여자는 편안하고 고독한 점심식사를 끝내고, 지금은 파란 유리잔에 담긴 허브 잎이 떠 있는 시원한 홍차를 마시고 있다. 테이블 가운데 장식한 들꽃 한 송이는 그녀의 가슴속에도 활짝 피어 있다. 그리하여 그녀는 건너편 호숫가에 있는, 보지 않으려고 해도 보이는 '삼광조'의 여주인이란 입장을 떠나, 숙고를 요하는 문젯거리에서 벗어나, 완전한 피서객이 되어 외지 사람인 척하고 있다. 창문 바로 밖에서 소년 요이치가 열심히 손을 흔들어도 여자는 싱긋 웃어주지도 않고, 물결과 바람과 내가 자아내는 아름답고 미묘한 음악 소리에 귀 기울이고, 유구한 시간에 느긋하게 잠겨 있다.

8월 9일 수요일

나는 솔이다.

이제 버리는 수밖에 없을 정도로 망가진, 요즘 같은 시절에 나무 보트에 페인트를 칠하고 있는 솔이다. 나를 손에 쥐고, 단조롭지만 재미있고 신이 나서 그만둘 수 없다는 양 일에 몰두하고 있는 전직 대학교수는 이 보트를 이 주일 전에 우연히 발견하였다. 그때는 익사체 같았다고 그는 아내에게 말했다. 그리고 그는 아무에게도 들리지 않는 작은 목소리로 이렇게 말했다. "바로 내가 떠 있는 줄 알았다니까."

그는 보트를 가라앉게 하고 싶지 않았다. 보트를 살리는 길이 자기 자신을 살리는 길과 통할지 모른다고 생각했다. 살려내기로 마음먹었다. 그는 자동차와 견인 로프를 사용하여 죽어가는 보트를 호숫가로 끌어올려, 열흘 동안 말리고, 사흘을 들여 수리하였다. 그리하여 오늘 마지막 마무리로, 토광의 외벽을 칠했던 파랑도 검정도 아닌, 차라리 어둠에 가까운 색을 칠하고 있는 것이다.

그는 콧노래를 멈추고 나에게 물었다. "이 충만함은 대체 뭐지?"라고. 나는 그 자리에서 대답하였다. "결과를 금방 알 수 있는 일이니 그렇지"라고 말하고, "다 칠하고 나면 어쩔 생각이지?"라고 물었다. 그는 노경에 접어든 자의 말투로, "다시 호수로 풀어줘야지"라고 말하고는, 무슨 속셈인지 갑자기 내게 자기 얼굴을 비벼댔다. 그러자 이 세상에 맞추어 몸을 흔들던 소년이 키들키들 웃으며 이제 갓 말을 배운 어린애같이 더듬더듬 "그 보트 타고 호수로나 나가지그래"라고 말했다.

8월 10일 목요일

318

나는 용이다.

마호로 마을 여름 축제의 주역을 연기하는 수레의 멋들어진 네 기둥을 단단히 묶고, 무슨 일이 있어도 내 뜻을 관철하는 용이다. 나는 내 자랑인 눈을 부릅뜨고, 귀까지 찢어진 입으로는 금색 화염과 보라색 난폭한 이론을 토해낸다. 무쇠 손톱은 위선자와 회의론자의 더러운 혼을 언제든 찌를 수 있도록 뾰족하게 갈아놓았다. 나는 약삭빠른 인간들의 속셈을 전부 간파하고 있다는 것을 알리기 위해 열기 띤 마을과 상기된 얼굴로 길 가는 사람들은 하나하나 지그시 쏘아본다.

까짓 술 따위 아무리 마셔본들, 사흘 밤낮 무거운 수레를 끌고 다녀본들, 목소리가 가칠가칠해지도록 기세등등하게 구호를 외쳐본들 아무 소용 없다는 것을 분명하게 깨우치기 위하여 나는 한껏 으름장을 놓는다. 그런데도 사람들은 여전히 몽매하고, 가능하면 게으르고 방만한 생활을 하고, 쓸데없는 일을 하며 하루하루를 보내고 싶어한다.

그들은 폭음을 거부하지 못하고, 유유자적한 나날을 태연히 보내면서도 부끄러워할 줄 모르고, 관습에 몸을 맡긴 채 그 틀에서 벗어나는 일이 없다. 어린아이가 나를 보고 울었던 것은 먼 옛날 일이다. 요즘에는 "엉터리 수작 집어치워!"라고 호통을 치는 소년이 있을 정도다. 오만불손하게도 그 소년은 나뿐만 아니라 자신의 병도 인정하지 않고, 자신의 끝없이 허망한 고독도 인정하지 않는다.

8월 11일 금요일

나는 유방이다.

곱지는 않아도 마음 착한 아가씨의 아주 모양 예쁜, 자랑삼기에 모자람이 없는 풍만한 유방이다. 다소 비정한 중소 연예기획사에서 여름 휴가를 받아 고향으로 돌아온 그녀는 자기 집 안뜰에 문짝으로 가리개를 만들어놓고, 유행하는 수영복을 입고 숨죽인 채 누워 살을 태우고 있다. 그러고는 한참 후, 태양도 눈치채지 못하도록 조심하면서 수영복을 벗고, 오랜만에 나를 마호로 마을의 햇볕에 드러내놓는다.

나는 상경하기 전과 다름없이 지금도 그녀만의 것이다. 그녀는 아직 여자를 농락하기 좋아하는 난봉꾼의 술수에도 걸려들지 않았고, 마음을 털어놓을 만한 남자를 만나지도 않았다. 그녀는 나에게도 적당히 살을 태울 수 있는 특수한 크림을 바르면서, 올봄에 발표하였지만 관계자들의 기대치만큼 흥행하지 못한 신곡을 흥얼거린다. 사무소에서는 이렇게 말했었다. 앞으로도 기회는 얼마든지 있다고. 그리고 이런 말도 덧붙였다. 나를 상품으로 내놓으면 히트는 맡아놓은 것이나 다름없다고. 그 말을 믿은 그녀는 내가 상품에 걸맞은 색이 될 때까지 하늘 아래 누워 있을 작정인 모양이다. 그러나 그녀는 그만두어야 한다.

그녀는 내 위로 기어올라오는 개미를 다리 하나 다치지 않도록 조심스럽게 집어 땅으로 내려놓는다. 거실에서는 가발을 쓴 읍사무소의 직원과 그녀의 매니저가 마호로 마을에서 가질 공연에 대해 의논하고 있다. 마호로 마을의 공기를 마신 심장이 나를 통하여 경종을 난타하고 있다. 나는 그녀에게는 어울리지만, 노래하고는 맞지 않는다.

8월 12일 토요일

나는 잡동사니다.

물거품 호수와 함께 사는 보트 대여점 아저씨, 그가 주워 모아들인 잡동사니다. 도르래 달린 로프를 사용하여 호수 바닥에서 끌어올려진 나는 생계에 보탬이 되지 않는 것은 물론 재활용할 길도 없다. 호수 주변에 널려 있는 쓰레기보다 나을 것도 없다. 그런데도 그는 나를 처분하지 않게 창고 뒤에 반듯하게 정리해놓고는, 수와 종류를 늘려가면서 마치 분재라도 감상하듯 매일 바라본다.

아저씨는 백조의 계절에는 나를 잊고 지내지만 물의 계절이 도래하면 나에 에워싸여 지낸다. 가끔 만나 이야기를 나누는 친구들이 "대체 이런 게 뭐가 좋다는 거야"라고 말할 때마다 그는 성을 낸다. 그러고는 명소로 알려진 유적지를 순례하는 여행을 떠나자고 해도 내가 걱정스럽다며 내키지 않는 표정으로 거절하고 만다. 그러나 사실은 그 자신도 내 어디가 그렇게 좋은지 모르고 있다. 이렇게 말하는 나조차 설명할 길이 없다. 이리저리 생각해보았지만, 아직도 알 수가 없다. 머리라도 좀 이상한 것일까.

오늘 보트를 두 시간 이상 빌린 손님에게 빙수를 서비스하여 매상을 두 배 이상 올린 아저씨는 소년 요이치에게 "마음에 드는 것이 있으면 줄 테니까 어디 골라봐"라고 말하며 나를 가리켰다. 이어 진지하게 "너라면 쓸모없는 물건들의 가치를 알 수 있겠지"라고도 말했다. 그러나 술주정뱅이처럼 비틀비틀 걷는 소년은 단번에 거절하고는 사라져갔다.

8월 13일 일요일

나는 옥수수다.

인간의 먹을거리가 아니라 가축용 사료로 경작된 엄청나게 큰 옥수수다. 키는 크고 가지가 굵고 잎도 넓지만 빈약한 열매는 녹색으로 덮여 있다. 그래도 나에게 눈독을 들이는 유별난 자가 있었다. 몹시도 더운 날에 반라로 힘쓰는 일을 하는 신체 건강한, 행동의 본의는 말이 아니라 자유자재로 조절할 수 있는 육체에 있다고 믿는 젊은이, 그는 사지육신이 흐물흐물하도록 지쳐 토광으로 돌아가는 도중에 나를 보고는 싱긋 웃었다.

그는 밭으로 뛰어들었다. 대기하고 있던 벌레들이 우 몰려들어, 다소 번민은 있어도 앞날을 걱정할 정도는 아닌 젊은이의 피를 빨았다. 벌레 따위를 상대하고 있을 그가 아니다. 그는 정신없이 나를 잡아뜯어, 땀냄새가 풀풀 나는 셔츠에 둘둘 말아서는 구불구불 먼지나는 길로 돌아갔다. 잠자리에 들 때까지 내 껍질을 벗겨내고 털을 쥐어뜯었다. 그러고는 나를 불 속에 던져넣었다. 다 익을 때까지 기다리지 못한 그는 톡톡 튀는 나를 움켜쥐고 우적우적 먹으면서, 저물기는 하였지만 아직도 세력을 떨치고 있는 태양 앞에, 기름기 하나 없는 손발과 몸통과 머리에 듣기 좋은 운율을 선사하였다. 그는 조상 대대로 내려오는 족보를 짓밟고, 세상 살 길을 걷어차고, 추태를 부리고도 부끄러워할 줄 모르는 자기 자신을 껴안고, 그저 살아 있는 것만으로 족하다는 의미가 담긴 춤을 추었다. "나를 먹었으니 매 하고 울어"라고 나는 말해주었다. 그러자 그는 "매" 하고 울고는, 가만히 있어도 춤추는 것처럼 보이는 소년에게 내 심을 던졌다.

8월 14일 월요일

나는 설명이다.

쨍쨍 내리쪼이는 햇살도 마다하지 않는 소년 요이치가 눈먼 소녀에게 열심히 몇 번이고 되풀이하는 설명이다. 그 내용이란 큰유리새에 관해서다. 요이치가 누군가를 붙들고 열심히 얘기할 일이란 달리 있을 수 없다. 요이치는 우선 휘파람을 불어 지저귐 소리를 재현한다. 이어 상대방의 눈에는 아무것도 보이지 않는다는 것을 잘 알면서도 새의 몸짓을 충실하게 흉내내느라 두 팔을 퍼덕거리며 소녀의 주위를 빙빙 돈다. 보통 아이들이었다면 어지러워 픽 쓰러졌을 것이다.

그러나 보통이 아닌 요이치는 반고리관에 이상이 생기자 오히려 몸의 흔들림이 잦아들어, 누구라도 알아들을 수 있는 목소리를 낼 수 있게 되었다. 요이치가 빙빙 돌기 시작한 후 나는 소녀의 귀에 매끄럽게 흘러들어간다. 그녀는 얕은 지식과 경험을 총동원하여 보이지 않음으로 하여 더욱 발달된 상상력의 나래를 편다. 그 덕분에 나는 진짜를 초월하는 파란 새를, 빛을 모르는 그녀의 가슴속으로 멋들어지게 날려보낸다.

"알겠어?"라고 묻는 요이치의 목소리는 영롱하고, "알았어"라고 대답하며 고개를 끄덕이는 소녀의 미소는 최상의 것이 된다. 그녀에게 바싹 기대어 떨어지지 않으려는 하얀 개가 "멍" 하고 나에게 감사의 뜻을 표한다. 유감스럽게도 나는 그들의 미래는 통찰할 수 없다. 그러나 앞으로 천 일 정도는 보장할 수 있을 것 같다.

8월 15일 화요일

나는 산이다.

자신 있게 마호로 마을과 마호로 마을이 아닌 마을을 구분하고, 현 경계선의 역할까지 다하고 있는 표고 삼천 미터 산맥 중의 한 산이다. 나는 나보다 조금 낮은, 이름이 있는지조차 의심스러운 산들을 거느리고 거대한 벽을 이루어, 많은 사람들의 미적 감각에 호소할 수 있을 정도의 복잡한 변화를 공간에 부여하고, 산동네 특유의 개성이 다른 곳으로 흘러나가지 않도록 하고, 바다 내음의 진출을 단호히 거부하고 있다. 바다는 싫다.

그 바다 쪽에서 오늘, 화려한 차림에 머리를 산발한 노인이 올라와 내 꼭대기에 섰다. 그리고 그는 물통에 담아온 마실 것을 거나하게 마시면서, 한 장의 은반으로 변해 대지에 달라붙어 있는 산 위 호수를 마음껏 바라보고, 그 물거울에 먼 옛날 기갈에 고통받던 시절이 또렷하게 비치는 것을 알아챈다. 그러자 그는 "산은 너무 좁아서 안 되겠어"란 말을 남기고, 제대로 쉬지도 않고 바다로 돌아갔다.

잠시 후에 이번에는 산 쪽에서, 애처롭고 초췌한 차림의 남자가 턱막혀 답답한 마음을 풀어놓으려 올라왔다. 그는 땀으로 무거워진 셔츠를 벗어 물기를 짜냈다. 그는 차치하고, 그의 등에서 춤추는 비단잉어는 돌 떨어지는 소리에도 움츠러드는 기색을 보이지 않고, 소나기 구름이 몰려와도 겁먹은 바람에 흔들리지 않았다. 남자는 저 멀리로 희미하게 보이는 바다와, 그 너머 망각의 저편을 오래도록 바라보고 있었다. 그러나 머지않아 "너무 넓어서 안 되겠어"라고 중얼거리면서 마호로 마을로 되돌아갔다. 그후에 나는 나 자신을 너무 높다고 평가하였다.

8월 16일 수요일

나는 나무토막이다.

캠프장에 아직 사람 소리가 오가지 않는 이른 아침, 물결에 밀려 모래사장에 살며시 올라온 나무토막이다. 나는 그리 넓지도 않은 물거품 호수를 거의 일 년 가까이 헤매다녔다. 모래사장으로 밀려올라간 적이 한 번도 없었던 것이다. 돌풍이 거칠게 몰아쳐 회오리 물살이 일었을 때도, 유람선이 지나간 자리의 세찬 물결에 뒤집혔을 때도, 호수의 한가운데를 빙빙 떠다녔을 뿐이었다.

그런데 어찌된 일인지 오늘 아침에 갑작스럽게 수영 구역 쪽으로 둥둥 밀려가, 바람이 없는데도 나뭇잎처럼 가볍게 모래사장으로 밀려올라갔다. 오랜 표류 기간 동안 나는 물을 흠뻑 빨아들이고 껍질이 깨끗하게 벗겨져 표면이 새하얗게 변색해 있었다. 그런 나를 무슨 뼈로 착각했는지, 한 마리 늙은 까마귀가 다가왔다. 그놈은 내 위에 앉더니, 금이 쫙쫙 나 있는 부리를 비벼대며 두세 번 날개를 퍼덕거리고, 세상을 향해 장한 기상을 보여주었다.

그뒤에, 다소 산동네에 길들기는 하였지만 아직도 둥지가 없는 갈매기가 앉아 내게 의논하였다. 바다로 돌아가야 할 것인가, 하고. 나는 대답하지 않았다. 그러고는 어젯밤 남자 집에서 잔 여자가 잠자리의 여운이 남아 있는 엉덩이로 내게 걸터앉아, 부모님한테 뭐라 말하면 좋을지 고민한 끝에, 솔직하게 말하는 길밖에 없다고 결심하고, 이제 돌아가지 않으면 안 될 언덕 위의 집을 쏘아보았다.

8월 17일 목요일

나는 통찰이다.

외딴 언덕배기, 높은 바윗머리에서 모든 정념과 욕망을 지운 채 온 마을을 조감하는 소년 요이치, 그의 무의식 속에 있는 통찰이다. 적어도 이 한두 시간 정도 천지의 바르고 큰 기운이 넘치는 마호로 마을은 내가 보기에 닫힌 사회도 열린 사회도 아니다. 그렇다고 하여 지역주의로 똘똘 뭉쳐 포석을 잘못 놓은 산골짜기 마을도 아니다. 물론 여기에는 하루에도 몇십만 명을 삼키고 쏟아내는 역이 있는 대도시 같은 혼돈과 활력은 없고, 또 오래고 고된 여행의 종착역임을 알리는 지상의 끝 같은 분위기도 없다.

그러나 마호로 마을의 운명이 위태롭기 그지없는 것은 아니다. 여기에도 공동의 적에 직면하여 생겨나는 우정 비슷한 인정이 있고, 명성을 떨칠 만한 빼어난 인물을 낳을 정도의 소지가 있다. 여기에는 자기 자신을 믿는 자와 신을 믿는 자와 그 어느 쪽도 믿지 않는 자가 있다. 여기에는 판결받아야 할 죄가 있고, 새어나가서는 안 될 비밀스런 일도 사람 수만큼 있고, 묵시할 수 없는 일도 적잖이 있고, 청산해야 할 파렴치한 관계도 다른 곳만큼이나 있다. 흑백과 회색 사상을 표방하여 설전을 펼치고 싶어하는 자들도 있고, 타인의 조소를 개의치 않고 무위도식하는 자들도 있고, 설사 굶어죽는다 해도 이루어야 할 숙원을 버리지 않는 신념을 지닌 자들도 있다.

"그래서 어쨌다는 거냐?"고 요이치가 나에게 묻는다. 그러자 나를 대신하여 새장 속의 큰유리새가 "그냥 그렇다는 거지, 뭐"라고 대답한다.

8월 18일 금요일

326

나는 각오다.

살해된 두목의 자리를 보충하기 위하여 마호로 마을로 보내진 남자가 인사 대신에 다지는 각오다. 그는 우선 도망칠 궁리를 하고 있는 한 명과, 혈기가 앞설 듯한 다른 한 명에게 혈서를 쓰게 하였다. 그러고 나서 그는 개조되거나 밀조한 싸구려가 아닌 대형 자동권총을 키 큰 청년의 가슴에 들이밀고 "죽을 때는 같이 죽는 거야"라고 말했다. 지금은 액자에 갇힌 신세가 된 전임자의 초상이 순식간에 구멍투성이가 되었다.

그리고 나는 손가락 없는 부하의 마음속을 짐작하여 믿을 수 없는 남자라고 판단하고, 키 큰 부하를 관찰하고는 쓸 만한 남자라고 생각한다. 새 두목은 얼룩 한 점 없는 새 소파에 누워 편안히 쉬면서, 약실 속에 총알과 함께 나를 가두어놓고 한시도 놓지 않는 카세트라디오와 테이프로 삼층짜리 검은색 빌딩 가득 들새의 지저귐 소리를 흐르게 한다.

깊고 울창한 숲에서 집요하게 녹음된 새소리는 십여 종도 넘지만, 그중 두드러지는 세 종류의 지저귐 소리가 전체를 어우르면서 큰 흐름을 만들고 있다. 휘파람새로 시작하여 그뒤를 울새가 이어받고, 마지막에는 큰유리새가 마무리하는 구성이다. 큰유리새의 우짖음 소리만은 총성도 가로막는 두터운 벽을 뚫고 거리까지 퍼져나가, 그 자신의 혼이 이끄는 대로 무더위 속을 어슬렁어슬렁 걷는 소년의 귀에 들린다. 그는 이상하다는 표정으로 멈춰 서서 빌딩을 올려다보고, 내 쪽을 향하여 "죽이면 안 돼"라고 새의 언어로 외쳤다.

8월 19일 토요일

나는 상록수다.

심은 지 십 년째에 겨우 본령을 발휘하기 시작한, 중재 역에 능란하고 아속(雅俗)을 따지지 않는 상록수다. 세련된 노인네가 내 밑에다 하얀 벤치를 놓고 회색 여생을 앉혔다. 마호로 마을이 펄펄 끓는 듯한 무더위에 에워싸인 오늘, 소년 요이치가 홀연히 나타나 더위에 달아오른 얼굴로 나를 쳐다보고는 벤치에 누워, 심오한 철학을 추구하는 눈을 감고 가수(假睡)를 취했다. 그의 몸은 여전히 성장과는 무관했다. 그러고서 한 집안의 가장이 되기 위하여 못생긴 여자와 결혼한 인물이 나타났다. 그는 나한테 이렇게 투덜거렸다. 결국은 그렇게 싫어했던 아버지의 전철을 밟게 되고 말았다고.

이어 저녁 일찍 자고 아침 일찍 일어나는, 은둔생활 따위는 생각한 적도 없는 기운찬 노인 세 사람이 나타나, 내 옆에서 생맥주를 주거니 받거니 하면서 천황이 치외법권적인 존재인지 아닌지를 둘러싸고 입가에 거품을 물며 논쟁을 벌였다. 그리고 그들은 서로 어긋나는 견해와 당분이 다소 많은 오줌으로 내 밑동을 물들이고는, 적당히 취하여 논외의 생활로 돌아갔다.

그후에 양산을 들고 맵시 있게 유카타를 차려입은 성격이 담백한 창부가 시장 보고 돌아오는 길에 나에게 들러, 낯가림을 하지 않는 아이를 상대로 어지러운 세상사를 들려주었다. 영문도 모르고 웃는 아이를 보다가 문득 마음이 슬퍼진 창부는 일어나 사라지고 말았다. 두 사람이 헤어지고 난 자리에 비누와 모유 냄새가 남았다. 나는 오늘 하루에 잎의 수가 배나 늘어났고, 가지도 일 센티미터나 굵어졌다.

8월 20일 일요일

328

나는 토성이다.

고열에 시달리는 소년 요이치의 꿈속에 돌연 나타나, 요염하고 박진감 있는 자태로 아름답게 떠다니는 토성이다. 아무것이나 닥치는 대로 먹는 거지의 호화판 점심에 초대된 요이치는, 음식을 제대로 확인도 하지 않고 마구잡이로 위장에 처넣었다. 먹으면서 요이치는 기개와 도량이 한없이 넓은 사람인 척 천체의 얼개를 운운해대는 거지의 이야기에 귀 기울이고 있었다.

거렁뱅이는 그저 단순히 개인의 의견에 지나지 않는 황당무계한 설(說)을 단정적으로 말했다. 사람들과 마찬가지로 별들 역시 도처에서 처절한 사투를 벌이고 있으며, 그렇지 않고서는 삶과 존재를 확인할 방법이 없다고 단호히 말한 뒤, 평소와 같은 엄청난 식욕으로 썩어가는 음식까지 깨끗하게 해치웠다. 그런데도 그는 별탈이 없었고, 오히려 위장의 상태가 좋아졌을 정도인데 요이치는 그렇지 않았다. 언덕을 올라가는 도중에 배가 아프기 시작하였는데, 기듯이 집에 도착했을 때에는 구슬 같은 땀방울이 온 이마에 맺혀 있었다.

나는 혼자서 고생하는 요이치에게 나를 몇 겹으로 에워싸고 있는 회전톱날 같은 링을 보여주고, 이어 옆에 있는 빨간 소용돌이를 지닌 별까지 소개해주고, 이 세상은 고의로 만들어진 것도 아니요, 누군가의 실수로 인해 만들어진 것도 아니고, 조화 위에 성립해 있음을 가르치려 하였다. 뜻밖에도 그런 나와 요이치의 귓전에서 지저귀는 큰유리새의 견해가 나와 일치하였다. 우리는 힘을 합하여 거렁뱅이가 경솔하게 차려놓은 썩은 음식과 독의 철학을 쫓아버리려 애썼다.

8월 21일 월요일

나는 길 잃은 새다.

어지간히 좁은 창고에서 불침번을 서고 있던 노인이 우연히 주워 거둔 덕분에 목숨을 건진 길 잃은 새다. 연일 내리는 비와 더위가 나의 방향감각을 교란시키고 말았다. 그렇지 않다면 지구 자기에 사소한 오차가 발생했는지도 모를 일이다. 유유하게 서두르지 않는 노인은 나를 싸늘한 손으로 감싸안고는 신선한 물을 마시게 해주었다. 그리고 새 모양으로 접은 깨끗하고 뽀송뽀송한 타월 위에 뉘어주었다. 죽도록 지쳐 있던 나는 단박에 죽음처럼 깊은 잠에 빠졌다. 그리고 눈을 떴을 때는 아직도 같은 밤이 이어지고 있었다. 내가 일어나려고 하자 노인이 눈짓으로 안 된다고 하였다. 그러나 그는 새에 대해서는 별로 아는 게 없는 듯하였다. 내가 벌레밖에 먹지 않는다는 것도 모르고, 먹고 남은 도시락의 밥 알갱이를 내 앞에 늘어놓고, "자, 기운내"라고 말했다. 내가 언제든 원하면 날아갈 수 있도록 사무실 창문은 모두 활짝 열려 있었다. 나는 물을 한 모금 더 마시고, 힘이 솟기를 기대하면서 날이 밝기를 기다렸다.

노인은 나한테 말했다. "젊었을 때나 그렇게 얼빠진 짓이 허용되지"라고. 인간들은 잘 모르겠지만, 사실 나는 그렇게 젊지 않다. 바로 앞에 보이는 외딴 언덕배기와 그 꼭대기에 서 있는 집 주변을 떠다니던 밤의 기운이 아침 햇살에 지워지자, 큰유리새가 울었다. 동시에 나는 고맙다는 인사도 하지 않고 날아올라, 절묘한 날갯짓을 보이며 죽음이 기다리고 있을 뿐인 넓은 하늘로 향했다.

8월 22일 화요일

나는 쇠약이다.

식중독 때문에 탈수증상에 빠진 소년 요이치의 몸을 파먹고 마음까지 병들게 하는 쇠약이다. 설사는 일단 멈추었고 열도 내리고 식욕도 어느덧 회복되고 있다. 그런데도 나는 끈질기게 물고 늘어져, 지병까지 건드려가며 총공세를 벌인다. 그때 요이치가 느닷없이 큰유리새의 우짖는 소리에 맞추어 웃는다. 위험한 웃음이다. 거의 아슬아슬하도록 궁지에 몰린 자의 시커먼 웃음이다.

그러나 가족은 그 웃음의 의미를 이해하지 못한다. 그들은 이제 완전히 나았다 여기고 병자를 방기한 채 다시금 자신들의 단조롭고 분주한 일상으로 돌아갔다. 그리고 당사자인 요이치도 행복한 큰유리새와의 나날로 돌아간다. 요이치는 미지근한 주스를 찔끔찔끔 마시면서 파란 새를 상대로 잡담을 나누느라 여념이 없고, 방바닥 위에서 오전 시간을 뒹굴뒹굴 보낸다.

그러다 오후가 되자 갑자기 빛과 바람이 그리워져, "아직 이르다"고 울며 말리는 큰유리새를 무시하고, 한여름 속으로 나간다. 나는 이때다 싶어 요이치의 발을 뒤틀고 현기증을 불러일으킨다. 언덕 꼭대기에서 쓰러진 요이치는 여전히 나의 짓거리를 눈치채지 못한 채, 일어났다가는 쓰러지고, 쓰러졌다가는 다시 일어나기를 다섯 번이나 되풀이하고서는 여섯번째 도전에 실패하여 여름 풀 위에 픽 엎어지고 만다. 숨을 헉헉거리는 요이치의 시야를 천천히 가로질러가는 거친 소낙비가 나의 기세를 점점 더 부채질한다.

8월 23일 수요일

나는 침대다.

소년 요이치의 빈약한 몸과 풍요로운 정신을 버텨주는, 마을 병원의 낡아빠진 침대다. 자랑은 못 되지만, 지금까지 내가 맡은 사람들은 모두 큰병에 걸린 사람뿐이었다. 살아서 나와 작별한 자는 한 명도 없었다. 이건 내 직감인데, 이번 환자는 그 기록을 갱신해줄지도 모른다는 생각이 든다. 즉, 입원한 후 사흘 동안은 그럭저럭 목숨을 유지한, 아낌없이 돈을 쓰며 아흔 살까지 산 노인보다 하루쯤 먼저 죽을 가능성이 보이는 것이다.

요이치는 혼수 상태에 빠져 있었다. 용하다고 평이 자자한 의사는 식중독이라기보다는 비를 맞아 걸린 감기가 죽음의 원인일지도 모른다고 생각하고 있었다. 그는 따라온 가족의 귀에다 그런 뜻을 비쳤다. 소스라치게 놀란 것은 어머니도 아니고 아버지도 아니고 누나 쪽이었다. 그녀는 몇 번이나 의사에게 "정말인가요?"라고 물었고, 물을 때마다 혼란스러워하며 눈물을 흘렸다. 그는 남동생의 이름을 부르면서 내 주위를 빙빙 돌았다. 좀더 소중하게 대해줄 걸 그랬다는 뜻의 말을 중얼거리다가, 간호사가 환자한테 해롭다고 주의를 주자 울음을 터뜨리면서 밖으로 뛰쳐나갔다. 아버지도 딸이 걱정스러운 척하면서 밖으로 나갔고, 어머니도 딸이 바닥에 똑똑 흘린 눈물을 밟으며 과장 섞인 걸음걸이로 내 주위를 떠났다. "잘 부탁합니다"란 목소리만 남았다. 늘 그렇듯 성가신 환자는 내게 맡겨졌다.

8월 24일 목요일

나는 이변이다.

연일 무더위가 계속되는 마호로 마을 여기저기서 생긴, 그러나 결코 사람 눈에는 띄지 않는 아주 사소한 이변이다. 우선 소년 요이치와 같은 나이의 아이들, 그것도 남자아이들만 일제히 온몸의 마디마디가 아프다 하며, "윽" 하고 소리 없는 비명을 지르면서 몸을 활처럼 뒤로 휙 젖혔다. 그들의 퀭한 눈동자에 여름 하늘이 비쳐 있었다. 그러나 그뿐이었다. 그들은 아무 일도 없었다는 듯 다시 한낮의 놀이를 계속했다.

이어, 물거품 호수의 주인임에 틀림없는 거대한 잉어가 빛도 닿지 않는 깊은 바닥에서 단숨에 수면으로 올라오는가 싶더니, 언덕과 언덕집을 가만히 쳐다보고는 마치 고래처럼 웅대한 모습으로 자맥질을 하였다. 비늘 색이 좀 다르기는 해도 그 용감한 모습은 요이치 삼촌의 등을 장식하고 있는 비단잉어를 꼭 닮았다. 호숫가와 물 위에 여름을 즐기고 있는 많은 사람들이 있었음에도, 누구 하나 그 장면을 본 자가 없었다.

그리고 철저하리만큼 가난에 찌든 뒷골목에서 하얀 개와 장난을 치고 있는 눈먼 소녀에게, 아주 잠깐이지만 빛이 돌아왔다. 그때 그녀에게는 분명하게 사랑하는 개의 얼굴이 보였다. 꼬리의 움직임까지 보였다. 하지만 그녀는 그것이 빛이라 생각지 않았고, 또 다음 순간에 찾아온 어둠을 어둠이라 생각지 않았다. 그리고 마호로 마을을 받쳐주고 있는 이 나라의 민주주의보다 견고한 지반이 몇 밀리미터 정도 침하하였다. 동시에 새장 속의 큰유리새가 한없이 인간을 닮은 목소리로 절규하였다 .

8월 25일 금요일

나는 비단잉어다.

하얀 바탕을 수놓은 검은 무늬가 마치 세계지도 같다 하여 각별한 평가와 대접을 받고 있는 비단잉어다. 나를 만들어낸 남자는 아무리 비싼 가격에 사겠다는 사람이 찾아와도 나를 내놓으려 하지 않았다. 또 갖고 싶어하는 작자를 더이상 늘리고 싶지 않아 대회에도 내보내지 않았다. 그는 때로 내 머리를 개나 고양이처럼 쓰다듬으며 이렇게 말했다. "네가 죽으면 이 세상은 끝이야."

그런데 나는 오늘 참으로 거친 대접을 받았다. 갑자기 뜰채가 나를 떠올리더니, 물과 산소와 함께 투명한 비닐 주머니에 가둬버린 것이다. 하지만 가진 것이라곤 돈밖에 없는 누군가가 나를 사들인 것은 아니었다. 그는 나를 경트럭에 태우고 산 아래로 내려갔다. 조용하고 서늘한 신사에 도착하자 그는 나를 주머니째 껴안고 신전 앞으로 조심조심 나아갔다.

그러고는 신세타령을 늘어놓으며 신에게 빌어 비운을 비켜가려는 노파를 휙 밀어젖히더니 그 장소에 나를 바쳤다. 박수를 치고 머리를 숙이고, 지금은 있다고 믿을 수밖에 없는 상대방을 향하여 조카의 목숨을 살려달라고 빌었다. 벌써 죽어서는 안 된다고. 그러고서 나는 신사의 절반을 차지하고 있는 넓은 연못에 놓였다. 오합지졸이나 다름없는 잉어 녀석들이 나를 보고 놀라 뿔뿔이 흩어졌다가, 신참자인 나를 백안시하였다. 그래서 나는 나의 가치에 대해 의기양양하게 말했다. 그러나 세계지도의 모양을 알아주는 자는 없었다.

8월 26일 토요일

334

나는 추억이다.

깊은 밤에도 생각났다는 듯 문득문득 울어대는 큰유리새 탓에 그칠 줄 모르고 떠오르는 추억이다. 나는 요이치의 아버지를 뒤흔들어 밤이 새도록 잠들게 하지 않는다. 나는 어렸을 적, 요이치에게 그나마 아직 희망이 남아 있던 시절의 단편을 쉴새없이 풀어놓는다. 당시의 그는 아들의 회복을 포기하지 않았다. 포기는커녕 어떤 대가를 치르든 인간답게 키워보겠다는 패기에 차 있었다.

당시의 그는 마치 어린 원숭이처럼 몸무게가 가벼운 요이치를 하루에도 몇 번씩 껴안아주면서 아내를 나무랐다. "엄마란 사람이 그렇게 마음이 흔들려서야 어떻게 하겠어!"라고 고함을 지르면서, 그때마다 의학의 눈부신 발달을 운운하였다. 그러나 머지않아 그 희망도 꺼져버리고 말았다. 그것도 아주 빠른 속도로. 그의 아내는 지칠 대로 지친데다 손쓸 방법도 더이상 없어 병석에 눕다시피 하였다. 그러다 생각다 못해 풍채만은 그럴싸한 점쟁이를 찾아가, 마음속에 있는 말을 사실대로 다 털어놓았다. 그러나 무정하게도 그 점쟁이는 딱 이 한마디밖에 하지 않았다. "그 아이는 새가 될 거요"라고. 몇 번이나 물었지만, 그 뜻에 대해서는 일체 언급하지 않았다.

요이치의 아버지는 이제 내 안에서나 아들을 안을 수 있다. 그는 몸을 뒤척여 담요를 걷어내고, 입원중인 아들이 있는 병실로 달려가서, "입 닥쳐!"라고 큰유리새에게 고함을 지르고는 이렇게 말했다. "새가 되고 싶은 것은 바로 나야."

8월 27일 일요일

나는 카세트테이프다.

요이치의 누나가 큰유리새의 지저귐 소리를 지겹도록 녹음해놓은 신제품 카세트테이프다. 그 다음에 나는 그녀가 저자명과 저서명을 외울 때 사용하는 워크맨과 함께 병실로 반입되었다. 온밤을 새워 환자 옆을 지킨 엄마의 얼굴에는 이제 틀렸다고 씌어 있었다. 그리고 그 눈에는 해방될 날이 머지않았음을 확신하는 탁한 번뜩임마저 어려 있었다. 그녀는 병든 아들을 딸에게 맡기고 한숨 자기 위해, 아니면 성가신 아들이 사라진 이후의 나날을 몽상하며 즐기기 위해 마을보다 시원한 언덕 집으로 돌아갔다.

누나는 나를 워크맨에 집어넣고, 잠들어 있는 동생의 귀에 이어폰을 꽂고 스위치를 눌렀다. 그러자 요이치의 눈동자가 감은 눈꺼풀 아래서 빙글빙글 돌기 시작하였다. 내게 새겨진 음파가 병든 아들의 쇠약한 몸 속을 빠르게, 혈액보다 빠르게 돌기 시작하였다. 그러나 얼마 후, 눈동자는 움직임을 멈추고 더이상 아무 반응이 없었다. 나는 당황하여 회전을 중지하였다. 누나도 서둘러 이어폰을 뽑았다. 요이치는 움직이지 않았다.

그러고서 누나는 이렇게 변명하였다. 파란 새가 너의 목숨을 구할 수 있다면 하고 바랐을 뿐이야, 정말이야. 나는 침묵하였다. 그때 병든 아이가 눈을 반짝 떴다. 그는 우리를 보았다. 부들부들 떠는 집게손가락이 나를 가리키고, 다른 한 손의 집게손가락이 조생종의 파란 사과를 가리켰다. 나는 다시금 회전을 시작하고, 누나는 열심히 사과 껍질을 벗기기 시작했다.

8월 28일 월요일

336

나는 병문안이다.

너무도 조심스러워 아무도 알아차리지 못한 병문안이다. 영리한 개와 함께이기는 해도, 그녀가 혼자서 이렇게 멀리까지 오기는 처음이었다. 맹도(盲導犬)도 아닌 그저 평범한 그 하얀 개는 주인인 소녀의 마음을 헤아리고, 엄마 없이 큰길로 나가는 것을 허락하였다. 그리하여 횡단보도를 세 군데나 무사히 건너고, 장애물이 소녀의 앞을 가로막고 있으면 짖어 주의를 주었고, 발정한 암캐의 고혹적인 냄새와 들개의 자극을 뿌리쳤다.

마을 병원에 도착하기까지 소녀는 세 번 길을 물었다. 한 번은 밥찌꺼기를 모으기에 여념이 없는 거지, 한 번은 자신 없는 목소리로 얘기하며 탁발중인 수도승, 또 한 번은 향수 냄새를 풀풀 풍기는 키 큰 깡패 청년이었다. 그들 세 사람의 대답은 조금도 다르지 않았다. "이 길을 똑바로 가"였다. 길을 가르쳐준 다음에야 상대가 눈먼 소녀란 것을 안 세 사람은, 제각기 자신의 입장으로 돌아가, 남자로 돌아가, 가르쳐준 대로 그녀가 길을 잘 걸어가는지 잠시 뒷모습을 지켜보았다.

병실에 도착한 그녀는, 소독약 냄새가 배어 있는 건물의 까끌까끌한 모르타르 외벽을 손바닥으로 쓰다듬어보고, 그리고 귀를 갖다대었다. 그러나 뼈를 자르고, 살을 가르고 핏줄을 잇는 대수술을 하는 소리도, 환자들의 절망적인 외침 소리도 들리지 않았다. 큰유리새의 지저귐 소리가 들릴 뿐이었다. 소녀가 살며시 중얼거린 "요이치" 하는 소리를, 나는 틀림없이 병실에 전해주었다.

8월 29일 화요일

나는 기적이다.

간호사 몰래 요이치의 누나가 병실에 갖다놓은 큰유리새, 그 파란 새가 가져다준 의심할 여지 없는 기적이다. 그러나 유감스럽게도 당사자인 누나는 나를 보지 못했다. 그녀는 옷가지인 것처럼 꾸민 꾸러미를 풀어 새장을 꺼내어 파란 꽃과 함께 창가에 놓았다. 갑자기 빛을 받은 새는 놀라 당황하였고, 환경의 변화에 긴장했는지 몸을 움츠리고 한참이나 박제처럼 움직이지 않았다.

마침내 큰유리새는 침대에 달라붙듯이 누워 있는 자가 누구인지 알아채고는, "칫, 칫, 칫" 하고 힘차게 울어댔고, 꼬리털을 부채 모양으로 펼치고 위아래로 날갯짓하며, 홰를 따라 바삐 움직이고 검게 빛나는 눈을 한층 더 반짝였다. 그러나 카세트테이프 정도의 효과밖에 없었다. 요이치는 잠에서 깨어나 다소 기운을 차리고 사과를 먹고 싶어하기는 했지만, 그 이상의 변화는 없었다.

내가 그럴 마음이 생긴 것은, 요이치의 누나가 병원 옥상에서 난로장이 남자네 집의 빨간 지붕을 바라보며 그와 함께할 미래를 그릴 때였다. 그녀가 암울한 기분으로 다시 병실에 돌아왔을 때 큰유리새는 느긋하게 지저귀고 있었고, 환자는 침대에서 내려와 개운한 얼굴로 걸어다니고 있었다. 누나는 동생의 이마에 손바닥을 대었다. 그렇게 높았던 열이 깨끗이 내려 있었다. 큰유리새는 모이를 콕콕 쪼는 척하며 나를 꿀꺽 삼키고 내숭을 떨었다.

8월 30일 수요일

나는 회복이다.

죽음으로 직결되는 높은 열이 내리고 식욕을 되찾은 소년 요이치를 원래 상태로 이끌어가는 급속도의 회복이다. 그럴싸한 이유를 둘러대면서도 나를 인정하지 않을 수 없게 된 담당 의사는 "이제 고비를 넘긴 것 같다"고 말했다. 그리고 그는 요이치의 누나에게 새장을 집으로 가져가라고 부탁하였다. 이제 괜찮아, 라고 파란 새는 지저귀었다.

큰유리새가 병원에서 사라져도 나의 기세는 누그러들지 않았다. 요이치의 유리색 휘파람 소리가 온 병원에 울렸다. 그 음파는 아직도 몸 안에 남아 있는 하찮은 병균과 질 나쁜 독소를 몰아내었다. 오후가 되자 의사는 요이치의 어머니에게 이렇게 고백하였다. 지금까지 많은 환자를 보아왔지만 이렇게 희한한 일은 처음이라며 나를 칭찬하였다. 그러자 엄마는 욕심을 내었다. 차제에 지병까지 나을 수 있다면 하고 뻔뻔스런 기대를 품은 것이다. 그러나 말하지는 않았다. 그리고 그 기대조차 잠시 후에는 스스로 저버리고 말았다.

엄마는 아들에게 나중에 다시 오겠노라 말하고, 직장인 슈퍼마켓으로 갔다. 그 발소리가 처음 한동안은 가벼웠다. 그러나 계단으로 내려갈 즈음에는, 여느 때의 그다지 행복하다 할 수 없는 자의 그것으로 돌아갔다. 의사는 "뭐 다 나으면 좋겠지만"이라고 중얼거리면서, 부모 못지않게 환자를 간병한 파란 새의 이름을 물었다. 이름은 없다고 대답하는 요이치 안에서 나는 더욱 속도를 높였다.

8월 31일 목요일

나는 의논이다.

요이치의 누나가 입원중인 동생을 대신하여 보살피고 있는 큰유리새와 심각하게 나누고 있는 의논이다. 그녀는 새장 바닥에 깔 신문지를 접으면서, 이 기회를 놓치면 두 번 다시 없을 현재진행중인 연애에 대해 파란 새에게 물었다. 그리고 상대방이 대답도 하기 전에, 난로 만드는 일은 정말 잘 돼가고 있는 것이냐고 다그쳐 물었다. 그 남자는 요즘 용접 때 튀는 불꽃에서 멀어져 있다. 그렇다고 다른 일을 하는 것도 아니고, 아까운 시간을 허비하면서, 귀에 못이 박이도록 들은 자랑만 늘어놓고 있다.

그녀는 계속 말을 이었다. 그 사람은 요즘 내가 갖다주는 도시락을 기다렸다는 듯 우적우적 먹어대고는, 배가 부르면 곧장 알몸이 된다. 나한테서 몸을 떼는 시간도 나날이 빨라지고, 말투도 거칠어지고, 염치없이 돈을 내놓으라고 할 때나 너스레를 떨고, 그런데다 요즘에는 "이제 천 엔 정도만 더 모으면 될 것 같은데"라고 주절거리질 않나, 결혼하면 읍영 주택이나 좀더 좋은 전셋집에서 살자고 하면서도 약속을 어기는 일이 많아졌고, 온통 믿을 수 없는 얘기뿐이니……

거기까지 말하고 그녀는 눈물을 흘렸다. 그러자 큰유리새는 은혜를 보답하는 마음으로 한 차례 구성지게 울어대고는 노골적으로 말했다. 그 자식은 쓰레기다, 라고 울고, 당장 헤어져야 한다, 고 울고, 마지막으로 한층 높은 소리로, 그러나 여자 하기 나름인 남자다, 라고 울고는, 나에 대한 대답을 대신하였다.

9월 1일 금요일

나는 등이다.

식중독과 급성 폐렴을 이겨내고 퇴원한 소년 요이치를 업어 언덕 집까지 옮기는 남자의 넓지도 좁지도 않은 등이다. 요이치의 아버지는 일을 쉴 수 없다며 자기를 대신할 사람을 병원으로 보냈다. 부탁을 받은 그의 동생은 기꺼이 그 역할을 맡았다. 삼촌은 요이치를 경트럭에 태워 호숫가까지 간 후, 언덕 기슭 소나무 숲에서 쓰르라미와 함께 해가 기울기를 기다렸다. 한여름의 뜨거운 햇볕을 받으며 언덕을 오르기란, 이제 막 퇴원한 조카에게나 그를 업고 가야 할 자에게나 위험한 일이었다.

한참 후 요이치네 집 프로판 가스통을 나르는 업자가, 손수레와 별 차이 없는 트랙터를 타고 언덕을 내려왔다. 그러나 삼촌은 도움을 청하지 않았다. 그는 말없이 트랙터를 보냈다. 툭 튀어나온 배를 하늘로 향하고 선창에 드러누워 있던 거지가 요이치를 알아보고는 손을 흔들었다. 요이치도 손을 흔들어 답했다. 쓰르라미가 울기 시작했다.

햇볕이 절반으로 줄어들고 서늘한 바람이 인정의 기미를 풍기며 소나무 숲으로 불어왔다. 나는 요이치를 태우고 언덕을 올랐다. 요이치는 무슨 짓을 해서라도 나를 통하여 비단잉어의 정신을, 설사 사람들이 눈살을 찌푸린다 해도 살아남는 힘을 흡수해야 했다. 나는 뿜어나오는 땀을 통하여 요이치에게 그 힘을 불어넣었다. 그러나 내 기운이 너무도 힘찬 탓에 요이치의 미숙한 육체를 뚫고 나가, 대기중으로 흩어져 먼 천둥 소리에 파괴되고 말았다.

9월 2일 토요일

나는 단풍나무다.

유해한 우주선과 돌풍과 천벌로부터 요이치네 집을 지키는 별 모양 잎사귀가 무성한 단풍나무다. 요이치는 퇴원 후 아직 한 번도 언덕을 내려가지 않았다. 연일 계속되는 혹독한 더위와 막 병마에서 헤어난 나른한 몸 때문은 아니다. 요이치는 그저 큰유리새 곁을 한시도 떠나고 싶지 않을 따름이었다. 그렇지 않다면 요이치는 지금, 오로지 자신에게 전념하고 싶은 것인지도 모른다.

나에게 기어오른 요이치는, 맹수의 날카로운 일격을 방지하기 위해 그물을 두른 새장을 가지에 매단다. 요이치도 큰유리새도 내 위에서 먹고, 내 위에서 마시고, 내 위에서 노래하고, 그리고 내 위에서 배설한다. 내 위로 여름을 아쉬워하는 구름이 흐르고, 여름을 구가하는 새가 소리 없이 지나가고, 살고자 하여 살아가는 자들 모두의 운명의 열쇠를 쥔 시간이 덧없이 흘러간다. 한편 내 아래에서는 곡선과 회귀로 이루어진 물거품 호수의 깨끗한 물이 한없는 고요를 유지하고, 시골 마을치고는 그런대로 괜찮은 마호로 마을이 속수무책인 더위에 갇혀 있고, 천연의 요새 사이를 요리조리 뚫고 지나가는 도로에는 뭐가 어찌되었든 상관없다고 생각하게 하는 강렬한 빛이 머물러 있다.

오늘 하루, 우리는 행복하리라. 어쩌면 저녁나절까지 평생 누릴 행복을 거머쥐게 될지도 모른다. 적어도, 내일이 걱정되는 일은 없다. 큰유리새 덕분에 나는 나무로서의 체면을 유지하고, 요이치 덕분에 유기비료와 어떤 일도 개의치 않는 넉넉한 마음을 얻었다. 아름다움과 추함을 가리지 않는 바람이 아직도 불고 있다.

9월 3일 일요일

나는 토마토다.

언덕 위 조건 나쁜 밭에서 그런대로 익어, 아침이슬과 함께 아삭아삭 씹히는 노란 토마토다. 소년 요이치는 지금 벼랑 끝 흔들바위 위에 서서, 병원에서 텅 비운 위장에 나를 조금씩 넣으면서 일자리로 향하는 세 사람을 배웅하고 있다. 누나는 벌써 저 아래 토광에서 자전거를 꺼내고 있다. 언덕 중간쯤을 가고 있는 아버지는 물거품 호수 주변의 새들을 단번에 침묵시켜버릴 만큼 큰 소리로 재채기를 한 다음, "이런 제기랄!" 하고 이승 산에 한마디 내뱉는다. 그리고 출근이 일러 한 시간 전에 집을 나간 엄마는, 남편의 뒤를 쫓는다기보다는 아들한테서 도망치듯 허둥지둥 절망의 비탈을 내려가고 있다.

목숨을 건진 요이치는 먹는 일을 중단하고 나를 꼼꼼히 들여다본다. 햇볕에 비추어본 내 선명한 색깔에 넋을 잃고, 이어 자신의 손에 흐르는 빨간 피와 금빛 태양을 바라보면서, 천국의 문처럼 활짝 열린 이층 창문에서 쏟아져나오는 파란 새의 지저귐 소리에 귀를 기울인다. 아직 살아 있는 요이치는 그렇게 다시금 이 세상을 고찰하며, 현세를 다스릴 자가 자기 외에는 없음을 재확인한다. 그러고 나서 그는 또 나를 아작 깨물고, 긍정의 빛으로 넘치는 하늘을 향하여 풋풋한 심지를 던진다. 내가 공중에 떠 있는 동안 요이치는 자기가 발 딛고 있는 흔들바위를 흔들흔들 흔들면서 우렁찬 소리를 내지른다.

9월 4일 월요일

나는 주저다.

큰유리새의 간곡한 권유로 언덕을 내려간 소년 요이치를 언덕 중간
쯤에서 기습한 주저다. 나는 먼저 요이치의 걸음을 멈추게 하고, 그리
고 솔체꽃 옆에 앉게 하였다. 그러자 언덕 위의 집 파란 새가 나를 눈치
채고, 요이치를 질타하는 지저귐 소리를 보냈다. 언덕 아래 펼쳐지는
마을이야말로 살아 있음을 증명하는 유일한 공간이며, 언덕 위에는 죽
음을 증명하는 것밖에 없다고, 파란 새는 그렇게 울었다. 그리고 입원
중에 얻은 편안함의 끝에는 적멸(寂滅)밖에 없다고 딱 잘라 말했다.

나도 가만히 있을 수는 없었다. 언덕 아래는 살아 있으면서 죽은 것
이나 다름없는 사람들이 죽어 있음을 잊기 위해 버둥거리는 장소라고
말하고, 언덕 위야말로 죽은 후에도 살아 있을 수 있는 절대적인 장소
라고 말해주었다. 큰유리새는 요이치에게 "너는 새가 아니다"라고 말
하고, "새가 아닌 자는 낮은 곳을 향하라"고 말했다. 그러나 열상승기
류가 몰고 온 악취와 먼지와 소음과 허망이 요이치를 더이상 언덕 아
래로 내려가지 못하게 막았다. 현기증과 가벼운 구토증을 느낀 요이치
는 일어나 마호로 마을을 등지고 왔던 길을 되돌아갔다. 그쪽에는 텅
빈 하늘과 끝없는 정적과, 풍문의 껍질과, 눈이 부시기에 오히려 허망
한 빛이 가득 차 있을 뿐이었다. 격려하던 파란 새도 피로감을 보이기
시작했다. 나는 다시 요이치의 걸음을 멈추게 하였다. 그 자리에 쭈그
리고 앉은 요이치는, 인간이기를 포기해도 좋아, 라고 중얼거렸다.

9월 5일 화요일

344

나는 무시다.

기차와 버스를 갈아타고 멀고 먼 바다 마을에서 장사를 하러 온 아가씨가 소년 요이치를 대하는 무시다. 마호로 마을을 한 바퀴 휘돈 뒤 언덕 집으로 올라온 아가씨는, 제멋대로 집으로 들어가 부엌에 가서 팔다 남은 파란 건어물을 냉장고에 넣었다. 그리고 그녀는 다시 밖으로 나와, 시원한 나무 그늘에 자리를 잡고, 가지고 온 도시락이 더위에 무사한지를 확인한 다음 젓가락질을 시작하였다.

그러나 그 집은 빈집이 아니었다. 모두가 집을 비우고 나간 것이 아니라 장남이 남아 있었다. 소년이 곁에서 그녀의 행동거지를 일일이 지켜보고 있는데도, 그녀는 사방에 아무도 없는 것처럼 행세하였다. 아니 그 정도는 아니었다. 적어도 닭이나 고양이쯤으로는 여겼을 것이다. 그런데도 소년은 그녀를 따라, 집에서 자기 도시락을 꺼내와서는 그녀 옆에 앉아 싱긋 웃었다.

소년은 쉴새없이 떨리는 몸을 애써 움직이며, 보온병에 든 차를 두 개의 찻잔에 따라 아가씨 앞으로 하나를 내밀었다. 그런데도 나는 그를 인정하지 않았다. 아가씨는 말없이 찻잔을 받아들었다. "고맙다는 말 정도는 해야지"하고 큰유리새가 처마에서 울면서 분위기를 돋우려 하였다. 그러나 나는 두 사람 사이를 이간질하려고, 그녀에게는 압력을 가하고 병든 소년은 무시하였다. 도시락을 다 먹은 아가씨는 먼 산을 바라보면서 "날지 못하는 새로군"이라는 의미심장한 말을 소년의 그림자에 던졌다.

9월 6일 수요일

나는 눈길이다.

다시금 모습을 드러낸 소년 요이치에게 쏟아지는 마호로 마을 사람들의 전에 없이 신선한 눈길이다. 없어져도 별 신경을 쓰지 않았는데, 막상 오랜만에 모습을 드러내니 왠지 절절하게 정겨움마저 느껴져 나는 요이치를 온전히 받아들인다. 나는 요이치를 휘감고 마치 점검이라도 하듯 몸 구석구석을 살피고, 이전에 알고 있는 요이치와 조금도 다름없는 요이치인지를 확인한다.

그러나 굳이 요이치에게 말을 거는 자는 없다. 그래도 그들이 요이치를 보고 불가사의한 안도감을 느낀 것은 사실이다. 사람들은 그 안도감의 정체가 대체 무엇인지를 모르고 또 딱히 알려고도 하지 않았지만, 나는 대충 짐작이 간다. 그들은 요이치의 몸을 걱정하고 있는 것이 아니다. 요이치가 없어졌을 때의 자기 자신을 걱정하고 있는 것이다. 순간적으로 행복이 무엇인지를 가르쳐주고, "너는 불행하지 않다"는 것을 온몸으로 알려주는 귀중한 대상을 잃고 싶지 않은 것이다.

요이치는 쉬엄쉬엄 걸으면서 봐야 할 것을 휙 둘러본다. 그리하여 요이치는 나를 의식할 때마다 큰유리새의 권유가 옳았다는 것을 깨닫는다. 요이치는 마치 미지의 땅이라도 방문한 듯한 기분으로 이 거리 저 거리를 어슬렁거리고, 다양한 모습으로 사는 사람과 개와 고양이와 새들을 바라보고, 그들의 인상을 가슴 깊이 새기고, 나한테서도 살아갈 힘을 흡수하여 살아남기에 필요한 양식으로 삼고, 살아갈 만한 이유로 삼는다.

9월 7일 목요일

346

나는 생맥주다.

노목과 기암으로 꾸민 '삼광조'의 정원에서 더위를 식히고 있는 두 여자, 그녀들을 더욱더 강건하게 만드는 생맥주다. 내 덕분에 여주인과 창부는 십년지기라도 되듯 속내를 털어놓으며 이야기를 나누고, 절반은 거짓말이라는 것을 잘 알면서도 서로가 살아온 나날에 진심으로 눈물을 머금고, "정말 힘들었겠다"와 "이해해"를 연발한다. 건너편 호숫가 캠프장에서는 내일을 기피하는 젊은이들이 내지르는 괴성과 남자의 눈길을 끌기 위한 여자들의 간드러지는 목소리, 소리 없이 다가오는 가을을 물리치려 잇달아 터지는 폭죽 소리들이 쉴새없이 들려오지만, 그 소리들은 내 맛에 불평을 늘어놓는 소리는 아니다.

그리하여 날이 기울고, 바람도 자고, 무더운 밤이 또 찾아오고, 답답한 밤이 절묘한 운치로 가득한 정원과 두 여자를 감싼다. 잠시 후, 원래가 술에 약한 창부는 함께 나를 마시던 상대를 잊고 만다. 그녀는 불쑥 오래도록 가슴에 맺힌 한을 풀어놓으며, 누군가의 몰인정한 처사를 원망한다. 한편 여주인은 여주인대로 '삼광조'를 수리하는 것이 급선무라고 몇 번이나 거듭 말한 후, 여자 혼자 몸으로 꾸려나가려면 무슨 짓이든 하지 않을 수 없다고 통할 리 없는 변명을 늘어놓는다. 두 여자가 어느덧 술에 취했을 무렵 거의 어둠에 녹아 있는 소년이 호수 쪽에서 나타나, 나를 빤히 쳐다보다가 잔을 들어 꿀꺽 단숨에 마시고 닭꼬치를 한입 가득 우물거리면서, 한없이 고독하지만 훈훈한 우정으로 맺어진 두 여자를 곁눈질하며 휑하니 어둠 속으로 돌아간다.

9월 8일 금요일

나는 현금이다.

사랑의 줄행랑을 동경하여 마호로 마을로 굴러든 젊은 남녀가 별 고생도 않고 거머쥔 상당한 액수의 현금이다. 고작 마흔 장도 안 되기 는 하지만 의지하기에 모자람이 없고, 혹 잃어버리지는 않을까 애가 타는 거금이다. 여자가 "그냥 말린풀인데 이렇게 비싸게 팔리다니"라 고 말하자, 남자는 당연하다는 표정으로 "그만한 값어치가 있으니까 그렇지"라고 말하곤, "세상이란 다 그런 거야"라고 덧붙인다.

여자는 이제 우리는 선량한 국민이 아니라고 말한다. 남자는, 선량 한 국민이란 소심하고 우둔한 자를 말하는 것이라고 대답한다. "언젠 가는 틀림없이 들킬 거야"라고 여자가 말하자, 남자는 또 "이 고장에 서만 팔지 않으면 절대 그럴 염려는 없어"라고 장담한다. 여자는 나를 손에 쥐고 다시 한번 헤아려보더니, 슈퍼마켓에서 일해서는 이만한 돈 을 벌어들이기 힘들 것이라고 말하고, 이제 그런 짓은 못 하겠다고 말 하고, 나를 온 방에다 흩뿌려놓고 그 위에서 뒹굴뒹굴 굴러다녔다. 그 러자 남자도 함께 뒹굴며, 갑자기 일을 그만두면 의심받을 수도 있으 니까 일은 계속하는 편이 좋을 것이라고 충고한다. 그리고 두 사람은 나에 에워싸여 서로를 꼭 껴안았다. 티셔츠에 단 똑같은 배지가 부딪 치며 짤랑짤랑 하는 소리가 났다. 그 두 마리 금속제 파란 새의 표면에 내가 어지러이 비쳐 점차 색이 변해갔다. 파란색을 싫어하는 내가 색 을 오염시킨 것이다.

9월 9일 토요일

348

나는 백골이다.

산 채로 마호로 마을에 버려져, 인적 드문 깊은 산 속으로 들어가는 도중에 굴러떨어져 죽은 말의 백골이다. 살과 내장과 피와 가죽 같은 것은 일곱 색으로 빛나는 갑충류가 몰려들어 깨끗이 해치웠고, 그 나머지는 별보다 훨씬 많은 세균류가 분해하여 또하나의 우주를 형성하였다. 또 그 혼은 이승 산이 거둬들였다. 그리고 뇌우가 나를 몇 번이고 몇 번이고 씻어내리고, 교차하는 빛과 그림자가 나를 정성껏 닦아내고, 큰유리새의 지저귐이 나를 정화하여, 마침내 훌륭한 표본이 되었다.

그러나 유감스럽게도 나는 인간의 눈에 띄지는 못했다. 우연히 지나친, 정신과 육체 사이에 예사롭지 않은 괴리가 있는 소년만 해도 나에게는 눈길 한번 주지 않고 가버렸다. 나는 그 소년을 기억하고 있는데 그 소년은 나를 벌써 잊어버렸다. 그렇지 않다면 그 소년은 죽음을 그에 걸맞게 다루는 방법을 알고 있었는지도 모르겠다. 그러니까 산 자는 살아 있지 않은 자에게 필요 이상으로 접근해서는 안 된다는 자연계의 철칙을 따랐을 뿐인지도 모른다. 그렇지도 않다면 그 소년은 빛과 어둠의 경계에서 생겨나는 색처럼 생과 사를 구분하는 경계선상에 있는 자이며, 그 어느 쪽으로도 드나들 수 있는 많지 않은 생물 중 하나인지도 모르겠다.

소년은 산을 내려올 때도 내 옆을 지나갔다. 하지만 그의 눈에 뜨인 것은 살아 있는 초목의 녹음과, 흐르는 물의 푸름과, 살아 있는 별의 붉은빛뿐, 내 하얀색은 아니었다.

9월 10일 일요일

나는 피로다.

요이치 아버지의 심신에 쌓이고 쌓인, 어지간해서는 빠져나오기 어려울 정도로 무거운 피로다. 오늘 아침 그는 눈을 뜨자 나를 느꼈다. 입에 문 담배에 불을 붙이는 것조차 잊은 그는 화장실 거울 앞에서 자기 얼굴을 꼼꼼히 들여다보았다. 식욕도 없어지고, 볼은 야윌 대로 야위고, 눈은 움푹 들어간 얼굴 구석구석에서 그는 나를 분명하게 알아보았다. 그러고는 식구들 아무한테도 들리지 않는 목소리로 이렇게 중얼거렸다. "이제 무슨 상관이야."

그는 아침밥도 먹지 않고 집을 나서서, 그곳보다 기온이 오 도나 높은 언덕 아래를 향해 중력이 이끄는 대로 내려갔다. 내려가는 도중에도 그는 세 번이나 "이제 무슨 상관이야"를 입에 담았고, 그 말을 중얼거릴 때마다 그는 내 함정에 빠져들었다. 그는 그럭저럭 버스 정거장까지 걸어가기는 했지만 버스는 타지 않았다. 내가 속닥거렸기 때문이다. "이제 이런 생활은 그만 끝장을 내는 게 어때"란 나의 한마디에 그는, 버스 계단으로 올렸던 발을 다시 지면으로 내려놓고 말았다. "뭐 놔두고 오셨나요?"라고 묻는 낯익은 운전사에게 그는 "글쎄"라고 대답하였다.

버스가 남기고 간 배기가스의 냄새를 기분좋게 맡으며 그는, "정말 잊어버린 게 있는지도 모르지"라면서, 시원한 바람이 불어오는 호숫가의 소나무 숲으로 발길을 돌렸다. 그는 어젯밤 젊은 남녀가 싫증이 나도록 몸을 섞었을지도 모르는 벤치에 앉았다가, 앉은 김에 모로 누워 숲 쪽에서 빛나는 수면을 눈부시게 바라보았다.

9월 11일 월요일

나는 악기다.

난로장이 남자가 오랜만에 손에 잡은, 사람의 목소리에 가장 가까운 소리를 내는 악기다. 벽장에서 나를 꺼내는 순간 그는 승부의 꿈을 품을 수 있었던 학생 시절로 돌아갔다. 그는 부드러운 천으로 나의 표면을 닦아내고, 관 속의 먼지를 털어내고, 리드가 깨지지는 않았는지를 확인하였다. 그는 아직은 충분히 불 수 있는 나를 방구석에서 오래도록 껴안고 있었다.

그리고 그는 그녀와의 약속을 어기고, 나를 데리고 낮보다 무더워진 밤 속으로 나가, 자동차 말고 다 낡아빠진 자전거를 타고 어딘가로 향했다. 나는 그의 등에서 흐르는 별을 헤아리고 있었다. 도중에 그는 나보다 더 멋진 소리를 내는 여자와 스쳤다. 그러나 그는 말을 걸지 않았다. 상대방 여자는 그를 보지 못한 채 그에게 먹일 도시락을 얹어 묶은 자전거를 타고, 교접의 설렘에 모든 의심을 버리고 달려갔다.

남자는 캠프장을 지나고 별장지를 가로지르고, 벌레 소리와 잔물결 소리밖에 들리지 않는 곳까지 가서 갈대밭에 섰다. 그러고는 천천히 나를 까끌까끌 거칠어진 입술로 가져갔다. 내가 십여 년 만에 발하는 진동은 밤의 공기를 흔들고 수면을 미끄러져, 연주자의 가슴속으로 역류하였다. 그리하여 나는 넌지시 그에게 그 동안 무엇을 잃었는지를 일깨우고, 지금도 계속 잃고 있음을 날카롭고 엄격하게 지적하고, 이대로 가면 머지않아 정말 썩어버릴 것이라고 경고하였다.

9월 12일 화요일

나는 회의다.

저녁해가 비치는 삼층짜리 검은색 빌딩의 한 방에서, 세 명의 조직 원 사이에 오가는 보복에 관한 심각한 회의다. 키 큰 청년은, 더이상 기다렸다간 우리를 업신여길 것이라며 오늘밤에라도 당장 손을 써야 한다고 주장한다. 그러나 손가락 없는 남자는, 지금 어정거리고 나갔 다가는 만반의 준비를 갖춘 채 기다리고 있는 적에게 당할 뿐이라고 반론을 편다. 그리고 살해된 대장을 대신하고 있는 새소리를 좋아하는 남자는 더욱 신중한 의견을 내놓는다. 적이 거의 잊을 만할 때에 실행 하는 것이 가장 효과적이라고 말하고, 들새 소리를 녹음한 테이프를 카세트에 꽂는다. 그러자 키 큰 청년이 스위치를 끄면서, "이렇게 가 만히 있으면 체면이 말이 아닐 뿐만 아니라 우쭐해서는 괜한 간섭을 하려 들 겁니다"라고 말한다.

손가락 없는 남자가 그 말을 받아, 마호로 마을에 너무 성급하게 진 출한 것이 아니냐고 말한다. "놈들 역시 필사적이니까"라고 말하고, "그래봐야 우리는 버려진 몸이니까"라고 말한다. 그러나 '버려진 몸' 이란 말은, 진출에 성공하는 날에는 이 지역을 맡게 될뿐더러 장차 간 부감으로 주목받고 있는 새로 온 대장의 분노를 사고 만다. 그는 마지 막 결정은 내가 한다면서 카세트테이프의 스위치를 꾹 누른다. 두 부 하는 결국 대장의 말에 따를 수밖에 없어 내 의미는 사라지고, 야만스 런 기도는 공론이 되고 만다. 빌딩 가득 울리는 큰유리새의 지저귐 소 리가 나를 늦더위가 기승을 부리는 바깥으로 몰아내고, 설욕을 완수할 힘을 빼앗는다.

9월 13일 수요일

나는 한산함이다.

9월에 들어 물거품 호수와 그 주변으로 급속히 번져나가는, 예년과 다름없는 한산함이다. 그런데도 표면상의 여름은 아직도 맹위를 떨치고 있고, 기온 역시 8월의 최고 기록을 웃돌고, 한낮 내내 도처에서 빛과 열과 나른함이 소용돌이치고 있다. 그러나 관광객의 발길은 점차 뜸해지고, 수영하는 사람들의 말소리 하나하나가 또렷하게 들리고, 백조 모양 유람선은 호숫가에 머문 채이고, 수면을 휘젓는 보트와 윈드서핑 보드와 수상 스키와 요트도 나날이 물에 압도되어간다. 캠프장을 떠돌던 카레 냄새도 희미해지고, 음식찌꺼기를 탐식하던 새와 개와 거지들도 기웃거리지 않고, 누가 봐도 매상의 부진이 명백하고, 요이치의 모습이 유독 눈에 띈다.

나는, 이 여름에도 지난해 못지않게 벌어들인 보트 대여점 아저씨에게 말한다. "이제 느긋하게 지낼 수 있겠군"이라고. 아저씨는 "어어"라고 대답한 뒤, 가을을 머금은 물거품 호수를 가장 좋아한다고 말하고, 한껏 기지개를 펴면서 "아직 살아야 할 날이 많이 남았어"라고 말한다. 그리고 저 먼 얕은 물가에서 몸을 씻고 있는 거지에게 "어이, 거기가 목욕탕인 줄 알아?"라고 말하고, "네놈의 독 때문에 물고기들이 죽으면 어쩌려고"라고 말하며 웃는다. 그러자 거지는 "내 몸의 때는 물고기 밥이야"라고 웃으며 대꾸한다. 나는 잠시 그들의 웃음소리를 즐기다가 호수 바닥으로 가라앉는다. 그런 다음 나는 울면서 언덕 위의 집으로 돌아가는, 이젠 젊지 않은 여자의 목소리를 즐긴다.

9월 14일 목요일

나는 배롱나무다.

아직도 한창 꽃을 피워 여름을 연장시킬 수 있는, 동물 못지않게 정력이 넘치는 배롱나무다. 나는 온갖 빨간색을 무기로 하여 경내를 떠도는 죽음의 기운을 상대로 매일 밤 고군분투하고, 틈만 생기면 이 세상으로 돌아오려 때를 노리는 영혼을 되돌려놓는다. 그러나 이렇게 산속 깊은 황막한 절에서 내 편을 들어줄 자는 없다. 주지승도 없고, 성묘를 하러 오는 자도 없다. 어쩌다 인기척이 느껴진다 싶으면, 눈을 돌리고 싶은 병든 소년뿐이다.

오늘도 그 소년이 훌쩍 나타났다. 그는 여전히 나한테는 눈길 한번 주지 않고, 쓰러져 있는 비석 위에 서서 휘파람으로 새소리를 멋들어지게 흉내내고는, 죽음을 웃어넘겼다. 이어 그는 땅바닥에 방치된 관음의 흉상을 발견하자 말없이 그것을 가지고 떠나버렸다. 내 편도 적도 아닌 그런 잡동사니가 꺼져버려 후련하다고 생각하고 있는데, 소나기가 쏟아졌다. 소나기치고는 빗발이 너무 세차다 싶다 했더니, 뒷산 벼랑이 무너져내리고, 흙탕물이 콸콸 밀려 내려왔다. 남은 무덤도 흙더미에 묻혔지만, 다행히 나는 무사했다.

몇만, 몇십만으로 갈가리 나뉜 내 뿌리가 일제히 무덤의 물을 빨아올린다. 그러자 점점 꽃의 색이 변하더니 끝내 녹아, 검은 물방울이 되어 뚝뚝 땅으로 떨어졌다. 그러나 나에게는 아무런 변화가 없었다. 잎사귀는 푸르고, 가지도 튼튼하고, 줄기에는 꽃들의 재개를 재촉하는 여력이 충분히 남아 있었다. 파란 새가 내 가지에 머물러 울었다. "넌 죽었어."

9월 15일 금요일

나는 부피다.

소년 요이치의 참혹하게 병든 몸에 단단히 뿌리내리고 있는 혼의, 아무리 세월이 흘러도 일정해지지 않는 부피다. 나는 실은 물거품 호수의 부피에 필적한다. 또는 마호로 마을의 부피와도 어깨를 견줄 수 있다. 또는 원시 은하의 부피에 육박할지도 모르겠다. 요이치가 필사적으로 살려 할 때, 나는 이렇게 말한다. 우주의 넓이와 깊이에 압도되는 것은 전혀 상관하지 않으나, 절대로 두려워해서는 안 된다고.

경탄해 마지않을 것은 바로 나 자신의 넓이와 깊이, 라고 나는 혼자 중얼거린다. 현세를 유일무이한 세계라 믿고 안타까워해서는 안 된다. 이런 세계는 무수하고, 마치 물거품처럼 사라졌다가는 다시 나타나는 것이니, 조금도 귀중하지 않다. 영원한 존재도 없거니와 영원한 무(無)도 있을 리 없다. 무는 너무도 허망한 자신을 견디지 못하여 끊임없이 흔들리고, 그 흔들림이 한계에 도달했을 때 거기에서 새로운 세계의 씨앗이 봉선화 씨처럼 터져나오는 것이다. 그리고 존재란 마침내 자신의 팽창에 지치고 지쳐 무한한 응축을 향하고, 끝내는 절대적인 무(無)로 돌아가는 것이다. 나 또한 그렇다. 나는 큰유리새의 부피에 필적하고, 중수(重水)의 분자수에 버금가고, 어쩌면 쿼크 한 개분에 육박할지도 모른다. 그러나 그렇다고 요이치의 모든 것이 내 안에 고스란히 들어 있는 것은 아니다. 때로 요이치는 내 밖으로 비어져나가기도 한다. 나는 요이치의 일부에 지나지 않는다.

9월 16일 토요일

나는 소망이다.

새장 속 큰유리새가 자기 주인이며 마음을 놓을 수 없는 친구이기도 한 소년 요이치에게 처음으로 바라는 절절한 소망이다. 날카로운 땅울림 소리와 찬란한 지저귐 소리를 교묘하게 섞어짜, 나는 열심히 부탁한다. 그런 걸 방 안으로 가지고 들어오지 말라고. 그런 걸 이불 속에서 껴안고 있지 말아달라고.

그러나 좀처럼 들어주지 않는다. 요이치는 어디선가 주운 관음의 흉상을 언덕 위로 옮겼다. 어제까지는 벼랑 끝 흔들바위 위에 있었다. 그런데 오늘 그는 그것을 집 안으로 들여놓은 것이다. 자기 자신을 의지하는 성격의 큰유리새와는 맞지 않을 것이다. 그러나 관음보살상 쪽은 큰유리새를 인정하고 순순히 받아들였다.

나는 계속 되뇌었다. 그런 것은 여기저기 떠다니는 나무토막과 별다를 게 없는 무가치한 것이라고 말했다. 아니, 오히려 인간을 못쓰게 만드는, 생명력을 축내고 마음을 좁게 만드는 쓸데 없는 물건이라고 말했다. 너한테는 부모도 있거니와 누나도 있고 삼촌도 있고 파란 새도 있지 않느냐고 말하고, 지금 와서 새삼스럽게 그런 우상에 매달려야만 하는 이유가 있느냐고 말했다. 그러자 요이치는 나를 쏘아보며 항변하였다. 큰유리새를 받아들인 것처럼 이걸 받아들이는 게 뭐가 나쁘냐고 쏘아붙였다. 말이 궁해진 나는 잠시 후, 그럼 최소한 집 밖에라도 내놓아줄 수 없겠느냐고 호소했다. 큰유리새는 깃털이 빠지도록 난리를 쳤다. 할 수 없이 요이치는 그것을 안고 방을 나섰다.

9월 17일 일요일

나는 낙하다.

한 가족이 오순도순 생활하는 언덕 꼭대기에서 쓸쓸한 산 위 호수를 향하여 시작된 목상(木像)의 낙하다. 집 주변을 정리하고 있던 요이치의 어머니는 흔들바위 위에 뎅그러니 자리하고 있는 관음보살상을 발견하고, 성큼성큼 다가가 휙 움켜잡더니 무연한 표정으로 이렇게 말했다. 더이상 속지 않아, 라고. 그렇게 말한 그녀는 조금도 주저하지 않고, 어쩌면 믿는 대로 이루어지는 힘을 은닉하고 있을지도 모를 그 흉상을 벼랑 쪽으로 휙 내던졌다. 지금껏 그녀는 타지 않는 쓰레기조차 그렇게 함부로 다룬 적이 없었다.

이리하여 나는 시작되었고, 속도와 회전이 급격히 빨라졌다. 매정한 중력은 상대가 누구든 가차 없이, 저 지옥 끝까지 빨아들일 기세로 잡아당겼다. 공중에서 날벌레를 삼키려던 바위제비 떼가 나를 보고 놀라 날아오른다. 만약 이대로 돌진하다가는 목상은 바위에 부딪혀 두 조각 세 조각으로 깨지고, 그저 한낱 깨진 나뭇조각으로 썩어갈 것이다. 목상은 날 수 없다. 날개가 없는 것이었다.

그런데 나를 방해하는 힘이 작용하여, 아마도 회오리바람 덕분이라고 생각하는데, 그것은 바위로 떨어지지 않고 그 너머에 있는 호숫가 풀길에 떨어져, 데굴데굴 구르다 살포시 물에 안겼다. 그러나 그렇다고 내가 끝난 것은 아니다. 그것은 바짝 마른 나무임에도 불구하고, 호수 바닥을 향하여 천천히 가라앉는다.

9월 18일 월요일

나는 공감이다.

뭐가 어찌되었든 마호로 마을에서라면 그럭저럭 살아갈 수 있는 사람들에게 소년 요이치가 느끼는 공감이다. 나는 자신이 뱉어놓은 오물에 범벅이 되어 큰길에 누워 있는 술주정뱅이를 인정한다. 또 특정 인물의 이름을 들먹이며, 정계의 부패를 운운하기 좋아하고 물렁물렁한 음식밖에 먹지 못하는 노인을 인정한다. 그리고 나는, 세일 품목이 너무 많아 이걸 살지 저걸 살지 오락가락한다고 조잘대는 주부와, 아직은 젊은 과부의 엉덩이를 집요하게 쫓아다니면서 꼬드겨대는 호색한과, 깊은 밤에 지저귀는 암흑의 새와 흐뭇한 정을 보이는 신생아도 인정한다.

또한, 눈 뜨고 보기 역겨운 궁상을 아무렇지도 않게 여기면서 어린 동생들을 보살피느라 세월 가는 줄 모르는 젊은 신문배달부와, 마음속 깊이 결심한 바는 있어도 지금은 인고의 나날을 견디고 있는 빈틈없는 생김새의 남자와, 과거에는 이름을 날렸으나 지금은 천연덕스럽게 여생을 보내고 있는 기생과, 인기 없는 그림만 그려대는데다 이해력도 부족한 늙은 화가를 인정한다.

또한, 아직 인정받지 못한 사생아와 간담을 서늘케 하는 용맹과 뒷골목 세계에 어울리는 풍모를 갖춘 조직원과, 심사숙고와 안이한 태만을 반복할 뿐 결국 아무 결론도 내리지 못하는 머리만 큰 지식인과, 자기가 한 짓에 대해서는 시치미를 뚝 떼고 공격의 화살을 비켜가는 교묘하게 시답잖은 도둑과, 뜬세상의 그 어떤 변화에도 집착하지 않는 걸인 비슷한 범인과, 서른 살이 되어서도 여전히 움찔움찔 세상 눈치를 살피는 남자한테도 일맥상통하는 부분이 있다.

9월 19일 화요일

나는 물거품이다.

물거품 호수의 남서쪽 한끝, 갈대도 물풀도 자라지 않는 순백의 모래 바닥에서 보글보글 일어나는 보잘것없는 물거품이다. 나와 유사한 현상은 호수 도처에서 일어나므로, 그 자체는 그다지 신기해하며 일일이 호들갑 떨 일이 아니다. 내 방울 하나하나가 유난히 크다거나 알록달록한 색으로 물들어 있다면야 얘기는 다르겠지만.

따라서 나에게 각별한 주의를 기울이는 자는 없다. 마호로 마을에서 일어나는 일이면 아무리 사소한 변화라도 놓치지 않는 소년 요이치조차, 나를 발견하고서도 내가 심상치 않은 구석이 있음을 알아차리지 못했다. 나를 알아준 것은 이승 산의 선사에서 제일 신참인 젊은 수도승이었다. 그는 오늘 거지의 그림자에 겁을 먹고 떨면서, 탁발을 하고 돌아오는 길에 문득 내게 눈길을 주었다. 그리고 내가 일정한 간격을 유지하고 있음을 간파하였다. 즉 내가 인간의 호흡과 비슷한 간격을 유지하고 있음을, 예를 들면 좌선하는 중의 숨결과 아주 비슷하다는 것을 알아차린 것이다.

그저 그뿐이었지만, 그러자 젊은 중의 등뼈 언저리로 전류와도 같은 무언가가 찌르르 내달리고, 현묘한 도리가 관통하였다. 나를 빤히 들여다보고 있던 그는 오늘밤 재차 결행하려던 탈주 계획을 접고, 벌써 저만큼 앞을 걷고 있는 선배들의 뒤를 좇아 열심히 걸었다. 아직은 태연하게 대처하지 못하는 그의 발소리가 멀어진 다음에도, 나는 호수 바닥에 반듯하게 서 있는 관음보살상의 입과 잔물결 하나 일지 않는 잔잔한 수면을 규칙적으로 연결하고 있었다.

9월 20일 수요일

나는 쪽이다.

진지하게 염색 일을 하고 있는 여자가 베어내 잘게 자르고 말려, 나무랄 데 없는 풀 부스러기가 된 쪽이다. 완전히 말라비틀어진 지금, 내가 무엇에 사용되는 식물인지 아는 자는 많지 않다. 노인네들도 금방은 생각나지 않을 정도다. 담담하게 살면서 화훼를 재배하는 틈틈이 나를 부활시킨 노파는, 제 손으로 짠 천 몇 폭에 나의 색을 물들였다.

그녀는 그 천으로, 자리보전을 한 이래 아무리 불러도 대꾸하지 않는 남편의 이불을 만들었다. 나는, 그저 늙어 나약해진 몸을 누이고 세월을 보내려는 남자의 칠십여 년을 다시금 싱그럽게 변화시키고, 메말라가는 혼까지도 파랗게 물들였다. 그를 괴롭히는 천식을 멈추게 할 수는 없어도, 그의 꿈을 어지럽히는 어두운 구름을 걷어내는 정도는 할 수 있었다. 내가 감싸고 있는 자는 천성이 곤란을 무릅쓰고 뜻을 감행하는 용기와 결코 나서지 않는 조심스런 성품을 지닌, 생을 제대로 살아온 남자 중의 남자였다.

그런 남자의 아내로 손색이 없는 노파는 며칠 전 집 앞을 지나가는 소년을 불러세웠다. 그녀는 소년의 몸 치수를 정확하게 재고는 찐빵을 한 개 쥐어 돌려보냈다. 그리하여 오늘, 그녀는 요이치라는 이름의 그 소년을 다시 한번 불러세웠다. 땀과 흙먼지, 차별과 증오, 수치심과 분노로 얼룩져 너덜너덜한 셔츠를 손에 들고, 내가 물들인 새 긴소매 셔츠를 입고 언덕길을 올라가는 요이치가 파란 하늘에 녹아들었다.

9월 21일 목요일

360

나는 보답이다.

불쌍한 자식에게 베푼 과분한 친절에 대한 어머니의 보답이다. 나 같은 것은 예상조차 하지 않았던 노파는 그저 황송하여 "심심풀이 삼아 천조각을 이용해서 만들었을 뿐인데, 이런 것을 주시면 어쩌나요"란 말을 몇 번이나 되풀이하였다. 그러고는 "그 색이 그만큼 어울리는 아이는 흔하지 않을 겁니다"라고 진심으로 칭찬하면서 나를 받아들이려 하지 않았다. 그렇다고 매몰차게 거절한 것은 아니다.

그런데 엄마가 오히려 화를 벌컥 내었다. 알지도 못하는 사람한테 옷을 얻어 입었는데 가만히 있을 수는 없다고 고집을 피우면서 나를 툇마루에 턱 내려놓았다. 그 정도로 그쳤으면 다행이었는데, 그녀는 이렇게 말을 이었다. 싸구려 동정도 억지 동정도 필요 없다. 그 아이를 구실 삼아 무슨 대단한 자선이라도 베푼 듯한 기분에 젖는다면 그건 악취미란 말까지 하였다. 노파는 당황하여 설명을 하려 했지만 말이 나오지 않았다. "우리 애한테 먹일 것 다 먹이고 입힐 것도 다 입히고 있다구요"라고 어머니는 말을 계속하였다. "그 아이 때문에 누구한테 빚은 지고 싶지 않단 말입니다"라고 말하고, 자기가 어떤 태도를 취하고 있는지 알아차리자, 나를 두고 돌아가버렸다.

그후 노파는 해가 기울도록 툇마루에 앉아 나를 바라보고, 한편 남편의 숨막히는 기침 소리를 듣고 있었다. 그리하여 해가 지고 남편의 기침 소리가 잦아들자 겨우 나를 껴안고 방으로 들어갔다. 그녀가 나를 싼 포장지를 뜯은 것은 깊은 밤이었다.

9월 22일 금요일

나는 사과다.

아내가 보여준 무례하기 짝이 없는 태도를 반성하여 그 남편이 마음을 담아 용서를 바라는 사과다. 노파는 나에 놀라, "아닙니다, 저야말로 쓸데없는 짓을 해서"라고 말하고, "어미의 심정도 헤아리지 못하고"라고 말했다. 나는 변명으로 일관하였다. "아이가 그 지경이 되고부터는 줄곧 그 모양입니다"라는 둥, "남의 친절을 그냥 기쁘게 받아들일 수 없게 되고 말았습니다"라는 둥, "아내는 정말 어찌해야 좋을지를 모르고 있습니다"라는 둥.

마침내 노파는 이렇게 말했다. "부인의 말씀이 옳은지도 모르겠어요"라고 말하고, "이 나이가 되어서도 생각이 부족해서……"라고 말했다. 그러고 나서 잠시 후 나는 서서히 잦아들고, 그녀의 마음씀씀이에 감싸여, 결국에는 온전히 받아들여졌다. 요이치의 아버지는 "찾아뵌 보람이 있었습니다"라고 말하고, 툇마루에 앉아 노파가 끓여준 차를 마시고, 서서히 깊어가는 가을을 얘기하고, 다시 몇 번이나 고개를 숙이고 돌아갔다.

그후에 노파는 두 번 다시 일어날 수 없는 몸이 된 지 오랜 남편에게 가서 나의 내용을 그대로 전했다. 그러나 남편은 빨갛게 상기된 얼굴로 기침만 해댈 뿐 뭐라 반응이 없었다. 나는 병자의 짓무른 폐로 빨려들어가, 청정한 가슴속을 빙빙 돌다가, 자식 따위 낳을 게 못 된다는 생각과 함께 다시, 무수한 괴로움을 빨아들인 누런 담과 함께 대야로 퉷, 뱉어져나왔다.

9월 23일 토요일

나는 존재다.

태어나서 지금까지 단 한 번도 의심받은 적이 없는 소년 요이치의 자기란 존재다. 엉뚱한 철부지도, 전문의의 진찰을 받아야 할 만큼 몽상가도 아닌 요이치는 지금까지 나와 완전하게 합치되어 다소의 느슨함도 다소의 어긋남도 없이 손을 맞잡고 살아왔다. 즉 요이치는 내 앞으로 나서고 싶어하는 일도, 내 뒤를 주춤주춤 따라오는 일도 없었다. 그렇게 살 수 있었던 사람은 마호로 마을에서 아마도 그뿐일 것이다.

그러나 인간 이외의 생물계에서는 동물이든 식물이든 그게 당연한 일이다. 단 요이치가 기르고 있는 파란 새만은 예외다. 그 녀석은 들에서 자란 새임에도 인간의 특질이라 할 수 있는 고뇌의 영역에 발을 들여놓았고, 특유의 풍류를 지닌 소리로 우짖고, 정사의 차이를 판별하고, 빛의 사상과 어둠의 철학을 두루 사고하며, 순수하고 바른 중립을 지키며, 사람들이 결정하는 가치를 미리 알고 있었고, 특히 요이치의 대리를 행하고 있었다.

이승 산의 선사에서 수행에 정진하며 풍진 세상의 명리를 구하지 않는 스님들은, 이를테면 나와 요이치의 관계를 추구하고 있는 것이리라. 겨우 그만한 일을 가지고 그토록 자학적인 나날을 거듭하고 있는 것이다. 그러나 그들 중에는 그런 뜻으로 요이치에게 주목하는 자가 한 명도 없다. 그들 세계에서 도를 통했다고 하는 고승조차 요이치를 보고도 배울 것 없는 미미한 상대라고 무시하며, 아무것도 없는 저편에 눈길을 준 채 지나치고 만다.

9월 24일 일요일

나는 가자미다.

밤늦게 돌아온 요이치의 누나가 반찬으로 삼으려고 냉장고에서 꺼낸 싸늘하게 식은 가자미다. 그녀는 매콤달콤한 국물과 함께 조그만 냄비로 옮긴 내 위에 산초 가루를 뿌리고 가스레인지 위에 올려놓았다. 그런데 아무리 시간이 지나도 불이 켜지지 않는다. 피곤한 탓에 졸고 있는 것은 아니다. 그녀의 눈은 분명 내 쪽을 똑바로 향하고 있는데, 나를 보고 있지 않은 것이다. 언덕은 벌써부터 청량한 가을에 에워싸여 있다.

그녀는 왼손으로는 냄비 손잡이를 잡고, 오른손으로는 냄비 뚜껑을 쥐고 있다. 그녀와 거의 십 년이나 교류하고 있는 냄비가 살짝 나에게 가르쳐준다. 남자 때문이라고. 방금 전까지 함께 있었던 남자 때문에 몸이 나른하게 풀어져 있는 것이라고. 마호로 마을과 마찬가지로 그닥 복잡하게 생겨먹지 않은 그녀의 머릿속이 지금 의혹으로 가득하다고.

그리고 그녀는 말할 상대가 없어 하필이면 나한테 질문을 퍼부어댄다. 그 사람은 결혼으로 빚을 탕감할 작정이냐는 둥 말이다. 이어 그녀는 이렇게 중얼거린다. 만약 결혼만 할 수 있다면 빌려준 돈을 고스란히 잃는다 해도 아깝지 않다고. 그렇게 말하는 그녀의 얼굴이 어딘가 모르게 물고기를 닮았다. 그것도 다른 물고기를 꿀꺽 삼키며 살아야 하는 물고기를. 나는 그녀에게 냄비한테 물어보라고 말한다. 가스레인지에 불이 켜진다. 냄비는 "내가 어찌 알겠어, 알 리가 없지"라고 대답할 뿐, 끝내 나를 태워버리고 만다.

9월 25일 월요일

364

나는 잠수다.

수행을 위한 수행에 염증이 난 젊은 선승이 참다못해 시도하는, 물거품 호수에서의 잠수다. 그는 과감하게 벗어던진 옷을 꼿꼿하게 가지를 뻗은 소나무에 걸어두고, 준비체조도 제대로 하지 않고 심장 부위에만 살짝 물을 끼얹은 후 다짜고짜 몸을 날렸다. 그리고 사람의 호흡 같은 간격으로 끓어오르는 거품의 정체를 파헤치려고 단숨에 호수 바닥으로 내려갔다. 그는 수심을 얕잡아보고 있었다. 호숫가와 비교적 가까워 얕을 것이라고 생각한 것이다.

그런데 실제로는 그가 짐작한 깊이보다 세 배는 깊어, 적당히 들이쉰 공기가 단박에 동이 나고 말았다. 그는 일단 부상하였다. 보글보글 끓어오르는 거품이 지금은 쓸모없는 그의 마라*를 발기시켰다. 그것에는 개의치 않고, 그는 속계에 가득한 산소를 폐 한가득 빨아들이고, 한쪽 눈으로는 현세의 유락에 사는 남녀를, 다른 한쪽 눈으로는 불치병에 을씨년스러운 모습을 하고 있는 소년을 힐긋 쳐다보고는, 다시 물 속으로 몸을 담갔다.

나는 그에게 경고를 보냈다. 초보자한테는 위험한 깊이라고. 까딱하다가는 목숨을 잃을지도 모른다고. 그러나 아직도 얼굴 어딘가에 유치함이 남아 있는 중은 내 말을 듣지 않았다. 그는 거품의 고리를 따라 하염없이 내려갔다. 폐는 수압으로 위축되었지만, 허리춤 속의 성가신 물건은 오히려 부풀어올랐다. 그는 새하얀 모래 위에 반듯하게 서 있는 관세음보살의 흉상을 발견하고, 그 모양새 고운 입술에서 새어나오는 물거품을 보았다. 그는 놀랍고도 환희에 찬 표정을 띠면서 사정하였다.

9월 26일 화요일

---

* 魔羅, 불도에 장애가 되는 물건을 뜻하는 승려들의 은어.

나는 늦더위다.

　드디어 시작된 가을 장맛비가 그친 틈을 타 마호로 마을을 기습한, 그리하여 휴식의 한때를 마비시키는 늦더위다. 딱히 성실하지도 불성실하지도 않은 사람들은 나를 빌미 삼아 오후 일을 게을리 하려 한다. 그들은 고집스럽게 반대할 일도 없다고 마음을 고쳐먹고, 억지 설명을 그만두고, 세세히 논하자면 끝이 없는 문제를 아주 쉽사리 내던진다. 그렇게 봐서 그런가, 그들은 이 여름에 야윈 것 같다.

　그리고 나는 물거품 호수 주변에 흩어져 있는 오래지도 새롭지도 않은 인가의 지붕을 바짝바짝 말리고, 황금색으로 반짝이기 시작한 논에 어중간한 풍작의 기쁨을 보장하고, 매스게임 연습에 열심인 전쟁을 모르는 고등학생들을 넌더리나게 하고, 남몰래 민족정신의 발현을 기대하는 어리석은 자들에게 패전이 확실해진 여름날을 상기시킨다. 나는 가을 너머에서 어떤 의의를 찾아내려는 한 줌 풍류객들의 앞을 가로막아 미래를 봉쇄하고, 21세기는 그림자조차 보이지 않게 하고, 아직 그 구속력을 발휘할 기회가 오지 않았다고 한탄하는 자와 나태한 나날 속에서 호기를 잡으려고 애태우는 자에게 마호로 마을을 떠날 결심을 흐리게 한다.

　또는 폐옥에서 가야금을 퉁기는, 얼굴을 보이고 싶어하지 않는 아가씨의 살을 향긋한 땀내음과 정념으로 덮어주고, 언덕 위의 집에서 지저귀는 큰유리새 소리를 공허하게 만들고, 그 곁에서 뜨거운 바람에 헉헉대는 소년의 성장이 멈추어버린 뒤틀린 육체를 파란 새의 꿈으로 감싼다.

9월 27일 수요일

나는 가슴 근육이다.

다리를 대신하는 팔과 함께 알게 모르게 단련된, 휠체어 청년의 울 룩불룩한 가슴 근육이다. 나는 지금 그의 몸과 그의 삶의 방식을 구성 하는 다른 근육과 더불어 뚝뚝 떨어지는 땀에 젖어 일렁이는 높은 파 도처럼 꿈틀거리고 있다. 그리고 나는 늘 따라다니는 염세적인 기운에 는 눈길조차 주지 않고, 과거 이 청년이 자기 다리로 걸을 수 없음을 알았을 때 죽음의 신과 나누었던 암묵의 계약을 일방적으로 파기해버 린다.

청년은 오늘도, 가파른 오르막으로 이어지는 약 십 킬로미터에 달 하는 길을 완주하였다. 부하저항이 일시적으로 나의 힘을 떨구었지만, 크고 작은 무수한 혈관과 임파선이 나의 회복을 위하여 청결하고 영양 만점인 액체를 쉴새없이 돌리고 있다. 내 안 깊숙이 깃들어 있는 혼은 닻을 올린 거대한 배처럼 묵직하게 자리하여, 장래에 대한 의구심을 하나하나 쫓아내고 있다. 살아 있음의 타당성을 묻는 것은 내가 아니 라, 뇌 부근에 둥지를 틀고 있는 다른 누군가이다.

어젯밤 폭풍우의 여파가 여기저기 남아 있는 호숫가로 쏟아지는 햇 빛, 그 대부분을 내가 이 한 손에 거머쥐고 있다. 모든 그림자를 빨아 들이듯 걷는 그 굼뜬 소년이 이쪽으로 다가온다. 그는 그칠 줄 모르고 떨리는 손바닥으로 나를 찰싹 때리고는 말없이 지나간다. 청년의 치켜 올라간 눈이 한층 더 치켜올라가고 입술 끝은 반대로 비죽 내려와, 기 역자 꼴이 된 입에서 이런 말이 튀어나온다. "너 같은 놈하고 같은 줄 알아!"

9월 28일 목요일

나는 서커스다.

사전 홍보도 없이 마호로 마을로 흘러들어, 기와 공장 부지 한 켠을 빌려 쓸쓸하게 흥행을 시작한, 이류라고도 할 수 없는 서커스다. 내가 거느리고 있는 단원은 고작해야 일곱 명, 인간 외에 내보일 수 있는 것이라고는 인도코끼리 한 마리뿐이다. 그 코끼리만 해도 이제는 완전히 늙어 꼬부라져 귀는 너덜너덜 찢어졌고, 조련사가 도망치는 바람에 지금은 손님을 끌어들이는 도구로 전락해버렸다. 코끼리는 밤이 되면 눈물을 흘리며 울었다.

그런데 신기하게도 이 시골 마을은 나를 환영해주었다. 이런 대환영은 결성 이래 처음이라고 말 많은 단장이 말했다. 과연 공연 첫날부터 대만원이었다. 더욱 놀라운 점은, "에계, 겨우 이런 거야"란 실망과 불만의 소리를 단 한 번도 들을 수 없었다는 것이다. 어린아이들은 물론 나이든 어른까지도 체조보다 좀 나아 보일까 말까 한 재주에 박수를 치면서 즐거워했다.

우쭐해진 단장은 몸소 코끼리를 이끌고 손님들 앞으로 나섰다. 그러나 가엾을 정도로 야윈데다 재주 따위는 거의 잊어버린 코끼리가 할 수 있는 것이라고는 고작 시계 방향으로 빙빙 도는 정도였다. 그런데도 우레 같은 박수 소리가 터져나왔다. 특히 병 때문에 몸짓이 원숭이 같은 소년은 온몸으로 기쁨을 드러내고, 새를 닮은 기성을 몇 번이나 지르면서 장내 분위기를 무르익게 했다. 그러자 코끼리는 그 소년 앞에 멈춰 서서, 그를 흉내내어 가냘픈 거구를 비틀며 코를 높이 들어올리는 새로운 재주를 보여주었다.

9월 29일 금요일

368

나는 망원경이다.

마음만 먹으면 타인의 프라이버시 따위는 얼마든지 짓뭉개버릴 수 있는 육십 배율 줌 망원경이다. 밤낚시를 가장한 보트에서 '삼광조'를 정탐하고 있는 경찰의 끄나풀들은 벌써 세 시간이나 나를 상대하고 있다. 그러나 범죄의 확실한 증거가 될 만한 아무런 단서도 얻지 못했다. 또한 기대에 부응하는 변화 역시 하나도 없었다. 즉 오늘밤 도박판이 벌어진 낌새는 전혀 없는 것이다.

우아하게 단장한 여주인과 흐트러진 잠옷 차림의 창부가 한 손에 생맥주 잔을 들고 정원을 거닐고 있다. 가끔씩 그녀들의 구김살 없는 웃음소리가 바람을 타고 날아온다. 그리고 얼마 후, 삼층짜리 검은색 빌딩에 사는 사람들 중의 한 명, 세 사람 중에서 제일 키가 커서 눈에 잘 띄는 청년이 찾아온다. 나는 마을 사람들 앞에서 거만하게 굴기 좋아하는 요주의자의 옆얼굴을 포착하여 확대한다. 그가 입고 있는 새로 맞춘 겨자색 양복은 마호로 마을의 밤과 물거품 호수의 가을에 무척이나 잘 어울린다.

언젠가는 심판을 받게 될 그 청년은 증인석에 불려나갈지도 모르는 두 여자에게 두세 마디 말을 걸고는, 연비가 별로 좋을 성싶지 않은 자동차를 몰고 돌아갔다. 그때 들고나듯, 뭐라 형용하기 어려운 심원한 파란색 셔츠를 입은 소년이 나타난다. 소년의 등장은 보트에서 숨을 죽이고 있는 남자들의 기세를 꺾어버리고 만다. 그들은 "오늘밤은 이 정도로 해두지"라고 말하고 나를 집어넣는다.

9월 30일 토요일

나는 판촉 행위다.

　들개인 자신의 입장에 불안을 느끼고, 더이상 떠돌아다니는 개로서의 자긍심을 유지할 수 없게 되자 집개로 여생을 살기로 결심한 암캐의 판촉 행위다. 하지만 뜻대로 잘 되지는 않았다. 나는 이 집 저 집을 돌아다니다 실패만 거듭하였고, 성가시다는 대접만 받았고, 결국은 무정한 비를 맞으며 언덕 위의 집을 향하여 언덕길을 올라갔다. 개는 인간과 함께 살아야 한다는 말을 남기고 죽은 얼룩무늬 순수한 일본 개의 그림자가 인도하는 대로 걷고 있는 나는 버려진 강아지보다 불쌍한 처지다.

　이층 방에서 파란 새와 함께 마호로 마을을 조망하고 있는 소년을 발견한 나는 재빨리 명랑한 소리로 짖고, 이어 조심스럽게 꼬리를 흔들었다. 나무랄 데 없는 첫인상을 주었을 것이다. 소년은 손을 흔들어주었다. 그러나 그뿐이었다. 가령 나를 좀더 잘 보려고 집 밖으로 뛰어나온다거나, 머리를 쓰다듬으면서 음식찌꺼기를 먹여준다거나, 너를 기르겠노라 약속해주는 그런 일은 없었다. 그래도 그나마 나은 대접이었다. 느닷없이 찬물을 끼얹거나, 돌을 던지거나, 인간들 사이에서는 별로 사용하지 않는 잔인한 욕설을 퍼붓지 않은 것만 해도 다행이었다. 나는 포기하지 않고 그 다음 방법을 썼다. 집을 지키는 데 도움이 된다는 것을 보여주기 위해 현관 앞에 앉아 언제든 적을 물리칠 수 있는 태세를 갖추었다. 그러나 결국 이 집에서도 성공하지 못했다. 밤이 되어, 나는 돌아오지 않는 다리 밑에서 나 자신을 부끄러워하였다.

10월 1일 일요일

나는 말고기다.

오류 강가에서 탕으로 끓고 있는 글리코겐 풍부한 신선한 말고기다. 지금은 토광에서만 잠드는 젊은이가 태양 바로 아래서 따갑게 달궈진 자갈 위에 자리잡고 앉아, 된장과 간장과 설탕으로 맛을 낸 국물 속으로 숭덩숭덩 썬 양파와 나를 와르르 집어넣고 부글부글 끓였다. 그는 웃통을 벗어던지고, 이마의 땀이 눈에 들어가지 않도록 수건을 머리에 둘둘 감고는, "어디 한번 먹어볼까!"라고 마호로 마을을 향해 목청 높이 선언하고서, 나무젓가락을 좍 가르고 윗몸을 앞으로 푹 숙인다.

너무 오래 끓여도 쇠고기와 달리 딱딱해지지 않는 나를 한껏 벌린 입 안 가득 우물거리는 젊은이는 "음, 맛있는데!"라고 외친다. 나는 그의 전신의 피에 확 불을 지르고, 기죽은 마음을 날려보내고, 미식에 포만한 자들이 즐기는 안이한 문화론을 일소에 부치는 힘을 부여한다. 그리고 나는 궁핍한 자와 부유한 자를 구분하는 권력의 벽을 제거하는 힘을 부여하고, 장남을 편애한 아버지의 그림자를 자진하여 소거하는 힘을 부여하고, 더 나아가서는 어이없을 정도의 몹쓸 행실과 무분별한 행동을 아무 주저도 후회도 거리낌도 없이 하기에 충분한 힘을 부여한다.

그런데 고작 소주 한 잔이 내가 부여한 힘을 빼앗아가버린다. 그저 얼근히 취했을 뿐인데도 그는 아무한테나 적용되는 말 따위에 고민하는 젊은이로 돌아가 시대의 흐름을 따르는 젊은이로 전락하고, 단백질을 섭취하는 정도로는 아무 소용도 없는 병든 소년한테조차 무시당하고는, 나를 절반이나 남긴 채 잠들어버린다.

10월 2일 월요일

나는 정원이다.

물거품 호수의 물을 끌어들인, 시냇물처럼 졸졸 흐르는 개울까지 있는 고가의 호사스런 정원이다. 우아한 집들이 죽 늘어서 있는 일대의 한 모퉁이를 차지하고 있는 그 오래된 집에서 사는 사람은 대대로 나만을 자랑으로 여기고 살아왔다. 들은 바에 의하면 나에 필적하는 정원은 마호로 마을은 물론이요 현내 어디에도 없다고 한다. 그것은 굵기가 한아름이나 되는 석남화 하나만 봐도 쉬 알 수 있는 일이다.

그러나 쭈그렁 늙은이가 된 정원사가 사다리에서 떨어져 죽고, 그 후에는 주인마저 병으로 쓰러지고, 딸 부부는 나보다 나은 자랑거리를 찾아 타향으로 떠나 연고자들이 근접하지 않게 되자 나는 아무도 돌아보지 않는 신세가 되었다. 나는 불과 이 년 만에 황폐해졌다. 잡초가 무성해지고, 소담하게 손질되어 있던 나무 울타리도 제멋대로 뻗어나온 가지 탓에 제 모양을 잃어버렸고, 팔 할 정도의 나뭇잎이 진드기와 백분병에 파먹히고 말았다.

하지만 개울물만은 예전처럼 깨끗하고, 바위 밑에는 송어도 있다. 그 밖에도 내가 아직 죽지 않았다는 증거는 있다. 오늘 견학을 하러 온 이가 있었던 것이다. 그 남자가 살며시 문을 열고, 안에 누가 있는지 알아보지도 않고 발소리를 죽이며 저택 안으로 들어온 것은 물건을 훔치기 위해서가 아니었다. 오로지 나를 보고 싶어 찾아온 그는 "굉장하군"이란 말을 몇 번이나 중얼거리고, "아깝다, 아까워"란 말을 연발하면서 가발 때문에 화끈거리는 머리를 긁적거렸다. 그리고 그는 뼈에 사무치는 괴로움과 언덕 꼭대기 높은 곳에서 들이쉬었을 엷은 공기를 나한테 토해내고는 다시 왔던 길을 되돌아갔다.

10월 3일 화요일

372

나는 자릿세다.

마호로 마을 한귀퉁이에서 소리 없이 흥행을 계속하고 있는 영락한 서커스단에 강요되는 자릿세다. 단원들은 숨쉴 틈도 없이 바쁜데다 폭력배들의 상투적인 수법을 익히 알고 있었기 때문에 나를 경시하였다. 그래서 오늘, 다 녹슨 대형 컨테이너 부스를 이용한 사무실에서 피에로 분장을 한 채 전자계산기를 두드리고 있는 단장은 내 성격을 충분히 알고 있으면서도, 가능한 한 얼굴을 들지 않고 다시 한번 용도를 물었다.

별 신통치도 않은 공굴리기 재주에 박수를 쳐대면서 좋아라 하는 관객들의 소리가 가라앉을 때를 가늠하여 키 큰 청년은 "아직 인사를 하지 않은 것 같은데"라고 말했다. 그러면서 그는 상대방이 앉아 있는 의자를 휙 돌렸다. 그러자 단장은 태연을 가장한 은근한 몸짓으로, "그 일이라면 벌써 처리했는데요"라고 말하곤, 돈을 지불한 조직의 이름을 대고, 그 대장과는 오래도록 신세를 지고 있는 사이라고 넌지시 내비쳤다. 청년은 엷은 웃음을 띠고, "여기서는 우리한테 인사를 해야지, 굳이 강요하는 것은 아니지만"이라고 전제하고서는, "그렇다고 헛걸음을 할 수 없지"라고 은근히 말했다. 그리고 다시 책상 위에 놓인 매상액을 움켜쥐고 그것을 양복 윗주머니에 쑤셔넣더니, 코끼리 냄새가 나는 쪽으로 걸어갔다. 그리고 그는 코끼리 똥 위에 앉아 휘파람으로 새소리를 흉내내는 소년에게 구깃구깃한 지폐를 한 장 내던지며, "웃기는 놈이야"라고 말했다.

10월 4일 수요일

나는 한턱이다.

어둠의 불편을 모르는 눈먼 소녀와 그녀에게 빛 이상의 것을 나눠주고 있는 개에게 소년 요이치가 베푸는 한턱이다. 빨간 치마를 입은 소녀도 하얀 털이 부숭부숭한 개도 기꺼이 나를 받아들여주었다. 소녀는 탄산이 들어 있는 주스를 마시고 개는 멜론빵을 덥석 물었다. 그러자 요이치는 기분이 좋아 아직 주머니 속에 남아 있는 동전을 짤랑거리며, 소녀를 대신하여 물거품 호수의 아름다운 경치를 바라보았다.

소녀는 나에게 감사하면서도 예리하게 발달된 감각을 구사하여 요이치란 소년을 적확하게 파악하고 있었다. 요이치란 인간을 요이치답게 해주는 병, 그 병 때문에 다른 어떤 소년보다 해방되어 있다는 것, 넘치는 자유가 불러들이는 슬픔. 그러나 둘 사이에서 무겁고 어색한 대화가 오가는 일은 절대로 없었다. 빵을 깨끗이 해치운 개는 조금 떨어진 나무 그늘로 걸어가 누웠다. 동심을 다치기 싫어하는 보트 대여점 아저씨가 일부러 먼 길을 돌아 소나무 숲 너머를 지나갔다.

나 덕분에 요이치와 눈먼 소녀 사이가 보다 친밀해진 것은 사실이다. 그렇다고 서로에 대한 사모의 정이 싹트는 그런 일은 없었다. 소녀는 가녀린 손가락으로 호수 쪽을 가리켰다. 그러자 요이치는 단박에 "파란색뿐"이라고 대답했다. 소녀의 엄마가 노란색 자동차를 타고 소녀를 데리러 왔다. 소녀와 개가 사라진 다음, 요이치는 떨리는 손가락으로 하늘과 땅을 가리켰다.

10월 5일 목요일

나는 딱따구리다.

시들고 말랐어도 변함없이 서 있는 거목을 요란스런 소리를 내며 콕콕 쪼아 자기 영역을 주장하고, 더불어 인간들을 우롱하는 딱따구리다. 경쾌하고 도발적인 나의 드러밍에 대한 물거품 호수 주변 사람들의 반응은 제각각이다. 능력 이상의 모험심에 불타는 남자는, 내가 두통에 걸리지 않는 수수께끼를 풀어 획기적인 헬멧을 발명하려고 한다. 약간의 목돈을 지니고 있는 교활한 남자 밑에서 허드렛일이나 하며 평생을 지내려는 야윈 신사는 음울한 얼굴을 내 쪽으로 향하고, "네가 바로 나로구나"라고 맥없이 중얼거린다.

또 정년퇴직한 후 매일 한가하게 지내는 풍채 좋은 남자는 내 소리를 들을 때마다 젊은 날의 가슴 설레는 추억에 잠기고, 쥐꼬리만한 돈을 주고 인연을 끊은 여자의 목소리를 떠올린다. 사려 깊지 못한 반면 정은 많은 여자는 내가 내는 연속음에 쫓겨, 남자를 바꿀 때가 왔음을 깨닫는다. 일개 졸병으로 대륙에 건너가 서슴지 않고 저지른 잔악한 행위를 지금도 전공이라 믿어 의심하지 않는 남자는, 내 소리에서 중기관총을 연상하고 전신의 피가 들끓는 것을 느낀다.

그리고 빼어난 조건 따위 무엇 하나 가지고 있지 않아 이십여 년을 읍사무소 말단 직원으로 사는, 가발 하나면 자신의 비참한 처지까지 가릴 수 있으리라 착각하고 있는 남자는, 내가 조소를 퍼붓고 있다고 멋대로 생각하고는 일부러 경트럭을 세우고 숲속까지 들어와 적당한 크기의 돌을 찾아, 증오까지 불태우며 나를 쫓아내려 하였다.

10월 6일 금요일

나는 불이다.

불행하게도 생후 며칠 되지 않아 그만 죽어버리고 만 신생아가 마지막 순간에 본 불이다. 그렇다고 내가 딱히 강렬한 광채를 발한 것도 아니다. 나는 그저 물거품 호숫가에서 뇌 어딘가가 마비된 소년과 거지 사이에 피워놓은 보잘것없는 모닥불에 지나지 않았다. 그러나 인큐베이터를 통하여, 병원의 이중 유리창을 통하여, 가을의 대기를 통하여, 산 자의 가슴속에 고여 있는 무상한 세상의 침전물을 통하여 멀고 먼 이곳까지 도달한 너무도 여리고 애틋한 시선을 감지했을 때, 나는 주변의 숲에서 만들어진 산소를 정성껏 빨아들이며 활활 타올라, 불길의 높이를 단숨에 배로 늘리고 불똥을 하늘 높이 튀겼다.

하지만 끝내는 힘이 달려, 그 아이의 쇠약을 멈추게 하기는커녕 제일 가까운 데 있는 소나무 가지 하나 태우지 못했다. 그런데도 여전히 그 아이의 더러움을 모르는 해맑은 눈동자는 나를 똑똑하게 포착하고 있었다. 그가 본 것은 부모의 얼굴이 아니라, 최선을 다한 의사나 간호사의 하얀 가운이 아니라, 바로 나였다. 나를 본 그는, 입가에 묘한 미소를, 이 세상에서 짧은 시간을 보내기 위해 기력을 다한 갓난아기의 미소라고는 도저히 여겨지지 않는 깊고 편안한 미소를 띤 채 조용히 숨을 거두었다. 젊은 아버지는 죽은 아이의 눈에 새겨진 나를 알아차리고는, 자식의 일생을 하루살이에 비교하기를 포기하고 창백한 얼굴을 물거품 호수 쪽으로 향했다.

10월 7일 토요일

나는 이별이다.

이제 더이상 올 손님이 없다고 여긴 서커스단과, 언제까지고 머물러 있기를 바라는 마호로 마을 아이들 사이의 이별이다. 텐트를 접는 동안에도 단장은 배웅하러 모인 아이들을 위해 코끼리를 보이는 곳에다 내놓았다. 벌써 먼 옛날에 탈주나 자살을 포기한 코끼리는 바나나를 받을 때마다 늙은 거구를 한 번씩 흔들고, 끝이 갈라진 코를 높이높이 들어올려 허공을 찔러 보였다.

정에 이끌린 단장은 아이들에게 한 명씩 차례대로 만져보라고 하였다. 그러나 모두들 뒷걸음질할 뿐 아무도 손을 내밀지 않았다. 단장은 무서움 따위와는 전혀 인연이 없을 듯한 소년에게 손짓하였다. 그 소년의 꿈틀거리는 몸 같으면 코끼리를 긴장시킬 리 없다고 간파한 것이다. 다른 아이들도, 코끼리의 코의 움직임과 소년의 움직임이 일치한다는 것을 알아차리고는 그 묘한 조화를 신나게 쳐다보았다. 그것은 자연스럽고 소박한 정취에 가득한 춤이었다.

단장은 소년의 등을 살며시 밀어 코끼리에게 다가가게 했다. 코끼리의 앞발을 만진 소년은 "아아, 아아, 아아"라고 외쳤다. 그러자 다른 아이들도 차례차례 다가와 각기 손을 내밀었다. 눈먼 소녀까지도. 코끼리는 트레일러에 옮겨지면서 몇 번이나 뒤를 돌아보았다. 돌아볼 때마다 아쉬운 이별의 바람이 불었다. 이렇게 하여 나는 평생 잊을 수 없는 기억으로 아이들의 가슴속 깊이깊이 새겨졌다.

10월 8일 일요일

나는 잠자리다.

소년 요이치의 떨리는 뇌가 필요하겠다고 생각하여, 그의 떨리는 두 손이 고생고생하여 만든 큰유리새의 잠자리다. 마른풀과 녹색 가느다란 철사와 요이치의 지성을 재료로 하여 완성된 나는 새장 속 으슥한 곳에 단단히 묶였다. 그러나 뜻하지 않은 계산 착오가 있었다. 큰유리새는 나를 단순한 이물질로 여기고 완강하게 거부하였다. 나에게 겁먹고 퍼덕퍼덕 요동치는 파란 새에게 요이치는 열심히 설명하였다. 이불 속에 파고들어가 얼굴만 내밀어 보이면서, 밤에는 필요한 것임을 알리고, 횟대보다 훨씬 쾌적하게 잠들 수 있음을 가르쳐주려 하였다.

그러나 안타깝게도 나는 끝내 받아들여지지 않았다. 요이치는 나를 새장에서 꺼내 종이봉투에 넣고 애완동물 가게를 찾아 언덕을 내려갔다. 그 길에 그는 새의 둥지를 몇 개나 발견하였다. 발견할 때마다 "저것 봐"라고 중얼거리고, "다들 갖고 있잖아"라고 말하고, 그것들보다 내 쪽이 훨씬 멋지다는 것을 재확인하였다.

보호새의 사육방법에 정통한 가게 주인은 요이치에게 "그 새한테는 둥지가 필요 없단다"라고 말했다. 불만스러워 보이는 요이치에게 그는 이렇게 말을 이었다. 그런 것 없이도 지금까지 잘 살아왔잖니, 라고. 또 그는 새장 그 자체가 잠자리이며, 요이치의 집 역시 둥지라고 말했다. 말뜻을 알아들은 요이치는 나를 호숫가에 있는 쓰레기통에 내던지고, 모래 위에서 대자로 누워 자는 거지를 훌쩍 뛰어넘어, 자기 잠자리로 돌아갔다.

10월 9일 월요일

나는 입장료다.

물거품 호수에서 낚싯줄을 드리우는 자들 모두가 내지 않으면 안 되는 타당한 입장료다. 그러나 낚시꾼들은 십 년 동안이나 나를 업신여겼다. 그중에는 내 존재조차 모르는 이도 있었다. 오늘 서늘한 밤기운에 눈을 뜬 보트 대여점 아저씨는 왠지 모르게 가슴이 술렁거렸지만, 신경 쓸 상대가 하나도 없음을 새삼 느끼고는 외로운 자기 자신에게 진저리를 치고, 호수와 백조를 상대로 여생을 보내기로 다진 각오가 크게 흔들려, 혼자서 벌컥 화를 내었다.

그리고 그는 무슨 까닭에선지 나를 떠올리고, 아직 날도 채 밝지 않았는데 자리에서 일어나 하얀 모래를 밟으며 호숫가를 시찰하였다. 도중에 만난 소년 요이치를 마치 부하처럼 거느리고 걷는 그는, 낚시꾼 한 명 한 명에게 말을 걸었다. 나는 그들에게 지갑을 열게 하였다. 투덜투덜 불평을 늘어놓는 자도 없었고 비아냥거리는 자도 없었다. 내야 할 돈을 내고 영수증을 받은 그들은 다시 낚시에 몰두하며 내일을 잊었다.

기분이 좋아진 보트 대여점 아저씨는 반도처럼 튀어나온 호숫가 끝에서 낚시를 하고 있는 초면의 덩치 큰 남자에게도 나를 청구하였다. 그런데 그 외지인은 갑자기 나를 뿌리치고 굵은 목소리로 "죽고 싶어, 이 자식이!"라고 말했다. 그의 눈은 낚시찌만 열심히 응시하고 있었다. 공포에 움츠러든 아저씨에게 그는 또 말했다. "그 조그만 놈처럼 되고 싶어서 그래? 엉!"

10월 10일 화요일

나는 모기다.

이 계절이 되도록 살아남았을 뿐만 아니라 지금도 여전히 탐욕스럽게 피를 찾아 헤매다니는 얼룩무늬 모기다. 낙천가인데다 사는 일에 그닥 열심이지도 않은 숫놈들은 꽃의 꿀과 수액이나 빨아먹으면서 방종하게 흐르면 족하지만, 우리들 암놈은 그럴 수 없다. 알을 키우기 위해서는 대량의 단백질을 섭취하지 않으면 안 되고, 그러기 위해서는 피를 빨아먹는 한 가지 방법밖에 없다. 더구나 남은 시간은 짧다.

나는 초조하다. 지금 당장 가장 중요한 일은, 피부를 드러낸 채 별로 움직이지 않는 인간을 찾아내는 것이다. 남자보다는 여자가 낫고, 여자도 젊으면 젊을수록 좋다. 가장 이상적인 것은 곤히 잠들어 있는 갓난아기다. 그러나 지금은 그렇게 한가한 소리를 하고 있을 때가 아니다. 나는 잠자리와 새의 눈을 훔쳐 어슬렁어슬렁 날아다니다가, 현기증을 느낄 무렵에야 간신히 인간이 발하는 매력적인 이산화탄소의 냄새를 포착한다.

애처로운 색의 셔츠를 입고 활달한 걸음걸이로 걷는 소년의 목덜미에 앉은 나는 때로 더러워진 피부를 찢고, 거기에다 닳아빠져 약해진 흡혈관을 신중하게 꽂은 다음, 피가 굳지 않도록 수액을 주입한 후에 피를 빨기 시작한다. 그런데 어떻게 된 일인가, 그것은 내가 알고 있는 피 중에서 가장 형편없는 최악의 맛이었다. 빨면 빨수록 머리가 어질어질하여, 어쩌면 내 쪽의 피가 빨리고 있는 것인지도 모르겠다고 생각한 순간, 오랜 병에서 생겨난 온갖 원망이 왈칵 내 안으로 흘러들어와, 몸이 갑자기 무거워지더니 지면을 향하여 낙하하고 말았다.

10월 11일 수요일

나는 명상이다.

전격적인 계시를 받아 결심한 젊은 수도승이 처음으로 시도하는, 물 속에서의 명상이다. 생각을 그대로 실천하는 타입인 그는 속옷 한 장 차림으로 물거품 호수에 뛰어들어, 멋들어지게 헤엄쳐 앞으로 나아가, 호수 바닥에서 단속적으로 끓어오르는 거품이 있는 곳에 이르자 그대로 잠수하였다. 그리고 첫번째 잠수 때는 얕은 곳에서 누름돌 대신으로 쓸 적당한 크기의 돌을 찾았고, 두번째 잠수 때는 그 돌과 함께 깊이깊이 가라앉았다.

돌을 껴안은 그는 연꽃을 손에 쥔 관음상과 마주한다. 그는 눈을 똑바로 뜨고 입술 끝으로 자잘한 거품을 뿜어내는 목상의 얼굴을 빤히 쳐다본다. 그러나 지상과는 너무도 다른 환경이 그의 집중력을 빼앗는 대신 혼란과 공포를 불러일으켰다. 거기보다 더 깊고 빛조차 닿지 않는 등뒤에서 밀려올라오는 정체를 알 수 없는 공포감, 간신히 그것을 이겨냈을 무렵에는 이미 폐 속의 공기가 다 소진된 상태였다. 그는 서둘러 돌을 버리고 부상한다.

수면으로 얼굴을 내밀고 마호로 마을의 대기를 가슴 한가득 들이쉬는 소리가 새소리를 닮았다. 실제로 그 소리에 화답하듯 언덕 위 큰유리새가 지저귄다. 중은 포기하지 않는다. 그는 다시 돌을 껴안고 잠수하였다가는 떠오르고, 또 잠수하기를 몇 번이나 거듭한다. 마침내 그는 물 속에서의 좌선에 성공하였고 드디어 나를 불러들인다. 물론 시간은 짧고, 우리는 금방 뿔뿔이 흩어져 처음으로 돌아간다. 그가 한껏 숨을 들이쉬는 소리가 큰유리새를 자극한다. 그놈은 새 주제에 나를 조소하고 있다.

10월 12일 목요일

나는 굶주림이다.

오래도록 종적을 감추고 있다가 삼십여 년 만에 불쑥 마호로 마을로 찾아든 굶주림이다. 보는 이에 따라서는 도량이 넓은 사람으로 보이기도 하는 뚱뚱한 거지, 그는 꼬박 이틀을 물만 먹고 지냈다. 그것도 오류 강의 물을 마신 것이다. 그는 돌아오지 않는 다리 밑의 마른 모래 위에 누워, 까탈스런 표정으로 절절하게 어떻게든 나를 구워삶으려 애썼다.

그런데도 나는 오늘 아침, 그를 기습하였다. 나는 그를 호되게 꾸짖었다. 이제 세상 사람들이 아등바등 일하는 이유를 알겠느냐고. 그러나 거지는 대답하지 않았다. 하고 싶어도 말할 기력조차 없었던 것이다. 나는 계속했다. 아무리 시대가 풍요롭다 하더라도 아무것도 안 하고서는 쌀알 하나 입에 들어가지 않는다고 말하고, "너 같은 놈은 일찌감치 죽는 것이 낫다"라고 말하고, "애당초 이 세상에 태어난 것이 잘못이야"라고 말하고, "내가 넋이라도 위로해주지"라고 말했다.

그러자 거지는 좋을 대로 하라는 뜻으로 고개를 끄덕였다. 그러고는 다시금 실신과 수면 사이에서 빚어지는 어리석은 자의 꿈으로 도망쳤다. 그런데 저녁나절이 되자 엉뚱한 방해꾼이 나타났다. 읍사무소 직원이 찾아와 거지의 머리맡에 빵과 우유를 놓아두어 나를 물리쳐버린 것이다. 그는 "여기서 죽으면 성가셔"라고 중얼거리고, 비에 젖어 가발이 망가질까 신경을 곤두세우면서 포식의 나날로 돌아갔다.

10월 13일 금요일

나는 섬이다.

볏짚 다발과 거친 새끼줄과 향수를 재료로 하여 사흘 걸려 만들어진 본격적인 쌀섬이다. 그러나 내 안에 들어 있는 것은 진짜 햅쌀이 아니라 지금은 아무 쓸모도 없는 쌀겨다. 그러니까 나는 며칠 있으면 개업하게 될 도로변 쌀가게에서 손님을 끌기 위해 만들어놓은 장식품에 지나지 않는다. 그러나 달리 볼거리가 얼마든지 많은 탓에, 사람들은 나 따위는 힐긋 쳐다보지도 않고 지나친다.

자손들에게 유언을 남길 기력도 없이 그저 시간만 남아도는 늙은이 둘이 내 쪽으로 다가왔다. 서로 믿고 지내는 친구인 그들은 열다섯 섬을 다섯 단으로 쌓아놓은 나를 보면서 얘기를 나누었다. 먼저 한 명이 "젊은 시절에는 이런 걸 두 섬이나 메고 개울을 훌쩍 넘었는데 말이야"라고 말했다. 그러자 다른 한 명이 "나는 석 섬이나 메고 사다리를 오르내렸어"라고 말했다. 그렇게 서로 자랑을 늘어놓는 사이에, 그들은 몸 속에서 되살아나는 힘을 느끼고, 쇠약해진 근육 구석구석으로 왕년의 정열이 차오르는 것을 느꼈다.

한 명이 그 자리에서 나를 안아올리더니, 한꺼번에 두 섬을 가볍게 들쳐멨다. 나머지 한 명이 굽은 허리에 세 섬을 올려놓았다. 내 안에 들어 있는 것이 무엇인지 잘 알면서도 그들은 지나간 사반세기를 바싹 끌어당겼다. 둘이 웃으면서 나를 내던지는 바람에 나는 쌀겨 한 섬보다 가벼운 목숨을 지닌 소년의 등에 맞았다. 소년이 일어나는 것을 확인한 다음 노인들은 다시 어언 끝나가는 평범한 삶 속으로 돌아갔다.

10월 14일 토요일

나는 신호기다.

일관성 있고도 정연한 체계를 갖추고, 단순명쾌한 신호를 확고하게 보내는 신호기다. 이 네거리에서 나는 마호로 마을 사람들의 뒤죽박죽인 움직임을 완전하게 제어한다. 길을 걷는 사람도, 운전을 하는 사람도, 그저 어정거릴 뿐인 늙은이도, 말 안 듣고 장난기 심한 아이들도, 장님과 귀머거리도, 주위에서 지탄받는 사람도, 차행과 보행의 차이에 짜증스러워하는 개나 고양이도 내가 내는 빛과 소리를 올바로 이해하고 그 뜻하는 바에 자신의 행동을 정확하게 맞춘다. 이 세상에는 의미가 있다고도 없다고도 말할 수 없다, 그저 거기에 무언가가 있을 뿐이라고 단언하는 전직 대학교수조차 결국은 물건에 불과한 나에게 명실상부한 의미를 느끼고 있다.

나를 권력의 일부이며 속박의 입구라 생각하는, 활달하기는 해도 머리는 나쁜 젊은이는 때로 나를 거역하고 무시한다. 그리하여 그들은 말도 안 되는 일시적인 자극에 잠겨 오늘을 산 증거로 삼는다. 그리고 재수 없는 몇 명은 이겨봐야 얻는 것이 많지 않은 위험한 도박에 도전하였다가 큰 부상을 입었다. 그중 한 명은 지금까지 산 햇수보다 두세 배나 되는 세월을 휠체어와 함께하지 않으면 안 되는 신세가 되었다. 또 훌륭한 장기 기증자가 되었을지도 모르는 두 사람은 몸이 납작하게 짓뭉개진 채 죽었다.

그러나 그 소년 요이치는 여전히 무사하다. 나를 우롱하는 못마땅한 그 반역아, 그가 차에 치여 죽기를 바라는 바다.

10월 15일 일요일

나는 소수의 의견이다.

마호로 마을 의회에서 무시당하기 일쑤인, 상대조차 해주지 않아 뜻을 굽힐 도리밖에 없는 소수의 의견이다. 나의 골자는 암흑가에 사는 사람일지라도 인간임에는 다름이 없으므로 주민으로서의 자격을 갖추고 있다고 간주해야 한다는 것이다. 행실이 나쁘기로 유명한 그 의원은 나를 모두에게 들이밀며 찬동을 구한다.

그러나 나는 개개인의 의견을 존중하지 않는 패거리들에게 매도되고, 도리에 어긋난 돈으로 성립된 것이 아니냐는 야유를 당하고, 대수로운 문제가 아니라고 배척당한다. 그런데도 그는 나에 집착하여, 개인적인 생각에 얽매이지 말고 보편적인 것을 생각하라는 등 엉뚱한 이치를 내세우다 끝내는 이런 말까지 하였다. "그런 사람들이 있다는 것은 이 마을이 죽지 않았다는 증거입니다"라고 말하고 "우리 몸에만 해도 좋은 세균만 살고 있는 것은 아니지 않습니까. 나쁜 균도 우글우글하다구요. 바로 그게 살아 있다는 것 아닙니까"라고 말하고, "물론 나쁜 균만 있다면야 죽여서 깨끗이 없애버릴 수 있지만, 좋은 균만 있다는 것도 정상이 아닙니다. 그렇게 생각지 않습니까, 네?"라고 말했다. 동년배에게 평이 좋은 의원이 반론을 펼쳤다. 나쁜 균에도 여러 가지 종류가 있는데, 그것은 생명을 위협하는 최악의 균이라고 말하며, 폭력에 오염된 마을을 그 예로 든다. 그러자 "자네들이 좋은 균이라고만은 할 수 없지"란 목소리가 회의장으로 날아들었다. 모두들 일제히 소리나는 쪽을 보았다. 그러나 창 너머에 있는 것은, 무거운 병을 짊어지고 걷는 소년 딱 한 명뿐이었다.

10월 16일 월요일

나는 저기압이다.

너무 작아서 고성능 기상용 레이더에도 포착되지 않은 탓에 일기예보에서 누락된 저기압이다. 이승 산 꼭대기 부근에서 갑자기 발생한 나는 꼭대기에 집 한 채만 달랑 얹고 있는 외딴 언덕에 의해 증폭되어, 거취를 어떻게 정할지 고민고민한 끝에 마호로 마을 전역을 완전히 뒤덮는다. 그리고 나는 무성의한 비를 뿌리고, 박정한 바람을 몰아오고, 무수한 공훈에 빛나면서도 나이를 먹어가며 점차 뒤가 켕기는 노옹과 무상을 느끼고 발심한 젊은 선승이 서 있는 물거품 호수를 휘젓고, 산 위 호수에서 빼어난 무늬를 순조롭게 키우고 있는 비단잉어의 치어를 수면에서 지워버린다.

그러자 뜻이 굳은 지사도 아니요, 정직하고 청렴한 인물도 아니요, 호방하고 시원시원한 성품의 소유자도 아닌, 그저 등에 새겨진 비단잉어의 문신으로 간신히 살아가고 있는 전과자가 느닷없이 희로의 빛을 띠며, 있지도 않은 대상을 향하여 고함을 지른다. 내가 초래한 두통으로 그의 마음은 혼란스러워지고, 자책감에 사로잡힌다. 그는 평소처럼 책임의 전가로 도주하는 데 실패하고, 과거 서로 찔러 죽이기도 하고 내통하기도 하면서 운명을 같이하기로 한 동료들과의 기억을 생생하게 떠올린다.

나는 점점 더 강경해져, 남자의 등에 있는 비단잉어를 요동치게 한다. 남자는 예측할 수 없는 사태의 발생을 기대하는 또하나의 자신을 단호히 배격하려 고래고래 소리를 지른다. 그는 고함을 질러대면서, 들릴 리 없는 이승 산 산사의 독경 소리를 분명히 들었다고 생각한다. 그런 그의 몸부림은 해가 기울어 내가 소멸할 때까지 계속된다.

10월 17일 화요일

나는 루어(lure)다.

주렁주렁 매달린 것과 짤랑짤랑 소리내는 것 속에 날카로운 실감개를 숨기고 있는 저층용(底層用) 루어다. 벼락치기로 주워섬긴 지식으로 나를 다루고 있는 젊은이는 값비싼 스피닝 로드를 함부로 휘두르고, 열심히 릴을 감는 것만으로 충분히 만족하고 있다. 낚싯대가 휘어지면서 내가 휙 날아갈 때마다, 그의 미래가 수면처럼 반짝반짝 빛난다.

이사를 온 지 벌써 한참이나 되었는데 그는 오늘에야 겨우 마호로 마을을 받아들였다. 즉, 가슴에 달고 있는 파란 새 배지의 효능을 믿을 마음이 생긴 것이다. 야생 대마를 팔아 생긴 돈은 그의 마음가짐을 일변시켰을 뿐만 아니라 체형까지 크게 변화시켰다. 가내수공업 공장에서 일하지 않아도 되고, 내일의 먹을거리를 걱정하지 않고도 마음껏 먹고 마실 수 있게 된 그는 당장에 투실투실 살이 쪘다. 그는 아내에게 이렇게 말했다. 일 년 내에 블랙배스잡이의 명수가 되어 보이겠노라고.

그는 담배를 살 푼돈에도 궁하였던 얼마 전의 자신을 나에게 걸어 호수 바닥에 가라앉힌다. 마찬가지로 사랑의 도피를 결심했을 때의 정열과, 빈곤을 견디는 힘과 타향에서 생활하는 쓸쓸함을 물거품 호수의 도처에다 던져버린다. 그가 드높은 목소리로 부르는 행운의 노래는 낚싯대를 타고 실을 통하여 내게까지 전해지고, 나는 그것을 물 속으로 퍼뜨린다. 그런 후 그는 나에게 배지를 걸어 저 멀리 날려보내려 한다. 그러나 그 배지가 진짜 새처럼 날거나 우짖는 일은 없다.

10월 18일 수요일

나는 누에다.

일반적으로는 호랑지빠귀일 것이라고 여겨지는, 산동네의 밤에 정취를 더해주는 환상의 새 누에다. 나의 모습을 확실하게 본 자는 아직 없다. 조류전문학자조차도 나의 정체를 모른다. 당연한 일이다. 나 자신도 알지 못하고 있으니. 밤에 녹아 어둠에 섞이는 나는 거의 무(無)에 가까운 존재다. 따라서 나는 사물의 이치를 분별하지 못하고, 분명한 대답도 하지 못한다.

자욱하게 내리는 음산한 비가 마호로 마을의 밤을 적시고, 발정한 사슴이 들판을 뛰어다니던 발길을 멈추고, 늪지대에 사는 수금*이 회색 잠에 들 무렵, 나는 남몰래 산에서 내려와 해골로 변한 짐승들의 옆을 지나 허망함만 감도는 호수를 건너, 오래된 거리 어귀에 있는 신사로 날아든다. 그리하여 낙뢰와 사람들의 불안으로 휘어진 삼나무 가지에 앉아 약자의 귓전을 때리는 기성을 지른다. 마음의 귀를 기울여 듣는 자를 향해 나는 이렇게 운다. 모든 노력은 물거품으로 돌아간다고 울고, 교만한 자는 반드시 망한다고 울고, 모든 꿈은 사라진다고 울고, 외딴 시골에서 썩어갈 인간들이라고 울면서 암흑시대가 다시금 도래할 것이라 예언한다. 그러자 남자의 품에 안겨 있는 여자의 등줄기로 식은 땀이 흐르고, 가정의 행복을 최우선으로 삼는 남자의 옆구리에 닭살이 돋고, 한없이 좋기만 한 사람의 눈이 의심으로 물들고, 보기 좋게 햇볕에 그은 풋내나는 젊은이가 이 밤을 경계로 갑자기 늙고, 처음으로 태동을 느낀 엄마의 희열이 불안으로 바뀌고, 그리고 소년 요이치 덕분에 먹이와 물 걱정이 없는 큰유리새조차 부들부들 떨고 있다.

10월 19일 목요일

---

* 머리는 원숭이, 손발은 호랑이, 몸은 너구리, 꼬리는 뱀, 울음소리는 호랑지빠귀를 닮았다는 전설의 짐승.

나는 서로 닮음이다.

수상쩍다는 눈길로 소년을 보고 있는 일란성 쌍둥이 어린 자매를 볼트와 너트처럼 단단히 엮고 있는 서로 닮음이다. 저주스런 운명을 사는 그 소년은 나를 알아차리고 네거리 공원 안으로 들어온다. 그리고 그는 불과 다섯 살에 세상살이로 닳고 닳은 두 아이의 주위를 빙빙 돌면서, 얼굴 생김이 조금도 다르지 않은 자매의 약삭빠른 얼굴을 번갈아 쳐다본다.

마호로 마을에 사는 친척집에 처음 놀러 온 자매이기는 하지만 이미 두 아이는 그런 유의 병자를 몇 번이나 보아 알고 있었다. 자기 집 근처에도 쉴새없이 흐느적거리는 사람이 살고 있어 많을 때는 하루에도 다섯 번이나 마주치곤 했다. 그러니 익숙해져 있을 텐데도, 포악무도한 들개에 둘러싸인 것처럼 둘의 얼굴에 점점 공포가 번지더니 끝내 울음을 터뜨리고 만다. 소년은 달래주자고 생각한다. 그러나 그는 나 때문에 어쩔 줄을 모르고 어느 쪽 아이에게 먼저 말을 걸어야 좋을지 망설인다. 그사이 어느 쪽이 어느 쪽인지 판별할 수 없는 두 명분의 울음소리는 점점 더 커진다. 압도되어 휘청거리는 소년은 도망치는 길밖에 없다.

그런데도 나는 쫓아가고, 앞지를 때마다 그 소년과 꼭 닮은 또하나의 소년으로 착각하게 한다. 그는 내딛는 걸음마다 자기와 똑같은 자기 자신과 마주친다. 돌계단에서 넘어져 머리를 다치고 혼수 상태에 빠진 자신을, 호숫가에 서서 성난 목소리로 고함을 지르는 자신을, 또 가족의 무거운 짐이 되고 있는 자신을, 도처에서 목격하고 만다.

10월 20일 금요일

나는 채식이다.

이승 산의 선사에 틀어박혀 가슴속의 번뇌와 노니는 수도승들, 그들이 날마다 먹는 똑같은 메뉴의 채식이다. 나무 칠기 주발에 담긴, 그들의 정보다 멀건 죽, 돌로 꽉꽉 눌러놓은 단무지, 위장의 분노를 달래기 위한 깨소금, 그게 아침이다. 낮에는 씹히는 맛이 오돌돌한 보리밥과 조금은 제맛이 나는 국, 먹고 나면 아쉬움만 남은 두부 튀김과 채소조림, 그리고 또 단무지. 밤에는 점심에 먹다 남은 것.

세 끼분의 내 열량은 대충 팔백 킬로칼로리. 고작 그만한 에너지로 그들은 바쁘고 단순한 생활을 하지 않으면 안 된다. 부족한 것은 양만이 아니다. 초심자는 비타민 B가 모자라서 반드시 각기병에 시달리고, 심하면 병원으로 실려가는 자도 있다. 마을 병원의 의사들은 모두들 나를 바보 취급하고, 중들에 대해 이렇게 말한다. "그 사람들은 수행이란 이름을 빌려 자살을 하려는 거야"라고. 식사를 개선할 필요는 물론이고, 정신 분석을 받아야 할 필요가 있다고 말하는 의사까지 있을 정도다.

그러나 나 때문에 목숨을 잃은 중은 아직 없다. 마침내 그들은 필요량에 한참이나 못 미치는 나만으로 버텨낼 수 있는 몸을 만들고, 혹자는 살이 찌기까지 한다. 나를 연구하러 온 영양학 박사도 고개를 갸우뚱하며 산을 내려갔다. 그리고 불치병을 상대로 어쩔 바를 모르는 의사는, 내 이야기를 예로 들어 희망을 버리지 말라고 요이치의 어머니한테 말했다.

10월 21일 토요일

나는 교실이다.

어찌된 영문인지 보는 이에게 졸음을 유발하는 마호로 마을 제일초등학교, 그 낡은 목조 건물 중에서도 오류 강에 제일 가까운 교실이다. 지금까지 내 안에서 울려퍼진 선생들의 수박 겉핥기식 언어를 크게 두 종류로 나누어보자. "천황은 신"이라는 쩌렁쩌렁한 목소리가 어느 날을 경계로 갑자기 "우리는 자유롭고 평등하다"는 거짓말로 바뀌었다. 오직 그뿐이다.

어찌되었든 내가 해마다 사무적으로 세상에 내보내는 학생은 딱 한 종류다. 나는 세월이 바뀌어도 여전히 우매한 권위주의자와 사대주의자를 효율적으로 육성하는 장(場)에 지나지 않는다. 언뜻 자유로운 듯이 보이는 요즘 아이들이 내 안에서 체득하는 것은 이지에 찬 눈동자도 아니고, 높은 학식의 밑바탕도 아니다. 그것은 오직 천황을 대신하는 대상을 찾아 과도하게 추종하기 위한 기초다. 지금까지 내가 길러낸 것은, 나랏님들의 방패가 되었을 때만 용기 있고 과감하게 행동하는 병졸들과, 교사 선동과 위협에 약한 얼빠진 국민에 불과하였다.

그리하여 오늘밤, 오랜만에 나만의 야학생이 찾아왔다. 비바람에 젖은 생쥐꼴을 한 소년 요이치가 여느 때처럼 창문을 밀고 들어와, 여느 때처럼 어둠 속에서 선생과 학생이란 두 가지 역을 멋들어지게 연출하였다. 선생은 칠판에 큰유리새 그림을 그리고 "나는 이 새를 따를 텐데, 너는 어쩔 거지?"라고 물었다. 그러자 학생은, "따르게 하려 하지 않는 자를 따르겠죠"라고 대답하였다.

10월 22일 일요일

나는 애가(哀歌)다.

푸릇푸릇 깊은 밤, 반생을 병상에서 지낸 노파가 회심의 미소를 흘리는 달을 향하여 노래하는 애가다. 흙색 얼굴의 찢긴 틈으로 끊어질 듯 끊어질 듯 흘러나오는 나는 실수를 겸허하게 인정할 법한 마호로 마을을 감싼 어둠에 조용히 녹아든다. 나는 허공으로 높이높이 올라가, 잡다한 지식과 세상에 해를 끼치는 사악한 생각과 저속한 풍습에 얽매여 사는, 한마디로 정의할 수 없는 자들의 간담을 서늘하게 한다.

나는 구불구불 끝없이 이어지는 산맥에서 속세를 초월한 생활에 잠겨 있는, 붙임성도 없는데다 때론 이성을 잃기도 하는 남자의 온몸으로 스며든다. 나는 또 갓난아기와, 그 아기가 지닌 가능성에 볼을 비비는 욕심 많은 엄마와, 마치 쓰러진 나무처럼 덮쳐오는 비천한 남자의 눈을 들여다보면서 옷깃을 펼치는 음탕한 아낙과, 참기 어려운 성적인 모욕 따위 아직 한 번도 당해본 적이 없는 부끄럼 잘 타는 숫처녀 옆을 스쳐 지나간다.

그리고 나는 권력을 마음대로 휘두를 수 있는 날을 꿈꾸며 호방하게 웃는 처세술을 갖춘 새내기 정치가와, 무너져내린 집처럼 보기 좋게 망가진 혼과 뚱뚱한 몸을 거느리고 연고 없는 무덤까지 파헤친 거지와, 그 밖의 온갖 사람들, 부도덕하지도 않고 섭생가도 아니며, 조리에 맞는 언동에 완벽함을 기하는 자도, 신분의 높고 낮음을 묻는 자도 아닌 많은 사람들의 마음을 정화한다. 그리고 정확하게 돌고 도는 계절과 함께, 그렇지 않으면 제법 안목 있는 비평도 할 줄 아는 달변의 큰유리새와 함께, 몽환의 세상을 살아가는 소년 요이치를 편안한 잠으로 인도한다.

10월 23일 월요일

나는 엽총이다.

산탄이 장전되어 지금이야말로 방아쇠를 당기려고 꼼짝도 않고 있는 엽총이다. 얼룩무늬 사냥개들은 도처에 위험이 도사리고 있는 산을 가볍게 돌진하여 마침내 사냥감을 벼랑 끝으로 몰아붙이고, 이빨을 드러낸 채 으르렁거리며 주인의 결단을 기다리고 있다. 뇌 속에서 생명을 태우는 원천이 되는 원시적인 본능이 명하는 대로, 밀렵이든 무슨 짓이든 하는 남자는 죽음을 선포할 수 있는 자신의 입장에 도취해 있다.

한편 바탕은 온유한 성격인 늙은 멧돼지는, 면도날처럼 날카로운 이빨로 인간의 허벅지를 깨물어 대동맥을 절단할 마지막 기회를 엿보고 있다. 교활한 그놈은 내가 무엇인지를 잘 알고 있다. 내가 순간에 뿜어내는 불과 연기에 관해서도, 또 그 직후에 일어나는 끔찍한 효과에 대해서도 정확하게 인식하고 있다. 드디어 그때가 온 것이다.

당겨진 내 입에서 죽음이 튀어나간다. 산들로 메아리치는 꿍음이 골짜기란 골짜기를 뛰어다니다 수면에 반사되어 삼층짜리 검은색 빌딩에 둥지를 틀고 있는 무리를 흠칫 놀라게 하고, 언덕 꼭대기에 홀로 서 있는 집까지 도달하여 유리창을 부들부들 떨게 한다. 그러자 그 집에서 키우고 있는 큰유리새가 울음을 뚝 그친다. 아무래도 나는 그 집에서 자라는 소년의 가슴에도 꽤 큰 구멍을 뚫어놓은 모양이다. 소년은 방바닥 위에 벌렁 자빠져 오체를 파르르 떨고 있다. 그 모습이 내가 막 쓰러뜨린 멧돼지를 닮았다.

10월 24일 화요일

나는 저항이다.

상쾌한 달밤에 요이치의 누나가 엄마에게 시도하는 몇 번째인지도 모를 저항이다. 그녀는 자신의 거취를 결정함에 있어 이렇게 말했다. 내 일이니까 누구의 지시도 받지 않을 것이라고. 그리고 줄곧 부모가 된 것을 후회해온 엄마의 주장은 이러했다. 약혼과 결혼이라는 순서를 정식으로 밟지 않고 그냥 같이 살면 세상의 말이 많을 뿐만 아니라 내연관계로 끝나버릴지도 모른다. 그때 가서 후회하고 원통해해봐야 아무 소용 없다. 책임지고 싶어하지 않는 남자의 그럴싸한 구실에 넘어가서는 안 된다.

아버지는 이렇게 말했다. 그 나이가 되도록 허황한 소리만 하고 올바른 일자리 하나 없는 남자를 어떻게 믿을 수 있겠느냐고. 그러나 아버지의 말투에는 어딘가 모르게 자포자기한 듯한 뉘앙스가 배어 있었다. 누나는 "나도 이제 나이 먹을 대로 먹었다구요"라고 악을 썼다. 나는 더욱더 의기충천하여 그녀를 부채질하고 급기야는 집을 나갈 결심까지 하게 하였다.

그러나 그것은 가출이라 할 만한 것은 못 되었다. 그녀는 맨손으로 밖으로 뛰쳐나가, 오늘 한 번 내려갔던 언덕길을 울면서 다시 내려갔다. 이어서 나는 그녀에게 호수 한가운데로 노 저어나갈 힘을 주었다. 그녀는 노를 저으면서 언덕 위에 걸려 있는 달을 보지 않으려고 고개를 숙이고 천애고아와 같은 여자가 되고자 애썼다. 그러나 잠시 후 그녀는, 벼랑 끝에 서서 불러대는 남동생의 목소리에 귀 기울이지 않을 수 없었다.

10월 25일 수요일

나는 경기다.

지난 십여 년 동안 바깥세상과는 반대로 저조함을 면치 못하고 있는 마호로 마을의 경기다. 알루미늄 제련 공장이 철수하기 전까지만 해도 그 은혜를 입은 주민들의 수가 적지 않았다. 당시에는 정말이지 활기찼었다. 그런데 그때뿐이었다. 곰곰이 생각해보면 그 당시가 마호로 마을의 전성기가 아니었나 싶다. 보잘것없는 전성기다. 어쩌면 더이상의 활기나 번영은 앞으로 몇십 년, 아니 몇백 년, 아니 영원히 찾아오지 않을지도 모른다.

상공회의소의 청년부 사람들이 나를 화제 삼을 때는, 늘 원망과 불평이 줄줄이 이어지고 그 다음에는 큰 화재로 재난이 닥쳤을 때처럼 입을 꾹 다물어버린다. 그러고는 이따금 생각났다는 듯이, 아니면 발작적으로 재미 삼아 시도하는 활성화를 위한 이벤트라는 것도 저조하여 결국은 단발로 끝나는 공허한 소동에 지나지 않았고, 기껏해야 그것이 끝난 다음에 술이나 벌컥벌컥 들이켠 뒤 어깨를 얼싸안고 거짓 감동을 즐기는 정도밖에 남는 것이 없었다.

나는 죽어가고 있었다. 그런데 오늘, 기적적인 회생의 묘약을 지닌 외지인이 많은 수하를 거느리고 마호로 마을 읍사무소에 나타났다. 그들은 방대하고 정확한 자료가 뒷받침하고 있는 극히 현실적인 리조트 단지 조성 계획을 읍장에게 설명하였다. 그들이 돌아가는 길에 회장이라 불리는 노인은 소년 요이치에게 빳빳한 고액권을 한 장 주었다. 요이치는 그것이 두번째임을 기억해냈지만 노인은 지난번 일은 까맣게 잊고 있었다.

10월 26일 목요일

나는 곱게 물든 구름이다.

갑자기 마호로 마을의 상공에 나타난 권적운의 일부가 무지개처럼 희미한 빛을 발하여 이루어진 구름이다. 그렇다고 뭐 내가 이 마을에서 처음으로 선을 뵈는 것은 아니다. 해마다 몇 번은 물거품 호수의 수면에 내 몸을 비추러 찾아온다. 오늘따라 많은 사람들이 나를 알아본 이유는 내가 전에 없이 우아한 색채로 물들었기 때문이며, 요즘 한동안 편안한 나날이 계속되었기 때문이다. 나는 영광스런 자리로 나아갔다.

"이건 틀림없이 좋은 일이 있을 징조야"라고 목숨이 왔다갔다 하는 병에 걸린 노인네들은 입을 모았고, 산비탈에 있는 밭에서 메밀을 수확하던 선승들은 속세의 일로 쫓겼던 날들에 품었던 뻔뻔스런 기대를 떠올리고는 씁쓸히 웃고, 산란을 위해 강을 내려가는 은어에 소금을 뿌려 구워 먹는 보트 대여점 아저씨는 지나가는 소년 요이치를 불러세워 그답지 않은 장중한 말투로 "저거 봐, 나를 위한 구름이야"라고 말했다. 또 고인이 살아 있던 시절의 추억을 얘기하면서 도시락을 우물거리는 회사원 무리는 나를 보고 만년에는 불우하였다는 결론을 철회하고, 서로의 가슴을 채우는 희망의 빛을 확인한다.

그리고 눈물을 찔끔찔끔 흘리면서 오수를 탐하고 있는 창부는 문득 눈을 뜨고 나를 보았다가, 다시 금방 잠에 빠져 홀로 광활한 보리밭을 가는 꿈같지 않은 꿈으로 이끌려 들어갔다. 그녀가 "앗, 앗" 하고 자기도 모르게 내지르는 소리는 '삼광조' 건물로 웅웅 울리고, 언덕 위 큰 유리새의 우짖는 소리와 함께 내게까지 와 닿는다.

10월 27일 금요일

나는 가시다.

마른 꽃을 내려다보는 요이치 엄마의 집게손가락을 찔러 장미로서의 위엄을 유지한 가시다. 나는 내년을 위해 제멋대로 자란 가지를 잘라 모양새를 다듬으려 하는 그녀를 콕 찔렀다. 흘러나온 피는 금방 멈추었고 따가움도 그리 오래가지는 않았다. 그러나 그 대신, 그녀가 살아온 반생의 저변에 깔려 있던 쓸데없는 무언가가 진흙뻘처럼 뭉글뭉글 일어나, 그녀를 장승처럼 우뚝 서게 만들었다.

그녀가 살아온 오십여 년 동안에 쌓이고 쌓인, 거뭇거뭇한 그것은 저녁 햇살에 비쳐 보이는 그녀의 가슴속을 단번에 흐려놓고 말았다. 봄부터 가을까지는 척박한 땅을 일구고 겨울에는 마을에 나가 잡다한 물건을 팔고, 그렇게 과중한 노동을 견디어도 좋은 일 하나 없었던 친정에서의 나날…… 이 언덕 위의 집으로 시집와서도 역시 마찬가지였던 날들…… 여전히 예측할 수 없고 해결할 방법도 없이 암담하기만 한 앞날……

그녀는 전지가위를 휘두르며 격렬한 증오심으로 나를 가지째 싹둑 잘라버렸다. 그렇게만 하는 것으로는 성이 차지 않아 장화를 신은 발로 몇 번이나 짓뭉개며 손가락에서 나온 피로 물든 침을 뱉어댔다. 그러자 잠시 후 그녀의 마음은 절반 정도 맑아지고, 이어 흐드러지게 핀 장미꽃 한 잎이 나머지 절반을 정화하였다. 그러고서 그녀는 나를 짓밟은 채 마호로 마을을 내려다보고, 저녁햇살을 받으며 큰유리새의 우짖음 소리에 싸여 언덕을 올라 집으로 돌아오는 자식을 기다렸다.

10월 28일 토요일

나는 상기(想起)다.

소년 요이치의 불완전하지만 완전하기도 한 뇌에서 만사에 거리낌
없이 잇달아 생겨나는 상기다. 있다고도 없다고도 할 수 없는 요이치
의 파르스름한 혼은, 끊임없이 떨리는 육체의 자극을 받으면서, 또는
그런 것이 이 세상살이라고 지저귀는 파란 새의 영향을 받으면서 참된
실재와 유사한 무언가를 쉴새없이 찾아내고 있다. 정신없이 잠에 빠져
있을 때도 그렇다. 요이치는 폐인이 아니다.

때로 요이치는 태어나기 전 어디선가 얻은 체험과 지식으로 나를
놀래킬 때도 있다. 예를 들면 피리와 큰북 소리의 장단에 맞추어 한판
춤을 추었던 날들이, 예를 들면 입헌군주제를 타도하기에 없어서는 안
되는 말들이 느닷없이 되살아나는 것이다. 그는 오늘을 사는 자이면서
동시에 과거를 사는 자이다. 미래를 사는 일도 없지는 않다.

요이치의 몸과 마음 사이에 뚜렷한 차이는 없고, 이 세상에 대한 쌍
방의 견해에 간격이 있는 것도 아니다. 현세와 전세와 후세와 암묵의
약속이 되어 있는 요이치지만, 나 따위에 농락당하여 혼란에 빠지는
일은 절대 없다. 있다고 해봤자 골짜기를 흐르는 여울을 건너는 순간,
큰비에 역류하는 강물을 보는 순간, 오래된 연못의 물이 다 퍼올려지
는 순간에만 요이치는 홀연 나를 떠나 다시금 정상적인 때의 흐름에
몸을 맡길 수 있다. 요이치에게 버림받아 홀로 남은 내가 눈독을 들일
만한 것은 뭉실뭉실한 털북숭이 삽살개와 하도 오래 펜을 쥐고 있어
가운뎃손가락에 생긴 커다란 혹이 자랑인 남자뿐이다.

10월 29일 일요일

나는 심박이다.

초겨울 따뜻한 햇살 아래 수심에 가득한 요이치의 누나가 분명 들었다고 혼자서 고개를 끄덕이는, 환상 속에서나 뛰는 태아의 심박이다. 그러나 실은 그녀의 자궁은 텅 비어 있고, 기껏 있다면 어제 남자와 지낸 마찰열 일부와 서리 내리는 추운 밤의 싸늘한 기운이 남아 있을 뿐이다. 그런데도 그녀는 나를 믿고, 나는 그녀를 믿게 하고 있다. 그녀는 나를 점점 궁지로 몰리고 있는 결혼 문제를 해결하기에 불가결한 조건이라 생각하고, 행복으로 한 걸음 두 걸음 다가가는 증거라고 받아들이고 있다.

나는 그녀에게 정말이지 좋은 생각이다, 이리하여 이제 두 사람 사이는 확고한 것이 되었다, 라고 장담을 한다. 그러자 상황이 급전하여 그녀의 귀중한 사랑이 드디어 가경에 이르고, 내 부채질에 부푼 그녀의 꿈이 고동치기 시작한다. 그녀는 나를 마지막 카드로 삼아 남자를 꼼짝 못하게 할 생각이다. 난로장이 남자는 이제 어쩔 도리가 없다. 그는 이제 벌이도 순조롭지 못한데 가정을 꾸려봐야 목구멍에 거미줄이나 칠 뿐이라는 구실 따위는 둘러댈 수 없게 되었다. 그는 다른 곳으로 탈출하지도 못할 것이다. 심각하게 생각 한 번 한 적 없는 그 한량은 마호로 마을을 떠나서는 하루도 살지 못할 것이다. 결혼 날짜를 정할 수 있는 것은 내가 아니고는 있을 수 없다.

요이치의 누나는 자식복 많은 입장이 바로 코앞까지 다가와 있다고 착각해 나를 꼭 껴안는다. 나는 자신의 무능함을 원망스럽게 생각하면서도 그녀를 받아들인다. 큰유리새가 이층 창가에서 심히 걱정스럽다는 듯이 이쪽을 쳐다보고 있다.

10월 30일 월요일

나는 투망이다.

의수를 단 남자가 번듯하게 두 팔이 모두 달린 자보다 훨씬 능숙하게 다루는 대형 투망이다. 목조선 뱃머리에 우뚝 선 그는 혈액 이상의 것이 흐르고 있을 가짜 팔에 나를 걸치더니, 균형 잃은 몸 전체에 반동을 주어 깊어가는 가을을 향해 억센 허리를 획 돌렸다.

나는 우선 저녁놀을 포획한다. 이어 달구경을 하려고 호숫가에 자리를 펼치려는 양로원 사람들의 긴 그림자와 그들의 들뜬 목소리를 잡아들이고, 마호로 마을을 구성하는 본체와 가상의 일부를 덮친다. 그러고서 나는 한 점 나무랄 데 없는 아름다운 곡선을 그리면서 빛이 투과되는 물거품 호수에 떨어진다. 납추는 이 별의 중력을 따라 일제히 정연한 운동을 펼치고, 촘촘한 그물망, 터진 곳 하나 없는 새하얀 나는 떼지어 회유하는 꽃송어의 변종과 함께 미세한 생물을 에워싼다.

그리고 나는 이유 없는 살생까지 저지른 그 자신의 전쟁 체험을 포획한다. 그에게는 나를 끌어올릴 체력은 충분히 있지만, 그러나 담력이 없다. 먹고 싶은 물고기에 섞여 올라오는 외면하고픈 잘린 목에 어떻게 대처해야 좋을지 모르는 것이다. 그는 나를 잡은 채 꼼짝 않고 있다. 그의 눈은 호숫가를 걸어가는, 불행에는 끝이 없다는 것을 가르쳐주는 소년의 뒷모습을 좇고 있고, 그의 귀는 소년이 부는 휘파람 소리를 주워담고 있다. 그는 겨우겨우 나를 끌어올려 재빨리 물고기만 골라내고 피비린내나는 기억은 호수로 되돌린다.

10월 31일 화요일

400

나는 베이컨이다.

마호로 마을의 주인이 바뀐 생선 가게에서, 너무도 오랜만이라 신기한 나머지 물건을 들여놓은, 그리고 요이치의 엄마가 너무도 반가운 나머지 사들인 고래 베이컨이다. 요이치의 엄마는 나를 프라이팬에다 살짝 데운 뒤 밥 위에 올려놓았다. 요이치의 아버지가 직장에서 도시락 뚜껑을 열자 동료들이 모여들어 나를 들여다보았다. 요이치의 아버지는 "요즘에는 비싸서 좀처럼 먹기 힘든 거야"라고 말하고, "맛이나 보지들"이라고 말했다. 그들은 나를 찢어 우물우물 나눠먹으면서 제각각 감상을 늘어놓았다.

누구는 "아, 옛날 맛이 생각나는군"이라고 말하고, 누구는 "옛날보다 맛이 고급스러워진 것 같은데"라고 말하고, 누구는 "역시 쇠고기 맛에는 못 미쳐"라고 말했다. 그렇게 그들은 한바탕 소란스럽게, 물자가 부족하여 평온하게 생활할 수 없었던 시절의 추억에 잠겼다. 그러고는 그 시절 이래 자기들이 무엇을 잃어버렸는지를 새삼 깨닫고, 그것을 솔직하게 인정하기가 괴로워, 내 맛을 모르는 세대의 사람들은 증오스럽다는 듯 쏘아보더니, "굶주림을 모르는 요즘 젊은이들이 뭘 알겠어"라고 기염을 토했다. 그러자 올해 대학을 갓 졸업한 직원이 끼어들었다. "행복한 시대를 사셨군요." 그는 결코 비아냥거리는 것이 아니었다.

밤이 되자 연배의 직원들은 술집으로 몰려갔다. 그들은 행복했던 시절을 확인하고 싶어서 술을 들이켜며 횡설수설 떠들어댔고, 몸에는 오히려 해가 되는 음식물과 함께, 나를 달빛이 비치는 도랑에 토해냈다.

11월 1일 수요일

나는 단풍이다.

하늘을 찌를 듯 높이 솟은 봉우리, 이승 산의 정상에서 시작되어 지금은 마호로 마을까지 온통 뒤덮은 알록달록한 단풍이다. 찌푸렸던 하늘이 점차 개고 어느 틈엔가 햇살이 얼굴을 내밀고, 잠시 후 활짝 갠 하늘 아래 나는 자태를 뽐낸다. 인간에게 염증이 난, 눈썹까지 하얗게 센 노옹은 특히 언덕 비탈 중간쯤에 있는 교목 숲이 장관이라고 칭찬을 아끼지 않는다.

나는 산동네와 평지 마을의 구별을 없애고, 풍진 세상을 피하여 산중으로 들어가 사는 자와 술자리에 기생을 부르지 않고서는 못 배기는 자를 한데 뭉뚱그리고, 가난함과 부유함, 현명함과 어리석음의 차이를 좁힌다. 그리고 어떤 자에게는 옆집에서 난 큰불이 다행히 옮겨붙지 않아 위기를 모면한 먼 옛날 일을 떠올리게 하고, 또 어떤 자에게는 흐드러지게 핀 꽃들에 에워싸여 번데기 속에서 살며시 날개를 내미는 나비를 생각나게 하고, 또 어떤 자에게는 적국의 사선을 제압한 승전을 떠올리게 한다.

그러나 그들은 그런 일들을 떠올리기만 할 뿐, 말로 하지도 않고 무언가를 통감하는 일도 없이 그저 넋을 잃고 나를 바라보며, 이 땅에서 늙어 죽어갈 수 있는 행복을 음미하고 있을 뿐이다. 알게 모르게 늙어버린 그들은, 아무리 늙어도 손님 대접하는 법을 잊지는 않는다. 그들은 머나먼 타향에서 마호로 마을을 찾아준 옛 친구에게 다과보다 먼저 나를 권한다. 나는 모두를 공평하게 나의 향연에 초대하여 깊은 도취로 인도하고, 꿈자리에서도 잊지 못할 긍정의 말을 그들의 가슴속에 각인한다. 지금은 소년 요이치가 나의 손님이다.

11월 2일 목요일

나는 예술이다.

무슨 일에든 권위의 정점에 서고 싶어하는 국가로부터, 일급품이라는 인정을 받기에 모자람이 없는 예술이다. 여기 같은 촌구석에 문화적인 것이 어디 있겠느냐고 한탄하는 마호로 마을에서 제법 문화인 티를 내는 제씨는 엄중한 포장에 신중하게 운송된 내가 갓 낙성식을 치른 마을 회관에 반입되는 광경을 구경하려 몰려들었다.

가발을 베레모처럼 쓴 읍사무소 직원이 내 앞에 부동자세로 서서, 내가 얼마나 위대한가에 대해, 겸손을 떨면서도 마치 나와 무슨 관계라도 있는 양 의기양양하게 얘기했다. 때로는 고물을 주워모으기도 하는 그들은 나 자체보다는 나한테서 한시도 눈을 떼지 않고 있는 경비회사의 험상궂은 남자와, 나의 시가와, 내가 받은 상 등에 기가 죽어, 비할 데 없이 멋지고 운치 있는 작품이라고 단정지었다.

제 자랑에 급급한 그들은 앞을 다투어 나에게 찬사를 보냈다. 그러나 그것은 모두 팸플릿에 소개되어 있는 어용 평론가의 판에 박은 과대한 억지 찬사를 똑같이 되풀이한 것에 지나지 않았다. 그들은 나에게 감동한 것이 아니라 자기가 연출하는 감동한 체하는 연기에 감동하고 있었다. 그러나 다행히도 그들은 그런 자신을 알아차리지 못했다. 이리하여 나는 더욱더 공고한 지위를 다졌고, 적어도 이 섬나라에서 나의 명성은 영원히 흔들릴 수 없는 것이 되었다.

파란 옷으로 몸을 휘감은 소년이 문전박대를 당했다.

11월 3일 금요일

나는 배회다.

자식 없는 부부의 애완동물 노릇을 하고 있는 홀스타인종 소가 깊은 밤에 시도한 배회다. 무엇 하나 부족한 것 없는 나날과 아낌없이 베풀어지는 자애에 숨이 막혀버릴 것 같은 소는 달빛의 자극을 받아 발광하였다. 온몸으로 부딪쳐 울타리를 부수고 투닥탁탁 산길을 뛰어내려가, 호숫가를 따라 난 길을 터벅터벅 걸어 여기저기서 불빛이 새어나오는 마을로 들어갔다.

나는 이렇게 말하며 소를 부추겼다. "때는 지금이다. 가고 싶은 곳으로 가서 보고 싶은 것을 보라." 마을은 고요히 잠들어 있고, 인간도 자동차도 지나지 않고, 나를 눈치채고 짖어대는 개도 없었다. 그런데 운명적인 만남을 예감케 하는 모퉁이를 돌자, 저쪽에서 고주망태로 취한 남자가 다가와 소인 줄도 모르고 덥석 목덜미를 껴안았다. 그러고는 상대가 무엇인지를 알자, 젖을 빨고 싶다는 둥, 등에 태워달라는 둥, 허벅지 살을 먹게 해달라는 둥 시비를 걸었다.

소는 얌전하게 굴었다. 그러자 남자는 동물을 상대로 설교를 시작했다. 소면 소답게 굴라, 소가 이런 밤에 거리를 어슬렁거리는 것은 이상하다, 고 말하고 "나도 나답게 굴 테니까"라고 말하면서 가발을 벗겨내더니, "어때, 대머리다운 대머리지"라고 말하고는 사라졌다. 그후에도 나는 이리저리 소를 데리고 다녔지만, 결국 소는 만족하지 못했다. 소는 운치 있는 밤풍경을 바라보고, 호숫가의 마른풀을 조금 아작거리고, 잠시 물결 소리에 귀 기울이다가 다시금 산 위 잠자리로 돌아가 제 발로 울타리 안으로 들어가 잠들었다.

11월 4일 토요일

404

나는 토광이다.

이미 염문을 퍼뜨릴 가능성 따위는 절대로 없을 늙은 기생, 그녀를 가두고 만 토광이다. 그러나 내 탓이 아니다. 그녀의 실수였다. 어차피 금방 나갈 텐데 꼼꼼하게 문을 닫았기 때문이다. 문이 탁 닫히면서 잠겨버리고 만 것이다. 밀어도 잡아당겨도 꼼짝하지 않는다. 하지만 그녀는 처음 몇 분 동안만 당황하여 어쩔 줄을 모르다가 그 다음에는 차분하게, 이게 내 생애와의 작별이 될지도 모르겠다고 체념하며 나에게 이렇게 중얼거렸다. "네가 관이라고 생각하면 되겠지." 또 "지금까지 목숨이 붙어 있는 것만도 다행이지"라고 태연자약하게 말하고, 소년 요이치가 큰유리새 같다고 말한 작은 새 모양 이마의 점을 쓰다듬으며, "네가 있어주어 얼마나 마음 든든한지 모르겠다"고 말하고, "자, 그럼 죽어볼까" 하며 눈을 감았다.

내 안에서 편안히 잠든 그녀는 밤이 되어 눈을 떴다. 그러나 사태는 변함이 없었다. 소리를 질러봐야 아무 소용이 없었다. 낡은 앨범이 눈에 띄었다. 그녀는 높은 곳에 달린 조그만 창문으로 영롱하게 새어 들어오는 달빛 아래서 앨범을 펼쳐보았다. 그녀는 각 시대마다 유행한 장신구로 몸을 치장한 요부인 자신의 사진을 바라보면서 풍속의 변천을 즐기다 키들키들 웃었다. 그 웃음소리를 마침 차를 마시러 들른 친구가 들었다. 늙은 기생은 내 문이 열렸는데도 여전히 앨범을 들여다보면서 웃고 있다.

11월 5일 일요일

나는 가마다.

　　기분좋게 취한, 그러나 서로 손을 맞잡고 일하기에는 서투른 젊은
이들의 어깨에 올라타 태평을 구가하는, 마호로 마을을 헤집고 나아가
는 가마다. 나는 일 할의 상고 사상과 이 할의 장난기와 칠 할의 자포
자기에 의지하여 다른 날보다 훨씬 사람들이 많이 모여든 거리를 달려
간다. 나는 오곡풍성을 축하하면서, 아무리 세월이 흘러도 보상받지
못하는 고생에 신물이 난, 나날의 생활에 지친 남자들에게 재기의 계
기를 준다. 또 찔끔찔끔 가산을 탕진한 나머지 요즘 들어서는 돈을 융
통하기조차 어려워진 귀족의 뒷모습에 효과적인 자조의 말을 몇 마디
하사한다.

　　그리고 나는 오랜 질환 때문에 극단적으로 기력이 쇠한 노인네들에
게 등뼈를 꼿꼿이 세우고 살았던 왕년의 기분을 되살아나게 하고, 이
런 시골 마을까지 진출하여 우매한 세력을 시위하고 싶어하는 조직원
들을 향수로 묶어놓는다. 또 다 큰 어른을 우롱할 만큼 영리한 아이들
에게는 분홍색 솜사탕 속에 얼굴을 처박는 즐거움을 가르치고, 늙어빠
진 외국산 신과 싱싱한 국산 신으로부터 신앙의 기쁨을 감사하며 받아
들이는 자들의 마음을 설레게 한다. 또는 인과의 법칙을 지나치게 두
려워한 나머지 자기 방에 틀어박혀 조용히 생각에 잠길 수밖에 없는
교통사고의 가해자를 강가로 유인하고, 친누나에게 은밀하게 사모의
정을 품는 소심한 남동생의 눈을 어디 사는 누군지도 모를 닳아빠진
여자에게 향하게 한다. 그리고 마지막으로 나는, 술을 마시지 않아도
갈지자로 걸을 수 있는 소년을 중얼거리게 한다. "요만한 세상을 사는
데 무슨 사양이 필요하단 말인가."

11월 6일 월요일

나는 흥분이다.

소년 요이치의 다 허물어져가는 집을 한가득 메우고, 시간이 흘러도 식지 않고 가을 밤바람이 불어와도 식지 않는 흥분이다. 신형 경차 한 대 정도는 족히 살 수 있을 만큼 값비싼 투피스로 몸을 단장한, 자매임에 틀림없을 여자 두 명이 언덕 꼭대기로 나를 날라온 것이다. 두 여자가 은밀하게 용건을 전하자 동시에 나는 이 집 가족을 혼란에 빠뜨리고 마구 휘저었다. 늘씬하고, 팽팽한 젖가슴에도 지성이 가득 차 있을 듯 보이는 그녀들은 빼어난 미모와 말솜씨로 상대방을 설득하기 시작했다.

웃어른의 신임이 자못 두터워 보이는 두 여자는, 시기적절한 기획임을 누누이 강조하고, 컬러사진을 곁들인 두툼한 서류를 내보이며 해를 거듭하면서 실적을 한층 더 올리는 초일류 기업이라는 증거로 삼았다. 요이치의 아버지는 "물론 잘 알고 있습니다"라고 말하고, 엄마도 고개를 끄덕였다. 그리고 언뜻 보기에도 기가 드셀 듯한 두 여자는, 평생 이 언덕길을 오르내릴 수밖에 없다고 체념하고 있는 상대방에게 화끈하게 금액을 제시하였다.

그것은, 이 가족에게는 말만 들어도 눈앞이 어질어질해질 숫자였다. 실제로 나는 그들의 혈압을 단숨에 올려놓고 눈에는 십 년분의 광채를 부여하였다. 그녀들은 나한테서 확고한 반응을 감지하고, 좋은 대답을 기대하겠노라며, 언젠가는 케이블카로 호수와 연결할 것이라고 장담한 언덕을 흠칫거리며 걸어내려갔다. 요이치의 아버지는 내 탓에 차분하게 생각조차 할 수 없고, 요이치의 엄마는 내 탓에 속이 울렁거려 부엌에서 토악질을 해댔다.

11월 7일 화요일

나는 수정이다.

거기에 있음을 알면서도 거대한 바위 틈새 깊이 단단한 뿌리를 내리고 있어 손댈 엄두를 내지 못하게 하는 수정이다. 웬만큼 특수한 도구를 사용하지 않는 한 나를 캐내기란 불가능할 것이다. 하기야 나를 알고 있는 것은 이승 산의 길 잃은 원숭이를 제외하면 소년 요이치뿐이다. 나의 존재를 요이치에게 가르쳐주고 비밀을 지키라고 말한 요이치의 할아버지는, 언제나 성이 찰 때까지 나를 바라만 보거나 손가락을 입에 물고 넋을 잃기만 하다가 그리 행복하지도 않았을 생애를 끝내고 말았다. 요이치 역시 마찬가지였다. 나를 향하여 팔을 쑥 집어넣거나 쇠막대기 따위를 밀어넣는 짓은 한 번도 하지 않았다.

나는 지금, 둥실 떠오르는 달빛을 빨아들이고, 거짓 빛과는 분명하게 다른 광채를 발하며 요이치를 자극하고 있다. 나를 캐내라고 충동질하고 있다. 이미 나는 사람들이 알아주지 않는 나의 처지에 신물이 났다. 요이치가 아무리 나를 보고 싶다 한들 나는 더이상 요이치를 보고 싶지 않다. 내가 보고 싶은 것은 욕망을 알알이 드러낸 불타는 눈이며, 부질없는 짓이라는 것을 잘 알면서도 그래도 끈질기게 밀고 들어오는 찰과상투성이의 팔뚝이다. 나는 그저 평범한 돌덩어리가 아니다. 나는 콩알만한 보잘것없는 수정이 아니다. 나는 중심부에 파란 새의 깃털을 가두고 있는 기적의 보석이다.

나는 요이치에게 묻는다. 뭣 때문에 나를 쳐다보느냐고 묻고, 보면 뭐가 어찌되느냐고 묻는다. 그러나 요이치는 대답하지 않는다. 나는 다시 묻는다. 나를 보고 싶은 것이냐, 아니면 파란 깃털을 보고 싶은 것이냐, 라고.

11월 8일 수요일

나는 생선 초밥이다.

손으로 꼭꼭 주무른 것을 다시 대나무 잎에 싼, 기쁜 날에는 빠뜨릴수 없는 마호로 마을의 생선 초밥이다. 요이치의 가족은 나를 둘러싸고신이 나 떠들고 자지러지게 웃어대고 있다. 네 사람은 나를 먹기 전에교대로 목욕을 하고, 불단 앞에 앉아 언덕을 남겨준 조상에게 절하고,언덕을 포기함을 사과하였다. 요이치라면 몰라도, 다른 세 사람이 이렇듯 진지하게 조상에게 절을 하고 진심으로 감사한 적은 처음이었다.

요이치는 나를 대나무 잎째 먹으려다 웃음거리가 되었다. 제멋대로입덧이라 착각하고 있는 요이치의 누나는 김밥에만 손을 대었지만, 그래도 웃음은 그치지 않았다. 요이치의 엄마는 "살다보니 이렇게 좋은일도 있구나"라고 몇 번이나 말하고, 말할 때마다 나를 입 안 가득 우물거리며 유난스럽게 웃었다. "이제 이 궁상맞은 생활과도 안녕이다"라고 요이치의 아버지가 말했다. 요이치는 나를 잘게 잘라 큰유리새에게 주었다. 그러나 파란 새는 계란말이를 약간 쪼아먹었을 뿐, 그 다음은 "도대체 어찌될 건지, 도대체 어찌될 건지"라고 울어댈 뿐이었다.

술자리가 한참 무르익었을 때, 요이치의 아버지는 최신형 가발 카탈로그를 대머리에 올려놓고 우스꽝스런 연회용 춤을 선보였다. 집에서는 거의 웃는 일이 없는 요이치마저 웃었다. 그런 아들을 본 엄마는이렇게 말했다. "우리 아들의 병도 좋아지면 참 좋을 텐데"라고. 아버지도 누나도 고개를 끄덕였다. 그렇게 나는 온종일 싸늘한 비가 내린,김칫국부터 마신 날의 흥을 듬뿍 돋우어주었다.

11월 9일 목요일

나는 시타르*다.

커다란 호박, 가볍고 단단한 티크 재, 다소의 신주, 거기에다 인도의 돌고 도는 전통을 조합하여 만들어진 시타르다. 유감스럽게도 나는 마호로 마을에 온 이후 아직 한 번도 연주되지 않았다. 돈을 제대로 쓸 줄 모르는 치과 의사는 나를 악기가 아니라 민속 공예품으로 입수하였다. 그러니까 이 마을에서 나는 좀 특별한 장식품에 지나지 않는다.

치과 의사는 자기가 신기료장수와 같지 않다는 것을 보여주기 위해, 아니면 여자라면 사족을 못 쓰는 동업자와 동일시되고 싶지 않은 마음에 나를 대합실 천장에 마치 샹들리에처럼 매달아놓았다. 그러나 나에게 관심을 보이고 유심히 쳐다봐주는 사람은 중학교에 새로 부임해온 음악 선생 단 한 명뿐이었다. 그는 썩은 이를 들쑤셔댄 후에도 여전히 나에게 호기심을 보이고, 끝내는 참을 수 없어 나를 만졌다. 피아노를 치는 나긋나긋한 손가락이 주현 하나를 퉁기자 공명현이 떨었다. 치료중이던 아이가 울음을 뚝 그쳤다. 접수대에 앉아 있는 여자의 치부도 성적 쾌감으로 떨었다.

숨이 되살아난 나는 공예품에서 악기로 환생하였다. 치과 의사는 관대한 척 이렇게 말했다. "그렇게 마음에 들면 빌려드리지요." 음악 선생은 기뻐하며 나를 하숙집으로 가져갔다. 오늘 나는, 신생아의 첫 울음소리와 죽음에 이른 노인의 넋두리와, 큰유리새의 지저귐과 그것을 듣기 좋게 흉내내는 소년의 휘파람 소리와, 요란한 천둥 소리와 처마 끝에서 떨어지는 빗방울 소리에 맞추어, 유전하는 만물을 영원한 때의 흐름에 태워 울렸다.

11월 10일 금요일

---

* Sitar, 북인도의 고전음악에 사용되는 현악기.

410

나는 장작이다.

딱딱하고 오래 타는데다 원적외선을 듬뿍 방사하여 싸늘하게 식은 마음까지 따스하게 덥히는 상수리나무 장작이다. 평소 게으른 거지는 오늘따라, 오전 내내 오류 강가에서 바짝 마른 나를 열심히 주워모았다. 그는 나를 산더미처럼 쌓아놓고는, 내 앞에서 만족스런 미소를 띠고, 어디서 얻었는지 식빵 조각을 오물오물거렸다. 거지는 식빵을 삼키면서 곁을 풍요롭게 흐르는 강물을 꿀꺽꿀꺽 마시고, 배가 불러오자 햇볕에 따뜻해진 바위 위에 몸을 누이고 해질 때까지 잠을 잤다.

밤바람에 놀라 잠이 깬 거지는 다시 나한테로 왔다. 그러고는 몸에 걸치고 있던 누더기를 훌훌 벗더니, 알몸으로 그것을 내 위에 올려놓고 역시 주워온 라이터로 불을 붙였다. 마침내 불길이 주위의 어둠을 물리치고, 연기처럼 움직이는 소년의 모습을 드러내주었다. 불과 어둠 때문에 무엇보다도 수치심을 중히 여기는 사람처럼 보이는 거지는, 이미 이 세상의 윤곽 정도는 파악하고 있는 듯한 병든 소년에게 이렇게 말했다. "옛날에는 죽은 사람을 이렇게 태웠지." 이어 그는 실오라기 하나 걸치지 않은 투실투실한 자기 몸을 가리키며 이렇게 말했다. "태어났을 때나 다름이 없어."

나는 탁탁 기분좋은 소리를 내면서 때에 찌든 의류를 불태우고, 이미 성실하게는 살 수 없는 남자의 혼을 바짝바짝 달구고, 이어 오랜 상처를 몇 군데 건드리고, "이 추운 하늘 아래서 네놈의 자식은 어떻게 겨울을 나겠느냐"라고 비난하였다.

11월 11일 토요일

나는 국화꽃 전시회다.

어찌된 일인지 참가자가 예년의 삼분의 일에도 못 미치는, 맑게 갠 가을날의 국화꽃 전시회다. 내가 한탄하는 까닭은 절대로 머릿수 때문이 아니다. 마호로 마을에서 내준 전세 버스를 타고 찾아온 늙은이들은 애당초 나의 근본 취지는 안중에 없었다. 그들의 관심사는 싱그러운 색과 향에 취해 망아의 경지에 잠기는 것이 아니라, 오로지 먹고 마시는 것뿐이었다.

살기등등한 그들은 가발을 쓴 읍사무소 직원의 제지도 아랑곳하지 않고, 술과 음식에 조금이라도 가까이 가려 텐트 안으로 우르르 몰려들었다. 떠밀려 목숨을 잃은 자가 생기지 않은 것이 신기할 정도였다. 그후의 진행도 여의치 않았다. 죽음을 앞둔 자들의 엄청난 기세에 눌린 담당 직원은 미처 점심시간도 되지 않았는데 주문한 도시락과 정종을 돌리고, 가마솥 안에서 부글거리는 덜 끓인 돼지고기 국물을 플라스틱 사발에 떠냈다.

우적우적 먹고, 꿀꺽꿀꺽 마시고, 훌훌 빨아들이는 소리가 나를 엉망으로 만들었다. 깨끗하게 해치운 다음에도 그들은 여전히 나를 무시하였다. 마음에 드는 국화꽃 아래서 마음에 드는 사람끼리 둥그렇게 모여 앉아 한가로이 정담을 즐기는 광경은 전혀 볼 수 없었다. 그저 먹을 것이 어디 없나 눈만 휘둥그레한 그들은 이제 더이상 나올 음식이 없다는 것을 알자, 옆 마을에서는 노인들은 훨씬 더 잘 모신다는 둥 투덜거리고 노기를 드러내더니, 결국은 엉겨붙어 싸우기 시작해, 줄기가 멋들어지게 늘어져 있는 국화 화분을 몇 개나 뒤집어놓았다.

11월 12일 일요일

412

나는 자전이다.

그러나 평균 23시간 56분 4.0905초의 주기로 도는 지구의 자전이
아니라, 소녀 요이치를 축으로 남모르게, 신들조차 모르게 돌고 있는
마호로 마을의 자전이다. 나에게 주기는 없다. 요이치가 밤이라 여기
면 밤이고 낮이라 정하면 낮이다. 요이치의 바람 여하에 따라 나는 빨
라지기도 늦어지기도 하고, 때로는 정지하는 일도 있다. 그러나 삶과
죽음 어느 쪽도 개의치 않는 요이치에게 나에 대한 의식은 없다.

요이치는 새장 속 큰유리새 주위를 빙빙 돌면서 그 자신의 주위도
돌고 있다. 그리하여 나는 지금 단풍색으로 물든 빗방울을 튀기면서,
산다는 것 자체가 수치이며 살아 있을 가치도 없는, 타도해야 마땅한
자들을 튕겨내려고 속도를 올리고 있다. 그러나 아무리 돌아도 내 뜻
대로는 되지 않는다. 건조시킨 대마를 조그만 봉투에 나누어 담는 젊
은 남녀, 삼층짜리 검은색 빌딩의 한 방에 모여 악의 신기원을 구축하
려 이마를 맞대고 있는 패거리들, 타인의 은총에 매달려 사는 삶에 자
부심마저 품고 있는 거지, 무슨 일이 있어도 자아의 미망을 끊어버리
려 발버둥치는 신참 수도승, 교통사고의 가해자가 된 이래 무수한 시
간이 흘렀는데도 재기하지 못하는 자신을 내심 경원하는 주부, 누가
봐도 불행과 비극이 겹친 눈먼 소녀, 오로지 건강에만 신경을 쓸 뿐 무
위로 일관하는 나날을 보내고 있는 그 밖의 많은 사람들, 그들은 끔쩍
도 하지 않는다. 그들은 각기 소정의 위치에서 각자 뻔뻔스럽게 도사
리고, 절대로 나에게 우롱당하는 일 없이 아무튼 지금을 살고 있다.

11월 13일 월요일

나는 방울이다.

　'삼광조' 여주인의 귓불에 걸려 청량한 소리를 내며 흔들리는 유리 방울이다. 나를 그녀한테 물려준 이는 창부였다. 창부는 벌써 몇 년 전, 후덥지근한 여름날에 나를 산 이래 한 번도 귀에 건 일이 없었다. 나는 그녀에게는 잘 어울릴 터이지만 여주인한테는 조금도 어울리지 않는다. 그러나 여주인은 그렇게 생각지 않는 모양이었다. 내 파란색이 안색을 더욱 창백하게 만든다는 것을 전혀 알아차리지 못한다.

　오히려 여주인은 내가 적잖이 마음에 들었다. 그런 그녀에게 느닷없이, 아직 사람의 허물이 보이지 않았고, 지상 낙원을 꿈꿀 수 있었고, 사내대장부의 출현을 애타게 기다리던 시절의 그 설레는 마음이 되살아났다. 그러자 그녀는 서랍장에서 내게 어울릴 만한 옷을 몇 벌 꺼내고, 젊은 시절에나 신을 수 있었던 굽 높은 하이힐도 몇 켤레나 꺼내어, 거울 앞에 서서 이렇게저렇게 구색을 맞추어보고는, 간신히 무엇을 입고 신을지가 정해지자 별일도 없으면서 마을로 내려갔다.

　그리하여 그녀는 마호로 마을에서 제일 교통량이 많은 거리를 이 끝에서 저 끝까지 세 번이나 왕복하였다. 내가 내는 푸르디푸른 소리는 자동차와 오토바이의 배기음에 지워지고, 내 파란색은 파란 가을 하늘과 소년 요이치의 파란색 옷에 묻혀버리고 말았다. 그런데도 여주인의 기분은 조금도 상하지 않았다. 잃어버린 무언가를 조금은 되찾은 듯 마음이 느긋해진 그녀는, 막 튀겨낸 고로케를 손에 쥐고, 늙어갈 일밖에 남지 않은 자기 둥지로 의기양양하게 돌아갔다.

11월 14일 화요일

나는 일이다.

가을이 깊어질 대로 깊어지고 겨울이 성큼 다가오자 다시금 주문이 폭주하게 된 난로장이 남자의 행복한 일이다. 눈이 내리기 전까지 일반 주택용 말고도 펜션용 대형 난로를 열 개나 완성시키지 않으면 안 되었다. 나는 거칠어가는 그의 생활을 반듯하게 되돌려놓고, 느슨해진 기분을 단단히 조이고, 내친김에 견강부회론을 물리친다.

그는 매입한 철강재를 절단하면서 자신의 가슴속에 맺힌 응어리도 함께 절단하고 있음을 깨달았다. 또 밤이 되어 용접하는 불꽃 속으로 얼굴을 들이밀자 온갖 욕망이 물러가는 것을 분명히 자각할 수 있었다. 나는 그에게 말했다. 어차피 기둥서방으로 전락할 남자는 아니라고. 그는 "그럴지도 모르지"라고 말했다. 이어 나는 이렇게 말했다. 난로를 판 돈이 들어오면 그 여자한테 빌린 돈을 이자까지 쳐서 돌려주라고. 남자는 고개를 끄덕였다. 나는 다시 말을 이었다. 돌려줄 것을 다 돌려준 다음, 그 여자를 어떻게 생각하고 있는지 스스로에게 물어보라고. 남자는 대답 대신 불꽃을 날렸다. 오렌지색, 온정이 담긴 그 빛은, 자신을 책망하는 그의 미래를 희미하게 비추었다.

내게 온 정신을 집중하여 몰입한 나머지, 그는 여자가 찾아온 것도, 그녀가 등뒤에 서서 지켜보고 있다는 것도 몰랐다. 여자는 나한테 애인을 빼앗겼다고는 생각지 않았다. 말을 거는 것조차 잊고 그저 하염없이 불꽃에 넋을 잃고 있었다.

11월 15일 수요일

나는 송이버섯이다.

의수를 달고 있는, 송이버섯 따는 일엔 도가 튼 사내의 눈에도 띄지 않아, 이대로 썩을 수밖에 없다고 체념한 오늘에야 겨우 발견된 송이버섯이다. 아니, 내 쪽이 먼저 그 소년을 발견한 것인지도 모른다. 나 같은 것보다 훨씬 더 보기 드문, 어쩌면 희원소(希元素)보다 더 귀중한 존재일지도 모르는 소년을, 부자연스러운 몸에 칠 할의 파랑과 이 할의 하양과 일 할의 그림자를 두르고 있는 소년을 내가 먼저 발견한 것이다.

한눈에 병자임을 알 수 있는 소년은 해저물녘, 만종 소리에 맞추어 그 왜소한 몸을 떨면서 사물의 본질을 갈파해버리고 말 듯한 눈으로 나를 가만히 바라보았다. 늘 고매한 꿈을 잊지 않은 나는 그에게 말했다. "너 같은 자야말로 나를 먹을 자격이 있다." 그러나 소년은 내가 무엇인지를 알면서도, 나를 넣어 버섯밥을 지으면 얼마만한 가치를 지닐지 충분히 알면서도, 어찌된 영문인지 손을 뻗지 않았다.

소년은 나의 드높은 자부심에 두려움을 느꼈는지도 모르겠다. 나는 소년이 그렇게 말해주기를 바랐다. 그러나 그는 아무 말도 하지 않았다. 볼썽사나운 몰골을 한 나한테는 어울리지 않는다는 말도 해주지 않았다. 나는 다시 말했다. "너는 어디 하나 나무랄 데가 없다"는 둥 허황한 찬사를 늘어놓았다. 그러나 무슨 말을 해도 소용이 없었다. 이 세상을 속속 들여다볼 수 있기에 슬픔에 잠긴 표정의 소년은 끝내 내게서 눈길을 돌리고 한 줄기 청렬한 흐름을 따라 산을 내려갔다. 그는 돌아보면서 서툴게 손을 흔들고, 나에게 잔인한 웃음소리를 남겼다.

11월 16일 목요일

나는 기로다.

개발이냐 보호냐, 본의 아니게 양자택일에 몰린 마호로 마을 역사 상 유례가 없을 만큼 중대한 기로다. 그런데 상황을 조사해보지도 않고 억측하는 버릇이 붙은데다 욕망에 충실한 쪽을 선택하고 싶어하는 대부분의 주민들은, 그 문제의 뿌리가 얼마나 깊은지를 이해하지 못했다. 반대를 주장하는 자들조차, 다수 의견에 패했을 때 나타날 비참한 결과에 대해 피상적인 인식밖에 갖고 있지 않았다.

반대하는 자들은 반대운동에 참가한다는 것만으로 족히 만족한 채 양심 편에 섰다고 착각하고 있었다. 그들은 사실 더 나은 결과를 바라고 있지 않았다. 그들은 분노하는 척하고, 아니면 비일상적이고 반권력적인 자극에 잠기는 것으로 자족하고 있었고, 옳고 그름을 분명히 한다는 신념과 각오는 결여되어 있었다. 그들에게 충실감을 주는 것은, 그 운동이 요즘 유행하는 현대적인 시민운동이라는 점이었다. 한편 리조트 개발을 추진하자는 사람들은 산적한 많은 문제들이 조만간 해결될 것이라 대수롭지 않게 여기고, 태평한 마음으로 대처하고 있었다. 또 관청에서 입수되는 정보를 토대로 냉정한 판단을 내리려고 내 위에서 어정거리고 있는 사람들만 해도 막대한 비용의 유입이 초래할 영향이 얼마나 큰지에 대해서는 예측하지 못하고 있었다.

이렇게 입맛 당기는 얘기가 어디 있겠느냐고 공언하는 읍장은, 성실하고 편리한 부하에게 말했다. "자네가 제일 큰돈을 거머쥘 거야." 송두리째 사들이겠다는 언덕을 소유하고 있는 그 직원은, "아하하하" 하고 웃으며 나를 걸어찼다.

11월 17일 금요일

나는 절규다.

조용히 잠들어 있는 새벽녘의 마호로 마을을 순간의 격정에 사로잡
혀 질주하는 비통한 절규다. 발빠른 경주용 말처럼, 또는 바로 코앞까
지 다가온 겨울이 몰고 오는 바람처럼, 나는 재빨리 이쪽저쪽 거리를
달려간다. 그러나 나에게 관심을 보이는 자는 많지 않다. 공원 근처에
서 순찰을 돌고 있는 덜렁이 경찰도, 삼층짜리 검은색 빌딩에 틀어박
혀 여전히 별 쓸데 없는 비밀회의에 열심인 험상궂은 얼굴의 세 남
자도, 칭얼대는 아이를 달래면서 남편까지 상대하고 있는 젊은 엄마
도, 전학 간 친한 친구를 우연히 버스 안에서 만나 잠 못 이루는 여고
생도, 무슨 일이 있어도 자기 뜻을 관철하는 외로운 고집쟁이도, 하는
일마다 굼떠서 답답한 우매한 자도, 아직 손에 쥐지도 않은 거액을 기
대하고 술을 잔뜩 퍼마시고는 "두고 봐!"라고 고함을 지르며 언덕 위
의 자기 집으로 돌아가는 읍사무소 직원도, 겉보기에는 학식이 많고
품행이 방정하나 실은 머리도 나쁘고 자는 꼴도 흉측한 자도, 코를 골
며 잠자는 새끼 곰을 닮은 삽살개도, 밝게 웃는 보균자도, 모두들 순간
적으로 숨을 삼키기는 하였지만, 다음 순간에는 벌써 나를 잊고, 제각
각 밤바다의 파도 사이에 떠다니는 먼지로 화한다.

나 자신조차, 대체 어느 누구의 입에서 뛰쳐나온 것인지 잊고 말았
다. 그런데도 나는 자기 몸을 희생하여 적진을 돌파하는 병졸처럼 어
두운 구름을 뚫고 나가 사방 캄캄한 산들에 반사되었다가, 아무도 타
지 않은 보트가 죽은 자의 혼을 은밀히 나르는 호수에 빨려 사라지고,
아무것도 남지 않는다.

11월 18일 토요일

나는 귀다.

바늘이 방바닥에 떨어지는 미미한 소리까지 정확하게 분별하고, 때로는 있는 소리 없는 소리까지 가려듣는 눈먼 소녀의 귀다. 요즘 어쩐 일인지 금전에 관한 수군거림이 많이 들리고 있다. 마호로 마을 사람들은 타산을 둘러싸고 빙글빙글 돌기 시작하였고, 윤택한 생활이란 무엇이냐는 자문을 반복하고 있다. 그리하여 지금 나는, 부모를 대신하여 이 소녀를 옳고 그름과 선악을 판별하는 아이로 기르고 있다.

저잣거리에서는 허풍 섞인 소문이 늘어나고, 유행을 따라 새로운 것을 좋아하게 된 젊은이들이 나누는 들뜬 얘기도 늘어났다. 또 지금까지 방자한 나날에 푹 잠겨 있던 소심한 인간이 갑자기 인생의 궁극에 대해 격한 말투로 떠들어대는 일도 늘어나고, 신용할 수 없는 상대로부터 확고한 약속을 받아내려 몇 번이고 묻고 다짐하는 목소리가 늘어나고, "무슨 말씀이든 해주십시오"란 은행원의 겸손한 목소리도 부쩍 늘어났다.

그러나 일언지하에 거절하는 자의 목소리는 줄어들고, 비보를 접하고 탄식하는 자의 목소리도 줄어들고, 단순명쾌하게 대답하는 자의 수도 줄어들었다. 그런가 하면 큰유리새의 우짖는 소리와 혼동하기 쉬운 새소리가 들리고, 휘황한 술집에서는 억지로 술을 먹이는 소리와, 타인의 허물을 꼬집는 소리와, 싸움을 부추기는 소리와, 부실을 주장하는 소리만 들리게 되었다. 내가 듣고 싶은 것은 그런 소리 따위가 아니다. 부드러운 심성의 소유자인 소년 요이치의 느긋한 발소리이며, 그가 몰아의 경지에 빠져 부는 휘파람 소리다.

11월 19일 일요일

나는 가면이다.

혼자만의 편안함과 고독으로 지금은 전형적인 몽상가가 된 젊은이가 혼자 춤추기 위하여 점토로 제작한 가면이다. 하늘 가득 돋은 별을 아무리 올려다보아도 허망한 마음이 가시지 않는 오늘밤, 그는 알몸으로 나를 쓰고 미친 듯 춤을 춘다. 물거품 호수의 너울거리는 물결 소리와 이승 산을 따라 오르내리는 찬바람 소리에 맞추어, 배타적인 소나무 숲속에서 '추태'를 춤추는 그는 쏙독새보다 고등하다.

춤추면서 그는 종래의 속박을 벗어던지고, 부모가 자식의 정을 이용하여 심어놓은 교훈을 내던지고, 고향을 신천지라 여기고 여유작작하게 관조한다. 그러나 내가 할 수 있는 것은 그의 기대를 저버리는 것뿐이다. 하루 벌어 하루를 사는, 한 치 앞도 내다볼 수 없는 젊은이에게 나는 찰나의 착각조차 선사할 수가 없다. 여전히 그는 자신의 비참한 현재 상황을 분별하지 못하고, 무지에서 오는 그릇된 믿음과 뜻하지 않은 과오를 평생 짊어지고 있다. 마음의 혼란이 가중될 뿐이다.

그는 오늘, 매끄러운 피부를 지니고 눈꼬리가 다소곳이 처진 미망인의 유혹에서 간신히 벗어났다. "너는 결국 너 자신에 불과하다"고 나는 말했다. 그는 화를 내며 나를 쥐어뜯어내, 한 명뿐인 관객, 밤보다 파란 소년에게 나를 주고는 옷을 입고 토광으로 돌아간다. 소년은 나를 힐금힐금 쳐다보고, 쓰려다가 그만두고, "나는 나로 족해"라고 중얼거리고는 나를 소나무 둥치에 내던진다. '추태'가 깨졌다.

11월 20일 월요일

나는 불안이다.

호숫가 별장에서 여생을 보내는, 하루 종일 깔끔한 옷차림으로 지내는 전직 대학교수, 그런 그의 잠을 기습한 불안이다. 그는 저녁나절의 쓸쓸함과 함께 배달된 오랜 친구에게서의 편지를 좍 훑어내려갔다. 그리고 도립대학에서 객원교수로 초빙하기로 내정된 친구를 축하하여 비장의 포도주 마개를 뜯었다. "잘됐네요"라고 그의 아내가 질투를 조금도 내색하지 않고 말했다.

다소 과하게 마신 그는 목욕탕에서 가벼운 현기증을 느꼈다. 다행히 욕조를 붙잡아 무사하긴 했지만, 가슴속의 혼란은 쉬 가라앉지 않았다. 끝내 그는 자신의 만년은 불우하다는 결론을 내리고 말았다. 당시 패권주의를 내세운 정부의 편을 든 그의 논문은 서른이 되어서도 생계를 잇지 못하는 무능한 신진 학자를 하룻밤 새 국민적인 지식인으로 부상시켰다. 문학뿐만 아니라 미술에도 조예가 깊은데다가 당당한 풍채까지 갖추고 있던 그의 성가는 한층 높아졌다.

그러나 전쟁이 끝남과 동시에 그의 명예는 땅에 떨어졌다. 그후로 그는 오랜 세월에 걸쳐 명예 회복을 위해 동분서주하였고, 그럭저럭 가든파티에 초대되는 선까지는 되돌아갔지만, 거기가 한계였다. 호숫가 길을 걸어가는 소년의 떨리는 휘파람 소리가 내 편을 들었다. 그의 아내가 나를 몰아내려 "가을 탓이에요"라고 남편에게 말하고, 창문을 탁 열고는, "저리 가!"라고 소년에게 말했다.

11월 21일 화요일

나는 이불이다.

뜻밖에도 인간 본연의 모습을 유지하고 있는 소년 요이치를 법열경에 잠기게 하는, 햇볕에 내다 넌 이불이다. 나는 낮 동안 무심한 인간들에게 상처받은 요이치의 혼을 한꺼번에 치유한다. 내가 슬픔과 낙담을 정성껏 빨아들인 덕분에 지금 요이치에게는 그 흔적조차 남지 않았다. 그는 오늘 하루 잘 참아냈다. 악동들은 개를 충동질하여 그에게 덤벼들게 하였고, 속 좁은 점쟁이는 그를 읍내에서 끌어냈고, 가게에서 도둑질한 늙은 여자의 죄를 덮어쓸 뻔하기도 했다.

요이치 같은 인간을 노골적으로 모욕하고 그 존재를 부정하는 자. 나는, 그런 놈들이야말로 무턱대고 애국심을 고취하는 패거리의 주구가 된다고 말한다. 그들은 기피하여 마땅한 풍습과, 원시종교에 가까운 끔찍한 전통을 아직도 고수하는 자들을 의지하고, 그것을 썩은 정신의 중심에 두면서 얼토당토않은 명예와 이익을 좇고, 일단 지위를 획득하면 거만한 태도를 취하고, 사람의 목숨을 경시하고, 누군가 귀띔을 해주면 제아무리 추잡한 임무라도 수행하는, 자성하는 마음 따위 조금도 갖고 있지 않은 짐승 이하의 생물이라고 나는 말해준다.

그러나 애당초 소년 요이치는 앙심을 품거나 보복을 기도하거나, 부모에게 따져달라고 부탁하는 소년이 아니다. 큰유리새가 걱정스럽게 묻는다. 읍내에는 가지 않는 편이 좋지 않겠느냐고. 나는 대답한다. 설마 평생을 이 언덕에서 살 수는 없지 않느냐고. "하기야"라고 파란새가 말하고, 언덕으로 몰아치는 계절풍을 향하여, 사랑스런 요이치를 끝까지 지키겠노라고 지저귄다.

11월 22일 수요일

나는 기체다.

나날이 수온이 내려가고 있는 물거품 호수의 바닥에서 한탄하고 있는 젊은 수도승과 그에 답하는 관음보살상 사이에 오가는 대화를 나르는 기체다. 수면으로 올라온 나는 무상한 세상의 바람에 흔들려 하나둘 터지면서, 공기나 물보다, 소년 요이치의 병보다 무거운 말들을 흩뿌린다. 그러나 어느 것 하나 호숫가에 가 닿지 못하고, 마치 철광석 같은 기세로 다시금 물 속으로 내려가, 파멸의 색깔 비늘에 덮인 물고기 떼를 헤치면서 무릎 위에 한아름이나 되는 돌을 얹어놓고 수중 좌선에 열중하고 있는 젊은이의 머리 위로 푸슬푸슬 떨어진다. 그리고 그중 몇 개, 예를 들어 사느냐 죽느냐는 상대방 여하에 달린 것이 아니라 나 자신 여하에 달린 것이란 종류의 말은 모래 더미로 파고들고, 중력을 따라 더욱더 깊이 가라앉으면서 기진맥진한 이 별의 핵을 향한다. 그러다 급기야는 스스로의 무게에 짓눌려 무로 변화한다.

폐 속의 산소를 다 쓴 수도승은 숨이 답답해지자 나와 함께 부상하여 은색으로 빛나는 수면에 우거지상을 내밀고, 속세에 고여 있는 대기를 한가득 들이쉬고, 이제 제철이 끝나가는 단풍을 바라본다. 그러고서 그는 처세에 능한 사람들에 에워싸여 항만 노무자로 살았던 시절을, 친구에게 말로 한 약속조차 지키지 못했던 시절을 떠올리고, 얄팍한 가슴을 주먹으로 탁 치면서 들이쉰 나를 내뱉는다. 그는 이런 계절에도 쉼 없이 우짖어대는 큰유리새의 소리를 들으면서 선창 쪽으로 헤엄쳐갔다.

11월 23일 목요일

나는 황폐한 땅이다.

젊다고 자부하는 늙은 농부가 일구어 메밀 씨를 뿌렸음에도, 결국 영근 곡식 한 알 얻지 못하고 만추를 맞이한 황폐한 땅이다. 그러나 허송세월했다는 결론 앞에서도 농부는 나를 포기하지 않았다. 하루 평균 노동시간이 열세 시간은 족히 넘는데도 쉴 줄을 모르는 그는, 불평도 하지 않고 혀를 끌끌 차지도 않고 나에게 이렇게 말했다. "내년을 기대해보지." 또 이런 말도 하였다. "다음에는 콩을 뿌려볼까."

나는 그저 황송하여 할말이 없었다. 그는 물론 잡초 한 포기 키우지 못하는 나를 좀먹고 있는 독성에 대해서 충분히 알고 있었고, 그것을 제거할 방법이 없다는 것도 잘 알고 있을 것이다. 알면서도 그는 해마다 나를 농지로 정중하게 대접하고 있는 것이다. 솔직히 나에게는 그의 그런 열성이 무거운 짐이다. 올해 들어, 나는 그의 죽음을 은근히 바라고 있는 나 자신을 깨달았다.

그같은 남자는 내 한귀퉁이에 쇠잔한 몸을 누이고 숨을 거두어야 마땅했다. 그같은 자식은 단호한 마누라에게 멱살을 잡혀 호되게 야단을 맞아야 마땅했다. 나에게 어울리는 자는, 때로 길을 잃어 표표하게 내 위를 가로지르는, 체념이 빨라 안 되는 것은 안 된다고 하는, 병 때문에 보행이 자유롭지 못한, 그러나 새소리만은 능란하게 흉내내는 그 소년이었다. 죽음을 모르는 건장한 농부의 발길이 멀어지고, 삶밖에 모르는 소년의 발소리가 다가온다.

11월 24일 금요일

424

나는 생각이다.

동이 틀 무렵, 모든 일을 상사한테 맡기고 마호로 마을을 떠나는 남자의 명쾌한 생각이다. 문란한 행동과 방사 과다한 나날이 초래한 절박한 사태는 이미 멀어졌고, 성가신 문제도 전부 마무리되었다. 즉 아내와도 헤어지고 여자와도 인연을 끊고, 직장도 그만둔 것이다. 그러한 일련의 잡다한 일이 온 동네로 소문이 퍼져, 이 시골 마을에서는 이제 얼굴을 들고 다닐 수 없게 되었다.

시간이 되어서도 해는 뜨지 않고 공교롭게 비가 내렸다. 싸늘한 비가 그의 마음을 촉촉이 적시기는 하였지만 별일은 없었다. 이런 때에도 가발만은 잊지 않는 그의 상사는, 여자 때문에 몸을 망친 부하를 공용차에 태워 역이 있는 읍내까지 데려다주면서 시종 말이 없었다. 그러나 고작 자질구레한 생활용품만 들어 있는 조그만 여행가방에 허리춤에는 새로운 생활을 시작하기에는 턱없이 모자라는 푼돈밖에 지니지 않은 부하는, 내가 흔들릴까 염려스러워 쉴새없이 명랑 활달하게 떠들어댔다.

부하는 묻지도 않았는데 "괜찮습니다"를 연발하고, 흔해빠진 운명론을 들먹이고, 무슨 속셈인지 나무줄기에 생채기를 내 기름을 채취하던 어린 시절 이야기를 하고, "남자는 늘 손해만 봐요"라고 중얼거리고, 밤새워 마시는 술은 몸에 안 좋으니 아무쪼록 조심하라는 둥 지껄여댔다. 그리고 마호로 마을과 다른 마을을 가르는 고갯마루에 오르자, 정착하면 편지를 쓰겠노라고 말하는 도중에 울먹거리는 바람에, 나는 비에 젖었다. 상사가 말했다. "편지 같은 거 쓸 필요 없어."

11월 25일 토요일

나는 보복이다.

늦었지만 주도면밀한 계획 아래 빈틈없이 치른, 어중간한 각오로는 완수하기 힘들었던 보복이다. 아랫입술이 유난히 두터워 굵은 잎담배가 잘 어울리는 덩치 큰 남자는, 낚시꾼을 가장하여 마호로 마을로 한 발 내딛는 순간 나에게 걸려들었다. 고갯마루에서 지난밤부터 끈질기게 기다리고 있던 삼인조는, 자동차를 강제로 세우고 목표물을 차에서 끌어내려서는, 두 사람이 그자의 한쪽 팔을 비틀어올리고, 키 큰 청년이 바로 앞에 섰다. 타월로 둘둘 만 권총의 총구는 정확하게 가슴을 조준하고 있었고, 있는 총알은 모두 발사되었다. 특가 품목이었던 타월이 소리와 빛과 열과 연기와, 잘하면 앞으로 몇십 년은 더 살았을 목숨을 빨아들였다.

한을 푼 삼인조 중 한 명이 자동차를 처분하기 위해 장갑 낀 손으로 핸들을 잡고 터널 속으로 사라졌다. 그리고 나머지 두 사람은 죄의 흔적을 무마하기 위해, 움직이지 않는 탓에 두 배로 무거워진, 그러나 아직도 따뜻한 인간을 파란 시트로 둘둘 말아 호수로 향했다. 그런데 그런 일에 특출한 재능을 갖고 있는데다 나의 실질적인 주모자이기도 한 키 큰 청년은, 중천에 뜬 달이 너무 밝다고 갑자기 예정을 변경하였다. 호수 바닥에 수몰시키려 한 계획을 수정하여 일단 산중에 묻기로 한 것이다. 구멍에 내던지기 전에 청년은 "빚을 갚아야지"라며 덩치 큰 남자의 팔을 무릎에 대었다. 당사자들 외에 죽은 자의 뼈가 부러지는 소리를 들은 것은, 아마 나 같은 것하고는 평생 무관할 파란 소년이었다.

11월 26일 일요일

나는 이성이다.

짐승을 짐승답게 하고 인간을 인간답게 하는, 양자를 엄연하게 구별하는 이성이다. 죽음에 이르는 병에 시달리면서도 여전히 나와 함께 있는 회색 들개는 먹지도 마시지도 못한 채 벌써 사흘이나 호숫가 산속에 누워 있다. 식욕은 있어도 먹을거리를 찾기에 필요한 체력이 남아 있지 않았다. 그러나 그럴 마음만 있으면, 언덕길을 오르내리는 여자나 아이들을 덮쳐 시장바구니와 간식을 빼앗는 일 정도는 가능할 것 같았다.

실제로, 별장에 틀어박혀 연금으로 검소하게 말년을 살고 있는 노부부가 돼지고기를 사들고 지나갔고, 눈먼 소녀도 구운 도미를 들고 혼자 걸어갔다. 그후에는 파란 스웨터 차림에 점심 도시락이 들어 있는 병약한 소년도 지나갔다. 그런데도 들개는 결코 나와 손을 끊으려 하지 않았다. 신음 소리 하나 내지 않고, 손끝 하나 까딱하지 않았다. 한참 후에 한층 민감해진 들개의 후각이 어느 누구에게도 해를 끼치지 않고 근처에 있는 먹이를 포착하였다. 바람의 방향이 바뀐 덕분이었다. 거기에서 십 미터도 채 떨어지지 않은 땅 속에서 피범벅이 된 인간 한 사람분의 살이 냄새를 풍기고 있었던 것이다.

나는 기다리다 못해, 거길 파, 라고 들개에게 명령하였다. 들개의 먹이가 되어도 어쩔 수 없는 인간일 거야, 라고 말하고, 그것을 먹고 조금이라도 더 목숨을 연명하는 것이 참된 이성이라고 말했다. 그러나 들개는 사지를 쭉 뻗은 채 움직이려 하지 않았다. 병세는 악화될 따름이었다.

11월 27일 월요일

나는 침묵이다.

단풍이 물들었던 잎이 다 떨어진 은행나무 아래서 아직도 꽃을 피우고 있는 국화를 바라보는, 양로원에 몸을 의지할 수밖에 없는 사람들의 침묵이다. 늙은 몸에 저미는 싸늘한 바람과 고독한 혼을 좀먹는 쓸쓸한 기운을 피하여 그들은 어느 틈엔가 둥그렇게 둘러앉았다. 그러나 그들은 은하의 중심에 덩어리져 있는 늙은 별들처럼 빛을 발하지 않았다. 머리 위 은행나무는 그들의 뒤틀린 사고를 정지시키고, 발치에 흩어져 있는 국화 꽃잎은 사람을 폄하하는 언사와 원망을 삼가게 한다.

그리고 나는 잎사귀들이 살랑거리며 부딪치는 소리와 낙엽들의 부스럭거리는 소리를 받아들이고, 무능하게 끝나는 생의 위대함을 수용하게 한다. 전쟁 당시 황군의 군졸이었다가 살아 귀환한 자도, 어마어마한 식욕 탓에 무일푼이 된 대식가도, 아직도 자책감에 시달리고 있는 전향자도, 낡은 담론을 번복하여 즐기는 요설가도, 술 취해서 흥에 겨워 토막토막 노래를 흥얼거리는 자도, 당당하고 확고부동한 덕망가도, 가진 재주를 미처 다 살리지 못한 인생의 우등생도, 다들 언제 죽어도 아쉬움이 없을 만큼 완성되어 있다.

이미 그들의 앞을 가로막는 난제는 없다. 이미 그들에게는 역력한 자부심도, 기치가 선명한 주장도, 명석한 두뇌도, 불변의 진리도 필요하지 않다. 그런 그들의 등뒤로 색상은 차가워도 따스한 스웨터를 입은 장애아가 발소리도 내지 않고 조용히 지나간다. 그들의 생애 또한 순탄하게 흘러간다.

11월 28일 화요일

428

나는 사이드카다.

갑자기 경제 사정이 좋아진 젊은 부부가 일시불로 구입한, 이런 촌구석에서는 돌아보지 않는 자가 없을 만큼 희귀한 독일제 사이드카다. 드디어 내가 달리기 시작하자, 갓 면허를 딴 남편의 운전이 불안하다고 바들바들 떨던 여자의 긴장이 점차 풀리고, 자동차들의 흐름이 끊일 새 없는 큰 도로로 나가서도 별로 동요하지 않았다. 그리고 마침내 그녀는 시속 팔십 킬로미터의 속도와 해방이란 착각을 상대로 활짝 웃음지었다.

자신감이 붙은 운전자는 생긴 것하고는 다르게 거친 목소리로 소리를 질러대고, 겁도 없이 스로틀을 열었다. 그러자 산에 올라 호연지기를 배우던 소년 시절의 기분이 되살아나고, 누구에게도 의존하지 않고 살아갈 수 있는 길이 바로 눈앞에 열리고, 청춘의 기저를 이루는 것이 무엇인지 분명해지고, 이를 자유의 효시로 삼자는 생각이 불끈 치솟았다. 둘의 가슴에 붙어 있는 배지 세트, 파란 새가 미심쩍게 우짖기 시작했다.

나의 기호에 맞는 속도에 가까워지면서, 두 사람의 목소리와 두 새의 날갯짓 소리가 높아지고, 옳고 그름을 식별하는 어떤 자의 눈을 두려워하는 마음은 엷어지고, 바람과 함께 부딪쳐오는 행운이 분명하게 자각되고, 부모와 선생과 천편일률적인 정부에 의해 지속적으로 주입된, 돌연한 행동을 엄하게 꾸짖는 도덕이 배기음과 함께 먼 과거로 날아가버린다. "도는 쪽으로 몸을 굽혀!"라고 젊은 남자가 외쳤다. 젊은 여자는 그의 말을 따랐다. 그리고 나는 겨우 걸어다니는, 그러나 불구는 아닌 소년에게 파란 가스 세례를 주고 부릉부릉 사라져갔다.

11월 29일 수요일

나는 시력이다.

보이지 않는 것을 보고 보지 않아도 될 것까지 보고 마는, 그저 살아 있는 것만으로도 힘겨운 소년 요이치의 시력이다. 요이치가 근심스런 표정으로 언덕 위의 집 창문에서 얼굴을 내밀 때, 나는 종종 저 먼 곳을 엉성한 걸음걸이로 혼자 걸어가는 요이치 자신의 가엾은 모습을 포착한다. 지금도, 한풍과 모멸이 몰아치는 골짜기 길을 장구벌레처럼 움직이고 있는 요이치의 자랑스런 뒷모습을 실제로 또렷하게 포착하고 있다.

그 요이치는 아마도 호젓한 벼랑길을 지나 인간의 지혜가 미치지 못하는, 고매한 정신으로 충만한 영역으로 향할 것이다. 나무꾼과 숯쟁이와 사냥꾼 못지않은 그 힘찬 걸음에는 눈이 휘둥그레질 따름이다. 자신의 고도를 확인하려 이쪽을 돌아볼 때의 요이치의 민활한 동작과 의기양양한 표정을 보라. 내가 그 모습에서 보는 것은, 지금까지 단 한 번도 병석에 누운 일이 없는, 또는 마침내 고질병을 이겨내고 아무 탈 없는 나날을 살며 새싹처럼 눈부신 성장을 계속하는 소년이다.

그 요이치가 지내온 안락한 십여 년은 그의 육체와 마찬가지로 한 군데도 파손되지 않았다. 앞으로 십 년이 지나면 유망한 수맥을 백발백중 파내고, 또 훨훨 타오르는 불길을 멋들어지게 진화하는 그런 청년이 될 요이치가 거기에 있다. 그러나 언덕 위의 집에서 새장을 껴안은 요이치가 보고 있는 것은, 평탄한 큰길을 가고 있는 눈먼 소녀와, 그녀와 운명을 함께할 각오인 하얀 개.

11월 30일 목요일

430

나는 허영심이다.

물거품 호숫가의 별장에서 조용히 살아가며 마음의 안정을 유지하려 애쓰는 미친 여자에게 아직도 둥지를 틀고 있는 허영심이다. 하루에도 몇 번이나, 기온의 변화와 바람의 방향과 새들의 우짖는 소리에 따라 제정신을 잃고 통각 작용에도 큰 혼란을 일으키는 그녀이기는 하지만, 그 위태위태한 가슴속에 마치 정상인처럼 나는 들러붙어 있다.

오늘 가위에 눌려 벌떡 일어난 그녀는 평소처럼 한껏 멋을 부리고 시장을 보러 나갔다. 나는 그녀가 슈퍼마켓의 첫 손님이 되는 순간 꼬드겼다. 그러자 그녀는 갑자기 주위의 시선에 신경을 쓰기 시작하고, 그 시선이 자기가 얼마나 행복한지를 확인하고 싶어서 보내는 것이라 착각하고, 때문에 그들의 기대에 답하지 않으면 안 된다고 제멋대로 마음먹는다.

그녀는 마호로 마을에서 과연 어떤 자가 살 수 있을지 알 수 없을 만큼 품질이 좋은 스테이크용 쇠고기를 샀다. 그녀는 자신이 상등품을 사서 자랑하고 싶은 것이 아니라, 그것을 삼인분이나 샀다는 것을 자랑하고 싶었다. 그녀는 불치병에 걸린 아들 탓에 웃음마저 뒤틀려버린 낯익은 아줌마를 상대로 거짓말을 줄줄이 늘어놓았다. 남편과 아이와 함께 먹을 것이라고. 여느 때 같으면 적당히 응수하고 마는 계산대 담당 여자는 오늘따라 "어머, 행복하겠네요"라고 말하고, "나도 그래요"라고 덧붙였다.

12월 1일 금요일

나는 하얀색 작은 비둘기다.

최선을 다하였건만 평판은 그저 그런 치과 의원, 거기서 기르고 있는 마술용 작은 비둘기다. 그러나 안타깝게도 요즘 나는 믿을 만한 것을 거의 잃어버린 양로원의 노인네들과 아직 의심을 모르는 유치원 아이들의 놀란 얼굴을 볼 기회가 전혀 없다. 무엇보다 내 주인한테 그런 여유가 없었던 것이다. 근처에 의술도 좋고 친절하고 젊고 남자다운 동업자가 개업을 한 이래 이곳은 완전히 영락하여, 지금은 간호사를 채용할 여력조차 없어 나의 애조 띤 목소리가 고속 모터가 돌아가는 소리를 밀어내게 되었다. 그리하여 술만 벌컥벌컥 마셔 투실투실 살이 찐 의사는 공연 요청이 들어와도 이미 나를 감출 장소가 몸 어디에도 없는 상태였다.

그럼에도 찾아오는 환자는 있었다. 내가 통증을 다소나마 완화시켜 줄 것이라 믿는 어수룩한 사람들이 하루에 몇 명은 찾아왔다. 오늘은 옛날부터 단골 환자인, 입술 색깔로 서른이 넘어서야 남자를 경험했음을 알 수 있는 여자가 나타났다. 따분한 나머지 나는 미움받을 각오로 그녀에게 충고하였다. 그런 남자와 사귀다니 그만두는 편이 좋을 것이라고. 그러나 헛수고였다. 그녀가 나를 통하여 연상하는 것은 결혼식뿐이었다. 의사가 그녀의 어금니를 깎아내리는 동안 나는 내내 축복을 위한 소도구로 그녀의 푸릇푸릇한 가슴속을 날아다녔다.

12월 2일 토요일

432

나는 선택이다.

훈도(薰陶)를 받아 어른으로 성장하는 길을 걸을 수 없게 된 불량소년의 임의의 선택이다. 그러나 내가 옳다느니 그르다느니, 정당하다느니 부당하다느니 정확하게 지적할 수 있는 자는 어디에도 없을 터였다. 어머니는 호흡기 질환을 앓느라 병상에 누워지낸 지 오래고, 아버지는 아버지대로 술 탓에 그 소년이 자기 자식인 것조차 잊은 지 오래였다.

또 그 소년을 가르친 적이 있는 고등학교 선생만 해도 법률 밖에서 사는 패거리가 흘리고 다니는 독소에 소년이 오염되는 것을 막지 못하고, 고작 월급 액수에 어울리는 정도로 꾸짖었을 뿐이다. 마호로 마을의 경찰도 일단은 그를 주목하였지만 아직 이렇다 할 만한 악행을 저지르지 않은 자를 어찌해볼 처지는 아니었다.

오늘, 고등학교를 중퇴하고서도 여전히 부모의 신세를 지고 있는 자신이 수치스러워진 그는, 대낮에 나를 데리고 겁이 많은 탓에 선량한 사람들 틈에 낄 수밖에 없는 많은 사람들의 시선을 받으면서 당당하게 삼층짜리 검은색 빌딩을 찾았다. 그러고 다이너마이트도 날리지 못한다는 튼튼한 문을 두드렸다. 그는 조금도 두려움 없이 같은 길을 걷고 싶다는 뜻을 전하고, 얼이 빠져 있는 세 남자에게 승낙 여부를 물었다. 용돈이거나 준비를 위한 자금이라고도 할 수 있는 돈을 받고 거리로 나온 그는, 양식 있는 척 싸늘하게 쳐다보는 시선을 받아넘기면서, 소년 요이치를 불러세워 세차를 거들게 하였다.

12월 3일 일요일

나는 등불이다.

갈 곳을 잃은 혼의 파도에 떠밀려 충충한 물거품 호수를 방황하는 썩어가는 보트, 그 뱃머리를 밝히고 있는 등불이다. 기름은 아직 듬뿍 남아 있고, 나를 위협할 정도의 바람도 불지 않고, 나를 수상쩍게 여기고 발길을 멈추는 산 자의 모습도 없다. 나는 앞으로 당분간은 아등바등, 허둥지둥 살지 않으면 안 되는 사람들의 어지럽고 뻔한 앞날을 비추고, 점점 더 번잡해지는 그들의 성가신 현세를 채우는 비극을 보여주고, 무의미하게 혼재하는 생과 사의 전형적인 예를 몇 가지 제시하고, 오늘밤의 손님인 정령들을 위로한다. 내가 해야 할 일은, 죽은 자의 미련을 싹둑 잘라내고, 물질로서의 존속을 단념하게 하는 것이다.

나는 새로 죽은 자들에게 물거품 호수 북쪽 기슭에 군생하고 있는 단명한 식물들의 잔해를 보여주고, 숲속에서 무참한 죽음을 이루려는 금수를 보여준다. 더 나아가 흙탕에 뒤덮여 호숫가 얕은 물에 누워 있는 인간의 모습을 닮은 썩은 나무를 보여주고, 좀처럼 토사곽란이 낫지 않는 별장 사람들의 모습을 모여주고, 사랑방에 어른거리는 온갖 잡다한 슬픔을 보여주고, 낙엽 아래 교묘하게 은폐되어 있는 범죄의 흔적을 보여준다.

그리고 마지막으로 나는 여느 때처럼, 어둠에 휩싸여 호숫가를 따라 나 있는 오솔길을 타박타박 걷고 있는 소년 요이치를 비춘다. 이제 내 일이 어느덧 끝나갈 터였다. 그런데 오늘밤 요이치는 내 쪽을 보며 싱긋 웃는다. 그러자 손님들 사이에서 동요가 일었다. 나도 몹시 흔들리며 마침내 꺼져버리고 만다.

12월 4일 월요일

나는 늦가을 찬바람이다.

티격태격 다툼이 끊이지 않는 뜬세상의 와중에 지나가는 나날, 그것을 삐딱한 눈으로 보고 재빨리 달려가는 늦가을 찬바람이다. 사람들을 기만하는 각도로 기운 지층 위에 자리한 이 시골 마을, 올해도 이 마호로 마을을 찾아온 나는 각성의 교훈이 담긴 일갈을 가하려고 휭, 하고 몰아치고, 처세에 능란한 사람들의 기척이 남아 있는 이름 없는 거리와, 시운을 타고 성공하려는 사람들의 꿈의 편린이 떨어져 있는 골목길을 휙 빠져나간다.

내 탓에 한천에서 차갑게 빛나는 별들이 한 차례 요동하였다. 그러나 마호로 마을이 나 때문에 심경의 변화를 일으키는 일은 없을 것이다. 이 마을의 마음은 차갑게 식어 좌초한 배처럼 움직이지 않는다. 아니, 그렇게 보일 뿐이다. 지나친 생각인지도 모르겠으나, 어쩌면 마호로 마을은 조금씩, 빙하의 흐름처럼 천천히, 그러나 확실하게 도리에 어긋나는 방향으로 옮겨가고 있는지도 모른다. 그리하여 언젠가는 타인의 말에 귀 기울일 줄 모르는 과격한 자와 졸부들의 세상으로 전락할지도 모르겠다.

지금으로서는 뭐라 말할 수 없지만 왠지 그런 기분이 든다. 나는 마지막으로 단정한 국화꽃 한 잎을 떨어뜨리고, 파삭파삭한 풀숲에서 울고 있는 홀로 남은 벌레의 울음소리를 중단시키고, 파란 달과 함께 언덕을 오르고 있는, 병자이면서 다리는 튼튼한 소년에게 재채기할 기회를 준다. 내가 토하는 언어는 노인네들의 넋두리처럼 아무도 들어주지 않는다. 할 수 없이 나는 불길한 예감을 여기저기 뿌려놓고 미련 없이 물러난다.

12월 5일 화요일

나는 방귀벌레다.

조금이라도 따뜻한 곳에서 동면을 하려고 어슬렁거리며 걷다 지쳐 잠든 소년의 귓구멍 속으로 들어간, 푸른빛이 어려 있는 금색 방귀벌레다. 나는 거기가 인간 몸의 일부라는 것을 알고 서둘러 기어나오려 하였다. 그러자 소년이 갑자기 잠에서 깨어나, 바스락바스락 허둥대고 있는 이물에 놀라, 참다못한 나머지 짐승 같은 소리를 지르며 뒹굴었다. 위험신호를 보내는 파란 새 울음에 뛰어간 가족은, 고통에 몸부림치는 그를 어찌하면 좋을지 몰라 멍하니 뒷짐만 지고 있었다. 세 사람 다 원인을 찾으려 하지 않았던 것은 확신에 찬 공통의 대답을 갖고 있었기 때문이다. 마침내 올 때가 온 것이라고. 소년의 병이 악화되어 말기에 접어든 것이라고 제멋대로들 넘겨짚은 것이다. 그들은 그 사실을 의심하지 않았다.

아버지는 침착하게 읍립 병원에 전화를 걸어 담당 의사를 불렀다. 어머니는 몸부림치는 아들 옆에 정좌하고 눈썹 하나 까딱하지 않으면서 사태를 지켜보았다. 누나의 눈은 창문 쪽 어딘가 멀리를 향하고 있었다. 나는 구멍 속에서 바깥 상황을 살폈다. 의사가 열심히 달려온 것은 급한 환자를 구하겠다는 사명감에서가 아니라 트라이얼* 바이크 솜씨를 시험해보고 싶어서였다. 그는 핀셋으로 나를 끄집어내서는 웃으면서 새장으로 던졌다. 그러나 파란 새는 나를 싫어하여 먹기는커녕 공격조차 하지 않았다.

12월 6일 수요일

---

* Trial, 오토바이를 타고 장애물을 넘는 등 여러 가지 기술을 보여주는 경기.

나는 천칭이다.

머리칼은 꼬불꼬불하고 도수가 높은 탓에 번쩍번쩍 빛나는 안경을 낀 까무잡잡한 군고구마 장수가 능숙하게 다루는 천칭이다. 만사를 터득하고 있는 성자 같은 풍모의 그 남자는 능란하게 나를 다뤄 순식간에 눈금을 읽어낸다. 너무도 빠른 손놀림에 의심하는 손님이 없는 것은 아니지만, 그러나 아무도 따지고 들지는 않는다. 농담삼아 물어보는 자도 없다.

정말이지 석연치 않은 계량법이라고 생각한다. 나 자신조차 그가 딱 잘라 말하는 숫자가 정확한지 아닌지 알지 못하는 형편이다. 아마도, 왜곡된 사실처럼 맞다고 생각하면 맞고 그르다고 생각하면 그른 것이리라. 어쩌면 상대에 따라, 손님에 따라, 혹은 또 그때그때의 기분 여하에 따라 결정되는 숫자인지도 모른다.

그는 오늘 눈발 섞인 바람의 도움으로 하루분의 군고구마를 불과 두 시간 만에 다 팔아버렸다. 기분이 좋아진 그는 마지막 남은 군고구마 세 개를 눈먼 소녀의 손바닥에 올려놓았다. 그러자 그와 함께 있던, 어떤 저울로도 달 수 없고 어떤 척도에도 맞지 않는 소년이 남자의 얼굴 앞에다 병 때문에 부들부들 떨리는 팔을 쑥 내밀었다. 그 손에는 세 개의 동전이 쥐어져 있었다. 남자는 고개를 가로저으며 "돈은 됐어"라고 말했다. 그런데도 소년은 손을 거두어들이지 않았다. 하얀 개도 소년을 거들어 왕왕거렸다. 남자는 할 수 없이 돈을 받아들고 "이걸로는 모자라는데"라고 말하려다 그만두었다. 그런 그에게 나는 말했다. "넌 너무 가벼워."

12월 7일 목요일

나는 분수다.

초목이 싹을 틔우는 다음 계절이 찾아올 때까지, 사람들이 물을 보고 싶어하지 않는 계절 동안 한숨 돌리고 있는 분수다. 계량기를 완전히 잠가버린 오늘, 작년과 마찬가지로 나는 잠시 망연자실하였다. 나의 값어치가 뚝 떨어진 듯한, 내 역할을 다한 듯한, 내 신세를 한탄하고 싶은 그런 기분이었다.

계량기를 잠가버리자, 이 공원에서 가느다란 생의 숨길을 유지하고 있는 작은 동물들은 내게로 다가오지 않았다. 또 남은 짧은 시간 동안 일 초 일 초를 아름다운 것만 접하며 마음 편히 지내려는 노인네들의 모습도 눈에 띄게 줄어들었다. 또 기운차게 뿜어오르는 물소리와 떨어져내리는 물소리를 배경으로 서로의 마음을 고백하는 젊은 남녀도 다른 곳으로 장소를 옮기고 말았다. 봄에서 가을, 내가 그렇듯 정성을 기울여 생물들에게 얘기해주었던 철학과 사상은 끝내 하수도로 통하는 구멍으로 빨려들어가고 말았다.

이리하여 나는 콘크리트와 바윗덩어리로 전락하였고, 낙엽과 퇴폐가 몰려드는 장소가 되었고, 철거를 앞둔 폐허를 방불케 하였다. 하기야 예년과 별다를 바 없는 통과의례이기는 하지만. 마침내 구석구석 다 말랐을 무렵, 나는 완전히 침착함을 되찾았다. 소년 요이치가 밤을 이끌고 나를 찾아왔다. 요이치는 옛 친구를 찾아 먼 길을 온 노인 같은 감회에 젖어 그윽한 눈길로 나를 지그시 쳐다보았다. 나는 밤에 지저귀는 소년을 살며시 품었다.

12월 8일 금요일

438

나는 '그럼 이만'이다.

툭하면 게으름을 피우고 싶어하는 마호로 마을 사람들이 인사 대신에 하루에도 몇 번이나 입에 담는 '그럼 이만'이다. 그들은 나를 빈번히 사용하여 좁고 답답한 지역사회에서 인간관계를 원활하게 유지하고 있다. 그들은 나를 이용하여 더이상 교제를 공고히 하고 싶지 않은 상대는 물리치고, 반면 다시 만나고 싶은 상대의 마음속에는 명함보다 한결 나은 인상을 심는다.

나는 오늘, 조직 폭력단의 진출을 저지한다는 취지에 찬동하는 사람들의 모임에서 대활약을 하였다. 모처럼 무르익어가던 폭력 추방의 기운도 한풍을 맞아 갑자기 위축되었고, 썩 내키지 않는다는 표정만 눈에 띄었다. 이래서는 마호로 마을의 위신이 말이 아니라고 기염을 토하는 읍장의 연설과, 일치단결하여 사회의 적을 추방해야 한다는 경찰서장의 힘찬 격문도 결국 나로 인하여 맥이 빠져, 모임이 성공리에 끝났다고는 아무도 말할 수 없게 되었다. 운동을 추진하는 주도세력이 부족했던 것이다.

이미 사람들의 관심은 삼층짜리 검은색 빌딩에서 물거품 호수를 중심으로 하는 풍치지구를 휴양지로 개발한다는 계획으로 옮아가 있었다. "번영에는 그런 깡패들이 따라다닌다"라며 모르는 척 눈감는 자들이 늘어나고, "저런 놈들의 후각은 개보다 대단하다더니" 하고 감탄하는 자들도 있었다. 어느 누구 못지않게 나의 애용자인 가발 쓴 읍사무소 직원이 부하 직원에게 이렇게 말했다. "어째서 그놈들이 이런 시골 촌구석에 눈독을 들였는지 이제야 알겠어."

12월 9일 토요일

나는 자전거다.

아무리 애를 써도, 아무리 분발해도 소년 요이치와 눈먼 소녀는 탈수 없는 성인용 자전거다. 그러나 요이치는 오늘도 언덕 기슭에 있는 토광에서 억지로 나를 끄집어내, 마치 금기를 범하듯 허풍스런 각오로 내게 올라탔다. 그리고 겨우 일 미터 이십 센티미터를 달리고는 밀려오는 물결과 함께 모래사장에 처박혔다.

그러고서 요이치는 낮에도 마음이 어둡고 어떤 영상도 거의 그릴수 없는 소녀의 손이 나를 만질 수 있게 해주었다. 하지만 요이치는 모든 설명을 생략하고, 내가 대체 어디에 쓰는 물건인지도 가르쳐주지 않았다. 눈먼 소녀 역시 나를 여기저기 열심히 쓰다듬기만 할 뿐 질문은 하지 않았다. 나는 왜 요이치가 나를 소녀와 만나게 했는지 그 마음을 도저히 이해할 수 없었다.

잠시 후 요이치는 나를 S자로 구부러진 소나무에 기대어놓고 손으로 페달을 돌려 뒷바퀴를 빙글빙글 돌렸다. 나는 소녀를 위해 좀 특별한 소리를 내보고 싶었다. 나는 바람이 만들어내는 파도 소리와, 물이 만들어내는 바람 소리와, 호수 바닥에서 보글보글 올라오는 거품 소리를 잘 섞어, 거기다 천마(天魔)에게 홀렸다고밖에 여겨지지 않는 소년 요이치의 휘파람 소리를 더하여, 믿음직한 미래와 빛나는 희망을 변화무쌍한 파동으로 들려주었다. 하얀 개가 나한테 오줌을 갈기면서 어린 주인의 귀가를 재촉하였다. 언젠가는 꼭 태워주겠노라는 요이치의 허풍이 소녀의 뒷모습을 더욱 초라하게 만들었다.

12월 10일 일요일

나는 성격이다.

사람들의 면전으로 끌려나와 힐끔거리는 눈길을 온몸으로 받고 있는 아이의, 운명에 따라 망가져버린 성격이다. 자기 집에 불이 났다는 연락에 쏜살같이 뛰어온 남자는 파견된 소방대원과 경찰관이 보는 앞에서 방화벽이 있는 자식을 호되게 꾸짖었다. 엄마는 그나마 불길이 크게 번지지 않은 것이 믿기지 않는지, 두통을 유발하는 이명을 견디면서 타다 만 판자벽을 멍하니 바라보고 있었다.

그리고 변화에 주려 있는 구경꾼들은, 이 다음에는 송두리째 태워버릴 것이란 은근한 기대를 각자의 가슴에 품고, 이유도 없이 자기 집에 불을 지르는 아무리 생각해도 정상이랄 수 없는 나와, 나를 만들어낸 가정환경을 신기하다는 듯 쳐다보았다. 그런 그들의 시선 대부분에는 명백한 격리와 배제가 담겨 있었고 바늘 같은 번뜩임이 박혀 있었다. 누군가가 "이러다 불타 죽는 사람이 생기면 어떻게 하느냐, 그때는 이미 늦는다"고 말했다. 그러나 그 한마디는 문제아를 거느린 문제 많은 부모의 불안한 등에 부딪쳐, 부서져 흩어지고 말았다.

내 주인은 어린애이면서도 동요하지 않았다. 뺨을 얻어맞고 고함 세례를 받아도 얼굴색 하나 변하지 않고 뾰로통해하지도 않았다. 그는 투명한 눈동자로 자기보다 다소 나이 많은, 그러나 자기보다 어려 보이는 병든 소년을 비추고 있었다. 그러자 덜렁덜렁 흔들리는 그 소년은 나는 너 같은 족속이 아니라는 뜻으로 발길을 돌렸다. 그런데 나를 인정하고 긍정하는 눈길이 있었다. 키 큰 조직원과 사자처럼 털이 부숭부숭한 삽살개를 데리고 있는 소설가의 눈길이었다.

12월 11일 월요일

나는 낫토*다.

언덕 꼭대기 집에서 큰유리새와 함께 점심을 먹고 있는 소년 요이치가 일대 격투를 벌이며 위장으로 내려보내려 하는 낫토다. 나는 요이치에게 오랜 사연이 있는 식품이다. 옛날, 엄마가 슈퍼마켓에서 일하기 전 요이치는 나를 먹다가 기관지에 걸려 까딱 잘못하면 숨이 넘어갈 뻔한 적이 있었다. 이후 요이치는 나한테는 절대로 손을 내밀지 않았고, 식탁에 올라만 와도 도망치게 되었다.

그런데 오늘, 정오를 알리는 얼빠진 벨소리가 마호로 마을 사람들을 비웃기 시작하자 요이치는 무슨 생각을 했는지 갑자기 냉장고로 달려가 문을 열고 나를 끄집어내었다. 그러고는 파를 직접 썰어 나와 함께 밥그릇에 쏟아붓고는 눈이 빙빙 돌 정도로 휘저어, 난로에다 데운 도시락에 휙 끼얹었다. 요이치는 나를 쏘아보더니 험악한 표정으로 덮쳐들었다. 곁에서 큰유리새가 소리를 지르며 요이치를 부추겼다. "과감하게 도전하라"라고 울고, "병마를 이겨내라"라고 힘주어 지저귀었다.

나는 반격에 나섰다. 코니 이마니 가리지 않고 둘러붙었고 가슴팍도 끈적끈적하게 만들어주었다. 그리고 상대방이 우물쭈물하는 틈을 타 기관지를 향하여 돌진하였다. 요이치의 눈이 뒤집혔다. 요이치는 토해내려 했지만, 파란 새는 "삼켜!"라고 외쳤다. 요이치는 차와 함께 나를 꿀꺽 삼켰다. 그런 요이치에게 큰유리새가, 그게 바로 미래 지향적인 삶의 방법이라고 띄워주었다. 나는 분한 마음에 "너 따위한테 살 가치가 어디 있다고"라고 말했다.

12월 12일 화요일

---

* 콩으로 만든 발효식품.

나는 페인트다.

양철에도 판자에도 콘크리트에도 칠할 수 있고, 어쩌면 색 바랜 마음에도 칠할 수 있을 것 같은 수성 페인트다. 조직 폭력배와 손을 잡아 간신히 파산을 면한 '삼광조'의 여주인은, 칠장이한테 부탁하지 않고 직접 지붕에 올라가 나를 칠하기 시작했다. 이 계절치고는 이상할 정도로 날씨가 따뜻하고 바람도 없어 나를 상대하기에는 더없이 좋은 날이었다.

여주인은 한 손으로 텔레비전 안테나에 묶은 로프와 양동이를 꽉 잡고, 다른 한 손으로 붓을 쥐고, 보통 집보다 몇 배나 넓은 지붕을 물거품 호수와 같은 색으로 물들여갔다. 벌써 오래 전에 칠한 이전 색은 마호로 마을에도 그녀 자신에게도 잘 어울리지 않았다. 나는 그 점을 그녀에게 가르쳐주었다. 나는 그녀의 발바닥에서 올라오는 정욕을 숨죽이게 하고, 소식이 끊긴 지 오랜 여동생을 걱정하는 마음을 잠재우고, 그리고 행운다운 행운을 만나지 못한 채 흘러가는 그녀의 나날을 더욱더 푸릇푸릇하게 물들였다.

정원에서는 하룻밤 사이에 더부살이에 익숙해진 창부가 목련나무 아래에서 시클라멘을 다른 화분에 옮겨 심고 있었다. 현관 앞에서는 키 큰 조직원이 같은 직업을 소원하는 소년을 상대로 네모 반듯한 그들 세계 특유의 인사법을 열심히 가르치고 있었다. 또 언덕 위의 집에 사는 소년은 측량 사진을 찍기 위해 날아온 세스나기(機)를 향하여 휘파람을 불어대고 있었다. 나는 그들을 행복한 색으로 물들였다.

12월 13일 수요일

나는 바위다.

소년 요이치의 기대를 한몸에 지고 돌풍이 불어댈 때마다 언덕 위 벼랑 끝에서 아슬아슬하게 흔들리는 바위다. 요이치는 두 가지 색 크레파스를 사용하여 내 표면에 치졸한 새 그림을 그리고, 이제 큰유리새가 되었으니 날 수 있을 것이라고 말하고, 바람을 따라 나를 밀었다. 그런 위험한 행위를 저지하는 자는 한 명도 없었다. 새장 속 진짜 새까지 이층 창문 너머로 "날아, 날아보라니까!"라고 부채질하였다.

요이치는, 내가 날면 따라서 자기도 날겠다고 말했다. 나는 말해주었다. 새가 새에 불과한 것처럼, 인간이 인간에 불과한 것처럼, 바위는 바위에 불과하다고. 그러자 요이치는 다시 크레파스를 휘두르며 내게 다가오더니 새 그림에 날개 한 쌍을 덧그렸다. 나는 말했다. 네가 날면 나도 날아 보이겠다고. 요이치는 잠자코 나를 밀어댔다.

그때 휘청 기운 것은 나도 아니고 요이치도 아니고, 바로 정면에 솟아 있는 이승 산에서 속세의 냄새가 풀풀 나는, 나의 아류에도 미치지 못하는 바위 하나였다. 그 바위는 내년 봄을 위해 잎사귀를 떨군 나무들을 쓰러뜨리며 굴렀다. 천재지변이라고 착각한 노인이 대나무 숲으로 둘러싸인 암자에서 튀어나와, 간발의 차로 위기를 면했다. 격앙한 그 바위는 구르고 굴러 치산 공사에 임하고 있는 사람들의 사륜 구동차를 납작하게 짓뭉개고, 숯 굽는 가마를 파괴하고, 산사의 절문을 엉망진창으로 만들어놓은 다음에야 간신히 멈췄다. 나는 요이치에게 말했다. "보았느냐, 저 꼴을." 요이치는 나에게 말했다. "하지만 저 녀석은 날았어."

12월 14일 목요일

444

나는 철교다.

사반세기나 마호로 마을에 살면서 특별히 좋을 것도 나쁠 것도 없는 나날 속에서 소설을 써나가고 있는 소설가의 가슴속을 이따금씩 번개처럼 스치는, 오래되고 긴 철교다. 젊었을 적 빼어난 해양문학을 읽고 감동한 그는 아둔하게도 선원이 되기를 동경하여, 무선통신사가 되려고 기숙사가 있는 학교에 들어갔다. 그리고 매해 세 번 있는 휴가 때마다 완행열차를 타고 열 시간에 달하는 여행을 하였다. 그로부터 이미 삼십 년이나 지난 지금에도 나는 여전히 그의 기억 속에 가로누워 있고, 덜커덩덜커덩하는 무겁고 애처로운 울림과 함께 후회에 가까운, 아니 후회 그 자체인 화물차를 통과시키고 있다.

그가 바다로 진출하지 못한 것은 적성에 맞지 않는 전자공학 탓이었고, 어쩌면 너무 넓은 바다에서 너무 좁은 배에 갇혀 있는 공포 때문이기도 했다. 그러나 해양문학은 그로 하여금 소설을 쓰라고 부추겼고, 결국 한 편의 짧은 작품은 그를 소설가로 만들었고, 집필이란 행위는 다시금 그를 산동네로 쫓아냈다.

나는 그가 비 내리는 밤이나 눈 내리는 밤에 곧잘 꾸는 꿈속에 등장하여, 덜커덩덜커덩 울리며 "정말 이런 생활에 만족하는 것인가?"라고 힐문하고, 또는 펜의 움직임이 정체된 때도 "바다로 나가겠다던 꿈은 어떻게 된 거지?"라고 추궁하고, 삼백육십 도의 수평선을 연상케 하고, 더 나아가 그의 마음을 어지럽히는 독설을 늘어놓는다. 그러면 그는 "지금에 와서 어쩌란 말이냐"라고 중얼거리고, 바다에서는 볼 수 없는 파란 새와 그 주인의 생태를 관찰하기 위하여, 돌아오지 않는 다리를 덜커덩덜커덩 건너 마을 중심으로 향한다.

12월 15일 금요일

나는 쇠사슬이다.

새들만큼이나 종류가 많은 사람들을 마호로 마을에 단단히 묶어두고 있는, 눈에는 보이지 않지만 때로는 훤히 보이기도 하는 쇠사슬이다. 나는 나를 끊을 자 있으면 끊어보라고 호언한다. 이 고장으로 흘러들어와 자활의 길을 개척한 많지 않은 외지인들조차 녹슨 나를 몇 줄이나 끌고 있다. 그들은 숙면에 빠져 만사를 잊을 수는 있어도 나로부터 벗어날 수는 없다.

나는 물거품 호수이고, 나는 오류 강이고, 나는 이승 산이고, 나는 건조하고 높은 지대이고, 그들 모두를 포함하는 자연 그 자체이다. 필시 나는 인접한 마을에도 크고 작은 영향을 끼치고 있을 것이다. 패기만만한 그들은 나를 예찬하고, 또는 나를 귀찮게 여기고, 그리고 심신이 허약한 때에는 나에 매달려 훌쩍거린다.

여행지에서 보내는 편지에서 그들은 반드시라고 해도 좋을 만큼 넌지시, 혹은 무의식적으로 나에 대해 언급하고, 나를 잃을까봐 두려운 마음을 토로한다. 이곳을 떠나야 할지 고민하고, 가슴을 쥐어뜯을 정도로 괴로워하는 자도 결국은 내 뜻에 따르는 도리밖에 없다. 행적을 감추려고 가방에 짐과 희망을 담아 버스 시간표를 올려다보는 자도, 금세 내게 끌려 되돌아오고 만다. 요즘에는 그 소년 요이치가 나의 일부가 되어가고 있다. 오늘 막 귀향한 쾌활한 학생은 요이치의 뒷모습을 힐끗 보았을 뿐인데도 도시에서부터 내내 얽매여 있던 긴장에서 해방될 수 있었다.

12월 16일 토요일

446

나는 불평이다.

현내 모든 지역으로 퍼져나가고 있는 악성 독감에 걸려 기력이 쇠해진 노인네가 투덜거리는 불평이다. 그는 당차고 알뜰한 며느리가 볼일을 보러 나가는 것을 확인하고는 내게 매달렸다. 나는 그가 가슴 깊이 묻어놓은 마음을 대변하여 이렇게 중얼거렸다. "아아, 이런 신세가 될 줄 알았다면 내 차라리 그 전쟁에서 죽어버릴 것을." 그런데 사실 이 남자는 전쟁의 참화를 거의 입지 않은 자였다.

그리고 그는 마호로 마을보다 훨씬 더 외진 시골에 부임했을 때를 떠올렸다. 낯선 땅에서 친절하게 대해준 아가씨에게 반해 말할 기회를 잡으려 너무 오래 눌러앉는 바람에 집안 사람들에게 눈총을 받고, 급기야는 출입금지를 당하고, 살아 있어봐야 소용없다고 자책하였으나 그렇다고 죽을 마음은 없어 거지 같은 몰골로 온 나라를 편력한, 그런 일들을 떠올렸다. 당시 그는 마음만 먹으면 언제든 떠날 수 있고, 멸사(滅私)의 정신과도 흡사한 마음가짐으로 아주 자연스럽게 살 수 있었고, 흑백을 가릴 필요도 없었고, 계획이 빗나가는 일도 없었고, 환멸과도 무관하였고, 때로는 위악을 가장할 수도 있었고, 가는 곳마다 큰유리새의 울음소리를 들을 수도 있었다. 나는 편히 잘 수 있는 외에는 달리 내세울 것 없이 하루하루가 지나고 있음을 한탄하였다. "이렇게 오래 살아왔는데 내세울 만한 것 하나 없다니"라고 그는 말하고 또 한편 귀를 기울이며, 그 정도로 충분하지 않은가, 란 누군가의 위로의 말을 기다렸다. 큰유리새의 울음소리를 흉내낸 휘파람 소리가 중단되었다.

12월 17일 일요일

나는 흑곰이다.

안전하게 겨울잠을 잘 수 있는 장소는 확보하였는데, 나무 열매들이 시원치 않아 지방을 제대로 축적하지 못해 할 수 없이 마을로 내려온 외눈박이 흑곰이다. 나는 호숫가에 가서, 한가로운 고장에서 세상을 등지고 여생을 초연하게 지내고 있는 사람들이 내다버린 음식찌꺼기를 뒤져 먹었다. 그런데 비슷한 생각을 하고 있는 거지와 맞닥뜨리고 말았다. 그렇듯 볼품없이 전락한 인간이 그토록 목숨을 아까워할 줄은 꿈에도 몰랐다. 그의 비명이 건너편 호숫가까지 울렸다.

이리하여 나는 피에 굶주린 사냥꾼들에게 쫓기는 신세가 되었고, 값이 엄청 비싸다는 털가죽과 웅담 때문에 그들의 표적물이 되고 말았다. 나는 쫓아오는 사냥개들을 맹렬하게 덮쳤다. 그리고 두 마리를 뾰족한 바위에 내던져 등뼈를 부러뜨렸다. 그러나 나 역시 재수없게 뒷다리에 총상을 입고 말았다. 그럭저럭 골짜기 개울을 따라 산으로 돌아가 잠시 한숨을 돌리고 있었으나, 내가 흘린 피냄새를 맡은 사냥개에게 쫓기는 신세가 되고 말았다.

정신을 차려보니 나는 언덕을 오르고 있었고, 달랑 집 한 채만 있는 꼭대기까지 쫓기는 몸이 되었다. 내가 선택할 수 있는 길은 두 갈래뿐이었다. 짐승의 목숨 따위는 하찮게 여기는 인간의 손에 잡혀 죽든가, 아니면 벼랑으로 몸을 던지든가. 그때 나는 큰유리새의 울음소리를, 중생을 구제하는 울음소리를 분명하게 들었다. 그러자 "어쩌다 이런 지경에"란 격분이 홀연히 사라지고, 양자택일 따위 아무래도 상관없어졌다. 인간에 가까운 개와 개에 가까운 인간들의 무리가 점점 몰려왔다.

12월 18일 월요일

448

나는 쇼윈도다.

마호로 마을에서 가장 오래된, 그러나 판매고는 나날이 줄어들 뿐인 책방의 쇼윈도다. 무슨 일에든 앞서고 싶어한 선대의 실패를 거울삼아 젊은 새 주인은 '성실' 한 가지로 경영방침을 바꾸었다. 시류에 선행하고 선동적인 악취가 풍기는 사상서적이나 죽어가는 서구의 문화를 거르지도 않고 섭취하려는 책을 치워버렸다. 그리고 시국을 충분히 인식하기 위해서가 아니라 단순한 재미를 겨냥했을 뿐인 종합 잡지, 함부로 반일감정을 부추기는 미국의 사진집, 도저히 존경받기에 적합한 인물이랄 수 없는 남자가 누군가에게 쓰게 한 자서전, 그는 그런 것들을 모조리 내 안에서 몰아내었다.

그리고 그는 한 번 읽고 버리기에 알맞은 과장과 왜곡과 날조를 줄줄이 늘어놓은 주간 잡지와, 장수한 사람들을 본받아 병을 모르고 인생을 살 수 있다는 기술을 그럴싸하게 열거해놓은 건강 잡지를 추방했다. 또한 대담하게도 사후세계의 행복을 보장하고 있는 안내서와, 십이 년 걸려 모은 쌈짓돈을 이 년 사이에 두 배로 늘렸다는 부호의 경험담을 담은 입문서와, 인기를 모을 수만 있다면 어떤 거짓말이든 서슴지 않는 연예인이 내놓은 책, 그런 것들도 쫓아냈다.

그런 후 그는 국내외의 문학 전집과 각종 사전과 동식물 도감을 깔끔하게 진열하였다. 또 내 정면에는 액자에 담긴 큰유리새를 장식하였다. 나로서는 만족스러웠지만, 오늘 하루 동안 나를 들여다본 사람은 활자와는 무관한 소년 요이치와 말이 대장일 뿐 사실은 허울뿐인 조직원밖에 없었다.

12월 19일 화요일

나는 속도다.

딸이 자살하여 전형적인 염세주의자가 된 남자가 저돌적으로 몰고 있는 자동차의 상식을 벗어난 속도다. 나는 그를 한없이 죽음에 다가가게 함으로써 수심에 찬 나날을 잊게 하였고, 또 오늘을 살 힘을 부여하였다. 적어도 나와 함께 있는 한 그는 외로운 모습으로 초연하게 사라지는 자가 아니고, 큰병으로 쓰러지는 자도 아니었다. 또 비록 심신을 괴롭히는 애물일지라도 아낌없이 사랑을 쏟아부었던 딸의 그림자를 혈안이 되어 찾아다니는 자도 아니었다. 나는 그런 그가 아주 마음에 들었다.

그는 오늘도 나에 매달려 험한 산길을 질주하였다. 울퉁불퉁한 길을 주파하기 위해 개조된, 어떤 노면에도 끈질기게 파고드는 타이어를 낀 자동차를 모는 행위는 장렬하기 그지없었다. 길가 나무들이 차체 여기저기에 흠집을 내었고, 골짜기로 떨어질 뻔하다가 아슬아슬하게 모면한 일이 한두 번이 아니었다. 그러나 나는 어떤 위험에도 두려워하지 않았고, 오히려 한층 더 기세등등해졌다. 그러다 만에 하나의 사태에 대처할 수 있는 한계를 넘어서고 말았다. 타이어는 물론이고 그의 생명에서도 눌어붙는 냄새가 났다.

죽음의 후견인이며 생의 들러리역을 맡은 나는, "목을 맬 때까지 눈치채지 못한 부모를 어찌 부모라 할 수 있겠는가"라며 달려들었다. 마침내 가장 위험한 장소에 접어들자 네 바퀴가 한꺼번에 미끄러졌다. "좋았어, 그런 식으로"라고 내가 외치자, 남자는 "죽어주지!"라고 고함을 질렀다. 그러나 그런 결심도 앞쪽에 병든 어린아이의 속도로나 겨우 걸을 수 있는 소년이 나타나기가 무섭게 사그라지고 말았다.

12월 20일 수요일

나는 마룻바닥이다.

가족 네 명분의 운명과 몇십 년 동안 켜켜이 쌓인 생활고의 무게를 견디지 못하여 끝내 밑으로 내려앉아버린 부엌의 마룻바닥이다. 먼저 요이치가 식탁에 뒤집어쓰듯 벌러덩 나자빠졌고, 이어 요이치의 누나가 남자를 경험한 여자의 목소리로 비명을 지르며 쓰러졌다. 또 휴양지 개발 계획을 추진하고 있는 기업이 마호로 마을에 뿌리는 금액에 관한 소문을 떠들어대고 있던 엄마는 지진인 줄로만 알고 순간적으로 가스 밸브를 잠갔다. 그리고 잠을 청하기 위해 술을 마시려던 아버지는 개수대 모서리에 얼굴을 세게 부딪쳐 코피를 쏟았다.

그러나 어찌된 일인지 원망스런 표정으로 나를 쳐다보는 이는 없었다. 아니 오히려 그들은 비스듬하게 기운 나를 가리키며 박장대소를 하였고 참 오래도 버텼다고 칭찬까지 해주었다. 그들은 입을 모아 이런 말을 했다. 아버지는 화장지에 코를 박으면서, 이건 틀림없이 조상이 땅째 고스란히 팔아버리라고 하는 소리다, 라고 말했고, 엄마는 잘하면 이 년 후에는 새로 지은 집에서 설날을 맞을 수 있을지도 모르겠다고 말했다. 누나는 하루라도 빨리 인간다운 생활을 하고 싶다고 말했고, 요이치는 내가 만들어낸 비스듬한 세계를 재미있어하며 깔깔 웃었다.

그후 일가족 네 명은 언젠가는 지을 계획인 새 집의 내부구조에 대하여 이런저런 얘기를 나누었다. 요이치는 나를 미끄럼틀 삼아 놀았다. 깊은 밤, 모두 잠들었을 때, 누군가가 꾸는 꿈의 무게에 짓눌려 나는 또다시 쿵, 하고 내려앉았다.

12월 21일 목요일

나는 곁에서 자는 잠이다.

벼랑 끝에서 떨어져 죽은 덕분에 인간의 손에 잡히지 않은 외눈박이 흑곰을 위하여 요이치가 곁에서 자는 잠이다. 떨어지는 도중에 여기저기 바위에 부딪쳐 뼈는 산산이 부서지고 내장은 갈가리 찢겨나갔기에, 그렇게 사람 눈에 뜨이지 않는 좁은 틈새에 안착할 수 있었던 것이다. 또 볼 마음만 있으면 무엇이든 보이는 눈을 지니고, 흐물흐물한 몸을 지닌 요이치이기에 그런 장소에 박혀 있는 곰을 찾아내 다가갈 수 있었던 것이다.

곰은 변함없이 원형을 유지하고 있었다. 그러나 요이치는 한눈에 상대방의 죽음을 알 수 있었다. 설령 살아 있었다 해도 요이치는 서슴없이 다가갔을 것이다. 요이치는 갈라진 곰의 머리를 몇 번이나 쓰다듬어주고는 그 곁에 모로 누웠다. 그렇게 요이치는 잠시 수심에 찬 표정을 짓고 있다가, 마침내 죽은 자를 위해 휘파람을 불고, 휘파람을 불면서 털이 북슬북슬한 거대한 흑곰을 안은 팔에 조금씩 힘을 주었다.

그러나 암만 해도 내가 보기에는 곰 쪽이 요이치를 안고 있는 것만 같았다. 이미 오랜 세월을 산, 요이치보다 한참이나 오래 산 흑곰은 지금껏 새끼를 몇 마리나 낳아 그렇게 꼭 껴안아 키워냈다. 요이치는 일몰이 가까워오도록, 언덕 위에서 엄마가 부르는 시각이 되도록 곰의 곁을 떠나지 않았다. 요이치는 집으로 돌아가서도 곰에 대한 얘기는 아무한테도 하지 않았다. 누나가 몸에 붙어 있는 털이 대체 뭐냐고 물어도 아무 말도 하지 않았다.

12월 22일 금요일

452

나는 모피다.

악(惡)보다 더 검은 고급 승용차와 함께 홀연히 나타나 눈 내리는 마호로 마을을 힐긋 쳐다보는 엄청나게 값비싼 모피다. 멋으로 나를 걸친 조직원의 정부가 나타나자, 큰길을 가던 주민들의 시선이 일제히 나한테로 쏟아졌다. 이 마을에서 나는 너무도 호사스럽고 너무도 비일상적이고 너무도 튀는 존재였다. 가녀린 그녀의 오산이 바로 거기에 있었다. 나 때문에 그녀의 존재감이 희박해진 것이다. 하기야 그녀 자신은 아직도 그 점을 인식하지 못하고 있다. 아마 죽어서도 모를 것이다. 그녀의 입장이야 그렇다 치고, 그녀 자체는 어디에든 흔해빠진 여자에 지나지 않는다.

이런 마을에서 올망졸망 살아가고 있는 사람들에게는 나 말고도 얼마든지 볼 가치가 있는 것들이 많다. 나를 여기까지 날라온 자동차만 해도 시골 사람들한테는 평생에 한 번 볼까 말까 한 고급 차이고, 또 그 자동차를 운전하며 여자의 비서처럼 굽실거리면서도 남자로서의 체면을 유지하고 있는 조직원만 해도 대단한 구경거리일 것이다.

나는 삼층짜리 검은색 빌딩 앞에 선다. 감시용 모니터 카메라의 움직임이 멈추고 키 큰 청년이 나타난다. 그는 여자와 나를 무시하고, 조직의 힘을 집중시키기 위하여 각 지부에 투쟁 자금을 나눠주러 다니는 간부의 노고를 치하하였다. 그때 온몸을 파란색으로 휘감은 스산한 소년이 튀어나오는가 싶더니, 갑자기 나를 껴안고는 "곰이다, 곰이야"라고 영문 모를 소리를 질렀다. 나는 담비다.

12월 23일 토요일

나는 눈이다.

산사를 울리는 종소리의 여운과 사리사욕에 눈먼 자들의 거친 숨결을 빨아들이면서 쉴새없이 내리는 눈이다. 이윽고 문마다 욕망의 색을 띤 등불이 켜지고 마호로 마을의 하얗고 부드러운 전모가 뽀얗게 번진다. 우뚝 솟은 산봉우리들도 내 덕분에 둥그스름한 곡선미를 띠고 다들 어디에나 있는 이름 없는 산과 구별할 수 없어진다. 담백하고 꾸밈없는 아름다움.

나는 밤에 우는 버릇이 있는 산속 깊은 마을의 아이들을 달래고, 둘 사이에 끼어든 악녀 때문에 목청을 돋우어 티격대는 부부를 침묵케 한다. 나는 간드러지는 웃음소리가 그치지 않는 술집의 분위기를 점차 시들게 하고, 공중전화 부스 안에 틀어박혀 자기를 버린 남자한테 거짓 목소리로 괴전화를 거는 여자의 마음을 허망하게 만든다. 나는 착실한 애인의 품에 안긴 순진한 숫처녀를 한층 행복하게 만들고, 늙은 주인의 자화자찬을 고개를 끄덕이며 들어주는 얼룩덜룩한 개에게 무한한 편안함을 제공한다.

나는 어둠 속에 꼼짝 않고 서 있는 사람의 마음을 누그러뜨리고, 이제 남은 시간이 많지 않다고 풀이 폭 죽어 있는 궁핍한 노인네에게 유전의 의미를 재확인시킨다. 나는 동물원 우리 안에서 포효하는 육식동물의 노한 마음을 잠재우고, 마호로 마을 너머 고장을 마호로 마을과 너무 닮았다는 이유만으로 더욱 멀어지게 한다. 그리고 나는 파랑을 기조로 한 방한복으로 무장하고 중얼중얼 뭐라 주절거리며, 아주 조심스럽게 휘파람을 불며 밤길을 걷는 소년에게 이 유성의 생명을 유지해주는 물의 대순환을 분명하게 자각시킨다.

12월 24일 일요일

나는 돈다발이다.

가난한 집안에서 태어나 평생을 박봉에 시달리며 살아온 남자, 그런 그의 얼을 빼앗은 두툼한 돈다발이다. 언덕 위 집의 주인은 애써 냉정을 가장하려 하였지만 내가 비장한 위력에 속수무책으로 굴복당하여 병든 아들처럼 손끝부터 바들바들 떨기 시작하였다. 또 옆에서 말없이 앉아 있던 그의 아내는 나를 한 번 보고는 그만 소름이 끼치는 것을 느낀다.

나를 가방에서 아무렇게나 꺼내 테이블 위에 턱 내려놓은 닮은꼴의 두 여자는, 이건 내밀한 얘기라면서 나에 대해 비근한 말로 설명한다. 어디까지나 자주 찾아뵙고 인사를 드리기 위한 선물이라고 말하고, 여자 힘으로는 이 높은 곳까지 술을 들고 올 수가 없어서 가벼운 것으로 했노라고 하였다. 이어 상대방이 의심을 품기 전에 "물론 영수증은 필요 없어요"라고 한 여자가 말하자, 다른 한 여자가 "땅값은 별도로 지불해드릴 테니 염려 마세요"라고 말한다. 그리고 땅값에 비하면 나 따위는 푼돈에 지나지 않는다는 말을 덧붙이는 것도 잊지 않는다.

평소 같으면 만만치 않았을 이 집 주인은, 꿈길을 걷는 듯한 기분으로 나를 선뜻 받아 챙겼다. 자매처럼 닮기는 했어도 전혀 남남인 두 여자는 생긋 웃고는, 웃는 얼굴로 경사가 급한 언덕길을 내려간다. 잠시 후 눈길에 미끄러졌는지 비명 소리가 들려온다. 이층에서 파란 새가 "쳇, 그것 보라니까"라고 울고, 다시 나를 향하여 "네깟 놈이 날 깔봤어"라고 울었다.

12월 25일 월요일

나는 감상이다.

천천히 남하하고 있는 한랭전선에서 불어오는 바람을 데리고 남의 집 문 앞에 서 있는 거지의 마음속에 자리잡은 흔해빠진 감상이다. 인생을 달관하여 물 흐르듯 사는, 아니 그러기를 바라는 수염 텁수룩한 거지는, 집요한 나를 떨쳐내려고 언덕길을 올라갔다. 반골정신으로 가득하고 사람들이 의지할 수 있는 관대한 남자인 척하면서, 그는 가슴을 좍 펴고 걸었다.

그런데 가슴을 너무 좍 편 탓에, 너무 살이 찐 탓에, 운동 부족 탓에, 거부할 수 없는 나이 탓에 벌렁 나자빠지고 말았다. 거지는 그런 자신을 너털웃음으로 날려보내려 하였지만 뜻대로 되지 않아, 결과는 오히려 이전보다 나빠졌다. 나는 그 틈에 정곡을 찔렀다. 너는 암만 그래봐야 재기할 수 없는 낙오자 아니냐, 그런 남자가 아니냐고 말했다.

효과 만점이었다. 꾸무럭꾸무럭 일어나려는 거지의 뇌리로 지금은 죽고 없는 육친과의 잊을 수 없는 옛날이 스치고, 땀을 뻘뻘 흘리며 일했던 먼 옛날이 생생하게 비치고, "참으로 착한 아이로구나"라고 말해주었던 외할아버지의 웃는 얼굴이 되살아났다. 간신히 언덕 꼭대기까지 올라간 그는 거기 외롭게 서 있는 집에 도움을 청했다. 그러나 때마침 집에는 아무도 없고, 그에게 구원의 손길을 뻗어 나를 몰아내줄 만한 사람도 없었다. 이층 창가에 놓인 새장 속 파란 새조차 침묵을 지키고 있었다. 그런데도 그는 문을 탕탕탕 두드렸다. 그러고는 나의 중압을 못 이기고, 끝내 풀썩 주저앉아 울었다.

12월 26일 화요일

나는 지팡이다.

눈먼 소녀의 부모가 사다준, 그러나 정작 본인한테는 쌀쌀맞게 거절당한 하얀 지팡이다. 남보다 두 배는 눈치가 빠른 소녀는 나를 손에 잡는 순간, 마침내 그것이 필요 없는 보통 사람에게서 소외당하는 날이 찾아왔음을 깨달았다. 그녀는 마치 뱀이라도 손에 쥔 것처럼 나를 내던졌다. 어둠으로 둘러싸인 세상을 살기에 얼마나 중요한 도구인지를 절절하게 깨우쳐주었음에도 불구하고 그녀는 두 번 다시 나를 손에 잡지 않았다.

난감해진 부모는 당혹한 얼굴로 "왜, 어째서?"만 연발하였다. 두 사람은 말은 하지 않았지만, 드디어 부모가 감당하기에 벅찬 아이가 되지 않았나 싶어서 앞날을 걱정하며 동시에 무거운 한숨을 내쉬었다. 그러나 나는 소녀의 마음속을 간파할 수 있었다. 소녀는 뭐 딱히 앞으로도 가능하다면 영원한 아이로 머무르고 싶어서 나를 기피한 것은 아니었다.

오히려 소녀는 나에게 의지함으로 하여 잃어버릴 많은 것을 직관적으로 깨달았던 것이다. 또 나를 가짐으로써 자기한테 뭐가 부족하고 뭐가 필요한지를 새삼 인식해야 하고 세상에 알려야 하는 것을 피하고 싶었던 것이다. 게다가 그녀한테는 맹도견 이상의 도움을 주고 있는 하얀 개가 늘 따라다닌다. 또 그녀가 존경해 마지않는 소년이 있다. 소년의 휘파람 소리가 이쪽으로 다가왔다. 소녀는 "아아, 요이치"라며 벌떡 일어났다. 나는 얼마 후 벽장 속 깊은 곳에 방치되었다.

12월 27일 수요일

나는 상점가다.

손님의 발길이 예년에 없이 빈번하고 그런데다 씀씀이도 풍성한, 세밑이어서 복작복작한 마호로 마을의 상점가다. 눈에 띄는 상품은 당장에 팔려나가는 것은 물론이고 겉모양만 그럴싸할 뿐 알맹이 없는 상품까지 날개 돋친 듯 팔려나가고 있다. 그리고 잡다하게 뒤섞여 있는 사람들의 목소리에서는 전에 없을 정도의 열기가 느껴진다. 알록달록한 간판이 빽빽하게 붙어 있고, 경솔한 언동이 부쩍 늘어나고, 도처에 속임수가 횡행할 듯한 징조가 느껴진다. 만사가 뜻한 바대로 이루어질 듯한 분위기가 충만하고, 사기담을 그대로 믿고서 나중에야 후회할 게 뻔한 얼굴들이 여기저기 나돈다.

나는 이미 그 이유를 알고 있다. 이런 시골 촌구석에서는 전무후무하다 할 수 있는, 무기력한 사나이로 하여금 활개를 펴게 하는 저 방대한 계획 탓이다. 영원히 팔리지 않을 것 같았던 산비탈과 황무지를 사겠다는 자가 돌연 나타난 것이다. 그는 진짜 이 계획을 추진할 생각이다. 재계의 어느 대가는 나를 보자마자 읍장에게 이렇게 말했다. "여기도 상당히 변할 거야"라고. 쓴맛 단맛 다 보아서 세상 물정에 훤한 대가는, 그 철인은 자기 혼자서는 결정할 수 없는 문제라고 하면서도 간부들의 말을 귀담아듣지 않았다. 그런 남자다. 공사 관계자들이 대거 몰려오면 현재의 내 규모로는 대처하기가 어려울 것이다. 그러나 오늘 내가 삼킨 것은 정당한 돈뿐이었다. 아니, 그렇지 않다. 가발을 쓴 남자와 그 가족이 지불한 돈만큼은, 월급이나 보너스와는 다른 냄새를 풍기고 있었다.

12월 28일 목요일

458

나는 슬쩍 곁들인 조미료다.

큰유리새에게 줄 모이에 요이치가 무의식중에 종종 섞어넣는 조미료다. 찰과상이 끊이지 않는, 다소 오른쪽으로 굽어 있는 요이치의 코에서 흘러떨어진 나는 구관조를 위해 시판되는 딱딱한 모이와 함께 뜨거운 물에 섞여 이겨진다. 나의 효과는 단순히 맛을 돋우는 데 그치지 않는다. 방부제 역할도 하는데다 요이치의 위태로운 목숨을 그럭저럭 유지하고 있는 힘까지 나누어주고 있다.

인간의 힘이 미치지 않는 저 먼 별들의 빛을 타고 운반되어온 나의 에너지는, 장난삼아 놀림을 당하는 일이 많은 소년의 전 세포에 빈틈없이 퍼지고, 다음에는 기분좋게 마비되어 있는 푸르스름한 뇌 속에 모여 순수한 술처럼 천천히 발효된다. 그리고 포물선을 그리며 언덕을 올라가는 순간의 사랑을 하나하나 포착하여 농도를 높이고, 무거워지면 인력을 따라 마호로 마을의 대기와 애절함이 들고나는 눈에는 보이지 않는 구멍 밖으로 흘러나온다.

요이치와 침식을 함께하는, 이상한 것을 즐겨 먹는 큰유리새는 나의 양분으로 날개 하나하나를 그윽한 진리의 색으로 장식하고, 지저귀는 생물로서의 천분을 유감없이 발휘하여 조류를 넘어서는 개안한 도사가 되어 인간들의 운명에 파고든다. 지금 막 나를 삼킨 그 파란 새는 북대서양에서 준비된 소나기 구름을 불러들여, 살아 있는 동안에는 실수를 인정하지 않겠다는 뜻을 담은 가벼운 눈을 마호로 마을에 떨어뜨린다.

12월 29일 금요일

나는 구급차다.

연락을 받자마자 출동하여 물거품 호수를 향해 돌진하는 마호로 마을 소속의 구급차다. 보트 대여점 아저씨가 물에서 끌어올린 남자는 내가 현장에 도착했을 때 거의 동사 직전이었다. 팬티만 입은 모습으로 모래사장에 누워 있는 남자의 몸은 눈보다도 희고, 입술은 곁에서 구경하고 있는, 과거 두 번 정도 나를 탄 적이 있는 소년 요이치의 모자보다 훨씬 더 파랬다.

그런데 병원으로 가는 나는 제대로 속력을 낼 수 없었다. 눈을 깨끗이 치워놓았더라면 평소와 다름없는 속도로 달릴 수 있었을 테지만. "스님이 자살을 하다니"라고 구급대원이 말했다. "자살이 아닌 것 같은데"라고 다른 대원이 말하고, 호수 바닥에서 좌선을 한다는 소문에 관해 얘기했다. 그러자 동료는 "자살하고 뭐가 달라"라고 말했다. 타인의 죽음에 익숙한, 자기들이 병원으로 옮긴 자가 어떻게 되든 알고 싶어하지 않는 그들은 신속하게 할 도리를 다했다. 그리고 두 대원은 급성 알코올 중독으로 쓰러진 여자를 볼 때보다 더 냉정한 눈으로 수도승을 보았다.

나는 답답한 심정에, 제설 작업을 어설프게 해놓은 탓에 정체가 풀리지 않는 도로에 사이렌 소리를 퍼뜨리고 긴급사태와는 어울리지 않는 속도로 나아갔다. 대원들의 기분이야 어떻든 나로서는 그 남자를 살리고 싶었다. 나는 그를 앞날이 기대되는, 세상의 목탁이 될 청년이라 보았다. 여기서 내가 그를 구하면 언젠가는 그가 몇백, 몇천의 중생을 구제할 것이라 생각했다.

12월 30일 토요일

나는 섣달 그믐날이다.

세 끼 식사를 하고 대문 앞의 눈을 쓸어내고 목욕을 하는 것 외에는 딱히 할일도 없는 사람들의 마음만 바쁘게 하는 섣달 그믐날이다. 그럭저럭 꾸려서 올 한 해를 살아온 자, 만사가 잘 풀려 소원을 성취하고 자기도 모르게 빙그레 웃고 있는 자, 사정이 있어 한때 몸을 숨기지 않으면 안 되었던 자, 아버지한테 직접 전수한 기술을 빈틈없이 익혀 장인으로 독립한 자, 아무 반응 없는 세상을 향해 근본적인 원인은 차별에 있다고 목청 높여 외쳐온 자, 지나치게 성급하고 천박한 견해를 부끄러워한 자, 타인에게서 육친에 버금가는 애정을 발견하고 망향의 정에 시달린 자, 응분의 조처를 취하고 약삭빠르게 처신하였음에도 불구하고 아무런 성과도 얻지 못한 자, 타고난 미덕인 재능이 드디어 빛을 발하기 시작한 자, 그것은 선의에 기초한 행위였다고 일곱 달이나 주장한 자, 산도를 힘껏 밀치고 나와 마호로 마을에 고인 공기를 처음으로 들이마신 자, 무턱대고 다가온 신에게 휘말려 온 마음으로 기도를 올리지 않으면 견딜 수 없게 된 자, 병석을 떠날 날을 꿈꾼 지 십 년이나 지난 자, 그런 사람들이 나로 인하여 싫든 좋든 매사에 일단락을 짓는다. 그리고 그들은 오늘의 연장이 아닌 새로운 내일로 뛰어들 다짐을 굳히고, 내년을 향한 기대를 불러들이는 발판으로 삼고자 마음을 단단히 조인다.

소년 요이치는 오늘, 자기 방을 구석구석 청소하고 새장을 반짝반짝하게 닦는 것에 정신이 팔렸다.

12월 31일 일요일

나는 사전 계획이다.

휴양지를 조성하기 위하여 광대한 토지를 필요로 하는 기업으로부터 의미심장한 내용의 연하장을 받은 마호로 마을 사람들이 시도하는 사전 계획이다. 정월이면 빼놓을 수 없는 신년 축하주와 막연한 기대가 나에게 한층 박차를 가한다. 그러나 가장 중요한 조건이 빠져 있다. 소문만 무성했지 정작 그들이 사들일 땅값에 대해서는 단 한 번도 명시한 적이 없었던 것이다.

지금은 기업측이 마호로 마을의 전면적인 협력을 얻을 수 있을지 판단해야 할 시기이며, 또 땅주인이 교섭에 응할지 어떨지를 타진해보아야 할 단계이며, 돈 얘기는 그 다음이다. 그럼에도 정중한 연하장을 받은, 개발 예정지구 내에 토지를 소유하고 있는 자들은 얼근하게 취한 기분으로 전자계산기를 몇 번이고 두드린다. 두드릴 때마다 액수는 커지고, 그에 따라 그들의 뻔뻔스런 기대도 끝없이 부풀고, 마침내 꿈과 현실의 경계선이 희미해진다.

언덕 하나를 고스란히 팔게 될지도 모르는 남자는 가발과 함께 나를 옆으로 당기며 이렇게 말했다. "막판이 되면 틀림없이 배반자와 일에서 빠지려는 놈들이 생겨날 거야"라고 말하고 "단결해서 행동해야 할텐데"라고 혼자서 중얼거렸다. 그러다 다시 곧 가발을 쓰고는 해가 바뀜과 동시에 현실감을 띠기 시작한 행운을 두 눈으로 똑똑히 보려 하였다. 한층 벌컥이며 술을 들이켜던 그는 돈 따위론 도저히 어쩔 수 없는 아들에게 이렇게 말한다. 평생에 한 번쯤은 기분좋게 살고 싶다, 고.

1월 1일 월요일

나는 매다.

소년 요이치의 삼촌이 새해 들어 처음 꾼 꿈에 경쾌한 모습으로 등장하여 하늘을 날며, 이 세상을 향하여 생명의 참뜻이 무엇인지를 묻는 매다. 나는 지금은 추잡한 무리들과 교류를 끊고, 거의 세상사에도 관여하지 않고 꾀죄죄하게 지내는 남자를 집요하게 위압한다. 그리하여 그는 나를 두려워한다. 드디어 숙원을 풀려는 자가 모습을 바꾸어 나타났다 여기고, 개구리처럼 대지에 엎드려 오로지 날이 밝기를 기다린다.

그럼에도 나는 귀를 짓찧는 우렛소리와 함께, 하늘에 비축된 살상용 번개와 함께 단숨에 그를 덮친다. 나는 그의 등에서 춤추는 비단잉어에 발톱을 세운다. 그러자 벼락이 나를 통하여 그의 가슴속으로 파고들어가 가시 돋친 빛을 뿜어낸다. 이어 나는 그가 지금까지 저지른 죄, 증거가 포착되지 않아 법의 판결을 받지 않고 지나친 죄를 포함한 모든 죄에 대해 이치를 내세워 담판을 벌인다.

나는 말한다. 그 살인은 어쩔 수 없는 사유에 의한 행위가 아니었다고. 또 의협심에 연유하는 행위도 아니었다고. 절대로 용인할 수 없는 잔인한 범죄라고. 그러고서 나는, 오십 년을 산 그의 몸을 도는 냉정한 피의 흐름을 자기 손으로 막아, 실패한 반생에 결판을 내라고 말한다. 남자는 태도를 싹 바꾸어 내가 잡고 있는 비단잉어를 획 낚아채더니, 가슴에 걸려 있는 천둥 소리를 토해내면서 요이치를 위해 살겠노라고 고함을 지르고, 자기 목소리에 놀라 벌떡 일어나 창문을 활짝 열고 나를 내쫓는다.

1월 2일 화요일

나는 파문(破門)이다.

해가 바뀌자마자, 더구나 퇴원이 결정된 오늘 기댈 구석 하나 없을 만큼 엄한 투로 통고된 파문이다. 이승 산의 선사에서 내려온 선배 승려는 병원을 찾아와 침대에 누워 멍하니 있는 후배의 머리맡에 그의 개인 소지품을 놓고 무표정하게 말했다. 지금부터 임의로 행동해도 좋다고. 그러니까 앞으로는 자기 방식대로 깨달음의 길을 걸어도 좋다는 뜻이 담긴 말을 점잖게 한 것이다. 그리고 그는, 이건 어디까지나 내 개인적인 의견인데, 란 전제를 두고 이런 말을 하였다. "물 속에서 좌선을 하는 것이 잘못이라고는 생각지 않는다. 하지만 그러면 깨달음을 얻기 전에 먼저 죽어"라고 말하고, 나를 남겨두고는 선인들의 족적을 더듬으려 이승 산으로 돌아갔다.

뜻하지 않은 처분에 아연해진 젊은 수도승은 한참 동안 나와 마주하고 있다가, 마침내 "그도 그렇군"이란 말을 툭 내뱉고, 무심한 처사라고 생각하기보다 나를 순순히 받아들였다. 옆 병실에서는 여행길에서 뜻밖의 재난을 당한 여자가 아름다운 목소리로 "아파"와 "힘들어"를 반복하고 있었다. 또 그 옆 병실에서는, 병문안을 온 사람이 재미도 없는 농담을 늘어놓으며 저 혼자 웃었다. 젊은 수도승은 침대에서 내려와 창가로 다가갔다. 물거품 호수에 내려앉는 백조 떼와, 새처럼 퍼덕이며 나는 연습에 여념이 없는 소년이 바라보였다. 절의 방침을 따를 수 없었던 그는 그때 "먼 훗날 사람들의 평가를 기다려라"란 새의 지저귐 비슷한 소리를 듣고, 물거품을 토해내는 관음보살상을 따를 결심을 굳혔다.

1월 3일 수요일

464

나는 신사다.

보기 좋은 모양으로 곡선을 이루고 있는 사당의 지붕과 깊고 울창한 삼나무 숲 외에는 자랑거리가 없는 아마비코란 이름의 신사다. 지금 조상 대대로 내려오는 역할을 이어 나를 지키고 있으며, 나로 하여 생계를 잇고 있는 부자가 빨간색 우산을 펼쳐들고, 하얀 하카마를 입고, 굽 높은 게다를 신고 펄펄 내리는 눈 속을 걸어가고 있다. 기품 있는 차림의 중년 남자는, 마호로 마을에서는 청렴하다고 알려진 신관이다. 그리고 그의 뒤를 따르고 있는 또 한 명의 젊은 남자는 신도(神道)에 대해 못이 박히도록 들은 말들을 물리칠 수 있을 만큼 급진적인 사고를 지닌데다 대담하고 새로운 설을 제창할 수도 있는, 신의 가호를 결코 바라지 않는 외동아들이다. 그러나 두 사람 사이에 애증의 갈등은 없고, 서로의 의도를 곡해하는 일도 없고, 지금까지 그래왔던 것처럼 바람직한 관계를 변함없이 유지하고 있다.

아버지는 아무리 나이를 먹어도 자신의 잘못은 겸손하게 인정하는 사람이고, 아들 역시 젊음을 내세워 이치에 맞지도 않는 주장을 태연하게 고집하는 파렴치한은 아니다. 그러나 그 소년을 둘러싼 두 사람의 의견은 늘 엇갈리고 만다. 대체 무슨 깊은 뜻이 있는지 알 길이 없지만, 한 해에 몇 번인가 수동 드릴을 가지고 와 나의 상징이자 나무의 신이 깃들어 있는 삼나무에 구멍을 뚫는 그 소년에 대한 아버지의 견해는 "신은 저 아이를 가엾게 여기고 구원하고 싶어한다"이고, 그에 대한 아들의 의견은, "저 아이로 인하여 신이 구원되고 있다"이다. 나로서는 어느 쪽이라고도 말할 수 없다.

1월 4일 목요일

나는 박수갈채다.

이 세상의 실상에는 어둡고, 탁견을 지닌 문사와도 거리가 먼 소설가가 마호로 마을의 공기를 숨쉬는 모든 사람과 모든 물상에게 보내는 성대한 박수갈채다. 나는 우선 눈보라 때문에 앞길을 헤아리지 못해도 절대로 뒤로 물러서는 일 없는 소년 요이치를 칭송한다. 이어 물거품 호수 주변의, 천지의 정대한 기운으로 충만한 황량한 겨울 풍경을 극찬한다. 그리고 시대의 흐름을 완강하게 거부하고 어리석은 판단을 삼가하는, 살 날이 얼마 남지 않은 노인을 상찬한다.

그리고 나는 여기저기 흩어져 있는, 마을을 밝히는 등불의 한없는 쓸쓸함과 따스함을, 오래 살아 눈과 세월의 무게를 미처 견디지 못하여 기울어가는 읍영 주택을, 궁지에 몰렸어도 여전히 충일한 투지를 불태우고 있는 젊고 키 큰 조직원을, 좋은 때를 기다리다 부질없이 오늘에 이른 누군가를, 의지와는 반대로 점점 환속의 길로 나아가고 있는 수도승을, 고풍스런 문에 기대어 겨울 밤하늘의 별을 올려다보는 불당지기를 고루 칭송한다.

더 나아가 나는 비참한 패배를 맛보았음에도 무식한 정열을 뿜어내는 마호로 고등학교 씨름부의 용맹한 학생들과, 전신주에 부딪혀 기절했어도 웃음을 지우지 않는 술주정뱅이와, 가정을 외면하기 일쑤였고 불규칙한 섭생 때문에 급사하고 만 평균적인 아버지와, 희미한 달빛 속을 질러가는 마을에서 제일가는 미인과, 교통사고로 부모를 잃고서도 쑥쑥 자라나는 아이와, 남몰래 정을 통하고 있는 남녀가 파국을 향하여 거듭하는 격렬한 교접을 평등하게 한탄한다. 나는 어떤 대가도 바라지 않는 찬사를 보내면서도 파란 새의 목소리에 귀 기울이기를 잊지 않는다.

1월 5일 금요일

466

나는 이슬이다.

하얀 바깥세상을 지배하는 한기와 전등불에 물든 실내의 온기가 서로 싸워 유리창에 맺힌 이슬이다. 요양이란 핑계로 부모 슬하에서 보기 좋게 쫓겨나 호숫가 별장에서 혼자 살고 있는 미친 여자는 종잡을 수 없는 표정의 얼굴을 창문에 대고, 투견처럼 불타오르는 눈동자를 내게로 향한다. 그리하여 그녀는 나를 통하여 세상을 바라보고, 뒤틀린 물거품 호수의 황량한 광경을, 어린 시절 기차를 타고 지났을 뿐인데 어쩐 일인지 가슴에 새겨져 있는 나루터 마을로 여기고 언제까지나 즐기고 있다.

요즈음 그녀의 정신은 아주 안정되어 자그만 별만 흘러도 제정신을 잃는 일은 전혀 없다. 오히려 정상적인 생활에 안주하고 있는 사람들의 마음보다도 혼란이 적다. 부귀한 집안에 태어난 것을 필요 이상으로 고맙게 여기거나, 자기 신세의 박복함을 깨닫고 눈물을 흘리거나, 인생을 골똘히 생각하는 일도 없다. 이렇게 제정신을 차린 그녀의 마음이, 집안의 자부심과 체통에 흠집을 내지 않기 위해 이런 외딴 시골로 쫓겨나지 않으면 안 되었던 자신의 처지를 알게 되면 깊은 상처를 받지는 않을까.

그녀는 집게손가락으로 나를 살며시 어루만지며, 소리로도 뜻으로도 읽을 수 있는 유일한 한자, 그녀의 이름에도 들어 있는 '光'이란 글자를 쓴다. 그 글자 속으로 우아하게 춤추는 백조와 현세의 규범을 정하는 어떤 자의 기척과, 파란 코트에 하얀 머플러를 두른 소년이 지나간다.

1월 6일 토요일

나는 국가다.

지금은 어쩔 수 없이 본성을 숨기고 얌전하게 민주정치의 상궤를 지키고 있지만, 그 속내는 여건만 되면 제국주의로 되돌아갈 기회를 엿보고 있는 국가다. 마호로 마을 어딘가에 떠다니는, 태평스런 사람들이 내뿜는 고약한 냄새는 오랜 현안이 실현되는 방향으로 움직이기 시작한 징후다. 거짓 번영에 사고력을 빼앗긴 사람들은 피상적인 견해에만 집착하고, 현재를 능가하는 황금시대의 출현을 바라는 나머지 행위의 옳고 그름조차 분별하지 못하고, 암암리에 일을 추진하는 재략에 능한 무리에게 엄중한 반론을 펴기는커녕 원망하는 말 한마디 던지지 못하게 되었다.

불온한 언사를 내뱉는 자는 점점 줄어들고 있다. 논객이기에 부족함이 없는 자도 줄어들 뿐이다. 마침내 어리석은 백성을 선동할 때가 왔다. 남의 말에 끼어들려고 식견이라도 있는 척 의견을 내놓는 자도, 내 매서운 눈길 한 번에 다른 견해가 모여 있는 움막으로 도망친다. 노선배를 모시고 모임을 갖고 싶어하는 어설픈 문학청년들, 그들은 내가 어떤 억지를 부리든 상관하지 않고 낭만의 텐트를 치고 그 안으로 숨어들 작정이다.

아무튼 나의 바람은 새 천황을 상징 이상의 존재로 만드는 것이다. 그리고 언젠가는 주변 군소국가를 한데 모아, 황색 인종의 패자임을 다시 한번 확인하고, 그 위대한 공적을 만세에 알리는 것이다. 그런 생각만으로도 끓어오르는 투지가 번들거린다. 나는 지금, 병 때문에 군인이 될 수 없는 소년의 미래를 물리치고 만반의 준비를 갖추고 있다.

1월 7일 일요일

나는 도박이다.

'삼광조' 여관 이층의 넓은 방에, 늘 하던 놀이에 식상한 가게 주인들을 모아놓고 마침내 백주대낮에 당당히 이루어지는 도박이다. 온몸에 쾌락의 문신을 한 남자가 보이지도 않을 만큼 빠르게 돌리는 화투장은 푼돈을 모아들이기에 싫증난 손님을 웃기고 울리고, 바로 코앞이 어둠임을 통감하게 하고, 이어 안정이 정신 위생상 얼마나 좋지 않았는지를 깨닫게 한다.

나쁜 술수와 임기응변에 능한 패거리 세 명의 손에 교묘하게 꾸며진 나는 물론 공평하지도 않고 운으로만 승패가 결정되는 것도 아니다. 그러나 지금 단계는 손님을 호구로 삼기 위한 사기극이 아니라, 어디까지나 손님을 늘리기 위한 속임수다. 목하 대승을 거두어 목돈을 쥔 자는 있어도 참담하게 패배한 손님은 한 명도 없다. 분노한 나머지 흥분하여 날뛰는 자도 전혀 없다.

모든 손님이 어제의 자신보다 품행이 흐트러진 자기 자신을 즐기고 있다. 또 일이 뒤틀리면 당장에 손을 털 수도 있다는 자신감을 갖고 있다. 그런 그들은 아직도 나의 진정한 모습을 모르고 있다. 사용되고 있는 화투 한 장 한 장이 초보자의 손끝으로는 절대로 감지할 수 없을 만큼 얇게 벗겨져 있어, 그 탓에 내가 바라는 결과가 나온다는 것을 전혀 눈치채지 못하고 있다. 무릎을 벌리고 앉아 있는 창부는, 무엇에 홀리기라도 한 듯 움직이는 소년과 함께 고급 생선 초밥을 먹으면서, 인격과 인상이 바뀌어가는 손님들을 재미있게 구경하고 있다.

1월 8일 월요일

나는 다람쥐다.

겨울을 나기 위한 부숭부숭한 털에 덮여, 맹수의 기습을 경계하면서 이 나뭇가지에서 저 나뭇가지로 무모한 점프를 반복하는 다람쥐다. 봄까지 지낼 수 있는 식량을 충분히 모아둔 나에게 겨울은 오히려 가장 우아한 계절이다. 나는 지금까지 대처할 수 없을 만큼 추운 겨울은 한 번도 경험해보지 못했다. 또 잠자리까지 묻힐 정도의 폭설도 모른다. 눈 위에 점점이 떨어져 있는 피는 늘 내 동료의 것이지, 내가 피를 흘린 적은 한 번도 없다.

오늘 아침, 싸늘한 기운이 대기를 반짝반짝 빛나게 할 무렵, 나는 오랜만에 소년 요이치의 노래를 들었다. 더구나 오늘 요이치는 도롱뇽보다도 솜씨 좋게 나뭇가지에 달라붙어 있는 나를 위해, 오직 나를 위해 그 노래를 불러주었다. 작자 미상의 노래를. 그러나 마호로 마을 사람들이라면 누구든 알고 있는 오래된 노래를. 재앙을 피하기 위한 노래를.

자연의 본성대로 살아갈 수 없게 된 인간들은 아마 모르겠지만, 인간이 아닌 생물을 위해 노래하는 요이치의 재능은 천성적으로 타고난 것이라 할 수 있다. 눈사태에 짓눌려 파괴된 집을 등지고 요이치가 무심하게 부르는 그 노래는, 평소에는 아주 얌전한 나의 피를 들끓게 하고, 힐긋힐긋 세상 눈치나 보지 않는 삶도 가능하다는 것을 가르쳐준다.

해가 기울자 눈이 가져다주는 정적보다 더 조용히 나를 덮친 부엉이를, 나는 통렬한 반격을 가해 보란 듯 격퇴하였다. 요이치, 만세.

1월 9일 화요일

470

나는 눈보라다.

마호로 마을은 물론 현내 전역에 막대한 피해를 주고서도 여전히 광포한 감정을 노골적으로 드러내며 날뛰는 눈보라다. 나 때문에 버스는 전부 연착하였다. 축 늘어져 버스에서 내리려는 승객들은 나의 위력에 주춤거리고, 버스 밖으로 나가기를 주저하였다. 부동산 방면의 수완가는 나에게 욕설을 퍼부었다. 그리고 그는 이렇게 중얼거렸다. "스키장으로 팔아먹으려면 도로를 좀더 정비해야겠군."

연줄을 이용하여 대기업에 취직하려다 실패한 여드름투성이 학생은 내 안에다 절망적인 한숨을 흘렸다. 또 적의 상황을 시찰하려 찾아온 암흑가의 관계자는 나의 기세에 기가 죽어 망설이다 임무를 팽개치고 황망히 돌아갔다. 가문을 내세워 거만스럽게 굴던 과부는 내 앞에서 잠시 서로 걸맞은 신분이란 척도를 잊어버리고, 어머니를 따라 정신 감정을 받고 온 위대한 재능의 소유자인 소년은 내 안에서 그 자신을 분기하게 하는 카오스의 진수를 확실하게 보았다. 사람을 거칠게 부리는 탓에 사업이 부진한 영세한 기업 경영자는 현청이 있는 도시를 이틀 동안 동분서주하였음에도 결국 돈을 마련하지 못하여 내가 마호로 마을을 이 세상에서 없애주기를 바라고, 나의 하양과 검정 속으로 스스로 사라져버렸다.

그리고 글쓰기를 그만두지 못하는 소설가는 내 깊은 곳에서 소년 요이치와 미몽을 깨워주는 큰유리새의 기척을 느끼고, 마중 나온 삽살개와 함께 마호로 마을의 현실을 받아들였다.

1월 10일 수요일

나는 동사다.

깊은 밤, 혹한 때문에 아직 누구도 알아차리지 못한, 생전의 공로를 찾기에는 고생이 클 듯한 술주정뱅이의 동사다. 이미 마호로 마을은 그를 버렸다. 그는 두 시간 전까지만 해도 마음에 맞는 사람들에 에워싸여 가벼운 농담을 주고받으며 술을 들이켜고, 흥에 겨워 한바탕 춤을 추는 자신의 미래를 듬직하게 여겼었다.

그러나 분명히 해두어야 할 것은 내 쪽에서 먼저 참견을 하고 나선 것은 아니라는 점이다. 그러니까 솜씨 좋은 그 목수 쪽에서 나를 불러들인 것이다. 약삭빠르게 처신하지는 못해도 남의 험담은 절대로 늘어놓지 않고, 부실공사를 싫어하는 그 백발의 남자는 미처 켜지지 않은 가로등을 발견하고는 전신주를 타고 오르려 하였다. 그런데 전신주를 껴안는 순간 수마(睡魔)가 덮쳐 코를 드르렁드르렁 골면서 나를 부른 것이다. 내가 달려왔을 때는 이미 눈에 덮여 목숨이 위태로운 지경이었다. 그는 젊었을 적에 몇 번이나 듣고 감동하였던 파도 소리에 잠겨, 자신이 선수로 참가했던 유도 대회의 막판을 장식한 열전을 떠올리고 있었다. 나는 그를 환성이 울리는 쪽으로, 이어 수평선 너머 빛의 터널 속으로 보냈다.

잠시 후 가발을 쓴 다른 주정뱅이가 지나갔다. 그가 나를 알아차리고 움직이지 않는 목수를 내려다본다. 눈 이불을 덮어쓴 남자를 향하여 그는, "좋겠군, 자네는"이라고 말한다. 그러고서 그는 전선은 물론이요 전화선까지 끊어버릴지도 모르는 무겁고 축축한 눈길을 걸어 되돌아간다.

1월 11일 목요일

472

나는 마른 수건 마사지다.

영리하지는 않아도 마호로 마을의 아이치고는 상당히 우수한 쌍둥이 형제, 그들이 매일 아침 계속하는 마른 수건 마사지다. 날이 허옇게 밝아올 무렵, 나는 아직 조금도 때타지 않은 순일무구한 혈액을 온몸 구석구석으로 돌린다. 그리고 강요된 사실과 뜻하지 않은 재난으로 가득 찬 세상에 과감하게 대적할 용기와, 사는 보람으로 직결되는 웅대하고 지속적인 목적과, 그 길로 들어서는 방법을 새삼 환기시키고 뼈마디마디를 튼튼하게 해준다.

엇비슷하게 열심히 공부하는 그 둘은, 불과 열 살의 어린 나이에 벌써부터 사회에서 탈락될 것을 두려워하고 있다. 나는 이 형제를 호신술에 능한 어른으로 키우고 싶다. 그 재능이 이 세상의 수수께끼를 해명할 수 있을 만큼 탁월하지는 못한 둘이 아무튼 언젠가 타인을 능가할 수 있는 날이 오면 족한 것이다. 그들에게 있는 것이라고는 노력으로 획득한 권력에 대한 과도한 적응뿐, 결코 그 이상이 아니다.

한 자리에서 나를 지켜보고 있는 아버지는 두 아들에게 이렇게 말한다. 그저 남이 하는 것 정도로만 노력해서는 부하를 거느릴 수 있는 지위에 오르지 못한다고. 출세에 어떤 의미가 있는지조차 아직 이해하지 못하는 그 둘은 언행이 일치하지 않는 아버지의 말을 진심으로 믿고 있다. 그러나 언젠가 그들도 아버지가 그러했던 것처럼 나에게 넌더리를 내고 말 것이다. 김이 모락모락 오를 만큼 달궈진 그들의 몸을, 불치의 병에 걸린 소년이 찰싹 때리고 간다.

1월 12일 금요일

나는 의사표시다.

물거품 호숫가의 별장에 사는 전직 대학교수가 분연히 자리에서 일어나 느닷없는 퇴장으로 알리는 반대 의사표시다. 세간의 소문만큼 박식하지도 않고 달변가도 아닌 그는 학생들을 상대로 말할 때처럼 술술 얘기하지 못했다. 이치보다 욕망을 앞세우고 있는 막강한 마호로 마을 사람들을 상대로 하고 싶은 말의 절반도 채 못 하고 우물쭈물 말을 더듬었고, 끝내는 동석한 같은 편한테서도 야유를 듣게 되었다. 격렬한 논쟁이 있었던 것도 아니다.

그는 마호로 마을 방식으로 얘기를 진행하고 마무리하는 방법을 몰랐던 것이다. 설명회에 들어가기 전에 대부분의 사람들은 입을 맞추어 두었고, 결론은 하나로 좁혀져 있었다. 게다가 말 많은 소수파의 입을 어떻게 막을 것인가 하는 문제에 대해서도 만반의 준비가 갖추어져 있었다. 그래서 내가 불과 한두 마디 발언하고, 그런 곳에다 골프장을 만들면 그 아래 별장지대와 물거품 호수는 어떻게 되느냐에 대하여 가볍게 언급했을 뿐인데도 "외지인들은 물러가라!"란 아우성이 일었다. 요컨대 그것은 설명회가 아니라, 찬성파이자 추진파인 한 무리의 첫 집회였던 것이다. 사회를 맡은 가발 쓴 읍사무소 직원은, "자, 그럼 거수를 부탁합니다"라고 몇 번이나 거듭 말했다. 가슴에 파란 배지를 달고 있는 젊은이가 파랗게 질린 얼굴로 밖으로 뛰쳐나온 전직 대학교수의 뒤를 쫓아가, 주차장 바로 앞에서 말을 걸었다. 젊은이는 말했다. "누가 뭐라든 저는 선생님 편입니다."

1월 13일 토요일

나는 경력이다.

황폐한 토광에 눌러살면서 끼니도 제대로 못 잇는 생활을 하는 젊은이의 조작된 경력이다. 그는 마호로 마을을 떠나 있던 몇 년 동안에 대해 말할 때면 그날들이 방종하기 그지없으며 위험에 찬 것이었음을 유독 강조한다. 그는 과거의 학우들을 만날 때마다 이렇게 말한다. 하고 싶은 일은 모두 해봤으니까, 보통 사람들의 오십 년분은 살았으니까 앞날은 어떻게 되어도 상관없다고. 그리고 그는 모두들 그 이야기를 믿어주리라 의심하지 않았다.

사실 그 몇 년 동안은 지금보다 훨씬 더 단조로웠다. 그는 자동차 하청 공장에서 일한 적밖에 없고, 독신자 기숙사와 기숙사 근처에 있는 오락실에서 논 일밖에 없었다. 거기서 그는 늘 어디 있을 만한 곳이 없는지를 주의 깊게 살폈다. 그는 항상 그런 곳을 찾고 있었다. 그러나 아무리 찾아도 찾은 것은 없었고 세월은 쉼 없이 흘러갔다. 그는 새로운 고장에 익숙해지지도 못한 채 끝내 고향으로 돌아가고 싶은 마음이 불거졌다. 평소에는 힘들지 않았던 노동이 점차 가혹하게 여겨지고, 마호로 마을에 남겨두고 온 것들을 그리워하게 되었고, 급기야 어느 날 밤 불현듯 마음이 요동하여 당장에 짐을 싸 고향으로 돌아오고 말았다. 그뿐이었다.

겨우 그뿐인데 그는 나를 왜곡하여 사람들에게 전했다. 그러나 이미 나를 제대로 상대해주는 자는 없었다. 그래서 오늘 나는 본의 아니게 소년 요이치를 상대하게 되었다.

1월 14일 일요일

나는 의식이다.

자칫 잘못하면 평생 어른이 될 수 없을지도 모르는 스무 살 된 젊은
이들을 축하하느라 마호로 마을이 거행하는 의식이다. 암만 그래도 식
장이 너무 넓다. 오랜 옛날, 아니 바로 얼마 전만 해도 이 나라가 천황
의 소유물이었던 시절에는 군인이 될 만한 젊은이와 군인을 많이 생산
할 수 있는 아가씨들은 얼마든지 있었다. 그러나 식장은 좁은 곳밖에
없었다. 그런데 지금은 전혀 그 반대다.

마호로 마을의 출생률이 점차 감소하면서 젊은이들의 눈은 생기를
잃어가고 있다. 어떻게 해서든 이 세상에 살아남아 보이겠다는 기개가
결여되어 있다. 영양분이 풍부한 음식물은 그들의 육체를 필요 이상
대형화시켰고, 그런 반면 정신적으로는 어린아이를 벗어나지 못할 만
큼 미숙하고, 아무리 가치가 있는 일이라도 하기 힘들면 기피하고, 매
사에 완벽하지 못하고 충동과 겉모양만으로 중대한 선택을 결정하는
일이 많아졌다. 그리고 그들의 마음은 하루가 다르게 화려해지고 있는
외출복에 반비례해 초라해지고, 듬직한 남자가 줄어들고 있는 틈을 타
여자들이 사회를 향하여 노골적인 본능을 발휘하며 자멸의 길을 달리
고 있다. 그들은 논쟁을 싫어하고 때로는 술의 힘을 빌려 견해를 토로
하지만, 물욕에 어두워 논지가 분명하지 않다. 잔뜩 차려입고 참석한
사람들 한 명 한 명에게 홍백의 쌀과자를 나누어주고 있는 읍사무소
직원이 이렇게 중얼거린다. "이거면 충분하겠지"라고. 그러자 아가씨
들이 그를 가리키며 속닥거리기 시작한다. "봐, 저 사람 머리 가발이
야."

1월 15일 월요일

나는 호수 바닥이다.

겨울잠을 자고 있는 야생 물고기 떼와 산소를 빨아들이며 고상하고 원대한 이상의 거품을 토해내는 관음상과 영겁으로 회귀하는 풍요로운 물을 지탱하는 물거품 호수의 바닥이다. 수온이 내려갈 대로 내려가 그 청렬한 액체를 묵직하게 만든다. 나를 휘저을 선의 세계의 풍운이 사라진 덕분에 밤과 낮이 일정한 상태로 유지되고 있다.

간혹 빙어를 낚기 위한 장난감 같은 낚싯줄이 스륵스륵 내려오고, 간혹 색깔이 알록달록한 물뱀이 대가리를 거꾸로 처박고 일이 미터 정도 잠수할 뿐, 아무 일 없이 몇백 년이나 지속되고 있는 한겨울의 정적이 이 겨울에도 어김없이 유지되고 있다. 지금은 요란스럽던 모터 소리도 멈추었고, 보트 위에서 음탕한 남녀가 흘리는 천박한 웃음소리도 없고, 흔들림 없는 신념과 동요치 않는 마음을 얻기 위해 돌을 껴안고 내 위에 앉아 있던 자도 없고, 힘에 부치도록 사업을 벌여놓은 나머지 돈이 궁하여 이러지도 저러지도 못하는 남자의 죽음을 초대하는 한숨 소리도 들리지 않고, 어지러운 세상에 넌더리가 나 옳고 그름의 구별을 포기한 노인네의 탄식 소리도 들리지 않고, 그리고 목하 나를 진흙 뻘로 뒤덮을 만큼의 폐수도 흘러들어오지 않는다.

오늘밤 내가 감지할 수 있는 것은, 이런 계절에도 언덕 위의 집에서 기운차게 우짖어대는 큰유리새 소리와 별과 눈을 불빛 삼아 배회함으로 하여 이 세상에 확고한 지반을 구축하고 있는 소년 요이치의 발소리뿐이다. 이런 정적이 언제까지 계속되겠느냐고 물어도 나로서는 대답할 길이 없다.

1월 16일 화요일

나는 상념이다.

일 년을 더 살 수 있을지 의심스러운 늙어빠진 상대이기는 했어도, 아무튼 인간 한 명을 치어 죽인 적이 있는 여자의 머리에 두서없이 떠오르는 상념이다. 사고의 원인은 날씨에 있었고 합의도 순조롭게 이루어져, 그녀는 이미 합의금을 지불하고 형기도 다 마쳤다. 하지만 그 사건 이래 그녀는 마음 편히 생활을 즐기지 못하고, 오히려 피해자보다 비참한 말로를 걷고 있다. 그것도 남편까지 끌어들여서.

나는 밤낮없이 그녀를 질책하고 괴롭힌다. 뒷짐을 지고 바라볼 수밖에 없는 그녀의 남편도 요즘은 수심에 찬 얼굴로 그녀와 함께 나쁜 방향으로 기울고 있다. 일에 전념할 수 없는데 그럼에도 귀가가 늦어지고, 집에 돌아왔을 때는 인사불성일 정도로 취해 있다. 그런 남편을 쳐다보다가 그녀는 다소 정신을 차리고, 이대로 가다가는 정말 모든 것이 끝장나버릴 것이란 위기감을 느꼈다.

오늘 그녀는 특별한 이유도 없이 결근한 남편에게 이렇게 말했다. "난 이제 괜찮아." 이제 걱정할 필요가 없다는 것을 증명하기 위해 그녀는 밖으로 나갔다. 그것도 밤이 아니라 백주대낮에 당당하게, 동네 아줌마들과 인사를 주고받으며 강 건너 슈퍼마켓까지 걸어갔다. 그대로 아무 일도 없었더라면 나와 인연을 끊을 수 있었을 것이다. 그러나 도로에 누워 있다 지나가는 자동차에게 급브레이크를 밟게 한 파란 소년이 나의 어두운 힘을 뒤흔들어놓았다. 나는 그녀를 되돌려보내고, 다시금 집 안에 틀어박히게 하였다.

1월 17일 수요일

나는 설교다.

요이치의 어머니가 너무도 태만한 여자를 보다 못하고 견디다 못해 쏟아붓는 설교다. 상당히 가혹한 말투였는데도 나는 전혀 효과가 없었다. 상대방의 귀에 들리기도 전에 그녀의 가슴에 붙어 있는 파란 새 배지가 되돌려보냈기 때문이다. 그녀는 이미 반년 전의 그녀가 아니었다. 그런데도 요이치의 어머니는 계속했다. 일을 할 거면 똑바로 하고 쉬려거든 쉬고 그만둘 거면 아예 그만두든지, 분명히 하지 않으면 같이 일하는 사람들에게 폐가 된다고, 아무리 파트타임이라고는 하지만 너무 무책임하지 않느냐고 힐난하였다. 이어 "저렇게 굉장한 오토바이를 살 돈이 어디서 생겼냐?"고 추궁했다. 아가씨가 그런 개인적인 일까지 간섭받고 싶지 않다고 말하자, "넌 정말 완전히 변해버렸어. 너의 신원을 보장해준 내가 잘못이야"라고 말했다. 아가씨는 고개를 숙였다.

금속성 큰유리새의 날카로운 눈길이 쏘아보자 요이치의 어머니는 다소 목소리를 누그러뜨렸다. "난 말이지, 네가 걱정스러워서 그러는 거야"라고 그녀는 말했지만, 그 말 역시 도중에 끊기고 그 다음은 아무 말도 할 수 없었다. 요즘 들어 화장이 유난히 짙어진 아가씨는 다시 얼굴을 들고, "알았어요"라고 말하고, "그만두면 되잖아요, 그만두면"이라고 말하면서 파란 유니폼과 모자를 벗어던지고, 흩뿌리는 눈 속으로 걸어나갔다. 그리하여 나는 종종걸음으로 사라지는 그녀의 어깨에서 미끄러져, 눈에 깔리고 말았다.

1월 18일 목요일

나는 재다.

눈송이 하나하나가 핵이 되어 마호로 마을 구석구석으로 내리는 모든 종류의 재다. 나는 저 멀리 떨어져 있지만 이 마을과 비슷한 동네에서 태워진 신원 미상의, 마음에 차지 않는 일생을 보낸 누군가의 시체에서, 또는 다행히 큰불로 번지지 않은 산불로 태워진 초목에서, 또는 권세를 독차지한 무리가 보신을 위해 태워버린 서류더미에서 생성된 것이다.

그렇지 않으면 나는 대기의 안정을 교란하는 굴뚝에서 다이옥신과 함께 방출되거나, 진위 여부조차 가리기 어려운 안전성을 주장하면서 오염에 날새는 줄 모르는 원자력 발전소에서 방출되거나, 어느 날 갑자기 추락을 위하여 비행을 계속한 제트기에서 방출되었다. 그리하여 나는 도처에 재앙의 씨를 뿌렸고, 벌써 일부에서는 크나큰 재앙으로 이어질 작은 재앙이 발생하고 있다.

만약 마호로 마을에 빗물을 식수로 삼는 자가 있었더라면 나는 벌써 오래 전에 심각하게 문제시되었을 것이다. 언덕 위의 외딴집에서 기르는 파란 새가 나를 알아차리고 울음을 멈추었다. 그러나 다시 곧 안일을 탐하는 조악한 소리로 우짖었다. 나는 경고를 발했다. 그렇게 태평하게 지저귈 수 있는 것도 지금뿐이라고 말해주었다. 그러자 불치병을 안고 살아가는 소년이 보살피는 큰유리새는, 작은 새라 여겨지지 않을 만큼 뻔뻔스런 태도를 취하고 맹렬한 기세로 휘날리는 눈보라를 쏘아보고는 이렇게 말했다. 울 수 있을 때 한껏 울어두는 거야, 라고.

1월 19일 금요일

480

나는 향수다.

본전을 뽑으려고 몇 번이고 달려드는 못생긴 단골손님을 간신히 물리친 창부를 무겁게 짓누르는 향수다. 요즘 들어 이용자가 갑작스럽게 늘어난 모텔에서 벌써 오랫동안 기르고 있는 앵무새도 내 편을 들어주었다. 한 번 들은 것은 잊지 않는 앵무새는 동네 민요 교실에서 흘러나오는 소몰이 노래를 반나절에 기억하고는, 마음에 들었는지 몇 번이나 되뇌었다. 소년 요이치는 앵무새가 자기를 상대해주지 않자 바보라 단정하고 집으로 돌아갔다.

앵무새가 흉내내는 소몰이 노래는 창부의 거의 텅 빈 가슴으로 스며들어 씁쓸하고도 애틋한 추억을 환기시키고, 그러자 당장 내가 나설 차례가 되었다. 우울한 기분에 젖은 창부는 푸르딩딩한 몸으로 기만에 찬 사랑의 말과 닳아빠진 음모가 널려 있는 침대에 하염없이 누워 있었다. 그런 그녀에게 나는 어디엔가 그녀가 태어난 곳이 있다는 것을 생각게 했다. 이어 나는 그녀를 더욱더 뒤흔들면서 고인을 추모하는 식으로 옛날 일을 들려주었다. 또 나는 가능하면 죄에서 벗어나고 싶어하는—법률적인 죄가 아니라—자신의 마음을 깨닫게 하였다.

마침내 창부는 내내 허드렛일만 하고 있는 조직 폭력단 견습생이 핸들을 잡고 있는 차에 올라 삼층짜리 검은색 빌딩을 향했지만 그곳은 그냥 지나쳤다. 곧바로 '삼광조'로 돌아가지도 않았다. 나는 그녀를 백조의 모습조차 보이지 않는, 그저 눈과 물과 한기만이 충만한 호숫가로 인도하였다. 그녀의 속눈썹이 얼어붙었다.

1월 20일 토요일

나는 태양이다.

한파와 눈에 매몰되어 있는 마호로 마을에 큰 인심이라도 베풀 듯 버려지지 않았음을 알려주고 있는 빛나는 태양이다. 그러나 뻔뻔스럽게 허송세월하고 있는 자도, 그렇지 않은 자도, 쌀쌀맞은 고양이도, 성질 급한 개도, 나 따위에는 전혀 신경을 쓰지 않고 있다. 그들은 모두 신에 필적하는 실력을 지닌 나를, 그저 흔해빠진 한 자락 구름처럼, 또는 색다를 바 없는 한 줄기 바람처럼, 또는 물거품 호수에 눌러살고 있는 한 마리 갈매기처럼 무시하고 있다.

그러나 행동에 제약을 받고 있는 큰유리새만은 달랐다. 쪽빛보다 파란 자기 몸을 더없이 사랑하고 있는 그 작은 새는 모이만 며칠 주지 않아도 생의 막을 내리게 될 가엾은 운명이면서도, 건방지게 나를 향하여 대등하게 말을 걸면서 막상막하의 논쟁을 펼쳤다. 그 누구에게도, 자기를 키워주고 있는 주인한테도 영합하지 않는 그놈은 나 덕분에 이 자연계가 성립된 것은 아니라고 말한다. 나로부터 적당한 거리에 떨어져 있기 때문에 생명이 존재할 수 있는 것이라고 한다. 또 이런 말도 하였다. 그렇게 너무 잘난 척하는 게 아니라고. 나는 구름을 밀치고 대든다. "너를 대신할 수 있는 것은 얼마든지 있다"고 말한다. 그러자 큰유리새는 그렇다면 차라리 이 세상에 태어나지 않았기를 바라는 많은 사람들의 탄식을 태워 없애보라고 말하고, "나나 너나 만유인력의 지옥에서 발버둥치다 죽어가는 목숨임에는 다를 바가 없다"고 내 말을 반박하였다.

1월 21일 일요일

나는 트럭이다.

날로 세력을 확대하여 화려하게 작당한 적대파에 혼쭐을 내주려고 맨몸으로 돌진하고 있는 무인 트럭이다. 나의 짐칸에는 기름이 들어 있는 드럼통이 네 개나 실려 있다. 내가 목표를 향하여 달리기 시작하는 동시에, 자기 행동을 거리낌 없이 실행에 옮기는 밭장다리 남자가 불을 붙인다. 그리고 불을 붙인 남자와 내 핸들을 잡고 있는 남자는 대기시켜둔 자동차를 타고 마호로 마을을 떠난다.

발정한 개가 헤매 돌아다니는 깊은 밤, 가로등 주변에 눈가루가 날리고 있다. 나의 존재를 알아챈 자는 아무도 없다. 아니, 그렇지 않다. 그때 사족이 불편한 탓에 마음은 오히려 해방되어 있는 기묘한 소년이 내 앞에 홀연히 나타난다. 소년은 기묘한 몸짓으로 내 쪽으로 다가온다. 그의 시야에 나와 내게서 뿜어나오는 불길이 보이지 않을 리 없다. 그런데 소년은 전혀 나를 두려워하지 않는다.

두려워하기는커녕 소년은 미소를 띠고 손을 흔들면서 더욱 가까이 다가오고 있다. 이대로 돌진하면 그는 어김없이 나에 치일 것이고, 지금은 도박장으로 변한 호숫가의 여관과 함께 불길에 휩싸여 불귀신이 될 것이다. 그러나 그렇게는 되지 않았다. 그러기 직전에 나는 앞바퀴 한쪽을 구멍에 빠뜨렸고, 그 바람에 핸들이 제멋대로 꺾여, 문기둥 사이로 밀고 들어간다는 계획은 물거품이 되고 말았다. 왼쪽으로 빗나간 나는 경사가 심한 비탈길을 굴러, 쌓이고 쌓인 눈에 거꾸로 처박혔다가, 천천히 한 바퀴를 돌아 질척질척한 호수로 가라앉는다.

1월 22일 월요일

나는 기름이다.

'삼광조' 쪽 물거품 호수의 수면을 덮고 잔물결을 압도하면서 무지 갯빛으로 번들거리는 다량의 기름이다. 나는 강한 계절풍에 밀려 점점 더 퍼져나가고, 죽음의 신이 되어 미처 도망가지 못한 황어와 빙어의 목숨을 단숨에 빼앗는다. 그리고 이곳의 물을 믿고 먼 길을 날아온 물 새들을 평소에는 눈길도 주지 않는 서쪽 호숫가로 몰아내어, 그제야 알아차린 주민들의 원성을 산다.

화가 날 대로 난 보트 대여점 아저씨는 "말세로군, 말세야"라며 몇 번이나 혀를 끌끌 찼고, 나를 쏟아낸 트럭을 크레인이 끌어올리는 광 경을 지켜보면서 수치스럽게 죽은 운전사의 꼴을 보아두려고 안경을 낀다. 그러나 시신 따위 있을 리 없다. 경찰의 설명을 듣고 그저 평범 한 사고가 아님을 알자 아저씨의 분노는 극에 달하여, 둑 위에 얼빠진 모습으로 서 있는 '삼광조'의 안주인에게 이렇게 소리친다. "이게 다 당신 탓이야!"라고 말하고, "그런 인간들을 우리 마을에 끌어들인 탓 이라구! 당신 어머니가 살아 계셨더라면 이런 일은 절대로 없었을 텐 데"라며 탄식하였다.

안주인은 상대방이 하고 싶은 말을 다하도록 내버려두고서, 자기는 이제 무슨 일이 생겨도 동요하지 않을 것이며 어떤 운명도 받아들일 것이란 뜻의 말을 뱉으며, 곁에 서 있는 비극적인 소년의 어깨를 두르 고 있는 손에 힘을 꽉 주었다. 나는 바람을 타고 흘러 활짝 열린 수문 을 지나 강으로 향했다. 그리고 사람들에게 안도와 불길한 예감을 남 겨둔 채 어딘가로 사라져갔다.

1월 23일 화요일

나는 여유다.

엄동설한에 소년 요이치의 가족이 날이 갈수록 실감하고 있는 확실한 여유다. 나의 근본을 지탱하고 있는 것은 금전이지 다른 아무것도 아니다. 하지만 나는 바로 그런 이유로 남들이 더욱 부러워하는 자가 된 그들의 정신 속에 종교처럼 깊이깊이 침투하였다. 아버지와 어머니는 물론 누나까지 요이치처럼 편안한 하루하루를 만끽하고 있다

이제 그들은 초조함에 시달리지 않는다. 적어도 퉁명스런 대화는 격감하였고, 반대로 담소하는 횟수가 늘어났다. 지금 당장 그들의 손에 쥐어진 돈다발은 두 개뿐이지만 그 몇 배나 되는 현금과 그에 상당하는 행복이 겨울 저 너머에서 기다리고 있는 것이다. 일약 부호로 승격한 그들의 모습이 쌓인 눈 저편에 어른거린다. 아버지는 옴팡 파인 눈을 오십몇 년 세월 동안 늘어진 자신의 배로 향하고, 부족했던 것은 오직 돈뿐이었다는 것을 깨닫는다. 이 비참한 남자를 당당하게 잠들게 한 것은 다름아닌 나다.

어머니는 언덕이 송두리째 팔려 그 대금을 받아들 순간을 떠올릴 때마다 희열에 찬 현기증을 느낀다. 누나는 숲속에서 목을 맨 막역한 친구를 추억하면서 "너무 서둘렀어"라고 중얼거리고, "살아 있었더라면 언젠가는 좋은 일도 있었을 텐데"라고 아쉬운 척하며, 목욕탕에서 사타구니를 씻는다. 그리고 요이치는 세라믹 난방기를 새로 들여놓은 자기 방에서 파란 새와 함께 오늘의 행복을 지저귄다.

1월 24일 수요일

나는 등대다.

해산물을 산동네까지 들고 와 팔러 다니는 청초한 아가씨, 그녀가 소년을 상대로 평이하게 설명하는 등대다. 일을 한 차례 끝내 입이 가벼워진 그녀는 나를 언덕 위의 집에 비유하여 말한다. 다소 얼굴이 가칠한 그녀는 소년의 집을 가리키며, 저런 집에 돌아가는 등불이 있으면 나와 똑같은 셈이라고 말한다. 소년이 그녀의 말을 전혀 듣고 있지 않다는 것을 알면서도 그녀는 계속한다. 요즘은 무슨 까닭인지 창 너머로 나를 보기가 괴로워졌다는 둥 말하고는, 그 다음은 말하기 어려운 듯 끝내 입을 다물어버렸다.

그리고 건장한 그 아가씨는 나를 가슴에 묻고, 고질병에 고통받는 소년의 후들거리는 손에 오징어 한 다발과 말린 대구 세 마리를 거스름돈과 함께 건넨다. 소년은 둔중한 몸짓으로 그것을 주머니에 집어넣고 또 어깨에 둘러메고는 눈 쌓인 언덕길을 올라간다. 그 뒤를 아가씨의 흐느낌이 좇는다. 그러나 그리 오래가지는 않는다. 버스가 그녀를 눈물째 납치하여 어디론가 데리고 가고, 휑한 정거장에는 귤껍질만 남는다.

언덕 위의 집으로 돌아온 소년은 이층 창문으로 손전등을 내밀어 천천히 돌린다. 희미하게 마호로 마을 전체를 구석구석 비치는 희미한 그 빛을 타고, 나는 언덕을 떠나 흔들리는 버스를 타고 해변가 자기 집으로 돌아가는 아가씨의 가슴속을 비춘다. 타고난 밝은 성격으로 역경을 헤쳐온 그녀는 고개를 옆으로 비틀고 하염없이 언덕 위의 그 빛을 바라본다. 꼬불꼬불 언덕길을 달려가는 버스의 헤드라이트 불빛에 이따금 하늘 한 모퉁이가 드러난다.

1월 25일 목요일

486

나는 한파다.

절에서 쫓겨나 갈 곳을 잃은, 그렇다고 마호로 마을 밖으로 나갈 수도 없는 수도승을 궁지로 몰아넣는 한파다. 그는 나에게 쫓겨 우왕좌왕하고, 체온이 떨어지지 않도록 쉴새없이 걷고, 주리지 않으려 끊임없이 탁발을 하고 있다. 도저히 세속을 초월하여 깨달음을 얻을 수 있는 처지가 아니다. 그는 아직 잠자리 하나 확보하지 못하고 있다. 눈구덩이를 파고 몸을 묻어보았지만 산사나이한테서 들은 만큼 따뜻하지도 않고, 보트를 보관해둔 창고에서 사흘 밤을 지내보았지만 심한 외풍과 얼어붙은 물거품 호수가 질러대는 비명 소리에 한숨도 잘 수 없었다. 또 아마비코 신사의 사당 널마루 밑으로 기어들어가보기도 했지만 역시 나로부터 벗어날 수는 없었다.

나는 그에게 "나가"라고 말했다. 마호로 마을을 떠나 다시 시작하라고 말하고, 그렇지 않으면 목숨을 빼앗겠노라고 협박하였다. 그러나 그는 떠나지 않았다. 도저히 물거품 호숫가를 떠날 수 없었던 것이리라. 인간의 호흡과 비슷한 간격으로 떠오르는 거품은 얼음 아래서도 끊임없이 부글거리고 있다. 그런 것 따위는 그저 물거품에 지나지 않는다고 말하는 나에게 그는 원망스런 시선을 던지며, 얼음이 녹고 물이 따스해질 봄의 도래를 부처님께 기원하였다. 그러나 나는 겨울을 겨울답게 하고 다른 계절과 구분짓기 위해서, 그리고 사람들에게 늘 유유자적하게 살 수만은 없다는 것을 가르치기 위해서 한동안 이 마을에 자리잡기로 하였다. 그러자 젊은 수도승은 언덕 기슭에 있는 자전거 가게 창고에 숨어들었다. 그러나 저녁나절, 주인에게 들켜 얻어맞고는 쫓겨나고 말았다.

1월 26일 금요일

나는 자리다.

은둔생활을 하고 있는 전직 대학교수가 양식 있는 자들이라 자처하는 사람들의 열망을 받아들여 지금 막 취임한 회장 자리다. 현역 시절에는 별장으로, 현재는 자택으로 사용하고 있는 그의 집에 모인 '마호로 마을의 자연을 지키는 모임'의 회원들은 모두 박식한 지도자를 얻은 기쁨에 들떠 있었다. 평소부터 숭고한 인덕을 얻고자 진심으로 바라 마지않았던 회장은, 사리사욕에는 뜻이 없다고 자인하는 사람들에게 이렇게 말했다.

우리들은 개발이란 명분하에 자행되는 야만적 행위를 절대 용납하지 않는 사람들이며, 어디까지나 허위를 추궁하는 사람들이며, 비인간적 반지구적 획책을 단호히 저지하는 사람들이라 전제하고, 중지를 모아 대책을 세우는 것이 급선무라고 강조하였다. 말하는 도중 그의 말투는 자신도 모르게 강의실에서 사용하던 말투로 완전히 돌아가 있었다. 그의 취임 인사가 끝나자, 가슴에 똑같은 파란 새 배지를 달고 제일 앞줄에 앉아 있던 젊은 부부가 앞장서 박수를 보냈다. 그 박수의 길이와 크기 덕에 두 사람은 총무로 발탁되었다.

다른 사람들과 다소 삶의 방식이 다른 두 사람은, 인상 좋은 얼굴과, 자연보호 운동에 관한 어설픈 지식과 가슴에 단 배지를 뽐내면서 세상사에 우둔한 사람들에게 장담하였다. 석 달 이내에 회원을 열 배로 늘려놓겠노라고. 전직 대학교수는 나 덕분에 열 살은 젊어졌을 것이다. 모두들 흥분하여 돌아간 후 그는 검버섯투성이 뺨을 발그스름하게 물들이며 이렇게 말했다. "다시 태어난 기분이다."

1월 27일 토요일

488

나는 건너편 호숫가다.

걸어서도 건널 수 있을 듯 얼음에 뒤덮인 물거품 호수를 바라보고 있는 자라면 도저히 의식하지 않을 수 없는 건너편 호숫가다. 도리에 어긋나지 않는 삶을 살아왔어도 나이가 들어 마음이 약해진 자는 나를 향하여 한숨을 쉬고, 만년을 윤락으로 보낸 자는 졸린 눈으로 나를 하염없이 바라보고 있다. 하는 일마다 순조롭게 풀리고 병 한번 앓아본 적이 없는 행운아와, 앞으로도 끝내는 미명과 거짓 명성을 좇아 절개 없는 학자가 될 건방진 애송이는 나를 향하여 큰 웃음을 짓는다.

세상의 이면에 정통한 악명 높은 불한당과 형무소와 마호로 마을 사이를 몇 번이나 오간 도둑놈은 나의 어딘가에 있을 완벽한 은신처를 꿈꾼다. 부모한테 물려받은 속수무책 성격에 고뇌하는 자와, 나쁜 버릇에 물들어 늘 아는 사람한테 정중하게 거절당하는 자가 부글부글 끓어오르는 분노를 내게 풀어놓고 돌아간다. 주당들과 어울리다 몸을 망쳐가고 있는 자와 잘못 손을 대었다가 발목이 잡히고 만 도박꾼이 나를 상대로 변명을 늘어놓는다. 사십 년을 살았음에도 아직 누구 하나 의논거리를 들고 오는 사람이 없었던 자와, 의리 없는 짓만 거듭하다가 집안 사람들한테 비난당한 자는 나에게 등을 돌리고 초연히 사라진다.

그리고 소년 요이치는 나를 마주하고서도 손끝 하나 동요하는 일이 없고, 나에게 과도한 기대를 거는 법도 없고, 마치 자기 발치를 쳐다보는 듯한 눈길이다.

1월 28일 일요일

나는 시(詩)다.

불과 세 살 만에 스스로 행동하는 정신을 지니게 된 유아, 때로는 두서없는 생각에 밤을 새우다 지치곤 하는 그가 웅얼거리는 시다. 하늘이 내린 재능으로 그는 지금 혀끝이 얼얼하도록 매운 카레라이스를 누구의 도움도 받지 않고 먹으면서, 영과 육의 싸움에서 비롯되는 어두운 긍정의 말과 밝은 부정의 말을 테이블 위에 생각나는 대로 늘어놓고 있다. 장사용 언어밖에 모르는 그의 부모는 사들인 채소를 정리하고 단골손님을 상대하느라 바빠서 자기 자식이 즉흥적으로 끼워맞추는 의미심장하고 아름다운 말을 전혀 알아차리지 못한다.

나는 우선 노란 홍당무를 상찬하고, 이어 그 홍당무를 종이봉지와 함께 팔아버린 남자를 얼빠진 놈이라 단정짓고, 그리고 과일만 사고 홍당무를 사려 하지 않는 건너편 검은색 빌딩에 둥지를 틀고 사는 험상궂은 남자들을 불쌍히 여긴다. 그 다음 나는 전혀 특별할 것 없는 아이의 언어를 마음껏 사용하여 홍당무를 즐겨 먹는 사람들의 앞뒤를 가리지 않는 경솔한 행동을 비웃고, 홍당무를 싫어하는 사람들을 무뢰한 취급하고서는, 이내 양자 모두를 긍정한다. 그리고 말이라는 무기로 마호로 마을의 병폐를 날카롭게 파헤치고, 인습을 타파한다.

그런 참에 거의 언어에 의지하지 않고 사는 소년 요이치가 뒷문으로 들어와, 제멋대로 카레라이스를 퍼서 우물거린다. 기맥이 통하는 둘은 숟가락을 마주치며 인사를 나눈다. 채소 가게 아들이 계획이 조금씩 비틀어져가는 사람들에 관해 고답적인 투로 노래하자, 요이치는 서정의 휘파람으로 보강하고는, 입에 남은 홍당무를 퉷 뱉어낸다.

1월 29일 월요일

나는 맞장구다.

우유부단한 태도가 몸에 붙어버린 요이치의 아버지가 상대를 막론하고, 얘기의 내용을 막론하고 쳐대는 맞장구다. 부하를 무턱대고 몰아세우고 싶어하는 상사한테도, 근엄하게 억지 부리기를 좋아하는 읍장한테도 나는 일일이 비위를 맞춘다. 또 내 고장의 관습은 따라야 마땅하다는 같은 자리에 있는 마을 최고령자의 의견에도 고개를 끄덕거린다.

읍사무소의 담당 직원을 옆 마을 요정에 초대하여 한턱내는 단골업자의 허풍에도, 국정을 관장하는 자가 자랑스럽게 늘어놓는 뒷얘기에도, 한 뼘의 땅도 내놓으려 하지 않는 농민의 우는소리에도, 승전국에 의해 강요된 평화헌법을 둘러싼 낡아빠진 지상 논전에도, 신은 이 세상에 엄연히 존재한다고 세상에 호소하는 자의 목소리에도, 아직도 여전히 남아 있는 배외사상에도, 고개 숙여 사과하는 부하의 속이 뻔히 들여다보이는 변명에도 나는 고개를 끄덕인다.

그리고 나는, 지금은 차라리 살아 있음을 확인하는 증거가 되어버린 그의 아내의 두서없는 불평과, 장녀가 소설 속의 연애와 현실 속의 연애 사이에 끼여 고통스런 나머지 뱉어내는 온갖 불평불만과, 비록 입원은 안 했어도 구제받기 어려운 병자임에 틀림없는 장남의 이 세상을 향한 외침과, 그가 소중하게 키우고 있는 큰유리새의 재치 있고 한결같은 지저귐에도 비위를 맞춘다. 그러나 결국 요이치의 아버지는 누구의 말도 귀담아듣지 않는다. 누군가의 명령대로 실행했다고 한들, 말을 제대로 들어서는 아니다. 그는 자신의 말조차 믿고 있지 않다.

1월 30일 화요일

나는 찹쌀떡이다.

마호로 마을의 남동쪽에 위치한 돌고 도는 산맥 너머에서 붙임성 좋은 조직원이 가져온 찹쌀떡이다. 삼층짜리 검은색 빌딩에 틀어박혀 있던 남자들은 아무 말 없이 나를 먹으면서 커다란 찻잔에 싸구려 차를 따라 마신다. 냠냠 쩝쩝, 냠냠 쩝쩝 하는 소리가 단 음식이 부족한 형무소 생활을 되살아나게 하고, 세 남자를 벽에 기대게 만든다. 그러나 심부름하는 소년의 호기심을 자극하고 있는 것은 내가 아니라 테이블 위에 놓여 있는 위험한 물건들이다.

나를 덤으로 총신과 총상의 길이를 줄인 미등록 엽총 세 정과 커다란 산탄 수백 발을 팔러 온 남자는 순조롭게 진행된 흥정에 만족하고, 막 다 센 지폐다발을 안주머니에 집어넣는다. 그는 뛰어난 장사꾼이다. 법률에 저촉되지 않는 한도 내에서 움직이며, 공포에서 벗어나기 위하여 툭하면 의형제를 맺고 싶어하는 사람들의 약점을 적절히 이용하고 있다. "이거 맛이 괜찮은데"라고 손가락 없는 남자가 말한다. "가끔 먹으면 괜찮지"라고 조심스럽게 말하는 대장. "과자 가게나 차리지 그래요"라고 대담하게 말하는 키 큰 청년. 그러나 심부름꾼 소년은 아무리 권해도 나에게 손을 내밀지 않는다. 그는 근거리에서 위력을 발휘하는 무기를 조심조심 손에 들고 창가로 다가간다. 블라인드를 살짝 들어올리고 어색하게 잡은 손에 힘을 주고는, 오늘 내린 눈처럼 비실비실 길 건너편을 걷고 있는 소년에게 총구를 향한다. 좀처럼 조준하기 어렵다. 그러나 남자들은 여전히 나에게 정신이 팔려 아무도 그를 나무라지 않는다. "탕!" 하는 소리가 나는데도 냠냠 쩝쩝, 냠냠 쩝쩝.

1월 31일 수요일

나는 현기증이다.

스케이트를 타고 딱딱한 얼음에 덮인 물거품 호수를 건너려 하는 젊은이의 허를 찌른 현기증이다. 고향에 돌아왔는데도 의지할 만한 피붙이 하나 없는 그는 극단적으로 지방이 적은 몸을 팽이처럼, 행성처럼 빙빙 회전시켜 뜻하지 않은 최후를 맞이한 자를, 또는 저잣거리에서 평생을 마친 자를, 또는 방탕의 극을 다한 자를 모방이 아닌 무용으로 표현한다.

그리하여 거의 한계에 달한 회전 속에서 갑자기 튀어나온 나는 재빨리 그의 가슴속을 들여다본다. 그러나 거기에는 아무것도 없다. 허무의 그림자조차 보이지 않고, 서글프게 그저 휑하니 비어 있을 뿐이다. 한산한 그의 마음속으로 불어드는 바람은 진퇴양난을 호소하고 있는지도 모르겠지만, 그에게는 들을 귀가 없다. 사면초가에 놓여 있다고는 하나 그는 자기 자신에 대한 마음씀씀이가 너무 부족하다.

이어 나는 섭생을 제대로 하지 못하여 언제 객사를 하여도 이상하지 않을 만큼 피골이 상접한 이 젊은이의 육체를 구석구석 돌아다닌다. 그는 나를 느끼고서도, 어찌된 일인지 오히려 환영한다. 그러고는 순간적으로 피를 토하며 쓰러지는 자신의 모습을 떠올리고는 황홀하게 눈을 감는다. 그러자 날렵한 젊은이가 느림뱅이 노인네로 변하고, 끝내는 픽 쓰러져 신생아처럼 기어다닌다. 그러나 실제로 그의 몸에는 아무런 변화도 없고 의도적인 태도가 역겨울 뿐이다. 저 먼 곳을 가고 있는, 죽음에 이르는 병을 안은 소년이 부는 통한의 휘파람 소리를 듣자 젊은이는 후다닥 일어난다.

2월 1일 목요일

나는 폐다.

다종다양하면서도 단순명쾌하게 사는 사람들이 토해낸 공기를 힘껏 빨아들여 정화하는 소년 요이치의 폐다. 그렇다고 내 안에 참을 수 없는 악취가 농축되어 들러붙어 있을 것이라 생각한다면 오산이다. 그렇게 함으로 하여 내 자신이 오히려 정화되고 육체는 물론이요 혼이 성숙한다. 즉 어떤 유의 동화 작용이라고 할 수 있을지도 모르겠다.

나는 무익한 싸움을 빨아들이고 평화의 전조를 토해낸다. 나를 쉴 새없이 들고나는 선과 악의, 음과 양의 극소한 입자는 그 배열을 약간만 바꾸어도 정반대의 것으로 변하고, 새로이 태어나 다시금 마호로 마을로 확산된다. 그리고 그후의 나에게는 들과 산에 넘치는 가을 기운 같은 상쾌함이 남는다. 나는 그렇게 믿고 싶다. 그렇기를 늘 바라고 있다.

그러나 항상 뜻대로 되는 것은 아니다. 오늘 나는 미처 다 흡수하지 못한 부당한 언동과 감당하지 못한 불온한 풍문을 탁한 공기와 함께 내뱉고 말았다. 그것은 동네를 어슬렁어슬렁 돌아다니는 들개의 폐로 들어갔다. 그러자 녀석의 눈이 단박에 치켜올라가고, 우연히 근처를 지나가던 사람들에게 사납게 달려들어 잡균투성이 이빨을 드러내고 으르렁거렸다. 그리하여 막 눈먼 소녀가 열번째 희생자가 되려 할 때, 새로 맞춘 양복을 말쑥하게 차려입은 청년의 오른팔이 재빨리 움직였다. 그 찰나 들개는 재수없게도 한 방에 목숨을 잃고 말았다.

2월 2일 금요일

494

나는 오두막이다.

마호로 마을에서 겨울을 보내고 있는 거지가 추위를 견딜 수 없어 돌아오지 않는 다리 밑에 지은 간이 오두막이다. 버려진 목재 몇 토막과 대량의 종이상자가 나의 주된 재료였다. 가발에는 신경을 쓰는 주제에 차림새는 형편없는 읍사무소 직원이 찾아와 방일하게 나날을 보내는 주인과 나를 번갈아 쳐다보면서 "얼어죽지나 마시오"라고 말하고는 서둘러 돌아갔다.

또 순찰하러 나온 소방대원은 "봐주지, 뭐"라고 중얼거리고는, "불이 나도 타 죽는 건 당신뿐일 테니까"라고 말했다. 그나마 말이 좀 통할 듯한 경찰관은 "겨울만이라도 어디 다른 따뜻한 곳에서 지내지그래"라고 권하고는, "나라면 그렇게 할 텐데"라고 말했다. 그러나 거지는 떠다니는 자의 홀가분함 이상으로 내가 마음에 들어 자리를 뜨려 하지 않았다. 주워모은 나무판자를 녹슨 못으로 박아 그 위에다 종이상자를 붙인 게 전부인 조잡한 구조물이지만, 그럼에도 그는 내 안으로 기어들어오면 뭐라 형용할 수 없는 행복함을 느꼈다. 동시에 떠돌아다니는 자의 피곤함을 느끼기도 하였다. 그는 그후에도 아직은 충분히 사용할 수 있는 석유 스토브니 사소한 가구니 하는 것들을 끌어들였다. 바닥에다 담요를 깔고 벌렁 누웠을 때, 그는 이미 마호로 마을의 주민이 되어 있었다. 그 점을 자각한 그는 "잠시 이곳에 머무를 뿐이야"라고 스스로에게 변명하였다. 그런 말을 하면서도 그는 볼펜과 두꺼운 종이로 문패를 만들기 시작한다.

2월 3일 토요일

나는 코끼리다.

풍문으로 들은 바에 의하면 불과 열 마리의 플라밍고와 교환되어 이 겨울 마호로 마을의 동물원으로 운송된 코끼리다. 별다른 재주는 없어도 추위에는 강한 나는 오늘도 우리 밖으로 나갈 수 있었다. 나는 운동장에 쌓인 눈 위에 옆으로 누워, 가는 눈을 더욱 가늘게 뜨고 하늘에서 떨어지는 무한과 영원의 하얀 덩어리를 멍하니 바라보고, 외딴 시골에 있으면서 우주의 중심에서 사는 행복함을 만끽하고 있었다. 그렇게 느긋하게 누워 있자니 보통 때는 전혀 알 수 없었던 것들을 손에 잡힐 듯 알 수 있었고, 그것들의 조그만 자극과 변화는 함축성 있는 진동으로 내 늙고 거대한 몸에 스며, 목적 없이도 살 수 있는 힘이 되어 한없는 충일감을 불러일으켰다.

나는 저 땅 끝에서 발생한 가벼운 단층지진과 생계가 막막해진 한 가족이 남몰래 신변잡화만 조그만 가방에 꾸리고 있는 소리를 분명하게 감지하였다. 그리고 나는 내가 지탱하며 나를 지탱하고 있는 이 별, 동물들은 설 자리가 없는 이 별이 내뿜는 열과 원죄를 역설하는 사기꾼이 다시금 출현하여 오래도록 현재(顯在)할 듯한 조짐을 포착하였다. 또는 아직 발견되지 않은 종유동에 비치는 미미한 빛과 거의 승산이 없는 전쟁터에 끌려나가 한쪽 팔과 혼의 대부분을 상실한 남자의 한숨을 받아들인다. 또는 달콤한 술을 빚어내는 남자들의 힘찬 노랫소리와 돈의 힘 앞에 무력하게 붕괴되는 신념의 서글픈 소리와 행려병자로 보이는 그 소년의 투철한 휘파람 소리를 빨아들였다.

2월 4일 일요일

496

나는 그림자다.

새로 간 지 얼마 되지 않은 종이문에 또렷하게 비쳐 소년 요이치를 유인하는 눈먼 소녀의 선명한 그림자다. 바람이 없는 탓에 똑바로 떨어지는 커다란 눈송이를 맞고 있는 요이치는 벌써 한 시간이나 넋을 잃고 나를 바라보고 있다. 점자 연습에 열심인 소녀 옆에 잠들어 있는 개는 밤이면 찾아오는 행복에 푹 잠겨 있다.

나는 요이치에게 "그런 데서 마냥 서 있지만 말고 말이라도 걸어보지그래"라고 말하고, "부끄러워서 그렇다면 휘파람이라도 불어보지그래"라고 말한다. 하지만 요이치는 마치 가는 봄을 아쉬워하는 사람 같은 눈길로 하염없이 나를 바라만 볼 뿐이다. 끊임없이 전후좌우로 흔들리는 요이치의 뒤틀린 몸은 나에게 어울리고, 그 빈약한 몸에 깃들어 있는 그 또한 간단없이 흔들리는 완벽한 혼도 나에게 어울린다. 정상적인 눈을 가진 아이들과 거의 다를 바 없이 움직일 수 있고, 생명력에 넘치고 있는 소녀 또한 요이치에게 어울릴 터이다.

요이치가 장차 어떻게 될지는 아무도 모른다. 소녀는 틀림없이 얼굴이 갸름하고 예쁜 아가씨가 되어, 남자 못지않게 스스로 모범을 보이는 여성으로 성장할 것이다. 적어도 낮에는 묵묵히 앉아만 있다가 밤이면 죽은 듯이 쿨쿨 자는 그런 어른은 절대로 되지 않을 것이다. 마침내 요이치는 자발적으로 밤이 되면 동네 순찰을 도는 노인의 뒤를 따라간다. 그의 조심스런 휘파람 소리는 나한테는 간신히 들려도, 소녀의 귀에는 들리기가 아마 좀 힘들 것이다.

2월 5일 월요일

나는 기억이다.

요이치 삼촌의 마음을 좀먹고 있는, 강인한 의지로 절대로 물러나지 않는 칠흑 같은 기억이다. 그 일로부터 벌써 십몇 년이란 세월이 소리 없이 흘러갔는데도, 나는 여전히 희미해지지도 않았고 퇴색하지도 않았다. 아니, 오히려 계절의 변화와 무관하게 나날이 기세를 더하여, 폭설이 쏟아질 때마다 때는 지금이라는 듯 그를 몰아세운다.

나는 눈의 하양을 피의 빨강으로 바꾸어놓는다. 그리고 나는 만반의 준비를 갖추고 도의심이니 하는 것들을 고양시키며 단숨에 흘러넘친다. 패전이란 냉엄한 사실이 환영으로 기울었을 즈음, 당시의 그는 아직 젊었다. 젊음을 자각하지 못할 정도로 젊었고, 비 내리는 밤이면 번쩍번쩍 빛나는 그의 눈은 운명을 건 승부의 기회를 절대로 놓치지 않으려 활활 타올랐다. 그 점은 그의 숙적인 남자 역시 마찬가지였다. 마찬가지로 중상모략을 쉬 믿고 마찬가지로 혈기왕성하였다. 양자는 서로 상대방을 손쉬운 적이라 간주하고 분해하였고, 얕볼 수 없는 적이라 간주하고 두려워하였다. 팽팽한 공기가 눈을 부른 어느 날 밤, 그들은 동시에 저런 허우대 따위 별 대단할 것 없다, 단칼에 벨 수 있을 것이라고 생각하였다. 그런데 새벽 영시를 알리는 종이 울리는 가운데 막상 부딪치고 보니, 두 사람의 배짱과 솜씨는 막상막하여서 좀처럼 승부가 나지 않았다. 비단잉어가 승천하는 용의 숨통을 끊어놓기까지 눈 내리는 뒷골목을 한 시간 남짓이나 쫓고 쫓기는 질주가 계속되었다. 결판이 났을 때, 남의 싸움에 휘말려들어 봉변을 당한 어린아이의 시신이 우물가에 나뒹굴고 있었다. 나는 그날 밤의 일을 결코 잊지 못한다.

2월 6일 화요일

나는 집회다.

참석자가 너무 적어 결국 무산되고 만, 폭력을 추방하자는 취지의 집회다. 경찰서와 읍사무소에서 열심히 선전을 하였으나 허망하게도 모여든 사람은 불과 몇 명에 지나지 않았다. 그것도 반사회적인 무리와 그 일당의 진출을 완강하게 거부하는 자들이 아니라 위에서 하라는 대로 움직이는, 시간이 남아돌아가는 노인네들뿐이었다. 그들은 주최 측에 도시락이 나오느냐고 물었다.

단상에 선 경찰서장은 비협조적인 마을 사람들을 꾸짖고, 가만히 앉아만 있을 때가 아니라고 말하며 위기감을 조성하였지만, 끝내는 말을 끝맺지도 못하고 꾸벅 인사를 하고는 단상에서 내려왔다. 담당 형사는 읍사무소 직원을 잡고 불찰을 비난하였다. 마을 사람들을 동원해 달라고 그렇게 부탁하지 않았느냐고 힐난하였다. 물론 읍사무소의 관계자도 가만히 있지는 않았다. 눈 때문이라고, 경찰을 신뢰하지 않기 때문이라고 말하고, 우리 마을은 지금 사활이 걸린 한층 중대한 문제를 안고 있기 때문에 폭력 추방 운운할 때가 아니라고 되받아쳤다. 그러나 언덕 꼭대기에 사는 탓에 타고난 목소리가 큰 읍사무소 직원의 말만큼은 모두의 인상에 남았다. 그는 이렇게 말했다. "그 사람들도 인간이다"라고. 그 말은 말한 당사자조차도 믿을 수 없는 말이었다. 유도로 체형이 탄탄하게 잡혀 있는 형사가 가발을 쓴 그 직원에게 이렇게 말했다. "그러고 보니 땅이 팔렸다고 하던데"라고 말하고, "그놈들은 큰돈을 거머쥔 사람들만 노린답디다"라고 말하고, "그놈들은 인간이 아닙니다"라고도 말했다.

2월 7일 수요일

나는 햇살이다.

맑게 갠 아침 한 시간 정도 그 작은 방을 따스하게 덥히고, 근심스런 앞일을 잊게 하는 한겨울의 미미한 햇살이다. 몸이 쇠약해져 걷는 것조차 마음 같지 않은 늙은 여자는 창가에 놓아둔 딱딱한 의자에 앉아 나를 기다리고 있었다. 나는 성질이 까다로운 늙은 여자와 그녀가 사랑하여 마지않는 꽃을 정성껏 덥혔다. 그녀는 이미 마음의 불씨가 꺼져버린 주름투성이 혼을 나에게 내맡겼고, 화분에 심겨 있는 앵초는 나를 향하여 끈질긴 목숨을 한껏 뻗었다.

마음이 들뜬 그녀는 여느 때처럼 쌀쌀맞은 목소리로 여학교 시절의 친구 이름을 늘어놓았다. 자신은 몇십 명의 이름을 정확하게 기억하고 줄줄이 외우고 있다 여기지만, 실제로는 몇몇 사람의 이름을 반복하고 있을 뿐이었다. 이어 그녀는 이미 이 세상에는 없는 친구의 배신을 없던 일로 하고, 화살처럼 쏟아졌던 그녀를 향한 험악한 말들을 일소에 부치고, 특히 친하게 지냈던 몇몇 친구들과 호숫가를 산책하였던 지난 과거의 나날들은 꼭 그러안았다. 술만 마시면 주사를 부리는 버릇을 평생 고치지 못하고 죽은 남편의 고함 소리가 멀어지고, 결코 편하지 못했던 생활에 고여 있던 자책의 말들이 희미해지고, 그녀는 잠시 황홀경에서 노닐었다.

그러나 시간이 다하여 나는 사라지지 않으면 안 되었다. 그러나 걱정할 일은 없었다. 마침 소년 요이치가 나타난 것이다. 요이치에게서 나와 거의 동격에 해당하는 무엇을 간파한 그녀는 창 쪽으로 쑥 몸을 내밀었고, 꽃도 그녀의 몸짓을 따라 하였다.

2월 8일 목요일

500

나는 내연의 관계다.

지금은 난로장이 남자와 요이치 누나의 몸과 마음을 엮어 두 사람으로 하여금 빛나는 미래로 향하게 할지도 모르는 내연의 관계다. 그렇다고 요이치의 부모가 두 사람의 관계를 공공연하게 인정한 것은 아니다. 그러나 나는 이미 허락되어 있고 보란 듯 들떠 있다. 여기까지 왔으니, 이제 결혼을 향해 단숨에 뛰어들면 되는 것이다.

난로장이 남자는 이혼이 성립될 수 있도록 노력하겠노라 약속하였고, 실제로도 아내의 친정에 몇 번이나 전화를 걸어 필요하다면 언제든 찾아가겠다고 말했다. 그러나 상대방은 늘 똑같은 말만 되풀이할 뿐, 제대로 말을 붙일 수도 없어 교섭은 전혀 진전이 없었다. 아내가 바라고 있는 것은 위자료가 아니라 남편의 배덕 행위에 대한 앙갚음이었다. 오직 그 때문에 도장을 찍지 않는 것이다.

그렇다고 그 여자가 나를 어떻게 할 수 있는 것은 아니었다. 운명적으로 맺어진 두 사람 사이를 떼어놓을 수 있는 사람은 아무도 없었다. 남자는 열심히 불꽃을 피워 혹한을 물리칠 난로를 만들고 있다. 마호로 마을보다 외지에서 더 많은 주문이 몰렸다. 일부러 멀리에서 찾아온 손님들은 입을 모아 이렇게 말했다. "실물을 보면 대체로 실망하는 법인데, 이 물건은 전혀 그 반대다"라면서 예약을 한다. 안정된 수입과 한층 숙련된 솜씨가 나를 단단히 결속하고 나에게 자신감을 갖게 하였다. 나는 법률이 인정하는 관계보다 더욱 견고한 것이 되었다. 그러나 요이치의 누나는 그런 나에게 만족한다는 말은 절대로 하지 않는다. 입이 찢어지는 한이 있어도 말하지 않는다.

2월 9일 금요일

나는 제설차다.

예상보다 강설량이 훨씬 적어 따분해하고 있는 마호로 마을의 제설차다. 읍사무소 직원들은 덕분에 예산이 남았다며 기뻐하고 있지만, 제설 작업을 위탁받은 건설업자는 시큰둥한 표정이다. 나로서는 눈이 내리건 내리지 않건 상관없었다. 몇 년 전 겨울처럼 연일 계속되는 폭설에 분투하는 것도 좋고, 지난 겨울처럼 일주일에 두세 번밖에 출동하지 않는 것도 좋았다.

오늘 동이 틀 무렵 그 소년 요이치가 나의 상황을 살피러 왔다. 그는 자기 키보다 큰 우람한 타이어에 감긴 굵은 쇠사슬에 녹이 슬어가는 것을 보고는 내가 죽어간다고 착각을 하였다. 내게 깊은 감사를 표하는 자들이 줄어드는 가운데 요이치는 언제까지나 나의 팬이었다. 그는 내가 눈을 치워놓은 길을 가장 먼저 걷는 것을 좋아하였고, 나의 배기음과 배기가스의 냄새도 좋아하였고, 황망하게 돌아가는 나의 뒷모습을 보는 것도 좋아하였고, 달리는 힘에 그만 전신주에 부딪쳐 내고 만 생채기도 좋아하였다. 특히 내가 온 마을에 뿌리고 다니는 건설적이며 동시에 파괴적인 무거운 땅울림 소리를 좋아하였다.

언제였는지는 잊어버렸지만 이런 일도 있었다. 요이치가 새로 쌓인 눈 속에서 불쑥 나타났는가 싶더니 내 앞길을 가로막고 누워버린 것이다. 무슨 생각으로 그런 위험한 짓을 했는지는 지금도 알 길이 없지만, 이런 까닭에서가 아닐까 하고 억측은 할 수 있다. 아마도 요이치는 눈과 함께 자기도 치워달라고 하고 싶었던 것이리라.

2월 10일 토요일

나는 등산이다.

별빛 달빛이 영롱한 밤에 나잇살에 어울리지 않게 모험심에 눈을 뜬 마흔 살 남자가 조난을 각오하고 시작한 등산이다. 그러나 지금도 완강하게 근방을 지키고 있는 영산인 이승 산은 어쩐 일인지 그를 거부하지 않았다. 그만큼이나 맹위를 떨쳤던 눈보라도 하룻밤 사이에 뚝 그쳐 새벽녘의 출발을 가로막지 않았다. 장비를 완벽하게 갖춘 그는 눈 위를 스치는 독수리 그림자를 따르듯 허리까지 푹푹 빠지는 눈길을 숨을 헉헉거리며 걸어, 정상으로 향했다.

불안정한 걸음걸이로 그는 내게 물었다. 내가 어느 정도의 남자인지 가르쳐달라고 말했다. 그의 체력이 아직 충분히 남아 있던 처음 한동안에는 나도 빈둥빈둥 답변을 피하고 있었다. 그러나 숨이 거칠어지고 땀을 쏟을 대로 쏟고 나자 나의 생각은 가혹하게 일변하였다. 즉 그토록 원한다면, 차제에 사양 않고 말해주어야 한다고 생각한 것이다.

나는 그저 성실하고 부리기에 편리한 그런 남자라고 말했다. 공금을 횡령하여 모습을 감춘 동료를 마음 한구석으로 부러워하면서도 자신은 무단결석 한 번 하지 못하는 소심한 남자. 문제를 해결하기에 모른 척하고 지나가는 것 말곤 방법이 없는, 도처에 친구가 있다고 허풍을 떨어대고, 세상에 흔히 있는 해답밖에 택하지 못하는 평범한 인물. 이승 산은 그런 남자를 받아들이고 뾰족한 정상에 세웠다. 눈 아래로 펼쳐지는 산맥 저 너머 언덕 위의 집에서 소년이 망원경을 사용하여 반사시킨 강렬한 빛이 그의 눈을 찔렀다. 그러자 그는 가슴을 쫙 펴고 내게 말했다. "어떠냐, 이게 바로 나다."

2월 11일 일요일

나는 보습 학원이다.

공부벌레가 그리 많다고는 할 수 없는 마호로 마을까지 마침내 진출한, 중고등학생을 대상으로 하는 보습 학원이다. 나는 아이들이 있는 모든 가정에 전단을 돌리고 여기저기에 광고지를 붙이고 간판을 세웠다. 그리고 세상의 거친 풍파를 쉬 이겨내는 어른으로 성장하기 위해서는 제일 먼저 무엇이 필요한지를 차근차근 설명하였다. 또는 현실의 극히 일부분을 예로 들어 과대하게 말하기도 하였다.

자식이 있으면서도 여전히 부모 노릇 하나 제대로 하지 못하는 부모들을 향하여 나는 이렇게 물었다. 노심초사해봐야 물거품 되는 일이 너무도 많은 자신의 입장과 그 원인을 곰곰이 생각해본 일이 있느냐고. 온갖 노력을 기울였음에도 실력 발휘를 하지 못하고 제자리걸음만 하고 있는 것은 대체 어찌된 일이냐고. 정말로 남과 같은 행복을 누리고 있다고 생각하느냐고. 안 그래도 자신감이 없는 그들은 내 말에 귀를 기울였다. 나는 계속하였다. 그저 매일 똑같은 얼굴들이 모여 술잔이나 기울이고, 얼토당토않은 장광설을 늘어놓고, 집으로 돌아가면 곧장 텔레비전 앞에 드러눕고, 방의 모양만 바꾸어도 불만이 해소되고, 사흘분의 일을 하루에 해치우거나 하루분의 일을 사흘에 하면서 "그런 거지 뭐"라고 중얼거리는 횟수가 점차 늘어나고…… 정말 그런 생활로 만족할 수 있느냐고 나는 윽박지른다. 그 정도로 살아가라고 낳은 자식들이냐고 추궁한다. 그러자 그들의 안색이 싹 변한다. 전혀 낭패한 기색이 없는 부모는, 언덕 위의 자기 집으로 돌아가는 가발 쓴 읍 사무소 직원뿐이었다.

2월 12일 월요일

옮긴이 **김난주**

1958년 부산 출생. 경희대학교 국문과와 동대학원 수료 후, 쇼와 여자대학에서 일본 근대문학 석사
학위를 취득하였다. 이후 오쓰마 여자대학과 도쿄 대학에서 일본 근대문학을 연구하였다. 현재 전
문 번역가로 활동중이다. 옮긴 책으로『노르웨이의 숲』『바람의 노래를 들어라』『1973년의 핀볼』
『천 년 동안에』『소설가의 각오』『창가의 토토』『키친』『N · P』『아르헨티나 할머니』『반짝반짝 빛나
는』『울 준비는 되어 있다』『바람에 휘날리는 비닐 시트』『겐지 이야기』등이 있다.

문학동네 세계문학

천 일의 유리 1

| 초판인쇄 | 2007년 3월 28일 |
| 초판발행 | 2007년 4월 4일 |

지 은 이	마루야마 겐지
옮 긴 이	김난주
펴 낸 이	강병선
책임편집	양수현 최유미
펴 낸 곳	(주)문학동네
출판등록	1993년 10월 22일 제406-2003-000045호

주 소	413-756 경기도 파주시 교하읍 문발리 파주출판도시 513-8
전자우편	editor@munhak.com
전화번호	031) 955-8888
팩 스	031) 955-8855

ISBN   978-89-546-0299-0
        978-89-546-0301-0 (세트)

www.munhak.com

히라노 게이치로

교토 대학 법학과에 재학중이던 1999년, 첫 소설 『일식』으로 아쿠타가와 상을 수상하면서 일본 현대문학의 새로운 태양으로 떠오른 천재 작가. 언론은 그의 등장을 '미시마 유키오의 재래'라고 평가했다. "나는 예술지상주의자이며, 문학으로써 성스러움을 실현하고자 한다"고 거침없이 밝히는 그는 한 작품을 위해 철저히 계산하고 탐구하며 그 작품에만 한정되는 언어를 직조해내는 철저함으로 사람들을 놀라게 한다. "누구도 모방할 수 없는 지성, 철두철미한 구성, 경이로운 상상력, 전율을 느끼게 하는 묘사"란 평가의 이면에는 히라노의 완벽주의가 깔려 있는 것이다.

일식 양윤옥 옮김

제120회 아쿠타가와 상 수상작
장중한 의고체 문장에 실려 다가오는 엄청난 전율의 해일

중세 유럽을 배경으로 한 가톨릭 수도사가 체험하는 비밀스런 기적이 장중한 문체로 그려진다. 움베르토 에코의 『장미의 이름』에 필적할 만한 소설이라는 평가를 받으며 일본 문학에 충격과 찬탄을 몰고 온 경이로운 소설.

달 양윤옥 옮김

읽는 이를 취하게 하는 고풍스런 러브스토리
성스러운 비극에 바쳐진 헌사

히라노 게이치로의 두번째 장편소설. 절대적 존재와 찰나적 진실의 정열을 추구하는 젊은 시인이 가물거리는 눈으로 바라본 꿈과 환상과 현실의 교착. 투명한 긴장감으로 읽는 이를 취하게 하는 슬픈 환상.

장송(전2권) 양윤옥 옮김

19세기 정통문학을 완벽하게 체현하는 천재적 필치
소설의 정점을 딛고 문학의 영광을 선언하는 대작

『일식』과 『달』을 잇는 삼부작 완결편. 미의 혁명가 들라크루아, 피아노의 시인 쇼팽, 그리고 조르주 상드…… 2월 혁명으로 격동하는 19세기 파리를 무대로, 완벽한 필치로 되살아나는 예술가의 환희와 고뇌, 사랑과 죽음.

센티멘털 양윤옥 옮김

죽음, 기억, 언어, 그리고 에로티시즘……
과거에서 현재로 걸어나온 천재의 새로운 신화

히라노 게이치로의 첫 단편집. 처음으로 '현대' 일본을 무대로 삼은 네 편의 단편을 수록. 파격적인 소재와 도발적인 형식실험을 통해 문학의 새로운 가능성을 모색하는 패기 어린 도전을 보여준다.

문명의 우울 염은주 옮김

현대 과학기술 이면의 문명 그 자체의 우울
그만의 '다르게 생각하기'가 빚어내는 황홀한 독서 체험

히라노 게이치로의 첫 산문집. 주변의 일상과 사건에서 얻은 착상을 그만의 냉철한 직관과 분방한 상상력으로 풀어나간다. 소설가이기 전에 동시대를 살아가는 젊은이로서의 히라노 게이치로를 만나는 흥미로운 기회.